Satan und Ischariot III

Karl May

Urheberrecht © 2022 Culturea
Verlag: Culturea (34, Herault)
Druck: BOD - In de Tarpen 42, Norderstedt (Deutschland)
ISBN: 9782385080051
Erscheinungsdatum: September 2022
Layout und Design: https://reedsy.com/
Dieses Werk wurde mit der Schrift Bauer Bodoni komponiert
Alle Rechte für alle Länder vorbehalten.

Wieder im Westen

Seit dem bisher Erzählten waren vier Monate vergangen, in denen die ersten zwölf Wochen lang ein mir unendlich teures Leben mit sehr abwechselndem Erfolge mit dem Tode gerungen hatte. Ich meine dasjenige meines Freundes Winnetou.

Seine sonst so widerstandsfähige Natur hatte doch unter dem Aufenthalte in Afrika, so kurz derselbe war, gelitten. Wir bekamen in Marseille schnelle Gelegenheit nur nach Southampton. Kaum hatte sich das Schiff in Bewegung gesetzt, so mußte er sich legen. Wir hielten die Übelkeit, welche ihn befiel, zunächst für eine Folge der Seekrankheit; aber als dieselbe sich nicht hob, zogen wir den Schiffsarzt zu Rate, und dieser konstatierte ein schweres Gallen- und Leberleiden, welches eine gefährliche Wendung zu nehmen drohte. In Southampton angekommen, war er so schwach, daß er von Bord getragen werden mußte; an eine Weiterreise war nicht zu denken. Emery, welcher hier bekannt war, mietete in der Umgegend der Seestadt, die der »Garten Englands« genannt wird, eine der vielen hier befindlichen Villen, welche wir mit dem Patienten bezogen. Zwei der tüchtigsten Ärzte, welche es gab, teilten sich in seine Behandlung.

Er, der dem Tode hundertmal offen in das Auge geschaut hatte, mußte hier nun mit einem versteckten, heimtückischen Feinde kämpfen, den er nicht zu fassen vermochte. Bald schien er zu unterliegen, bald trat wieder eine Besserung ein, die uns Hoffnung gab, aber nicht lange anhielt. Es verstand sich ganz von selbst, daß wir an nichts anderes als die Pflege des teuern Freundes denken konnten. Wir saßen, uns ablösend, Tag und Nacht an seinem Bette und thaten alles, was geeignet war, den tückischen Feind in die Flucht zu schlagen. Aber erst in der dreizehnten Woche erklärten uns die Ärzte, daß das Schlimmste vorüber sei und der Kranke nur noch der Schonung und der Erholung bedürfe.

Schonung und Erholung! Der Apatsche lächelte, als er die beiden Worte hörte, obgleich er zum Skelette abgemagert war, sodaß dieses Lächeln weit eher wie unterdrücktes Weinen aussah.

»Schonung?« fragte er. »Ich habe keine Zeit dazu. Und Erholung? Kann Winnetou sich auf diesem Lager und in diesem Lande erholen? Gebt ihm seine Prairie, seinen Urwald wieder, dann wird er seine

Kräfte schnell zurückbekommen! Wir müssen fort. Meine Brüder wissen, welche eilige Angelegenheit uns hinüberruft.«

Wohl wußten wir das; sie war auch wirklich eilig; aber einer, der soeben einer so schweren, lebensgefährlichen Krankheit entronnen ist, muß sich vor jeder Eile hüten.

Es versteht sich von selbst, daß wir nichts versäumt hatten, was wir in unserer Lage thun konnten, um den Plan der beiden Meltons, sich in den Besitz eines Vermögens von Millionen zu setzen, zu Schanden zu machen. Die beiden Schufte hatten in Afrika den jungen Hunter ermordet und waren nun nach Amerika abgesegelt, um mittels der Ähnlichkeit, welche der junge Melton mit dem Ermordeten hatte, und mittels der ihm gestohlenen Papiere sich in Besitz eines Erbes zu setzen, welches ihm zufallen sollte. Ich hatte sofort nach unserer Ankunft in Southampton, als es sich herausstellte, daß wir hier bleiben mußten, dem jungen Advokaten Fred Murphy in New Orleans telegraphiert. Da die Depesche nicht als unbestellbar zurückkam, nahm ich an, daß er sie erhalten hatte. Gleich nach Absendung derselben schrieb ich ihm einen langen Brief, in welchem ich ihm unsere Erlebnisse mitteilte, ihn von allem, was wir erfahren hatten, genau unterrichtete und ihn ersuchte, die Meltons, sobald sie sich in New Orleans zeigen würden, festnehmen zu lassen und bis zu unserer Ankunft in sicherm Gewahrsam zu halten.

Ungefähr drei Wochen später antwortete er mir. Er dankte mir für meine Mitteilungen und benachrichtigter mich, daß sie bereits die von mir erwarteten Folgen gehabt hätten. Als Freund von Small Hunter hatte er sich so sehr um dessen Auffindung und um die ganze Angelegenheit bemüht, daß er vom Gericht aus als Erbschaftsverweser eingesetzt worden war. Er hatte die Behörde sofort über mein Telegramm und dann auch über meinen Brief verständigt, und beide waren zu den Akten genommen worden. Kurze Zeit später hatte sich der falsche Hunter auch wirklich gemeldet und war mit seinem Vater festgenommen worden. Er hatte dem echten Hunter dort so ähnlich gesehen und war selbst in dessen kleinste und intimste Angelegenheiten so eingeweiht gewesen, daß man ihn ohne mein Schreiben ganz gewiß für denselben gehalten und ihm die reiche Erbschaft unbedenklich zugesprochen hätte. Die Untersuchung aber hatte ergeben, daß er normale Füße besaß, während die Bekannten des echten Hunter dort wußten, daß dieser zwölf Zehen besessen hatte.

Das schrieb mir der Anwalt. Zugleich bat er mich um Zusendung der Dokumente, welche sich in meiner Hand befanden und zur völligen Überführung der beiden Betrüger nötig waren. Er meinte, wir drei Zeugen könnten noch lange verhindert sein, hinüber zu kommen, und es läge im Interesse der eigentlichen Erben, die Sache so bald wie möglich zum Austrag zu bringen.

Ich mußte zugeben, daß er da recht hatte, und doch gab es eine Stimme in mir, welche mich warnte, auf dieses Begehren einzugehen. In einer Seestadt, wie Southampton ist, werden alle hervorragenden ausländischen Blätter gelesen. Es standen mir drei der gelesensten Zeitungen aus New Orleans zur Verfügung, und keine gedachte der Angelegenheit auch nur mit einem Worte. Das fiel mir auf.

»Die Behörde wird die Sache geheim halten«, meinte Emery, um das Schweigen zu erklären.

»Warum?« fragte ich.

»Hm! Weiß auch keinen Grund.«

»Ich kann mir noch weniger einen denken, zumal man drüben selbst in andern Angelegenheiten sich nicht scheut, vor die Öffentlichkeit zu treten. Der Yankee ist selbst als Jurist, als Kriminalist kein Geheimniskrämer, und in unserm Falle würde die Veröffentlichung mehr als geraten sein, da durch sie ganz gewiß ein niederschmetterndes Material gegen die Meltons zusammenkäme; davon bin ich überzeugt.«

» *Well*; ich auch.«

»Also verstehe ich die Heimlichkeit nicht; ja, sie kommt mir sogar bedenklich vor.«

»So willst du die Dokumente nicht hinüberschicken?«

»Nein. Ich werde das dem Advokaten schreiben. Ich werde ihm sagen, daß die Papiere von zu großer Wichtigkeit seien, als daß ich sie den Zu- und Unfällen des Seeverkehrs anvertrauen möchte; und wenn er, was zu bezweifeln ich bis Jetzt noch keine Ursache habe, ein ebenso tüchtiger wie vorsichtiger Gesetzeskundiger ist, so kann er das nur loben.«

Ich schrieb also und bekam nach abermals fast drei Wochen wieder einen Brief, in welchem Fred Murphy meine Zurückhaltung zwar vollkommen anerkannte, mich aber bat, ihm die Dokumente durch einen sichern Mann zu schicken. Auch das unterließ ich, da sogar bis jetzt die Blätter von New Orleans geschwiegen hatten. Ich antwortete nicht, und er schwieg auch. Darum nahm ich an, daß er mir meine Vorsicht zwar wohl übelgenommen habe, aber nun auf meine Ankunft warten wolle.

Einen zweiten Brief hatte ich geschrieben, nämlich an Frau Werner und Ihren Bruder Franz, den Violinisten. Auch ihnen erzählte ich ausführlich das Resultat unserer Nachforschung nach Small Hunter und gab ihnen die Versicherung, daß sie ganz gewiß in den Besitz der Erbschaft kommen würden, welche die beiden Meltons für sich ergaunern wollten. Ich freute mich königlich darüber, ihnen eine so frohe Nachricht senden zu können, bekam jedoch keine Antwort, was mich aber nicht stören konnte. Bis San Francisco war es weiter als bis New Orleans, und die Adressaten konnten die Wohnung, ja sogar den Aufenthalt in dieser Stadt mit dem an einem andern Orte gewechselt haben. Sie erhielten mein Schreiben sicher, da Franz mir die richtige Adresse gegeben und auch jedenfalls dafür gesorgt hatte, daß der Brief ihnen auf alle Fälle nachgeschickt wurde.

Als Winnetous Genesung soweit vorgeschritten war, daß er sich nun im Freien ergehen durfte, machte ich ihm den Vorschlag, noch bis zu seiner völligen Herstellung hier zu bleiben, ich aber wolle einstweilen allein nach New Orleans gehen. Er sah mich mit verwunderten Augen an und fragte:

»Hat mein Bruder im Ernste gesprochen? Hat mein Bruder vergessen, daß Old Shatterhand und Winnetou zusammengehören?«

»Hier ist eine Ausnahme notwendig. Die Sache eilt, und du bist aber noch nicht ganz gesund.«

»Winnetou wird auf dem großen Wasser schneller gesund werden, als hier in dem großen Hause. Er wird mit dir reisen. Wann fährst du ab?«

»Nun höchst wahrscheinlich noch nicht. Du lässest mich ohne dich nicht fort, und ich will dich keinem Rückfalle aussetzen, welcher viel gefährlicher sein würde, als die ausgestandene Krankheit.«

»Und doch werden wir fahren; ich will es so! Mein Bruder mag sich erkundigen, wann das nächste Schiff nach New Orleans geht; dieses werden wir besteigen. Howgh!«

Wenn er das Wort aussprach, so war es das Zeichen, daß jeder Einwand, jede Widerrede ohne Erfolg sein werde; ich mußte mich also fügen.

Vier Tage später gingen wir an Bord. Es versteht sich von selbst, daß wir vorher alle Vorkehrungen getroffen hatten, welche uns geeignet erschienen, der Seereise die Gefahr für Winnetou zu benehmen.

Unsere Sorge war umsonst gewesen; seine Vorhersagung erfüllte sich. er erholte sich so schnell, daß wir uns schier darüber verwunderten, und als wir in New Orleans ankamen, fühlte er sich so stark und wohl, wie er vor der Krankheit gewesen war.

Es braucht wohl kaum erwähnt zu werden, daß Emery die Reise auch mitmachte. Seine Anwesenheit als Zeuge war nicht unbedingt nötig, wenn auch wünschenswert, doch war er neugierig auf das Kommende, und das Geld, welches die Reise kostete, spielte bei ihm keine Rolle.

Nachdem wir uns in einem Hotel untergebracht hatten, suchte ich den Advokaten auf, ich allein, da es nicht notwendig war, ihn zu dritt zu belästigen. Seine Wohnung und seine Expedition war bald gefunden. Aus der Größe der letzteren und den Klienten, welche wartend dasaßen, war zu schließen, daß ich es mit einem vielbeschäftigten und gesuchten Advokaten zu thun hatte. Ich gab dem Bureaudiener meine Karte und wies ihn an, sie dem Chef sofort zu übergeben, worauf derselbe mich augenblicklich vorlassen werde. Der Mann that dies. Als er aus dem Zimmer des Herrn zurückkehrte, ließ er mich zu meiner Verwunderung nicht eintreten, sondern deutete stumm auf einen leeren Stuhl.

»Hat Mr. Murphy meine Karte gesehen?« fragte ich.

» *Yes*,« nickte er.

»Was sagte er?«

» *Nothing*.«

»Nichts? Aber er kennt mich doch!«

»*Well!*« meinte er in gleichgültigem Tone.

»Und meine Angelegenheit ist nicht nur außerordentlich wichtig, sondern auch sehr eilig! Geht hinein, und sagt, daß ich bitte, sogleich vorgelassen zu werden!«

»*Well!*«

Er drehte sich steif um und verschwand abermals hinter der Thür seines Prinzipals. Als er zurückkehrte, würdigte er mich keines Blickes, trat an das Fenster und beobachtete die draußen vorübergehenden Menschen.

»Nun, was hat Mr. Murphy gesagt?« fragte ich ihn, indem ich zu ihm an das Fenster trat.

»*Nothing.*«

»Wieder nichts? Unbegreiflich! Habt Ihr meinen Auftrag denn wirklich ausgerichtet?«

Da drehte er sich rasch zu mir herum und fuhr mich an:

»Schwatzt nicht so in den Tag hinein, Sir! Ich habe mehr zu thun, als Euch Eure überflüssige Neugierde wie eine alte Katze zu streicheln. Mr. Murphy hat Eure Karte zweimal angesehen und nichts dazu gesagt; das will heißen, daß Ihr wie jeder andere zu warten habt, bis die Reihe an Euch kommt. Setzt Euch also nieder, und laßt mich in Ruhe!«

Was war denn das! Nicht etwa, daß mich die Grobheit des Menschen genierte, 0 gar nicht; ich setzte mich ruhig nieder, um zu warten. Aber, daß der Advokat mich warten ließ, obgleich er meine Karte zweimal gelesen hatte! Mein Name ist kein oft vorkommender, zumal drüben in den Vereinigten Staaten, und mit welcher hochwichtigen Angelegenheit er in Beziehung stand, das mußte dem Advokaten doch sofort einfallen, sobald sein Auge auf die Karte fiel. Nun, die Erklärung mußte ja kommen!

So war ich der letzte von fast zwanzig Klienten. Es verging eine Stunde und noch eine; auch die dritte war schon über die Hälfte verflossen, als endlich die Reihe an mich kam, bei dem Anwalt einzutreten. Er war ein noch junger Mann von nicht viel über dreißig Jahren mit einem feinen, geistreichen Gesichte und scharfen Augen, die er fragend auf mich richtete.

»Mr. Murphy?« erkundigte ich mich, indem ich mich leicht vorbeugte.

»Ja,« antwortete er. »Euer Wunsch?«

»Ihr kennt ihn. Ich komme direkt aus Southampton.«

»Southampton?« meinte er kopfschüttelnd. »Ich erinnere mich keiner Verbindung, in welcher ich mit diesem Platz stände.«

»Auch dann nicht, wenn Ihr meine Karte lest?«

»Auch dann nicht.«

»Sonderbar. Bitte, Euch zu besinnen! Ich konnte wegen der Erkrankung Winnetous nicht eher kommen.«

»Winnetou? jedenfalls meint Ihr den berühmten Apatschenhäuptling?«

»Allerdings.«

»Nun, der reitet jedenfalls mit seinem unvermeidlichen Old Shatterhand irgendwo in der Prairie oder im Gebirge herum. Wie konntet Ihr drüben in Southampton annehmen, daß er erkrankt ist?«

»Er lag eben drüben in Southampton todkrank danieder; ich bin Old Shatterhand, habe ihn gepflegt und nun sind wir gekommen, Euch persönlich die Dokumente auszuhändigen, welche ich nach Eurem Wunsche Euch eigentlich schicken sollte.«

Er war von einem Stuhle, von welchem er sich bei meinem Eintritte nicht erhoben hatte, aufgefahren, sah mir erstaunt in das Gesicht und rief:

»Old Shatterhand? So wird mir ein großer, großer Wunsch erfüllt! Wie viel und oft habe ich von Euch gehört, von Winnetou, Old Firehand, dem langen Davy, dem dicken Jemmy und vielen andern, die mit Euch im Westen waren! Willkommen, Sir, herzlich willkommen! Ich habe wirklich sehr gewünscht, Euch einmal zu begegnen, und nun sehe ich Euch so unerwartet, nun kommt Ihr zu mir! Setzt Euch, setzt Euch! Ich kann über meine Zeit verfügen.«

»Das schien vorher nicht so.«

»Warum?«

»Weil Ihr mich nicht vorließt; ich habe drittehalb Stunde warten müssen.«

»Das thut mir leid, unendlich leid, Sir. Ich kenne wohl Euern Kriegsnamen, aber nicht Euern richtigen.«

»Ihr müßt Euch irren. Ich habe Euch zweimal geschrieben, und Ihr antwortetet mir auch zweimal.«

»Ist mir nicht erinnerlich, habe noch nie nach Southampton geschrieben. Welches war denn die Angelegenheit, in welcher Ihr Euch an mich wendetet?«

»Small Hunters Erbschaft.«

»Small Hunters? Ah, feine Erbschaft! Einige Millionen! Ich war Verweser. War eine feine, sehr einträgliche Arbeit. Habe sie leider aufgeben müssen. Wollte, die Angelegenheit wäre nicht so schnell zu Ende gegangen.«

»Zu Ende? Ihr wollt doch nicht etwa damit sagen, daß die Sache erledigt ist?«

»Was sonst? Natürlich habe ich das damit sagen wollen.«

»Erledigt?« fragte ich erschrocken. »Da müßte sich doch der richtige Erbe gefunden haben?«

»Das hat er auch!«

»Und die Erbschaft erhalten?«

»Ja, erhalten bis auf den letzten Penny.«

»Doch die Familie Vogel aus San Francisco?«

»Vogel? Habe mit keiner Art von Vogel aus San Francisco zu thun gehabt.«

»Nicht? Wer ist denn da der Mann, der die Erbschaft ausgezahlt bekommen hat?«

»Small Hunter.«

»Alle Wetter! So komme ich doch schon zu spät! Aber ich habe Euch doch vor Small Hunter gewarnt!«

»Wie! Was? Vor dem wollt Ihr mich gewarnt haben? Sir, Euer Wort in allen Ehren; Ihr seid ein berühmter und ein sehr tüchtiger Westmann; aber außerhalb der Prairie scheint Ihr unbegreiflich zu werden oder es zu lieben, Rätsel aufzugeben. Ihr wollt mich vor Small Hunter gewarnt haben? Ich muß Euch sagen, daß der junge Gentleman mein Freund ist.«

»Das weiß ich, nämlich, daß er es gewesen ist. Kann ein Toter noch jetzt, noch heut Euer Freund sein?«

»Ein Toter? Was sprecht Ihr da! Small Hunter lebt nicht nur noch, sondern ist frisch und gesund.«

»Darf ich fragen, wo?«

»Auf Reisen im Orient. Ich habe ihn selbst auf das Schiff gebracht, mit welchem er zunächst hinüber nach England gefahren ist.«

»Nach England! Hm! Reiste er allein?«

»Ganz allein, ohne Diener, wie es sich für so einen tüchtigen Weltbummler schickt. Er hat die Barbestände einkassiert, alles andre schnell verkauft und ist dann wieder fort, nach Indien, wie ich glaube.«

»Und sein Vermögen hat er mitgenommen?«

»Ja.«

»Ist Euch das nicht aufgefallen? Pflegt ein Tourist sein ganzes, mehrere Millionen betragendes Vermögen mit sich herumzutragen?«

»Nein; aber Small Hunter ist kein Tourist zu nennen. Er hat die Absicht, sich in Ägypten, Indien oder sonstwo anzukaufen. Nur das ist der Grund, daß er sein ganzes Eigentum flüssig gemacht hat.«

»Ich werde Euch beweisen, daß der Grund ein ganz anderer ist. Bitte, sagt mir vorher, ob sein Körper eine auffällige Eigenschaft, irgend eine Abnormität besitzt!«

»Abnormität? Wieso? Wozu wollt Ihr das wissen?«

»Das werdet Ihr erfahren. Antwortet zunächst.«

»Wenn Ihr es wünscht, meinetwegen! Es gab allerdings so eine Abnormität, welche aber äußerlich nicht zu bemerken war. Er hatte nämlich an jedem Fuße sechs Zehen.«

»Das wisset Ihr genau?«

»So genau, daß ich es beschwören kann.«

»Hatte der Mann, dem Ihr die Millionen verabfolgt habt, auch zwölf Zehen?«

»Wie kommt Ihr zu dieser sonderbaren Frage? Schreibt das Gesetz vor, daß man, wenn man jemandem eine Erbschaft auszahlt, die Zehen des Mannes zu zählen hat?«

»Nein. Aber der Mann, dem Ihr dieses große Vermögen ausgeantwortet habt, hat nur zehn Zehen in seinen Stiefeln.«

»Unsinn! würde ich rufen, wenn ihr nicht Old Shatterhand wärt.«

»Ruft es immerhin; ich nehme es Euch nicht übel. Ruft es dann noch einmal, wenn ich Euch sage, daß der echte, wirkliche Small Hunter mit seinen zwölf Zehen im Gebiete der tunesischen Beduinen vom Stamme der Ülad Ayar begraben liegt!«

»Begra –«

Er sprach das Wort nicht aus, trat zwei Schritte zurück und starrte mich mit großen Augen an.

»Ja, begraben,« fuhr ich fort. »Small Hunter ist ermordet worden, und Ihr habt sein Erbe einem Betrüger verabfolgt.«

»Einem Betrüger? Seid Ihr bei Sinnen, Sir? Ihr habt gehört, daß ich vorhin sagte, Small Hunter sei mein bester Freund, und doch sollte ich einen Betrüger mit ihm verwechselt haben?«

»Allerdings.«

»Ihr irrt; Ihr müßt irren, unbedingt irren. Ich bin mit Small Hunter so befreundet, war mit ihm so intim, und wir kannten und kennen uns gegenseitig so genau, daß ein Betrüger selbst bei der größten Ähnlichkeit schon in der ersten Stunde unsers Verkehrs Gefahr laufen würde, von mir durchschaut zu werden.«

»Gefahr laufen? ja, das gebe ich zu; aber die Gefahr ist für ihn sehr glücklich vorübergegangen.«

»Bedenkt, was Ihr sagt! Ihr seid Old Shatterhand. Ich muß annehmen, daß Ihr gekommen seid, mir nicht nur eine so unbegreifliche Mitteilung zu machen, sondern auch nach derselben zu handeln.«

»Das ist allerdings meine Absicht. Übrigens habe ich bereits gehandelt, auch in Bezug auf Euch, indem ich Euch von Southampton aus die beiden Briefe schrieb.«

»Ich weiß von keinem Briefe!«

»Dann gestattet mir, Euch Eure beiden Antworten vorzulegen.«

Ich nahm die Briefe aus meiner Tasche und legte sie ihm auf den Tisch. Er ergriff und las den einen und dann den andern. Ich beobachtete ihn dabei. Welch eine Veränderung ging da in seinen Zügen vor! Als er den zweiten gelesen hatte, langte er wieder nach dem ersten, dann abermals nach dem zweiten; er las jeden dreimal, viermal, ohne ein Wort zu sagen. Die Röte wich aus seinem Gesichte; er wurde leichenblaß und fuhr sich mit der Hand über die Stirn, auf welcher sich Tropfen bildeten.

»Nun?« fragte ich, als er dann immer noch schwieg und lautlos in die Papiere starrte. »Kennt Ihr die Briefe nicht?«

»Nein,« antwortete er mit einem tiefen, tiefen Atemzuge, indem er sich mir wieder zuwendete.

Seine sonst bleichen Wangen röteten sich unter den Augen stark. Das war der Schreck, die Aufregung.

»Aber seht die Couverts! Die Briefe sind aus Eurer Office, wie Euer Stempel beweist.«

»Ja.«

»Und von Euch unterschrieben!«

»Nein!«

»Nicht? Wir haben da zweierlei Handschrift. Der Brief ist von einem Eurer Leute geschrieben und dann von Euch unterzeichnet worden.«

»Das erstere ist richtig, das letztere aber nicht.«

»Also ein Schreiber von Euch hat ihn doch verfaßt?«

»Ja; es ist Hudsons Hand. Es ist mehr als gewiß, daß er ihn geschrieben hat.«

»Und Eure Unterschrift –?«

»Ist – gefälscht, so genau nachgeahmt, daß nur ich selbst im stande bin, zu sehen, daß es Fälschung ist. Mein Gott! Ich habe Eure Fragen und Reden für inhaltslos gehalten; hier aber sehe ich eine Fälschung meiner Unterschrift vor Augen; es muß also etwas vorliegen, was Euch die Berechtigung giebt, so unbegreifliche Dinge vorzubringen!«

»Es ist allerdings so. Der kurze Inhalt alles dessen, was ich Euch zu sagen habe, ist in den Worten ausgedrückt, welche Ihr schon vorhin gehört habt: Der echte Small Hunter ist ermordet worden, und Ihr habt sein Vermögen nicht nur einem Betrüger, sondern sogar seinem Mörder übergeben.«

»Seinem – Mörder –?« wiederholte er wie abwesend.

»Ja, wenn dieses Wort auch nicht so ganz genau wörtlich zu nehmen ist. Er selbst hat ihn nicht ermordet, ist aber mit im Komplott gewesen und hat moralisch die gleiche Schuld, als wenn er die tödliche Waffe geführt hätte.«

»Sir, ich befinde mich wie im Traume! Aber es ist ein böser, ein schrecklicher Traum. Was werde ich hören müssen!«

»Habt Ihr Zeit, eine ziemlich lange Geschichte anzuhören?«

»Zeit – Zeit! Was fragt Ihr da erst! Hier habe ich die Fälschung in den Händen; sie sagt mir, daß meine Office zu einem Betruge benutzt worden ist. Da muß ich Zeit haben, selbst wenn Eure Erzählung Wochen in Anspruch nehmen sollte. Setzt Euch, und gestattet mir einen Augenblick, meinen Leuten zu sagen, daß ich jetzt für keinen Menschen mehr zu sprechen bin!«

Wir hatten in der Erregung beide unsere Plätze verlassen; nun setzte ich mich wieder nieder. Ja, auch ich war erregt. Ich hatte die Überzeugung gehegt, daß meine Briefe an die richtige Adresse gekommen seien, und mußte nun das Gegenteil davon hören. Die Halunken hatten ihren Plan ausgeführt. Vielleicht war alle unsere Mühe, waren alle die Wagnisse, welche wir unternommen hatten, vergeblich gewesen!

Als der Anwalt den beabsichtigten Befehl gegeben hatte, setzte er sich mir gegenüber nieder und winkte mir mit der Hand, zu beginnen. Sein Gesicht war noch immer blaß wie vorher; ich sah, daß seine Lippen zitterten; es gelang ihm nur schwer, äußerlich ruhig zu erscheinen. Der Mann, dessen Ehre auf dem Spiele stand, that mir leid. Seine persönliche Ehre, des war ich überzeugt, konnte nicht angegriffen werden; aber in seiner Office war eine Fälschung vorgekommen; er hatte sich von einem raffinierten Schwindler betrügen lassen; es handelte sich dabei um ein großes Vermögen – wenn die Thatsachen an die Öffentlichkeit gelangten, so war er vernichtet.

Ich war überzeugt, daß Thomas und Jonathan Melton nicht allein gehandelt, sondern auch Harry Meltons Hilfe in Anspruch genommen hatten. Darum mußte sich mein Bericht auch auf letzteren erstrecken. Ich erzählte also alles, was ich von den drei Personen wußte, was ich mit ihnen und gegen sie erlebt hatte. Die Erzählung dauerte natürlich sehr lange, und doch unterbrach der Anwalt sie mit keinem Ausruf. Selbst als ich geendet hatte, saß er noch eine Zeitlang schweigend da, indem er den Blick starr in die Ecke gerichtet hielt. Dann stand er von seinem Stuhle auf, ging einigemal im Zimmer hin und her, blieb schließlich vor mir stehen und fragte:

»Sir, alles, was ich jetzt gehört habe, ist wahr, ist die reine Wahrheit?«

»Ja.«

»Verzeiht die Frage! Ich sehe ein, ja ich muß einsehen, daß sie überflüssig ist; aber es klingt das alles so unmöglich, und für mich handelt es sich dabei um mehr, als Ihr vielleicht denkt.«

»Um was es sich für Euch handelt, kann ich mir denken -um Euern Ruf, Eure Zukunft, vielleicht auch Euer Vermögen.«

»Natürlich auch um das letztere. Wenn es sich herausstellt, daß Ihr Euch nicht irrt, werde ich, selbst wenn mich niemand dazu zwingen könnte, mit allem, was ich besitze, für den Verlust eintreten, welchen die richtigen Erben dadurch, daß ich mich habe täuschen lassen, erleiden. Und leider bin ich der Überzeugung, daß alles, was ich dem Betrüger übergeben habe, verloren ist.«

»Ich möchte das jetzt noch nicht als Thatsache hinstellen. Man kann ihn noch erwischen.«

»Schwerlich! Er ist über die See und wird sich gewiß an einem Orte verstecken, von dem er weiß, daß er ihm Sicherheit gewährt.«

»Hatte sich nicht auch sein Vater versteckt? Und haben wir diesen nicht in Tunis gefunden? Ich denke, daß der Sohn keinen Vorzug vor dem Vater haben wird. Die eigentliche Schwierigkeit liegt darin, daß die drei Halunken die Beute teilen werden. Selbst wenn wir den einen erwischen, gehen die beiden andern Teile verloren.«

»So meint Ihr also, daß Harry Melton auch jetzt die Hand im Spiele gehabt hat?«

»Ich bin überzeugt davon.«

»In welcher Weise sollte er geholfen haben?«

»Hm! Wie hieß der Schreiber, welcher mir die beiden Antworten geschrieben und Eure Unterschriften gefälscht hat?«

»Hudson.«

»Wie lange ist er schon bei Euch?«

»Ein und ein halbes Jahr.«

»Ich vermute, daß er sich nicht mehr in Eurer Office befindet.«

»Ich erwarte seine Heimkehr übermorgen. Er wurde telegraphisch von dem Tode seines Bruders benachrichtigt und erbat sich zwei Wochen Urlaub, um beim Begräbnisse desselben zu sein und dann die Kinder des Verstorbenen unterbringen zu können.«

»Wo soll der Bruder gelebt haben und gestorben sein?«

»Droben in St. Louis.«

»So können wir getrost bis auf weiteres annehmen, daß er diese Richtung nicht eingeschlagen hat. Wie seid Ihr mit ihm bekannt geworden?«

»Durch die schriftlichen Empfehlungen, welche er besaß. Ich stellte ihn zunächst als gewöhnlichen Schreiber an, obgleich er bedeutend älter war als Leute, denen man sonst einen solchen Posten anweist, doch schon nach kurzer Zeit erwies er sich so brauchbar, daß ich ihm immer mehr und mehr anvertraute. Er lebte außerordentlich zurückgezogen, war sehr fleißig und pünktlich und schien in seinen Mußestunden zu studieren, denn ich bemerkte gar wohl, daß seine Kenntnisse sich vermehrten. Es gab Fächer, in denen ich meine Klienten getrost an ihn weisen konnte; ich war überzeugt, daß sie von ihm ebensogut bedient wurden, wie von mir selbst.«

»Wie stand er sich mit Euern andern Arbeitern?«

»Er lebte mit keinem von ihnen auf vertrautem Fuße; er hatte in seinem Verhalten gegen sie etwas, was ihn unnahbar machte, obgleich ich ihn keineswegs als abstoßend bezeichnen kann. Dann, als seine Stellung sich immer mehr besserte, bis er es endlich zum Vorstande der Office brachte, verstand es sich von selbst, daß er sich noch mehr absonderte.«

»Wer hatte die Briefe und übrigen Eingänge zu empfangen?«

»Er. Was ohne mich erledigt werden konnte, erledigte er; das übrige hatte er mir vorzulegen.«

»So hat er meine beiden Briefe empfangen, geöffnet, gelesen und beantwortet, ohne Euch ein Wort davon zu sagen. Wie alt war er ungefähr?«

»Er schien am Ende der fünfziger Jahre zu stehen.«

»Welche Gestalt?«

»Schmächtig, starkknochig, schwarz von Haar.«

»Zähne?«

»Vollständiges Gebiß.«

»Sein Gesicht?«

»Das war ein ganz eigentümliches. Hudson war ein sehr schöner Mann; ich habe noch nie das Gesicht eines Mannes gesehen, welches so schön war wie das seinige. Aber wenn man dasselbe länger betrachtete, so bekam man das Gefühl, als ob die Schönheit auch ihre Mängel habe. Ich bin kein Maler, kein Kunstverständiger und verstehe nicht, mich richtig auszudrücken. Sein Gesicht war schön; es gefiel mir, aber dann nicht mehr, wenn ich es länger als nur vorübergehend betrachtete.«

»Gut, Sir; ich weiß jetzt, woran ich bin. Harry Melton ist der Vorstand Eurer Office gewesen.«

»Alle Wetter! Meint Ihr das wirklich?«

»Unbedingt. Er durfte sich nicht sehen lassen; er mußte zurückgezogen und verborgen leben. Sucht die Polizei einen schweren Verbrecher in der Office eines berühmten Advokaten?«

»Das ist wahr. Sollte er schon bei seinem Eintritte bei mir von dem Plane unterrichtet gewesen sein, welcher jetzt ausgeführt worden ist?«

»Möglich.«

»Aber kein Mensch konnte damals wissen, daß man mich zum Erbschaftsverweser ernennen würde!«

»War auch nicht nötig. Der alte Hunter war so alt, daß man seinen Tod bald erwarten konnte. Der junge Melton war dem Erben ähnlich. Ihr waret mit dem letzteren auf das innigste befreundet, woraus folgte, daß Hunter sich beim Tode seines Vaters in juristischen Fragen an Euch wenden würde – da habt Ihr alles!«

»Und dennoch wird es mir schwer, zu glauben, daß ich das Opfer eines schon so lange vorbereiteten Planes gewesen sein soll. Aber Ihr überzeugt mich. Ich nehme an, daß Ihr recht habt.«

»Und ich bin sogar überzeugt, daß dieser famose Vorstand Eurer Office nicht nur mit seinem Bruder in Tunis korrespondiert, sondern auch von seinem Neffen von Zeit zu Zeit Briefe bekommen hat, um auf dem Laufenden erhalten zu werden.«

»Welch ein Abgrund von Bosheit und Schlechtigkeit ist es, in welchen man da blickt! Und welch ein Glück, daß Ihr mir die verlangten Dokumente nicht geschickt habt! Sie wären vernichtet worden, sodaß man später keinen Beweis gegen diese Menschen hätte erbringen können.«

»Was das betrifft, so wären, allerdings nur unter großem Zeitverluste, recht wohl neue Beweisschriften aus Tunis zu beschaffen gewesen; besser aber ist es allerdings, daß ich sie mir nicht habe ablocken lassen. Was gedenkt Ihr nun in der Angelegenheit zu thun, Sir?«

»Vor allen Dingen meine nächste Pflicht. Ich habe der Behörde unverzüglich Meldung zu machen. Dazu bedarf es Eurer Dokumente. Werdet Ihr sie mir anvertrauen?«

»Natürlich! Ich habe sie ja nur dazu mitgebracht. Auch die andern Papiere, die ich damals Harry Melton und seinem Neffen abgenommen habe, sollt Ihr erhalten. Hier ist das Paket; es ist alles beisammen.«

»Ich danke! Man wird Euch einigemal belästigen, indem man Euch und Eure beiden Begleiter zur Vernehmung ladet. Ich bitte Euch sehr, besonders die Größe der Ähnlichkeit zu betonen, deren Opfer ich geworden bin!«

»Ihr dürft überzeugt sein, daß ich nichts unterlassen werde, was Euch nützen kann. Höchst wahrscheinlich wird man die sofortige Verfolgung der drei Verbrecher einleiten?«

»Natürlich! Man wird keine Minute damit säumen. Glücklicherweise haben wir hier so vorzügliche, gewandte und scharfsinnige Geheimpolizisten, daß sie sich auch mit anderen messen können. Sie sind in allen unsern Staaten berühmt und werden das mögliche thun, die Flüchtlinge zu ergreifen.«

»Das ist ihre Pflicht, und dafür werden sie besoldet. Übrigens werde auch ich sofort nach der Fährte der drei Meltons suchen und, sobald ich sie gefunden habe, derselben folgen.«

»Möchtet Ihr das nicht lieber der Geheimpolizei überlassen? Ihr könntet leicht Fehler begehen, welche den Polizisten zum Schaden gereichen.«

»Meint Ihr?«

»Ja. Ihr seid ein vorzüglicher Prairiejäger; aber ein Wild aufsuchen oder drei so raffinierte Verbrecher verfolgen, das ist zweierlei.«

»Hm! Eure Belehrung wirkt so erdrückend, daß ich mir allerdings vornehme, den Herren Geheimpolizisten keine Störung zu bereiten. Wann ist der vermeintliche Small Hunter denn eigentlich abgereist?«

»Vor fast zwei Wochen.«

»Also ungefähr an demselben Tage, an welchem Euer Vorstand der Office seinen Urlaub angetreten hat. In welchem Hotel hat er gewohnt?«

»In keinem. Er hatte ein sehr hübsches Privatlogis bei einer Witwe hier in meiner Nähe. Er ging fast gar nicht aus und besuchte mich auch nur dann, wenn es notwendig war.«

»Womit begründete er diese Zurückgezogenheit?«

»Mit dem Studium der indischen Sprache, welche ihn ganz in Anspruch nahm.«

»So hat er mit niemandem sonst Verkehr gehegt?«

»Mit keinem Menschen. Die Witwe, Mrs. Elias, bewohnt ein Parterre fünf Häuser aufwärts von hier. Ich bin einigemal dort gewesen, fand ihn aber so in seine fremden Bücher vertieft, daß ich nur das Notwendigste mit ihm besprechen konnte.«

»Und da behauptetet Ihr vorhin, daß ein Betrüger Gefahr liefe, von Euch schon in der ersten Stunde durchschaut zu werden?!«

»Ihr habt recht. Nun Ihr mir die Augen geöffnet habt, mache ich mir sein Verhalten erst klar und komme da allerdings zu der Überzeugung, daß er sich außerordentlich in acht genommen hat, in ein intimes Gespräch mit mir zu geraten.«

»Und wo hat Euer wackerer Vorstand der Office gewohnt?«

»Im Parterre des Hofes rechts nebenan.«

»Wer ist sein Wirt?«

»Ein Händler, ich weiß nicht, womit. Hudson wohnte in Aftermiete. Wollt Ihr noch mehr über ihn wissen? Vielleicht den Polizisten doch noch in das Handwerk pfuschen? Thut das doch ja nicht; Ihr könntet vieles, vielleicht sogar alles verderben!«

Ich will aufrichtig gestehen, daß mich diese wiederholte Warnung ärgerte. Ich war früher auch als Detektive thätig gewesen und hatte meine Aufgabe zur Zufriedenheit gelöst. Vorhin hatte er meine Erzählung gehört, und wenn ich auch nur so wenig wie möglich mich dabei in Erwähnung gebracht hatte, so mußte er doch aus dem Berichte ersehen, daß wir wenigstens keine Hohlköpfe waren. Daß er dennoch meinte, ich könne leicht alles in Frage stellen, verdarb mir vollends die Laune, die schon vorher keine gute gewesen war. Ich machte also kurzen Prozeß, nannte ihm das Hotel, in welchem wir zu finden waren, und ließ ihn mit dem Bewußtsein allein, das zu sein, was ich nicht war, nämlich ein guter Jurist, trotzdem aber doch die beiden Meltons nicht durchschaut zu haben.

Wie staunten Emery und Winnetou, als ich ihnen erzählte, was ich bei dem Advokaten erfahren hatte! Der erstere schlug mit der Faust auf den Tisch, daß es dröhnte, und rief zornig aus:

»Hat man so etwas für möglich gehalten! jetzt können wir nun anfangen, von neuem hinter den Halunken herzulaufen, nämlich, wenn sie so gütig gewesen sind, eine Spur zu hinterlassen. Und dabei steht noch gar zu erwarten, daß trotz der Mühe, die wir uns dabei geben, und trotz aller Gefahren, die wir laufen, das Geld deiner Schützlinge doch verloren ist! Und das ist ein Jurist! Und der redet davon, daß man ein Wild leichter fängt, als einen Menschen! Der Kerl sollte mir mal einen Grizzlybären fangen! Fliegen, ja, aber keinen Bären! Hält einen fremden Schwindler für seinen Busenfreund, stellt einen zehnfachen Räuber und Mörder in seiner Expedition als Vorstand an und will uns – uns – uns gute Lehren geben! Er mag Gott danken, daß er sich nicht jetzt in diesem Zimmer befindet; ich würde ihn –!«

Er sprach seine Drohung nicht aus, versetzte dafür aber dem Tische einen zweiten Hieb, daß die Platte auseinandersprang. Winnetou sagte kein Wort. Wenn er ja eine Art von Ärger fühlte, so verbot ihm sein Indianerstolz, ihn sehen oder hören zu lassen.

Es waren noch nicht zwei Stunden vergangen, so erschien ein Bote, um uns in das Verhör zu rufen. Als wir unsere Aussagen gemacht hatten, mußten wir sie beeiden. Winnetou bekam den Eid erlassen. Dann wurden wir ermahnt, uns jetzt stets zur Verfügung der Behörde bereit zu halten. Trotzdem aber waren wir entschlossen, New Orleans zu verlassen, sobald wir das für nötig halten sollten.

Kaum waren wir in unsere gemeinsame Wohnung zurückgekehrt, so brachte der Kellner uns einen Mann, welcher uns zu sprechen verlangt hatte. Es war ein sehr sorgfältig gekleideter und pfiffig aussehender Master bei guten Jahren. Er setzte sich ohne Umstände auf den ihm nächststehenden Stuhl, betrachtete uns der Reihe nach sehr aufmerksam, spuckte einmal tüchtig aus, schob sein Primchen in den andern Backen und fragte Emery:

»Ich schätze, in Euch den sehr honorablen Mister Bothwell vor mir zu sehen?«

»Ich heiße Bothwell,« nickte der Gefragte kurz.

»Und Ihr seid der bekannte Prairiemann, den man Old Shatterhand nennt?« wurde ich gefragt.

»Ja.«

»Und Ihr seid ein Redmann Namens Winnetou?«

Winnetou gab trotz der etwas unhöflichen Ausdrucksweise des Fragers eine Antwort, indem er nickte.

» *Well*! So bin ich bei den richtigen Leuten,« fuhr der Fremde fort, »und ich hoffe, daß ihr mir die nötige Auskunft geben werdet.«

»Wollt Ihr uns wohl zunächst sagen, wer Ihr seid, Master?« forderte Emery ihn auf. »Oder seid ihr vielleicht gar nichts und habt auch keinen Namen?«

»Ich bin alles und habe alle Namen,« lautete die selbstbewußte Antwort. »Wie ich heiße, kann Euch gleichgültig sein. Es genügt, Euch zu sagen, daß wir die drei Meltons suchen wollen. Ich habe die unter mir stehenden Detektives von allem zu unterrichten und möchte Euch vor allen Dingen ersuchen, die Hand dabei aus dem Spiele zu lassen.«

»Das werden wir außerordentlich gern thun,« erklärte Emery. »Erinnert Euch nur so oft wie möglich an die Weisung, die Ihr uns damit so freundlich erteilt!«

»Also nun meine Fragen! Ihr kennt doch die Meltons genau?«

Wir antworteten dem eingebildeten Patron kaum, sodaß er endlich zornig sich empfahl. Dann meinte Emery:

»Wir müssen die Meltons unbedingt selbst finden. Aber wo haben wir sie zu suchen? Glaubst du, daß Jonathan mit dem Schiffe fort ist?«

»Fällt ihm nicht ein. Er ist an Bord gegangen, nur um den Advokaten irre zu führen,« antwortete ich.

»Und sein Onkel Harry?«

»Ist nicht nach St. Louis. Nach Europa sind sie nicht, denn sie wissen, daß die Telegraphen spielen werden. Nach Afrika und so weiter gehen sie auch nicht, da sie dort Pfefferkörner unter den Rosinen gefunden haben. Es ist am klügsten für sie, zunächst in die Verborgenheit zu gehen und Gras über die Gegenwart wachsen zu lassen, ehe sie es wagen können, sich, ob hier oder dort, unter Menschen zu zeigen. Und wo finden sie die Zurückgezogenheit am schnellsten und besten? Hier in den westlichen Staaten. Ich möchte wetten, daß sie irgendwo droben in den Felsenbergen stecken. Sie können da ein ganzes Jahr und noch länger ungesehen stecken.«

»Möchte dasselbe behaupten. Hoffentlich haben sie eine Spur zurückgelassen!«

»Kein Ereignis und keine That bleibt ohne Spur. Es gilt nur, sie aufzufinden. Ich werde jetzt zunächst einmal nach den beiden Wohnungen gehen. Vielleicht bemerke ich da den Anfang eines Fadens, den wir aufwickeln können.«

Ich machte mich zu Mrs. Elias auf den Weg, ging aber nicht direkt zur ihr, sondern trat vorher in eine Trinkstube, welche ihrer Wohnung gegenüber lag. Ich wollte versuchen, da etwas zu erfahren. Leider wurde ich von einem alten, schläfrigen Neger bedient, welcher sich erst seit einigen Tagen in dieser Stellung befand; ich richtete also gar keine weitere Frage an ihn. Dennoch freute ich mich nachher, hier eingekehrt zu sein, denn ich saß noch gar nicht lange da, so sah ich unsern Detektive und »Gentleman« drüben aus dem Hause kommen. Er hatte Mrs. Elias gewiß einen Besuch abgestattet, um sich nach Jonathan Melton zu erkundigen.

Ich wartete noch eine Viertelstunde und ging dann hinüber. Die Inschrift eines kleinen Schildes sagte mir, daß die Wohnung wieder oder vielmehr noch zu vermieten sei. Als ich klingelte, öffnete eine ziemlich alte und sehr dicke Mulattin, die mit ihrer undurchsichtigen Gestalt unter der Thür stehen blieb und mich forschend betrachtete. Ich wußte diese Art von Dienstboten zu behandeln, zog den Hut sehr tief und fragte:

»Bitte, Mylady, bin ich so glücklich, Mrs. Elias zu sehen?«

Sie fühlte sich unendlich geschmeichelt, für ihre Herrin gehalten zu werden, und lächelte vor Wonne, daß ihr Gesicht noch einmal so breit wurde.

»Nein,« antwortete sie. »Ich bin nur die Köchin. Mrs. Elias ist im Zimmer. Kommt, Sirrrr!«

»Nehmt vorher meine Karte, Mylady! Man darf nicht unangemeldet zu einer solchen Dame kommen.«

Sie grinste mich wieder glücklich an, nahm die Karte, eilte mir voraus, riß eine Thür auf, trat hinein und sagte so laut, daß ich es hören konnte:

»Hier, Ma'am, eine Karte von einem sehr, sehr feinen Sirrrr! *Wonderful fine*! Viel gebildeter als der, der vorhin da war!«

Dann kam sie wieder heraus, ließ mich ein und machte die Thür hinter mir zu. Ich stand vor einer ältlichen Dame, welche mir aus einem wohlwollenden Gesichte mit freundlichen Augen entgegenblickte.

»Verzeihung, Madam! Ich lese, daß hier eine Wohnung zu vermieten ist!«

»Ja«, nickte sie, indem sie ihren Blick zwischen mir und meiner Karte hin und her gehen ließ. »Wie es scheint, seid Ihr ein Deutscher?«

»Allerdings.«

»Das freut mich sehr. Ich bin eine Landsmännin von Euch. Bitte, macht mir das Vergnügen, Euch zu setzen! Die Wohnung, welche ich zu vermieten habe, besteht aus vier Räumen. Ist Euch das nicht zu viel?«

Sie hatte das deutsch gesagt. ich sah in ihr gutes, ehrliches Gesicht, und da war es mir unmöglich, sie zu belügen. »Schade doch, ein Deutscher und dennoch ein Lügner!« so sollte sie nicht von mir denken oder gar sagen. Darum antwortete ich:

»Allerdings. Selbst ein einzelner Raum würde mir zuviel sein. Ich komme nicht der Wohnung wegen, Madame.«

»Nicht?« fragte sie erstaunt. »Und doch fragtet Ihr nach ihr!«

»Das war nur ein Vorwand. Nun Ihr aber eine Landsmännin vor mir seid und ich in Euer aufrichtiges Gesicht blicke, darf ich Euch keine Unwahrheit sagen. Mein Zweck war, mich nach Small Hunter zu erkundigen, welcher bei Euch gewohnt hat.«

»Nach diesem? Seid Ihr etwa auch ein Geheimpolizist?«

Bei dieser Frage verfinsterte sich ihr Gesicht.

»Nein, Madame; ich bin ein Privatmann, habe aber ein so großes und begründetes Interesse an Hunter, daß ich Euch zu großer Dankbarkeit verbunden sein würde, wenn Ihr die Güte haben wolltet, mir Auskunft über Ihn zu geben.«

Da lächelte sie:

»Ich sollte eigentlich nicht, weil Ihr nicht offen zu mir gekommen seid. Da Ihr aber Reue zeigt, will ich trotzdem Euern Wunsch erfüllen. Kennt Ihr Hunter?«

»Besser, als mir lieb ist.«

»Besser –? als Euch lieb ist –? So ist's wohl wahr, was der Polizist sagte?«

»Was hat er gesagt?«

»Daß Hunter ein Betrüger, ja sogar ein Mörder sei?«

»Das ist wahr.«

»Hilf, Himmel! Einen so gefährlichen Menschen, einen solchen Bösewicht habe ich bei mir wohnen gehabt! Hätte ich das gewußt, ich hätte keine Minute ruhen können, bis er wieder fort gewesen wäre. Es ist schrecklich; es ist geradezu entsetzlich!«

»Der Polizist hat Euch also gesagt, um was es sich handelt?«

»Ja. Hunter heißt eigentlich Melton, hat den echten Hunter ermordet und sich dann hier für diesen ausgegeben, um zu dem Vermögen desselben zu kommen. Ist das wahr?«

»So ungefähr. Ich weiß nicht, ob der Detektive recht gehandelt hat, indem er Euch diese Mitteilungen machte; da Ihr nun aber einmal alles wißt, kann ich mit Euch davon sprechen. Ich selbst bin es gewesen, der die Nachricht von der That hierher gebracht hat. Melton ist ein Schurke. Das Erbe, welches er durch Mord und Betrug an sich gebracht hat, gehört einer armen, braven deutschen Familie, welche in San Francisco in schwerer Bedrängnis lebt. Vielleicht könnt Ihr dazu beitragen, daß die Leute zu ihrem Rechte kommen.«

»Wie gerne würde ich das thun, wenn ich es vermöchte. Was wünscht Ihr von mir?«

»Irgend einen Aufschluß, der es mir ermöglicht, den jetzigen Aufenthalt Meltons zu entdecken.«

»Dasselbe wünschte der Polizist auch von mir.«

»Habt Ihr ihm Auskunft gegeben?«

»Nein, denn der Mann trat so brutal auf, daß er weniger erfuhr, als ich wußte. Ich habe ihm gar nichts gesagt, hätte ihm aber das, was er wissen wollte, auch gar nicht sagen können, weil ich mich darüber selbst in vollster Unwissenheit befinde.«

»Mit wem verkehrte Hunter?«

»Der Advokat Murphy kam einigemal zu ihm, und er ist auch zwei- oder dreimal ausgegangen; wohin, das weiß ich nicht, denke aber, eben zu diesem Advokaten.«

»Weiter kam niemand?«

»Einmal kam ein anderer. Der war wohl Schreiber des Advokaten. Er sah Hunters Diener außerordentlich ähnlich.«

»Hatte Hunter einen Diener?«

»Nur so lange, als er hier in New Orleans blieb. Er hat ihn erst hier engagiert und vor seiner Abreise wieder entlassen.«

»Hm! Was für eine Persönlichkeit war der Diener? Könnt Ihr mir eine genaue Beschreibung von ihm geben?«

Sie folgte dem Wunsche, und ich gelangte dadurch zu der Überzeugung, daß dieser sogenannte Diener kein anderer als sein Vater gewesen war.

»Habt Ihr vielleicht gehört, was er mit dem Diener gesprochen hat?« erkundigte ich mich weiter.

»Was ich da gehört habe, waren ganz alltägliche Dinge. Sie flüsterten aber sehr viel miteinander; sie mußten Heimlichkeiten haben, die niemand hören sollte.«

»Womit beschäftigte sich Small Hunter? Da er fast gar nicht ausging, stand ihm viel Zeit zur Verfügung. Hat er diese denn nicht auf irgend eine nützliche Weise verbracht?«

»Nein. Er saß immer am Fenster.«

»Mir aber wurde gesagt, er habe sich mit Studien beschäftigt?«

»Das ist nicht wahr. Nur wenn der Advokat kam, wurden Bücher zur Hand genommen.«

»Ah, dachte es mir! Was hattet Ihr eigentlich für eine Ansicht über den Mann? Es muß Euch doch aufgefallen sein, daß er sich nicht beschäftigte.«

»Ich hielt ihn für krank, für tiefsinnig. Diese Ansicht aber änderte sich dann, als wir bemerkten, daß er nach oben ging, zu der Dame, welche sich über uns eingemietet hat.«

»Wohnt sie allein?«

»Nein. Sie hat zwei Dienerinnen bei sich, welche ich für Indianerinnen halte.«

»Ist sie jung?«

»Ja, und schön.«

»Wie heißt sie?«

»Silverhill.«

»Das ist ein englischer Name.«

»Ja. Doch glaube ich kaum, daß ihre Eltern und Verwandten Yankees oder Engländer sind. Wir hören sie zuweilen mit ihren Dienerinnen sprechen; das ist immer spanisch.«

»Hm! Und bei dieser Dame verkehrte Euer Mietwohner?«

»Erst nach der ersten Woche. Da er stets am Fenster saß, ist sie ihm bei ihren Ausgingen und wenn sie heimkehrte, aufgefallen. Er erkundigte sich bei mir nach ihr; dann machte er ihr seinen Besuch, und von da an war er oft bei ihr.«

»Wußte Advokat Murphy davon?«

»Ich weiß es nicht, glaube es aber auch nicht.«

»Gäbe es sonst vielleicht noch irgend eine Bemerkung oder Mitteilung, welche Ihr mir über den falschen Hunter machen könnt?«

»Wohl nicht. Wenigstens könnte ich mich auf nichts besinnen, was für Euch von Wert sein könnte. Wenn Ihr mich aber noch einmal besuchen wollt, werde ich Euch gern sagen, ob mir noch etwas eingefallen ist.«

»Eurer freundlichen Einladung werde ich wahrscheinlich einmal Folge leisten, falls ich nicht fürchten muß, Euch allzusehr zu belästigen.«

»O, Ihr belästigt mich nicht; Ihr seid mir sogar willkommen. Ich freue mich darüber, daß Ihr aus einem Manne, der die Unwahrheit sagen wollte, zu einem ehrlichen geworden seid.«

»Aber nur durch Euch, Madame,« antwortete ich, auf ihren Scherz eingehend. »Wißt Ihr vielleicht etwas über die Verhältnisse der Dame da oben?«

»Sehr wenig. Sie ist reich. Meine Köchin hat einigemale mit den Indianerinnen gesprochen. Die Dame spielt leidenschaftlich, und dabei stets mit Glück. Sie lud Herren zu sich ein, welche ebenso leidenschaftliche Spieler sind. Das ist alles. Übrigens nehme ich an, daß sie Witwe ist. Eine der Indianerinnen hat einmal eine darauf bezügliche Äußerung fallen lassen. Und ihr Mann scheint nicht von gewöhnlichem Stande gewesen zu ein.«

»Wohl gar ein Indianerhäuptling!«

Ich sagte das im Scherze, und sie lachte auch darüber; aber in demselben Augenblicke kam mir ein sehr ernster Gedanke, dem ich auch gleich Ausdruck gab:

»Habt Ihr schon früher einmal ein indianisches Dienstmädchen gesehen?«

»Nein.«

»Eine freie Indianerin wird sich niemals erniedrigen, einer Weißen häusliche Dienste zu erweisen. Es müssen hier ganz besondere Verhältnisse vorliegen. Ich kenne da einen Fall, daß eine Weiße einen Indianerhäuptling geheiratet hat. Ist die Dame da oben blond?«

»Nein, tiefschwarz. Ich halte sie für eine Jüdin.«

»Jüdin? Ah! Kennt Ihr ihren Vornamen?«

»Ja, es wurde einmal ein Brief gebracht und meiner Mulattin übergeben. Diese kann nicht lesen und brachte ihn mir. Ich sah die Adresse. Die Dame heißt Judith Silverhill.«

»Meine Ahnung, meine Ahnung! Silverhill ist zu Deutsch Silberberg, und so hieß die Jüdin, welche den Indianerhäuptling zum Manne nahm. Ich muß hinauf zu ihr!«

»Wie? Ihr kennt Sie?«

»Ja, wenn ich mich nicht ganz und gar irre. Das ist ein höchst interessanter Zufall, welcher mir wahrscheinlich von großem Nutzen sein wird. Madame, Ihr seid so lieb und freundlich zu mir gewesen; ich bitte, mir noch eine große, recht große Gunst zu erweisen!«

»Wenn es in meiner Möglichkeit liegt, wird es sehr gern geschehen.«

»Ihr seid nie in ein Gespräch mit der Dame gekommen?«

»Noch nie.«

»Der Zufall könnte es fügen, daß dies doch geschehe. Bitte, erwähnt nicht, weshalb ich bei Euch gewesen bin; sprecht überhaupt nicht von mir, und verbietet auch Eurer Mulattin, den Indianerinnen da oben zu erzählen, daß der vermeintliche Small Hunter eigentlich ein anderer ist.«

»Sie weiß es noch gar nicht, und ich werde es ihr auch nicht sagen. Ihr wollt dieser Dame also wirklich einen Besuch machen?«

»Auf alle Fälle!«

Ich bedankte mich herzlich für die mir erwiesene Freundlichkeit und wurde aufgefordert, getrost wiederzukommen. Ich stieg die Treppe empor. Es gab da oben nur ein Entree. Als ich die Glocke gezogen hatte, wurde von einem Mädchen geöffnet, in welchem auch ich sogleich eine Indianerin vermutete. Sie trat beiseite, um mich einzulassen, und öffnete, ohne mich zu fragen oder ein Wort zu sagen, eine zweite Thür, durch welche ich in ein sehr schön ausgestattetes Zimmer kam. Im Nebenzimmer hörte ich ein Geräusch. Die Portieren wurden auseinandergeschlagen, und vor mir stand –Judith Silberstein, die Jüdin, welche ich zuletzt als Verlobte des Yumahäuptlings gesehen hatte. Sie hatte sich seit damals noch mehr entwickelt und war schöner, höher und auch stärker geworden. Freilich zeigte der erste Blick gleich, daß sie ihre damaligen Anlagen fleißig ausgebildet hatte und eine vollständige Kokette geworden war. Sogar jetzt, daheim, wo kein Besuch zu erwarten war, hatte sie echte Diamanten am Halse und an den entblößten Armen schimmern. Sie erkannte mich auf der Stelle. In einem Tone, welchem halb Freude, halb Besorgnis anzuhören war, rief sie in spanischer Sprache aus:

»Sie, Sennor – Sennor –! Welch eine frohe Überraschung! Wie habe ich mich gesehnt, Sie einmal zu sehen! Bitte, kommen Sie herein ins Boudoir! Setzen Sie sich zu mir! Wir haben uns viel, viel zu erzählen.«

Sie zog mich an der Hand in ihr Zimmer, und ich mußte neben ihr auf dem Diwan Platz nehmen. Ja, sie war ein schönes Weib; aber der Scheitel lag voller Haarschuppen; der Hals schien heute noch nicht gewaschen zu sein; die schön geformten Fingernägel hatten Trauerränder. Sie behielt meine Hand in der ihrigen und sagte mit einem neckischen Augenaufschlage:

»Ich muß Ihnen gleich von vornherein gestehen, daß ich Ihren Namen vergessen habe. Ist das nicht unverzeihlich?«

»Allerdings, besonders da Sie mir soeben versicherten, sich so sehr nach mir gesehnt zu haben.«

»Sie dürfen verzeihen! Man sieht, hört und erlebt soviel, daß man das einzelne leicht vergißt. Sie hatten, wenn ich nicht irre, zwei Namen, Ihren wirklichen und einen andern, mit dem Sie von den Indianern genannt wurden. Dieser letztere hieß – hieß – wie nur gleich? Es war wohl Hand oder Fuß dabei!«

»Old Firefoot,« fiel ich schnell ein, indem ich ihr einen falschen Namen sagte. Es war mir ungemein lieb, daß sie sich nicht mehr besinnen konnte. Sie hatte mit Jonathan Melton hier verkehrt; es war jedenfalls besser, wenn sie meine Namen nicht wußte.

»Ja, ja, so war's – ein foot war dabei; das wußte ich,« nickte sie lachend. »Und Ihr Familienname? Wenn ich mich nicht irre, hießen Sie wie einer von den zwölf Monaten?«

»März,« sagte ich.

»Ja, März, März war es. Also, Sennor März, können Sie sich besinnen, wie wir damals auseinandergegangen sind?«

»Nicht eben sehr freundlich.«

»Nein, gar nicht. Wissen Sie, welche Drohung Sie sogar aussprachen?«

»Ja, das weiß ich noch.«

»Hätten Sie den Mut, es mir heute zu sagen?«

»Warum nicht? Ich wollte Sie peitschen lassen, falls Sie sich noch einmal von mir erblicken ließen.«

»Schrecklich! Hören Sie nur, wie das klingt! Eine Dame, noch dazu eine junge, hübsche, prügeln lassen! Hoffentlich war es nur eine Drohung von Ihnen!«

»Sie waren vom Gegenteil überzeugt, denn Sie haben sich dann nicht wieder sehen lassen.«

»Also hätten Sie die Drohung wirklich zur Wahrheit gemacht?«

»Ganz gewiß! Ich gebe Ihnen mein Wort, daß es mir voller Ernst war.«

»Entsetzlich! Sie sind kein Sennor, kein Mensch, sondern ein Tyrann!«

»Nein. Ich besitze im Gegenteil ein sehr weiches Herz, tausche aber nicht gern Wachs für Eisen ein. Beides hat Berechtigung, aber jedes nur zu seiner Zeit. Wenn es sich nicht nur um die Freiheit so vieler Menschen handelt wie damals, sondern um Blutvergießen, um Leben und Tod, pflege ich keiner Laune zu folgen, selbst wenn es die Laune einer jungen und hübschen' Dame wäre.«

»Warum legen Sie den Ton so auf dieses Wörtchen hübsch? Fanden Sie mich damals häßlich?«

»Nein.«

»Ihr Verhalten ließ es mich aber sehr vermuten.«

»Weil das Ihrige nicht hübsch war. Sie gingen von der noch warmen Leiche Ihres Verlobten wie von einem Braten, der für den Herd geschlachtet worden ist.«

»Ich liebte ihn nicht mehr. Also hübsch fanden Sie mich doch? Und jetzt? Haben Sie nicht bemerkt, daß ich mich verändert habe?«

»Ja. Sie sind schöner geworden.«

»Und das sagen Sie in einem so eisigen Tone? Sie sind wirklich ein entsetzlicher Mensch und ganz derselbe wie damals geblieben. Ich bin schöner, Sie aber sind nicht besser und gefühlvoller geworden. Aber gerade Ihre Kälte, Ihre Härte hat mir schon damals imponiert.«

»Sprechen wir nicht von mir, sondern von Ihnen. Wie ist es Ihnen seit damals gegangen? Haben Sie sich immer wohlbefunden?«

»Ja.«

»Sie bereuten nicht, das Weib eines Wilden geworden zu sein?«

»Zunächst nicht, denn er hielt Wort. Ich bekam alles, was er versprochen hatte, Gold, Edelsteine, einen Palast und sogar auch ein Schloß.«

»Ach! Ich weiß zwar, daß es Indianer gibt, welche das Lager großer Schätze kennen, aber daß der Häuptling sein Versprechen so streng nehmen werde, das dachte ich damals nicht. Er war also wirklich so reich, wie er sagte?«

»Ja. Er trug viel Gold zusammen, woher, das weiß ich heute noch nicht; er hat es mir niemals sagen wollen. Jedenfalls holte er es aus den Bergen, wo es noch heute viele alte Stollen und Adern geben soll. Wir verließen die Sonora und zogen an die Grenze von Arizona und Neumexiko. Dort liegt das Schloß. Es ist ein gewaltiger Aztekenbau, den außer mir noch kein Bleichgesicht gesehen hat. Zehn Yumaindianer, welche von ihrem Häuptlinge nicht lassen wollten, zogen nebst ihren Frauen und Kindern mit. Es war sehr, sehr einsam da oben, und ich sehnte mich nach der Stadt. Wir gingen also nach Francisco, auch schon des Palastes wegen. Ich bekam ein Haus.«

»Sie Glückliche! Wo ist Ihr Mann?«

»In den ewigen Jagdgründen,« antwortete sie gleichgültig.

»Was war die Ursache seines Todes?«

»Ein Messer.«

»Bitte, erzählen Sie! Ich bin außerordentlich gespannt darauf. Er war ein Indianer, aber ein tapferer, braver und ehrlicher Mann. Er hielt mir treulich Wort, und ich habe immer gern an ihn gedacht.«

»Was soll ich da erzählen! Die Sache ist sehr einfach. Ich wurde in Frisco bald bemerkt; man besuchte mich; man machte mir den Hof, und das wollte er nicht dulden, Wir waren eines Tages auf Besuch bei einem Haziendero; es waren noch andere Herrschaften geladen. Dabei gab es einige sehr interessante Caballeros und Offiziere, welche sich mit mir beschäftigten. Die Messer wurden gezogen. Der Caballero erhielt einen Stich in den Arm, mein Mann aber einen in das Herz.«

»Und Sie? Was fühlten, was dachten, was thaten da Sie?«

»Ich? Was sollte ich thun! Wissen Sie nicht, daß eine Frau, deren Mann unter solchen Umständen stirbt, eine von andern Frauen beneidete Berühmtheit wird? Das Band, mit welchem ich mich so leichtsinnigerweise an den Wilden gefesselt hatte, war zerrissen, und ich hatte meine kostbare Freiheit wieder.«

Diese Herzlosigkeit war empörend. Sie fuhr in ruhigem Tone fort:

»Ich genoß sie natürlich mit vollen Zügen. Ich hatte das Spiel kennen gelernt und brauchte nun nicht mehr um die Erlaubnis zu bitten. Ich gewinne fast stets, so oft ich spiele, und was die Liebe betrifft, nun so habe ich jetzt, wenn ich heimkehre, einen neuen Bewerber, der so in Fesseln liegt, daß er mich um meine Hand gebeten hat.«

»Auch ein Offizier?«

»Nein, sondern ein junger, sehr hübscher und hochgebildeter Caballero, welcher fast die ganze Erde und besonders den Orient bereist hat, und dem soeben eine Erbschaft von einigen Millionen zugefallen ist.«

»Wetter noch einmal! Da haben Sie freilich Glück!« rief ich aus, innerlich hocherfreut, denn ich zweifelte nicht, daß Jonathan Melton gemeint war.

»Es kommt gar nicht zu früh, dieses Glück,« fuhr sie fort. »Ich habe zwar gesagt, daß ich fast nie verliere; aber ich verbrauche viel, und das Gold des Häuptlings ist alle geworden. Ich habe das Haus in Frisco verkauft, und wenn die dafür gelöste Summe zur Neige geht, bleibt mir nur der alte Aztekenbau in der Wildnis übrig, für welchen niemand einen Dollar zahlt.«

»Ist es denn gewiß, daß er Ihnen gehört? Haben Sie einen Besitztitel darüber?«

»Nein, doch ist mir das gleichgültig. Ich brauche nur zu wollen, so wird Mr. Hunter mein Mann, und ich kann mich zu den Millionärinnen rechnen. Was gebe ich da auf den alten Felsenbau in der Wildnis!«

»Ist der Sennor, von welchem Sie sprechen, vielleicht jener so sehr interessante Small Hunter, dem vor einigen Tagen durch den Advokaten Murphy einige Millionen ausgezahlt worden sind?«

»Ja, derselbe. Kennen Sie ihn vielleicht?«

»Nein; ich habe von ihm gehört. Sie können es sich doch denken, daß von einem Millionenerben gesprochen wird. Man sagt, er sei nach Indien gegangen.«

»Das ist nicht wahr.«

Ach habe es überall gehört. Man hat ihn doch auf das Schiff steigen sehen. Sein Advokat ist bei ihm gewesen.«

»Das ist richtig; aber er hat sich unterhalb der Stadt per Boot wieder abholen lassen. Ich selbst habe in dem Boote gesessen. Wir sind dann, als es Abend war, hierher gegangen und haben gespielt bis nach Mitternacht, wo erst seine eigentliche Abreise erfolgte.«

»Das interessiert mich ungemein. Warum hat er denn den Leuten weisgemacht, daß er mit dem Schiffe nach England und von da nach Indien will?«

»Das ist ein Geheimnis, welches ich nur Ihnen verraten will. An dieser Täuschung trage nämlich nur ich die Schuld.«

»Sie? Wieso?«

»Sein Vater, der alte Hunter, ist früher oft in Indien gewesen und hat das Land so liebgewonnen, daß er auf die Idee gekommen ist, daß sein Sohn vom Empfang des Erbes an zehn Jahre lang in Indien leben soll. Fehlt nur ein einziger Tag an den zehn Jahren, so wird ihm das Vermögen wieder abgenommen. Auch soll er während der zehn Jahre nicht heiraten dürfen. Er ist auf die Bedingungen eingegangen und hat sich unterschrieben. Zwei Tage später lernte er mich kennen. Was das heißt, können Sie sich denken. Mich sehen und mich zu seiner Frau begehren, war für ihn ganz dasselbe. Sagen Sie, kann er da nach Indien? Kann er die Bedingungen erfüllen, auf welche er eingegangen ist?«

»Warum denn nicht? Wer oder was soll ihn denn hindern, auf die an ihn gestellte Bedingung einzugehen?«

»Ich natürlich, ich.«

»Wieso? Wenn Sie beide so sehr aneinander hängen, kann er Sie doch mit nach Indien nehmen.«

»Ha, ha,« lachte sie. »Es kann mir nicht einfallen, eines Mannes wegen, und wenn ich ihn auch über die Maßen lieben Sollte, in ein wildfremdes Land zu gehen, Ich habe schon einmal die Heimat verlassen, nämlich damals, als ich nach Amerika ging; Sie selbst wissen, wie es mir da ergangen ist. Nun ich eine zweite Heimat hier gefunden habe, fällt es mir gar nicht ein, sie wieder zu opfern.«

»Aber von ihm verlangen Sie das Opfer, hier zu bleiben!«

»Es ist kein Opfer, denn er müßte in Indien ledig bleiben, hier aber kann ich seine Frau werden.«

»Würde man es denn in Indien erfahren, daß er verheiratet ist, und dies hierher melden?«

»Höchst wahrscheinlich. Wenigstens behauptete er dies.«

»Und hier? Meinen Sie, daß die Entdeckung hier nicht nur viel wahrscheinlicher, sondern beinahe ganz sicher ist?«

»Da irren Sie. Wir werden uns heimlich verbinden und dann verborgen wohnen. Mein Schloß liegt so versteckt, daß es noch nie von dem Fuße eines Weißen betreten worden ist, mich und meinen Vater natürlich ausgenommen.«

»Und der befindet sich dort?«

»Ja.«

»Da muß ihm die Einsamkeit ja schrecklich vorkommen!«

»Gar nicht. Ich habe Ihnen schon gesagt, daß damals eine ganze Anzahl von Indianern mit ihren Frauen und Kindern zu uns gezogen ist. Die wohnen noch dort und bilden eine kleine Kolonie, in welcher es trotz der großen Abgeschiedenheit keine Langeweile giebt.«

»Aber zum Leben gehört sehr vieles, was Sie dort nicht erhalten können.«

»Wir beziehen vieles durch die benachbarten Mogollon- und Zuni-Indianer.«

»Haben sie die so nahe?«

Die Frage war von größter Wichtigkeit für mich, und ich wartete mit großer Spannung auf die Antwort, ließ mir das aber natürlich nicht merken. Das Weib war von Jonathan Melton getäuscht worden, doch fiel es mir gar nicht ein, ihr das zu sagen. Ich betrachtete sie trotz oder auch wegen ihrer Schönheit als den Regenwurm an meiner Angel, mit welcher ich die Meltons fangen wollte.

»Ja,« antwortete sie. »Mein Schloß liegt zwischen den Gebieten dieser Indianer, am kleinen Kolorado und zwar am ersten linken Nebenflüßchen desselben.«

»Dann muß die Lage Ihres Schlosses eine hochromantische sein, denn wenn ich mich nicht irre, so entspringt das Nebenflüßchen auf dem nördlichen Abhange der Sierra Blanca?«

»Allerdings.«

»Auf deren Südseite es Apatschen und Pimo-Indianer giebt?«

»Ja. Wir sind damals durch das Gebiet derselben gezogen.«

Sie ahnte nicht, mit welcher heimlichen Freude ich ihre Antworten hörte. Ich sprach meine Fragen mit der gleichgültigsten Miene aus, und sie war so vertrauensselig und unbefangen, sie mir ohne allen Anstand, ja ohne das geringste Zögern zu beantworten.

»Es ist eine sehr abgelegene Gegend,« fuhr ich fort. »Ich bezweifle, daß Hunter sich ohne Sie zurechtfinden wird.«

»Das hat er auch nicht nötig; ich werde ihn führen.«

»Sie? Befindet er sich denn noch hier?«

»Das fällt ihm natürlich nicht ein. Wir haben eine Zusammenkunft verabredet. Und selbst wenn ich ihn verfehle, so hat er zwei erfahrene Westmänner dort zu erwarten, welche mein Schloß ganz sicher finden würden.«

»Kennen Sie dieselben?« fragte ich in der Überzeugung, daß mit den Westmännern sein Vater und sein Oheim gemeint seien.

»Ich nicht.«

»Ist es da nicht unvorsichtig gewesen, sich ihnen anzuvertrauen?«

»Nein. Er hat mir versichert, daß sie die besten Freunde von ihm sind. Der eine ist der Diener, welcher hier bei ihm war.«

»Ah so! Die beiden sind mit ihm fort?«

»Nein. Jeder ist einzeln abgereist, weil die ganze Angelegenheit als Geheimnis behandelt werden muß, und weil drei Reisende weit mehr auffallen als einer. Sie treffen an unserm Rendezvous in Albuquerque zusammen.«

»Also droben in New-Mexico?«

»Ja, bei einem gewissen Plener, welcher einen großen, sogenannten Salon mit Kosthaus besitzt.«

»Da werden sie den Verhältnissen angemessen vortrefflich aufgehoben sein. Aber Sie – warum befinden Sie sich noch hier? Warum sind Sie nicht gleich mit?«

Sie machte eine komisch-wichtige Miene und antwortete:

»Ich habe noch einige Zeit als Sicherheitsposten hier sitzen zu bleiben.«

»Sicherheitsposten? Die Sache wird immer interessanter!«

»O, sie ist auch interessant, hochinteressant! Man wird nämlich nachforschen, ob Sennor Hunter, mein Verlobter, den Bedingungen etwa nicht nachkommt und, statt nach Indien zu gehen, sich hier im Lande versteckt.«

»Wirklich? Wer könnte ein Interesse haben, sich darum zu bekümmern?«

»Ein Verwandter, dem in diesem Falle die Erbschaft zufallen würde.«

»Wetter! So eine Person könnte freilich höchst störend werden. Wer ist denn der Mann?«

»Ein deutscher Prairiejäger, der sich mit einem englischen Westmanne und einem Indianer verbunden hat, die Nachforschungen anzustellen.«

»Wie heißen die drei?«

»Das weiß ich nicht; ich habe nicht nach ihren Namen gefragt.«

»Und doch sitzen Sie als Wächterin hier? Sie müssen doch die Leute kennen, auf welche Sie aufzupassen haben!«

»Ist nicht nötig. Zum Aufpassen ist ein anderer angestellt, welcher mir Nachricht geben wird. Ist dies bis jetzt und einer Woche nicht geschehen, so reise ich nach Albuquerque ab.«

»Aber Sie kennen doch wenigstens den Mann, welcher Ihnen die Nachricht bringen soll?«

»Gesehen habe ich auch ihn noch nicht. Er ist ein Handelsmann, welcher unweit von hier in einem Hinterhause wohnt. Der andere Freund Hunters hat bei ihm logiert und ihm den betreffenden Auftrag erteilt – entschuldigen Sie, Sennor, es hat geklingelt!«

Ich hatte das Klingeln auch gehört; sie stand vom Diwan auf und trat unter die Portiere, welche das Zimmer, in dem wir uns befanden, von dem vorderen trennte, durch welches ich gekommen war. Die Indianerin öffnete vorn und sagte einen Namen, den ich nicht verstand.

»Mag hereinkommen!« sagte Judith, indem sie vorwärts ging und die Portiere hinter sich fallen ließ. Ich war allein und hörte nun folgendes Gespräch, obgleich ich derjenige war, der es am wenigsten hören sollte:

»Sind wir allein?« fragte nach der kurzen Begrüßung eine männliche Stimme englisch.

»Redet!« forderte sie den Sprecher auf.

»Ich habe Mrs. Silverhill mitzuteilen, daß sich die drei Personen, auf welche Ihr wartet, hier befinden. Mein Sohn hat es mir sofort gemeldet. Er ist da angestellt, wo sie vernommen worden sind.«

»Vernommen? Haben sie sich an die Behörde gewendet?«

»Allerdings.«

»Um zu erfahren, ob Mr. Hunter wirklich nach Indien gereist ist?«

Er zögerte mit der Antwort und meinte dann zweideutig-

»Von der Reise ist auch mit die Rede gewesen. Ich habe Euch nur zu sagen, daß die drei da sind; weiter erstreckt sich mein Auftrag nicht. Höchstens könnte ich Euch die Namen sagen, die Euch aber schon bekannt sein werden.«

»Ich kenne sie noch nicht.«

»Nun, der Indianer ist der Apatschenhäuptling Winnetou.«

»Winnetou?« fragte sie im Tone des Erstaunens. »Den kenne ich freilich. Ich habe ihn früher gesehen.«

»Sodann ein Engländer, welcher Bothwell heißt –«

»Ist mir fremd.«

»Und der deutsche Prairiejäger ist der Westmann, welcher Old Shatterhand genannt zu werden pflegt.«

»Old Shat-ter-hand!« rief sie, nach jeder Silbe innehaltend. »Das – das – das ist ja – kommt, kommt schnell heraus!«

Ich hörte eine Thür gehen, und es wurde still. Die Jüdin hatte den Boten in ein anderes Zimmer geführt, damit ich das Weitere nicht verstehen sollte. Meine Rolle als Old Firefoot war ausgespielt. Der Mann, mit welchem sie jetzt sprach, war jedenfalls der Händler, bei welchem Melton, der Onkel, gewohnt hatte. Als er den Namen Old Shatterhand nannte, war ihr eingefallen, daß dies der meinige sei und daß ich nicht Old Firefoot heiße. Sie hatte mich damals in der Sonora mit Winnetou beisammen gesehen und wußte nun, daß ich der Deutsche sei, dem, ihrer Meinung nach, das Erbe Hunters zufallen mußte, falls er nicht nach Indien ging. Und sie hatte mir so vertrauensvoll erzählt, daß er wirklich die Absicht hatte, hier im Lande zu bleiben! Ich war neugierig, was sie nun thun werde.

Es dauerte fast eine Viertelstunde, ehe sie wiederkam. Ihre Wangen waren bleich; in ihren Augen glänzte ein drohendes Licht; sie befand sich in großer Aufregung, gab sich aber Mühe, dies nicht merken zu lassen.

»Sennor, Sie haben den Teil des Gespräches gehört, welcher da im Nebenzimmer stattfand?« fragte sie mich.

Ihre Stimme zitterte. Sie mußte sich sehr anstrengen, ihren Zorn zurückzuhalten.

»Ja«, antwortete ich ruhig.

»So haben Sie also gelauscht!«

»Fällt mir nicht ein. Sie waren so gütig, mit dem Manne nebenan zu sprechen, und nur ein vollständig Tauber hätte da nichts hören können.«

»Gut, ich war unvorsichtig. Aber Sie haben mich belogen! Sie nannten sich Old Firefoot!«

»Steht es mir nicht frei, mir einen Kriegsnamen zu geben, der mir gefällt und beliebt?«

»Aber Sie sind Old Shatterhand!«

»Man nennt mich allerdings auch bei diesem Namen.«

»Warum haben Sie ihn mir nicht genannt?«

»Weil ich keinen triftigen Grund dazu hatte.«

»Sie haben mich getäuscht. Wissen Sie, wie ich das nenne? Eine Dame in dieser Weise zu hintergehen, das ist –«

»Bitte, schweigen Sie!« unterbrach ich sie schnell. »Ich dulde von Ihnen kein beleidigendes Wort. Sie sind die Braut eines Schwindlers. Was hindert mich, Sie der Polizei zu übergeben?«

»Wer oder was Sie hindert? Das werde ich Ihnen gleich zeigen. Warten Sie nur einen Augenblick. Ich habe vorher dem Boten nur ein Trinkgeld zu geben, und meine Börse liegt im Schlafzimmer. Dann sollen Sie hören, was ich Ihnen zu sagen habe!«

Sie verließ das Boudoir durch eine mir und dem Diwan gegenüberliegende Thür. Ich hörte ein leises Geräusch, als ob ein Riegel vorgeschoben werde. Schnell huschte ich nach der Thür und klinkte; sie öffnete sich nicht. Nun eilte ich leisen Schrittes durch das Boudoir zurück und hinaus in das Nebenzimmer. Auch dieses war von außen verschlossen. Da die Jüdin durch dasselbe zu mir zurückgekehrt war, mußte die Indianerin, ihre Dienerin, den Schlüssel im Schlosse umgedreht haben.

»Ah, sie hat dich gefangen, um auszureißen!« lachte ich mir selbst zu. »Sehr gut! Sie mag gehen!«

Ich öffnete ein Fenster und sah hinaus, doch so, daß ich von unten nicht gesehen werden konnte. Kaum waren fünf Minuten vergangen, so kam sie unten aus der Thür. Sie hatte in größter Eile Toilette gemacht, und jedenfalls all ihr Geld und ihre Wertsachen zu sich gesteckt. Ihre Gestalt war in einen grauen Regenmantel gehüllt; ein einfacher Hut saß auf ihrem Kopfe. Hinter ihr kam eine Indianerin, welche eine Tasche in der Hand hatte, und dann folgte ein schwarzbärtiger Mann, der einen kleinen Koffer trug. Das war jedenfalls der Bote, mit dem sie gesprochen hatte. Die drei hoben die Köpfe, um zu den Fenstern emporzublicken; ich zog den meinigen schnell zurück. Als ich dann wieder hinaussah, waren sie schon weit fort; ich sah sie eiligen Schrittes unter den Passanten verschwinden.

Ein anderer als ich hätte vielleicht die Thüren ausgesprengt, um ihnen augenblicklich zu folgen; mir aber fiel dies nicht ein; sie, nämlich die Jüdin, war mir sicher, obwohl ich mir sagte, daß sie New-Orleans augenblicklich verlassen werde.

Ich probierte zunächst noch einmal die Thüren; sie waren wirklich verschlossen. Dann sah ich mich genauer, als es bis jetzt geschehen war, in den beiden Zimmern um, die für mich offen waren. Auf einem kleinen Tischchen im Boudoir lag ein Photographiealbum. Ich öffnete es und schlug die einzelnen Bilder um. Wahrhaftig, da steckte Jonathan Meltons Lichtbild im Visitenformat. Und dabei lag ein zusammengefalteter Zettel. Ich war keineswegs so diskret, ihn liegen zu lassen, sondern ich las ihn. Da stand in kalligraphisch schönen Buchstaben geschrieben:

»Ich erkläre hiermit durch die Unterschrift meines Namens, daß ich Mrs. Silverhill die Ehe versprochen habe. Small Hunter.«

Wer die in Beziehung auf Eheversprechungen so strengen Gesetze der Vereinigten Staaten kennt, der weiß, was zwei oder drei solche Zeilen zu bedeuten haben. Ja, der sonst so kalt und gefühllos berechnende Mann befand sich vollständig in ihren Fesseln, und ich war überzeugt, daß ich ihn, wenn nicht in Albuquerque, so doch in ihrem »Schlosse« treffen würde.

Ich durchsuchte die beiden Zimmer weiter, fand aber nichts, was mir dienlich sein konnte. Die Photographie und den Zettel steckte ich zu mir und untersuchte dann die Schlösser der beiden Thüren. Man brauchte kein Einbrecher zu sein, um das eine öffnen zu können. Nachdem ich einen kleinen Stift aus dem Drücker gezogen hatte, konnte ich den letzteren entfernen. Ich hatte in dem Necessaire ein kleines Messer gesehen, dessen Spitze ich abbrach, worauf es mir als Schraubenzieher diente, mit dessen Hilfe ich die vier kleinen Schrauben entfernte, welche das Schloß festhielten; dann konnte ich dieses abnehmen; die Thür war offen, und ich trat in den Korridor, mit dessen Thür ich ganz ebenso verfahren konnte.

Nun ging ich hinab ins Parterre zu der Witwe und teilte derselben soviel mit, wie ich für nötig hielt. Sie war zunächst ganz betroffen über die fluchtmäßige Entfernung der Jüdin, setzte aber meiner Verabschiedung keine Schwierigkeiten in den Weg. Ich ging, aber nicht etwa schon zu Emery und Winnetou, sondern die Straße abwärts nach dem Hinterhause, welches der Advokat mir als die Wohnung seines »Bureauvorstandes« bezeichnet hatte. Der Wirt sollte mich bei seiner Rückkehr von seinem mehr als zweideutigen Ausgange in seiner Stube finden. Ich war der Jüdin nicht gefolgt, weil ich sicher gewesen war, von ihm mehr zu erfahren, als was ich hätte sehen und beobachten können.

Eine Inschrift über den Fenstern des Parterres verriet mir, daß er Jeffers hieß und alte Goldsachen und Uhren zu verkaufen hatte. Die Thür war von innen verriegelt; auf mein Klopfen öffnete eine Frau.

»Mr. Jeffers daheim?«

»Nein. Was wollt Ihr?«

»Ein Armband oder so etwas als Geschenk für eine Dame.«

»Wie hoch vielleicht im Preise?«

»Ich gehe bis zehn oder fünfzehn Dollars.«

»Kommt herein, Sir; mein Mann muß gleich wiederkommen.«

Hätte ich eine niedrigere Summe genannt, so wäre ich von ihr fortgeschickt worden, um später wieder vorzusprechen. Ich trat in einen kleinen Vorsaal, in welchem es zwei Thüren gab; die eine führte in einige Hinterstuben, wo ich bedient werden Sollte; die andere ging jedenfalls in die vordern Zimmer, welche Harry Melton bewohnt hatte.

Die Frau war sauber gekleidet und machte den Eindruck von Willenlosigkeit und Niedergeschlagenheit. Ich mußte wohl drei Viertelstunden warten, ehe ihr Mann nach Hause kam. Sie öffnete ihm und sagte ihm draußen, was ich kaufen wollte. Er kam in die Stube und führte mich in einen kleinen Nebenraum, in welchem sich seine Kostbarkeiten befanden.

»Also ein Armband wollt Ihr, Sir,« meinte er. »Ich möchte Euch hier die Granaten empfehlen; es giebt auch eine Broche dazu. Sie stehen wunderbar, besonders zu blond.«

»Mrs. Silverhill ist leider nicht blond,« bemerkte ich.

Er ließ die Hand, mit der er mir das Armband entgegenhielt, sinken und fragte rasch.

»Mrs. Silverhill? Kennt Ihr eine Dame dieses Namens?«

»Natürlich! Das Geschenk. soll ja für sie sein! Wundert Ihr Euch darüber?«

»Nein, gar nicht! Wo wohnt Mrs. Silverhill, Sir?«

»Auf dieser Straße, nur einige Häuser weiter aufwärts.«

»Ihr scheint mit ihr befreundet zu sein?«

»Alte Bekanntschaft, weiter nichts.«

» *Well*, geht mich nichts an; aber unsereiner interessiert sich natürlich für die Personen, welche die Sachen, die man verkauft, bekommen, und da ich zufällig erfahren habe, daß Mrs. Silverhill sehr reich sein soll, so möchte ich Euch raten, das Beste auszusuchen, was ich habe.«

»Sehr richtig. Ich hätte eigentlich zu einem der großen Juweliers gehen sollen, bin aber doch zu Euch gekommen, weil ich mein Geschenk nur mit Eurer Hilfe anbringen kann.«

»Wieso?«

»Die Dame ist verreist und nur Ihr wißt, wohin.«

»Ich?« fragte er, indem sein Gesicht den Ausdruck ängstlicher Spannung annahm. »Was habe ich mit Mrs. Silverhill zu thun?«

»Das fragt die Polizei auch!«

»Die Po –?!«

Er wollte das Wort aussprechen; es blieb ihm aber im Munde stecken.

»Ja, die Polizei!« nickte ich bedeutungsvoll und ernst.

»Was soll das heißen? Was weiß ich von Eurer Mrs. Silverhill!«

»Wo sie hin ist, das wißt Ihr! Ihr habt ihr ja bei ihrer plötzlichen Abreise den Koffer getragen! Ihr wart bei ihr und habt ihr verraten, daß Old Shatterhand, Winnetou und Mr. Bothwell hier angekommen sind.«

»Alle Wetter, Sir! Diese – diese – diese Namen –« stotterte er.

»Hat Euch Euer Sohn genannt, der darüber seine Anstellung verlieren wird. Natürlich wird ihm und Euch außerdem der Prozeß gemacht. Weshalb, das wißt Ihr wohl!«

»Ich – ich – weiß von nichts!«

»Wirklich? Kennt Ihr den Namen Small Hunter nicht?«

»Small –?!«

»Und hat nicht der Schreiber Hudson bei Euch gewohnt? Wart Ihr nicht beauftragt, Mrs. Silverhill zu benachrichtigen? Ich sage Euch, das wird Euch und Eurem Sohne stark an den Kragen gehen, denn dieser weiß genau, wessen der sogenannte Small Hunter angeklagt wird.«

»Das ist eine armselige Geschichte! Hätte ich mich doch nicht damit abgegeben!«

Er warf sich bei diesen Worten auf einen Stuhl und schlug sich mit der Hand vor die Stirn.

»Armselig genug wird's für Euch; das ist sehr richtig,« stimmte ich bei. »Was sagt Ihr dazu, daß ich Euch gleich mit mir nehme, Master?«

Da fuhr er augenblicklich wieder auf und fragte, mir voller Angst in das Gesicht starrend:

»Ist es denn wirklich so – so schlimm, so gefährlich, Sir? Ich habe doch bis jetzt an den echten Small Hunter geglaubt, habe erst vor zwei Stunden von meinem Sohne erfahren, daß er ein Betrüger sein soll! Und daß er das ist, glaube ich auch jetzt noch nicht!«

Ich sah es ihm an, daß er damit die Wahrheit sagte. Er schien ein Mann zu sein, der es, wenn es sich um seinen Vorteil handelte, im Geschäfte nicht allzu genau mit der Ehrlichkeit nahm; aber wie ein gewerbsmäßiger, hartgesottener Verbrecher sah er nicht aus.

»Er ist nicht nur ein Betrüger, sondern etwas noch viel Schlimmeres,« versicherte ich dem Händler. »Sobald er erwischt wird, geht es ihm an Kopf und Leben, und denen, die mit ihm in Verbindung standen, wird es nicht viel besser ergehen.«

Ich gab ihm die nötigen Aufklärungen, worauf er sagte: »Ich will Euch alles gestehen. Sir, Ihr seid ein Detektive und müßt Eure Pflicht thun; aber vielleicht ist es Euch doch möglich, mich und meinen Sohn aus dem Spiele zu lassen. Sucht Euch dafür meine beste Uhr aus oder den teuersten Schmuck, den ich hier habe!«

Also er hielt mich für einen Polizisten! Das war mir eben recht. Er hatte mich vorhin bei der Jüdin nicht gesehen. Ich dachte also scheinbar eine kleine Weile nach und sagte dann.

»Was Ihr mir da anbietet, würde Bestechung sein. Damit bleibt mir vom Leibe. Ich will nichts gehört haben, denn, wenn ich auch das noch anzeigte, würde man noch viel weniger an Eure Unschuld glauben. Es widerstrebt mir freilich, anzunehmen, daß Ihr mit solchen Schurken gemeinsame Sache gemacht habt, und so –«

»Sir,« fiel er mir in die Rede, »das habe ich auch nicht. Ich schwöre es Euch zu!«

»Aber mit dem Schreiber seid Ihr vertraut gewesen!«

»Nein. Ich verkehrte mit ihm, wie ein Wirt mit einem Mieter verkehrt.«

»Aber seine Botschaft habt Ihr doch an die Silverhill ausgerichtet!«

»Im guten Glauben. Er ist nach St. Louis gefahren und will wiederkommen. Ehe er abreiste, bat er mich, durch meinen Sohn zu erfahren, ob vielleicht drei Männer kommen würden, um Small Hunter zu verdächtigen. Würde der Fall eintreten, so sollte ich es sofort der Dame melden.«

»Ihr seid dafür bezahlt worden?«

»Er hat mir allerdings einige Dollars gegeben.«

»Hm! Das spricht wieder nicht für Euch!«

»Sir, ich bin arm und muß, um auszukommen, jeden Dollar mitnehmen. Ist es denn gar nicht möglich, mich aus dem Spiele zu lassen?«

»Schwerlich! Ja, wenn weiter niemand davon erführe!«

»Ich sage kein Wort, Sir, kein Wort! Lieber laß ich mich zerreißen, als daß ich gegen jemand den Mund öffne!«

»Würdet Ihr auch gegen meine Kollegen schweigen? Ich könnte Euch nur unter der Voraussetzung schonen, daß Ihr gegen andre schweigt, gegen mich aber aufrichtig seid.«

»Beides soll geschehen, beides, Sir!«

»Gut, wollen einmal sehen. Also, wo befindet sich der sogenannte Hudson, welcher bei Euch gewohnt hat?«

»Ich weiß nicht anders, als daß er mit Small Hunters Diener hinauf nach St. Louis ist.«

»Ihr habt den Diener gesehen?«

»Ja; er war einigemale da. Sie sehen einander ähnlich.«

»Weil sie Brüder sind. Und wo ist der falsche Hunter hin?«

»Ich habe bis heute gedacht, daß er nach Indien ist, aber vorhin, als ich bei Mrs. Silverhill war, ließ sie ein Wort fallen, auf welches sie wahrscheinlich nicht achtete und aus dem ich nun jetzt schließen möchte, daß er nicht nach Indien ist.«

»Was war das für ein Wort?«

»Sie sagte, Mr. Hunter hätte dafür gesorgt, daß sie schnell zu ihm kommen könne. Schnell? Das sagt man doch nicht von Indien!«

»Allerdings. Wie kam sie denn eigentlich dazu, so ein unvorsichtiges Wort zu sagen?«

»Das begreife ich auch nicht. Ich ging zu ihr, um mein Versprechen zu erfüllen. Sie empfing mich in einem Zimmer, wo ich ihr die Botschaft ausrichtete. Sie wußte, um was es sich handelte, schien aber die Namen nicht zu kennen, denn als ich dieselben nannte, erschrak sie außerordentlich, zog mich schnell hinaus in den Vorsaal und setzte dort das Gespräch weiter fort. Dann fragte sie mich, ob ich Zeit hätte, gegen Belohnung einen Gang mit ihr zu thun. Ich sagte ja und mußte dann hinaus auf die Treppe, um auf sie zu warten. Sie kam mit ihrer Dienerin; ich mußte einen Koffer tragen. Sie sagte, Old Shatterhand sei in ihrer Wohnung, und sie müsse augenblicklich zu Mr. Hunter, welcher dafür gesorgt habe, daß sie schnell zu ihm kommen könne. So kam sie auf das Wort.«

»Wo seid ihr dann mit ihr hingegangen?«

»Nach dem Great-Union-Hotel; das heißt, ich allein. Sie wartete mit ihrer Dienerin in der Nähe. Ich mußte im Hotel Eisenbahnbillets kaufen.«

»Welche Billets habt Ihr gekauft?«

»Das war eine komplizierte Sache. Sie wollte hinüber nach Gainesville, aber auch mit dem allernächsten Zuge, mit dem das möglich war, denn sie scheute sich, auch nur eine Stunde in Orleans zu bleiben. Da auf der kürzeren Strecke kein Zug ging, habe ich ihr Billets nach Jackson, Vicksburg, Monroe und Marschall genommen, von da nach Dallas und über Denton nach Gainesville.«

»Das ist allerdings ein bedeutender Umweg. Sie hätte viel später abfahren können und wäre auf der Strecke jenseits des Flusses dennoch eher in Gainesville angekommen.«

»Die Angst vor Old Shatterhand trieb sie fort!«

»Und die Angst hat sie auch gegen Euch geschwätzig gemacht. Habt Ihr sonst noch etwas erfahren können?«

»Nein, Sir. Ich habe Euch alles gesagt, was ich weiß. Darf ich nun auch hoffen, daß Ihr Nachsicht mit mir habt?«

»Hm, ich möchte wohl! Ihr werdet also keinem Menschen ein Wort von dem mitteilen, was Ihr mir erzählt habt?«

»Nicht eine Silbe!«

»Diese Bedingung stelle ich, denn wenn Ihr gegen andre schwatzt, ist es mir unmöglich, über Euch zu schweigen. Ich werde zunächst weiter forschen. Finde ich, daß Ihr ehrlich gewesen seid, so werde ich Euch nicht in den Mund nehmen; habt Ihr mich aber getäuscht, und selbst wenn es mit einer Kleinigkeit wäre, so könnt Ihr Euch darauf gefaßt machen, auf eine ganze Reihe von Jahren mit Eurem Sohne eingesperrt zu werden!«

»Wenn das ist, Sir, so brauche ich keine Angst zu haben.«

» *Well!* So lebt wohl! Am besten ist's für Euch, ich sehe Euch nicht wieder. Das Armband kaufe ich natürlich nicht; das war nur ein Vorwand, wie Ihr Euch denken könnt.«

»Natürlich!« meinte er, indem er erleichtert aufatmete. »Aber, Sir, könntet Ihr mir nicht sagen, woher Ihr wißt, was zwischen mir und

Mrs. Silverhill geschehen ist? Von dem Augenblicke an, an welchem ich zu ihr kam, bis zur Sekunde ihrer Abreise hat sie mit keinem Menschen, als nur mit mir gesprochen, ihre Indianerin ausgenommen, und doch wart Ihr so gut unterrichtet!«

»Das ist mein Geheimnis, Mister Jeffers. Die Polizei muß eben, wenn sie etwas taugen will, zuweilen ein wenig allwissend sein.«

»Und dann, könntet Ihr nicht einmal nach Mrs. Silverhills Wohnung gehen? Sie sagte doch, daß Old Shatterhand sie dort überrascht habe. Darum floh sie schnell. Sie hat zugeschlossen. Ich schätze, daß der Mann nun eingesperrt ist und nicht heraus kann.«

»Macht Euch keine Sorge um den! Ein Prairiemann läßt sich nicht so leicht einsperren. Und wenn es ja einmal geschieht, so weiß er ganz genau, wie er es anzufangen hat, wieder an die schöne Atmosphäre zu kommen.«

Ich ging, sehr befriedigt von den Erfolgen meiner Nachforschungen. Wir hatten geglaubt, längere Zeit in New Orleans bleiben zu müssen, und nun stellte es sich heraus, daß wir gezwungen waren, der Stadt sofort den Rücken zu kehren.

Es ist bekannt, daß man in den Vereinigten Staaten in jedem größeren Hotel Eisenbahnbillets nach allen Richtungen bekommen kann. Als ich jetzt in das unserige zurückkehrte, war es mein erstes, nach den Abfahrtszeiten zu sehen. Wir mußten natürlich auch nach Gainesville und hatten noch volle zwei Stunden Zeit bis zur Abfahrt des betreffenden Zuges. Das war Zeit genug, mich mit meinen beiden Gefährten vorher zu verständigen.

Diese freuten sich ebenso wie ich mich darüber, daß ich die Spur der Gesuchten entdeckt hatte, und weder Winnetou noch Emery zweifelten daran, daß es die richtige Fährte sei. Wäre ich allein gewesen, so hätte ich derselben nicht so schnell folgen können, denn zu einer Fahrt nach Gainesville gehörte mehr Geld, als ich dazu hätte aufwenden können; dem Millionär Emery aber war das eine Kleinigkeit, und der Apatsche brauchte nur in seinen Gürtel zu greifen, um einige Nuggets gegen gutes Geld umzuwechseln; ich, der Proletarier, wurde von beiden so mit durchgeschleppt. –

Im Todesthale

Es fiel uns nicht ein, irgend einem Menschen zu melden, daß wir abzureisen beabsichtigten. Zur gegebenen Zeit – es war gerade finster geworden – saßen wir im Waggon und rollten auf der rechten Seite des Missisippi und dann des Red River Shreveport entgegen, welches wir mit Tagesanbruch erreichten. Dort gab es Anschluß von Jackson und Vicksburg über Monroe herüber, und nach unserer Berechnung mußte die Jüdin mit diesem Zuge kommen.

Wir saßen im Restaurationswagen und waren darauf gespannt, ob sie in den Zug steigen werde. Da sie mich und Winnetou kannte, setzten wir uns so, daß sie uns, wenn sie den Wagen betrat, nicht gleich sehen konnte. Emery aber brauchte sich nicht zu verbergen. Er ging, als der Zug sich wieder in Bewegung gesetzt hatte, die andern Wagen durch und meldete, als er zurückkehrte, in ganz zufriedenem Tone:

»Sie ist da, sitzt in dem vorletzten Wagen.«

»Irrst du dich nicht?«

»Kann mich nicht irren. Schönes Frauenzimmer mit dem Typus von Israel; daneben eine Indianerin; Gepäck ein kleiner Koffer und eine Tasche; dabei einfacher Hut und grauer Mantel, wie du gesagt hast. Was thun wir mit Ihr?«

»Fahren lassen.«

» *Well*! Aber es wäre doch besser, wenn wir sie zurückhalten könnten!«

»Nein. Mit dem Weibe haben wir doch eigentlich nichts zu schaffen; wir wollen nicht sie, sondern die Meltons haben.«

»Die will sie doch warnen!«

»Das kann sie nicht, denn wir kommen ihr zuvor. Es versteht sich doch von selbst, daß wir Albuquerque viel eher erreichen, als sie.«

»Sollte man denken. Doch weiß man vorher nie, was geschehen kann. Halten wir sie lieber zurück!«

»Wie wolltest du sie denn zurückhalten?«

»Durch einen Sheriff.«

»Der würde uns mit behalten müssen und damit wäre gar nichts gebessert. Es ist klar, daß sie von Gainesville aus hinauf nach Neumexiko will. Sie hat sicher keine Ahnung, wie kühn, ja wie verwegen dies Unternehmen ist. Man möchte meinen, daß sie unterwegs zu Grunde gehen muß. Wir aber kennen uns aus. Wir werden in Gainesville uns Pferde kaufen und einen Ritt hinauf in die Berge machen.«

»Aber vielleicht haben wir uns mit den Komantschen oder Kioways herumzuschlagen!«

»Schadet nichts. Das verkürzt die Zeit.«

Da wies Winnetou mich zurecht:

»Mein Bruder mag das nicht sagen! Die Komantschen kommen oft nach Norden bis zur Straße nach Santa F6. Winnetou aber fürchtet sie nicht, obgleich sie seine Todfeinde sind; aber wenn wir so schnell nach Albuquerque wollen, haben wir keine Zeit, uns mit ihnen herumzuschlagen.«

Ich schwieg, denn er hatte die Wahrheit gesagt. Später ging Emery wiederholt nach dem vorletzten Wagen. Er fand die Jüdin immer schlafend. Sie schien die letzte Nacht im Fahren durchwacht zu haben.

In Dallas mußte umgestiegen werden. Das war eine schwierige Sache, da wir uns vor Judith nicht sehen lassen wollten. Sie hätte leicht auf den Gedanken kommen können, uns auf der Strecke nach Sherman zu entweichen. Es gelang uns, unbemerkt zu bleiben, auch später, als wir in Denton noch einmal umsteigen mußten. Von da an war der Bahnkörper noch neu; es wurde langsam und vorsichtig gefahren, und so kamen wir erst, als es fast dunkel war, nach Gainesville, dem Endpunkte der Bahn.

Wir warteten, bis die Jüdin mit ihrer Zofe ausgestiegen war, und verließen dann auch den Wagen. Sie hatte uns bis jetzt noch nicht gesehen. Gainesville war damals ein trauriger Ort. Die Gebäude waren nicht Häuser, sondern Hütten zu nennen. Auf der Station gab es keine Unterkunft, und der Ort hatte nur zwei sogenannte Hotels, aber sie wurden eben auch nur so genannt; eine deutsche Dorfkneipe mußte dagegen ein Paradies genannt werden. Wir sahen unsern Flüchtling in dem besser aussehenden Hotel verschwinden. Das bessere Aussehen hatte seinen Grund freilich nur darin, daß es um ein Fenster breiter war als das andere Hotel; es hatte deren drei. Wir gingen auch hinein.

Im Innern war es so dunkel, daß wir nichts sahen. Es brannte kein Licht; draußen herrschte bereits tiefe Dämmerung, und ihr verschwindender Schein vermochte nicht, durch den Schmutz der winzigen Fensterscheiben zu dringen.

Von der Seite her vernahmen wir Stimmen; das mochte in der Küche sein, und dort schien auch ein Licht, wenn auch nur ein kleines Talglicht. Eine Männerstimme sagte:

»*All right*! Ist alles schon vorgesehen. Werde gleich Licht nach dem Salon bringen.«

Leichte Schritte kamen von dorther und wurden in unserer Nähe still. Hatte die Jüdin mit dem Wirte gesprochen? War das der Fall, so saß sie jetzt wieder in der Stube, welche von dem Wirte Salon genannt worden war. Wir tasteten uns vorwärts und kamen an eine Tafel, an welcher eine Bank stand. Beide, Tafel und Bank, waren, das fühlten wir, aus roh gehobelten Brettern zusammengezimmert. Wir setzten uns nieder.

Da kam der Wirt und brachte eine Lampe, welche er auf die Tafel stellte. Sie beleuchtete uns.

»Halloh, da sind ja noch andere Gäste!« rief er aus. »Willkommen, Gentlemen! Werdet ihr heut hier im Hotel bleiben? Delikates Essen, gute Betten und sehr niedrige Preise.«

»Werden sehen,« antwortete Emery. »Habt Ihr Bier?

»Und was für welches! Echt englisches Porter.«

»So gebt drei Flaschen! Schmeckt uns dieser Göttertrank aber nicht, so trinkt Ihr ihn selber.«

»Sollte mir lieb sein; werde aber nicht zu diesem Genusse kommen.«

Inzwischen hatte ich einen andern Genuß, der viel größer war als der seines jedenfalls schlechten Gerstenabsudes. Als er das Licht brachte, sah ich, daß an der Tafel nicht nur die Bank stand, welche wir eingenommen hatten, sondern es befand sich auf der andern Seite eine zweite, und auf dieser saß – Judith mit ihrer Indianerin! Welche

Gesichter die beiden machten, als sie mich sahen! Kein Maler hätte die Verblüffung so zu treffen gewußt, wie ich sie in solcher Vollendung in meinem Leben hier zum erstenmal sah. Als der Wirt sich jetzt entfernte, stand ich auf, verbeugte mich und sagte:

»Mrs. Silverhill, Sie sehen, unser gestriges Zusammentreffen hat mich so für Sie begeistert, daß ich mich nicht von Ihnen zu trennen vermag. Old Shatterhand hat Ihre Spur gefunden, obgleich Sie die Billets durch eine fremde Person kaufen ließen.«

»Sie – Sie hier in Gainesville!« sagte sie stammelnd.

»Vermuteten Sie, daß ich jetzt noch in Ihrem Boudoir zu suchen sei? Vielleicht wäre ich trotz aller Ihrer Schönheit in New Orleans geblieben; aber Sie hatten bei Ihrer eiligen Abreise etwas vergessen, was Sie so notwendig brauchen, daß ich mich sofort auf die Bahn setzte, um es Ihnen nachzubringen. Hier ist es, Sennora.«

Ich zog den Zettel mit dem Eheversprechen aus der Tasche, faltete ihn auseinander und hielt ihn in das Licht der Lampe. Sie las die Zeilen, riß ihn mir aus der Hand und rief.

»Der gehört mir! Wenn ich nur den Schein habe! Nun mag alles verloren sein, was ich nicht mitnehmen konnte!«

»Ja, behalten Sie ihn, Sennora. Sie können einen der größten Betrüger damit zwingen, ehrlich gegen Sie zu sein, bevor ihn der Hangman an den Galgen knüpft.«

Da zischte sie mir wütend zu:

»Schweigen Sie, Sie größter aller Verleumder! Sennor Hunter ist ein ehrlicher Mann, tausendmal ehrlicher, als Sie sind. Ich habe mit Ihnen nichts zu schaffen; er aber wird sich an Ihnen rächen; darauf verlassen Sie sich!«

Und sich an den Wirt wendend, fuhr sie fort:

»Sennor, haben Sie für eine Dame, die unmöglich bei solchen Leuten bleiben kann, ein abgelegenes und verschließbares Zimmer für bis morgen früh, wo ich weiter reise?«

»Fragen Sie doch nicht erst, Ma'am!« antwortete er. »Ich habe ein Zimmer, in welchem eine Prinzessin sich wie im Himmel fühlen würde.«

»So bringen Sie mich und meine Kammerzofe sofort hin!«

Er nahm uns die Lampe weg und führte die beiden Frauenzimmer fort. Das Haus war in zwei Räume geteilt, einen größeren, in dem wir saßen, und einen kleineren, der die Küche und den Aufenthalt des Wirtes bildete. Beide Räume hatten eine Bretterdecke. Die Decke der Küche hatte ein viereckiges Loch; dort legte der Wirt eine Leiter an und kletterte mit der Lampe hinauf. Judith und die Indianerin mußten ihm folgen. Wir blieben im Finstern, bis er nach fast einer Viertelstunde wieder herunter kam und uns ein Talglicht hinsetzte.

»Entschuldigt, Mesch'schurs!« sagte er. »Ich habe heute nur eine Lampe. Die drei großen Kronleuchter, welche ich in Little Rock bestellt habe, kommen leider erst übermorgen an. Wünscht Ihr auch zu essen?«

»Ja,« antwortete Emery. »Was giebt es?«

»Einen feinen Lendenbraten und dazu einen Eierkuchen.«

»Wer ist der Koch?«

»Ich selbst. Meine Frau kommt erst übermorgen, und die vier Kellner, welche ich mir verschrieben habe, sollten schon gestern hier sein, werden sich aber verspätet haben, weil der Schneider ihre Fracks nicht zur rechten Zeit fertig gebracht hat.«

»Dann ist es ein wahres Glück,« fiel ich ein, »daß wenigstens Ihr selbst schon hier eingetroffen seid! Ihr habt mit der Dame da oben gesprochen. Hat sie Euch gesagt, wohin sie will?«

»Nein.«

»Oder wann sie fort will?«

»Auch nicht. Aber Ihr habt vorhin gehört, daß sie ihr Boudoir nur bis morgen früh behalten will.«

»Können wir hier übernachten?«

»Natürlich! Ihr sollt wie die Götter schlafen.«

»Wo?«

»Hier im Salon. Ihr werdet Betten zum Entzücken haben.«

»Schön! Kann man hier in diesem gesegneten Gainesville Pferde zum Kaufe bekommen?«

»Das versteht sich, Sir! Es giebt im ganzen Westen keine solchen Pferde wie hier bei uns. Echt arabisches, persisches und englisches Vollblut! Und Preise, Preise sage ich Euch, die der Rede gar nicht wert sind. Ich bin der berühmteste Pferdezüchter weit und breit.«

»Vielleicht auch Sättel?«

»Von allen Sorten, vom berühmtesten Sattler in St. Louis direkt und fast ganz neu bezogen.«

»So wünsche ich nur, daß die Pferde und Sättel besser sind als der echt englische Porter, den Ihr vorhin ebensosehr gelobt habt wie jetzt sie. Was für Ausgänge hat das Boudoir, in dem sich die beiden Damen befinden?«

»Nur den einen, wo sie vorhin hinaufgestiegen sind. Doch verzeiht! Ich muß mich jetzt beeilen, euer Abendessen zu bereiten.«

Dieser »Hotelier« war ein so geriebener Kerl, wie mir kaum schon einer vorgekommen war. Sein Porter war ein selbst zusammengepantschtes Small-beer; dann bekamen wir die ungenießbaren Sehnen von Rinderfüßen als Lendenbraten, und der famose Eierkuchen war nichts anderes, als ein Mehl schlechtester Güte dick in warmem Wasser eingerührt. Die Betten bestanden aus Hobelspänen, und für diese fürstlichen Genüsse hatten wir drei Dollars pro Mann zu bezahlen. Der einzige Trost dabei war, daß die »Prinzessinnen« über der Küche wohl in denselben Genüssen schwelgen mußten, wie wir.

In Bezug auf diese beiden Personen trauten wir dem Manne nicht recht; da wir aber nicht wußten, in welche Richtung wir unser Mißtrauen wenden sollten, so legten wir uns schlafen, doch mit dem Vorsatze, morgen mit dem frühesten aufzustehen.

Mitten in der Nacht weckte mich Winnetou.

»Mein Bruder mag horchen!« sagte er.

Ich lauschte. Von draußen hörte man, aber fern von dem Hause, ein leises Geräusch, wie das Rollen eines Wagens; dann war es wieder still, und nichts ließ sich mehr vernehmen. Wir schliefen also wieder ein, indem wir das Bewußtsein hegten, daß die Jüdin, wenn sie wirklich nur mit Hilfe der Leiter aus ihrem »Boudoir« entweichen konnte, sich gewiß nicht entfernen konnte, ohne von uns gehört zu werden. Wir drei, besonders aber Winnetou, pflegten beim leisesten Geräusch aufzuwachen.

Der Tag graute, als wir aufstanden. Da es an der Thür kein Schloß, sondern nur einen hölzernen Riegel gab, konnten wir aus dem Hause treten, ohne den Wirt zu wecken, welcher, wie wir sahen, noch schlafend in der Küche lag. Wir bemerkten sofort, daß die Leiter dort fehlte, und als wir um die Ecke des Hauses bogen, sahen wir sie dort an der Wand lehnen. Sie reichte bis an einen offen stehenden Laden in dem obern Raume, welchen der Wirt Boudoir genannt hatte. Und nun bemerkten wir auch, daß sich dort eine Thür befand, welche aus der Küche in das Freie führte. Der Wirt wurde natürlich sofort geweckt.

»Wo sind die Damen, die oben schliefen?« fragte ich ihn.

»Fort,« antwortete er, indem sich sein Gesicht in ein schadenfrohes Grinsen zog. »Ich habe sie hinausgelassen.«

»Und heimlich, damit wir es nicht bemerken sollten!«

»Allerdings, Mesch'schurs. Ich gönne meinen werten Gästen gern den Schlaf. Darum habe ich die Küchenthür so leise nach außen geöffnet und die Leiter so leise hinausgeschafft und draußen angelehnt, daß ihr es selbst dann nicht gehört hättet, wenn ihr wach gewesen wäret. Und ebenso leise sind die Damen dann auch durch den Laden herabgestiegen.«

Er sagte das mit einem so merkwürdigen Hohne, daß ich ihn am liebsten hätte ohrfeigen mögen. Ich fragte weiter-.

»Ihr wißt nicht, wohin sie sind?«

»Nein.«

»Und doch habt Ihr sie im Wagen fortgeschafft!«

»Im Wagen?« meinte er erstaunt. »Woher wißt Ihr das?«

Ich dachte an die Worte, welche Judith zu dem Händler gesagt hatte: »Mr. Hunter hat dafür gesorgt, daß ich schnell zu ihm kommen kann.« Sollte er ihr beim Abschiede gesagt haben, er wolle hier einen Wagen für sie bereithalten lassen? Ich antwortete:

»Ich weiß, daß hier bei Euch ein Wagen für eine Mrs. Silverhill gestanden hat!«

»Wenn Ihr es so gewiß wißt, warum soll ich es da leugnen! Er stand drüben an der Station im Schuppen. Ich habe ihn aus Little Rock besorgen müssen und ein Heidengeld dafür bezahlt, obwohl es nur eine alte, ausgediente Ueberlandkutsche war.«

»Nach welcher Richtung ist die Kutsche fort?«

»Das kümmert Euch nicht.«

» *Well*, ganz wie Ihr wollt, Sir! Nun zeigt uns doch einmal die Pferde, die Ihr uns verkaufen wollt!«

»Ich verkaufe sie nicht. Ich will Euch offen sagen, daß Mrs. Silverhill, die eine sehr feine Dame ist, mich dafür bezahlt hat, daß ich Euch kein Pferd ablasse.«

»So wird es andere Leute geben, bei denen wir welche bekommen.«

»Hier in Gainesville? Da irrt Ihr Euch. Es giebt keinen Pferdehuf hier im Orte, der nicht mir gehört. Schöne Pferde sind's; das muß man sagen. Soll ich sie Euch mal zeigen? Sie stehen da draußen in der Fenz.«

Er sagte das wieder in seinem so niederträchtig schadenfrohen Tone und deutete dabei mit der Hand über die Station hinüber. Ich verstand den Blick, welchen mir Winnetou zuwarf, und antwortete:

»Ansehen kann man sie sich einmal. Zeigt sie uns also!«

Wir hatten alles, was uns gehörte, bei uns und folgten ihm ins Freie, wo, vielleicht zehn Minuten vom Orte entfernt, eine Fenz errichtet war, in welcher sich zwölf Pferde befanden. Es waren einige dabei, welche uns gefielen. Der Mann blieb aber bei seiner Weigerung. Da sagte ich:

»Sir, hat Mrs. Silverhill Euch unsere Namen genannt?«

»Nein.«

»So will ich sie Euch sagen. Hier steht Winnetou, der Häuptling der Apatschen; ich bin Old Shatterhand, von dem Ihr wohl schon gehört habt, und der Dritte von uns ist auch ein Mann, der nicht mit sich spaßen läßt. Ihr verkauft Pferde, und wir brauchen augenblicklich welche; Ihr wollt uns nur aus reiner Schikane keine ablassen. Nun hört, was ich Euch sage; es ist unsere feste Absicht, die wir unbedingt ausführen werden: Wir kaufen Euch dort die zwei Braunen und hier den Schwarzen ab und zahlen Euch für das Stück sofort fünfundachtzig Dollars. Dazu gebt Ihr uns drei alte Sättel mit Zügelzeug, das Stück zu fünfzehn Dollars, macht Summa Summarum dreihundert Dollars. Wollt Ihr nicht, so gehen wir fort. Was darauf geschieht, ist auch einmal jetzt unsere Sache und nicht die Eurige!«

»Wie? Ist's wahr, ist's wahr? Ihr seid Winnetou und Old Shatterhand?« rief er aus. »Wenn das ist, welch eine Ehre! Wie stolz bin ich darauf, erzählen zu können, daß ich solche Männer in meinem Salon bewirtet habe! ja, jetzt gehen mir die Augen auf, Mesch'schurs. Das ist Winnetou, der Häuptling mit der Silberbüchse. Und Ihr habt zwei Gewehre, ein schweres und ein leichtes. Das ist der Bärentöter und der famose Henrystutzen. Mesch'schurs, ihr sollt die Pferde mit den Sätteln haben. Nehmt sie; nehmt sie hin! Und nun will ich euch auch sagen, wohin die Frauen gefahren sind. Sie sind nach Henrietta, wo sie neue Pferde nehmen wollen. Dann gehen sie über die Dryfurt des Red River, um die Canadianstraße der Wagenzüge zu gewinnen, welche nach San Pedro und Albuquerque führt.«

Diese Einwilligung hatte ich nicht erwartet; ich war vielmehr auf eine erneute Weigerung gefaßt gewesen. In dem Falle hätten wir uns augenblicklich auf die drei von mir bezeichneten Pferde gesetzt, ihm für jedes fünfzig Dollars hingeworfen und wären ohne Sattel- und Zaumzeug davongeritten. So aber war es doch viel besser.

Er bat uns, mit ihm ins »Hotel« zurückzukehren, wo wir die Sättel auswählten und sie und die Pferde bezahlten. Während das erstere geschah, war er für einige Augenblicke fortgegangen; aus welchem Grunde, das sahen wir sehr bald darauf, denn kaum war er zurückgekehrt, so füllte sich der »Salon« mit sämtlichen Bewohnern des Ortes; sie kamen, groß und klein, alt und jung, um uns – nicht anzusehen, sondern förmlich anzustaunen, und wir konnten uns dies ruhig gefallen lassen, da sie uns dabei nicht im geringsten belästigten. Keiner wagte es, uns auch nur anzureden; der Wirt aber machte ein gutes Geschäft dabei, denn während der Stunde, welche wir noch blieben, wurde so viel getrunken, daß das Gesicht des Wirtes sich zu einem immer befriedigteren Schmunzeln verzog. Dies war wohl auch der Grund, daß er uns schließlich bat, einen Vorrat von Proviant als Zugabe von ihm anzunehmen. Wir weigerten uns natürlich nicht, das zu thun, und dabei zeigte es sich, daß er viel besseres Mehl und Fleisch besaß, als er gestern zu unserm Abendessen verwendet hatte. Er schenkte uns sogar eine kleine Pfanne und drei Becher, welche Gegenstände wir unterwegs bei der Zubereitung der Speisen recht gut gebrauchen konnten.

Nachdem wir uns auf diese Weise ausgerüstet hatten, ritten wir fort und schlugen selbstverständlich die Richtung nach Henrietta ein, weil die Jüdin den Weg dorthin genommen hatte. Dort angekommen, erfuhren wir, daß sie volle acht Stunden vor uns dagewesen war und nicht nur Wagen sondern auch Reservepferde bekommen hatte. Sie war natürlich überzeugt gewesen, daß wir ihr folgen würden, und hatte, wie es schien, die Anweisung erteilt, uns keine Auskunft zu geben.

Höchst wahrscheinlich hatte sie die Anweisung durch ein Trinkgeld unterstützt. Sie mußte überhaupt eine nicht unbedeutende Summe bei sich haben, da sie soviel Pferde erlangt hatte. Die Auskunft wurde uns allerdings auch verweigert; als jedoch Emery einen kleinen Pferdeboy heimlich zur Seite nahm und ihm zwei Dollars in die Hand drückte, öffnete er dem jungen den Mund und dieser teilte dem Englishman nicht nur die Zeit der Ankunft und Abfahrt der Jüdin mit, sondern verriet ihm auch, daß vor einiger Zeit ein Gentleman dagewesen sei, welcher für das schnelle Fortkommen der Dame gesorgt habe. Er beschrieb den Gentleman so genau, daß wir in demselben Jonathan Melton erkannten.

Es war leicht anzunehmen, daß Jonathan mit Judith die einzuschlagende Route verabredet und ihr dieselbe während seiner Voranreise möglichst erleichtert hatte. Geld dazu führte er ja mehr als genug bei sich.

Sie wollte also hinüber nach der San Pedro-Straße und hatte dazu allen Grund, weil es nur dort für sie Gelegenheit gab, ihre ermüdeten Pferde gegen frische umzutauschen. Da wir wußten, daß sie nach Albuquerque wollte, so hielt ich es nicht für nötig, uns auf ihrer Spur zu halten. Sie mußte, weil sie zu Wagen war und zuweilen die Pferde zu wechseln hatte, einen Umweg machen, während wir denselben abschneiden konnten. Thaten wir dies, so erreichten wir Albuquerque wahrscheinlich früher als sie und konnten nicht nur sie dort erwarten, sondern auch nach den Meltons ausschauen. Freilich ging der Weg, den wir da einzuschlagen hatten, über den nördlichen Teil des Llano estacado, welcher dort eine saharaähnliche Hochebene bildet, sodaß wir uns auf einen schlimmen Ritt und nicht geringe Entbehrungen gefaßt machen mußten; dennoch aber beantragte ich, diese Richtung einzuschlagen. Emery hatte keine Lust. Er brachte einige Gründe dagegen vor, welche ich freilich nicht als stichhaltig anerkennen konnte. Dennoch stimmte Winnetou ihm bei, indem er zu mir sagte:

»Mein Bruder kennt die Hochebene ebenso genau, wie ich. Wir müßten vielleicht mehrere Tagesritte machen, ohne Wasser zu finden; würden unsere Pferde das aushalten?«

»Wir finden doch wohl Wasser, weil jetzt nicht die trockene Jahreszeit ist,« antwortete ich.

»Auf der Hochebene nicht, denn da trocknet der Wind schnell jede Lache und Pfütze aus.«

»So treffen wir auf Kaktusfelder, deren wässerige Früchte unsere Pferde fressen können; dann wird ihr Durst gestillt.«

»Mein Bruder hat recht; diese Früchte enthalten viel Wasser; ich dachte nicht an sie. Aber es giebt noch andere Bedenken dagegen, daß wir gerade nach Albuquerque reiten. Weiß Old Shatterhand gewiß, daß Jonathan Melton sich dort befindet oder dorthin kommen wird?«

»Ja. Natürlich nehme ich dabei an, daß die Jüdin mir die Wahrheit gesagt hat.«

»Sie hat sie gesagt. Aber kann Melton nicht unterwegs aufgehalten worden sein?«

»Die Möglichkeit ist freilich vorhanden.«

»Dann stößt Judith zu ihm. Sie sagt ihm, daß wir hinter ihr her sind und daß sie dir mitgeteilt habe, daß er nach Albuquerque wolle. Dann wird er sich hüten, nach diesem Orte zu reiten.«

»Das kann aber doch nur in dem Falle geschehen, daß er durch irgend einen Zufall unterwegs aufgehalten wird!«

»Nein. Er kann auch ganz von selbst auf den Gedanken kommen, anzuhalten und auf sie zu warten.«

»Das wäre eine Zeitversäumnis!«

»Gewiß nicht. Es ist doch ganz gleich, ob er unterwegs oder in Albuquerque auf sie wartet. Ja, in Albuquerque kann er weit eher entdeckt und entlarvt werden, als in der Einsamkeit, in welcher ihn niemand sieht.«

»Hm! Ich kann freilich nichts dagegen sagen; aber es ist ein Gefühl in mir, welches mich direkt nach Albuquerque treibt.«

»Ich weiß, daß mein Bruder zuweilen solche unbestimmte Gefühle hat, die ihn selten täuschen; aber in diesem Falle bitte ich ihn, nicht auf eine solche Ahnung, sondern auf die Stimme der Berechnung zu hören.«

»Wenn Winnetou dies thut, so weigere ich mich nicht länger, ihm zu folgen. Reiten wir also der Jüdin nach!«

Wir kauften in Henrietta noch einige Gegenstände, welche dazu dienten, unsere Ausrüstung zu vervollständigen, und verließen den Ort, indem wir zunächst eine westliche Richtung einhielten, bis wir des Abends einen Nebenfluß des Red River erreichten, über welchen wir am andern Morgen setzten. Von da ging es nach Norden, auf den South Fork of Red River zu. An diesem langten wir am nächsten Mittag an.

Hier war die Dryfurt, von welcher wir gehört hatten. Die Furt hat den Namen erhalten, weil hier der Fluß so breit und seicht ist, daß ein Reiter, falls nicht Überschwemmung ist, hinüberkommen kann, ohne einen einzigen Tropfen Wasser an seinen Körper zu bekommen.

Wir hatten bisher immer genügende Weide für die Pferde gehabt und sahen auch die Spur des Wagens, welchem wir folgten. Jetzt aber wendete sich letztere so nach Nordwest, daß der nördliche Arm des Flusses und die Quelle desselben östlich liegen blieb, und wir mußten uns darauf gefaßt machen, eine Zeitlang kein Futter für unsere Pferde und kein Wasser für sie und uns zu finden. Es verstand sich daher ganz von selbst, daß wir uns satt tranken und auch die Tiere tüchtig trinken ließen. Dann ging es weiter.

Viel vorteilhafter wäre der Weg über den Camp Radzimsky und Fort Elliot gewesen; aber Jonathan Melton hatte aus naheliegenden Gründen bewohnte Orte vermieden. Je weniger er auf seiner Flucht gesehen wurde, desto besser war es für ihn.

Ich habe schon gesagt, daß die Jüdin einen Vorsprung von acht Stunden vor uns gehabt hatte, und leider war es uns bisher nicht gelungen, denselben zu verringern; es schien vielmehr, als ob er bedeutend größer geworden sei. Sie hatte zwar den schweren Wagen, genoß dafür aber den Vorteil, daß sie ihre Pferde wechseln konnte, was bei uns nicht der Fall war.

Das Grün, welches wir zwischen den Nebenflüssen des Red River gefunden hatten, verschwand; die Prairie ward zur Wüste, und zwar zur Sandwüste, durch welche wir einen ganzen Tag lang ritten, ohne einen Grashalm zu erblicken.

Am andern Morgen verwandelte sich der Sand in festen Stein, der eine solche Härte besaß, daß die Spur, welcher wir folgten, beim besten Willen und trotz allen Scharfsinns nicht mehr zu erkennen war, zumal wir jetzt annehmen mußten, daß die alte Ueberlandpostkutsche nun einen Vorsprung von einem Tage besaß. Glücklicherweise kamen wir, als wir kreuz und quer nach der Spur suchten, an eine große Lache, deren Wasser uns sehr willkommen war, obgleich es eine nicht sehr appetitliche Farbe hatte. Wir tranken, indem wir unsere Taschentücher als Seiher vor den Mund hielten, und ließen dann auch die Pferde schlürfen, bis kein Wasser mehr, sondern nur noch Schlamm vorhanden war.

Wir fanden die verlorene Spur erst dann wieder, als der Boden abermals sandig wurde, doch hatten wir mit dem Suchen einen zweiten Tag verloren. Die Fährte war also nun zwei Tage alt und infolgedessen nur stellenweise zu erkennen.

»Dumme Geschichte!« meinte Emery. »Wenn das so fortgeht, holen wir das Weibsbild im ganzen Leben nicht ein!«

»Wenigstens bis Albuquerque nicht«, antwortete ich.

»So hast du doch recht gehabt, daß es besser sei, der Spur nicht zu folgen, sondern lieber gleich direkt nach Albuquerque zu reiten.«

»Diese Einsicht kommt leider nun zu spät. Wir können nicht zurückkehren.«

»Und wenn dies möglich wäre, würde Winnetou es nicht thun,« fiel der Apatsche ein. »Es ist ja möglich, daß Jonathan Melton unterwegs angehalten hat, um auf die Jüdin zu warten. In dem Falle holen wir den Wagen sicher ein.«

»Und wo meint mein Bruder, daß er angehalten hat?«

»Da, wo Wasser ist, also oben am Canadianflusse, bis zu welchem wir noch zwei Tagesreisen haben.«

Ich schüttelte den Kopf, denn ich achtete den Scharfsinn und die Erfahrung des Apatschen zu hoch, als daß ich ihm hätte in Gegenwart Emerys scharf widersprechen mögen. Ich war anderer Ansicht gewesen, als er, hatte mich aber der seinigen gefügt, und so wären Nörgeleien oder gar Vorwürfe überflüssig gewesen. Er aber bemerkte mein Kopfschütteln und fragte:

»Ist mein Bruder anderer Meinung, als ich?«

»Ja. Ich meine, daß wir die Jüdin nicht einholen werden.«

»Auch dann nicht, wenn Jonathan Melton auf sie wartet?«

»Auch dann nicht. Er wartet doch nur so lange, bis sie kommt, und geht dann sofort mit ihr weiter.«

»Uff! Vielleicht giebt er ihr Zeit, auszuruhen!«

»Gewiß nicht, denn er wird ja von ihr erfahren, daß wir hinter ihr her sind.«

Da senkte er den Kopf und sagte kleinlaut:

»Mein Bruder hat recht. Wir hätten seiner Stimme und nicht der meinigen folgen sollen. Winnetou ist ein Thor gewesen.«

Es that mir innerlich förmlich wehe, daß dieser Mann sich einen Thor nannte; es sollte ihm später allerdings auch die Rechtfertigung werden, daß wir trotz meiner Behauptung die Kutsche doch noch einholten, leider aber unter ganz andern Umständen, als der Apatsche vorausgesetzt hatte.

Also bis zum Canadian-River hatten wir noch volle zwei Tagereisen, und die waren sehr schlimm. Wir befanden uns auf der schon erwähnten Hochebene; unsere Pferde wateten im tiefen Sande, und die Sonne brannte so heiß auf uns, daß wir uns in einem Backofen denken konnten. Dennoch brachten wir den ersten Tag glücklich zu Ende und wären dann nach kurzer Rast gern weiter geritten, um die Kühle des Abends und der Nacht zu benutzen, aber das konnten wir nicht, da wir in der Dunkelheit die Spur verloren hätten.

Glücklicherweise kamen wir am andern Morgen wieder an eine Lache, welche wir von den Pferden austrinken ließen, und gegen Mittag erreichten wir eine Stelle, welche von stacheligen Kakteen bestanden war. Die runden Früchte derselben enthalten einen wässerigen Saft, welcher zwar nicht sehr wohlschmeckend ist, aber dem Dürstenden doch das Wasser zu ersetzen vermag. Das wissen auch die Tiere.

Wir tranken also so viel solchen Saft, bis unser Durst gelöscht war, und entstachelten auch für die Pferde einen ganzen Haufen von Früchten, welche von ihnen mit Begierde verzehrt wurden. Dann ging es weiter.

Wir rechneten, daß es möglich sei, bis zum Abend irgend ein Nebenflüßchen des Canadian zu erreichen. Da gab es gewiß so viel Wasser und Gras, daß dann alle Entbehrung zu Ende war.

Bald nach Mittag wurde die Luft so schwül, daß man sie kaum zu atmen vermochte, und der Horizont im Süden nahm einen rötlichen Schimmer an. Winnetou blickte sich einigemale nach dieser Richtung um.

»Das sieht fast genau so aus, wie wenn in der Wüste ein Samum zu erwarten ist,« bemerkte Emery.

»Wird auch wohl einer werden!« antwortete ich. »Es ist ein Glück, daß wir uns nicht allzu weit vom Flusse befinden. Mit den Stürmen des Llano estacado ist nicht zu scherzen.«

»Mein Bruder Shatterhand hat recht,« stimmte Winnetou bei. »Wenn der Geist des Llano aus der Tiefe steigt, so stürmt er ergrimmt über die Wüste hin, wirft den Sand bis zum Himmel empor und stürzt, wenn er fruchtbare Gegenden erreicht, ganze Wälder um.«

»Alle Wetter! Und Ihr denkt, daß wir es wirklich mit diesem bösen Geiste zu thun haben?«

»Er kommt. Winnetou weiß es ganz genau. Meine Brüder mögen ihren Pferden die Sporen geben. Wenn wir nicht unter den Wolken und Wogen des Sandes begraben werden wollen, müssen wir uns beeilen, einen Ort zu finden, in welchem uns die Gewalt des Sturmes nicht voll zu treffen vermag.«

Wir ließen also die Pferde laufen, was sie nur laufen konnten. Sie merkten infolge ihres Instinktes selbst, welch eine große Gefahr sich hinter ihnen erhob, und strengten alle ihre Kräfte an, ohne daß wir sie sehr anzutreiben brauchten.

Der rötliche Schein am südlichen Horizonte wurde breiter und breiter; er wuchs am Himmel empor. Oben hell und nach unten immer dunkler werdend, stieg er jetzt bis zum Zenith auf und lief zugleich zu beiden Seiten im Osten und Westen zusehends dem Norden zu. Das sah höchst gefährlich aus und war in Wirklichkeit gefährlich; ich wußte das, denn ich hatte schon einigemale einen solchen Sturm in dem Llano estacado erlebt.

Es waren, seit wir die Gefahr erkannt hatten, nun fast zwei Stunden vergangen; der Sturm mußte sich nach höchstens einer Viertelstunde erheben, und doch konnten die Pferde kaum mehr vorwärts. Sporen und Schläge hätten nichts gefruchtet, da die armen Tiere sich freiwillig so sehr anstrengten, wie sie konnten; wir verschonten sie also mit diesen Qualen und sahen nur sehnsüchtig nach einem Rettungsorte aus.

Da trat uns weit rechts, im Osten, eine kleine aber sehr lang gestreckte Höhe entgegen; der Sand war nicht mehr so tief wie vorher und ließ zuweilen Stellen durchscheinen, welche aus Erde bestanden und Grashalme trugen.

»Das Ende der Wüste!« rief Winnetou. »Siehst du den langen Hügel im Osten und den einzelnen dürren Baum da gerade vor uns, Bruder Shatterhand?«

»Ja,« antwortete ich.

Wirklich, da vorn am äußersten Horizonte, gerade in unserer Richtung, stand ein hoher, dürrer, beinahe astloser Baum.

»Kennst du den Hügel und den Baum?«

»Ich kenne sie beide. Wir sind gerettet. Das Gras beginnt, und eine Viertel-Reitstunde hinter dem Baume fließt der kleine Bach, welcher da drüben an dem Hügel entspringt. Haut die Pferde, damit wir den Bach noch zur rechten Zeit erreichen!«

Das mag grausam klingen, war es aber nicht. Wir trieben die Pferde mit Schlägen an, ihre letzten Kräfte anzustrengen; es handelte sich nicht allein um unser, sondern auch um ihr Leben. Sie rannten mit weit heraushängenden Zungen weiter; hätten wir angehalten, so wären sie vor Erschöpfung augenblicklich zusammengebrochen. Wir aber schlugen auf sie ein, pfiffen, schrieen, brüllten, um sie im Laufe zu erhalten -flogen an dem dürren Baum vorüber – über grünes Gras dahin – vor uns zeigte sich jetzt ein Gebüsch, zwischen dessen Sträuchern uns Wasser entgegenblickte – weiter, weiter – in die Büsche hinein – über das Wasser hinüber – noch eine Strecke zwischen Büschen hin, und dann hielten wir an!

Wir brauchten gar nicht abzusteigen, denn unsere Pferde fielen augenblicklich nieder. Ihre Flanken schlugen; ihre Mäuler geiferten; ihre Zungen hingen weit heraus, und ihre Augen hatten sich geschlossen.

»Die Decken herunter!« rief ich. »Reibt die Pferde; schlagt sie mit Ruten, damit sie nicht erfrieren! Wir müssen sie erhalten; wir können ohne sie nicht weiter.«

Bei diesen Worten riß ich meine Decke auseinander und schnitt einige belaubte Zweige vom nächsten Busche. Winnetou folgte ohne Zögern meinem Beispiele.

»Die armen Tiere mit Ruten peitschen?« fragte Emery, indem er uns erstaunt anblickte.

»Jawohl! Nimm schnell die Decke, und reib dein Pferd, besonders die Brust!«

»Damit es nicht erfriert?«

»Ja, ja doch!«

»Unsinn! In dieser Glut und Hitze!«

»Warte es ab! Hier hast du Ruten von mir.«

Er nahm sie, indem er mich ganz verwundert anblickte, und sagte dann:

»Warum reitet Ihr so weit ins Gebüsch hinein? Konntet ihr nicht dort am Bache halten? Wasser ist doch das, was wir am notwendigsten brauchen!«

»Das wirst du bald sehen. Thue jetzt nur schnell das, was wir thun!«

Ich rieb mein Pferd aus Leibeskräften, der Apatsche das seinige auch. Obgleich der Englishman uns nicht begreifen konnte, folgte er unserm Beispiele.

Und da-da brach es los! Es klang wie ein Posaunen- oder Tabaton über uns durch die Lüfte; dann erschallten hundert und tausend pfeifende, heulende, zischende und schrillende Stimmen. Es erfaßte uns eine furchtbare Glut, und darauf folgte ganz plötzlich eine Kälte, die nur dem Nordpole entstammen konnte. Die Kälte kannte ich; in ihr lag die Gefahr für unsere Tiere. Ich peitschte mein Pferd mit den Ruten, natürlich nicht, um ihm Schmerz zu bereiten, sondern um sein Blut an der Oberfläche des Körpers zurückzuhalten. Winnetou that desgleichen, und Emery, welcher nun wußte, um was es sich handelte, blieb nicht zurück.

Die Kälte hielt höchstens eine Minute an, aber sie war so scharf, so stechend, daß die eine Minute unsern Pferden nach den Anstrengungen, welche sie hinter sich hatten, und bei dem erhitzten Zustande, in welchem sie sich befanden, unbedingt das Leben gekostet hätte. Das Schlagen und Reiben ließ auch uns die Kälte weniger empfinden.

Dann wurde es plötzlich ebenso heiß wie vorher; der Posaunenton und die tausend Stimmen in der Luft waren verschwunden; dafür gab es ein gewaltiges Rauschen in derselben; sie war undurchsichtig geworden. Ich konnte Winnetou und Emery kaum sehen, und obgleich ich wußte, daß sie es nicht hören konnten, rief ich ihnen zu:

»Werft euch nieder, mit dem Kopf nach Norden! Haltet euch an, sonst reißt euch der Sturm mit sich fort!«

Ja, die Vorboten waren vorüber, und nun kam der Hurrikan selbst. Die Luft war mit Sand gefüllt, der in jede Öffnung drang; ich hatte binnen einigen Sekunden die Augen, Ohren und die Nase voll, trotzdem ich das Gesicht in die Decke gesteckt hatte. Man konnte nur mit größter Mühe atmen; es war fast zum Ersticken.

Das währte ungefähr drei Minuten; dann war es vorüber. Auf uns lag eine acht bis zehn Zoll hohe Sanddecke; aber die Luft war plötzlich rein und klar; wir erhoben uns, um sie mit Wonne einzuatmen.

Da sahen wir vor uns im Süden ein eigentümliches Bild. Trotz der Reinheit und Klarheit der Luft erblickten wir nämlich dort keinen

Himmel, sondern wo dieser sein Sollte, gab es eine weite Sandebene, an deren äußerstem Rande ein hoher, dürrer, fast astloser Baum stand.

»Eine Fata Morgana!« rief Emery.

»Ja, das ist das trügerische Bild des Llano estacado, welches dem Sturme oft vorangeht oder ihm nachfolgt,« sagte der Apatsche.

»Der Baum, an welchem wir vorhin vorübergekommen sind, steht verkehrt am Himmel!«

»Das ganze Bild ist ein Deckenbild mit verkehrten Gegenständen. Wir erblicken die Gegend, welche südlich von uns liegt. Gäbe es Menschen, welche sich geradeso entfernt im Norden von uns befänden, so würden diese jetzt uns sehen, oder sie hätten uns vielleicht schon vor dem Sturme kommen sehen. Die Mirage entsteht durch zwei Luftschichten von verschiedener Wärme und Dichtheit und malt ihre Gemälde in sehr verschiedener Weise. Aber seht nicht nach diesem Bilde, welches gleich verschwinden wird, sondern nach den Pferden. Die Erschöpfung, Erhitzung, dann die Kälte, der Sturm, die darauf folgende abermalige – Hitze wir müssen sie noch längere Zeit tüchtig reiben und dann versuchen, ob sie erst stehen und dann laufen können.«

Dies geschah. Nach einer Viertelstunde hatten wir die armen Tiere soweit, daß sie standen. Wir stiegen auf und ritten sie wohl zehn Minuten lang in der Nähe herum; sonst wären sie wohl steif geblieben; aber trinken durften sie noch nicht. Wir befreiten einen Rasenstreifen von dem daraufgewehten Sande und ließen sie einstweilen fressen.

Nun erst konnten wir an uns denken. Wir säuberten uns und alle unsere Sachen von dem Sande. Während dieser Arbeit hatten wir uns niedergesetzt und unterhielten uns.

»Ihr kanntet den Baum und auch den Hügel da drüben,« meinte der Englishman. »Und du, Charley, wußtest, daß hinter dem Baume der Bach kommen würde? Seid ihr denn schon einmal hier gewesen?«

»Ja.«

»Warum hieltet ihr nicht am Bache an?«

»Weil wir soweit wie möglich in das Gebüsch eindringen mußten. Je mehr Büsche wir hinter uns hatten, destoweniger konnte uns der Sturm anhaben. Hätte er uns draußen im Freien getroffen, so wären wir hinweggefegt worden. Zum Glück für uns war der heutige nicht sehr heftig.«

»So, hm! Die Gegend muß von großem Interesse für euch sein, da ihr sie so schnell erkanntet?«

»Allerdings. Wenn du den alten, dürren Baum betrachtest, so siehst du, daß nicht das Alter die Schuld daran trägt, daß er abgestorben ist, sondern das Feuer.«

»Ah! Ein Waldbrand am Rande des Llano estacado?«

»Keineswegs. Das Feuer war ein Freudenfeuer für die Komantschen und ein Schmerzensfeuer für mich und Winnetou.«

»Wetter. Wollten die Kerle euch etwa braten?«

»Ja; nicht nur uns, sondern noch vier Gefährten, welche wir bei uns hatten.«

»Mensch, davon weiß ich ja nicht das geringste! Erzähle!«

»Winnetou und ich kamen von der Sierra Guadelupe herunter und wollten über die wüsten Staked Plains nach Fort Griffin hinüber. Wir kannten die Wüste und fürchteten sie also nicht, zumal wir uns Proviant und zwei Schläuche Wasser mitgenommen hatten. Auf halbem Wege trafen wir mit vier Personen zusammen, welche vom Fort Davis unten kamen und hinauf nach Fort Dodge wollten –«

»Ein eigentümlicher und gefährlicher Weg! Vom Rio Grande bis hinauf an den Arkansas! Das sind ja in der Luftlinie gegen sechshundert Meilen! Und dabei lang durch die Wüste des Llano! Konnten sie denn keinen Umweg durch besseres Land machen?«

»Das konnten sie nicht nur, sondern das hätten sie eigentlich thun sollen; aber sie verstanden es nicht, und diejenigen, von denen sie geschickt worden waren, verstanden es noch weniger. Ich erfuhr soviel, daß es sich um ein bedeutendes Geschäft handle, bei welchem ein großes Geld zu machen sei, wenn es schnell abgeschlossen werde. Es war also keine Zeit zu verlieren; darum hatten die Boten die Anweisung bekommen, den geraden Weg einzuschlagen, welcher bekanntlich durch den wilden Llano führt. Die Boten waren zwei junge Kaufleute, welche von dem Westen nichts kannten. Darum hatte man ihnen zwei Jäger mitgegeben, welche zwar schon einmal im Llano gewesen waren, aber nicht weit hinein; am allerwenigsten aber wußten sie, wie man von Süd nach Nord durch denselben kommt.«

»Welch eine Dummheit! Sie hätten den Rio Grande hinabfahren, nach New Orleans schiffen und dann den Missisippi und Arkansas hinaufdampfen sollen.«

»Ja. Oder sie konnten den Rio Grande hinauf und durch Neu Mexiko nach Santa F& gehen, um von da aus hinüber nach der Arkansasstraße zu kommen. Auf beiden Wegen hätten sie ihr Ziel eher erreicht, als durch den Llano, selbst wenn sie da auf keine Hindernisse getroffen wären.«

»Und der Hindernisse giebt es dort gerade mehr als genug!«

»Freilich! Die vier Leute waren wirklich dem Tode geradezu in die Arme gelaufen. Als wir sie fanden, lagen sie fast verschmachtet im Sande, und ihren Pferden ging es ebenso. Wären wir nicht zufällig auf sie gestoßen, so hätten sie sterben müssen. Wir halfen ihnen und ihren Pferden durch etwas Wasser auf die Beine und brachten sie nach der nächsten Trinkstelle, welche Winnetou kannte. Wir rieten ihnen, mit uns nach Fort Griffin zu gehen; sie baten uns aber so himmelhoch, sie in nördlicher Richtung durch die Wüste zu bringen, daß wir, freilich nach langem Zögern, endlich einwilligten. Wir gaben also unsern eigenen Weg auf und ritten nach Norden.«

»Da begabt ihr euch nun freilich selbst in große Gefahr!«

»Versteht sich! Ich weiß nicht, ob ich heute, wo ich erfahrener bin als damals, wieder so gutwillig sein würde. Wir haben es auch zu bereuen gehabt. Winnetou rechnete auf zwei Trinkstellen, an denen wir vorüber mußten; aber die eine mußten wir meiden, weil sich dort allerlei räuberisches Gesindel zusammengefunden hatte, und als wir dann die andere erreichten, war sie fast ganz ausgetrocknet. Wenn wir uns retten wollten, mußten wir unsere Pferde erhalten; darum bekamen diese das wenige Wasser, wir aber keinen einzigen Tropfen. Dürstend ritten wir weiter.«

»Und das alles den fremden Menschen zulieb?«

»Ja, weil es zwar Fremde, aber, wie du ganz richtig sagst, doch Menschen waren. Du hättest es wahrscheinlich noch viel eher und lieber gethan, als wir beide. Ich kenne dich!«

»*Pshaw*! Doch, erzähle weiter!«

»Wir ließen uns also von unsern Pferden fortschleppen, bis sie selbst nicht mehr konnten. Das wenige Wasser, das sie bekommen hatten, hielt nicht lange vor, und schon am nächsten Tage konnten sie uns kaum noch tragen. Wir ruhten bis zum nächsten Morgen und gingen dann, ein wenig gestärkt, weiter.«

»Gingen? Ihr konntet nicht reiten?«

»Nein. Die Pferde waren zu schwach. Gegen Mittag erstachen wir eins und tranken das Blut –«

»Pfui!«

»Sage nicht pfui! Du hättest an unserer Stelle dasselbe gethan. Am Abende mußten wir ein zweites töten. Warum auch nicht? Hätten wir das unterlassen, so wären sie doch gestürzt. Ein drittes verendete in der Nacht. Am nächsten Tage erstachen wir die übrigen. Ihr Blut hatte uns bis nun das Leben erhalten, aber wenn ich dir sagen soll, wie uns zu Mute war und in welchem Zustande wir uns befanden, so muß ich dir gestehen, daß ich dies nicht vermag. Ich habe da erfahren, daß Blut trinken wirklich betrunken macht, wenn vielleicht auch nur bei der großen Schwäche, welche sich unser bemächtigt hatte. Wir humpelten, stolperten und stürzten weiter und weiter, fielen nieder, rafften uns wieder auf, gingen einige Schritte, sanken wieder um, bis wir endlich liegen blieben.«

»Schrecklich! Wo war das, wo ihr liegen bliebt?«

»Nicht weit von hier, vielleicht einen Stundenritt südwestlich von dem kahlen Baume, den du vorhin gesehen hast.«

»Nun errate ich! Ihr wurdet von den Komantschen überfallen und konntet euch wegen des Zustandes, in welchem ihr euch befandet, nicht wehren?«

»So ist es. Ich lag im Verschmachten an der Erde; das Fieber gaukelte mir allerlei tolle Bilder vor. Winnetou erging es ebenso, wie er mir später erzählte. Da plötzlich entstand ein Geschrei und Geheul um uns her, daß ich versuchte, mich aufzurichten; es gelang mir aber nicht; ich fiel in Ohnmacht. Als ich erwachte, war ich gebunden. Neben mir lag Winnetou mit den vier Fremden, und um uns her hatten sich die Komantschen gelagert.«

»Wie viele waren ihrer?«

»Ich nahm alle meine Geisteskräfte zusammen, um sie zu zählen. Es waren ihrer vierzehn.«

»Nur!«

»Ja, nur! Vierzehn gesunde, kräftige Männer gegen sechs Menschen, welche neunzehntel tot waren!«

»Ereifere dich nicht! Es fällt mir gar nicht ein, euch tadeln zu wollen. Ihr wart ja zu keiner Gegenwehr fähig. Was geschah dann?«

»Die Roten fütterten uns und gaben uns zu trinken, doch nicht etwa aus Menschenfreundlichkeit, sondern um uns für einen schlimmern Tod zu stärken. Als wir uns soweit erholt hatten, daß wir gehen konnten, wurden wir hierhergeführt, wo wir wieder zu essen bekamen und trinken konnten, soviel wir wollten. Die Kerle blieben mit uns die ganze Nacht bis zum Morgen hier liegen; dann wurden wir fortgeschafft nach dem Baume. Dort sollten wir verbrannt werden, wie uns der Häuptling sagte.«

»Ah, es war ein Häuptling dabei?«

»Ein sehr berühmter sogar. Er hieß Atescha-Mu, d. h. starke Hand. Er war als der kriegerischste Häuptling der Komantschen bekannt. Also wir wurden nach dem Baume geschafft und dort aufgestellt. Man band zunächst die beiden Kaufleute an dem Stamm fest und brannte dann ein Feuer an. Als die beiden Kaufleute tot waren, kamen die beiden Jäger an die Reihe. Winnetou und ich sollten den Beschluß machen.«

»Und ihr mußtet zusehen, daß auch diese beiden verbrannten?«

»Ja; das Zusehen war schrecklich, aber das Zuhören war noch entsetzlicher. Ich sage dir, es war eine Scene, über die ich lieber schweige. Es graust mir noch heute, wenn ich daran denke. Endlich, endlich war's vorüber, und nun machte man sich an uns.«

»Schnell, schnell! Erzähle schnell, damit ich rasch erfahre, wie ihr losgekommen seid!«

»Ich muß dir zunächst sagen, daß man uns alles abgenommen hatte –«

»Auch deine Gewehre, den Bärentöter und den Henrystutzen?«

»Den Stutzen hatte ich damals noch nicht.«

»Und Winnetous Silberbüchse?«

»Die hatte der Häuptling als Beute an sich genommen. Er hielt sie während der Hinrichtung der vier armen Teufel in der Hand. Wir wußten, daß alle zwei Läufe geladen waren. Die Pferde befanden sich nicht in der Nähe, denn man hatte sie hier am Bache zurückgelassen.«

»Unter Aufsicht natürlich?«

»Nein. Und das war gut für uns. Ferner muß ich bemerken, daß bei mir und ebenso bei Winnetou alle Schwäche verschwunden war; ja, der Grimm, den ich in mir fühlte, mußte meine Kräfte verdoppeln; das wußte ich. Neben dem Häuptling stand sein Sohn, ein junger, rüstiger Krieger, welcher Winnetous Munitionsbeutel am Gürtel hängen hatte. Nach diesen Vorbemerkungen wirst du das übrige erraten. Wir hatten vom Bache nach dem Baume laufen müssen; unsere Füße waren also nicht gefesselt; aber die Hände hatte man uns auf den Rücken gebunden. Winnetou warf mir einen bezeichnenden Blick zu, mit dem er nach dem Baume und nach dem Bache deutete; niemand bemerkte ihn, und ich verstand ihn sofort. Die vier andern waren nämlich genau so gefesselt gewesen, wie wir; dann hatte man sie aber Gesicht gegen Gesicht aneinander gebunden, und zwar so, daß sie sich umarmten; dann waren sie, also paarweise, an den Baum gebunden worden. Diese Umarmung auf dem Scheiterhaufen hatten sich die raffinierten Roten ausgesonnen, um die Todesqual der Opfer zu erhöhen; wir aber hofften, dadurch gerettet zu werden. Behandelte man uns genau wie die andern, das heißt, wollte man auch uns in eine Umarmung zusammenbinden, so mußte man unsere Hände vom Rücken lösen, wenigstens für einige Augenblicke, und das genügte hoffentlich zu unserer Befreiung.«

»Aber böse, böse Augenblicke, die ich nicht erleben mag!«

»Du hast wohl noch gefährlichere erlebt. Es ging auch wirklich so, wie wir gehofft hatten. Der Häuptling gab seinem Sohne und einem andern Roten einen Wink. Der erstere trat zu Winnetou, um den Henkerdienst zu verrichten, und der letztere kam zu mir. Dieser knotete den Riemen hinten auf und ergriff dann meinen Arm, um mich zu Winnetou zu führen, der jetzt auch die Hände frei hatte; wir sollten uns umarmen. Da aber riß der Apatsche dem Sohne des Häuptlings mit der linken Hand den Beutel aus dem Gürtel und mit der rechten Hand dessen Vater die Silberbüchse aus den Händen. Zu gleicher Zeit machte ich mich von dem, der mich gepackt hatte, los, nahm ihm das Messer aus dem Gürtel und steckte es in meinen eigenen, während ich ihn mit der andern Hand von mir stieß, daß er hintenüberflog. Links von mir stand einer, welcher meinen Bärentöter sich angeeignet hatte. Ich entriß ihm das Gewehr und flog mit Winnetou davon, dem Bache zu.«

»Hat man euch keine Kugeln nachgeschickt?«

»Nein. Die Schurken waren so verblüfft, daß sie zunächst wohl nur die Mäuler aufgesperrt haben. Gesehen habe ich es freilich nicht, da ich mich wohl hütete, mich umzublicken. Dann hörten wir ein wütendes Geschrei; sie kamen hinter uns drein; wir hatten aber einen so schönen Vorsprung, daß uns keiner ereilte. Als wir die ersten Büsche erreichten, blieb Winnetou stehen und schoß die beiden Vordersten nieder. Mein Gewehr war auch geladen, und so gab ich den beiden nächstfolgenden je eine Kugel; da hüteten sich die andern, allzu eifrig zu sein; sie blieben stehen, berieten sich eine Weile und zerstreuten sich dann, um von mehreren Seiten an uns zu kommen. Dadurch gewannen wir Zeit, uns die besten Pferde zu nehmen und auf ihnen davonzureiten.«

»Welch ein Glück! Und das erzählst du in so gleichgültigem, trockenem Tone, als ob du das Einmaleins hersagtest!«

»Welchen andern Ton soll ich anschlagen! Es ist ja gar nichts Großes dabei. Die Roten haben es uns leicht genug gemacht. Nun verfolgten wir sie, weil wir die Verbrannten noch zu rächen hatten. Der vierfache Mord schrie zum Himmel auf; er mußte gerächt werden, und wir haben ihn gerächt. Vier hatten wir schon erschossen; am folgenden Tag gab es andere vier; einen Tag später wieder drei –«

»Das sind elf; vierzehn waren es; blieben also noch drei.«

»Die Rechnung ist richtig. Sie hatten alle den Tod verdient; es mußte aber einer leben bleiben, um daheim zu erzählen, wie Winnetou den Mord zu rächen weiß. Wir überraschten die drei letzten droben am Canadian an einer Stelle, welche von den Komantschen Keapa-yuay, das Thal des Todes, genannt wird, und es ist für zwei von ihnen auch wirklich zum Todesthale geworden.«

»Der Häuptling war schon tot?«

»Nein; er gehörte zu den dreien. Wir hoben ihn bis zuletzt auf, um ihm auch das Vergnügen zu gönnen, den sichern Tod vor sich zu sehen. Ihn und den einen seiner Begleiter schossen wir nieder; den andern ließen wir laufen.«

»Was geschah denn mit den Leichen und mit den Gegenständen, welche sie bei sich hatten?«

»Wir begruben sie mit allem, was ihnen gehörte. Aber was sie uns und den vier Toten geraubt hatten, das nahmen wir ihnen ab. Es befanden sich einige Briefe aus Fort Davis dabei, welche wir nebst den andern Sachen später in Fort Dodge abgegeben haben. Atescha-Mu mußte, weil er der Häuptling war, ein würdiges Grab erhalten; das that Winnetou nicht anders, obgleich es sich um einen Todfeind handelte. Es gab im Todesthale eine Felsspalte, in welche wir ihn gelegt haben, die Waffen und den Medizinbeutel in der Hand.«

»Da liegt er noch? Die Raubtiere werden in die Spalte gedrungen sein und ihn gefressen haben?«

»Nein, denn wir haben den Spalt mit Steinen verschlossen. Dabei scheint der Komantsche, welchen wir mit Absicht entkommen ließen, uns beobachtet zu haben, denn die Komantschen kennen das Grab der ›stärken Hand‹; er muß ihnen also die Stellung beschrieben oder sie zu derselben geführt haben.«

»Du weißt, daß sie sie kennen?«

»Ja. Ich bin mit Winnetou später wieder einmal dort gewesen. Da war an Stelle der vielen kleinen Steine, welche wir aufgeschichtet hatten, ein einziger großer an die Spalte gelehnt. Man war also dagewesen, um das Grab des Häuptlings zu besuchen und zu ehren. Nun weißt du, bei welcher Gelegenheit wir die Gegend, in der wir uns jetzt befinden, kennen gelernt haben. Der Baum steht noch; er ist jetzt dürr; das Feuer damals hat auch ihm das Leben gekostet.«

»Wie interessant muß es da für euch sein, daß wir jetzt an der Stelle lagern, an der ihr damals als Gefangene eine schlimme Nacht verbringen mußtet!«

»Interessant? Das Wort paßt durchaus nicht für das, was man empfindet. Am liebsten möchte ich von hier fort. Was sagt Winnetou?«

Dieser war der Ansicht, daß es doch geraten sei, hier zu bleiben. Der Abend war nahe; wir hatten Wasser und Gras für die Pferde. Was wollten wir mehr! Ich hatte freilich etwas in mir, was dem widersprach, fügte mich aber doch in den Willen der beiden Gefährten. Obgleich der Sand hoch auf dem Grase lag, hatten die Pferde doch genug zu fressen; sie rochen das saftige Futter und scharrten mit den Hufen den Sand weg, geradeso, wie das Rentier die Flechte unter dem Schnee hervorholt. Jetzt konnten wir sie auch trinken lassen.

Dann suchten wir die Umgebung sorgfältig ab, denn hier in der Nähe des Flusses war weit eher eine Begegnung zu erwarten, als draußen auf der unfruchtbaren Ebene, und für den Westmann kann jede Begegnung leicht eine feindliche sein. Darum streckte ich meine Nachforschung soweit wie möglich aus, bemerkte aber nichts, was geeignet gewesen wäre, mich besorgt zu machen. Eben hatte ich mich gewendet, um nach dem Bache zurückzukehren, als ein Schuß fiel. Ich erschrak keineswegs; der Prairiejäger kennt die Stimme jedes bekannten Gewehres; ich hörte, daß Emery geschossen hatte, und da nur ein Schuß gefallen war, so gab es keinen Grund zu einer Befürchtung. Als ich an den Bach kam, sah ich, daß er einen fetten Turkey erlegt hatte. Das nahmen wir ihm ganz und gar nicht übel, da wir das delikate Fleisch des Vogels gut gebrauchen konnten.

Nachdem wir uns eine bequeme Stelle zum Lagern ausersehen hatten, machten wir ein Feuer, um den Truthahn, sobald er gerupft war, zu braten. Er schmeckte uns vortrefflich; wir aßen eine Hälfte und ließen die andere für morgen übrig.

Für morgen! Wenn der Mensch nur nicht meinen wollte, er könne auch nur für den nächsten Tag bestimmen! Nicht einmal die nächste Stunde! Es war beschlossen, daß wir von der zweiten Hälfte nichts bekommen sollten; sie war für Personen bestimmt, denen wir sie am allerwenigsten gönnten.

Es war selbstverständlich, daß wir nicht alle drei zugleich schliefen; einer mußte immer wachen. Wir wechselten ab. Ich hatte die erste Wache; dann folgten Winnetou und Emery. Ungefähr um

Mitternacht löste ich letzteren ab, und trat das Feuer aus; wir brauchten es ja nicht. Nach einer Stunde weckte ich Winnetou und schlief dann wieder ein. Ich sollte ganz anders erwachen, als ich gedacht hatte. Ich hatte einen recht bösen Traum. Ich lag daheim im Bette; da ging die Thür auf, obgleich sie von innen verriegelt war, und es kam eine kleine dicke, affenartige Gestalt herein, welche mit einem einzigen Satze auf mein Bett sprang, sich auf meine Brust setzte und die langen, haarigen Arme mir um den Hals schlang. Ich konnte nicht atmen, nicht um Hilfe rufen, mich auch nicht bewegen. Das war der Alp!

Alp! Wenn einen der Alp drückt, und man sagt das Wort, so ist der Druck vorüber, und man kann wieder atmen. So erzählen viele Leute, und es schien wahr zu sein, denn kaum hatte ich das Wort Alp gesagt oder wahrscheinlich nur gedacht, so fühlte ich die Last nicht mehr und ich konnte atmen. Ich wachte auf.

Ah! Ich war nicht daheim, sondern hier in der Nähe des Canadian!

»Winnetou!« rief ich.

»Scharlieh!« antwortete er.

Er lag neben mir. Ich wollte mit der Hand nach ihm greifen, konnte aber nicht, denn beide Hände waren mir am Gürtel festgebunden, und die Füße konnte ich auch nicht auseinander machen. Ich wollte den Oberkörper aufschnellen, fiel aber gleich wieder zurück, indem mir etwas den Hals zuschnürte; das war ein Strick oder ein Riemen.

Träumte ich denn noch, oder war es Wirklichkeit? Ich sah über mir die Sterne, welche zu erbleichen begannen, und rund umher Gebüsch. Aber was war denn das! Da saßen zwischen den Büschen viele dunkle Gestalten und der Geruch des Fettes, welches ein so wichtiger indianischer Toilettenartikel ist, sagte mir, daß es Rothäute seien. Keiner bewegte sich; keiner sprach ein Wort.

Es war mir wie im Traume, und doch sah ich ein, daß ich nicht träumte. Ich war gefangen und gefesselt, Winnetou ebenso. Der Englishman auch? Dem Stande der Sterne nach war es drei Uhr. Er hatte also die Wache gehabt.

»Emery?« fragte ich.

»*Well!*« antwortete er.

»Also auch du!«

»Ganz ordinär überrumpelt!«

»Während der Wache?«

»Leider! Kamen über mich wie aus der Erde heraus! Hatten mich beim Halse, bei den Armen und Beinen, hinten und vorn, hüben und drüben; drückten mir die Kehle zusammen, daß ich keinen Warnungsruf ausstoßen konnte!«

»Wer?«

»Indsmen.«

Da erklang es neben mir:

»Master Bothwell kann es Euch nicht sagen und Winnetou auch nicht; ich aber will Euch die Frage beantworten. Ihr befindet Euch in den Händen des Häuptlings Avat-Uh.«

Avat-Uh heißt großer Pfeil, ein wegen seiner Grausamkeit berüchtigter und gefürchteter Komantschenhäuptling. Wenn wir uns in der Gewalt dieses Menschen befanden, so war wenig für uns zu hoffen. Gesehen hatte ich ihn noch nicht, doch wußte ich, daß er noch nicht alt war.

Und wer hatte da neben mir gesprochen? Ich drehte den Kopf nach dieser Seite und sah ihn bei mir sitzen. Es war noch ziemlich dunkel, dennoch erkannte ich, daß er die Kleidung der Weißen trug. Aber ich hätte gar nicht nötig gehabt, mich nach ihm umzudrehen, denn ich kannte die Stimme zu genau; es war Jonathan Melton.

»Ihr wendet Euch ab von mir?« lachte er: »Bin ich Euch denn gar so verhaßt, oder erkennt Ihr mich nicht? Sagt, wißt Ihr, wer ich bin?«

Es wäre nicht nur lächerlich gewesen, zu schweigen, sondern auch unklug. Ich konnte von ihm doch Aufklärung über unsere Lage bekommen. Darum antwortete ich, aber keineswegs höflich:

»Wer Ihr seid? Der größte Lump und Schurke, der mir im Leben begegnet ist!«

»Das ist ein Vorurteil, ein ebenso großes wie ungerechtes Vorurteil, Sir. Ich bin ein ehrlicher Mann, besonders gegen Euch. Soll ich Euch das beweisen?«

Ich antwortete nicht; darum fuhr er höhnisch fort:

»Ihr werdet Euch hoffentlich freuen, mich als Ehrenmann kennen zu lernen. Ihr sollt gleich hören, daß ich die Wahrheit rede. Ihr gebt doch zu, daß ich Euch viel, sehr viel verdanke?«

»Ja.«

»Nun, ich bin eben darüber, Euch das alles ehrlich und rechtschaffen zurückzuzahlen, sogar mit Zinsen und Zinseszinsen. Ist das nicht hübsch von mir?«

»Ich bin entzückt darüber!«

»Nicht wahr? Ich dachte es. Ich will sogar noch rücksichtsvoller gegen Euch sein, als Ihr erwarten könnt. Ihr möchtet natürlich gern wissen, wie Ihr in Eure gegenwärtige Lage gekommen seid und was Ihr zu erwarten habt?«

»Freilich.«

»Nun also! Haltet mich aber nicht für dumm und unvorsichtig! Ich sage Euch die reine Wahrheit, weil ich überzeugt bin, daß ich mir damit nicht den geringsten Schaden thue. Eure abenteuerliche Rolle ist ausgespielt. Ihr könnt mich nicht mehr stören, denn Euer Testament ist gemacht! Ihr seid Gefangener des großen Pfeiles. Wißt Ihr, wer der Vater dieses Häuptlings war?«

»Nein.«

»Die ›starke Hand‹, welche Ihr ermordet und droben im Todesthale begraben habt. Dafür erwartet Euch der grausamste Tod, den es nur geben kann. Ihr werdet mit Winnetou, der damals dabei war, lebendig bei den Gebeinen des Toten begraben werden. Der große Pfeil hat es mir zugeschworen, und Ihr wißt, daß ein Indianer unter solchen Umständen einen solchen Schwur nicht bricht. Nun, Sir, wie ist Euch jetzt zu Mut?«

»Mir ist sehr wohl.«

»Schön; es wird Euch noch viel wohler werden. Also sterben werdet Ihr, langsam, in einem steinernen Grabe. Und da Ihr so große Freundschaft für mich hegt, so will ich Euer Ende verschönern, indem ich Euch die Gewißheit mit in die Hölle gebe, daß ich mich nach Eurem Tode hier auf Erden wie im Himmel fühlen werde. Ich will

Euch noch vor Eurer Abfahrt die Freude machen, Euch zu gestehen, daß ich wirklich der bin, für den Ihr mich gehalten habt.«

»Jonathan Melton, der Betrüger, und jener Tote in der Schlucht bei den Uled Ayar war der echte Small Hunter?«

»Ja.«

»Der Kolarasi war Euer Vater?«

»Ja. Er hat ihn erschossen. Wir glaubten Euch dann in den Händen der Uled Ayun gut aufgehoben. Die dummen Kerle haben Euch aber entwischen lassen. Dennoch habt Ihr uns nicht eingeholt. Wir gingen unverzüglich nach Neu Orleans, wo uns seit langem hübsch vorgearbeitet worden war.«

»Von Euerm Oheim?«

»Ja. Er empfing die Depesche und die Briefe, und wir richteten uns darnach. Wir haben die Gelegenheit so eilig betrieben, daß Ihr dann auch hier das Nachsehen hattet. Ihr glaubtet zwar, die Sache schlau angefangen zu haben, müßt aber nun endlich einsehen, daß Ihr ein Stümper seid. Und was mir bei alledem die größte Freude macht, ist, daß ich Euch sogar bei Mrs. Silverhill den Rang abgelaufen habe. Es ist Euch wohl recht ans Herz gegangen, daß sie Euch damals den Korb gegeben hat?«

»Wann?«

»In der Sonora, wo Ihr so oft vor ihr auf den Knieen gelegen habt.«

»Ich?« fragte ich, indem ich trotz der Lage, in welcher ich mich befand, hell auflachen mußte.

»Ja, Ihr! Lacht immerhin; Ihr macht mich doch nicht irre. Wie hat Euer Gesicht gestrahlt, als Ihr sie dann in New Orleans wiedersaht!«

»Gestrahlt? Mein Gesicht? Auch nicht übel!«

»Ja. Ihr seid vor Entzücken geradezu närrisch gewesen!«

»Wahrscheinlich bin ich da wieder vor ihr auf die Kniee gesunken?«

»Natürlich, natürlich! Gesteht es nur ein!«

»Ja, es ist allerdings eine Eigenheit von mir, vor Frauenzimmern sofort in die Kniee zu fallen. Die Mitteilung hat sie natürlich selbst gemacht?«

»Freilich! Von wem soll ich es denn sonst wissen? Wie herzlich sie lachte, als sie mir erzählte, daß sie Euch eingesperrt hat und fortgegangen ist. Hoffentlich hat sie Euch gesagt, daß sie meine Braut ist?«

»Ja.«

»Gesteht es nur, Ihr seid ihr nicht nur meinet-, sondern auch ihretwegen nachgeritten!«

»Natürlich, natürlich!«

»Ich habe von ihr alles erfahren. Wahrscheinlich wäre es Euch gelungen, sie einzuholen, wenn ich nicht vorher meine Maßregeln getroffen hätte. Sie hat Euch gesagt, daß ich nach Albuquerque gereist bin und mit meinem Vater und Oheim dort zusammentreffen werde?«

»Ja.«

»Und daß wir dann nach ihrem Schlosse gehen werden, wo ich ein glückliches Stillleben zu führen gedenke?«

»Auch das.«

»So wißt Ihr also alles, und ich habe nichts hinzuzufügen, als daß die Sehnsucht nach ihr mich nicht weiter vorwärts kommen ließ. Ich blieb am Canadian halten, um sie zu erwarten. Wir wären sofort weitergefahren und hätten, wie ich jetzt sehe, einen Vorsprung von zwei Tagen vor Euch gehabt; da aber gerieten wir in die Hände der Komantschen, als Judith mit ihrer Erzählung zu Ende war. Es sollte uns ans Leben gehen; da kam mir ein famoser Rettungsgedanke. Könnt Ihr den erraten?«

»Ja.«

»Ich wußte Euch hinter uns –«

»Aber von der Blutrache des großen Pfeiles wußtet Ihr noch nichts!«

»Nein, doch ist es mir recht wohl bekannt, daß die Komantschen in ewiger Feindschaft mit den Apatschen leben. Darum bot ich dem großen Pfeil einen Handel an, welcher sehr geeignet war, beide Teile auf das höchste zu befriedigen. Ich verlangte, mit Judith und unberaubt meine Reise fortsetzen zu dürfen, wofür ich ihm sagen wolle, wie er Winnetou fangen könne.«

»Er ging darauf ein?«

»Mit Vergnügen, zumal als er hörte, daß Old Shatterhand bei Winnetou sei.«

»Aber er traute Euch nicht recht; er hat Euch doch noch nicht freigelassen.«

»Ja, er konnte meine Bedingung doch nicht eher erfüllen, als bis ich der seinigen nachgekommen war. Es stand fest, daß man Euch auf Judiths Fährte treffen werde. Wir ritten Euch also auf derselben ein wenig entgegen. Da kam der Orkan, welcher eine Fata Morgana mit sich brachte. Sie spiegelte uns drei Reiter ab, welche sich im Galoppe dem Bache näherten. Wer konnte das sein? Niemand als nur ihr! Die Komantschen waren dem Bache schon nahe; sie dachten, daß ihr dort bleiben würdet, und zogen sich nach dem Walde zurück, welcher eine halbe Stunde rückwärts liegt; ihre Spuren wurden vom Sande verweht. Als das Unwetter vorüber war, sahen wir euch rekognoscieren gehen. Dann wurde es dunkel, und wir schickten Kundschafter aus; sie kehrten zurück und berichteten, was ihr thatet. Ihr saßt an einem Feuer beim Bache und brietet einen Truthahn. Später rückten die Komantschen aus, euch zu umzingeln; sie lagen rund um euch, ohne daß ihr es merktet; sie beobachteten auch, wie ihr die Wache unter euch verteilt hattet. Winnetou oder Old Shatterhand zu überrumpeln, das war schwer; darum warteten die Indsmen, bis der dritte wieder an die Reihe kam, Master Bothwell, und dieser ließ sich auch unschädlich machen, ohne einen Laut von sich zu geben; euch beide fesselte man dann rasch im Schlafe. Nun wißt Ihr alles, und ich will den übriggebliebenen Truthahn nehmen, wie er gebraten ist. Ich werde ihn mit Judith verspeisen und dabei lebhaft an Euch denken.«

»Wo ist Mrs. Silverhill?«

»Sie mußte unter der Obhut einiger Komantschen im Walde zurückbleiben. Ich habe nur noch zwei Bitten an Euch, welche Ihr als dankbarer Gentleman mir gewiß gewähren werdet.«

»Welche?«

»Ich bin ein Freund von Gewehren. Ihr seid im Besitze von zweien, welche so berühmt sind, daß ich Euch dringend bitte, sie mir vor Euerm Tode zu vermachen.«

»Und wenn ich das nicht thue?«

»So nützt es Euch doch nichts, denn ich erkläre sie als meine gute Beute.«

»Schön! Und die zweite Bitte?«

»Ihr habt mir damals in Tunis einige Papiere abgenommen; dazu wurde, wie ich weiß, ein Dokument über einen gewissen Leichenbefund aufgesetzt. Wo befinden sich diese Schriftstücke?«

»Geht nach New Orleans zu Euerm Advokaten Fred Murphy. Er wird sie Euch jedenfalls zu verschaffen wissen.«

»Versucht nicht auch noch geistreich zu werden! Seht hier, den halben Truthahn habe ich; nun nehme ich auch die Gewehre.«

Er hatte wirklich die Überreste des Vogels an sich genommen; jetzt griff er nach den Gewehren, welche neben mir lagen. Da wir so rasch und vollständig überwältigt worden waren, hatten die Komantschen es nicht für nötig gehalten, unsere Waffen aus unserer Nähe zu schaffen. Schon wollte ich nach dem Häuptling rufen; da erklang hinter mir eine scharfe Stimme in jenem gebrochenen Englisch, wie es von Indianern gesprochen wird:

»Halt; leg die Gewehre hin!«

Zu gleicher Zeit trat der Sprecher vor, sodaß ich ihn sehen konnte. Es war der Häuptling, denn er hatte drei Federn in den Schopf geflochten. Es war mittlerweile so hell geworden, daß man seine stolzen, harten Züge deutlich erkennen konnte.

»Warum weglegen?« fragte Melton. »Sie sind mein.«

»Nein. Du hast mir doch die drei Männer versprochen?«

»Ja, aber nicht ihre Sachen!«

»Das konntest du nicht. Was der Besiegte bei sich hat, gehört dem Sieger. Leg also die Gewehre weg!«

Und als der Weiße nicht sofort gehorchte, zog er sein Messer und drohte. Da ließ Melton die Gewehre fallen und sagte zornig:

»Da nimm sie hin, obgleich sie dir nicht gehören! Ich werde zu unserm Wagen gehen und sofort weiter fahren.«

»Warte noch!«

»Warten! Wozu? Ich habe Wort gehalten, und nun mußt du mich entlassen, denn du hast es mir versprochen!«

»Ich habe es dir versprochen und werde mein Versprechen halten. Aber konntest du mir die Stunde sagen, in welcher ich die drei Krieger bekommen würde?«

»Nein.«

»So konnte ich dir auch nicht die Zeit bestimmen, in welcher du gehen darfst. Du bleibst jetzt noch!«

»Willst du mich etwa auch als Gefangenen betrachten?«

Da donnerte ihn der Häuptling an:

»Schweig, du stinkender Koyote, und gehorche augenblicklich!«

Jetzt setzte sich Melton wieder neben mich nieder. Der Rote fuhr in gemäßigterem Tone fort:

»Du hast mir Winnetou und Old Shatterhand versprochen; ich muß wissen, ob sie es auch wirklich sind.« Und sich vor Winnetou hinstellend, betrachtete er diesen mit flammendem Blick und fragte:

»Wie ist dein Name?«

»Ich bin Winnetou, der Häuptling der Apatschen,« antwortete der Gefragte.

»Und wie heißest du?« fragte er den Englishman.

»Ich heiße Bothwell.«

»Der Name ist noch in keinem Zelte und an keinem Lagerfeuer erklungen.«

Darauf trat er zu mir, blickte auch mich eine Weile an und fragte:

»Nennt man dich Old Shatterhand?«

»Ja.«

»Du bist ein Feind der Komantschen?«

»Nein; aber ich verteidige mich gegen jeden roten oder weißen Krieger, von welchem ich angegriffen werde.«

»Hast du mit Winnetou die ›starke Hand‹, den Häuptling der Komantschen, der mein Vater war, getötet?«

»Ja, aber nicht mit Winnetou, denn meine Kugel war es, die ihn niederstreckte.«

»Winnetou war dabei; ihn trifft dieselbe Schuld und dieselbe Strafe. Und da Bothwell bei euch ist, wird er das gleiche Schicksal mit euch erleiden. Ihr werdet im Grabe der ›starken Hand‹ lebendig eingemauert werden. Nehmt die Gefangenen in die Mitte; wir kehren zu unsern Pferden in den Wald zurück!«

Der Befehl galt seinen Leuten. Der Häuptling konnte nicht viel über dreißig Jahre zählen; nicht nur sein Gesicht, sondern sein ganzes Auftreten, seine Stimme sagte, daß er ein stolzer und unerbittlicher Charakter sei. Bei ihm hatten wir auf keinen Fall eine Spur von Menschlichkeit, von Milde zu erwarten.

Man nahm uns die Riemen von den Füßen, sodaß wir laufen konnten; dann setzte sich der Zug in Bewegung. Ich zählte dreiundzwanzig Komantschen, welche uns transportierten. Wir hatten eine kleine halbe Stunde zu gehen, ehe wir den Wald erreichten. Es war nicht eigentlich das, was man unter einem Walde versteht; die Bäume standen nicht dicht und geschlossen bei einander; auch bildete er einen nur schmalen Streifen, durch den wir gingen. Auf der andern Seite war die freie Prairie, und da weideten die Pferde unter der Aufsicht zweier Indianer. Unsere Pferde waren natürlich auch mitgenommen worden.

Jetzt wurden wir anders gefesselt, sodaß unsere Hände auf den Rücken zu liegen kamen; dann ließ man uns aufsteigen und band uns die Füße an die Sattelgurte. Auch Jonathan Melton bestieg ein Pferd; dann ging es in nördlicher Richtung galoppierend über die Prairie, welche so breit war, daß wir zwei Stunden brauchten, um sie hinter uns zu legen. Auch hier hatte der gestrige Orkan das Gras mit Sand überstreut.

Nun sahen wir hohe, belaubte Bäume vor uns und gelangten an das südliche Ufer des Canadian, an welchem entlang sich die Straße nach San Petro und Albuquerque zieht. Freilich darf man da nicht an eine Straße nach unsern Begriffen denken. Von einem Wege sieht man nicht das geringste. Es pflegten eben die Ochsenwagen hier zu fahren; das ist alles.

Zwischen den Bäumen stand eine alte Karrete, bei welcher sechs Pferde weideten. Die Jüdin saß im Grase, erhob sich aber, als wir uns näherten. Zwei Männer, jedenfalls die gemieteten Kutscher, lagen träge am Boden und blieben auch liegen, als wir kamen. Fünf Komantschen hatten da Wache gehalten, sodaß die Schar des Häuptlings aus dreißig Mann bestand.

»Wir haben sie!« rief Melton der Jüdin zu. »Hier bring ich dir deinen abgeblitzten Anbeter.«

Bei den letzten Worten deutete er auf mich. Sie lächelte und nickte ihm vergnügt zu, ohne einen Blick auf mich zu werfen. Was konnte ich gegen eine solche Frechheit anders thun, als schweigen! Da aber warf sich einer, von dem ich es am allerwenigsten gedacht hätte, zu meinem Anwalt auf, nämlich der Häuptling selbst. Er wendete sich zu Melton:

»Du hast Wort gehalten, und ich halte auch das meinige. Ihr könnt weiterfahren, ohne daß wir euch etwas thun oder etwas nehmen. Vorher aber sieh dir einmal die Krieger an! Winnetou und Old Shatterhand waren gefangen und sollten verbrannt werden; sie entkamen trotz ihrer Fesseln am hellen Tage und haben dann den tapfersten Häuptling der Komantschen und zwölf seiner Krieger getötet. Sie haben ihn nicht liegen lassen zum Fraße der Geier und Koyoten, sondern ihn begraben und zu ihm seine Waffen und seine Medizin gelegt, sodaß er ohne Anstand in die ewigen Jagdgründe gelangen konnte. Sie sind unsere Feinde, aber große, berühmte Krieger und ehrliche Männer. Wer aber und was bist du? –«

»Ich bin auch ein Gentleman, der –« fiel Melton ein.

»Schweig!« unterbrach ihn der Häuptling. »Als du eine so lange Zeit mit Old Shatterhand redetest, lag ich im Busche hinter euch und habe alles gehört, was du ihm gestanden hast. Du bist kein Krieger, sondern ein feiger Dieb und Betrüger. Ich, der ›große Pfeil‹, bin in den Städten der Bleichgesichter gewesen und habe viel gesehen. Ich sah auch Menschen, welche man eingesperrt hatte, weil sie feige Diebe und Betrüger waren. Damit man sie von tapfern und ehrlichen Leuten unterscheiden konnte, wurden ihnen die Haare vom Kopfe geschoren. Ich halte mein Wort, indem ich dich gehen lasse, aber zur Unterscheidung von diesen kühnen und ehrlichen Männern sollst du vorher das Haar verlieren. Nehmt es ihm mit euern Messern vom Kopfe!«

»Mein Haar? Mein –«

»Schweig, Kröte, sonst nehme ich dir nicht nur das Haar, sondern das Leben!« donnerte ihn der Häuptling an.

Freiwillig gehorchte Melton dem Befehle nicht; er schrie und zeterte vielmehr aus Leibeskräften, doch half ihm das gar nichts. Er wurde niedergerissen und von zehn, zwölf nervigen, roten Fäusten festgehalten, worauf ein alter Komantsche ihm das Haar mit dem Bowiemesser herunterschabte. Dies kalte und trockene Rasieren schien, nach den Gesichtern zu schließen, die er schnitt, und nach dem Heulen, welches er hören ließ, weder sehr gefühlvoll vorgenommen zu werden, noch überhaupt etwas sehr Entzückendes zu sein.

Als der Kopf vollständig kahl war, wurde er losgelassen, sprang auf und retirierte hinter den Wagen. Jetzt wendete sich der Häuptling an die Jüdin, welche eben auch hinter dem Wagen verschwinden wollte:

»Halt, bleib! Der weiße Krieger Old Shatterhand wurde dein Anbeter genannt. Ist er es gewesen?«

»Ja,« antwortete sie, ohne die Augen niederzuschlagen.

»Du hast ihn abgewiesen und bist lieber mit dem Manne fortgegangen, der da hinter dem Wagen steckt? Bist du das Weib desselben?«

»Noch nicht.«

»Ein rotes Mädchen würde niemals mit einem Manne eine solche Reise machen, dessen Squaw sie nicht ist. Und deine Zunge ist nicht eine Zunge, sondern ein Schlangenzahn, welcher Gift ausspritzt. Tausend rote Squaws und Mädchen würden ja sagen, wenn Old Shatterhand sie begehrte; eine solche Pflanze, wie du bist, wird er nie begehren. Du hast gelogen. Gestehe es!«

»Ja,« gestand sie kleinlaut.

»Und wider die Wahrheit spritzest du Gift gegen einen berühmten Krieger, den nur anzuschauen du nicht würdig bist! Du gleichest innerlich dem, mit dem du fahren willst, und sollst ihm auch äußerlich gleichen. Du hast einen großen Krieger beleidigt, der zu stolz war, sich mit einem Worte gegen ein Weib zu verteidigen. Nehmt auch ihr das Haar vom Kopfe! Dann mögen die beiden Kröten dahinfahren, wohin sie wollen!«

Da erhob die schöne Judith ein Geschrei, welches mich veranlaßte, den Häuptling schnell zu bitten:

»Avat-Uh ist ein tapferer Mann und großer Krieger; die Squaw ist nicht wert, daß er an sie denkt. Er mag ihr das Haar lassen und sich stolz von ihr und ihrem Gefährten wenden.«

Da warf er mir einen zornigen Blick zu und antwortete:

»Wer giebt Old Shatterhand das Recht, einen Befehl des ›großen Pfeiles‹ zu verbessern? Ein Häuptling und Krieger muß stets wissen, was er redet und thut, und darf nie ein Wort, welches er gesprochen hat, zurücknehmen. Es bleibt dabei. Man nehme auch ihr das Haar!«

Ich hatte gethan, was ich in meiner hilflosen Lage vermochte, und wendete mich ab, um wenigstens nicht zu sehen, was ich leider hören mußte. Judith schien sich aus allen Kräften zu wehren; sie brüllte, als ob sie gespießt werden sollte. Als sie ruhig war, drehte ich mich wieder um, konnte sie aber nicht sehen, weil sie sich in die Kutsche geflüchtet hatte. Hinter derselben klang jetzt die Stimme Meltons hervor:

»Der ›große Pfeil‹ mag mir noch einmal sagen, ob er sein Wort halten und die drei Gefangenen wirklich töten wird!«

»Ich halte mein Wort; sie werden morgen eingemauert,« antwortete der Häuptling. »Nun aber mag das feige Bleichgesicht mit seiner Squaw, die nicht seine Squaw ist, dafür sorgen, daß wir sie nicht länger sehen, sonst nehmen wir ihnen noch mehr als das Haar allein!«

Die Pferde wurden eiligst vorgespannt, die überflüssigen hinten angehängt; die beiden Kutscher sprangen auf den Bock, Melton stieg zu seiner Judith ein; dann setzte sich das Gefährt in Bewegung. Der

Mensch, den wir drüben in Afrika und hier hüben gejagt hatten, entkam abermals, und wir sollten – lebendig begraben werden!

Wir waren abgestiegen und lagerten im Grase. Die Komantschen hatten heute noch nichts genossen; sie sollten hier essen, ehe der Ritt nach dem Todesthale begonnen wurde.

Es fiel mir nicht ein, die Hoffnung aufzugeben. Auf Gnade konnten wir freilich nicht rechnen; aber das uns bestimmte Schicksal sollte uns erst morgen werden, und bis dahin hatten wir wenigstens noch zwanzig Stunden Zeit. Und was kann in zwanzig Stunden alles geschehen!

Von außen her rechnete ich freilich auf keine Hilfe. Wir mußten uns selbst helfen. Aber wie?

Zunächst lag für uns eine Beruhigung in dem Umstande, daß man uns nicht unnötig vorher quälen zu wollen schien. Der Häuptling hatte gesagt und auch bewiesen, daß er uns achtete. Mehr konnten wir zunächst nicht verlangen.

Auch wir bekamen zu essen. Es gab Fleisch, und die Portionen, welche wir erhielten, waren so groß wie diejenigen der Komantschen. Da man uns nicht wie Kinder füttern wollte, mußten wir selbst essen, und damit das möglich war, wurden uns die Hände nach vorn frei gegeben, dafür aber die Füße fest zusammengebunden. Natürlich wurde während dieser kurzen Zeit jede unserer Bewegungen scharf beobachtet. Dann wurden uns die Hände wieder auf den Rücken zusammengebunden.

Dabei bemerkte ich, daß Emery, als er die Hände nach hinten legte, eine eigentümliche, wie horchende Miene machte. Er sah, daß ich das beobachtete, und sagte in deutscher Sprache:

»Du sahst wohl, daß ich genau aufpaßte?«

»Ja. Eigentlich hätte ich dies aber nicht bemerken sollen, weil es die Roten ebenso leicht sehen können; sie würden dann ebenso gut ahnen, wie ich es geahnt habe, daß du irgend eine geheime Absicht hast.«

Da wendete sich derjenige Komantsche, welcher uns am nächsten saß, an den Häuptling und sagte diesem:

»Die beiden Bleichgesichter sprechen in einer Sprache miteinander, welche ich nicht verstehe.«

»Old Shatterhand mag sagen, was für eine es ist.«

»Es ist die Sprache meines Landes und Volkes.«

»Wo liegt das Land deiner Vorfahren?«

»Über dem großen östlichen Meere drüben.«

»Das ist doch England!«

»Nein; mein Vaterland liegt noch viel weiter im Osten.«

»Hat dein Volk Todeslieder, wie wir roten Krieger sie haben?«

»Ja, Sterbelieder und Sterbegebete zum großen Manitou.«

Art eurer eignen Sprache?«

»Ja.«

Da erhob er seine Stimme, daß alle es hören konnten, und sagte:

»Wenn ein tapfrer Krieger den Tod nahen sieht, so rüstet er sich darauf. Er gedenkt seiner Thaten und preist sie in der Weise seines Volkes. Die beiden Bleichgesichter sind tapfre Krieger; sie werden sterben und müssen von ihren Thaten in der Sprache ihres Volkes sprechen. Wir dürfen sie töten, aber ihre Seelen müssen wir ihnen lassen, damit die ›starke Hand‹ von ihnen in den ewigen Jagdgründen bedient werden kann. Stören wir sie also nicht, wenn sie in der Sprache ihres Volkes miteinander sprechen!«

Das war denn doch eine große Nachsicht von einem, den ich für unnachsichtig gehalten hatte, eine Nachsicht freilich, welche nur die Folge seiner religiösen Anschauungen war. Nun konnte ich mich mit Emery nach Belieben unterhalten. Wir zeigten dabei so tiefernste Gesichter, als ob wir von nichts als dem uns bevorstehenden Tode sprächen.

»Also,« fragte ich, »woran dachtest du vorhin, als mir dein Gesicht so auffiel?«

»An ein Kunststück, welches ich einigemale gesehen und dann auch nachgemacht habe. Es heißt ›Der gefesselte Hexenmeister‹, und ich kam auf den Gedanken, ob es vielleicht möglich sei, es hier an den Mann zu bringen.«

»Hm! Bilde dir nicht ein, die Leute hier durch irgend einen Hokuspokus zu täuschen!«

»Es ist nicht ein Hokuspokus, sondern es handelt sich um zwei Kunstgriffe, die keinem Weißen und noch viel weniger einem Indianer auffallen würden.«

»Muß es gezeigt werden, oder kann man es nach der bloßen Beschreibung begreifen?«

»Zeigen ist besser, hier aber nicht möglich. Der Hexenmeister läßt sich mit einem Riemen oder Bande, einer Schnur die Hände auf dem Rücken zusammenbinden und ist dann imstande, sich der Fessel jeden Augenblick zu entledigen.«

»Aber es kann leicht bemerkt werden?«

»Nein, sondern sehr schwer. Die Hauptsache ist, daß man sich den Riemen erst selbst auf das linke Handgelenk legen darf.«

»Das würde vielleicht nicht auffallen; man will dem Roten, der einen bindet, behilflich sein. Weiter!«

»Paß auf! Man faßt den Riemen in der Mitte, legt das eine Ende über das linke Handgelenk und läßt es um dasselbe knoten. Während der, welcher fesselt, den Riemen fest anzieht, zieht man am andern Ende selbst auch mit, scheinbar, um den Knoten und die Schlinge doppelt fest zu machen, in Wahrheit aber wird der Knoten umgezogen, das heißt, er wird auf dem Riemen beweglich, läßt sich auf demselben hin und her schieben. Dies ist für den, der bindet, und auch für die Zuschauer vollständig unbemerkbar. Darauf hält man beide Hände auf den Rücken, um das andere Ende um das Gelenk der rechten Hand zu legen und zu binden. Dabei faßt man den rechten Rockärmel an, als wolle man ihn zur Seite halten, damit die betreffende Person besser binden kann. Dadurch werden die Hände mehr voneinander entfernt, und man behält Raum zum Aufziehen der Schlinge, während man zugleich Gelegenheit bekommt, den Riemen während des Bindens schroff anzuziehen. Nun kann sich jedermann, ohne das Geringste zu bemerken, von der Festigkeit der Fessel überzeugen, und doch ist es nun möglich, durch Aufschieben des einen oder andern umgezogenen Knotens bald die rechte und bald die linke

Hand nach Belieben frei zu machen; man kann sie auch wieder fesseln und die Knoten zu jeder Zeit untersuchen lassen. Vermagst du dich hineinzudenken?«

»Sehr leicht. Ich halte es für möglich, daß wir dem Kunststücke unsere Rettung verdanken.«

»Ja, ich habe vorhin, als wir wieder gebunden wurden, gut aufgepaßt. Ich bin genau so gebunden, wie es Voraussetzung des Kunststückes ist. Wenn man uns die Hände vielleicht zum Abendessen frei giebt und sie dann wieder auf den Rücken fesselt, denke ich, es nicht schwer fertig zu bringen, daß man sie in meiner Weise fesselt; du nicht auch?«

»Hm! Ich bin freilich überzeugt, die so einfache Hexerei auch fertig zu bringen, doch nur so, wie man es beim ersten Versuche kann; hier aber, wo es sich um Freiheit und Leben handelt, gehört mehr Übung dazu; ich werde den Versuch also dir überlassen.«

»Warum? Wenn wir auch Winnetou das Kunststück erklären, können wir uns alle drei zu gleicher Zeit und im passenden Augenblick schnell frei machen. Handeln wir dann, so sind wir verschwunden, ehe man nur daran denkt, uns festzuhalten.«

»Das klingt zwar verlockend, ist aber nicht so leicht, wie du denkst. Erstens, wie wollen wir Winnetou eine solche Erklärung geben, ohne daß unsere Wächter sie auch mit hören? Er versteht ja nur wenig deutsch, und englisch wieder verstehen sie, wenigstens genug, um zu wissen, wovon wir sprechen.«

»Das ist freilich wahr!«

»Und zweitens ist doch die Hauptsache, daß der Umstand nicht auffällt, daß man selbst den ersten Griff bei der Fesselung thut. Bei nur einem wird es jedenfalls übersehen; thun wir aber alle drei den Griff, so muß es nicht nur die Aufmerksamkeit, sondern vielmehr Verdacht erregen. Ich bin also ganz dafür, daß nur du das Kunststück unternimmst.«

»Was wird aber dann mit euch?«

»Müssen sehen. Es wäre ein Messer vonnöten; man hat uns aber die unserigen mit den übrigen Waffen abgenommen.«

»Was das betrifft, so habe ich eins, ein kleines Einschlagemesserchen mit Nagelfeile; ich pflege es in der innern Westentasche zu tragen. Man wird uns jedenfalls die Taschen leeren, doch denke ich, daß man das Innentäschchen nicht finden wird.«

»Das paßt ganz vortrefflich. Bekommst du die Hände frei und hast das Messerchen, so kannst du deine Fußschlingen und dann auch unsere Fesseln durchschneiden.«

» *Well*, sollte mich freuen! Ganz abgesehen von der Größe der Gefahr, in welcher wir uns befinden, wünsche ich herzlich, daß die Befreiung durch mich kommen dürfe, da ich es bin, der die Schuld an unserer Gefangenschaft trägt.«

»Hast du denn, als sie kamen, nichts gehört?«

»Nicht einen Hauch, obwohl ich wirklich scharf und unausgesetzt aufgepaßt hatte. Ich besitze aber leider nicht so empfindliche Ohren wie du und Winnetou. Du kannst dir denken, welche Vorwürfe ich mir mache!«

»Das laß sein! Es ist nicht ungeschehen zu machen, und hätte einer von uns andern Wache gestanden, wäre die Überrumpelung auch keine Unmöglichkeit gewesen.«

»Du hast aber selbst gehört, daß sie gewartet haben, bis die Reihe an mich gekommen ist.«

»Das geht mich nichts an. Wir sind gefangen und wollen wieder loskommen. Durch Vorwürfe aber erlangen wir die Freiheit keineswegs.«

Winnetou saß neben uns, verstand nur wenig von dem, was wir sprachen, doch war zu hoffen, daß wir ihm die nötige Mitteilung würden machen können, Zunächst geschah, was wir vorhin vorausgesetzt hatten: Nach dem Essen wurden unsere Taschen untersucht und geleert. Man nahm uns alles ab, doch blieb glücklicherweise Emerys kleines Messerchen unentdeckt.

Dann wurden wir wieder auf die Pferde gebunden, und man brach nach dem Thale des Todes auf.

Damals, als ich mit Winnetou die Komantschen dorthin verfolgte, war das Thal nicht ihr Ziel; sie zogen hin und her, um uns irre zu führen und von ihrer Spur abzubringen; darum dauerte es mehrere

Tage, ehe unser Rachewerk in jenem Thale zum Abschlusse kam. Heute aber wollte man direkt nach demselben und konnte es in sieben oder acht Stunden recht gut erreichen.

Die Komantschen waren weit besser beritten, als wir, sie hatten sogar einige Pferde, welche man ausgezeichnet nennen konnte. Der Ritt ging durch eine Art von Furt über den Canadian und dann auf der andern Seite nordwärts. Am Flusse gab es Bäume und Gras. Bald hörten die ersteren auf, und als wir uns dann weiter vom Wasser entfernten, verschwand auch das letztere nach und nach.

Das Todesthal hatte seinen Namen nicht etwa dem Umstande zu verdanken, daß wir dort den Häuptling erschossen und begraben hatten, sondern weil es in einer wie ausgestorbenen Gegend lag. »Starke Hand« hatte es damals aufgesucht, wohl um sich in der Einsamkeit vor uns versteckt zu halten.

Das Thal hatte die Form und Gestalt eines eingesunkenen Kraters. Die Wände stiegen steil an und bestanden aus festem Gestein. Es gab nur einen Weg, um zu Pferde in den Kessel hinabzukommen; zu Fuße konnte man wohl auch an andern Stellen kletternd hinab- und hinaufgelangen. Die Thalsohle bildete einen Kreis, dessen Umfang man in einer halben Stunde abgehen konnte.

Am nördlichen Rande drang ein kleines Wasser aus dem Boden; es schmeckte aber leicht nach Schwefel und verschwand bald wieder in der Erde, doch reichte es aus, einigen Kräutern und Gräsern das Leben zu fristen.

Um die Mittagszeit wurde unterwegs ausgeruht; und zu unserer Freude erhielten wir dabei wieder eine Portion getrocknetes Fleisch. Da konnte das Kunststück versucht werden. Wir bekamen die Hände frei und aßen. Als wir fertig waren, wurden wir wieder gebunden. Ich achtete mit großer Spannung auf Emery. Er langte mit der unbefangensten Miene nach dem Riemen, mit welchem er gefesselt werden sollte, legte ihn sich auf das linke Handgelenk, ließ dort den Knoten schürzen und legte dann seine beiden Hände auf den Rücken, um nun auch die Rechte binden zu lassen. Der Rote ließ das ganz so geschehen, untersuchte, als er fertig war, die Fessel genau und machte dann ein so zufriedenes Gesicht, daß ich überzeugt war, Emery habe als Hexenmeister Fiasko gemacht. Darum fragte ich ihn:

»Nun, du hast dich getäuscht? Der Rote hat deine Fessel so genau untersucht und nichts gefunden.«

»Und doch ist er betrogen. Ich kann jeden Augenblick mit der Hand heraus. Ich wollte, ich könnte es dir zeigen. Weißt du, was ich möchte?«

»Nun?«

»Heute abend auf das Essen verzichten. Wenn ich nicht essen will, braucht man mir die Arme nicht frei zu geben; dann bleibt der Riemen, wie er jetzt ist, und ich kann in jedem Augenblick los. Esse ich aber, so weiß ich nicht, ob mir das Kunststück wieder so gelingt, wie jetzt.«

»Es kann aber sehr leicht Mißtrauen erwecken, wenn du nicht essen willst; denn wem der Arm so lange Zeit nach hinten gefesselt ist, der ergreift jede Gelegenheit, ihn einmal frei und nach vorn zu bekommen.«

»Das ist sehr richtig. Es könnte wirklich auffallen, und so will ich lieber nicht auf das Essen verzichten.«

Als wir wieder aufgebrochen waren, ritten wir drei nebeneinander. Wir hatten Winnetou in der Mitte, und es gelang uns, ihn in kurzen Worten, welche von den vor und hinter uns reitenden Roten in ihrem Zusammenhange nicht verstanden wurden, mitzuteilen, was wir für eine Absicht hegten. Sein schönes, hellbronzenes Gesicht blieb vollständig unbeweglich, als er die frohe Botschaft hörte; dann sagte er leise:

»Frei, ja, doch nicht ohne meine Silberbüchse!«

»Und auch ich nicht ohne meine Gewehre,« stimmte ich in deutscher Sprache und laut, zu Emery gewendet, bei.

»Und wenn das nicht möglich ist?« fragte dieser.

»So hole ich sie mir später. Die Freiheit ist ein kostbares Gut; was thue ich aber hier in solcher Gegend mit ihr, wenn ich keine Waffen habe?«

»Sehr richtig; aber es handelt sich nebenbei auch um das Leben!«

»Das giebt den Ausschlag. Also fort, selbst ohne Waffen! Aber wenn mir das Leben sicher wäre, so würde ich die Gefangenschaft nicht eher verlassen, als bis ich meine Waffen wieder in den Händen hätte.«

Es war vielleicht eine Stunde vor der Dämmerung, als wir an dem Rande des Todesthales anlangten. Wir ritten die steile und schmale Senkung hinab, einer hinter dem andern und langsam wie ein Leichenzug. Wenn wir wirklich da nicht wieder heraufkommen sollten! Ich schüttelte den Gedanken mit den Achseln von mir ab. Nein! Wenn wer bestimmt war, unten zu bleiben, dann die Komantschen, aber nicht wir!

Als wir die Thalsohle erreichten, lenkte der Häuptling nach der Stelle hin, wo das Wasser aus dem Felsen trat. Dort hielt er an und stieg vom Pferde; die andern thaten ebenso, denn hier am Wasser sollte die Nacht zugebracht werden. Als wir abgestiegen waren, wurde der Versuch gemacht, die Pferde zu tränken; sie wollten aber das schwefelhaltige Wasser, welches wie faule Eier roch und schmeckte, nicht nehmen.

Währenddem ließ ich meinen Blick über das Thal hin schweifen. Am nördlichen Rande, da, wo die Felsen am steilsten aufstiegen, befand sich die Spalte, in welcher wir damals den Häuptling begraben hatten. Sie war nicht groß, unten vielleicht nicht ganz sechs Fuß breit, und verjüngte sich so schnell, daß sie in Manneshöhe eine Breite von nur noch zwei Spannen betrug; von da aus ging sie in gleicher Breite in eine beträchtliche Höhe hinauf. Da sie in solcher Höhe unmöglich verschlossen werden konnte, so hatte die Luft Zutritt, und wenn wir wirklich hier eingesperrt werden sollten, so konnten wir zwar verhungern und verdursten, aber doch wenigstens nicht ersticken. Die Steinplatte, welche man vorgelegt hatte, war schwer und unten breiter als der Spalt; ihre Höhe betrug drei Ellen. Trotz ihrer Schwere genügte sie nicht, uns im Grabe festzuhalten, denn wir drei Männer waren stark genug, sie von innen nach außen umzuwerfen und uns dadurch den Weg in die Freiheit zu bahnen. Aber es lagen Steine genug in der Nähe, vor und an der Platte einen so großen Haufen aufzutürmen, daß es uns unmöglich wurde, die Platte auch nur einen Zoll weit zu lüften.

Die Roten führten uns zunächst nach dem Grabe. Sechs von ihnen waren nötig, die Platte zu entfernen. Als dies geschehen war, trat der Häuptling vor die Öffnung und sagte in feierlichem Tone:

»Hier liegt Atescha-Mu begraben, der große Häuptling der Komantschen. Sein Geist ist in die ewigen Jagdgründe eingegangen, wo er vergebens auf die Seelen seiner Mörder gewartet hat, die ihn dort bedienen sollen. Er mag zurückkehren, um zu hören, was ich, sein Sohn und Rächer, ihm zu sagen habe!«

Er wartete eine kleine Weile, jedenfalls um dem Geiste seines Vaters Zeit zu geben, den Weg von den ewigen Jagdgründen bis hierher zurückzulegen, und fuhr dann fort:

»Die ›starke Hand‹ wurde von Winnetou und Old Shatterhand verfolgt und getötet. Die beiden feindlichen Krieger sind jetzt in meine Hand geraten und sollen seinen Tod mit ihrem Leben bezahlen. Jeder Tote geht so in die ewigen Jagdgründe ein, wie er im Augenblicke des Sterbens beschaffen ist. Wollten wir die Mörder quälen und verwunden, so würden sie schwach und blutend zu Atescha-Mu gelangen und ihm nur schlechte Diener sein können; darum werden wir sie nicht beschädigen, sondern sie zu seinen Gebeinen einmauern, damit sie ohne Wunden sterben und er starke Diener bekommt, mit denen er in den ewigen Jagdgründen vor allen Abgeschiedenen prangen kann. Howgh!«

Die Platte wurde wieder vorgelegt, ohne daß es mir möglich gewesen war, einen Blick in das Grab zu werfen. Man führte uns nach dem Wasser zurück, doch durften wir nicht dort bleiben. Ungefähr fünfundzwanzig Schritte davon befand sich ein schmaler Einschnitt in den Felsen, in welchen wir gebracht wurden. Wir mußten uns da niedersetzen, und nachdem man uns an den Füßen gefesselt hatte, blieben zwei Mann zurück, um uns zu bewachen. Die andern gingen wieder zum Wasser, nachdem der Häuptling den beiden Wächtern die größte Vorsicht und Aufmerksamkeit eingeschärft hatte.

Diese Vorsichtsmaßregel hatte man getroffen, weil der Felseneinschnitt sich außerordentlich gut zur Aufnahme von uns eignete. Wir hatten von drei Seiten Felsen, und auf der vierten saßen die bis an die Zähne bewaffneten Wächter; da waren wir den Roten viel sicherer, als wenn sie uns mit draußen am Wasser behalten hätten.

»Ein verwünschter Einfall, uns hier hereinzustecken!« brummte Emery in deutscher Sprache. »Höchst unangenehm, daß sie auf diesen Gedanken gekommen sind!«

»Warum?« fragte ich.

»Weil wir hier eingesperrt sind und schwerlich herauskommen werden.«

»Meinst du? Mir ist es im Gegenteile sehr lieb, daß sie es gethan haben.«

»Das begreife ich nicht.- Hier sehen wir nichts. Draußen hätten wir alles hübsch beobachten können und hatten nach allen Seiten Raum.«

»Aber wir konnten auch selbst besser beobachtet werden. Laß es erst dunkel werden; dann können uns die Wächter nicht mehr sehen, und wir machen uns frei, ohne daß sie es bemerken. Hier sind nur vier Augen auf uns gerichtet; draußen am Wasser aber wären wir allen Blicken ausgesetzt gewesen.«

»Hm, mag sein! Du hast eben die Eigenschaft, allem Schlechten eine gute Seite abzugewinnen.«

Es wurde dunkel, und man brannte ein kleines Feuer an, doch leider nicht am Wasser, wo die Indianer lagen, sondern vor unserer Spalte. Zu einem großen Feuer, an welchem Fleisch gebraten werden konnte, war kein genügendes Material vorhanden; die dürren Abfälle der Pflanzen, welche es hier gab, reichten aber hin, eine kleine Flamme zu nähren, die unsere Bewachung erleichterte.

Das war freilich höchst unangenehm. Der Felseneinschnitt, in welchem wir uns befanden, bot Raum für nur drei Personen. Das Feuerchen brannte vor demselben, und ungefähr vier Schritte davor saßen die Wächter. Wollten wir sie überwältigen, so mußten wir über das Feuer hinweg, und da fanden sie jedenfalls Zeit, die Waffen zu ergreifen oder wenigstens Hilferufe auszustoßen, durch welche die andern herbeigerufen wurden. Dazu leuchtete der Schein des Feuers, so klein es war, zu uns herein, sodaß es leicht war, uns zu beobachten.

»Da hast du es!« sagte Emery. »Oder giebst du mir auch jetzt noch nicht recht?«

»Nein. Mir ist die Beleuchtung ebenso unangenehm, wie dir; aber es ist trotzdem besser, wir befinden uns hier als draußen. Draußen lägen wir gewiß inmitten der Roten, hier haben wir es nur mit zweien zu thun. Und denkst du etwa, daß das Feuer die ganze Nacht brennen wird?«

»Natürlich! Sie werden sich hüten, es ausgehen zu lassen.«

»Wenn sie genug Holz haben, ja. Aber bis es Tag wird, müssen wenigstens acht Stunden vergehen, und ich glaube nicht, daß das Feuerungsmaterial bis dahin reichen wird. Sieh nur, wie schnell die kleinen Pflänzchen verbrennen, und wie winzig der Haufen ist, den sie davon gesammelt haben!«

Aber man sammelte, wie wir bald sahen, noch weiter; der Haufen wurde größer und größer, doch nicht so groß, daß er bis zum Anbruch des Tages reichen konnte.

Wir bekamen das Abendbrot sehr spät; es bestand wieder aus einem Stück Fleisch. Man nahm uns dazu die Handfesseln ab, welche dann wieder angelegt wurden. Zu unserer Freude glückte es dabei Emery, den, der ihn band, abermals zu täuschen; er konnte auch nun die Hände aus den Riemen bringen.

Die beiden Wächter wurden in zweistündigen Zwischenräumen abgelöst, und stets untersuchten die Neuangetretenen genau, ob unsere Banden noch in Ordnung seien. Keiner von ihnen merkte, daß Emerys Riemen gelockert werden konnte.

Die Roten waren sehr lange wach. Wir hörten ihre Stimmen bis nach Mitternacht. Jedenfalls sprachen sie von uns, und das war allerdings ein Gesprächsstoff, den sie noch viel länger hätten ausspinnen können. Endlich wurde es ruhig; sie schienen sich schlafen gelegt zu haben.

Wir aber schliefen natürlich nicht; wir lagen mit den Köpfen nahe bei einander und unterhielten uns im Flüstertone, sodaß unsere Wächter nichts hören konnten. Das Feuerchen brannte noch, doch war der Holzhaufen jetzt so klein geworden, daß er in einer Stunde zu Ende sein mußte. Wir bedienten uns jetzt der englischen Sprache, damit Winnetou sich mit beteiligen könne.

»Verwünschte Geschichte!« knurrte Emery. »Selbst wenn es uns gelingt, hinauszukommen, ist es nun beinahe zu spät geworden!«

»Wieso zu spät?« fragte ich.

»Das versteht sich doch ganz von selbst! Es ist draußen zwar still, aber wir wissen doch nicht, ob sie alle schlafen; darum müssen wir noch warten, wenigstens noch eine Stunde. Und dann ist die Ablösung nahe, welche sofort bemerkt, was geschehen ist.«

»So warten wir eben, bis diese vorüber ist.«

»Das ist eine kostbare Zeit, die wir nicht wieder einholen können. Und wenn wir hier hinaus sind, können wir noch nicht gleich fort; denn wir müssen doch Pferde haben. Wer weiß, wie lange es dauert, ehe es uns gelingt, in den Sattel zu kommen. Leicht werden wir dabei erwischt!«

»Man wird uns nicht dabei erwischen, weil es uns nicht einfallen wird, uns bei den Pferden aufzuhalten.«

»Wie? Du willst, daß wir zu Fuße fliehen?«

»Ja.«

»Zu Fuße fort! Da kannst du darauf schwören, daß sie uns einholen werden!«

»Gewiß nicht. Wir fliehen zu Fuße, aber nicht weit, denn wir werden das Thal gar nicht verlassen.«

»Nicht? Erkläre dich deutlicher!«

»Es handelt sich vor allen Dingen um unsere Waffen. Es ist anzunehmen, daß wir dieselben jetzt nicht erwischen können. Fliehen wir weit fort, so büßen wir sie ein. Wir bleiben also hier, um den Augenblick zu erwarten, an welchem wir sie uns nehmen können.«

»Wie ist es möglich, hier zu bleiben? Giebt es denn ein Versteck, in welchem wir sicher sein könnten?«

»Ja, im Grabe des Häuptlings.«

»Ah! Das ist ein kühner, ein verwegener Gedanke!«

»Bei weitem nicht so verwegen, wie du denkst. Es wäre viel gewagter, wenn wir das Todesthal verlassen und über die weite Ebene fliehen wollten, wo wir auf große Entfernung hin gesehen werden können. Wir hätten die Verfolger gleich beim Beginn des Tages hinter uns und würden gewiß eingeholt. Was das zu bedeuten hat, wenn wir weder Pferde noch Waffen besitzen, das brauche ich dir nicht erst zu sagen.«

»Aber ist es denn so gewiß, daß wir nicht zu den Pferden können und auch die Waffen zurücklassen müssen?«

»Beinahe gewiß. Auch handelt es sich nicht nur um die Waffen, sondern auch um die andern Gegenstände, welche man uns abgenommen hat.«

»Können wir nicht hinschleichen und sie heimlich nehmen?«

»Wahrscheinlich nicht. Es ist vorauszusehen, daß wir dabei ertappt würden.«

»So mögen sie uns ertappen! Alle Wetter, wenn ich nur erst meine Glieder frei habe, dann will ich den Roten sehen, der mich wieder fangen soll!«

»Meinst du, daß ich weniger entschlossen bin, als du? Aber ich habe keine Lust, mich, wenn ich einmal frei bin, wieder fangen zu lassen. Ich sage auch gar nicht, daß mein Gedanke, uns im Grabe des Häuptlings zu verstecken, unbedingt ausgeführt werden soll. Wenn wir uns von den Fesseln befreit haben, werden wir erst sehen, ob die Roten alle schlafen und wie es mit unsern Sachen steht. Dann wissen wir, wie wir uns zu entscheiden haben.«

»Ja!« flüsterte jetzt Winnetou, welcher bisher geschwiegen hatte. »Der Plan meines Bruders Shatterhand ist sehr gut. Die Komantschen werden nicht alle fortreiten, denn sie wissen, daß wir laufen müssen und unbewaffnet sind, uns also nicht wehren können. Sie werden denken, es sei sehr leicht, uns wieder festzunehmen. Darum wird der Häuptling nicht alle fortschicken, zumal doch jemand unsere Sachen bewachen muß.«

»Wieso unsere Sachen bewachen?« fragte Emery.

»Mein Bruder weiß doch, daß wir unverletzt in die ewigen Jagdgründe gesandt werden sollen. Wenn dies geschieht, so giebt man uns auch alles mit, was wir besessen haben. Winnetou kennt die Gebräuche der roten Männer sehr genau. Unsere Körper und Glieder sollen nicht beschädigt werden, damit wir in den ewigen Jagdgründen tüchtige und starke Sklaven des toten Häuptlings sein können. Da giebt man uns auch unsere Waffen und alles andere mit, damit die Gegenstände jenseits in das Eigentum der ›starken Hand‹ gelangen. Durch unsere Gewehre wird der tote Komantsche in den ewigen Jagdgründen der berühmteste Krieger werden.«

»Ah, so! Die Komantschen glauben also, daß alles, was man mit uns begräbt, mit uns ins jenseitige Leben gelangt?«

»Ja. Wir werden dem Toten geopfert und also drüben seine Diener sein; folglich wird ihm alles gehören, was wir mit hinüber bringen. Doch still, die Ablösung kommt!«

Unsere Wächter standen auf, um den beiden, welche jetzt kamen, Platz zu machen. Letztere untersuchten ebenso, wie es die vorigen gethan hatten, unsere Riemen und setzten sich dann nieder. Dabei schob der eine von ihnen die letzten Pflanzenstengel, welche es gab, in das Feuer, das nur noch einige Minuten brannte und dann verlöschte.

Jetzt, da das Feuer nicht mehr brannte, wurde der Himmel für uns sichtbar. Es zogen Wolken darüber hin, zwischen denen nur einzelne Sterne herniederschimmerten. Es war draußen vor unserm Felseneinschnitte so dunkel, daß wir die beiden Komantschen, obgleich sie höchstens drei Meter von uns entfernt lagen, kaum sehen konnten.

Als eine Viertelstunde vergangen war, zog Emery die Hände aus dem Riemen und machte dann mit Hilfe seines kleinen Messerchens auch seine Füße frei. Dann knüpfte er unsere Riemen auf, was einige Zeit erforderte. Es wäre weit schneller gegangen, wenn er sie durchschnitten hätte, aber wir brauchten sie für unsere Wächter. Das wollte ihm freilich nicht in den Kopf. Er flüsterte uns zu:

»Es wäre viel besser, sie zu töten, anstatt sie nur zu betäuben. Ein einziger Ruf von ihnen kann uns gefährlich werden.«

»Die Möglichkeit, daß sie Zeit zu einem Hilferufe bekommen, ist in beiden Fällen vorhanden,« antwortete ich ihm, »und man tötet einen Menschen nur dann, wenn es unbedingt notwendig ist.«

» *Well*, wie du willst! Wer macht sich über sie her? Wir drei?«

»Nein, nur Winnetou und ich. Wir haben den Griff besser weg, als du. Ich nehme den rechts, und Winnetou faßt den linken.«

Unsere Hände hatten von den Riemen gelitten; wir rieben und kneteten die Gelenke, um den Umlauf des Blutes zu unterstützen; dann gingen wir an das Werk, bei welchem es galt, außerordentlich vorsichtig zu sein, denn die beiden Roten saßen draußen so, daß sie uns die Gesichter zukehrten. Wir mußten auf sie zukriechen. Wenn sie uns nur einen einzigen Augenblick eher bemerkten, als wir ihre

Kehlen zwischen unsern Händen hatten, war unser ganzer Plan zunichte.

Glücklicherweise war es bei uns noch dunkler, als draußen bei ihnen. Wir erhoben uns auf die Kniee und rutschten auf sie zu. Dabei schlossen wir die Augen soweit, daß wir eben nur noch unter den Lidern hervorblicken konnten, denn ein offenes Auge ist selbst in solcher Finsternis, wenn es durch eine seelische Erregung erleuchtet wird, zu erkennen. Es galt zweierlei: erstens mußten wir so schnell und sicher zugreifen, daß keine Zeit zu einem Ausrufe, selbst nicht zu einem Röcheln oder Stöhnen blieb, und zweitens mußte dies vollständig geräuschlos geschehen, weil jeder hörbare Stoß oder Fall die andern Roten aufmerksam machen konnte. Ganz von selbst verstand es sich, daß wir zu gleicher Zeit zugreifen mußten, wenn der Coup gelingen sollte.

Wir kamen ihnen näher und näher. Da berührte Winnetou meinen Arm; das war das Zeichen. Ich schnellte mich sofort vorwärts und hatte im nächsten Augenblick den einen Komantschen mit beiden Händen am Halse. Von vorn ist der Griff viel schwerer, als von hinten; er gelang uns aber dennoch, Winnetou ebenso wie mir. Die Wächter sanken unter unserm Gewicht hintenüber; es war nichts zu hören, als nur ein leises, leises Gurgeln, welches nicht bis hinüber zu dem Lagerplatz am Wasser dringen konnte. Dann kam der bekannte Hieb gegen die Schläfe, um sie zu betäuben, worauf wir ihnen die Kehlen vorsichtig und nach und nach freigeben konnten, damit sie nicht ersticken möchten.

Ein Teil unserer Aufgabe war also glücklich gelöst. Die Roten hatten keine Waffen, als nur ihre Messer bei sich gehabt; wir nahmen dieselben an uns und hatten nun wenigstens etwas, womit wir uns wehren konnten. Sie bekamen Knebel in den Mund und wurden fest gebunden, worauf wir ihre bewegungslosen Gestalten dorthin schoben, wo wir vorher gelegen hatten.

»Meine Brüder mögen hier warten.« flüsterte der Apatsche; »Winnetou wird an das Wasser kriechen, um zu erfahren, wozu wir uns entschließen müssen.«

Er entfernte sich mit der Geräuschlosigkeit einer Schlange. Ganz gegen meine Erwartung dauerte es kaum zwei Minuten, bis er wiederkam; dies war kein gutes Zeichen.

»Wir können weder zu den Pferden, noch zu den Waffen,« meldete er. »Bei den Pferden steht eine Wache. Unser ganzes Eigentum liegt abgesondert am Wasser, und daneben sitzt der Häuptling, welcher nicht schläft. Die Freude, den Tod seines Vaters an uns rächen zu können, hat ihn wach gehalten. Winnetou hat sich das gedacht.«

»Können wir ihn denn nicht ebenso überfallen, wie die Wächter hier?«

»Nein, denn rund um ihn liegen seine Krieger, welche wir berühren und also aufwecken würden, wenn wir zu ihm wollten.«

»Ja, es bleibt uns nichts übrig, als uns zu verstecken und das Weitere abzuwarten,« sagte ich. »Kommt also nach dem Grabe!«

Wir schlichen uns fort, was wir zunächst in kriechender Stellung thaten; dann, als wir entfernt genug waren, konnten wir uns erheben. Bei dem Grabe angekommen, lüfteten wir den Stein auf einer Seite soweit, daß wir in den Spalt kriechen konnten, wozu unsere Kräfte ausreichten. Weit schwerer aber war es, ihn von innen wieder ganz heranzuziehen, was uns erst nach vieler Mühe und Anstrengung gelang. Da der Boden draußen aus hartem Felsen bestand, durften wir hoffen, daß man dort nicht sehen werde, daß der Stein wieder bewegt worden war.

Unsere Zufluchtsstätte war nichts weniger als bequem, denn der Spalt war zwar ziemlich tief, aber auch sehr niedrig. Hinten lagen die Überreste der »starken Hand«. Wir mußten uns eng zusammenschmiegen, um mit denselben nicht in Berührung zu kommen. Glücklicherweise gab es in dem Grabe keinen Moder- oder Fäulnisgeruch, da die Luft von oben her stets Zutritt gehabt hatte.

So saßen und hockten wir also eng nebeneinander und warteten mit fast fieberhafter Spannung auf den Anbruch des Tages. Eine Ablösung der Wächter war nicht mehr nötig, da die beiden letzten ihren Posten gerade zwei Stunden vor Morgengrauen angetreten hatten. Es stand zu erwarten, daß der Himmel sich in einer kleinen halben Stunde erhellen werde.

Eine solche Zeit ist wenig, kann einem aber in der Lage, in welcher wir uns befanden, zu einer Ewigkeit werden. Wir sprachen kein Wort, denn einmal machte uns die Aufregung stumm, und sodann konnten wir uns so nahe bei den Gebeinen des Häuptlings jenes, ich möchte sagen, heiligen Gefühles nicht erwehren, dem sich an einer Stätte des Todes selten der Mensch zu entziehen vermag.

Die Zeit verging. Ich saß vorn an dem Steine und legte zuweilen mein Auge an die schmale Lücke, welche es zwischen ihm und der Felswand gab. Ich sah, daß es zu dämmern begann. Die Entscheidung nahte, denn sobald es nur ein wenig hell wurde, mußte der Häuptling bemerken, daß die beiden Wächter nicht da saßen, wo sie sitzen sollten. Da unterbrach Emery nun doch die Stille:

»Kannst du sehen, Charley?«

»Nur erst drei, höchstens vier Schritte weit; es wird aber mit jedem Augenblicke heller.«

»Da wird der Lärm in wenigen Minuten beginnen. Wir sind doch thöricht gewesen, uns hier einzusperren! Wenn man entdeckt, daß wir hier stecken, sind wir verloren!«

»So gewiß, wie du denkst, noch lange nicht!«

»Was würdest du denn thun?«

»Das einzige, was uns in diesem Fall retten könnte, nämlich mich auf den Häuptling werfen, um mich seiner zu bemächtigen. Befindet er sich in unserer Gewalt, so können wir unterhandeln.«

»Aber wenn man uns nun gar nicht hinaus läßt!«

»Pah! Man muß!«

»Sondern Steine vor der Platte draußen aufhäuft!«

»Dazu gehört Zeit. Wir drei sind stark; ein Augenblick genügt, die Platte umzuwerfen – horch!«

Draußen war ein lauter, schriller Schrei erklungen, jener Schrei, welchen der Indianer ausstößt, wenn er die Seinen auf eine Gefahr aufmerksam machen will.

»War das der Häuptling? Sieh hinaus, Charley, schnell, schnell!«

Während unsers Gespräches, so kurz dasselbe gewesen war, hatte die Helle des Morgens so zugenommen, daß ich, als ich das Auge nun wieder an die Lücke legte, bis an das Wasser sehen konnte. Der ganze Lagerplatz und die Umgebung desselben lag vor meinem Blick. Ja, der Häuptling hatte den Schrei ausgestoßen. Er stand vor dem

Felseneinschnitte, in welchem wir gesteckt hatten, und sah die beiden Wächter gefesselt und geknebelt in demselben liegen. Sein Schrei hatte die andern Roten erweckt; sie waren aufgesprungen und eilten zu ihm hin.

Zunächst entstand ein kurzer Wirrwarr von sich durcheinander drängenden Menschen und Stimmen; dann wurde es still. Der Häuptling ließ die von uns Überrumpelten von ihren Fesseln und Knebeln befreien und befragte sie. Ich sah sie vor ihm stehen; wir hatten sie also nicht getötet. Dann erhob sich wieder ein Geheul. Die Roten richteten ihre Blicke rings umher; sie sahen nichts von uns; wir mußten also aus dem Thale sein. Der Häuptling rief ihnen laute Befehle zu. Sie bewaffneten sich, eilten zu den Pferden, stiegen auf und ritten fort, den steilen, schmalen Weg hinauf, den wir heruntergekommen waren. Ich sah einen nach dem andern da oben verschwinden.

Aber nicht alle verließen das Thal. Drei blieben zurück, nämlich der Häuptling und die beiden Wächter, ob die letzteren zur Strafe, oder weil sie sich nicht so schnell hatten erholen können, das wußte ich nicht. Der erstere setzte sich wieder dort nieder, wo er während der Nacht gesessen hatte; sie aber standen in einiger Entfernung von ihm. Er war natürlich zornig über sie, und sie wagten sich nicht an ihn heran.

»Wenn die Roten nur eine Spur von Klugheit besitzen, werden sie augenblicklich wiederkommen!« meinte Emery.

»Wieso?« fragte ich.

»Wenn sie hinauf auf die Ebene kommen und uns nicht sehen, müssen sie sich doch sagen, daß wir noch im Thale sein müssen!«

»Nein. Sie werden annehmen, daß wir Zeit genug gehabt haben, soweit zu kommen, daß wir nicht mehr gesehen werden können. Sie werden nach Spuren suchen und keine finden. Infolgedessen wissen sie nicht, in welcher Richtung wir geflohen sind, und werden sich also in mehrere Abteilungen trennen, um uns nach verschiedenen Gegenden zu verfolgen. Ich bin jetzt überzeugt, daß unser Plan gelingen wird.«

Wir warteten. Nach vielleicht einer Viertelstunde kam einer der Reiter zurück und machte dem Häuptlinge eine Meldung. Dieser stand auf und bestieg sein Pferd; er befahl den beiden Wächtern, dasselbe zu thun, und ritt mit ihnen und dem Boten fort, unsere Gewehre und andere Sachen am Wasser liegen lassend. Ich sah sie hinter dem Felsen, da wo der Pfad mündete, verschwinden und bald darauf weiter oben wieder erscheinen.

»Es gelingt!« jubelte ich. »Es gelingt viel besser, als ich erwarten konnte. Der Häuptling ist geholt worden und hat auch die Wächter mitgenommen. Unsere Sachen liegen alle dort, und unsere Pferde stehen auch da!«

»Dann hinaus, hinaus, schnell, schnell!« rief Emery.

Er wollte in seinem Eifer aufspringen und stieß mit dem Kopfe gegen den niedrigen Felsen, daß er mit einem Wehelaute wieder zurücksank.

»Noch nicht,« antwortete ich. »Wir müssen warten, bis sie oben angekommen sind und nicht mehr heruntersehen können.«

Nach kurzer Zeit war das geschehen. Wir stießen die Platte nach außen, daß sie umfiel. Wir traten hinaus; wir waren frei! Emery wollte sogleich hin zu unsern Gewehren, doch Winnetou warnte:

»Mein Bruder mag sich nicht übereilen! Erst wollen wir den Stein wieder vor das Grab legen. Der Häuptling kehrt jedenfalls zurück. Er würde, wenn er von oben herunterblickt, das Grab offen sehen und sofort seine Krieger rufen.«

»Was schadet das! Wir haben sie nun nicht mehr zu fürchten!«

»Doch noch. Wir müssen auch hinauf. Es giebt nur den einen Pfad, und wenn sie ihn besetzen, können wir nicht fort.«

»So schießen wir sie nieder!«

»Wenn sie sich hinter den Felsenecken verbergen, können wir sie nicht treffen, während aber ihre Kugeln uns erreichen.«

Wir haben also mit vereinten Kräften den schweren Stein auf und lehnten ihn wieder an die Spalte; dann eilten wir an das Wasser, um unsere Sachen schnell an uns zu nehmen. Es fehlte nichts von allem, was man uns abgenommen hatte. Welche Wonne, als ich meine beiden Gewehre wieder hatte, und dazu die ganze Munition!

»Nun aber fort!« rief Emery, indem er sich anschickte, zu den Pferden zu gehen.

»Noch nicht!« sagte ich. »Wir müssen erst wissen, wie es da oben auf der Ebene steht.«

»Das ist doch nicht notwendig! Die Roten können uns nichts anhaben! Kein Indsman darf es wagen, uns nahe zu kommen, da wir unsere Gewehre haben.«

»Sobald wir uns im Freien befinden, ja. Jetzt aber stecken wir noch in diesem tiefen Thalkessel und wissen nicht, ob wir zu Pferde hinaufkommen können, ohne bemerkt zu werden. Wir müssen erst hinaufsteigen, um zu rekognoszieren.«

»Übertriebene Vorsicht! Ich halte das für ganz unnötig, will mich aber fügen.«

Wir stiegen also den steilen Weg hinauf. Da der Häuptling jeden Augenblick zurückkehren konnte, vielleicht nicht allein, sondern in Begleitung von noch andern Roten, so nahmen wir den Gang möglichst vorsichtig vor. Wir eilten über offene Stellen so schnell wie möglich hinweg und blieben, wenn wir Deckung hatten, halten, um vorwärts zu lauschen, ob die Schritte eines Menschen oder Pferdes zu hören seien. Und das war gut! Denn eben befanden wir uns an einer neuen Krümmung des Weges und horchten um die Ecke, als wir Hufschlag hörten. Winnetou war voran. Er blickte vorsichtig um den Felsen und wendete sich dann zu uns zurück, um leise zu sagen:

»Der Häuptling kommt.«

»Allein?«

»Ja.«

Das Geräusch der Huftritte schwieg. Der Komantsche hielt an und sah in das Thal hinab. Hätten wir den Stein nicht wieder vor das Grab gelegt gehabt, so wäre ihm das unbedingt aufgefallen und er hätte sich sofort sagen müssen, daß wir noch unten im Thale seien. So aber schöpfte er keinen Verdacht und ritt weiter.

»Was thun?« fragte Emery.

»Ihn festnehmen,« antwortete ich. »Aber nicht hier. Der Ort paßt nicht dazu, und ein Hilferuf von ihm würde von seinen Leuten gehört werden. Kommt schnell wieder hinab!«

Wir kehrten um und rannten zurück. Unten angekommen, blieben wir da, wo der Weg ins Thal mündete, halten. Da lag ein großes Felsstück, hinter welchem sich ein Mann verstecken konnte. Winnetou kauerte sich dort nieder und sagte:

»Meine Brüder mögen vollends um die Ecke gehen, damit er sie nicht sieht. Ich lasse ihn vorüber, springe dann hinter ihm auf das Pferd und nehme ihn fest. Darauf mögen meine Brüder von vorn auf ihn eindringen.«

Emery und ich gingen die zwanzig Schritte weiter, die wir noch bis zur Einmündung des Weges zu machen hatten, und postierten uns dort hinter die Ecke. Kurze Zeit später hörten wir den Häuptling kommen. Wir lauschten dem Hufschlage seines Pferdes. Jetzt mußte er beim Verstecke des Apatschen sein – jetzt an demselben vorüber – da blieb das Pferd stehen; ein unterdrückter Schrei ließ sich hören. Wir sprangen hinter der Ecke hervor. Da hielt das Pferd auf dem Wege; Winnetou kniete auf demselben hinter dem Komantschen und hatte ihn mit beiden Händen am Halse fest. Wir sprangen hinzu und zogen den vor Schreck ganz bewegungslosen Roten vom Pferde herunter, entwaffneten ihn und banden ihm mit seinem eigenen Lasso die Arme fest an den Leib. Darauf brachten wir ihn nach einer Stelle, wo wir mit ihm nicht von oben gesehen werden konnten, zogen ihn da nieder und banden ihm auch die Beine zusammen, so daß er nun wie ein Kind im Wickel vor uns lag.

»Meine Brüder mögen hier bei ihm bleiben,« sagte Winnetou. »Ich steige schnell wieder nach oben, um zu sehen, was die Komantschen jetzt thun.«

Er entfernte sich. Der »große Pfeil« lag zu unsern Füßen und betrachtete uns mit Augen, in denen sich eine unbeschreibliche Wut aussprach. Ein anderer an seiner Stelle hätte höchst wahrscheinlich geschwiegen; er hatte geglaubt, daß wir längst fort seien und brannte nun darauf, zu erfahren, wie es uns gelungen sei, ihn in die Falle zu bringen; darum fragte er:

»Wo hat Old Shatterhand mit seinen Gefährten gesteckt, daß wir ihn nicht haben sehen können?«

»Im Grab deines Vaters.«

»Uff! Warum seid ihr nicht sofort geflohen?«

»Weil wir nicht ohne unsere Pferde und Waffen fort wollten. Du siehst, daß wir sie uns geholt haben.«

»Winnetou und Old Shatterhand sind sehr verwegene Krieger!« stieß er wütend hervor.

»So siehst du also ein, daß die Krieger der Komantschen viel klüger sein müßten, wenn es ihnen gelingen sollte, uns festzuhalten. Ihr habt uns ergreifen können, weil ein böser Mensch uns euch verriet; zum zweitenmal bringt ihr das aber nicht fertig. Und uns gar in das Grab deines Vaters sperren, das war ein Gedanke, den nur ein so junger Krieger, wie du bist, haben konnte. Du siehst, daß wir deinen Vater nicht in den ewigen Jagdgründen bedienen werden!«

»Und doch werdet ihr das thun? Ihr seid noch nicht entkommen!«

»O, wir fühlen uns so sicher, als ob gar keine Krieger der Komantschen auf der Erde wären! Ich brauche nur dieses eine Gewehr, welches du hier in meiner Hand siehst, um sie alle nacheinander in die ewigen Jagdgründe zu senden. Du wirst von dem Gewehre gehört haben.«

»Ja. Der böse Geist hat es dir gegeben. Du kannst mit demselben schießen, so oft du willst, ohne daß du zu laden brauchst.«

»Wenn du das weißt, so darfst du auch nicht sagen, daß deine Krieger uns wieder ergreifen werden!«

Er schwieg, schloß eine Weile die Augen, öffnete sie dann wieder und fragte, indem er einen forschenden Blick auf mich warf:

»Ich bin in eurer Gewalt. Was werdet ihr mit mir thun?«

»Du hast uns einem qualvollen Tode überantworten wollen. Wir sollten dort im Grabe der ›starken Hand‹ langsam verschmachten. Welches Schicksal erwartest du dafür von uns?«

»Den Tod. Ihr werdet mich martern; aber es wird kein Laut der Klage über meine Lippen kommen!«

»Wir werden dich nicht martern; wir werden dich auch nicht töten. Du hast uns nicht gequält, sondern uns als tapfere Krieger geachtet;

wir werden also fortreiten und dich hier liegen lassen, damit deine Krieger dich dann finden und von den Banden frei machen. Winnetou und Old Shatterhand dürsten nicht nach Menschenblut; sie hätten damals auch deinen Vater nicht erschossen, wenn die vier Bleichgesichter nicht so unschuldigerweise von ihm verbrannt worden wären.«

In diesem Augenblicke kehrte Winnetou zurück. Er hatte den letzten Teil meiner Rede gehört und sagte zu dem Häuptlinge:

»Ja, der ›große Pfeil‹ mag seine Krieger davon benachrichtigen, daß Winnetou ein Freund aller roten Männer ist und auch die Söhne der Komantschen nur dann als Feinde betrachtet, wenn sie sich als solche gegen ihn verhalten. Du hast uns töten wollen; wir könnten nun dein Leben dafür fordern. Du sollst es behalten. Eines aber werden wir euch nehmen. Wir wollten ein Bleichgesicht fangen, welches ein großer Verbrecher ist. Du hast dich dieses Mannes angenommen und ihn mit seinem Weibe, welches nicht sein Weib ist, entkommen lassen. Dann hast du uns hierher geschafft. Dadurch hat der Mann einen großen Vorsprung gewonnen, welchen wir nur mit sehr guten Pferden wieder einholen können. Die Krieger der Komantschen haben Pferde hier, welche viel besser sind, als die unserigen. Wir werden sie gegen drei der eurigen umtauschen.«

»Ist Winnetou, der berühmte und tapfere Häuptling der Apatschen, ein Pferdedieb geworden?« fragte der Gefangene.

»Nein; aber du bist schuld, daß der Flüchtling entkommen ist, und sollst nun dafür sorgen, daß wir ihn einholen können. Ich nehme dein Pferd, und du hast dir den Verlust selbst zuzuschreiben. Howgh!«

Er bestieg das Pferd des Komantschen, lenkte in den Bergweg ein und winkte uns, ihm zu folgen. Emery wollte sein Pferd holen, aber Winnetou sagte:

»Meine Brüder mögen ihre Tiere hier stehen lassen. Da oben werden sie viel bessere finden.«

Er ritt voran, ohne den Komantschen nur noch einmal anzusehen, und wir folgten ihm. Es war leicht begreiflich, daß der Gefangene sich darüber ärgerte, sein Pferd zu verlieren; es war ein prachtvolles Tier; einige gleich vortreffliche hatte ich bei den andern Komantschen gesehen. Darum war ich jetzt sehr neugierig, was ich da oben auf der

Ebene vorfinden würde. Wir sollten gute Komantschenpferde bekommen. Auf welche Weise, das fragte ich nicht, da Winnetou es nicht freiwillig sagte. Er ritt wortlos voran wie einer, der gar nicht vorsichtig zu sein braucht; er mußte seiner Sache sehr sicher sein.

Als wir oben angekommen waren, sah ich nun freilich, daß die Komantschen sich so sorglos wie möglich verhalten hatten. Sie suchten noch immer nach unserer Fährte. Sie hatten sich getrennt, um nach allen Richtungen zu forschen. Wir sahen sie rundum, schon weit von uns entfernt, dahinschreiten, indem sie in gebückter Haltung den Boden betrachteten. Da unsere Spuren leicht von den Pferden ausgetreten werden konnten und die Tiere beim Suchen überhaupt hinderlich waren, hatten sie dieselben an einer Stelle zusammengebracht und dort unter der Aufsicht eines einzigen Roten stehen lassen. Die Stelle war gar nicht weit von uns; wir hatten höchstens sechshundert Schritte zu gehen. Der Wächter saß an der Erde, mit dem Gesicht von uns abgewendet, und blickte hinaus ins Weite, die Bemühungen seiner Kameraden beobachtend.

»Der Mann würde die Schritte meines Pferdes hören,« sagte Winnetou lächelnd. »Ich werde also hier ein wenig warten, und meine Brüder mögen leise zu ihm gehen, um sich dort die zwei besten Pferde auszuwählen.«

Er blieb einstweilen halten. Ich nahm den Stutzen schußfertig in die Hand, um den Roten einzuschüchtern, und schlich mit Emery auf ihn zu. Er schenkte den vergeblichen Bemühungen seiner Kameraden eine so ungeteilte Aufmerksamkeit, daß wir die Pferde erreichten, und nahe hinter ihm standen, ohne daß er es bemerkte. Da sagte ich:

»Wird mir der Sohn der Komantschen vielleicht sagen, was seine Brüder so angelegentlich da draußen suchen?«

Er blickte sich um, sah uns, fuhr wie von einer Spannfeder geschnellt empor und starrte uns an.

»Hat mein Bruder meine Frage verstanden?« fuhr ich fort.

»Old – Shatterhand!« stammelte er.

»Ja, ich bin es. Und kennst du den Krieger, welcher dort auf dem Pferde sitzt?«

»Winnetou, auf dem Pferde des Häuptlings!«

»Allerdings! Also sage, was suchen deine Brüder da draußen?«

»Sie – suchen – euch!« antwortete er, noch immer ganz außer sich.

»Uns? So eile schnell hin, und sage ihnen, daß wir uns hier befinden!«

Er machte keine Miene, der Weisung Folge zu leisten, sondern starrte mich noch immer wie eine Geistererscheinung an. Da richtete ich die Mündung des Gewehres auf ihn und drohte:

»Eile, sage ich dir, sonst bekommst du augenblicklich eine Kugel.«

»Uff!« rief er erschrocken, wendete sich und rannte davon, so schnell ihn seine Beine fortzutragen vermochten. Nun hatten wir freie Hand. Winnetou kam hingeritten, und wir wählten uns von den Pferden, welche alle gesattelt waren, die zwei besten aus.

Der Indianer lief wie ein Schnellläufer und stieß dabei ein Geheul aus, das weithin zu hören war. Seine Kameraden wurden aufmerksam; sie sahen, daß er auf uns deutete, und rannten auf ihn zu. Dadurch wurde Raum für uns frei. Wir stiegen auf und galoppierten in südlicher Richtung davon, wo sich jetzt kein Indianer mehr in Schußweite befand. Später bogen wir dann wieder westlich ein. –

Ein Brudermord

Es fiel uns natürlich gar nicht ein, nach dem Punkte am Canadian zurückzukehren, wo wir Jonathan Melton zuletzt gesehen hatten; wir hätten damit nur unnütz Zeit vergeudet; wir ritten vielmehr, soweit das Terrain uns das erlaubte, gerade unter der Luftlinie, die nach Albuquerque führte. Wir erlebten unterwegs nichts, was erwähnt werden müßte, und kamen gegen Abend des vierten Tages am Ziele an.

Die Stadt Albuquerque hat ihren Namen nach dem Herzoge gleichen Namens, welcher Vizekönig von Mexiko war, erhalten. Albuquerque bedeutet Weiß-Eiche (alba quercus). Sie zerfällt in zwei verschiedene Teile, die einander vollständig unähnlich sind, nämlich in die alte spanische und in die junge amerikanische Stadt. Ein breiter, unbebauter Raum trennt die beiden Stadtteile voneinander. Der alte spanische Typus hat sich hier in jeder Beziehung rein erhalten, und nirgends stellt sich diesem das Neuamerikanische ablehnender gegenüber als hier. Das neue Albuquerque hatte genau das Aussehen anderer amerikanischer Pilzstädte: sehr schlechte, ungepflasterte Gassen und Straßen mit Holzsteigen an den Seiten für die Fußgänger. Die Häuser waren meist Bretterbauten mit Läden aller Art und Trinklokalen jeden Genres. Die Stadt liegt am linken Ufer des Rio Grande del Norte; am rechten Ufer breitet sich das große Dorf Atrisco aus.

Selbst wenn wir nicht besser unterrichtet gewesen wären, hätten wir gewußt, daß die Gesuchten, falls sie noch anwesend waren, nicht in dem spanischen, sondern im amerikanischen Stadtteile zu finden seien. Wir wußten aber, daß das Zusammentreffen im Salon von Plener hatte stattfinden sollen. Freilich hüteten wir uns, das Etablissement sofort zu dreien aufzusuchen, vielmehr hielten wir vor einem andern sogenannten Hotel an, das aber diesen Namen nicht verdiente. Hier blieb ich mit Winnetou; dann ritt Emery zu Plener, um sich dort einzuquartieren. Er von uns dreien fiel dort am wenigsten auf, und hatte die Aufgabe, sich dort möglichst wenig sehen zu lassen und dafür aber desto genauere Erkundigungen einzuziehen.

Es war, wie gesagt, gegen Abend, als wir ankamen. Wir waren ziemlich ermüdet und wollten zeitig schlafen gehen. Als ich das dem Aufwärter beim Abendessen sagte, meinte er:

»Daran thut ihr sehr unrecht, Gentlemen. Ich sage Euch, Albuquerque ist ein trauriges Nest, und wenn einem einmal so etwas geboten wird, soll man es genießen, anstatt sich ins Bett zu legen.«

»Was giebt es denn? Ihr seid ja ganz begeistert, Master!«

»Es ist auch darnach! Ihr solltet die Spanierin nur sehen, Sir!«

»Habe schon manche Spanierin gesehen! Was ist sie denn?«

»Sängerin. Ich sage Euch, das ganze Albuquerque ist verrückt auf sie. Sie wollte nur einen Abend singen, hat aber, einen solchen Anklang gefunden, daß sie sich entschloß, noch zwei Abende zuzugeben. Heute singt sie zum letztenmal.«

»Wie ist denn der Name dieses außerordentlichen Wesens?«

»Pajaro.«

»Ein schönklingender Name!«

»Echt spanisch. Und eine echte Spanierin ist sie, obgleich sie am liebsten deutsche Lieder zu singen scheint.«

»Wie? Eine Spanierin, welche deutsche Lieder singt?«

»Ja. Wundert Euch das? Sie wird gewiß wissen, warum sie das thut. Man mag von diesen Deutschen denken und sagen, was man will; aber Leder haben sie, Lieder und Melodien wie kein anderes Volk. Und Sennora Marta Pajaro weiß diese Lieder zu singen! Dann müßt Ihr ihren Bruder auf der Geige hören! Ich sage Euch, es giebt keinen zweiten Violinvirtuosen, wie er einer ist, dieser Francisco Pajaro!«

»Also Marta Pajaro und Francisco Pajaro? Ihr macht mich neugierig. Ich werde doch vielleicht gehen, um die beiden Leute zu hören. Wo ist das Konzert?«

»Im Salon hier gegenüber. Es sind keine Billets mehr zu haben. Alles verkauft und vergriffen. Nur ich habe noch einige. Der Platz kostet eigentlich einen Dollar; wenn Ihr zwei Dollars bezahlt, könnt Ihr ein Billet haben.«

»Ah, Ihr wollt hundert Prozent verdienen! Meinetwegen! Gebt zwei Billets her!«

Warum ich mir die Billets kaufte trotz des doppelten Preises? Sehr einfach: Pajaro heißt Vogel; die Geschwister hießen Martha und Franz. Mußte ich da nicht an meine alten Bekannten aus der Heimat denken, an die Leute, wegen deren Erbschaft ich mit Winnetou nach Ägypten und Tunis gegangen und jetzt wieder nach Amerika gekommen war? Eine Spanierin, die deutsche Lieder singt, war mir nicht recht einleuchtend. Es war weit eher denkbar, daß die Sängerin eine Deutsche war, die jetzt, hier in Neu-Mexiko, einen spanischen Namen trug. Ich sagte das Winnetou, und er war sofort bereit, mit in das Konzert zu gehen.

Es war nur noch eine halbe Stunde bis zum Beginn desselben; wir mußten uns also sputen und gingen hinüber. Der Aufwärter hatte nicht zu viel gesagt, wenigstens was das Publikum betraf. Auch der »Saloon« war ein Brettergebäude; er hatte einen solchen Umfang, daß wohl sechshundert Menschen sitzen konnten, und doch waren nur noch wenige Stühle frei, welche ganz hinten standen. Wir setzten uns auf zwei derselben.

Schon nach wenigen Minuten waren auch die übrigen besetzt, und die vielen Menschen, welche dann noch kamen, mußten in den Zwischenräumen und Gängen stehen. Es war keine Bühne vorhanden; man hatte ein Podium errichtet, auf welchem ein Flügel stand. Daneben war ein kleiner Raum durch Vorhänge für die Künstler abgesondert.

Als das Zeichen zum Beginn gegeben wurde, traten letztere auf das Podium. Ja, sie waren es, Franz Vogel mit seiner Schwester, der einstigen Punktiererin. Er hatte die Violine in der Hand, und sie setzte sich an das Instrument, ihn zu begleiten. Er spielte ein Bravourstück, und ich hörte, daß er gegen früher ganz bedeutende Fortschritte gemacht hatte. Martha saß so, daß ich sie im Profile sah. Sie hatte sich jetzt vollständig entwickelt und war noch schöner geworden. Der Kummer, die Leiden der letzten Jahre hatten ihr Gesicht durchgeistigt und ihren Zügen einen wehmütigen Ernst aufgeprägt, der mich mit Wehmut erfüllte. Beide zogen sich nach dem ersten Stücke zurück.

Die zweite Nummer war für Martha, und Franz begleitete. Sie sang eine spanische Romanze, und zwar so vortrefflich, daß sie dieselbe wiederholen mußte. Sie hatte keinerlei Toilettenkünste angewendet und trug ein langes, schwarzes Kleid, welches hoch und eng am Halse anschloß. Ihr ganzer Schmuck bestand aus einer einzigen Rose im Haare. Die Geschwister teilten sich in das Programm, wechselten einander nach jeder Nummer ab und begleiteten sich gegenseitig.

Martha sang hernach zwei Hochlandslieder, eine spanische Serenade, und dann folgte das prächtige deutsche Lied:

»Ich sah dich nur ein einzig Mal,

Da war's um mich geschehen; Ich fühlte deiner Augen Strahl Durch meine Seele gehen.«

Ja, das war deutsche Innigkeit und Gemütstiefe. Solche Lieder kann nur Deutschland haben. Der größte Teil des Publikums verstand kein Wort des Textes, und doch folgte ein Applaus, daß das Gebäude zu zittern schien. Die Sängerin mußte zwei Strophen wiederholen.

Winnetou hatte natürlich Franz Vogel erkannt. Er fragte mich jetzt:

»Will mein Bruder nicht einmal hingehen, um zu fragen, wo sie wohnen? Wir müssen doch mit ihnen reden.«

Er hatte recht. Die Künstler traten heute zum letztenmal auf; vielleicht reisten sie schon morgen ab; ich mußte mit ihnen sprechen. Ich stand also von meinem Stuhle auf, um zu ihnen zu gehen. Dabei mußte ich mich durch die auf dem Gange stehende Menge drängen, was die Augen auf mich zog. Da hörte ich den erschrockenen, halblauten, aber doch vernehmlichen Ausruf:

» *All devils*! Du, das ist ja Old Shatterhand!«

Ich blickte nach der Stelle, wo die Worte erklungen waren. Da saßen zwei Männer nebeneinander, welche breite Sombreros trugen. Unter den riesigen Krämpen waren nur die dunklen Vollbärte zu sehen, und als sie bemerkten, daß ich hinsah, drehten sie sich auf die Seite. Das fiel mir auf; aber die Nennung meines Namens hatte vieler Blicke auf mich gerichtet; das genierte mich, und darum ging ich weiter.

Die Geschwister befanden sich während der Pausen hinter dem Vorhange. Ich blieb vor demselben stehen und fragte deutsch:

»Ist es einem Bekannten erlaubt, Zutritt zu nehmen?«

Da wurde der Vorhang geöffnet; ich trat hinein und stand vor ihnen.

»Wer – wer – was – Sie, Sie sind es?« fragte Franz, indem er vor Überraschung zwei Schritte zurückwich.

»Herr Doktor!« schrie Martha auf. Es war mir, als ob sie wankte; ich machte eine Bewegung, sie zu stützen; da faßte sie meine Hände und küßte sie, ehe ich es zu verhindern vermochte, und brach dabei in ein lautes Schluchzen aus. Ich führte sie zum Stuhle, drückte sie sanft auf denselben und sagte zu ihrem Bruder:

»Wie froh bin ich, zu sehen und zu hören, daß Sie sich hier befinden. Ich habe Ihnen Wichtiges zu sagen, darf Sie aber jetzt nicht stören, sondern will Sie nur fragen, wo Sie wohnen.«

»Im letzten Hause vor der Stadt am Flusse,« antwortete er.

»Darf ich Sie nach dem Konzerte dorthin begleiten?«

»Ja, ja, wir bitten Sie sehr darum.«

»Gut! Ich werde also hierher kommen, um Sie abzuholen. Winnetou ist auch hier.«

Martha hielt die Hände vor das Gesicht und weinte; ich ging, um die Aufregung abzukürzen. Als ich an die Stelle kam, wo mein Name genannt worden war, wollte ich die beiden Männer schärfer als vorher ins Auge fassen; ihre Stühle waren leer; sie waren fort. Wäre ich doch vorhin nicht weiter gegangen!

Es dauerte jetzt eine längere Weile, ehe die Geschwister wieder erschienen. Martha mußte sich beruhigen, bevor sie sich zeigen konnte. Ihr Bruder trug ein Konzertstück vor; dann sang sie. Als der rauschende Beifall verklungen war, zeigte sich das Publikum so begeistert, daß sich niemand entfernen wollte; es dauerte sehr lange, ehe der Saal sich leerte. Winnetou ging auch; er wollte mich allein mit den Geschwistern lassen, und das war mir nicht unlieb, denn wir hätten doch deutsch gesprochen, und das verstand er nicht vollständig. Als ich glaubte, annehmen zu dürfen, daß keiner der begeisterten Zuhörer mehr willens sei, der Sängerin belästigend in den Weg zu treten, begab ich mich in ihr kleines Kabinett, um sie abzuholen. Sie sagte nichts, und auch ich schwieg. Ich bot ihr den Arm, und wir verließen das Lokal- Ihr Bruder konnte nicht gleich mitkommen, da er mit dem Wirte geschäftlich zu thun hatte.

Der Abendhimmel war von jener Bläue, welche Neu-Mexiko, wo es oft während eines ganzen Jahres nicht regnet, eigen ist. Man konnte, obgleich der Mond nicht am Himmel stand, fast wie am Tage sehen. Das Haus, in welchem die Geschwister für die kurze Zeit ihres hiesigen Aufenthaltes Logis genommen hatten, lag noch eine Strecke weiter nahe am Flusse. Die Wirtin war eine Witwe spanischer Abstammung. Martha hatte nicht in einem der öffentlichen Gasthäuser wohnen wollen. Dieselben wurden zwar Hotels genannt, boten aber keine Bequemlichkeit, waren überteuer und dabei Lokale, in denen alle möglichen Menschen und Existenzen verkehrten, so daß man seiner Bequemlichkeit und Ruhe, ja selbst wohl auch seines Lebens nicht sicher war,

Der schmale, ausgetretene Pfad, den wir gingen, führte hart am Ufer des Flusses hin. Da stand allerlei Gebüsch, hinter dem dichtes Schilf aus dem Wasser ragte. Die Wirtin öffnete; sie hatte auf die Heimkehr der Geschwister gewartet und zeigte ein einigermaßen verwundertes Gesicht, als sie ihre Mitbewohnerin mit einem fremden Manne erblickte; doch sagte sie nichts und leuchtete uns eine schmale Treppe hinauf in das kleine Obergeschoß, in welchem die dreizimmerige Wohnung der beiden lag. Häuser mit einem solchen Geschoß sind in Albuquerque äußerst selten. Nachdem sie eine Lampe angezündet hatte, entfernte sie sich, doch nicht, ohne daß sie vorher von Martha erfahren hatte, daß ihr Bruder gleich nachkommen werde.

Nun saßen wir einander gegenüber. Es mußte gesprochen werden; darum wollte ich es sein, welcher begann:

»Sie wissen natürlich, daß Ihr Bruder drüben bei mir in der Heimat gewesen ist, um mir mitzuteilen, wie es bei Ihnen stand?«

»Ja. Ich bin es ja eigentlich gewesen, welcher ihm den Mut gemacht hat, sich an Sie zu wenden.«

»Gehörte solch ein Mut dazu?«

»Gewiß. Er meinte, sie würden wohl kaum bereit sein, nach allem, was früher vorgekommen war, sich unser noch einmal anzunehmen.«

»Da bin ich freilich von ihm nicht so beurteilt worden, wie es mir lieb sein würde. Übrigens war es ja wohl Winnetou, der Sie auf mich lenkte. Oder nicht?«

»Ja. Der herrliche Mann wurde uns geradezu von Gott gesandt. Er errettete uns aus tiefer Not, und nur den Mitteln, mit denen er uns unterstützte, haben wir es zu verdanken, daß wir die Konzerttournee, auf welcher wir uns jetzt befinden, beginnen konnten.«

»Darf ich wissen, wie das geschäftliche Ergebnis ausgefallen ist?«

»Ausgezeichnet! Wo wir zum erstenmal auftreten, werden wir mit sichtbarem Zweifel empfangen; stets aber sind wir dann stürmisch aufgefordert worden, dem ersten Konzerte mehrere folgen zu lassen. So war es auch hier.«

»Und wohin reisen Sie nun?«

»Wir gehen nach Santa Fé und dann nach dem Osten.«

»Ah! Sie sind mit Ihren bisherigen Erfolgen nicht zufrieden? Sie wollen Millionärin werden!«

Sie senkte die Augen, und ihr Gesicht nahm einen viel ernsteren Ausdruck als vorher an, als sie antwortete:

»Millionärin? Ich mag es nicht wieder sein, wenigstens nicht um den Preis, den ich damals dafür bezahlen mußte. Ich sah sehr bald ein, daß ich verblendet gewesen war. Und von meinen Erfolgen sprechen Sie? Glauben Sie ja nicht, daß die im stande sind, mich trunken zu machen! Sie wissen, daß ich schon damals lieber daheim, als öffentlich singen wollte. Mein Ideal war nicht das einer Sängerin, die jeder hören darf, der das Entree bezahlt. Und noch viel lieber wäre es mir heute, wenn ich damals von dem Kapellmeister nicht ›entdeckt‹ worden wäre. Er nahm mich unter einen Zwang, dem nur sehr schwer zu widerstehen war. Hätte er das nicht gethan, so wäre ich eine arme Punktiererin geblieben und –«

Sie zögerte, weiterzusprechen; da ich aber nichts sagte, fuhr sie fort:

»Und wäre vielleicht trotzdem glücklich geworden oder vielmehr so glücklich geblieben, wie ich zu jener Zeit war.«

»Hoffentlich darf ich Sie nicht zu den Unglücklichen rechnen!«

Da schlug sie die Augen wieder auf, blickte sinnend über mich hinweg und antwortete-

»Was heißt Glück und was Unglück? Man darf Glück nicht mit immerwährender Wonne und Unglück nicht mit einem fortgesetzten

Seelenschmerze vergleichen. Fragen Sie mich aber, ob ich – zufrieden bin, dann antworte ich mit einem ja, wenn ich mich dazu – zwinge.«

Das Gespräch schien eine etwas peinliche Wendung zu nehmen; darum war es mir lieb, daß jetzt ihr Bruder kam. Er hatte ein Paket unter dem Arme, legte es auf den Tisch, deutete mit der Linken darauf, reichte mir die Rechte und sagte in frohem Tone:

»Herzlich willkommen, Herr Doktor! Wer hätte so etwas ahnen können! Ich war starr vor Erstaunen, aber auch vor Freude, als ich Sie erblickte. Nun wollen wir aber auch das Willkommen feiern. Dazu habe ich etwas mitgebracht. Raten Sie, was!«

»Wein jedenfalls?«

»Ja, aber was für welchen? Da, lesen Sie!«

»Riedesheimer Berg!« las ich.

»Ja,« nickte er lachend, indem er mir die Flasche noch näher hielt. »Nun wundern Sie sich wohl?

»Nein, gar nicht. Ich ärgere mich vielmehr.«

»Worüber?«

»Weil er falsch ist.«

»Erst kosten, erst kosten!«

»Ist nicht nötig, denn sogar die Etikette ist gefälscht, denn der Ort heißt Rüdesheim, nicht aber Riedesheim.«

»Ah!« machte er enttäuscht, indem er die Etikette genauer betrachtete. »Das habe ich gar nicht bemerkt.«

»Ein famoser, orthographischer Schnitzer! Wenn die Etikette hier hüben gedruckt worden ist, wo mag dann da erst der Wein zusammengequirlt worden sein! Wieviel haben Sie für die Flasche bezahlt?«

»Fünfzehn Dollars.«

»Zwei Flaschen?«

»Eine!«

»So! Da geht es noch. Es giebt Rüdesheimer, für welchen man sogar drüben an der Quelle weit mehr bezahlt. Die dreißig Dollars lassen sich verschmerzen. Also versuchen wir den famosen Rüdesheimer!«

Er hatte drei Gläser gefüllt. Wir stießen an und führten sie an den Mund. Die beiden Geschwister nahmen einen Schluck und machten dann unheimliche Gesichter. Ich trank aber gar nicht, denn ich hatte schon von dem Geruche genug. Das war ja der reine Essig- und Rosinenmoder! Wir setzten die Gläser auf den Tisch, und Franz Vogel schimpfte.

»Darüber lassen Sie sich ja keine grauen Haare wachsen!« sagte ich. »Ich bin nicht zu Ihnen gekommen, um zu trinken. Schütten Sie das Zeug weg, und setzen Sie sich! Wir haben von etwas Besserem zu sprechen.«

»Ja, von Ihren Erfolgen drüben in Ägypten!« meinte er, indem er mich in großer Spannung anblickte. »Die Aufgabe war zu schwer. Ich bin überzeugt, daß Sie nichts ausgerichtet haben. Es wäre ja dem klügsten Menschen der Erde unmöglich, den Gesuchten auf die wenigen und nebelhaften Anhaltepunkte hin, welche es gab, zu finden.«

»Hm! Im Nebel rennen oft Leute ganz zufällig zusammen, welche sich bei reiner, klarer Luft wahrscheinlich nicht gesehen hätten!«

»Wie – was?! Sagen Sie so? Das läßt vermuten, daß Ihre Reise doch nicht ganz vergeblich gewesen ist?«

»Das läßt vermuten, daß ich Ihre Frau Schwester zu etwas zwingen werde, was ihr sehr zuwider zu sein scheint.«

»Zu was?«

»Sie behauptete vorhin, als Sie noch nicht hier waren, daß sie keine Lust habe, wieder Millionärin zu werden.«

»Millionärin?! Ist es etwa das, wozu Sie sie zwingen wollen?«

Aa. Ich nehme meine Worte in vollstem Ernste.«

»Das wäre ja mehr als erstaunlich, mehr als wunderbar!« rief er aus, indem er von seinem Sitze aufsprang.

Auch seine Schwester richtete ihre Blicke in größer Spannung auf mein Gesicht, sagte aber nichts.

»Es ist gar nichts Wunderbares an der Sache,« fuhr ich fort. »Wunderbar könnte man nur das eine nennen, daß sie noch immer nicht zu Ende ist.«

»So sagen Sie schnell, wie war es denn eigentlich? Sie waren damals der Ansicht, daß der Reisebegleiter von Small Hunter ein Betrüger sei und Jonathan Melton heiße.«

»So ist es.«

»Haben Sie ihn getroffen?«

»Ja, und Small Hunter auch, den einen tot und den andern lebend.«

»Welcher war es, der lebte?«

»Melton; Small Hunter ist tot.«

»Mein Himmel! So sind wir die Erben des riesigen Vermögens!«

»Der Millionen!« fügte ich hinzu.

Er legte sich die Hände auf den Kopf und rief aus:

»Wer das glauben könnte! Welche Freude! Schon um unserer Eltern willen! Jetzt fühle ich es, daß man vor Freude vom Schlage getroffen, oder gar wahnsinnig werden kann. Kommen Sie, kommen Sie; ich muß Sie umarmen, Sie einziger, einziger Mensch!«

Er wollte mich von meinem Stuhle aufziehen. Ich wehrte ab und versuchte, seine freudige Aufregung dadurch zu dämpfen, daß ich ihn bat:

»Mäßigen Sie sich! Die Angelegenheit ist noch nicht bei dem Punkte angelangt, an welchem sie stehen müßte, wenn Sie Grund hätten, vor Freude wahnsinnig zu werden. Ja, es ist richtig, daß Sie die Erben sind; aber das Vermögen ist leider nicht mehr da. Jonathan Melton hat es.«

»O Himmel! Dann hat es ihm der Rechtsanwalt Fred Murphy übergeben?«

»Derselbe,« entgegnete ich und erzählte ihm den Zusammenhang.

»So muß Melton das Geld augenblicklich herausgeben! Wo steckt der Halunke? Ich reise sofort von hier ab, um ihn aufzusuchen und zur Zurückgabe zu zwingen!«

Er nahm bei diesen Worten eine so drohende Stellung an, und machte dabei ein so grimmiges Gesicht, daß es Melton, wenn er es gesehen hätte, sicherlich angst geworden wäre.

»Nun!« fuhr er fort, als ich nicht augenblicklich antwortete. »Wo steckt dieser Mensch?«

»Hier in Albuquerque,« antwortete ich ruhig.

»Was? Hier – in – Albuquerque?«

Ja. Begreifen Sie das nicht? Ich bin doch ausgezogen, den Menschen zu entlarven; ich bin seiner Spur gefolgt; also ist doch, wenn ich mich hier befinde, nicht allzu schwer zu denken, daß seine Spur mich hierher geführt hat.«

»Ah, so! Das ist freilich richtig! Also hier ist er, hier! Ich werde –«

»Halt!« unterbrach ich ihn, weil er sich schon nach der Thür wendete. »Warten Sie noch ein Weilchen! Er steht nämlich nicht draußen auf der Treppe, um Ihnen gemütlich in die Arme zu laufen. Ich wollte vorhin sagen: er ist entweder hier oder wenigstens hier gewesen, und zwar vor ganz kurzer Zeit, vor längstens zwei Tagen.«

»Da sind wir ja schon länger hier! Und haben keine Ahnung von seiner Anwesenheit! Und Sie wissen nicht, ob er noch hier, oder schon wieder fort ist? Konnten Sie denn nicht erfahren, wo er seinen Aufenthalt hier nehmen wollte?«

»Ich habe es erfahren. Wahrscheinlich ist er in Pleners Salon abgestiegen.«

»Pleners Salon! Da bin ich täglich mehreremal gewesen! Vielleicht habe ich mit ihm sogar an einem Tische gesessen!«

»Die Möglichkeit ist allerdings vorhanden.«

»Und nichts davon gewußt! Aber daran bin doch ich nicht schuld, denn ich bin ohne alle Ahnung gewesen! Sie, Sie, Sie tragen die Schuld! Haben Sie sich denn nicht sofort, als Sie hier ankamen, nach ihm erkundigt?«

»Erkundigt? Fällt mir nicht ein! Ich will sehr gern die Schuld auf mich nehmen, vorsichtig gewesen zu sein. Konnte ich mich bei ihm sehen lassen? Wenn er mich bemerkte, machte er sich heimlich von dannen.«

»Das ist freilich wahr; entschuldigen Sie! Die Millionen machen mich ganz verwirrt.«

»Sammeln Sie sich! Sie können überzeugt sein, daß von mir keine Vorsichts- oder sonst irgendwo gebotene Maßregel versäumt worden ist. Dieser Mensch hat es uns sehr schwer gemacht; er ist uns immer wieder entwischt, nicht etwa, weil wir große Fehler begangen hätten, sondern weil er viel Glück gehabt hat. Setzen Sie sich wieder ruhig her, und lassen Sie sich erzählen!«

Ich zog ihn auf seinen Sitz nieder und berichtete unsere Erlebnisse. Natürlich drängte es Mich, dabei die Thätigkeit Winnetous und des Englishman hervorzuheben. Man kann sich sehr leicht denken, mit welcher Aufmerksamkeit die Geschwister meiner Erzählung folgten. Ich wurde von hundert und wieder hundert Fragen, Ausrufen und dergleichen unterbrochen, sodaß es lange dauerte, bis ich fertig wurde. Endlich war ich mit meinem Berichte bei der gegenwärtigen Stunde angekommen und konnte mich an der Verwunderung weiden, welche die beiden erfüllte.

Der Bruder fiel mit überschwänglichen Ausdrücken des Lobes über mich her; ich wehrte ihn mit der Bemerkung ab:

»Sagen Sie das nicht mir, sondern Sir Emery und Winnetou, die Sie ja bald sehen werden. Die beiden haben alles Lob verdient, wenn es uns gelingen sollte, die Angelegenheit zum guten Ende zu bringen.«

Die Schwester gab mir stumm die Hand, sie sagte nichts, und das war mir lieber als die überlaute Anerkennung ihres Bruders. Dieser ging aufgeregt im Zimmer hin und her, brummte, schüttelte den Kopf, stieß unverständliche Worte aus, drohte mit den Fäusten, als ob er Melton vor sich habe, bis ich diesem Gebaren durch die Bemerkung ein Ende machte:

»Zanken Sie sich nicht mit der Luft, mein lieber Freund! Dadurch erreichen Sie nichts. Nun ich Ihnen alles erzählt habe, werde ich nach meinem Hotel gehen. Jedenfalls ist Emery schon dagewesen, oder noch da, uni zu berichten, wie es in Pleners Salon steht. Befindet sich Jonathan Melton noch dort, so entkommt er uns gewiß nicht wieder. Ist er aber schon fort, so reiten wir ihm morgen früh nach. Und was seinen Vater und seinen Oheim anbetrifft, so – hm, so möchte ich fast behaupten, daß sie hier sind, ja, daß ich sie sogar gesehen habe.« Und ich berichtete die Scene im Konzertsaal.

»Die beiden Männer trugen Sombreros?« meinte er nachdenklich. »Sagen Sie mir, von welcher Gestalt die beiden alten Meltons sind!«

»Lang und hager; die Höhe wird wohl bei beiden gleich sein.«

»So habe ich sie wahrscheinlich vorhin, als ich kam, gesehen!«

»Und wo?«

»Zwischen hier und dem ersten Hause, auf unserm Fußwege am Flusse.«

»Ah! Sollten Sie es auf mich abgesehen haben?«

»Schwerlich! Sie wissen ja nicht, daß Sie sich hier befinden.«

»Denken Sie das nicht! Die Meltons sind sehr erfahrene Westmänner. Nehmen wir an, daß sie mit den beiden Personen im Konzerte identisch sind. Sie haben mich gesehen und erkannt; sie haben sich sofort gesagt, daß ich nur ihretwegen hier bin; darum sind sie schleunigst fortgegangen.«

»Aber hierher? Sie konnten doch nicht wissen, daß Sie zu uns gehen würden!«

»Das ist richtig; aber sie sind auch nicht direkt von dort hierher gegangen, sondern sie haben sich in der Nähe des Konzertlokales versteckt, um zu erfahren, wo ich mich aufhalte, wo ich wohne. Sie haben gesehen, daß ich mit Ihrer Schwester den Weg nach hier eingeschlagen habe, sind uns gefolgt und wollen nun auf mich warten, wahrscheinlich um mich unschädlich zu machen. Wurden Sie von ihnen gesehen?«

»Natürlich! Ich mußte an ihnen vorüber. Und jetzt fällt mir ein, daß sie zu erschrecken schienen, als sie meine Schritte hinter sich hörten und sich nach mir umdrehten.«

»Es ist so hell draußen, daß man alles sehen kann. Haben Sie bemerkt, wie die beiden bewaffnet waren?«

»Nach Messern, Pistolen oder Revolvern habe ich nicht geschaut; ich war zu schnell an ihnen vorüber; aber Gewehre hatten sie in den Händen.«

»Das ist der sicherste Beweis, daß sie schießen wollen. Niemand schleppt jetzt Gewehre in der Stadt herum. Im Konzerte haben sie die

Flinten nicht mitgehabt, folglich haben sie sich dieselben geholt, weil sie etwas vorhaben, wobei sie ihrer bedürfen. Und was sie vorhaben, das ersehe ich daraus, daß sie sich in der Nähe Ihrer Wohnung aufgestellt haben. Es gilt ohne allen Zweifel mir.«

Da bat Martha, indem sie schnell meine Hand ergriff:

»Um des Himmels willen, gehen Sie nicht fort! Sie müssen hier bleiben!«

»Das ist unmöglich, weil Winnetou und Emery auf mich warten.«

»Sie mögen warten bis morgen früh!«

»Bis dahin kann gar manches geschehen, wobei meine Gegenwart notwendig ist. Jedenfalls warten Sie schon jetzt mit Ungeduld auf mich. ich muß fort, wirklich fort.«

»Und ich lasse Sie nicht fort!« rief sie, indem sie sich auch meiner andern Hand bemächtigte. »Man will Sie erschießen, bedenken Sie doch, was das heißt!«

»Das heißt, daß schon mancher Mann auf mich hat schießen wollen und auch wirklich geschossen hat, und Sie sehen mich trotzdem heil und gesund hier bei Ihnen.«

»Diesmal aber ist die Gefahr zu groß. Draußen stehen zwei Mörder, hören Sie, zwei Mörder!«

»Das wäre nur dann gefährlich, wenn ich es nicht wüßte. Nun ich aber davon unterrichtet bin, hat es gar kein Bedenken. Es sind zwei Fälle möglich, und in beiden giebt es keine Gefahr für mich. Der eine Fall ist, daß die Meltons annehmen, daß Sie mich von ihrer Gegenwart am Flusse benachrichtigen. Sie sind also fortgegangen, weil Ihr Hinterhalt unnütz ist, da ich gewarnt worden bin.«

»Und der andere Fall?«

»Sie befinden sich trotz der Begegnung noch draußen. Um mich zu überraschen, müssen sie sich verbergen; sie stecken also im Gebüsch des Ufers, ich aber werde mich ganz selbstverständlich hüten, diese Richtung einzuschlagen. Ich mache einen Umweg.«

»Das sehen sie, eilen Ihnen nach und schießen Sie nieder! Nein, Sie bleiben da; ich bitte, bitte!«

Ihre Bitte war dringend; ich sah, daß sie sich wirklich ängstigte, durfte aber nicht nachgeben; darum antwortete ich, indem ich meine Hände aus den ihrigen befreite:

»Versuchen Sie nicht, mich zu halten; ich muß fort, wirklich fort, denn –«

Ich hielt mitten in der Rede inne, denn draußen fiel ein Schuß und gleich darauf ein zweiter. Dann rief eine Stimme:

»Da drüben war es! Drauf, auf die Strauchdiebe!«

Das war Emerys Stimme. Ich nahm die Lampe, drückte sie Franz Vogel in die Hand und sagte:

»Leuchten Sie mir! Schnell, schnell! Ich muß fort!«

Martha wollte mich am Arme zurückhalten; ich riß mich aber los, und eilte aus dem Zimmer und die Treppe hinunter. Unten konnte ich die Thüre nicht öffnen, da ich den Mechanismus nicht kannte. Darum mußte ich warten, bis Vogel nachkam. Als ich dann draußen vor derselben stand und mich umblickte, konnte ich trotz der ungewöhnlichen Helligkeit nichts sehen. Droben an der Treppe stand Martha und rief herab:

»Bleiben Sie doch! Sie haben ja gehört, daß es Ernst ist!«

»Für mich nicht mehr. Für mich ist die Gefahr vorüber, denn die Kerle sind vertrieben worden, aber wenn ihre Schüsse getroffen haben, so ist es mir um meinen Winnetou leid.«

»Winnetou?« fragte Vogel. »Sie meinen, daß er hier gewesen ist?«

»Ja. Ich habe Bothwells Stimme erkannt; dieser hat nicht gewußt, daß ich hier bin; er kann es nur von Winnetou erfahren haben, und der hat ihn auf keinen Fall allein gehen lassen, sondern ihn ganz gewiß begleitet.«

»Und um Winnetou thut es Ihnen leid?«

»Ja, denn dieser ist's, der eine Kugel erhalten hat, falls nämlich wirklich einer getroffen wurde. Emery ist, wie ich aus seinem Ausrufe höre, den Attentätern nach; die Stimme des Apatschen aber haben wir nicht gehört; er muß – ah, Gott sei Dank, da drüben kommen zwei Gestalten! Das macht mir das Herz so leicht, so leicht! Sie sind's; sie sind's, und keiner scheint verletzt zu sein!«

Die beiden kamen schnell über das freie Feld herübergelaufen. Winnetou und Emery waren es. Ich sprang ihnen in meiner Freude entgegen und fragte:

»Wurde einer von euch getroffen?«

»Nein,« antwortete Emery. »Die Kugeln waren zwar sehr gut gemeint, aber um so schlechter gezielt. Wer weiß, wer die Schufte gewesen sind! jedenfalls ein paar hiesige Elendsritter, welche es auf andere Leute abgesehen hatten und uns mit diesen verwechselt haben.«

»Denkt das nicht! Es war auf mich abgesehen. Die Strauchritter waren die alten Meltons, wenn mich nicht alles täuscht.«

»Wetter! Ist das möglich?«

»Nicht nur möglich, sondern sogar mehr als wahrscheinlich.«

»Der Tausend! Wenn das wirklich so wäre, ärgerte ich mich tot! Warum glaubst du, daß sie es waren?«

»Das sollst du erfahren; aber um keinen Fehler zu begehen und nichts zu versäumen, muß ich wissen, wohin die beiden Halunken geflüchtet sind.«

»Fort sind sie, fort!«

»Und ihr habt sie nicht eingeholt? Winnetou ist doch ein großer Läufer!«

Da erklärte der Apatsche:

»Winnetou war schnell hinter ihnen her; fast hatte er sie ereilt; aber da standen zwei Pferde, sie sprangen auf und galoppierten fort.«

»Ah, ist's so? Und da ihr eure Büchsen nicht mit hattet, konntet ihr ihnen keine Kugeln nachsenden. Der Plan war gar nicht schlecht ausgedacht; sie sind fort und werden nicht zurückkehren.«

»Meinst du?« fragte Emery. »Wenn sie umkehren und sich heranschleichen, geraten wir abermals in Gefahr.«

»Sie sind fort; ich weiß es sicher. Nun sie auch euch gesehen und wenigstens Winnetou erkannt haben, werden sie sich hüten, sich nochmals hierher zu wagen. Kommt mit herauf! Die Sennora wird es gestatten!«

Es war mir lieb, daß ich die beiden Gefährten hier hatte, wir konnten so ohne Weitläufigkeit mit Franz Vogel das weitere besprechen. Und Martha war natürlich hocherfreut, die beiden Männer, denen sie soviel zu verdanken hatte, bei sich zu sehen. Als wir uns wieder im Zimmer befanden, forderte ich zunächst Emery auf:

»Erzähle vor allen Dingen, wie sich der Vorfall jetzt draußen abgespielt hat!«

»Schlecht hat er sich abgespielt, herzlich schlecht!« zürnte er. »Hätte ich geahnt, daß die beiden Kerls da draußen im Felde lagen, so –«

»Im Felde?« unterbrach ich ihn.

»Ja. Wo sonst?«

»Nicht in den Büschen am Flusse?«

»Nein. Warum fragst du?«

»Nachher! Erzähle nur weiter!«

»Ich ging in euer Hotel, um mit euch zu reden, und traf nur Winnetou, der mir sagte, wen du gefunden hattest. Wir warteten auf dich. Du kamst nicht; da gingen wir zu dir.«

»Aber Winnetou kannte doch dieses Haus nicht!«

»Unsinn! Wir sind doch keine Kinder, die nicht wissen, wie man etwas erfährt, was man wissen will! Wir haben natürlich nach der Wohnung der Herrschaften gefragt. Wir schlenderten am Flusse her, um zu erfahren, ob vielleicht etwas Unangenehmes der Grund deines langen Ausbleibens sei, da erhoben sich plötzlich zwei Gestalten rechts von uns im Felde, höchstens vierzig bis fünfzig Schritte von uns. Wir sahen, daß sie die Gewehre auf uns anlegten und warfen uns nieder, gerade als die Schüsse aufblitzten. Dann sprangen wir auf und eilten auf sie zu. Die Halunken drehten um und schossen davon, was ihre Beine nur laufen konnten. Winnetou war mir voran; du weißt, daß er besser läuft, als ich; er kam ihnen näher und näher; da standen plötzlich, wie aus der Erde hervorgezaubert, zwei Pferde, auf welche sie sprangen; fort ging's im Galopp. So ist's geschehen.«

Winnetou fügte hinzu, indem ein leichtes Lächeln über sein schönes Gesicht glitt:

»Winnetou war dem einen sehr nahe und kam gerade recht, den Schwanz seines Pferdes zu erfassen und ihn beim ersten Sprunge des Tieres wieder loszulassen.«

»Ihr habt doch Revolver mit. Warum habt ihr nicht geschossen?«

»Weil wir nicht wußten, wer es war,« antwortete Emery. »Hätte ich geahnt, wen wir vor uns hatten, so wäre es jedenfalls anders geworden!«

»Mein Bruder mag nicht so sprechen,« sagte der Apatsche. »Wir haben nicht klug, sondern wie Knaben gehandelt, welche keine Erfahrung besitzen. Sie schossen; sie waren Mörder, und Mörder läßt man nicht entlaufen. Wir hätten, als wir uns niederwarfen, liegen bleiben sollen; sie hätten geglaubt, wir seien getroffen worden und verwundet, oder gar tot. Sie wären zu uns gekommen, um nachzusehen, und wir hätten dann – weiß mein Bruder Emery, was wir dann gethan hätten?«

»Alle Wetter!« rief Bothwell begeistert. »Natürlich weiß ich es! Wir hätten sie gepackt und nicht wieder fortgelassen. Wir sind doch zwei Kerle, die es mit solchen Menschen aufnehmen dürfen. Ja, du hast recht, wir haben wie Schulbuben gehandelt. Wie konnten wir nur so dumm sein! Sage mir das einmal, Charley!«

»Das ist leicht zu sagen,« antwortete ich. »Ihr ginget unbefangen und ahnungslos eures Weges und mußtet also sehr betroffen sein, als ihr, so nahe der Stadt dazu, plötzlich mit Gewehren angefallen wurdet. Es ist ein Zeichen außerordentlicher Geistesgegenwart, daß ihr sofort niedergefallen seid. Mehr kann kein Mensch selbst vom gewandtesten und berühmtesten Westmanne verlangen.«

»*Well!* Das beruhigt mich. Dennoch wäre es besser gewesen, wenn wir Winnetous List in Anwendung gebracht hätten. Aber das ist nun vorüber; sprechen wir nicht mehr davon, da uns das nur zum Ärger gereichen würde!«

»Ja, sprechen wir lieber von der Meldung, welche du uns in das Hotel bringen wolltest! Hattest du uns etwas Wichtiges zu sagen?«

»Ja. Jonathan Melton ist hier gewesen und mit seiner Braut bei Plener abgestiegen.«

»Wann?«

»Gestern vormittags. Die beiden haben mit einander gespeist, neue Pferde eingetauscht und sind dann gleich wieder fortgereist.«

»Zu Wagen?«

»Ja. Vorher hat ihnen Plener einen Führer besorgen müssen, welcher mit ihnen abgeritten ist. Sie fahren über Acoma nach dem kleinen Colorado hinüber.«

»Wenn man das glauben darf! Es könnte darauf angelegt sein, uns irre zu führen.«

»Dann müßte Plener mit Jonathan unter einer Decke stecken!«

»Ist nicht nötig. Jonathan kann ihn belogen haben, um uns von ihm täuschen zu lassen.«

»Möglich! Plener macht den Eindruck eines geriebenen Hoteliers, aber ein Schurke ist er sicher nicht. Und warum sollte sich Jonathan mit solchen Vorsichtsmaßregeln abgeben? Er wird das nicht für nötig halten, da er sehr wahrscheinlich überzeugt ist, daß wir da drüben im Thale des Todes von den Komantschen umgebracht worden sind.«

»Es ist möglich, daß er das denkt und sich also ziemlich sicher fühlt. War das alles, was du zu sagen hattest?«

»Nein. Plener selbst wollte ich nicht weiter fragen und belästigen, konnte aber von seinen Leuten nichts weiteres erfahren, sodaß ich mich heute abend wieder an ihn wendete. Da sind heute vormittag zwei Männer in seinen Salon gekommen, haben eine gute Zeche gemacht und ihn gefragt, ob ein Sennor mit einer Sennora zu Wagen bei ihm vorgesprochen habe. Er hat ihnen der Wahrheit nach die Auskunft gegeben, wie mir; dann sind sie fort.«

»Sie kamen zu Fuß?«

»Ja. Und jetzt fällt mir ein, daß er mir so nebenbei bemerkte, sie hätten sehr große Sombreros gehabt.«

»Also Vater und Onkel Melton! Sie sind so vorsichtig gewesen, nicht bei Plener abzusteigen, sondern nur für kurze Zeit bei ihm einzukehren.«

»Aber warum sind sie bis heute abend hier geblieben und nicht sofort ihrem lieben Jonathan gefolgt?«

»Wahrscheinlich weil sie ermüdet waren, und auch ihren Pferden Ruhe gönnen mußten.«

»Wenn sie nicht ihre müden Pferde gegen frische umgetauscht haben! Geld werden sie wahrscheinlich haben.«

»Natürlich. Jonathan hat sie gewiß damit versorgt. Sie sind von New-Orleans aus einen andern Weg, als den seinigen hier heraufgeritten, der Vorsicht halber. Heut abend besuchten sie das Konzert, um sich zu unterhalten, und sahen mich. Sie vermuteten ganz selbstverständlich, daß ihr bei mir seid, schlichen sich hinter mir her und warteten am Flusse, um auf mich zu lauern. Da kam hier Master Vogel an ihnen vorüber. Sie wußten, daß er der Bruder der Dame ist, bei der ich mich befand, und vermuteten, daß er mich warnen werde.«

»Und doch entfernten sie sich nicht? Man sollte meinen, sie hätten sich darauf gleich aus dem Staube gemacht.«

»Ist ihnen nicht eingefallen. Ich war allein und hatte kein Gewehr bei mir; das wußten sie; es war also sehr leicht, mit mir anzubinden. Sie brauchten mich ja nur von weitem niederzuschießen; meine Revolver konnten mir in die Ferne nichts nützen. Und wie pfiffig haben sie es angefangen!«

»Pfiffig? Ich meine im Gegenteile, daß sie nicht dümmer handeln konnten.«

»O nein. Es war wirklich pfiffig, daß sie sich nicht am Flusse versteckten. Ich war ja gewarnt und wußte, daß sie dort standen. Darum war anzunehmen, daß ich den Rückweg über das Feld einschlagen würde. Das hatte ich mir auch wirklich vorgenommen. Sie legten sich also ins Feld auf die Lauer, und zwar nicht allzu weit vom Flusse weg, um mich auch dann treffen zu können, falls ich den dortigen Weg einschlagen sollte. Da kamt ihr, und sie erkannten euch.«

»Auch mich?«

»Natürlich. Winnetou ist nicht zu verkennen, selbst dann nicht, wenn es nicht so hell ist, wie heute abend. Sie hatten mich gesehen; sie sahen Winnetou und wußten nun auch, wer du bist. Ihr waret ihnen ebenso gefährlich, wie ich es bin; darum schossen sie auf euch. Wir müssen Gott danken, daß ihnen der Anschlag nicht gelungen ist.«

»Allerdings. Eigentlich war es nur auf dich abgesehen, dann aber standen wir näher dem Tode als du, denn als die Kugeln um uns pfiffen, befandest du dich hier in vortrefflicher Sicherheit. Wie sie aber nur auf den Gedanken gekommen sind, ihre Pferde bereit zu halten?«

»Weil sie mich im Konzerte gesehen haben. Vielleicht haben sie dann auch, ehe sie gingen, Winnetou bemerkt. Sie sagten sich, daß wir sie suchen würden, und waren auf ihre Flucht bedacht. Als sie mir bis hierher gefolgt waren, holten sie oder einer von ihnen ihre Pferde und hielten dieselben bereit, um, sobald die tödlichen Schüsse auf mich gefallen seien, ihres Weges zu reiten.«

»Wohin?«

»Wahrscheinlich in ganz derselben Richtung, welche Jonathan eingeschlagen hat. Sie haben sich doch jedenfalls vor ihrer Trennung in New-Orleans mit ihm darüber besprochen.«

»Aber wie sie bis hierher anders geritten sind, als er, so können sie sich auch jetzt in gleicher Weise verhalten!«

Da bemerkte Winnetou:

»Das Schloß der weißen Squaw, wohin sie wollen, liegt, wie wir wissen, zwischen dem kleinen Colorado und der Sierra Blanca. Dorthin giebt es nur einen guten Weg, wie jeder weiß, der einmal in jener Gegend gewesen ist; dies ist der Weg, den das Bleichgesicht Jonathan einschlägt. Warum sollen sein Vater und sein Oheim einen weitern und schlechtern Weg einschlagen?«

»Das denke auch ich,« stimmte ich bei. »Die alten Meltons sind sehr erfahrene Bösewichter; die geben sich gewiß nicht mit großen Beschwerden ab, wenn das nicht unbedingt notwendig ist. Ich bin vollständig überzeugt, daß sie auch über Acoma reiten. Morgen, sobald es Tag geworden ist, folgen wir ihnen auf demselben Wege.«

»Und ich reite mit!« rief Franz Vogel begeistert aus.

»Sie?« lachte ich. »Wollen Sie in der wilden Sierra Blanca Konzerte geigen?«

»Ja. Es verlangt mich, diesen Meltons eine Melodie vorzugeigen, an welcher sie genug haben sollen!«

»Das überlassen Sie am besten uns, lieber Freund. Sie sind ein sehr tüchtiger Musiker, aber Ihre Noten stehen nicht da draußen in den Kanons des Colorado. Wir reiten den Meltons nach, um ihnen ihren Raub abzujagen; dabei können Sie uns gar nichts nützen. Wir werden nicht lange fort sein. Gehen sie inzwischen nach Santa Fé, um einige Konzerte zu geben; wir suchen Sie dort auf und legen Ihnen Ihre Millionen in den Schoß.«

»Nein, nein! Sie wollen den Spitzbuben, den Mördern nach, um mich reich zu machen, und ich soll inzwischen Konzerte geben? Ich wäre nicht im stande, einen Bogenstrich zu thun! Thun Sie mir nicht das Zuleide, daß Sie mich hier sitzen lassen! Ich müßte ja gar keine Ehre im Leibe haben, wenn ich darauf eingehen wollte!«

Er hatte eigentlich recht. Wir sollten uns für ihn in Gefahr begeben; es war nicht mehr als billig, daß er an ihr teilnahm. Das mochte auch Emery denken, denn er fragte ihn:

»Können Sie denn leidlich reiten?«

»Nicht nur leidlich. Das lernt man hier zu Lande bald.«

»Und mit Waffen umgehen?«

»Ein Meisterschütze bin ich freilich nicht; aber geschossen habe ich doch schon zuweilen, und wenn ich bis auf drei Schritte an den Kerl herangehe, den ich treffen will, schieße ich gewiß nicht an ihm vorbei. Sie sehen, daß ich entschlossen bin, mich auf alle Fälle zu beteiligen. Also ist es am besten, Sie nehmen mich mit sich.«

»Hm! Was meinst du, Charley? Er ist nicht übel couragiert!«

Ich zuckte die Achsel, sprach aber nicht dagegen. Es giebt auch eine Courage, welche ihren Grund in der Unkenntnis der Verhältnisse und Gefahren hat, denen man entgegengeht. Eine Fliege summt dreist in das Lampenlicht, weil sie nicht weiß, daß sie in der Flamme umkommen wird.

Jetzt begann auch Martha zu bitten, ihren Bruder doch mitzunehmen. Sie hatte mein Achselzucken bemerkt und wendete sich an Emery. Der ritterliche Englishman war eigentlich ein wenig Damenherr; er konnte den Bitten der schönen, jungen Sängerin nicht widerstehen und fragte mich schließlich:

»Hast du etwa großartige Gründe dagegen, Charley?«

»Nein. Sprich mit Winnetou darüber; er mag entscheiden.«

Wenn ich Winnetou sprechend hier aufgeführt habe, so muß ich bemerken, daß wir ihm das Vorhergehende immer übersetzen mußten. Wir sprachen ja deutsch. Als Emery ihm die Angelegenheit vorgetragen hatte, erklärte er:

»Winnetou würde ganz dagegen sein, denn der junge Mann wird uns mehr stören und schaden, anstatt nützen können; aber ihm soll der Raub gehören, den die Diebe bei sich haben, und so dürfen wir ihm seinen Wunsch nicht abschlagen. Er mag aber ja nicht denken, daß es ein Vergnügen ist, mit uns zu reiten. Wir werden volle acht Tage im Sattel sitzen müssen, um an das Ziel zu gelangen.

»Ich werde das gern aushalten!« versprach Vogel in englischer Sprache.

»Wenn mein junger Bruder sich bis zum Anbruch des Tages hier ein gutes Pferd mit Sattel und Zaum kaufen kann, dazu ein Gewehr mit Munition, so wird er mit uns reiten' können, sonst aber nicht, denn wir haben keine Zeit, auf ihn zu warten.«

Da nahm mich Vogel beim Arm und bat:

»Helfen Sie mir, bester Herr Doktor! Pferde giebt es hier, Gewehre und Munition auch, wenn auch zu hohen Preisen. Die meisten Stores sind noch offen. Wollen Sie?«

»Gern. Wir können damit bald fertig sein, und haben dann noch einige Stunden für den Schlaf.«

Da geschah etwas, was ich nicht erwartet hatte. Nämlich Martha fragte mich:

»Meinen Sie, daß die Jüdin mit Jonathan Melton glücklich dort ankommen wird?«

»Wahrscheinlich.«

»Dann bitte, kaufen Sie zwei Pferde und einen Damensattel!«

»Verstehe ich Sie recht? Sie wollen ein Pferd für sich?«

»Ja, ich reite mit Ihnen.«

»Das ist unmöglich, ganz und gar unmöglich!«

»Gewiß nicht! Die Jüdin bringt dasselbe fertig.«

»Die sitzt im Wagen- Das ist etwas anderes.«

Sie ließ sich aber von mir nicht zurückweisen; Emery mußte innerlich über ihren Wunsch lachen, blieb aber äußerlich ernst und höflich; er wollte nicht Nein sagen, und so wiesen wir sie an Winnetou, indem wir überzeugt waren, daß es ihm besser als uns gelingen werde, ihr ihre Bitte abzuschlagen, ohne sie dadurch zu beleidigen. Und das gelang ihm auch.

Der Angriff der jungen, unternehmungslustigen Frau war also siegreich abgeschlagen. Winnetou, Emery und ich nahmen von Martha Abschied; die beiden ersteren begaben sich heim; ich aber ging mit Vogel noch auf die späte Suche nach einem Pferde und den anderen Gegenständen, welche er brauchte. Wir mußten verschiedene Misters, Masters und Sennores aus dem Schlafe wecken, und wegen der Störung der Nachtruhe verschiedene Dollar und Piaster mehr bezahlen. Besondere Mühe verursachte uns das Pferd. Alte, abgetriebene Ziegenböcke konnten wir genug und überall bekommen, aber kein Tier, wie wir es brauchten. Erst als wir die achte, neunte oder zehnte Thür fast eingeschlagen und die Bewohner vom Lager aufgeklopft hatten, kamen wir zu einem braven Manne, welcher uns, weil er sah, daß wir Not darum hatten, einen zwar alten, aber sonst noch ganz gelenkigen Braunen, welcher vierzig Dollars wert war, für »lumpige« achtzig überließ. Vogel zögerte gar nicht, den Preis zu zahlen. Seine Konzerte hatten soviel eingebracht, daß er sich die Ausgabe gestatten konnte.

Dabei war es so spät geworden, daß ihm, da er noch Vorbereitungen zu treffen hatte, keine Zeit zum Schlafe übrig blieb. Eine Stunde nach Tagesanbruch holte er uns ab; wir ritten über den Fluß nach Atrisco hinüber, und dann südwestlich dem Rio Puerco zu.

Es ist nicht nötig, die Einzelheiten des Rittes zu beschreiben; erwähnt sei nur, daß Vogel als Reiter sich recht leidlich hielt, wenn wir auch seinetwegen langsamer reiten mußten, da sein Pferd mit unsern Komantschenrossen nicht immer gleichen Schritt zu halten vermochte. Hier und da gab es Stellen, denen die Fährte zweier Pferde deutlich eingeprägt war; das war jedenfalls die Spur der Brüder Melton. Sie hatten den Vorsprung einer ganzen Nacht vor uns; aber gewisse untrügliche Anzeichen verrieten, daß wir uns ihnen zwar langsam, aber unausgesetzt näherten. Hätten wir Vogel nicht bei uns gehabt, so wären wir durch einen Parforceritt schnell an sie herangekommen.

Am Abend des zweiten Tages erreichten wir Acoma, ein altes Indianerpueblo, wo die Meltons gewiß auch angehalten hatten.

Unter Pueblos versteht man die festen, burgartigen Städte der alten seßhaften Bevölkerung des Landes; man zählt ihrer in Neu-Mexiko nur noch etwa zwanzig; die bedeutendsten sind Taos, Laguna, Isleta und Acoma. Man darf sich unter den alten Städten oder Dörfern nicht Ortschaften mit einzelstehenden Häusern oder Häuserreihen und Gassen denken. Sie wurden, um Schutz gegen feindliche Überfälle zu bieten, als Burgen errichtet; sie sind auch Burgen, aber in architektonischer Beziehung nicht in unserm Sinn des Wortes. Sie sind schwerfällige Lehm- oder Felsenbauten, je nachdem dieses oder jenes Material vorhanden war, ohne Stil und äußere Gliederung, wenn man nicht das Gliederung nennt, daß jedes höhere Stockwerk über dem untern zurücktritt.

Man denke sich zwei weit auseinanderstehende Felsenwände, zwischen denen einst größere oder kleinere Blöcke lagen. Die Blöcke wurden nebeneinander gewälzt und mit Lehm verbunden, bis eine Mauer entstand, welche von der einen Felsenwand bis an die andere reichte und die Höhe eines Stockwerkes hatte. In der Mauer gab es weder Thür- noch Fensteröffnung. Der Raum zwischen ihr und den Felswänden wurde durch weitere Lang- und Querwände aus Lehm in eine beliebige Anzahl von Vierecken zerlegt, und dann das Ganze mit einer dicken Lehmschicht zugedeckt. In der Lehmdecke befanden sich Löcher, welche als Eingang in die Vierecke und Wohnungen dienten. Über dem Erdgeschoß wurde aus demselben Materiale und in derselben Weise ein erstes, zweites, drittes usw. Stockwerk errichtet, doch so, daß jedes höhere Stockwerk einige oder mehrere Meter zurückweicht, und also in der Decke des tieferliegenden einen freien, balkonartigen Raum vor sich liegen hat. Oft haben auch diese terrassenförmig übereinander liegenden Geschosse weder Thür noch Fenster, sondern nur Löcher in der Decke. Man muß also, um in eine Wohnung zu gelangen, in das höhere Stockwerk hinauf- und dann durch das betreffende Loch wie in einen Keller hinuntersteigen. Das Erdgeschoß ist stets nur durch eine Leiter zu erklettern, welche außen an die öffnungslose Mauer gelehnt ist. Wird sie auf das platte Dach gezogen, so ist der Zutritt für einen Feind zwar nicht unmöglich gemacht, aber doch außerordentlich erschwert und mit Gefahren verbunden. Zuweilen sind die Lehmmauern, welche dann von einem Stockwerk zum andern führen, treppenartig abgestuft, so daß man hinaufsteigen kann; meist aber werden auch die höheren Geschosse nur durch angelehnte Leitern verbunden, welche je, den Augenblick hinaufgezogen werden können. Man sieht leicht ein, daß der Gedanke, welcher den Bauwerken zu Grunde liegt, in Beziehung auf die Verteidigung des Platzes bei der Art der damaligen Angriffswaffen ein ganz vortrefflicher ist. Waren alle Leitern der verschiedenen Stockwerke emporgezogen, so mußte der angreifende Feind mit Hilfe mitgebrachter Leitern zunächst die Plattform des Parterres ersteigen, wobei er sich den Geschossen aller oberen Terrassen aussetzte und auch noch in Gefahr stand, vom Innern des untern Stockwerkes aus angegriffen zu werden. Hatte er nach mörderischem Kampfe die erste Plattform in seinen Besitz gebracht, so mußte er mit denselben Schwierigkeiten und Gefahren die zweite ersteigen und erkämpfen; dabei mußte er frei und ohne allen Schutz kämpfen, während die Verteidiger über ihm infolge des terrassenartigen Baues stets gute Deckung hatten.

Diese Beschreibung gilt einem Pueblo der regelmäßigsten Bauart; solche sind aber sehr selten. Die andern sind ein unregelmäßig zusammengeschachtelter Komplex von verschiedenartigen Lehmzellen, welcher meist in einer trostlosen Umgebung liegt und den Eindruck eines häßlichen Trümmerhaufens macht. Und in diesen künstlichen hohlen Lehmwürfeln wohnten einst Hunderte und Tausende von Menschen zusammen, deren Verkehr nur dadurch ermöglicht wurde, daß man aus einer Zelle über die platten Dächer der unteren Herbergen durch ein Loch in die andere stieg! jetzt kann man freilich nicht mehr von »tausend« sprechen.

Die Bewohner der Pueblos dürfen keineswegs mit den thatkräftigen freien Indianern verglichen werden. Sie sind gutmütige, genügsame, ganz unwissende Menschen, wahrscheinlich verkümmerte Abkömmlinge der alten Azteken. Meist Katholiken, sind sie doch eigentlich keine Christen. Sie beten noch immer heimlich zu ihrem Manitou und hängen an alten, heidnischen Gebräuchen, welche dem Christentume widerstreben. Daran trägt die alte, iberische Indolenz die Schuld, welche alles gehen läßt, wie es eben geht, das Auftreten und Umsichgreifen der Scheinheiligkeit begünstigt, es aber nicht zu einem wahren, begeisterten und überzeugungstreuen Glauben kommen läßt. Beschimpfe man die heilige Religion, der Puebloindianer wird ruhig bleiben und lachen; greift man ihn aber bei seinem Aberglauben an, den er aus der heidnischen Zeit überkommen hat, so kann der sonst so harmlose Mann sich in einen rachsüchtigen und gefährlichen Starrkopf verwandeln.

Diese Indianer treiben ein wenig Ackerbau, ein wenig Viehzucht und ein wenig Hausindustrie, doch das alles auf der niedrigsten Stufe. Die kleinen Äcker liegen gewöhnlich in der Nähe des Pueblo, und werden mit geradezu kindisch einfachen Werkzeugen bestellt. Das Neue und Praktische wird beharrlich zurückgewiesen; es stimmt nicht mit ihren Überlieferungen zusammen. Lieber ernten sie Hunger vom steinigten Lande, als daß sie es düngen und anders, als mit einem einfachen Stocke oder hölzernen Haken bearbeiten. Ebenso steht es mit der Viehzucht. Man sieht einige magere Hühner, einige Schweine und viele Hunde. Sonderbarerweise laufen die bissigen Köter frei umher, während die Schweine – sollte man es denken! – an Ketten liegen.

Ihre Kunstfertigkeit besteht in der Anfertigung von Körben, Beuteln und verschiedenen Geflechten. Sie brennen Krüge und Urnen, welche keinen Kunstwert besitzen. Aus Thon stellen sie allerlei Figuren her, welche geradezu lächerlich sind. Der Sinn für schöne Formen ist ihnen vollständig versagt. Die Figuren werden bei uns von vierjährigen Kindern viel besser auf der Schiefertafel gezeichnet; sie dienen meist als Spielwerkzeuge; oft haben sie auch eine geheim religiöse, heidnische Bedeutung. In diesem Falle werden sie in der »Estufa« aufgestellt. Dies ist ein kleiner Raum, welcher von niedrigen, nur drei Fuß hohen Mauern eingefaßt wird, zwischen denen stets zwei hohe Stangen stehen. Vielleicht sollen -diese ein Fingerzeig gen Himmel sein. Es wird sehr darauf gesehen, daß diese Estufa von keinem Unberufenen berührt oder gar betreten wird.

Also wir kamen gegen Abend in Acoma an und fragten nach dem Governor, unter welchem man sich freilich nicht einen Gouverneur nach unserm Sinne, einen hochgestellten Beamten, sondern eine Art Dorfschulzen vorzustellen hat. Da, wo man spanisch spricht, hat selbst der kleinste Beamte einen hohen, volltönenden Titel, und spanisch verstehen die meisten Puebloindianer mehr oder weniger geläufig zu reden. Die ganze Bevölkerung war zusammengelaufen und betrachtete uns mit nicht eben freundlichen Augen. Das mußte einen besondern Grund haben. Wir wollten nichts fordern und verlangen, und fragten nur deshalb nach dem Governor, weil wir beabsichtigten, ihn um Auskunft über die drei Meltons zu bitten. Als wir abgestiegen waren, zeigte sich niemand bereit, unsere Pferde zu halten, uns Wasser zu zeigen und uns zum Governor zu führen. Eigentümlicherweise war kein junges Mädchen zu sehen, aber einige sehr hübsche Knaben bemerkte ich.

Da sich niemand unser annehmen wollte und sich alle so zurückhaltend, ja feindselig gegen uns verhielten, waren wir auf uns selbst angewiesen. Wir befestigten also die Zügel unserer Pferde an Felsstücken und gingen aus, um Wasser zu suchen, wobei wir mit finstern Blicken betrachtet wurden.

Ich kam mit Emery an ein kleines Gärtchen, in welchem ein armseliges Gemüse und einige Blumen standen. Emery bückte sich, um sich einen Rettich anzueignen, den er natürlich gut bezahlt hätte; da sprang einer der hübschen Knaben herbei und faßte ihn von hinten, um ihn wegzuziehen. Emery schüttelte ihn kräftig von sich ab und griff wieder zu; da nahm ich den Freund beim Arme und zog ihn mit mir fort. Gerade vor uns sahen wir die Estufa. Emery trat hinzu, sah über die niedrige Mauer und schlug ein lautes Gelächter auf. Es standen da ein Dutzend der oben erwähnten Figuren, welche allerdings höchst lächerlich waren, breitbeinige Kerls mit wurstartigen Armen, die sie in unmöglichen Haltungen vorstreckten. Köpfe und Stirn ohne Nase, mit zwei Löchern von oben als Augen, und einem großen Loche unten als Mund. Es gab sitzende Gestalten mit ungeheuerlichen Bäuchen und drei Köpfen, einen oben, einen auf dem Rücken und einen auf der Brust; die Ohren waren länger als die Arme. Emery griff zu, um eine dieser Figuren wegzunehmen und zu betrachten, ich zog ihn abermals zurück und erklärte ihm die Bedeutung dieser thönernen Gestalten. Er lachte und ging weiter. Die Menge folgte ihm; nur der Knabe blieb zurück, sah mich mit ungewissen Blicken an, brach dann mit einer raschen Bewegung eine Blume aus dem winzigen Gärtchen, reichte sie mir hin und sagte: »Ich danke! Der Rettich wuchs für meinen Vater; es ist der einzige.«

Das war keine Knaben-, sondern eine Mädchenstimme, und nun fiel mir ein, daß in einigen Pueblos sich die Mädchen wie Knaben kleiden. Sie tragen Hosen und scheiteln sich die kurzgeschnittenen Haare auf der Seite, was die Verwechslung sehr begünstigt. Ich wollte ihr gern ein Gegengeschenk machen, aber was? Da fiel mir ein, daß ich das kleine, neusilberne Etui eines verloren gegangenen Bleistiftspitzers noch im Gürtel hatte. ich nahm es heraus, schraubte es auf und wieder zu, um ihr zu zeigen, wie es zu handhaben sei und hielt es ihr dann hin.

»Nimm das für die Blume, schöne Puebla!«

Sie sah mich staunend an und wagte nicht, zuzugreifen.

Das kleine Büchschen war ja ein kostbares Kunstwerk, ein unerreichbarer Gegenstand für sie.

»Hier, nimm für die Blume; es ist dein!« wiederholte ich.

»Mein?« fragte sie zweifelnd, aber mit strahlenden Augen.

»Ja. Deine Blume ist mir lieber, als diese kleine Kaja.«

»Und mir deine Kaja viel lieber, als meine Blume! Ich danke dir! Du bist gut, sehr gut; ich habe es dir gleich angesehen!«

Sie nahm das Büchschen, küßte mir schnell die Hand und sprang mit einem lauten Jauchzer davon, um die Leiter zu ihrer Wohnung hinanzusteigen und dort ihren großen Schatz zu verbergen. Mit wie wenigem man doch einen Menschen glücklich machen kann! Und wie reich sich oft ein einziges freundliches Wort belohnt! Ich sollte das sehr bald erfahren.

Jetzt kam Winnetou, um uns zu holen. Er hatte Wasser gefunden. In der Nähe des Pueblo befand sich eine Art Cisterne, in welcher das wenige Regenwasser des Jahres gesammelt wurde. Wir führten unsere Pferde dorthin und schickten uns an, mit Hilfe des dazu vorhandenen Thongefäßes, das an einem Stricke hing, Wasser zu schöpfen; da kamen die Indianer unter lautem Geschrei herbei, um uns daran zu verhindern. Wasser mußten wir haben; das war gewiß, denn morgen kamen wir, wie wir wußten, durch eine Gegend, in welcher es keinen Tropfen gab; darum griffen Winnetou und Emery und infolgedessen auch Vogel zu ihren Gewehren, um sich den Trank für sich und die Pferde mit Gewalt zu verschaffen. Die Pueblos wichen zurück, da sie sehr wohl wußten, daß sie, obgleich in solcher Überzahl, nichts gegen die Gewehre auszurichten vermochten; ihre Waffen waren gar zu erbärmlich.

Es war klar, daß die armen Leute ein Recht auf ihr weniges Wasser hatten, und darum erschien es mir hart, es ihnen abzuzwingen. Etwas wenigstens mußten sie dafür haben; darum bat ich meine Gefährten, von ihrem feindseligen Verhalten abzulassen und gab den Leuten einige kleine Silberstücke, indem ich ihnen erklärte, daß ich damit das Wasser bezahlen wolle. Sie änderten darauf sofort ihr Verhalten und ließen uns schöpfen.

Da der Abend nahte, mußten wir einen Ort suchen, an welchem wir die Nacht zubringen wollten. Die feindselige Haltung der Indianer ließ den Gedanken nicht aufkommen, in ihrer Nähe oder gar in dem Pueblo selbst zu schlafen. Zwar trauten wir ihnen keineswegs ein für uns gefährliches Beginnen zu, aber Widerwärtigkeiten konnten uns doch bereitet werden, und so führten wir unsere Pferde eine ansehnliche Strecke von ihnen fort und legten uns da draußen im Freien nieder. Es verstand sich ganz von selbst, daß wir die Nacht reihum wachen wollten.

Es mochte ungefähr zwei Stunden nach Einbruch der Dunkelheit sein, als wir eine Gestalt bemerkten, welche sich vom Pueblo her uns langsam näherte; sie blieb in einiger Entfernung von uns stehen. Wir riefen sie an und forderten sie auf, vollends herbei zu kommen. Da antwortete sie:

»Ich will mit dem guten Sennor sprechen.«

Es war die Stimme des Mädchens, welches mir die Blume gegeben hatte.

»Geh hin!« forderte mich Emery auf. »Denn jedenfalls bist du gemeint.«

Ich folgte der Aufforderung. Als ich die Indianerin erreicht hatte, sagte sie:

»Wir müssen leise sprechen, denn ich bin heimlich gekommen, weil ich nicht haben will, daß dir etwas Böses geschehe.«

»Von wem?«

»Von den beiden Weißen, welche heute bei uns angekommen sind.«

»Ah, ihr habt sie also gesehen! Wann ist das gewesen?«

»Drei Stunden vorher, ehe ihr kamt.«

»Wie lange haben sie sich hier bei euch aufgehalten?«

Da trat sie ganz an mich heran und sagte noch leiser als bisher:

»Sie sind noch hier!«

»Noch hier? Das ist für uns eine sehr wichtige Botschaft, für welche ich dir großen Dank schuldig bin.«

»Du bist mir keinen Dank schuldig, sondern ich will dir danken, indem ich dir dies sage. Die beiden Männer sprachen von euch; sie benachrichtigten uns, daß ihr hinter ihnen kommen würdet.«

»Und forderten euch auf, uns feindlich zu behandeln?«

»Ja. Sie sagten uns, daß ihr unsere Estufa zerstören und die Figuren der Götter vernichten wollet.«

»Das fällt uns ja gar nicht ein! Was sagten sie noch von uns?«

»Daß ihr gefährliche Männer seid, die schon viele Mordthaten begangen haben, und Diebe, welche gekommen sind, uns auszurauben.«

»Das ist eine ungeheure Lüge! Ich sage dir, daß es umgekehrt ist. Die beiden Männer sind Räuber und Diebe, welche schon manchen Mord und viele Unthaten auf dem Gewissen haben. Darum jagen wir hinter ihnen her, um sie zu fangen und bestrafen zu lassen. Wir sind ehrliche Leute.«

»Ich glaube es, Sennor. Du siehst nicht aus wie ein so böser Mann und bist freundlich mit uns gewesen. Darum habe ich mich fortgeschlichen, um dich zu retten.«

»Zu retten?« Danach müssen wir in einer Gefahr schweben?«

»Ja, ihr befindet euch in Gefahr. Inwiefern, das weiß ich nicht genau; aber die beiden Männer sind noch hier.«

»Ah! Wo? Kannst du mir das sagen?«

»Ich könnte es sagen, aber ich darf nicht, weil ich nicht zur Verräterin an meinen Leuten werden will.«

»Gut, so will ich dich nicht danach fragen; aber sagen darfst du mir wohl, worin die Gefahr besteht, welche uns von den Leuten droht?«

»Der Tod, glaube ich. Was wirklich geschehen soll, das wissen nur wenige Männer von uns; den Frauen und Kindern aber ist gar nichts verraten worden. Aber diese Verschwiegenheit läßt mich vermuten, daß man gegen euch nichts Geringes und nichts Gewöhnliches im Sinne hat.«

Mit diesen Worten huschte sie eiligst fort, so daß ich ihr nicht einmal Dank sagen konnte. Ich erfuhr hier wieder einmal, wie schnell sich oft das Gute ganz von selbst belohnt. Wir waren zwar mißtrauisch, keineswegs aber um unser Leben besorgt gewesen. Das Mädchen hatte uns wahrscheinlich vom Tode errettet.

»Meine Gefährten waren nicht wenig erstaunt, als ich ihnen sagte, was ich erfahren hatte. Emery wollte sofort nach dem Pueblo, um die Bewohner desselben zur Rechenschaft zu ziehen; Winnetou aber entgegnete ihm:

»Mein Bruder mag nicht zu schnell handeln. Die roten Leute haben die Lügen geglaubt, welche man ihnen gesagt hat. Wollen wir sie deshalb töten?«

»Sie verdienen es, weil sie uns auch an das Leben wollen!« antwortete der Englishman.

»Das wissen wir nicht gewiß. Übrigens sind ihrer viele, und wir sind nur vier.«

»Ich fürchte mich nicht vor ihnen!«

»Mein Bruder wird gewiß nicht glauben, daß Winnetou sich fürchtet; aber vier Personen können kein Pueblo angreifen, sie mögen noch so tapfer sein, wenigstens nicht offen.«

»Aber wir können doch die Leute zwingen, uns die Meltons auszuliefern!«

»Zwingen? Also Kampf mit ihnen? Das ist's ja eben, was wir verhüten müssen. Wenn wir sie angriffen, würden die Meltons ihnen helfen oder die Zeit des Kampfes zur Flucht benutzen. Wir können das, was mein Bruder haben will, nur durch List erreichen. Wir warten, bis sie kommen. Sie wissen wahrscheinlich, wo wir uns jetzt befinden; darum werden wir eine andere Stelle aufsuchen, an welcher wir in der Nacht bleiben. Man wird uns suchen. Jedenfalls haben wir dies von den Meltons zu erwarten, welche wir festnehmen, sobald sie kommen.«

Er hatte recht, und wir handelten nach seinem Vorschlage, indem wir unsern Lagerplatz in noch größere Entfernung verlegten. Nun, da wir gewarnt waren, konnten wir uns nur darüber freuen, daß die Meltons hier geblieben waren. Wir brauchten sie nicht erst einzuholen. Wir hatten sie hier, und es bedurfte keiner großen Selbstüberschätzung, um unsererseits sagen zu können, daß sie in unsere Hände fallen würden.

Wir richteten uns auf die Weise ein, daß zwei von uns schliefen, während die beiden andern wachten, und wechselten darin ab. Ich hatte mit Vogel zu wachen. Als wir Winnetou zum zweitenmale ablösten, war die Nacht schon fast vergangen, ohne daß wir irgend etwas Verdächtiges bemerkt hatten; das mußte uns auffallen.

»Wer weiß, ob man überhaupt etwas gegen uns vorgehabt hat,« meinte Emery. »Das Mädchen kann sich geirrt haben!«

»Schwerlich!« antwortete ich.

»Aber es kommt ja niemand!«

»Weil man uns nicht gefunden hat, und wohl auch weil die Roten eingesehen haben, daß es gefährlich ist, sich uns zu nähern.«

»So müssen wir warten, bis es Tag geworden ist; dann aber bestehe ich darauf, die Pueblos zu zwingen, uns die Meltons auszuliefern.«

»Sie würden das nicht können, weil die Meltons dann nicht mehr da sein werden. Wenn es sich herausstellt, daß bis zum Anbruche des neuen Tages nichts gegen uns unternommen werden kann, werden sie keinen Augenblick zögern, sich aus dem Staube zu machen.«

»Das möchte ich nicht als so sicher hinstellen. Ebenso wahrscheinlich ist es, daß sie bleiben. Sie werden von den Pueblos unterstützt.«

»Das wäre die größte Dummheit, welche sie begehen könnten. Blieben sie hier, etwa um uns mit Hilfe der Pueblos anzugreifen, so wären sie sicher, in unsere Hände zu geraten oder von unsern Kugeln zu fallen. Die Halunken sind schlau genug, dies zu wissen. Auch kennen sie die Pueblo-Indianer jedenfalls gut genug, um sich sagen zu können, daß diese sich nicht sehr nahe an uns wagen werden, weil unsere Gewehre weitertragen, als alle ihre Waffen. Ich bin überzeugt, daß sie fortgehen.«

»So haben wir das Nachsehen!«

»Allerdings. Aber dem könnte ja wohl vorgebeugt werden, indem wir unsern Standort abermals verlassen und uns westlich vom Pueblo lagern. Das ist die Richtung, welche sie einzuschlagen haben. Vielleicht hören wir sie, falls sie nicht allzu weit an uns vorüberreiten.«

Auch Winnetou war der Ansicht, und so veränderten wir zum zweitenmale unsern Lagerplatz. Als das geschehen war, setzte ich mich mit Vogel nicht etwa zu den beiden andern, welche sich wieder schlafen gelegt hatten, sondern wir trennten uns, indem wir uns ein Stück von ihnen entfernten, ich rechts und Vogel links von ihnen. Dadurch, daß wir uns so weit auseinander befanden, lag für unser Gehör eine viel größere Strecke offen, als wenn wir zusammen geblieben wären. Um noch besser und weiter hören zu können, legte ich mich mit einem Ohre auf die Erde.

So warteten wir still und unbeweglich eine lange Zeit, bis es ungefähr drei Viertelstunden vor Tagesanbruch sein mochte. Da vernahm ich ein Geräusch. Es erklang aus der Gegend her, in welcher Vogel lag, und wenn ich mich nicht täuschte, so war es der Hufschlag zweier Pferde, welche von dem Pueblo herkamen und dann in die Ebene hinausliefen. ich stand auf, ging zu Vogel und fragte:

»Haben Sie nicht etwas gehört?«

»Ja, Schritte von Menschen.«

»Wie viele können es gewesen sein?«

»Wer kann mit den Ohren zählen! Es waren viele. Sie kamen vom Pueblo her und dann an uns vorüber, aber weit von hier.«

»Das ist dasselbe, was ich auch gehört habe; aber Sie irren sich. Das waren keine Menschen, sondern Pferde.«

»Ich möchte aber doch wetten, daß es Menschen gewesen sind. Und über zehn waren es ganz gewiß.«

»Sie sind nicht so geübt wie ich. Es waren zwei Pferde, welche mit ihren Hufen die Erde so treffen, daß ein Unerfahrener allerdings denken kann, es seien über zehn Menschen. Wir müssen Winnetou und Sir Emery wecken, denn ich bin überzeugt, daß es die Meltons gewesen sind.«

Als die Genannten erwachten und meine Meldung hörten, waren sie gleicher Meinung mit mir. Emery sagte:

»Ja, sie waren es; sie sind fort, und wir müssen ihnen augenblicklich nach.«

»Nein,« entgegnete Winnetou. »Meine Brüder müssen mit mir warten, bis es hell geworden ist, damit wir die Spuren sehen können.«

»Das brauchen wir nicht. Wir kennen ja die Richtung, in welcher sie reiten.«

»Nein, die kennen wir nicht,« antwortete ich. »Winnetou hat recht. Wir müssen unbedingt warten.«

»Wir wissen doch, daß sie nach dem kleinen Colorado reiten. Wenn wir das auch thun, müssen wir auf ihre Spur treffen.«

»Aber es ist möglich, daß sie von jetzt an eine andere Richtung einschlagen, um uns irre zu führen.«

»Da müssen sie sich doch sagen, daß das vergeblich sein dürfte!«

»O nein. Sie haben keine Ahnung davon, daß wir ihr Ziel kennen; sie sind später in Albuquerque angekommen, als ihr sauberer Jonathan, und er hat ihnen also nicht erzählen können, was geschehen ist, seit sie sich von ihm getrennt haben. Sie glauben also, wir folgen ihnen und wissen nichts von ihm und dem Orte, an welchem sie ihn treffen wollen. Darum ist es sehr leicht möglich, daß sie auf den Gedanken kommen, uns in eine andere Gegend zu locken.«

» *Well*! Aber was schadet das? Wir reiten eben nach dem Colorado, um ihren Jonathan zu fassen. Wenn sie von dieser Richtung abweichen, so lassen wir sie laufen.«

»Wir wollen aber auch sie haben!«

»Wir bekommen sie sicher bei ihrem Jonathan. Wenn wir diesen haben, so warten wir, bis sie kommen. Und kommen werden sie.«

»Das ist gar nicht sicher. Ich möchte lieber das Gegenteil behaupten. Und wenn sie wirklich kommen, so werden sie dies mit solcher

Vorsicht thun, daß es gewiß außerordentlich schwer sein wird, sie zu erwischen.«

»Das behauptest du mit solcher Sicherheit?«

»Ja. Ich habe meine Gründe dazu. Frage Winnetou! Er wird mir beistimmen.«

»Warum sollten sie sich später noch mehr in acht nehmen, als jetzt?«

»Das ist doch so einfach! Sie wollen uns fortlocken. Wenn sie bemerken, daß wir ihnen nicht folgen, so müssen sie natürlich annehmen, daß wir nach dem Schlosse‹ der Jüdin seien, und zwar ihnen voran. Sie müssen auch hin, und da versteht es sich ganz von selbst, daß sie, wenn sie kommen, dies nur mit äußerster Vorsicht thun werden.«

»Hm! Das ist allerdings nun zu begreifen.«

»Dazu kommt, daß wir dann leicht zwischen zwei Feuer kommen können, vor uns haben wir Jonathan Melton und hinter uns die beiden.«

» *Pshaw*! Jonathan ist gar nicht zu fürchten!«

»Richtig! Aber du vergissest, daß er eine Anzahl von Indianern bei sich hat, welche mit der Jüdin und ihrem verstorbenen Manne, ihrem Häuptlinge, aus der Sonora herübergezogen sind. Mit diesen Leuten haben wir doch unbedingt zu rechnen.«

»Das ist richtig. Du meinst also, daß wir den Meltons nachreiten, selbst wenn sie einen andern Weg einschlagen?«

»Ja. Wir müssen sie haben. Darum können wir nicht eher von hier fort, als bis es Tag geworden ist und wir ihre Spuren sehen können.«

»Auch müssen wir warten, um unsere Pferde noch einmal zu tränken,« bemerkte Winnetou. »Sie haben zwar gestern abend Wasser bekommen, aber wir wissen nicht, wohin es geht und ob wir heute und morgen wieder welches finden.«

Wir blieben also sitzen, bis der erste Schimmer des Tages im Osten erschien und wir das Pueblo sehen konnten. Wir ritten hin und bemerkten, daß alle Bewohner wach waren. Das war ein Beweis, daß sie in der Nacht etwas gegen uns vorgehabt hatten. Als sie sahen, daß wir nach der Cisterne wollten, kam einer von ihnen auf uns zu und sagte:

»Wenn ihr eure Pferde tränken wollt, müßt ihr wieder bezahlen!«

»Wer bist du denn, daß du dies zu verlangen hast?«

»Ich bin der Häuptling des Pueblo.«

»Ah so! Wir wollten gestern mit dir reden und haben nach dir gefragt. Warum antwortete man uns nicht?«

»Weil ich nicht hier war.«

»Das ist eine Lüge, denn ich erinnere mich ganz genau, dein Gesicht gesehen zu haben. Wann bist du denn von hier fortgegangen?«

»Gestern früh.«

»So bist du also vorgestern und auch die vorigen Tage hier gewesen?«

»Ja.«

»Dann wirst du uns wohl sagen können, ob in der Zeit Fremde hier gewesen sind.«

»Es war niemand hier.«

»Aber gestern sind doch zwei weiße Reiter zu euch gekommen?«

»Nein. Als ich heimkam, hat man mir nur von euch erzählt. Wären noch andere dagewesen, so hätte man es mir auch gesagt.«

»Es sind zwei Reiter da gewesen. Sie haben uns in der Nacht gesucht, um uns zu töten!«

Er erschrak und antwortete:

»Sennor, wie könnt Ihr so etwas behaupten! Wir sind ehrliche und friedliche Leute, die nichts Böses thun!«

»Wäret ihr wirklich so ehrliche Leute, so würdest du uns nicht belügen. Eigentlich sollten wir euch dafür züchtigen; aber wir wollen das nicht thun, denn wir sind Christen. Wir wissen, daß die beiden Männer, von denen ich spreche, vor kaum einer Stunde fortgeritten sind. Da wir aber sie nicht fürchten und euch verachten, werden wir so thun, als ob nichts geschehen sei und euch sogar euer Wasser bezahlen.«

Er bekam die verlangte Summe; wir tränkten unsere Pferde, tranken auch selbst und ritten dann fort, zunächst nach Spuren gar nicht suchend. Aber dann, als wir außer Sicht der Indianer waren, trennten wir uns, um nach der Fährte zu forschen. Der Apatsche fand sie zuerst. Sie hatte zunächst eine westliche Richtung, machte dann aber einen Bogen nach Nordwest.

»Siehst du!« sagte ich zu Emery. »Die von mir angedeutete Möglichkeit wird zur Wirklichkeit. Die Kerle sind vom richtigen Wege abgewichen.«

»Das ist fatal! Wer weiß, wie weit sie uns mit sich fortschleppen und wie lange Zeit wir brauchen, um wieder auf den rechten Weg zu kommen!«

»Ja, wenn wir ihnen im Galopp folgen könnten, so hätten wir sie bald eingeholt!«

»Warum thun wir dies denn nicht?«

»Vogels Pferd kommt nicht mit fort.«

Als ich das sagte, stieg Winnetou ab, betrachtete die Spur sehr aufmerksam und fragte dann Vogel:

»Mein junger Bruder hat nicht gelernt, eine Fährte zu lesen?«

»Nein,« antwortete der Gefragte. »Wenn die Stapfen nicht ganz deutlich sind, finde ich sie nicht.«

»So dürfen wir ihn nicht allein zurücklassen, weil er uns nicht finden und sich verirren würde. Die Meltons reiten gute Pferde; dennoch können wir sie bald einholen, um sie zu fangen. Winnetou wird jetzt mit Old Shatterhand die Verfolgung beginnen. Wir beide genügen, diese Menschen festzunehmen. Mein Bruder Emery mag mit dem jungen Manne auf unserer Fährte folgen.«

Das Gesicht des Englishman bewies, daß er nicht sehr darüber erbaut war, daß er zurückbleiben sollte, doch sagte er nichts dagegen. Wir ritten im Galopp fort, und er blieb mit Vogel hinter uns.

Der Vorsprung, welchen die Meltons vor uns hatten, betrug ungefähr eine Stunde. Selbst wenn sie, wie Winnetous Meinung gewesen war, gute Pferde hatten, mußten wir sie mit unsern vortrefflichen Komantschenrossen noch vor Mittag eingeholt haben, falls es zu einem Wettrennen kommen sollte. War das nicht der Fall, so erreichten wir sie noch viel früher. Es kam ganz darauf an, ob sie uns zeitig genug bemerken würden oder nicht.

Wir ritten über die öde Steppe. Der Boden war steinhart; doch sorgten wir dafür, daß eine deutliche Fährte hinter uns blieb. Die Spur der Meltons war dagegen nur von Zeit zu Zeit zu erkennen. Sie hatten sich in acht genommen; wir sollten im Aufsuchen derselben möglichst viel Zeit verlieren. Es gehörte also keine geringe Aufmerksamkeit dazu, ihr im Galopp zu folgen, ohne sie zu verlieren. Hier bewährte sich, wie schon so oft, die Meisterschaft des Apatschen.

Nach und nach ging die Ebene in eine wellenförmige Gegend über. Es gab Erhebungen und Senkungen, welche je länger desto bedeutender wurden. Nach zwei Stunden konnte man schon von Bergen reden. Das waren die südlichen Ausläufer der Sierra Madre.

Es ging immer in gerader Richtung fort, bergauf und bergab, doch gab es dabei keine Schwierigkeit, weil die Höhen weder sehr hoch noch auch sehr steil waren. Sie zeichneten sich durch den gänzlichen Mangel der Vegetation aus. Die dritte Stunde war vorüber; wir hatten eine Kuppe erreicht und konnten das vor uns liegende Thal und den jenseits sich erhebenden Berg überblicken. Da sahen wir die Meltons deutlich vor uns. Sie hatten das Thal bereits hinter sich und ritten drüben die Berglehne hinan. Um ihnen, ehe sie uns bemerkten, möglichst nahe zu kommen, jagten wir im schnellsten Tempo ins Thal hinab. Sie konnten den Hufschlag unserer Pferde nicht hören. Doch drehte sich, als wir noch nicht unten angekommen waren, der eine von ihnen um. Er sah uns, machte seinen Bruder auf uns aufmerksam, und nun trieben sie ihre Pferde mit einer Schnelligkeit den Berg empor, daß Winnetou lächelnd sagte:

»Das werden ihre Pferde nicht lange aushalten. Diese Menschen sind uns sicher.«

»Wie denkst du, daß wir uns ihrer bemächtigen?« fragte ich.

»Durch Drohung,« antwortete er. »Wir reiten ihnen so nahe, bis sie unsere Stimmen hören können, und gebieten ihnen, anzuhalten, abzusteigen und ihre Waffen abzulegen. Wenn sie nicht gehorchen, so müssen wir schießen. Wir werden sie nicht töten, sondern nur verwunden, denn wir wollen sie lebendig haben.«

»Wahrscheinlich werden sie, wenn sie uns nahe genug sehen, auch auf uns schießen wollen.«

»Dann werden wir schneller sein als sie und ihnen eine Kugel in den Arm geben.«

Er sprach so zuversichtlich, und doch sollte es anders kommen, als er dachte. Als wir auf der jenseitigen Höhe anlangten, sahen wir die Meltons unten im Thale. Sie trieben ihre Pferde zur größten Eile an und sahen sich von Zeit zu Zeit nach uns um. So ging es bergauf und bergab, und so oft wir eine Höhe erreichten, bemerkten wir, daß wir ihnen wieder näher gekommen waren. Ihre Pferde begannen zu ermüden, während die unserigen noch nichts davon merken ließen.

Als wir uns abermals auf einer Kuppe befanden, sahen wir zwei Höhenzüge vor uns liegen, welche sich vor unsern Augen lang gegen West erstreckten. Zwischen ihnen lag ein schmales, ebenes und schnurgerades Thal, dessen Sohle stellenweise ganz mit Steintrümmern bedeckt war. Das Ganze hatte das Aussehen, als ob ein Geschlecht von Giganten hier einen riesigen Graben, einen Kanal gebaut hätte, der nun ausgetrocknet war. Auf diesen Kanal jagten die Meltons zu, und wir folgten ihnen. Die Hetze konnte höchstens noch eine Viertelstunde dauern.

Da geschah etwas, was uns vor Grauen die Haare emporziehen wollte. Die beiden Brüder, welche wir von hinten und in der Entfernung nicht zu unterscheiden vermochten, galoppierten über eine Stelle, in welcher Geröll und größere Steintrümmer lagen. Da stolperte das Pferd des einen und stürzte, den Reiter unter sich begrabend. Der andere sah es, hielt an und sprang ab, um trotz der Gefahr, welche jedes Verweilen mit sich brachte, dem Bruder aufzuhelfen. Später sahen wir, daß der Gestürzte Thomas Melton war.

Sein Bruder Harry wollte das Pferd aufzerren, brachte es aber nicht empor, weil es den Vorderfuß gebrochen hatte. Es gelang ihm nur, es zur Seite zu ziehen, wodurch Thomas frei wurde; dieser sprang auf, und wir sahen an ihren heftigen Gestikulationen, in welcher ungeheuren Aufregung sie sich befanden. Es war nur ein Pferd da; nur einer konnte auf demselben weiter fliehen; der andere mußte in kürzester Zeit von uns eingeholt werden.

»Zwei Reiter und ein Pferd! Wir haben sie sicher!« rief Winnetou.

Wir stürmten eng nebeneinander auf den Riesenkanal zu. Da geschah das Entsetzliche. Harry Melton, welchem das unverletzte Pferd gehörte, wollte es wieder besteigen; sein Bruder hinderte ihn daran; er wollte auch hinauf. Sie stritten sich um das Pferd, freilich nur wenige Augenblicke lang, denn das ganze, grausige Ereignis ging viel schneller vor sich, als man es zu erzählen vermag. Harry drängte seinen Bruder von sich ab und setzte den Fuß in den Steigbügel, um sich aufzuschwingen; da holte hinter ihm Thomas mit dem Gewehre aus und versetzte ihm einen solchen Kolbenhieb auf den Kopf, daß der Getroffene zu Boden stürzte. Wir sahen, daß der andere sich eine kurze Weile zu ihm niederbeugte, dann sich wieder aufrichtete, auf das Pferd sprang und fortgaloppierte. Was er im Niederbücken gethan hatte, konnten wir erst später sehen. Von dem Augenblicke an, in welchem das Pferd gestürzt war, bis zu demjenigen, in welchem Thomas Melton davonritt, waren nicht zwei Minuten vergangen, und in dieser kurzen Zeit war es uns nicht möglich gewesen, bis auf Schußweite heranzukommen.

Wir trieben unsere Pferde noch mehr an als bisher und kamen so bald an die Stelle, an welcher Harry Melton und das Pferd seines Bruders lagen. Letzteres schlug mit den drei gesunden Beinen um sich, gab sich alle Mühe, sich aufzurichten, fiel aber immer wieder nieder. Melton aber lag bewegungslos im Steingeröll.

Wir hielten an und stiegen ab. Er blutete aus einer tiefen Wunde in der linken oberen Brust.

»Brudermörder!« rief der Apatsche grimmig aus.

»Ja, ein Brudermörder!« stimmte ich bei, indem ein Grauen mir durch und über den ganzen Körper zitterte.

»Reiten wir weiter, um ihn zu fangen?«

»Nein. Er bleibt uns gewiß. Wir haben es hier wahrscheinlich mit einem Sterbenden zu thun; da müssen wir bleiben. Vielleicht ist er auch noch zu retten.«

Winnetou widersprach nicht, obgleich er einen sehnsüchtigen Blick vorwärts warf, wo der davoneilende Mörder noch deutlich zu sehen war. Wir rissen dem Verwundeten, der außerdem von dem Kolbenhiebe betäubt war, den Rock herunter und die Weste auf. Das unter derselben liegende Hemd war ganz mit Blut getränkt. Wir mußten die Weste auch entfernen und den ganzen Oberkörper entkleiden. Das Blut floß reichlich, doch nicht so stark, daß eine sehr schnelle Verblutung zu befürchten war.

Der Mann holte Atem; daß das Blut nicht stoßweise mit jedem Atemzuge aus der Wunde floß, war ein beruhigendes Zeichen. Wir versuchten, letztere zu verbinden, und waren nicht ganz ohne Erfolg dabei. Leider hatten wir kein Wasser.

Nun saßen wir lange Zeit bei Harry Melton, um auf sein Erwachen zu warten. Es verging lange Zeit, ehe er die Augen öffnete. Er griff mit beiden Händen nach dem Kopfe und stierte uns ausdruckslos an. Dann schien ihm die Besinnung zu kommen; er erkannte uns, stieß einen Fluch aus und wollte aufspringen, sank aber gleich wieder nieder.

»Bleibt liegen, Master!« sagte ich. »Der Tod steckt Euch in der Brust, und je mehr Ihr Euch bewegt, desto schneller wird er mit Euch fertig.«

Er sah an sich herab, bemerkte das Blut, den notdürftigen Verband und fragte mit leiser, stockender Stimme:

»Blut – Blut – wo – woher?«

»Aus Eurer Brust!«

»Von – von wem?«

»Der Messerstich ist von Eurem Bruder.«

»Von – von – von Thomas – von meinem Bruder!«

Er schloß die Augen, um den ungeheuerlichen Gedanken auszudenken; dann öffnete er sie wieder und ein wilder Grimm ging über sein noch immer diabolisch schönes Gesicht, als er zähneknirschend hervorstieß:

»Gott verdamme ihn, den Mörder, den Judas Ischariot! Er hat mich Euch ausgeliefert!«

»Das würde das Geringste noch sein. Wahrscheinlich hat er Euch nicht nur uns, sondern auch dem Tode ausgeliefert. Macht Eure Rechnung mit dem Leben!«

»Wo – ist er?«

»Fort, auf Eurem Pferde.«

»Ja, ja, jetzt weiß ich es. Sein Pferd stürzte, und ich stieg ab, ihm zu helfen. Er wollte dann auf dem meinigen fort; wir stritten uns, und ich stieg auf. Mehr weiß ich nicht.«

Er hatte das natürlich nicht hintereinander, sondern nur mit Unterbrechungen sagen können. Ich berichtigte ihn:

»Ihr seid nicht aufgestiegen; er hinderte Euch daran, indem er Euch mit dem Gewehrkolben niederschlug. Dann sahen wir, daß er sich auf Euch niederbückte; da hat er Euch das Messer in die Brust gestoßen.«

»Niederbückte?« fragte er und fügte dann schnell hinzu:

»Wo ist mein Rock?«

»Da liegt er.«

»Gebt her, gebt her!«

Ich gab ihm denselben hin, der auch blutig war. Er suchte mit zitternden Händen nach der Brusttasche. Es war nichts drin.

»Leer!« stöhnte er. »Leer! Er hat sie genommen!«

»Was?«

»Die Brieftasche mit dem Gelde! O der Judas, der Judas! Und ich bin sein Bruder!«

»Wem gehörte das Geld?«

»Mir, mir!«

»Aber es war gestohlenes, geraubtes?«

Er schwieg, und erst als ich meine Frage noch zweimal wiederholt hatte, antwortete er:

»Das geht euch den Teufel an, ihr, ihr –!«

Er sah sein Messer, welches wir ihm aus dem Gürtel gezogen hatten, neben sich liegen, griff nach demselben und zückte es gegen mich. Es bedurfte trotz seiner Verwundung keiner kleinen Anstrengung, es ihm aus der Hand zu winden.

»Gebt Euch keine Mühe, uns von Eurer Gesinnung zu überzeugen,« sagte ich ihm; »wir kennen sie, auch ohne daß Ihr Euch vergeblich mit dem Messer bemüht.«

Das kurze Ringen mit mir hatte ihn angestrengt; das Blut floß stärker aus der Wunde; er schloß die Augen. Während ich mich bemühte, die Blutung zu stillen, sprach er wie abwesend, langsam, in Pausen und mit leiser Stimme:

»Gefangen – ergriffen! Winnetou – Shatterhand, die Hunde! – Beraubt – erstochen – von Thomas – verdammter Judas – verdammter Ischariot! O Rache, Rache – Rache!«

Er schien sich in einem halbwachen Zustande zu befinden, was ich benutzte, um vielleicht etwas zu erfahren, indem ich sagte:

»Er hat Euch Euern Anteil an Hunters Geld genommen, der Schurke!«

»Ja – Hunters Geld!« nickte er, ohne die Augen zu öffnen.

»Und er hatte doch ebensoviel!«

»Ja, gerade soviel!«

»Das übrige hat alles Jonathan!«

»Jonathan – alles! Rache – Rache!«

»Die wird ihm werden! Wir reiten ihm nach bis –«

Ich wartete mit Spannung, was er sagen würde.

»Bis an den Flujo blanco – Whitefork –« hauchte er.

»Wo die Jüdin ihr Schloß hat?«

»Ihr Schloß – ihr Pueblo.«

Dann riß er plötzlich die Augen auf, starrte mir ins Gesicht und schrie mich an:

»Wer bist du?«

»Ihr kennt mich doch!«

»Ja, ich – kenne Euch. Old Shatterhand – Winnetou, die beiden Teufel – Teufel – Teufel! Was fragst du mich? Laßt mich in Ruh!«

»Ich denke, wir sollen Euch an Eurem Bruder rächen?«

»Rächen –! Ja – ja – ja! jagt ihm nach – schießt ihn nieder –nehmt ihm das Geld, und bringt –«

Dann ballte er plötzlich beide Fäuste und fuhr fort:

»Nein, nein – ich sage nichts, gar nichts! Mag Thomas kommen! Ihr seid – seid – Ihr erfahrt nichts – nichts – nichts von mir! Geht in die Hölle – Hölle – Hölle!«

Er sank hintenüber und war still. Das Blut floß reichlicher; da er sich aber nicht mehr bewegte, gelang es uns, es abermals zu stillen. Er fiel in Schlaf.

Winnetou war bisher still gewesen; er ließ sein Auge forschend auf dem Gesichte des Schlafenden ruhen und sagte dann:

»Er wird diesen Ort hier nicht wieder verlassen.«

»Dann wollen wir hoffen, daß er noch bereut, ehe er stirbt!«

»Möchte es bald zu Ende sein, damit wir aufbrechen können, um seinen Bruder zu verfolgen. Du hast Mitleid mit ihm?«

»Ja.«

»Er verdient es nicht. Er war schlimmer als ein Tier. Weit mehr Mitleid verdient das Pferd hier, welches nie gesündigt hat. Winnetou wird seinen Schmerzen ein Ende machen.«

Das Pferd mühte sich, vor Schmerz schnaubend, noch immer vergeblich ab, sich aufzurichten. Der Apatsche hielt ihm die Mündung seiner Silberbüchse an den Kopf, und gab ihm die erlösende Kugel. Als der Schuß krachte, fuhr Melton mit dem Oberkörper empor, blickte erschrocken und mit weitaufgerissenen Augen umher und fragte:

»Wer hat geschossen? Galt das dem – dem –«

Ohne die Frage ganz auszusprechen, sank er wieder nieder und blieb nun stundenlang so liegen. Zuweilen flüsterte er etwas, was wir nicht verstehen konnten. Diese äußerliche Ruhe schien Schlaf zu sein, war es aber nicht. Seine Seele war wach; das sahen wir an den verschiedensten Ausdrücken, welche unaufhörlich über sein Gesicht glitten.

»Jetzt wissen wir genau, wo das ›Schloß‹ der Jüdin liegt,« bemerkte ich zu Winnetou.

»Ja, am Flujo blanco; er hat es verraten.«

»Kennt mein Bruder diesen Fluß?«

»Ich war nicht dort, aber in der Nähe und werde ihn sehr leicht finden. Er kommt von der Sierra Blanca herab und wird von den Yankees White-Fork genannt.«

Um die Mittagszeit kam Emery mit Vogel nach. Als der Abend angebrochen war, kam das Ende. Melton sprang mit einem Male auf, stieß den Namen seines Bruders mit Verwünschungen aus, welche man unmöglich niederschreiben kann, und fiel dann tot zu Boden. Sein Ende war schmerzloser, als er es verdient hatte; leider aber hatte für seine Seele nichts geschehen können. Am nächsten Morgen begruben wir ihn unter Steinen, die seinen Körper vor den Schnäbeln und Fängen der Geier schützten. Dann verließen wir den traurigen Ort. –

Im Pueblo

Es wäre unnütz und auch Zeitverschwendung gewesen, wenn wir jetzt noch den Spuren Thomas Meltons hätten folgen wollen. Es stand fest, daß er sich jetzt auf dem kürzesten Wege zu seinem Sohne befand, darum wendeten wir uns südwestlich, um den Umweg, welchen wir gestern hatten machen müssen, einzuholen. Diese Richtung führte uns zwischen der Sierra Madre und den Zunibergen hindurch.

Sonderbar! Als wir die Berge hinter uns hatten, gab es sofort eine ganz andere Witterung als bisher. Der ewig heitere Himmel umzog sich täglich einigemale mit schweren, dunklen Wolken, und sandte einen heftigen Gewitterregen herab, um sich schnell wieder aufzuklären. Wir befanden uns im Quellgebiete des kleinen Colorado, in welcher Gegend um diese Jahreszeit solche heftige Regen mit heiterem Himmel täglich wiederholt abwechseln. Dies war uns in einer Beziehung lieb, in der andern aber nicht. Die Feuchtigkeit lockte ein lebhaftes Grün hervor; es gab überall Wasser und genug Futter für die Pferde; aber unsere Kleider wurden Tag und Nacht nicht trocken, und ein solcher Zustand konnte so plötzlich nach der großen Hitze, welche wir hinter uns hatten, für unsere Gesundheit gefährlich werden. Wir waren, Vogel natürlich ausgenommen, gewohnt, bei größter Hitze oder Kälte im Freien zu kampieren; jetzt aber wäre uns ein trockenes Obdach des Abends recht willkommen gewesen.

Gegen Abend des dritten Tages nach dem Tode Harry Meltons erklärte uns Winnetou, daß wir morgen in der Nähe des Flujo blanco ankommen würden. Es regnete heftig; das war kein Regen mehr, sondern ein herabstürzender See, welcher einen beinahe vorn Pferde herunterschlug. Es that mir nur leid um den armen Franz Vogel, welcher so etwas nicht gewohnt war und die Unbilden dieses Wetters doch mit möglichster Ergebung zu tragen versuchte.

Wir befanden uns in einer Gegend, in der es hier und da ganze Gruppen von Bäumen und Sträuchern gab, was auf Quellen und Wasserläufe schließen ließ. Südlich von uns lag die Sierra Blanca, welche wir freilich in dem Regen nicht sehen konnten.

Dann waren die Wolken wie weggeblasen, und der blaue Himmel lachte über uns, aber freilich auf wie lange! jetzt hatten wir wieder freie Aussicht. Droben auf der Sierra schien es fortzuregnen; je weiter herunter aber, desto klarer und durchsichtiger war die Luft. Hatte man noch vor nur fünf Minuten keine zehn Schritte weit durch den Regen zu sehen vermocht, so konnte man jetzt – ah, sogar den Mann sehen, welcher da oben auf der Höhe stand, auf welche wir zuritten. Da oben war es kahl; es gab keinen Baum. Der Mann mußte schon im Regen da oben gestanden haben und demselben ganz schutzlos preisgegeben gewesen sein. Jetzt bewegte er sich. Er kam herabgestiegen und erreichte den Fuß des Berges gerade, als wir dort vorüber wollten. Er war ein Indianer in den mittleren Jahren, halb in Leder, halb in Callico gekleidet und machte in der Freundlichkeit, mit welcher er uns grüßte, einen gar nicht üblen Eindruck. Waffen hatte er nicht bei sich. Er betrachtete uns mit neugierigen Blicken und schien gar zu gern mit uns sprechen zu wollen. Darum fragte ich ihn:

»Zu welchem Stamme gehört mein roter Bruder?«

»Ich bin ein Zuni,« antwortete er. »Woher kommt mein weißer Bruder?«

»Von Acoma herüber.«

»Und wo will er hin?«

»An den Colorado und dann noch weiter. Ist mein Bruder in der Gegend bekannt?«

»Ja. Ich wohne hier in der Nähe mit meinem Weibe.«

»Giebt es vielleicht einen Ort, an welchem man die Nacht lagern kann, ohne vom Regen weggespült zu werden?«

»Es giebt einen, und wenn es meinen Brüdern recht ist, will ich sie in das Haus, in welchem ich wohne, führen.«

»Ah, es giebt hier ein Haus?«

»Ja. Meine Brüder mögen kommen und es sich ansehen. Wenn es ihnen gefällt, können sie bei mir bleiben. Kein Regen dringt durch die Decke, und das Feuer brennt während der ganzen Nacht.«

Er schritt uns voran, und wir folgten ihm.

»Ein Zuni? Was sind das für Leute?« fragte mich Emery. »Bist du schon einmal mit einem oder mehreren von ihnen zusammengekommen?«

»Ja. Die Zuni sind die zahlreichsten unter allen Puebloindianern, und haben früher gar keine unbedeutende Rolle gespielt. Sie sind friedliebend und gelten für begabter, als die andern Pueblos.«

»Der Mann sieht nicht verdächtig aus. Ich bin neugierig, was das für ein Bauwerk ist, welches er als sein ›Haus‹ bezeichnet. Es wäre gar nicht übel, wenn wir eine Nacht unter Dach und Fach zubringen und dabei unsere Kleider einmal trocknen könnten.«

Der Zuni führte uns über eine große Grasfläche, durch welche sich ein schmaler Bach schlängelte. Am Ende derselben stand das »Haus«, ein großer Mauerwürfel, in welchem es nur eine einzige Öffnung gab, durch die man in das Innere gelangen konnte. Die Mauern bestanden aus Lehm, aus weiter nichts, das Dach aus Schilf, welches außen und innen auch mit Lehm beworfen war. Die vier Wände umschlossen einen einzigen Raum, welcher allen Zwecken zu dienen schien. In einem Winkel lagen verschiedene Früchte als Erträgnisse der Bodenarbeit des Indianers. In der andern Ecke befand sich eine Lagerstätte, welche aus Laub und Fellen bestand. In der Mitte der Hinterwand, der Thür gegenüber, stand ein Herd, eine einfache Erhöhung des Fußbodens, welcher auch aus Lehm bestand. Daneben lag Vorrat von Holz, das zum Gebrauche zugerichtet war. Die Thüröffnung konnte mit Hilfe einiger Felle verhangen werden. Das Interessanteste für uns waren große Stücke geräucherten Wildpretes, welche an der Decke hingen. Der Zuniindianer war wahrscheinlich ein großer Jäger vor dem Herrn.

Als wir in das Haus traten, erhob sich von dem Lager eine Frau, welche uns neugierig anschaute und sich dann entfernte, ohne sich zunächst wieder sehen zu lassen.

»Dies ist mein Haus,« sagte der Indianer. »Wenn es meinen Brüdern gefällt, mögen sie bleiben, solange es ihnen beliebt.«

Ein Blick Winnetous belehrte mich, daß er nichts dagegen habe, hier zu bleiben; darum antwortete ich dem Zuni:

»Wenn uns mein Bruder ein Feuer anbrennen lassen will, damit wir unsere Kleider trocknen können, werden wir bei ihm bleiben.«

»Das Feuer wird sofort brennen.«

Er kauerte sich an den Herd nieder, um anzuzünden, was mich einigermaßen wunderte, weil er doch eine Frau besaß, welche diese

Arbeit übernehmen konnte. Gewöhnlich ist ein Indianer zu stolz für solche Beschäftigungen.

Für die Pferde gab es draußen einen eingepfählten Raum, in welchen wir sie trieben, nachdem wir ihnen die Sättel abgenommen hatten; die letzteren sollten uns als Kopfkissen dienen. Während der Zuni Feuer machte, erkundigte ich mich bei ihm:

»Wie lange wohnt mein Bruder schon in dieser Gegend?«

»So lange ich lebe,« antwortete er.

»So kennt er auch das Wasser, welches Flujo blanco genannt wird?«

»Ja, es ist nicht weit von hier.«

»Ob dort wohl Menschen wohnen?«

Diese Frage hatte für uns die größte Wichtigkeit, und ich war neugierig, was und wie er darauf antworten würde. Er entgegnete ganz unbefangen.

»Ja, es giebt dort rote und weiße Menschen.«

»Seit wann?«

»Seit mehreren Jahren.«

»Befindet sich etwa ein Pueblo dort?«

»Ja, ein Pueblo, welches seit undenklichen Zeiten den Zunis gehörte. Da kamen einst mehrere Indianer aus Mexiko, aus der Sonora herüber, als die Gegend noch zu Mexiko gehörte; sie fanden Gold an dem Wasser und kauften den Zunis das Pueblo ab. Die Bezahlung bestand in Waffen, welche sie später brachten. Seitdem gehörte das Pueblo einem Häuptling der Yumaindianer. Vor einigen Jahren kam der Enkel desselben an das Wasser. Er brachte eine sehr schöne weiße Squaw und mehrere Krieger und deren Frauen und Kinder mit. Sie wohnten in dem Pueblo. Der Häuptling ging mit seiner Frau oft fort, nach der großen Stadt, welche Frisko heißt, und kam nur selten einmal zurück. Dann starb er, und ich sah seine weiße Squaw eine lange Zeit nicht mehr. Seit einigen Tagen aber ist sie wieder dort mit einem weißen Mann.«

»Kamen sie geritten?«

»Gefahren. Sie saßen in einer alten Postkutsche. Ein Kutscher war dabei und ein Führer aus Albuquerque, welcher auf seinem Pferde nebenher ritt. Gestern in der Nacht kam noch ein Weißer. Ich habe gehört, daß er der Vater des Weißen ist, den die Squaw mitgebracht hat.«

»Von wem erfuhrst du das?«

»Von ihm selbst.«

»Wann?«

»Als er bei mir einkehrte.«

»Hm! Er kam mitten in der Nacht und ist bei dir eingekehrt? Das ist doch seltsam! Wer dein Haus des Nachts findet, muß es genau kennen. Ist er denn schon früher bei dir gewesen?«

»Nein. Aber mein Feuer brannte, und ich hatte die Thür offen; da leuchtete es weit in die Gegend hinaus; er sah es und kam herbei, um mich nach dem Pueblo zu fragen. Er wartete bei mir, und als es Tag geworden war, habe ich ihn hingeführt.«

»Wie weit ist es bis dorthin?«

»Wer schnell reitet, der kommt in zwei Stunden hin.«

»So bist du also befreundet mit den Weißen und Roten, die dort wohnen?«

»Ja.«

»Hat man dir denn nicht gesagt, daß wir kommen würden?«

»Nein. Ihr wollt auch hin?«

»Ja. Würdest du uns den Weg zeigen, wenn es morgen früh hell geworden ist?«

»Gern.«

»Ist er schwierig zu finden?«

»Wer den Ort nicht genau kennt, der reitet am Eingange zum Pueblo vorüber, ohne etwas zu bemerken. Der Flujo fließt durch ein Thal, welches dort von sehr steilen und sehr hohen Felsenwänden eingeschlossen ist. Auf der linken Seite des Flusses sind die Felsen ein klein wenig auseinandergetreten, und dadurch wurde ein enger Gang gebildet, welcher nach dem Pueblo führt.«

»Wir möchten die Bewohner desselben überraschen. Sie wissen zwar, daß wir kommen, aber nicht wann. Könntest du uns hinbringen, ohne daß wir unterwegs bemerkt werden?«

»Sehr leicht. Ich werde euch so leiten, daß kein Mensch euch sehen kann.«

»Ist das Pueblo groß?«

»Nein, aber außerordentlich fest und sicher. Kein Feind könnte es ersteigen, wenn die Bewohner sich verteidigen. Wenn man von dem Flusse aus durch den engen Weg geht, gelangt man in ein weites, rundes Loch, welches rings von Felsen umgeben ist, die so steil sind, daß kein Mensch hinangelangen kann. Der Boden des Loches ist grün; es stehen da viele Bäume, Sträucher und andere Pflanzen. Da können die Pferde weiden, und da bauen die Yumaindianer ihre Kürbisse, Zwiebeln und andere Früchte, welche sie brauchen. Ganz vorn, gerade da, wo der Weg in das Loch mündet, ist das Pueblo an dem Felsen emporgebaut. Es ist schmal, aber sehr hoch, obgleich es nicht ganz bis zur Zinne der Felsen reicht. Da wohnte die weiße Squaw mit ihrem Yumahäuptlinge, und da wohnt sie jetzt wieder mit dem Weißen und seinem Vater.«

Das erzählte der Mann in aller Aufrichtigkeit. Es war klar, daß er uns nicht für Feinde der Bewohner des Pueblo hielt, sonst hätte er sich wohl gehütet, so offen mit uns zu sein. Am wenigsten aber hätte er uns die Örtlichkeit so genau beschrieben. Es war also meines Erachtens nach kein Grund vorhanden, Mißtrauen gegen ihn zu heben, und Winnetou war auch meiner Ansicht; das ersah ich aus seiner Miene, ohne daß ich ihn zu fragen und er es mir besonders zu sagen brauchte.

Und dennoch war ich von diesem Zuniindianer nicht vollständig befriedigt. Ich vermochte mir freilich nicht gleich zu sagen, warum; aber als ich länger darüber nachdachte und ihn weiter beobachtete, kam ich auf den Grund des Argwohnes, der trotz alledem in mir lag. Es war die große Freundlichkeit, welche er gegen uns zeigte. Der Indianer ist in jeder Beziehung zurückhaltend; ganz besonders aber zeigt er sich gegen Fremde erst dann wohlwollend, wenn er sie näher kennen gelernt hat. Von dem Zuni aber wurden wir wie alte, liebe

Bekannte behandelt, und er war von einer geradezu erstaunlichen Aufrichtigkeit gegen uns. Er hatte mit der Jüdin und den Meltons gesprochen; sollten ihm diese denn wirklich nicht gesagt haben, daß von ihrem Hiersein möglichst niemand etwas erfahren solle?

Dazu kam noch ein Zweites. Sein Weib hatte das Haus verlassen und war nicht wiedergekommen. Draußen donnerte und blitzte es wieder, und der Regen strömte abermals, wie aus Schüsseln gegossen, herab. Was that die Frau in diesem Wetter draußen? Die Ursache, die sie im Freien hielt, mußte eine sehr wichtige sein, besonders da ihr Mann Arbeiten verrichtete, die sonst der Squaw obzuliegen pflegen.

Zu diesen Arbeiten gehörte auch die Speisung seiner Gäste. Er spendete uns aus seinem Vorrate ein geräuchertes Wildviertel, welches er für uns zerlegte, ohne aber mitzuessen. Als wir ihn dazu aufforderten, erklärte er, kurz vorher gegessen zu haben.

Das glaubte ich ihm nicht. Er hatte da oben auf dem Berge gestanden, im strömenden Regen, wie ein Wächter, der seinen Posten nicht verlassen darf. Als er uns gesehen hatte, war er heruntergekommen. Je mehr ich darüber nachdachte, desto auffälliger kam mir dieser Umstand vor. Es war ja beinahe so, als ob er von da oben aus nach uns ausgeschaut hätte! Kurz und gut, ich nahm mir vor, vorsichtig zu sein. Ich trug infolgedessen die Gewehre, welche wir abgelegt hatten, in den einen Winkel und legte auch die Sättel da nieder. Als Winnetou dies sah, zog er seine Brauen ein ganz klein wenig empor. Das war nach seiner Weise gerade Soviel, als ob er zu mir gesagt hätte: »Warum das? Hegst du etwa Verdacht? Nun, da wollen wir uns freilich vorsehen.«

Der Zuni hatte auch Waffen, nämlich eine Flinte, welche aber nicht viel zu taugen schien, und einen Bogen mit Köcher und Pfeilen. Diese Gegenstände hingen an einem Pflocke, welcher in die Wand geschlagen war. Während wir aßen, hockte er nach Indianerart in unserer Nähe und schien sich darüber zu freuen, daß es uns so vortrefflich schmeckte. Wir fragten ihn nach dem Wildreichtum der Gegend, und da klagte er über die Gilenno-Apatschen, welche oft herüberkämen und dann alles Wild vertilgten.

»Diese Hunde haben hier nichts zu suchen!« sagte er. »Warum bleiben sie nicht drüben auf dem Gebiete, welches ihnen niemand streitig macht! Ich hasse überhaupt alle Apatschen.«

»Alle! Warum? Man hat doch nie gehört, daß die Zunis Krieg gegen sie geführt haben!«

»Weil wir zu schwach gegen sie sind. Sie nehmen uns weg, was uns gehört, ohne daß wir uns wehren können. Sie sind alle Diebe und Räuber, welche man von der Erde vertilgen sollte!«

»Alle? Es giebt viele wackere und berühmte Männer unter ihnen!«

»Das glaube ich nicht. Mein Bruder mag mir doch einmal einen nennen!«

»Nun zum Beispiel Winnetou!«

»Schweig auch von diesem! Wenn ich euch morgen nach dem Pueblo bringe, werdet ihr von den dortigen Yumaindianern hören, was für ein räudiger Schakal er ist.«

»Ist er denn jemals ein Feind der Yumas gewesen?«

»Stets! Einmal aber hat er sie in so große Verluste gebracht, daß sie es ihm nie vergessen werden. Wehe ihm, wenn er einmal in ihre Hände fiele!«

»Große Verluste? Wie ist das gewesen?«

»Sie hatten eine Hazienda überfallen und kostbaren Raub davongetragen; um diesen hat er sie gebracht. Und dann standen ihre Krieger bei einem alten Bergwerke, in welchem fremde Bleichgesichter arbeiten sollten. An dem Ertrage hatten auch die Yumas teil; Winnetou aber hat sie auch darum betrogen.«

»Wie ist das möglich? Er ist doch ein einzelner Mann. Wie kann er einem ganzen Stamme solchen Schaden zufügen?«

»Er war nicht allein, sondern es befand sich ein zweiter bei ihm, welcher noch viel, viel schlimmer ist als der Häuptling der Apatschen, ein Bleichgesicht, Old Shatterhand geheißen.«

»Hm, der Westmann! Da besinne ich mich. Wenn ich mich nicht irre, habe ich von dieser Angelegenheit gehört. War es nicht die Hazienda del Arroyo, und das Bergwerk hieß Almaden alto, um welche es sich damals handelte?«

»Ja.«

»Hatten denn die Yumas Ursache, die Hazienda zu überfallen, auszurauben und in Brand zu stecken?«

»Das – das weiß ich nicht,« antwortete er verlegen.

»Es ist nur die Raublust gewesen; ich weiß es gewiß. Und bei dem Bergwerke handelte es sich um ein noch größeres Verbrechen.«

»Das ist nicht wahr!«

»Doch! Man hatte eine große Anzahl von Bleichgesichtern ins Land gelockt und sperrte sie in das Quecksilberbergwerk ein. In demselben sollten sie als Gefangene ohne Lohn arbeiten, bis ein qualvoller Tod sie von ihren Leiden erlöste.«

»Was ging das Winnetou und Old Shatterhand an?«

»Die armen Menschen waren Landsleute von Old Shatterhand; darum errettete er sie.«

»Und trat dabei als Feind der Yumas auf! Wunderst du dich nun noch darüber, daß sie ihn und Winnetou hassen?«

»Ja, denn wenn ich mich recht erinnere, haben die beiden Männer dann Frieden mit den Yumas geschlossen.«

»Der gilt nichts mehr. Ich sage nochmals, wehe ihnen, wenn sie den Yumas einmal in die Hände fallen sollten!‹&

Der Zuni sprach jetzt, ganz entgegengesetzt von seiner vorherigen Freundlichkeit, mit einer Erbitterung, welche mir unerklärlich war. Darum sagte ich:

»Du scheinst ein sehr guter Freund der Yumas zu sein, denn du sprichst gerade so zornig, als ob du selbst einer wärst.«

Ach bin ihr Freund, und ihre Feinde sind auch die meinigen!« gestand er ein.

»Du scheinst aber von ihnen falsch unterrichtet worden zu sein. Winnetou und Old Shatterhand haben damals sehr mild gegen die Yumas gehandelt; sie haben die Roten mehreremale besiegt und ganz in ihrer Gewalt gehabt, sind aber trotzdem ungemein nachsichtig mit ihnen verfahren. Schweigen wir von der Sache!«

»Ja, schweigen wir, denn wenn ich daran denke, möchte ich den Apatschen und seinen weißen Freund nicht anders, als am Marterpfahle sehen!«

Er wendete sich von uns ab, lehnte sich mit dem Rücken an die Wand und starrte düster in das Feuer. Seine Freundlichkeit war zu Ende. Winnetou warf mir einen bezeichnenden Blick zu.

Hätte der Zuni gewußt, daß wir die beiden waren, die er so gern an dem Marterpfahle sehen wollte! Eigentlich war es auffällig, daß er nicht auf diesen Gedanken kam. Er mußte es doch dem Apatschen ansehen, daß er ein Indianer war. Warum fragte er ihn nicht, zu welchem Stamme er gehörte? Winnetou wäre viel zu stolz gewesen, seinen Namen zu verleugnen. Und dann die Silberbüchse und mein Henrystutzen! jedermann kannte die beiden Gewehre, wenn auch nur vom Hörensagen. Dort lehnten sie in der Ecke, und der Schein des Feuers fiel hell auf sie. Wenn der Zuni nur einen Blick hinwarf, mußte er wissen oder wenigstens ahnen, wen er vor sich hatte. Der Mann wurde mir immer unbehaglicher.

Da endlich kam seine Frau wieder. Sie war so durchnäßt, daß ihre Kleider sich eng an ihren Körper legten. Ohne einen Blick auf uns zu werfen, ging sie an uns vorüber und nach dem Lager, auf welchem sie bei unserer Ankunft gesessen hatte; dort setzte sie sich wieder hin. Sie war nicht häßlich, hatte aber ein unstätes, verschüchtertes Wesen und schien mehr die Sklavin ihres Mannes zu sein.

»Wo mag sich das arme Weib in solchem Wetter herumgetrieben haben!« meinte Emery in deutscher Sprache, da es möglich war, daß der Zuni ein wenig englisch verstand. »Welchen Grund kann es geben, jetzt da hinaus zu gehen und stundenlang draußen zu bleiben!«

»Einen sehr triftigen,« antwortete ich. »Wie weit, sagte vorhin der Zuni, daß es nach dem Flujo blanco sei?«

»Zwei Stunden zu reiten.«

»Und wie lange ist die Frau ungefähr abwesend gewesen?«

»Gewiß über vier Stunden, und – ah, meinst du etwa, daß sie bei den Meltons gewesen ist?«

»Ich halte es für sehr möglich, um unsere Ankunft zu melden.«

»Deinen Scharfsinn sonst in allen Ehren, Charley, diesmal aber verrechnest du dich!«

»Möglich, aber nicht wahrscheinlich. Ich möchte behaupten, daß der Zuni uns sofort erkannt hat, als er uns kommen sah, und daß seine Freundlichkeit nur Maske war.«

»Das wäre! Wenn du recht hättest, könnte es für uns unangenehm werden! Wir sollen hier abgefangen werden?«

»Wahrscheinlich.«

»Dann müssen wir augenblicklich fort!«

»Nein, wir bleiben!«

»Mensch, willst du dich hier ergreifen lassen?«

»Nein.«

»Aber dies wird ganz gewiß geschehen, wenn du wartest, bis sie kommen!«

»Zu warten brauchen wir nicht, denn sie sind, wenn ich mich nicht überhaupt irre, jedenfalls schon da.«

»Meinst du?«

»Ja. Sie sind wahrscheinlich gleich mit der Frau gekommen.«

»Und stehen draußen?«

»Ja.«

»Wetter! Und wir sitzen hier bei offener Thür am hellen Feuer! Einige Schüsse, und man ist mit uns fertig!«

»Keine Sorge! Die Meltons wollen uns lebendig haben, und werden uns darum nicht bekommen!«

Um für den Notfall gleich einige Kugeln versenden ZU können, ging ich nach der Ecke und holte meinen Stutzen. Bei dieser Gelegenheit trat ich auch an die Thür und zog die Felle so vor, daß nur ein schmaler Streifen offen blieb, durch welchen der Rauch abziehen konnte. Nun war es unmöglich, uns von draußen am Feuer sitzen zu sehen. Damit war aber der Zuni nicht zufrieden.

»Warum verschließest du die Thür?« fragte er mich. »Willst du, daß wir hier ersticken?«

»Der Rauch zieht auch jetzt noch ab; kein Mensch erstickt, antwortete ich.

»Aber die Thür muß offen sein!«

Er stand auf.

»Ich bitte dich, sie zuzulassen, weil man uns von draußen sehen kann.«

»Wer soll draußen sein!«

»Vielleicht weißt du es.«

»Es ist niemand da, und die Thür wird wieder geöffnet!«

Er wollte hingehen, um die Felle zu entfernen. Diese Hartnäckigkeit ließ meine Vermutung als Gewißheit erscheinen.

»Bleib stehen, sonst schieße ich!« rief ich ihm zu, indem ich den Stutzen auf ihn anlegte.

Er drehte sich herum zu mir und erschrak, als er das Gewehr auf sich gerichtet sah.

»Du willst auf mich schießen?« rief er aus.

»Ja, wenn du dich nicht sofort hin zu deiner Squaw setzest.«

»Warum dorthin?«

»Frage nicht, sondern gehorche!«

»Das Haus gehört mir und nicht euch!«

»In diesem Augenblicke ist es unser. Es kommt ganz auf dich an, ob es dir wieder gehören wird.«

»Ihr seid meine Gäste; ich habe euch zu mir gebracht. Behandelt man seinen Wirt in dieser Weise?«

»Ja, weil er uns nur eingeladen hat, um uns zu verderben. Also setze dich augenblicklich, wenn du nicht eine Kugel haben willst!«

Er that, als ob er gehorchen wolle, und näherte sich dabei der Stelle, an welcher seine Flinte hing. Ich stand schnell auf, stellte mich vor dieselbe, deutete nach dem Lager und sagte:

»Nicht hierher, sondern dorthin sollst du gehen. Und nun mache schnell, sonst ist's mit meiner Geduld zu Ende!«

Er stand vor mir und blitzte mich wütend mit seinen dunklen Augen an.

»Schnell!« wiederholte ich. »Ich bin Old Shatterhand und hier sitzt Winnetou, von denen du vorhin gesprochen hast. Du willst uns nur am Marterpfahle sehen, wirst uns aber wohl auch so betrachten müssen!«

Da ließ er ein verächtliches Lachen hören und sagte:

»Glaubst du, daß ich über eure Namen erschrecken soll? Das fällt mir nicht ein! Ich habe schon, als ich euch kommen sah, gewußt, wer ihr seid!«

»Dachte es!«

»Ihr kamt hierher, um zu töten, seid aber selbst dem Tode in die Arme gelaufen. Weißt du, wer ich bin?«

»Nun?«

»Kein Zuni, sondern einer jener Yumakrieger, welche mit ihrem Häuptlinge und seiner weißen Squaw hierhergezogen sind. Heute wirst du die Rache für die Hazienda del Arroyo und für Almaden alto erfahren!«

Er wendete sich von mir und schritt nach dem Lager zu, machte aber plötzlich eine Wendung und sprang, den Fellvorhang beiseite schiebend, zur Thür hinaus. Ich hätte ihn durch einen Schuß daran hindern können, wollte dies aber nicht gern thun. Seine Frau richtete sich langsam auf; wir sollten es nicht bemerken. Sie wollte auch plötzlich fortspringen. Da fragte ich sie:

»Sehnst du dich vielleicht nach deinem Manne?«

Sie antwortete nicht.

»Wenn du ihm folgen willst, so thue es; wir halten dich nicht.«

Sie sah mir mit ungewissem Blicke ins Gesicht und fragte:

»Was werdet ihr mit mir thun, wenn ich lieber bleibe?«

»Nichts, wir kämpfen nicht mit Frauen. Bleib also getrost sitzen und thue, was dir gefällt; nur darfst du uns auch nicht stören in dem, was wir thun werden.«

»Sennor, du bist gut! Ich werde hier bleiben und nichts thun, was euch mißfallen kann.«

Nachdem wir den verschobenen Thürvorhang wieder zugezogen hatten, versahen sich auch die andern drei mit ihren Gewehren. Ich setzte mich wieder an das Feuer. Emery und Winnetou folgten meinem Beispiele; Vogel aber sagte in ängstlichem Tone:

»Um des Himmels willen, setzen Sie sich doch nicht wieder dorthin!«

»Warum nicht?« fragte ich.

»Weil man dort von den Kugeln, die durch die Thür kommen, getroffen wird! Die Feinde schleichen sich an die Thür und sehen unter dem Vorhange herein.«

»Das gerade ist's, was wir wollen.«

»Daß sie dann schießen?«

»Dazu kommen sie nicht. Wir sind schneller als sie. Wenn wir uns hinter die Wand versteckten, könnten sie uns nicht sehen und würden also auch nicht zu schießen versuchen; wir kämen also um das Vergnügen, ihnen eine Lehre zu geben. Setzen Sie sich nur getrost mit her! Sie haben nichts zu fürchten. Sie können sich auf unsere Augen verlassen, nur müssen Sie sich hüten, selbst auch die Thür zu beobachten. Die Kerle da draußen würden dies bemerken. Blicken Sie also überall hin, nur nicht nach der Thür!«

»Aber wenn sie nun auf den Gedanken kommen, das Haus zu stürmen?«

»Wie wollen sie das anfangen?«

»Indem sie sich plötzlich zur Thür hereinstürzen.«

»Das werden sie bleiben lassen! Sie wissen genau, daß in diesem Falle alle unsere Gewehre auf sie gerichtet sein würden. Dem Schnellfeuer meines Stutzens entkäme keiner von ihnen. Sie sind auch gar nicht so zahlreich, daß sie sich nicht zu schonen brauchten.«

Er setzte sich nieder, mit dem Rücken nach der Thür gerichtet, zog aber von Zeit zu Zeit ganz unwillkürlich die Schultern in die Höhe; es war ihm jedenfalls ganz so zu Mute, als ob er jeden Augenblick von draußen eine Kugel zu erwarten habe. Wir unterhielten uns mit Absicht laut, um die draußen über unsere Wachsamkeit zu täuschen. Scheinbar uns gar nicht um den Fellvorhang bekümmernd, hatten wir denselben aber dennoch scharf im Auge. Er wurde zuweilen von dem draußen gehenden Winde hin und her bewegt; das machte unsere Beobachtung natürlich schwer.

Da sah ich zwischen seinem untern Rande und dem Erdboden die Mündung eines Gewehres erscheinen; sie wurde höchstens zwei Zoll weit hereingesteckt; da flog aber auch schon die Silberbüchse an Winnetous Wange; sein Schuß krachte und draußen erscholl ein Schrei. Die Gewehrmündung wurde zurückgezogen.

»Der das versucht hat, kommt nicht wieder,« lachte Emery. »Die Kerle sind wirklich Prügel wert! Uns hier fangen zu wollen!«

»Meinen Sie, daß ihnen dies nicht gelingt?« fragte Vogel.

»Keine Rede davon! Wir brauchen uns nur an die Thür zu legen und das Feuer ausgehen zu lassen, daß sie uns nicht sehen können, so putzen wir einen nach dem andern von ihnen weg.«

»Noch besser ist's, wir steigen auf das Dach,« bemerkte ich. »Da haben wir Aussicht nach allen Seiten.«

Winnetou nickte. Die Decke war nicht mehr als fünf Ellen hoch. Man konnte, um die unserigen zu schonen, mit der Flinte des Indianers ein Loch hineinstoßen. Doch mußten wir vorher das Feuer ausgehen lassen, sonst hätte dasselbe zum Loch hinausgeleuchtet und unsere Absicht verraten. Als es nicht mehr brannte, nahm Emery die Flinte von der Wand und begann zu arbeiten. Winnetou sollte ihm helfen, ihn ablösen. Ich ging zur Thür, um etwaige Überraschungen fernzuhalten.

Ich lag auf dem Boden und schob den Kopf langsam zwischen der Mauer und dem Ledervorhange hinaus. Vor der Thür war niemand.

Ich blickte nach rechts, an der äußeren Mauer hin – niemand war zu sehen! Nach links – ah, da kam einer geschlichen, langsam, leise, nach echter Indianerweise. Ich wartete, bis er nur noch drei Fuß von der Thür entfernt war, fuhr dann blitzschnell hinaus, nahm ihn mit der linken Hand bei der Brust, gab ihm mit der Rechten acht, zehn, zwölf schallende Ohrfeigen rechts und links und schleuderte ihn dann weit fort, wo er zu Boden flog. Es war ein Indianer; er hatte sein Gewehr, welches er in der Hand hielt, fallen lassen; ich hob es auf und nahm es mit ins Haus. Der Mann kam gewiß auch nicht sogleich wieder. Hätte es sich nicht um mehr gehandelt, so wäre mir die Ohrfeigenscene höchst spaßhaft erschienen. Übrigens hatte es aufgehört, zu regnen, und der Himmel begann, sich wieder aufzuklären. Nach kurzer Zeit war in der Decke ein so großes Loch entstanden, daß wir durchsteigen konnten. Wir drei andern kamen von Emerys Schultern leicht auf das Dach, und der letztere wurde dann heraufgezogen. Natürlich standen wir nicht aufrecht da oben, sondern bewegten uns nur kriechend, sonst wären wir beim Scheine der jetzt wieder sichtbaren Sterne bemerkt worden. Wir verteilten uns. Ich nahm die vordere, Winnetou die hintere, Emery die rechte und Vogel die linke Giebelseite des Hauses.

Als ich mich vor die Kante geschoben hatte und da hinabblickte, sah ich fast gerade unter mir zwei Kerle stehen. Um ihnen nicht lebensgefährlich zu werden, schickte ich ihnen nur zwei Revolverschüsse hinab. Sie schrieen vor Schreck über den unerwarteten Angriff laut auf und rannten eiligst davon. Auf der hintern Seite fiel jetzt ein Schuß aus Winnetous Silberbüchse, und dann ertönte seine sonore Stimme durch die Nacht:

»Fort von den Pferden, sonst trifft der nächste Schuß gerade in den Kopf!«

Da hinten lag nämlich am Hause der eingefriedigte Platz, auf welchem wir unsere Pferde untergebracht hatten. Eben als der Apatsche seine Wache begann, hatte man sie fortschaffen wollen. Auch auf den beiden andern Seiten wurde geschossen. Die Kerle schlichen eben um das ganze Haus herum; nun aber zogen sie sich so weit wie möglich von demselben zurück. Ihre Absicht, sich unser zu bemächtigen, war schmählich mißglückt. Es wagte sich keiner mehr heran, und als es Tag geworden war, ließ sich kein Mensch in der weiten Umgebung sehen.

Wir stiegen wieder hinab. Da lag die Frau noch da, wo sie gestern abend gelegen hatte. Sie schien mit keiner großen Zuneigung an ihrem Manne zu hangen. Winnetou ging zu ihr hin und fragte:

»Warum ist meine rote Schwester nicht hinaus zu ihrem Manne gegangen?«

»Weil sie nichts mehr von ihm wissen will,« antwortete sie. »Sennores, schenkt mir ein wenig Geld, damit ich zu meinem Stamme zurückkehren kann!«

»Du willst nach der Sonora hinab?« fragte ich erstaunt.

»Ja, Sennor.«

»Und wahrscheinlich ganz allein den weiten Weg mitten zwischen so viele fremde Stämme hindurch!«

»Ich fürchte die Stämme nicht. Eine arme Squaw hat keinen Feind.«

»Das ist wahr. Kein Krieger wird dir ein Leid thun. Warum aber willst du denn fort von deinem Manne?«

»Weil er mich gezwungen hat, unsern Stamm zu verlassen und mit hierher zu gehen. Ich habe die Eltern und Brüder daheim, und hier sterbe ich vor Sehnsucht langsam hin.»

»Ist dein Mann nicht freundlich mit dir?«

»Er ist ein böser Mensch. Ich hasse ihn!«

»Gut! Wir werden dir soviel geben, daß du unterwegs überall bezahlen kannst, was du brauchst.«

Ich gab ihr, so viel ich konnte, Emery leistete das Zehnfache; Vogel spendete einige Dollars, und Winnetou langte ein Goldkorn aus seinem Gürtel, um es ihr zu schenken. Da rief sie aus:

»Sennores, ich danke euch! Ihr solltet hier euer Verderben finden und übt doch Barmherzigkeit an mir. Wie freue ich mich, daß der Anschlag gegen euch nicht gelungen ist!«

»Welche Absicht hatte man denn eigentlich?« erkundigte ich mich.

»Ihr solltet hier bei uns schlafen und im Schlafe ergriffen werden.«

»Von wem stammt der Plan?«

»Von den beiden Weißen, welche Vater und Sohn sind. Der Sohn kam zuerst mit der weißen Squaw hier an; er hat euch für tot gehalten; dann kam sein Vater und erzählte, ihr befändet euch hart hinter ihm und hättet seinen Bruder ermordet und ausgeraubt. Da mußten wir auf den Berg steigen, um nach euch auszuschauen und euch einzuladen, in unser Haus zu kommen. Als ihr angekommen waret, mußte ich trotz des Wetters nach dem Flujo blanco reiten, um die beiden Sennores dort zu benachrichtigen. Sie ritten sofort mit mir und nahmen alle ihre Krieger mit.«

»Konntest du uns nicht warnen?«

»Nein. Mußte ich euch nicht für böse Menschen halten? Aber als du so freundlich zu mir sprachest, erkannte ich, daß wir getäuscht worden waren. Nun habt ihr mich gar so reichlich beschenkt; ich wollte, ich könnte euch dankbar sein!«

»Das kannst du, wenn du uns die Auskunft erteilst, um welche wir dich bitten werden.«

»Frage nur, Sennor! Ich werde dir gern alles sagen, was ich weiß.«

»Ich will dir vertrauen, denn dein Auge hat einen guten und ehrlichen Blick. Dein Mann hat uns gestern abend die Lage eures Pueblo beschrieben. Denkst du, daß er uns da nicht getäuscht, sondern die Wahrheit gesagt hat?«

»Er hat euch nicht belogen, denn es war ihm von dem Vater der weißen Sennores befohlen worden, die Wahrheit zu sagen.«

»Aber wir sollten doch hier in dem Hause festgehalten werden!«

»Das war der Anfang des Planes. Falls das nicht gelingen sollte, wollte man euch in eine zweite Schlinge locken.«

»Kennst du diese?«

»Ja, denn jeder und jede von uns mußte sie kennen, und alle waren froh, Rache wegen damals an euch nehmen zu können.«

»Hoffentlich werden wir von dir etwas über die Schlinge erfahren!«

»Ich sage es dir. Mein Mann mußte euch das Pueblo beschreiben, denn wenn der Anschlag hier mißlang, wollte man euch dorthin locken.«

»Es bedarf keiner Lockung, denn wir sind fest entschlossen, das Pueblo unter allen Umständen aufzusuchen.«

»Das würde euer Ende sein, wenn ich euch jetzt nicht warnen könnte. Da ihr hier nicht überrumpelt worden seid, so werden alle unsere Leute, welche in der Nacht hier waren, nach dem Pueblo reiten und dabei recht deutliche Spuren machen, damit ihr den Weg leicht finden könnt. Es geht in das Thal des Flujo blanco hinab, über diesen hinüber und dann eine Strecke am linken Ufer hinauf, bis das Thal so eng wird, daß nur noch der Fluß und ein einziger Reiter Platz findet. Gerade an dieser Stelle öffnet sich der Felsen; ein schmaler Weg führt hinein und nach dem Pueblo; zu beiden Seiten sind hohe Felsen, welche kein Mensch erklettern kann. Da hinein will man euch haben. Die Hälfte unserer Leute erwartet euch in dem Felsenwege; die andere Hälfte hat sich unterwegs in einen Hinterhalt gelegt, um euch vorüberzulassen und dann zu folgen. Zwischen diese beiden Abteilungen sollt ihr kommen.«

»Kein übler Plan! Eine Felsenenge, die uns zwingt, einzeln hintereinander zu reiten, rechts und links senkrechte Felswände und vorn und hinten eine Feindesschar!«

»So ist es Sennor. Der Alte hat den Plan ausgedacht.«

»Wie gesagt, nicht übel; aber er hat einen Fehler oder gar gleich mehrere, denn wenn du uns auch nicht gewarnt hättest, würden wir in die Falle niemals gegangen sein. Wir lassen uns von diesem Alten nichts vormachen. Wenn er uns fangen will, muß er es listiger anfangen und nicht so plump wie hier. Sein erster Versuch ist mißglückt, auch ohne daß wir gewarnt worden sind; sein zweiter würde noch viel weniger gelingen. Also die eine Hälfte eurer Leute soll sich in einen Hinterhalt legen und uns vorüberlassen, während die andere Hälfte uns voran nach dem Pueblo reitet?«

»So ist es, Sennor.«

»Und dabei sollen auch noch deutliche Spuren gemacht werden? Meine Schwester mag glauben, daß wir nicht blind sind. Wir würden die Spuren zählen und sofort bemerken, daß die Hälfte derselben plötzlich fehlt. Ja, diese Hälfte würde nicht einmal fehlen; sie kann doch nicht in der Luft verschwinden; wir würden an der Fährte erkennen, daß eine Hälfte dahin und die andere dorthin geritten ist.

Wir würden von den Pferden steigen, dem Hinterhalte heimlich folgen und ihn vernichten.«

»Aber wie wolltet ihr dann durch die Enge kommen?«

»Vielleicht gingen wir gar nicht hinein, und selbst wenn wir es thäten, hätten wir keine Feinde hinter uns, sonder nur vor uns. Die Feinde müßten ebenso einzeln hintereinander halten wie wir; es könnte also von jeder Seite nur der vorderste kämpfen, und da würde von euch wohl niemand übrig bleiben, um die Leichen eurer Gefallenen zu zählen.«

Ich sah, daß sie durch diese Darlegung in große Bestürzung geriet. Sie rief bittend aus:

»Sennor, thut dies nicht! Ich will nicht, daß durch meine Warnung unsere Leute getötet werden. Lieber würde ich mich selbst töten!«

»Beruhige dich! Wir betrachten die Yumas nicht als unsere Feinde. Wir haben damals Frieden mit ihnen geschlossen und wollen an ihnen wie an Freunden handeln. Wenn es auf uns ankommt, wird keinem von euch ein Leid geschehen. Wir wollen nur die beiden Weißen haben, die euch doch gar nichts angehen; das ist alles. Wir werden versuchen, unsern Zweck durch List zu erreichen, so daß es gar nicht zum Kampfe kommt. Sag mir also, ist die Felsenenge der einzige Weg, welcher in das Pueblo und aus demselben herausführt?«

»Ja; es giebt keinen zweiten.«

»Kann man nicht die Felsen ersteigen, durch welche rings das Loch gebildet wird?«

»Nein; das ist unmöglich, denn sie sind so gerade und steil wie die Mauern dieses Hauses. Wenn du es wünschest, kann ich es euch zeigen.«

»Wann? Wo?«

»Gleich jetzt. Der Fluß liegt tief und die Ebene hoch. Wer da weiß, wo das Pueblo liegt, der kann bis an seinen obern Rand reiten und von da aus auf die Wohnungen niederblicken.«

»Das müssen wir freilich sehen. Willst du uns führen?«

»Ja. Steigt auf eure Pferde und reitet von hier aus gerade nach Süden, bis ihr an einen großen alleinliegenden Felsen kommt; dort erwartet mich. Ich muß einen Umweg machen, damit meine Spur nicht mit der eurigen zusammenfällt.«

Wir trugen unsere Sättel hinter das Haus und legten sie unseren Pferden auf. Der angebliche »Zuni« besaß zwei Pferde; auf dem einen war er fort; das andere stand mit den unsrigen in der Umpfählung; die Frau wollte auf demselben nachkommen.

Wir ritten in der angegebenen Richtung fort und sahen nach einer halben Stunde den Felsen vor uns liegen, an welchem wir warten sollten. Schon nach kurzer Zeit kam die Squaw; sie ritt uns voran, und wir folgten ihr, jetzt nach Westen zu.

Es war ein buschiges Land, durch welches wir kamen, eine Hochebene, in welche sich die Wasserläufe tief eingeschnitten hatten. Es ging im Trabe wohl eine Stunde lang über dieses Hochplateau dahin, bis wir an einen Busch kamen, über welchen die Kronen vieler Bäume emporragten. Er besaß eine bedeutende Ausdehnung, welche eine hufeisenförmige Gestalt zu haben schien. Hier stieg die Squaw ab und band ihrem Pferde die Vorderbeine zusammen, sodaß es nicht weit fortzulaufen vermochte. Wir thaten mit unsern Pferden dasselbe und folgten ihr dann in den Busch hinein. Sie führte uns quer durch denselben, blieb nach einer Weile stehen und sagte:

»Noch einige Schritte, und wir befinden uns an dem Rande des tiefen Loches, in welchem ihr das Pueblo sehen werdet. Nehmt euch in acht, damit man euch nicht zufällig von unten erblickt!«

Infolge dieser Warnung legten wir uns auf die Erde nieder und krochen zwischen den letzten Büschen hindurch, bis wir plötzlich vor uns hatten, was wir sehen wollten. Es gähnte uns eine Tiefe entgegen, welche so senkrecht hinunter fiel, daß es einen fast schwindeln konnte. Der Boden bestand aus einer grasigen Matte, auf welcher vielleicht zwanzig Pferde und einige hundert Schafe weideten. Letztere waren jedenfalls bestimmt, ihr Fleisch zur Nahrung der Bewohner herzugeben. Aus dem Grase erhoben sich hohe Bäume, welche aber, von unserm Standorte aus betrachtet, wie kleine Gewächse erschienen.

»Wieder ein Thalkessel!« sagte Winnetou, der neben mir lag.

Der Apatsche hatte wohl Grund, diese Worte auszusprechen. Ja, wieder einmal so ein Thalkessel! Während unserer Kreuz- und Querzüge hatten solche Kessel wiederholt eine bedeutende Rolle für uns gespielt. Wie oft waren diese Örtlichkeiten für unsere Gegner verhängnisvoll geworden, während wir uns stets gehütet hatten, unsern Aufenthalt in einer derartigen Falle zu nehmen! Und wenn dies einmal nicht zu umgehen gewesen war, so hatten wir es fast immer zu bereuen gehabt.

Und der Kessel, welchen wir jetzt vor uns hatten, konnte denen, welche darin wohnten, zu einem wahren Gefängnisse werden, da es, wie wir deutlich sahen, nur einen einzigen Weg gab, auf dem sie ihn verlassen konnten, nämlich die schmale Felsenenge, von welcher die Squaw gesprochen hatte.

Der Kessel hatte eine beinahe kreisrunde Form, und seine Felsenwände stiegen gerade wie Mauern völlig lotrecht in die Höhe. Es gab da keinen Absatz oder Vorsprung, welcher zu erklimmen war, keinen Riß, in dem man in die Höhe klettern konnte. Das Ganze kam mir vor wie ein riesiger Bärenzwinger, der so gebaut ist, daß die Bewohner unten auf dem Boden bleiben müssen.

Wir lagen dem Eingange schräg gegenüber und sahen nun freilich, wie eng er war. Ein einzelner Reiter hatte eben Platz, hindurchzukommen. Neben dem Eingange, welcher hinaus zum Flujo blanco, zum Flüßchen führte, erhob sich der Bau, den die Jüdin ihr »Schloß« genannt hatte. Und sie hatte gar nicht so unrecht gehabt, dem Baue diese Bezeichnung zu geben.

Das Schloß war ein Pueblo, gerade so in terrassenförmig übereinander liegenden Stockwerken gebaut, wie es früher beschrieben worden ist. Man sah, daß sich in früheren Zeiten eine große Steinmasse vom Felsen losgelöst hatte und in die Tiefe gestürzt war; die Brocken derselben hatte man zum Baue des Pueblo verwendet. Dasselbe lehnte sich mit seiner hintern Seite eng an die Felsenwand und zählte acht sich deutlich von einander unterscheidende Stockwerke, welche ebensoviele Terrassen oder Plattformen bildeten, da jedes höher liegende immer ein Stück hinter dem nächst tiefern zurücktrat. Das Ganze glich einer regelmäßigen vierseitigen Pyramide, welche, senkrecht durchschnitten gedacht, mit der einen Hälfte im Freien lag, während die andere Hälfte in den Felsen hineingebaut zu sein schien. Acht Leitern lagen an, an jedem

Stockwerke eine. Wenn auch nur die unterste weggenommen wurde, konnte kein Fremder den Bau ersteigen, der mit seinen übereinander liegenden Felsenstücken den Eindruck einer uneinnehmbaren Zwingburg machte.

Bei den Verhältnissen jener Zeit, in welcher das Pueblo errichtet wurde, hatte es seinen Zweck gewiß vollkommen erfüllt. Es war schon an und für sich uneinnehmbar gewesen, wozu dann noch der Umstand kam, daß es nicht draußen im Freien, sondern hier in der Verborgenheit lag, in die man nur durch den so überaus schmalen Eingang dringen konnte, den zu verteidigen einige wenige Männer genügten. Die Festung war nur durch Überrumpelung, nicht einmal durch Aushungern zu nehmen gewesen, denn wenn die Thalsohle gärtnerisch verwertet gewesen war, so hatte sie an Gemüsen und Früchten gewiß so viel geliefert, wie die Bewohner zum Leben brauchten, und Wasser war auch mehr als genug da; es glänzte uns aus einem ziemlich großen Becken entgegen, welches kreisförmig in die Mitte des Erdgeschosses eingebaut worden war. Wahrscheinlich wurde es von einer unterirdischen Quelle gespeist.

Was uns am meisten interessierte, waren die Menschen, welche wir sahen. Vor dem schmalen Eingange lagerte eine Anzahl von Indianern, welche ihn, mit Gewehren bewaffnet, zu verteidigen hatten. Ihr Anführer – denn dies schien er zu sein – saß über ihnen auf der ersten Plattform des Pueblo, und zwar in schöner Gesellschaft, nämlich Jonathan Meltons und der Jüdin. Der erstere hatte ein Gewehr in der Hand.

»Siehst du, Sennor, daß es so ist, wie ich gesagt habe?« fragte mich die Indianerin. »Die Krieger am Eingange warten auf euch. Und die andern Krieger haben sich draußen am Flusse in Hinterhalt gelegt, um euch durch die Enge hereinzutreiben.«

»Wo ist der Vater des jungen Weißen, welcher da unten sitzt?«

»Draußen bei dem Hinterhalte. Er macht dort und sein Sohn hier den Anführer. Sie glauben, daß sie euch ganz gewiß fangen werden.«

Da meinte der Englishman:

»Wie schön könnten wir den Jonathan hier wegputzen! Soll ich ihm eine Kugel hinunterschicken?«

»Ja nicht!« antwortete ich. »Erstens wollen wir ihn doch lebendig haben und zweitens würdest du ihn wohl kaum treffen.«

»Oho! Meinst du, daß ich nicht schießen kann!«

» *Pshaw*! Du weißt, daß ich deine Fertigkeit kenne; aber ein Schuß von hier oben herab in die Tiefe ist allemal eine höchst unsichere Sache. Auch ich wage es nicht zu behaupten, daß ich ihn treffen würde.«

» *Well*! Und drittens?«

»Drittens würden wir durch den Schuß verraten, wo wir uns befinden, und uns damit den größten Schaden thun. Es könnte das ganze Gelingen unserer Absichten dadurch vollständig in Frage gestellt werden.«

»Gut, also nicht schießen. Aber was denn thun? Wollen wir hier hinabspringen, um den lieben Jonathan beim Schopfe zu nehmen?«

»Hinab? Vielleicht ja, wenn auch nicht springen. Schau hinüber zum Pueblo! Wie weit ist es wohl von hier oben, also von der Kante der Felswand, bis hinunter auf seine oberste Plattform?«

»Ich schätze wenigstens vierzig Ellen.«

»So weit ist es allerdings.«

»Willst du etwa eine so lange Leiter bauen?« lächelte er.

»Wenn du Witze machen willst, so sieh zu, daß sie geistreicher ausfallen!«

»Hm, ja, die Sache ist freilich ernst. In das Pueblo müssen wir unbedingt, und da es unmöglich ist, da vorn durch den Eingang hereinzukommen, so müssen wir freilich hier hinunter.«

»Von einer Unmöglichkeit will ich nicht gerade sprechen. Ich habe schon der Squaw erklärt, auf welche Weise wir uns den Zugang erzwingen könnten. Aber das Erzwingen setzt einen offenen Angriff voraus, und wenn wir auch wirklich den Thalkessel da unten unverletzt erreichten, so könnte man uns von den Terrassen des Pueblo aus ganz gemächlich wegputzen. Nein, ich meine, daß es auch möglich ist uns hereinzuschleichen, natürlich des Nachts. Da müßten wir aber die feindlichen Wachen leise überwältigen und wohl gar erstechen, und das möchte ich vermeiden. Es bleibt uns also doch nichts übrig, als von hier oben aus hinunter zu kommen.«

»Wohl mit Hilfe unserer Lassos?«

»Ja.«

»Du, das ist gefährlich, weil wir die Lassos gekauft haben. Hätten wir sie selbst gemacht, so wäre uns ihre Festigkeit garantiert; aber an gekauften Riemen sich in eine solche

Tiefe hinabzulassen, ist mehr als das Leben gewagt; man kann fast sicher sein, daß sie reißen.«

»Sie werden halten, denn sie sind mit Fett getränkt und dann geräuchert worden.«

»Dennoch möchte ich mich ihnen nicht anvertrauen. Denkst du auch daran, daß sie bei der Tiefe ins Schwingen kommen müssen?«

»Ja. Ich werde dein Mißtrauen dadurch zerstreuen, daß ich mich zuerst herablasse; ich ziehe dann die Lassos unten straff an, so daß ihr herunterklettern könnt, ohne ins Schwingen zu geraten.«

»Well! Versuche es, und wenn es gelingt, will ich gern nachkommen. Doch frage vorher die Squaw, ob –«

»Nein, nein!« unterbrach ich ihn. »Die Frau darf nichts davon wissen, daß wir hier herab wollen. Ich glaube zwar, daß sie es ehrlich mit uns meint, aber es ist auf alle Fälle besser, wenn sie nichts erfährt. Sie kann, selbst wenn sie entschlossen ist, nichts zu verraten, sich doch ihrem Manne oder einem andern Yuma gegenüber verschnappen.«

»Dann ist es gut, daß wir jetzt deutsch gesprochen haben. Wo mag der Apatsche hingegangen sein?«

Winnetou war nämlich nach rechts hin zwischen den Büschen verschwunden. Ich ahnte seine Absicht und antwortete also:

»Es ist wirklich sonderbar, mit welcher Übereinstimmung Winnetou und ich bei solchen Angelegenheiten zu denken pflegen. Ich bin überzeugt, er ist da hinüber, um, gerade über dem Pueblo liegend, hinabzuschauen und dabei zu überlegen, wie wir hinunterkommen könnten.«

Ich hatte das Richtige getroffen. Winnetou kehrte nach kurzer Zeit zurück und sagte:

»Es giebt nur einen Weg, der uns ohne Blutvergießen zum Ziele führt. Wir müssen uns auf die Plattform hinunterlassen.«

Er bediente sich bei diesen Worten der Siouxsprache aus demselben Grunde, der uns veranlaßt hatte, deutsch zu sprechen.

»Meinst du, daß unsere Lassos dazu ausreichen?« fragte ich ihn.

»Ja.«

»Und daß sie nicht zerreißen?«

»Sie werden festhalten. Unsere drei Lassos sind so lang, daß sie, wenn wir sie zusammenbinden, bis hinunter auf die oberste Plattform des Pueblo reichen werden.«

»Wie aber befestigen wir sie oben?«

»Es steht ein Baum hart am Rande, dessen Wurzeln so fest sind, daß er uns halten wird. Hoffentlich stimmt mein Bruder meinem Vorschlage bei, heute abend hinunter zu klettern?«

»Ja; ich stand ja im Begriffe dir denselben Vorschlag zu machen. Was thun wir aber bis zu der Zeit, in welcher wir ihn ausführen können?«

»Kann sich mein Bruder die Frage nicht selbst beantworten?«

»Vielleicht. Es gilt vor allen Dingen dafür zu sorgen, daß die Feinde nicht erraten, war wir zu thun beabsichtigen.«

Winnetou nickte mir einverstanden zu und sagte:

»Ja, wir müssen ihre Aufmerksamkeit von hier oben ablenken. Wie denkt mein Bruder, daß das am besten geschehen kann?«

»Wir müssen sie zu der Ansicht bringen, daß wir sie unten am Flusse angreifen werden.«

»Richtig! Sie müssen glauben, daß wir uns durch die Enge an das Pueblo schleichen wollen. Um diese Absicht zu erreichen, müssen wir hinab zu ihnen.«

»Jetzt schon?« fragte Emery.

»Ja,« antwortete der Apatsche. »Sie sollen und müssen uns doch sehen, oder wenigstens müßten sie bemerken, daß wir uns da unten aufhalten.«

»Das ist aber viel zu gefährlich. Wenn wir uns ihnen zeigen, werden sie uns einfach wegschießen.«

»Das können sie nur dann, wenn wir ihnen so nahe kämen, daß uns ihre Kugeln erreichen könnten. Das werden wir aber nicht thun.«

»Es liegt ja ein Teil von ihnen im Hinterhalte; diese Leute müssen uns kommen sehen, während wir nicht wissen, wo sie stecken; wir können ihnen also geradezu in die Hände laufen.«

»Nein, denn wir haben Augen und auch Ohren. Und vielleicht weiß die Frau, wo der Hinterhalt zu suchen ist.‹&

Als wir uns darauf bei ihr erkundigten, antwortete sie:

»Wenn ihr wieder mit nach unserm Hause zurückkehrt und der Fährte folgt, welche da gemacht worden ist, damit ihr sie leichter sehen Sollt, so kommt ihr an einen kleinen Bach, welcher sich in den Flujo blanco ergießt. Dort wollten sie sich trennen. Die eine Abteilung wollte am Flujo abwärts nach dem Pueblo gehen, und die andere sollte dem Bache soweit folgen, daß sie von euch nicht gesehen werden kann; sie liegt zwischen Büschen versteckt.«

»Und wartet wahrscheinlich jetzt mit Schmerzen auf uns,« fügte ich hinzu; »denn die erste Abteilung ist am Pueblo angekommen; wir sehen die Krieger da unten liegen. Wollen wir die Herrschaften noch länger auf uns warten lassen?«

»Nein, wir reiten jetzt hinunter nach dem Flusse,« meinte Winnetou. Und sich zu der Frau wendend, fuhr er fort:

»Meine Schwester wird es ehrlich mit uns meinen?«

»Ja,« antwortete sie einfach und mit einem Gesicht, dem man es ansah, daß sie die Wahrheit sagte.

»Da sollst du belohnt werden. Wenn wir die beiden weißen Männer durch List und ohne Kampf in die Hände bekommen, so geben wir dir noch mehr Gold, als du schon erhalten hast. Werden wir aber durch dich verraten, so wird die erste Kugel, welche wir abschießen, dich treffen. Das glaube mir! Wir belohnen gern; wir wissen aber auch zu bestrafen!«

»Ich will heimlich fort von hier, aber den Meinen nicht schaden. Ihr wollt sie nicht töten, sondern schonen, und ihr gebt mir Gold, daß ich leichter nach der Sonora kommen kann; darum habe ich euch freiwillig gesagt, was ihr wissen wolltet, und werde euch nicht verraten.«

»So mag meine Schwester jetzt nach ihrem Hause zurückkehren.«

Sie wollte der Aufforderung folgen, aber wir wußten doch noch etwas nicht, was von großer Wichtigkeit war; selbst der sonst so umsichtige Winnetou hatte vergessen, sich darnach zu erkundigen; darum fragte ich sie:

»Du kennst wohl die Räume des Pueblo genau?«

»Alle.«

»Weißt du, wo die weiße Squaw wohnt, welche mit dem Wagen angekommen ist?«

»In der ersten Etage des Pueblo.«

»Wo ist der Eingang zu ihr?«

»Auf der zweiten Terrasse von unten. Es ist ein Loch, durch welches eine Leiter hinunterführt. Das Loch befindet sich in der Mitte der Plattform.«

»Also in der ersten Etage. Da wohnen die Indianer wohl unter ihr in dem Erdgeschosse?«

»Nein,«

»Zu was wird dasselbe benutzt?«

»Zur Aufbewahrung der Vorräte, des Maises und der andern Früchte und Gemüse, die im Thale erbaut werden. Auch ist der Brunnen dort.«

»Ich sehe ihn. Es ist eine Cisterne?«

»Nein; das Wasser kommt vom Flusse hereingelaufen.«

»So steht die kleine Wasserfläche, welche wir von hier aus sehen, also mit dem Flujo blanco in Verbindung?«

»Ja. Das Wasser versiecht nie, weil der Fluß nie ganz austrocknet.«

»Wo wohnen denn nun die Deinen, die Yumaindianer?«

Art den oberen Etagen.«

»Und weißt du vielleicht, wo sich die beiden Weißen aufhalten, der Vater und der Sohn, die wir haben wollen?«

»Der Sohn wohnt in der ersten Etage.«

»Und der Vater? Wo wohnt der?«

»In der Etage über seinem Sohne.«

»Wie kann die weiße Squaw sich hier in der Wildnis wohl fühlen? Es muß ihr doch alles fehlen, was eine Weiße nötig hat, um zufrieden zu sein!«

»Es fehlt ihr nichts, denn der Häuptling hat alles, was sie wünschte, damals angeschafft. Es war sehr schwer, die vielen Sachen durch die Wildnis herbeizuschaffen; aber sie hatte ihn so verblendet, daß ihm keine Anstrengung für sie zu groß erschien. Unsere Männer waren immer nach Prescott oder Santa Fé unterwegs, um zu holen, was sie sich bestellte.«

»Besaß denn euer Häuptling den Reichtum, welcher nötig war, so außerordentliche Wünsche zu erfüllen?«

»Darnach darfst du mich nicht fragen, denn ich kann nicht darüber sprechen. Kein roter Mann und keine rote Squaw wird sagen, wo das Gold und Silber liegt, welches die Weißen so gern haben wollen.«

»Gut! Ich weiß nun alles, was ich wissen wollte. Du kannst heimkehren. Aber vergiß ja nicht, was Winnetou dir gesagt hat. Bist du unehrlich, so bekommst du eine Kugel; bist du aber treu, so wirst du noch mehr Gold von uns erhalten.«

»Wann, Sennor?«

»Sobald wir die beiden Weißen in unsern Händen haben.«

»Und wo?«

»In deinem Hause. Höchst wahrscheinlich kommen wir daran vorüber, wenn wir diese Gegend verlassen.«

»So bitte ich euch, es ja niemand sehen zu lassen, wenn ihr mir etwas gebt.«

»Keine Sorge! Wir werden dich für den Nutzen, den wir von dir haben, doch nicht in Schaden bringen?«

Sie stieg wieder auf ihr ungesatteltes Pferd und ritt davon. Wir setzten uns auch auf. Sie verschwand nach Nordosten, denn dies war die Richtung, in welcher ihr Haus lag. Wenn man von dort aus nach dem Flujo blanco wollte, mußte man sich gerade westlich wenden; wir mußten also, um von dem Punkte, an welchem wir uns befanden, dorthin zu gelangen, nordwestlich reiten. Wie weit, das war nicht schwer zu berechnen, da wir wußten, wieviel Zeit wir gebraucht hatten, um hierher zu kommen. Von dem Hause bis an den Flujo waren zwei Reitstunden; wir brauchten jedenfalls kaum die Hälfte der Zeit, zumal wir unsere Pferde schnell laufen ließen.

Nach drei Viertelstunden erreichten wir die Fährte, welche die Yumas für uns so deutlich zurückgelassen hatten, und alle Anzeichen verrieten, daß der Fluß jetzt nahe war. Da erkundigte sich Emery bei dem Apatschen:

»Was habt ihr denn nun eigentlich vor? Ihr wollt euch den Yumas zeigen. Aber wo und in welcher Weise das geschehen Soll, davon habe ich noch kein Wort gehört.«

Mein Bruder hat es noch nicht gehört, weil er nicht darnach gefragt hat. Wir werden den Hinterhalt aufsuchen, in welchem die zweite Abteilung steckt und auf uns lauert.«

Offen aufsuchen?«

»Nein, heimlich.«

»Aber ich denke, sie sollen euch sehen; da dürft ihr doch nicht heimlich vorgehen!«

»Ja, sie sollen uns sehen, aber erst dann, wenn wir bei ihnen sind.«

»Ah! Also angeschlichen! Da können wir aber unmöglich die Pferde mitnehmen!«

»Nein. Wir lassen sie zurück. Unser Bruder Vogel wird bei ihnen bleiben; er könnte ja überhaupt nicht mit uns gehen, weil er das Anschleichen nicht versteht und uns nur schaden würde.«

»So müssen wir vor allen Dingen ein gutes Versteck für ihn und die Pferde suchen, damit er uns nicht etwa gar samt ihnen abhanden kommt.«

Ein solcher Ort war bald gefunden, eine weit ausgestreckte Gruppe von Büschen, welche wir rechts von uns erblickten. Dorthin ritten wir, stiegen ab, versteckten da unsere Pferde und gaben Vogel alle Anweisungen, welche wir unter den gegenwärtigen Verhältnissen für nötig hielten. Er sah es gar nicht gern, daß wie ihn nicht mitnahmen, mußte aber doch zugeben, daß er zu dem, was wir vor hatten, nicht das nötige Geschick besaß und uns wenigstens keinen Vorteil bringen konnte.

Als wir ihn in guter Sicherheit wußten, kehrten wir nach der Spur der Yumas zurück und folgten ihr weiter. Das geschah von jetzt an so vorsichtig wir möglich, da anzunehmen war, daß sie uns, weil wir nicht gekommen waren, aus lauter Ungeduld einen Kundschafter entgegengeschickt hatten. Wir nahmen uns jeden einzelnen Baum oder Busch zur Deckung und verließen ihn nicht eher, als bis wir uns überzeugt hatten, daß sich kein Feind vor uns befand.

Auf diese Weise kamen wir nach einiger Zeit in die Nähe des tiefen Felsenthales, welches der Flujo in die Hochebene eingeschnitten hatte. Das Thal bildete einen Cañon, auf welchen wir uns senkrecht zubewegten; das heißt, die Linie, in welcher er verlief, bildete mit derjenigen, der wir folgten, zwei rechte Winkel.

Plötzlich senkte sich das Terrain abwärts. Es war wie eine Art schmaler Hohlweg, welcher hinunter zum Flusse führte. Wir stiegen ihn nicht hinab, denn Winnetou, der an alles dachte, sagte:

»Ehe wir dem hohlen Wege folgen, müssen wir erst sehen, wohin er führt. Gehen wir also seitwärts von ihm weiter, bis wir den Rand des Cañons erreichen.«

Das geschah. Bald kamen wir auf der hohen Felsenkante an, von der aus wir hinab zum Flusse blicken konnten. Wir sahen die Stelle, an welcher der Hohlweg auf ihn mündete. Der Stelle gegenüber am andern Ufer befand sich die Mündung eines Baches, jedenfalls desselben, von welchem die Squaw gesprochen hatte. Er kam zwischen den Felsen herausgeflossen und ließ zwischen diesen und sich so viel Platz, daß man längs seiner Ufer gehen und auch reiten konnte. Emery deutete in diese Richtung und sagte:

»Also da drin steckt der Hinterhalt! Wie wollen wir hinankommen, ohne bemerkt zu werden? Wenn wir am Bache aufwärts gehen, müssen uns die Kerle kommen sehen!«

»Müssen wir daran aufwärts gehen?« fragte ich ihn. »Es muß doch einen andern Weg geben, und wenn er nicht hier zu finden ist, so werden wir ihn uns anderswo suchen.«

»Ah! Du willst den Roten von hinten kommen?«

»Ja. Sie erwarten, daß wir ihnen bachaufwärts folgen, nicht aber, daß wir von drüben her bachabwärts kommen; wir werden sie also wahrscheinlich überrumpeln.«

»Dann müssen wir aber über den Fluß hinüber, über den Cañon, über die Felsen, ohne daß wir fliegen können!«

»Können wir nicht fliegen, so steigen wir. Kommt jetzt zum Hohlwege! Wir kennen nun das Terrain, und ich denke, daß wir unsern Zweck erreichen werden.«

Wir gingen also die kurze Strecke bis zum Hohlwege zurück und stiegen denselben hinab, natürlich mit der Vorsicht, die in solchen Verhältnissen geboten war. Unten am Flusse angekommen, sahen wir, daß die Spur der Yumas sich teilte; die eine Hälfte war aufwärts geritten, die andere über den Fluß und den Bach hinaufgegangen. Das hätten wir gesehen, auch wenn wir nicht von der Squaw unterrichtet gewesen wären'. Wie die beiden Meltons uns eine solche Blindheit hatten zutrauen können, war mir geradezu unbegreiflich. Jedem Menschen wäre die Spur aufgefallen, und nun erst einem Winnetou!

Auch wir gingen über den Fluß, folgten aber nicht etwa dem Bache, weil da oben die Yumas auf uns warteten, sondern schritten dem Flujo blanco entlang abwärts weiter, bis wir eine passable Stelle des Ufers fanden, wo wir hinaufstiegen. Nun standen wir auf der Hochebene jenseits des Flusses und gingen auf derselben weiter, schräg links nach dem tiefen Bette des Baches zu, wo wir auch bald eine Stelle fanden, wo wir hinuntersteigen konnten.

Die Yumas erwarteten uns von links her, am Bache aufwärts kommend; wir aber befanden uns nun rechts von ihnen und schlichen uns abwärts auf sie zu. Das geschah natürlich mit noch viel größerer Vorsicht, als wir bisher angewendet hatten. Emery schien noch immer nicht im klaren über die Absicht zu sein, die Winnetou und ich verfolgten. Als wir einmal an einer gutgedeckten Stelle anhielten, fragte er mich: »War es denn eigentlich notwendig, diese Anstrengung zu machen, Charley?«

»Ja,« antwortete ich. »Die Yumas erwarten, daß wir kommen. Kämen wir nicht, so würden sie uns suchen; sie fänden unsere Fährte, die nach dem Pueblo führt, und wenn es ihnen auch wahrscheinlich nicht gelänge, uns zu überfallen, so wäre unsere Absicht doch verraten und mit Sicherheit darauf zu rechnen, daß man uns empfangen würde, wenn wir uns abends an den Lassos in den Thalkessel hinabließen.«

»Hm, mag so sein; aber wir konnten uns an einem andern Ort verstecken, um den Abend abzuwarten!«

»Hätte nichts gefruchtet, Emery. Wir müssen sie irre machen; sie müssen denken, daß wir durch die Flußenge nach dem Pueblo wollen. Und dann, denke doch, wie hübsch wir sie täuschen! Sie schauen und horchen den Bach hinunter, weil sie denken, daß wir am Flusse aufwärts gehen oder, wenn wir die zweite Fährte entdecken sollten, am Bache hinauf kommen; in beiden Fällen würden wir ihnen gerade in die Arme laufen. Nun aber befinden wir uns über ihnen und kommen von einer Seite, von der sie uns nicht erwarten.«

»Nun, und dann, was haben wir davon?«

»Was wir davon haben?« fragte ich erstaunt. »Welche Frage?«

»Du wunderst dich über sie? Du willst den Roten doch nichts thun! ja, wenn wir sie erschießen wollten oder dürften, so hätte es doch einen Zweck, hier in der Hitze herumzuklettern und unter Lebensgefahr herumzuschleichen. Wenn ihnen aber nichts geschehen soll, so können wir sie nur erschrecken und müssen sie dann laufen lassen.«

»Ja, sie, aber einen andern nicht, den alten Melton. Den werden wir fassen, falls es möglich ist; dann haben wir heut abend nur noch seinen Sohn zu ergreifen. Bist du nun zufriedengestellt?«

»Wenn es so ist, ja. Daß es dem alten Melton gelte, davon habt ihr nichts gesagt.«

»Weil es sich von selbst verstand. Nun aber weiter, sonst werden die Kerle ungeduldig und sind imstande, ihr Versteck zu verlassen.«

Wir schlichen weiter, jetzt nicht mehr gehend, sondern auf dem Boden kriechend; jeder Augenblick konnte uns die Gesuchten zeigen.

»Uff!« hörte ich da auf einmal den Apatschen im Tone des Erstaunens sagen.

Er war uns einige Schritte voran, hatte sich erhoben, stand an einem dichten Strauche und deutete daran vorüber nach dem lichten Platze, der vor ihm lag. Wir huschten zu ihm hin und wurden von gleicher Verwunderung oder vielmehr Enttäuschung ergriffen. Das Gras des Platzes war niedergetreten; hier hatten die Yumas gesteckt, aber keiner von ihnen war zu sehen.

»Fort!« meinte Winnetou.

»Ja, wenn es nämlich keine Finte ist,« warnte ich. »Es ist möglich, daß sie unser Kommen bemerkt und sich nur zurückgezogen haben, um uns mit ihren Kugeln zu empfangen.«

»Wollen sehen,« meinte der Apatsche. »Meine Brüder mögen hier ein wenig warten.«

Er ging eine Strecke zurück, sprang dann über den Bach und kam dann auf der andern Seite wieder herangekrochen. Dort gab es so viel Gesträuch und Gestrüpp, daß die Yumas, falls sie vor uns steckten, ihn nicht sehen konnten. Er kam wie eine Schlange drüben vorüber und verschwand dann auf ungefähr zehn Minuten. Dann kehrte er zurück. Er ging dabei aufrecht, ein Zeichen, daß er keinen Feind gesehen hatte.

»Fort,« rief er uns schon von weitem zu. »Über den Fluß. Ich konnte ihre Spuren sehen, bis sie im Wasser verschwanden.«

»Fatal!« zankte da Emery. »Sie sind jedenfalls hinauf nach dem Pueblo, weil ihnen die Geduld ausgegangen ist. Mit der Ergreifung des alten Melton ist es also nichts.«

»Wenn es nur das wäre, wollte ich es loben!« meinte ich.

»Nur das? Was weiter könnte den geschehen sein?«

»Sie sind über den Fluß; wenn sie da unsere Fährte sehen, so ---«

»Alle Wetter, ja! Dann sind sie derselben nach. Sie werden also am Ufer abwärts gehen, das Ufer ersteigen und, gerade so wie wir, nach dem Bache kommen. Wir brauchen also nur hier sitzen zu bleiben und sie in Empfang zu nehmen! Glücklicher konnte man sich das ja gar nicht lenken!«

»Ich bin nicht so froh wie du. Ja, wenn sie unsere Spur gesehen haben, so sind sie ihr gewiß gefolgt; aber es fragt sich nur, wie! Wenn sie rückwärts gegangen, woher wir gekommen sind, so müssen sie Vogel und unsere Pferde finden.«

»Das wäre das größte Pech, welches wir haben könnten!«

»Mehr als Pech! Wir müssen schnell weiter, um zu erfahren, wohin sie sich gewendet haben.«

Wir eilten den Bach hinab und an den Fluß. Schnell ging es durch das seichte Wasser, und da sähen wir denn auf dem Boden, da wo der Hohlweg in den Fluß mündete, viel mehr Spuren, als wir vorhin gesehen hatten. Ich betrachtete sie, konnte aber nicht klug werden; Emery ging es ebenso, und auch Winnetou schüttelte den Kopf. Er betrachtete die Eindrücke, maß sie mit den Fingern aus, schüttelte wieder den Kopf und sagte endlich:

»Vielleicht sind die Yumas schon wieder zurück. Meine Brüder mögen mir schnell zu unseren Pferden folgen!«

Wir rannten den Hohlweg hinauf. Oben angekommen, wo es Gras gab, sahen wir zu unserem Schrecken allerdings, daß die Yumas hier gewesen waren; sie hatten unsere Fährte gesehen und waren ihr gefolgt, aber leider nicht vorwärts, wohin wir gegangen, sondern zurück, woher wir gekommen waren. Jetzt gab es einen Dauerlauf nach den Büschen, wo wir Vogel mit unsern Pferden gelassen hatten. Es fiel uns nicht ein, vorsichtig zu sein; es galt unserm Gefährten und unsern Pferden. Wir brachen laut, wie gehetztes Wild, durch die Büsche, die Gewehre in der Hand, um sofort zuschlagen oder schießen zu können.

Jetzt waren wir da – aber unsere Pferde waren fort und Vogel mit ihnen. Der Rasen war nicht zerstampft, keine Spur eines Kampfes war zu sehen. Unser berühmter Violinvirtuos war ganz regelrecht überrumpelt worden. Die Spuren gingen von hier aus in einem Bogen zurück nach dem Hohlwege. Wir so erfahrenen, wir klugen, wir überklugen Menschen hatten eine ganz armselige, eine ganz beschämende Schlappe erhalten.

Emery hätte vor Wut platzen mögen; er fuhr uns an:

»Da steht ihr nun und starrt einander an! Wo ist denn der alte Melton, den ihr fangen wolltet? Wäret ihr mir gefolgt, so ständen wir nicht da wie Schuljungen, die Prügel bekommen haben!«

»Hat mein Bruder Emery noch keinen Fehler gemacht?« fragte Winnetou in seiner ruhigen Weise.

»Genug, genug!« antwortete der Englishmann in possierlicher Aufrichtigkeit. »Aber wir dürfen uns hier nicht aufhalten; wir müssen fort; wir müssen ihn befreien; kommt also rasch, kommt!«

Er rannte fort. Als er aber sah, daß wir ihm nur langsam folgten, blieb er stehen und rief uns zu:

»So kommt doch nur, kommt! Es ist keine Zeit zu verlieren!«

»Wohin denn?« fragte ich. »Nach dem Pueblo?«

Nach dem – ah, du meinst, daß sie ihn dorthin geschleppt haben? Dann geht es freilich nicht so schnell, wie ich dachte!«

»Gewiß können wir nicht jetzt, am hellen Tage, hin und die Festung erstürmen. Wir würden uns doch nur die Köpfe einrennen.«

»Was aber thun wir bis zur Nacht?«

»Warten – weiter nichts.«

»So kommt! Wir wollen wieder nach dem Rande über dem Pueblo, wo wir heut abend hinab wollen. Von dort aus können wir sehen, was sie mit unsern Pferden und mit Vogel machen!«

»Und wenn die Yumas nach uns suchen, finden sie auch diese Spur, kommen uns nach und vereiteln unser Rettungswerk! Dann bekommen wir nicht nur die beiden Meltons nicht, sondern auch Vogel ist verloren – von unseren Pferden gar nicht zu reden.«

»Aber wo wollen wir sonst die lange Zeit zubringen?!«

»Ich werde es euch zeigen,« sagte Winnetou. »Meine Brüder mögen mir folgen!«

Er schritt voran, nach dem Hohlwege zu, und setzte sich, als er bei demselben angekommen war, hinter den Büschen nieder.

»Ist es meinen Brüdern so recht, hier zu sitzen?« fragte er.

»Mir nicht!« antwortete Emery mürrisch. »Da sitzen wir den Feinden ja gerade vor der Nase!«

»Das ist doch das einzig richtige,« erklärte ich ihm. »Weil die Yumas ganz bestimmt wieder hier herkommen werden, sobald sie Vogel nach dem Pueblo gebracht haben.«

»Werden sich hüten!«

»Wenigstens werden die Meltons einen oder einige Kundschafter senden, um zu erfahren, wo wir sind und was wir thun.«

»Und wenn die Kerle kommen! Was dann?«

»Wir schicken sie nach dem Pueblo zurück und lassen die Meltons grüßen. Auf diesem Wege erlangen wir die Sicherheit, daß unserm Gefährten kein Leid geschieht.«

»Hm, ja; das will ich gelten lassen. Der arme Teufel befindet sich in einer Gefahr, die gar nicht größer sein kann!«

»So gar groß ist sie nicht! So lange wir noch da sind, braucht er nichts zu fürchten.«

»Oho! Denke doch an die Erbschaft!«

»Nun? Weiter!«

»Wenn er ihnen das sagt, bringen sie ihn auf der Stelle um!«

»Er wird doch nicht so dumm sein, ihnen das zu sagen!«

»Warum nicht! Ich denke gerade, daß er es in seiner Angst, in seinem Ärger sagt.«

»Er wird es sagen,« behauptete Winnetou in seiner ruhigen Weise. »Er wird es sagen, und gerade darum hat Winnetou sich hierher gesetzt.«

Jetzt passierte mir etwas Seltenes; nämlich ich erriet nicht, was der Apatsche mit diesen Worten meinte. Als er sah, daß ich ihn fragend anblickte, fuhr er fort:

»Glaubt mein Bruder Scharlieh, daß die Meltons sich vor uns fürchten?«

»Ja.«

»Werden sie denken, daß sie uns hier fangen und vernichten können?«

»Nein. Ich bin im Gegenteile überzeugt, sie wissen, daß ihre Rolle wahrscheinlich bald zu Ende gespielt ist.«

»Ja, überfallen und töten lassen wir uns nicht von ihnen; Vogel haben sie fangen können, uns aber nicht. Wir haben ihr Nest entdeckt. Sollten sie entkommen, so sind wir immer wieder hinter ihnen her und lassen ihnen keine Ruhe, bis wir sie ergriffen haben. Das wissen sie. Auf einmal fällt Vogel in ihre Hände, wirft ihnen ihre Verbrechen vor und sagt, daß er der einzige und richtige Erbe ist. Was werden sie thun?«

»Ihn sofort umbringen!« antwortete Emery im Tone der Überzeugung.

»Ist mein Bruder Scharlieh derselben Überzeugung?«

»Nein,« erwiderte ich, denn ich wußte nun, was Winnetou gemeint hatte. »Der Mord könnte ihre Lage nicht verbessern, sondern er würde sie nur verschlimmern, weil die Mörder dann bei uns auf kein Erbarmen mehr rechnen dürften.«

»Mein Bruder hat recht; denn wenn sie ihn nicht töten, sondern ihn als Geisel gebrauchen, ist Rettung für sie möglich.«

»So meint mein Bruder Winnetou, daß, wenn wir hier sitzen bleiben, bald ein Kundschafter und dann ein Unterhändler kommen wird?«

»Ja.«

»Mein Bruder ist der Scharfsinnigste von uns dreien. Er irrt sich nie, und ich bin jetzt auch überzeugt, daß seine Vermutung sich erfüllen wird.«

»Ich zweifle sehr daran,« brummte Emery unwillig. »Und selbst wenn es sich bewahrheiten sollte, würdet ihr mit diesen Menschen in Unterhandlung treten?«

»Ja. Man thut, was klug ist. Es gilt zunächst, dafür zu sorgen, daß dem jungen Manne kein Leid geschieht, und dies können wir nur dadurch erreichen, daß wir scheinbar auf die Vorschläge, welche uns etwa gemacht werden, eingehen oder sie wenigstens in Überlegung ziehen. Wir sind heute unvorsichtig und dadurch unglücklich gewesen, doch ist bei dem Unglücke ein großes Glück, welches mich mit dem Unfalle vollständig auszusöhnen vermag.«

»Welches Glück?«

»Daß wir unsere Lassos bei uns haben. Hätten wir sie bei den Pferden zurückgelassen, so wären sie uns verloren, und ich wüßte nicht, wie wir Vogel befreien wollten.«

» *Pshaw*! Heraus muß er auf jeden Fall; eher ruhe ich nicht!«

»Aber unter welcher Vermehrung der Gefahren und Schwierigkeiten! So aber bin ich überzeugt, daß er schon morgen früh wieder frei sein wird. Ich hoffe nämlich, daß –«

Winnetou unterbrach mich durch einen Wink, den er mir gab. Er lag so, daß er ein Stück in den Hohlweg hinein- und hinabblicken konnte; ich sah seine Augen funkeln; dann hörte ich Schritte; es kam jemand, langsam und vorsichtig, wie einer, der seiner Sache nicht sicher ist. Wir schoben uns noch weiter ins Gebüsch hinein; da kam er – ein Indianer. Er sah nach links und rechts, und als er rundum niemand erblickte, trat er vollends aus dem Hohlwege heraus und begann, die Spuren zu mustern, welche sich von uns und seinen Leuten hier im Grase befanden.

Jetzt kehrte er uns den Rücken zu. Winnetou erhob sich und stellte sich leise hinter ihn; auch ich stand leise auf, und Emery folgte geräuschlos unserm Beispiele. Jetzt fragte der Apatsche laut:

»Was sucht mein roter Bruder hier im Grase?«

Der Yuma fuhr herum, sah uns und ließ vor Schreck seine Flinte fallen. Winnetou schleuderte sie schnell mit dem Fuße fort und fügte hinzu:

»Hat mein Bruder etwas verloren?«

Ich sah es wie einen blitzartigen Entschluß über das braune Gesicht des Yuma gehen und schnellte mich mit drei Schritten vor den Hohlweg hin. In demselben Augenblicke that er das Gleiche. Er flog mir gerade in die Arme, die ich fest um ihn schlang; er machte zwar einen Versuch, sich loszureißen, als ihm dieser aber nicht gelang, verhielt er sich still und ließ sich von Winnetou vollends entwaffnen. Als ich ihn dann aus dem Hohlwege zur Seite führte, wo wir gesteckt hatten, und ihm befahl, sich niederzusetzen, gehorchte er ohne

Widerstreben. Winnetou legte sich so, daß er hinter dem Busche hervor den Hohlweg überblicken konnte, und sagte dann zu dem Gefangenen:

»Weiß mein Bruder, wer wir sind?«

Der Gefangene nickte.

»Er mag unsere Namen sagen!«

»Winnetou und Old Shatterhand; das andere Bleichgesicht kenne ich nicht.«

»Dieser weiße Mann ist ein berühmter Jäger, der sich noch nie vor einem Feinde gefürchtet hat. Mein Bruder hat unsere Namen richtig genannt. Wo hat er sie gehört, oder hat er uns vielleicht selbst kennen gelernt?«

»In der Sonora, bei der Hazienda del Arroyo und in Almaden alto habe ich euch gesehen.«

»Wenn mein Bruder sich erinnert, was dort geschehen ist, so wird er auch wissen, daß wir nicht Feinde der Yuma sind, denn wir haben Frieden mit ihnen geschlossen. Warum treten die Yumas hier gegen uns auf?«

Der Gefragte antwortete nicht.

»Wir haben damals Hunderte von Yumas besiegt, und jetzt seid ihr so wenige. Meint ihr, daß ihr diesmal glücklicher sein werdet?«

»Wir wohnen in einem Pueblo, in das kein Feind kommen kann!«

»Mein Bruder irrt sich. Der Felsen von Almaden alto war viel fester und viel schwerer zu ersteigen, als euer Pueblo; wir sind dennoch hineingekommen und haben den Besitzer sogar gefangen herausgeschafft. Und Almaden alto wurde von vielen Yumas bewacht, und hier mein Bruder Shatterhand hat es ganz allein erobert. Wie leicht ist es uns da, in euer Pueblo zu gelangen! Ihr könnt alle wachen; wir werden uns doch, wenn wir wollen, ungesehen durch die Flußenge und den schmalen Eingang schleichen. Wenn wir dies thun, seid ihr verloren; daher rate ich euch, es nicht so weit kommen zu lassen!«

Diese Worte nahmen dem Yuma einen Stein vom Herzen. Er war gefangen; wir konnten ihn töten; jetzt aber antwortete er schnell:

»Warum giebt der Häuptling der Apatschen einen Rat, der nicht befolgt werden kann?«

»Nicht befolgt? Warum?« fragte Winnetou, obgleich er den Roten recht gut verstanden hatte.

»Weil die, an welche er gerichtet ist, den Rat nicht hören können.«

»Wir werden dich zu ihnen senden.«

Da hellte sich das Gesicht des Yuma noch mehr auf und er sagte:

»So laß mich gehen! Ich werde meinen Brüdern sagen, welchen Rat du mir gegeben hast.«

»Warte noch! Seit wann schämen sich rote Krieger nicht, Sklaven eines Weibes, einer weißen Squaw zu sein?«

»Wir sind nicht ihre Sklaven.«

»Ihr seid es. Ihr fangt um ihretwillen sogar Feindschaft mit drei berühmten Kriegern an, von denen ihr wißt, daß sie euch, sobald sie nur wollen, vernichten werden. Um dieses Weibes willen nehmt ihr Menschen in Schutz, welche Diebe und Mörder sind und nicht einmal zu einem Stamme der roten Männer gehören. Man sollte euch verachten!«

Das Auge des Yuma blitzte zornig auf. Er beherrschte sich aber und sagte:

»Die Weiße war die Squaw unseres Häuptlings; nur deshalb dienen wir ihr noch.«

»Welcher rote Krieger hat jemals der Squaw seines Häuptlings gedient und noch dazu nach dem Tode desselben? Mein Bruder mag seinen Gefährten sagen, was Winnetou von ihnen denkt, wenn sie die weiße Frau und deren beiden Freunde noch länger beschützen. Ihr habt einen jungen Weißen gefangen, der unser Freund ist; ihr habt uns unsere Pferde geraubt; ihr habt uns gestern abend überfallen, um uns zu fangen und zu töten. Das alles fordert unsere Rache heraus, und diese wird euch unvermeidlich treffen, wenn ihr euch nicht zu der Sühne versteht, welche ich von euch fordere.«

»Was verlangt Winnetou von uns?«

»Unsere Pferde, den jungen Mann, von dem ich eben sprach, und die beiden Weißen, welche bei der Squaw im Pueblo wohnen.«

»Das ist sehr viel verlangt! Und was bietet uns Winnetou dafür?«

»Alles! Das Leben!«

Man sah es dem Yuma an, daß er einen großen Respekt vor Winnetou hatte, dennoch zuckte es ironisch um seine dünnen Lippen, als er hierauf antwortete:

»Wenn man uns das Leben nehmen will, werden wir es auch zu verteidigen wissen. Oder meint der Häuptling der Apatschen, daß ihn keine Kugel trifft?«

»Ja. Hier bei euch bin ich vor jeder Kugel sicher; ich weiß das so genau, weil ich euch kenne. Also du weißt, was ich verlange: Den Vater und seinen Sohn, die bei euch wohnen; den jungen Weißen, den ihr ergriffen habt, und unsere Pferde.«

»Und was wird geschehen, wenn unsere Krieger nicht in deine Forderungen willigen?«

»Das sage ich nicht; aber ihr werdet es bald erfahren. Jetzt kannst du gehen. Wir bleiben noch hier, bis die Sonne zehn Hände breit vom westlichen Horizonte entfernt ist. Habt ihr dann noch nicht geantwortet, so entscheidet der Tomahawk zwischen uns, und wir kommen in der Dunkelheit am Flusse hinauf, schießen jeden weg, der uns im Wege liegt, dringen in euer Pueblo ein und holen uns alles, was ihr uns verweigert. Dann werden eure Frauen und Kinder ein Heulen und Schreien beginnen über den Tod, der ihre Männer und Väter hinweggerafft hat!«

»Winnetou ist ein großer Krieger; aber die Yumas sind keine Mäuse, welche furchtsam aus ihren Löchern fliehen, wenn sie den Feind kommen hören!«

»Ihr werdet ihn gar nicht hören. Er wird mitten unter euch sein, ehe ihr es denkt.«

»So haben wir unsere Messer, sie ihm ins Herz zu stoßen!«

»Das könnt ihr nicht, weil ihr ihn gar nicht sehen werdet. Mein Bruder mag jetzt gehen und in sein Pueblo zurückkehren, um uns

Antwort zu bringen. Je eher wir dieselbe bekommen, desto besser wird es für die Yumas sein.«

»Darf ich mein Gewehr mitnehmen?«

»Nein. Ein Gefangener bekommt seine Waffen erst dann, wenn Friede geschlossen ist, nicht eher.«

Der Yuma stand auf und verschwand stolzen Schrittes und erhobenen Hauptes im Hohlwege. Sein Stolz ließ nicht zu, uns merken zu lassen, wie froh er war, uns so heiler Haut entkommen zu sein. Als er fort war, fragte Emery:

»Ist mein Bruder Winnetou vielleicht der Ansicht, daß die Yumas uns aus Angst die drei Personen und unsere Pferde ausantworten werden?«

»Nein,« antwortete der Apatsche; »aber Winnetou weiß genau, wie es nun kommen wird.«

»Ich bin wirklich neugierig, dies zu hören!«

»Der Yumakrieger ist ausgesandt worden, zu erkunden, wo wir uns befinden, aber nicht etwa, weil man uns angreifen will, denn nun, da unser Gefährte gefangen worden ist, weiß man, daß wir doppelt vorsichtig sein werden. Er kehrt jetzt zurück und erzählt den Meltons, wo er uns getroffen hat, daß wir ihn überwältigt und was ich ihm alles aufgetragen habe. Was von mir verlangt worden ist, werden wir nicht bekommen, sondern man wird uns anderes anbieten.«

»Was?«

»Den Gefangenen und unsere Pferde. Außerdem wird man dem ersteren einen Teil der Erbschaft versprechen und dafür verlangen, daß wir uns entfernen und nie wieder etwas gegen die beiden Meltons vornehmen. Meine Brüder glauben nicht, was ich sage? Sie werden bald erfahren, daß ich recht habe, daß ich mich nicht irre. Wir werden nicht lange zu warten haben, bis eine Botin kommt.«

»Eine Botin?« fragte Emery erstaunt.

»Ja. Die Meltons werden sich hüten, selber zu kommen, und was sie uns zu sagen haben, das können sie keinem Yuma anvertrauen; da giebt es nur eine Person, welche sie senden können, und das ist die weiße Squaw, von der sie wohl auch glauben, daß wir uns von ihrem schönen Gesicht betrügen lassen werden.«

Ich hatte alle Achtung vor dem Scharfsinne des Apatschen; wie oft war ich von der Untrüglichkeit seines Instinktes förmlich betroffen worden; jetzt aber war ich doch der Ansicht, daß er zu viel behaupte, gab aber dem Gedanken keine Worte. Er schien zu ahnen, was ich dachte, denn er sagte zwar auch nichts, aber sein Auge ruhte mit jenem, ich möchte sagen, überlegen lächelnden Ausdrucke auf mir, den ich immer an ihm beobachtet hatte, wenn er seiner Sache sicher, ich aber anderer Meinung gewesen war und sich seine Behauptung dann doch bewahrheitet hatte.

Wir warteten wohl über eine Stunde lang. Wir lagerten jetzt so, daß wir alle drei in den Hohlweg blicken konnten. Da sahen wir einen Roten kommen; es war der Yuma, mit welchem wir vorhin gesprochen hatten.

»Nun, Winnetou, ist's etwa die weiße Squaw?« fragte Emery.

»Noch nicht,« antwortete der Gefragte in gleichmütigem Tone.

»Es wäre auch wenigstens sonderbar, wenn sie uns ein Weib als Unterhändler senden wollten; es war das eine Unglaublickeit.«

»Mein Bruder wird wohl noch manches als Wahrheit erkennen müssen, was er vorher für unglaublich gehalten hat. Hören wir, was der Mann uns zu sagen hat!«

Der Yuma kam langsam zu uns heran, setzte sich zu uns, als ob sich das von selbst verstehe und dabei für ihn keine Gefahr vorhanden sei, und wartete, bis wir ihn anreden würden. Winnetou war zu stolz, das zu thun; mir fiel es auch nicht ein, das erste Wort zu sagen, und Emery schien wohl Lust dazu zu haben, weil er neugierig war, ich bat ihn aber durch einen Blick, zu schweigen. So war also der Yuma doch gezwungen, das Wort zu ergreifen. Er that dies, indem er fragte:

»Meine Brüder haben wohl nicht gedacht, daß ich so schnell zurückkehren werde?«

»Wir haben gar nicht mehr an dich gedacht,« antwortete Winnetou. »Ob du wiederkommen würdest oder nicht, das war wohl für euch von großer Wichtigkeit, uns aber konnte es sehr gleichgültig sein.«

»Ich habe deine Botschaft ausgerichtet.«

Er glaubte, es werde nun eine neugierige Frage kommen, da dieselbe aber ausblieb, fügte er hinzu:

»Ich habe sie den beiden Männern gesagt, welche bei der weißen Squaw wohnen.«

»Und nicht den Yumakriegern?« entfuhr es dem Englishman.

»Auch ihnen; es haben sie also alle gehört. Der Vater dessen, welcher der Mann der weißen Squaw geworden ist, hat mich zu euch gesandt, um euch die Antwort zu sagen.«

»Und die lautet?«

»Die weiße Squaw soll zu euch gehen, um mit euch zu sprechen.«

Über Winnetous Gesicht ging ein leises, aber siegbewußtes Lächeln; der Englishman aber fuhr zornig auf:

»Die weiße Squaw? Meinst du, daß wir mit Weibern zu verhandeln pflegen?«

»Der Mann, der mich geschickt hat, war der Ansicht, daß ihr gern mit ihr sprechen würdet.«

»Warum ist er nicht selbst gekommen?«

»Weil er keine Zeit dazu hat.«

»So mag er seinen Sohn schicken!«

»Auch dieser wird nicht kommen. Sie denken, daß ihr sie nicht wieder fortlassen würdet.«

»Könnte möglich sein! Hätten auch alle Veranlassung dazu!«

Dies hatte Emery in seinem grimmigsten Tone gesagt; da aber meinte Winnetou:

»Wenn ein Unterhändler zu uns kommt, so halten wir ihn nicht zurück, wenn er wieder gehen will, er mag sein, wer er will. Der Häuptling der Apatschen ist nicht gewohnt, mit einem Weibe zu verhandeln; damit aber die Krieger der Yumas erfahren mögen, daß wir so freundlich wie möglich mit ihnen sein wollen, gebe ich die Erlaubnis, daß die Frau kommen darf. Geh also nach dem Pueblo und sage es ihr!«

Er entfernte sich, und wir warteten nun mit Spannung auf die Ankunft der Angehörigen des zarten Geschlechtes, welche nach allem, was geschehen war, die Stirn hatte, mit uns sprechen zu wollen.

»Nun,« meinte der Apatsche zu Emery, »hat mein Bruder die Erfahrung gemacht, daß selbst das Unmögliche möglich werden kann?«

»Das ist allerdings der Fall! Wie die Person es wagen kann, zu uns zu kommen, ist mir unbegreiflich. Bin neugierig, was sie uns mitteilen wird!«

»Das, was ich gesagt habe. Winnetou wird ihr kein Wort gönnen; meine Brüder mögen mit ihr reden.«

»Ich nicht, denn ich befürchte, so grob zu werden, daß ich alles verderben würde. Charley, willst du das Amt übernehmen?«

»Auch mich widert es an; aber ich sehe, daß ich den Umständen Rechnung tragen muß. Sprich mir aber nicht darein; du könntest unserer Angelegenheit dadurch Schaden bringen.«

Man war im Pueblo jedenfalls von unserer Einwilligung überzeugt gewesen, denn wir hatten noch nicht lange gewartet, so sahen wir die Jüdin unten im Hohlwege erscheinen. Sie hatte eine junge Indianerin bei sich, welche einen aus Rohr und Schilf geflochtenen leichten Sessel trug.

Die Judith hatte Toilette gemacht, hier in der Wildnis an der Grenze zwischen Neu-Mexiko und Arizona! Als sie sich uns näherte, nahm ihr Gesicht ein siegreiches Lächeln an; sie nickte uns grüßend zu, gab der Indianerin einen Wink, den Stuhl uns gegenüber zu setzen, nahm Platz und sagte:

»Ich bin erfreut, Sennores, Sie so wohl zu sehen. Der weite Ritt scheint auf Ihre Gesundheit keinen nachteiligen Einfluß ausgeübt zu haben; darum hoffe ich, daß Ihr Wohlbefinden auf unsern Gegenstand von guter Wirkung sein werde!«

Wir waren weder aufgestanden, noch hatte sie einen Gruß von uns empfangen. Mein Gesicht war gewiß kein freundliches, als ich ihr antwortete:

»Keine Redensarten! Bleiben wir streng bei der Sache, welche uns zusammenführt! Sie wohnen jetzt mit dem sogenannten Small Hunter und mit seinem Vater im Pueblo?«

»Ja.«

»Sie wußten in New-Orleans noch nicht, daß dieser Mann sein Vater war. Wann haben Sie es erfahren?«

»Hier, als der Vater ankam.«

»So kennen Sie nun wohl auch den richtigen Namen Ihres Bräutigams?«

Sie schwieg, und erst als ich meine Worte wiederholte, fragte sie:

»Muß ich Ihnen das sagen?«

»Sie müssen nicht; Sie können es leugnen; aber wir würden wohl eher einig werden, wenn Sie die Wahrheit sagten. Schämen werden Sie sich wahrscheinlich nicht, das zu thun.«

Sie errötete nicht und erbleichte nicht; sie antwortete lachend:

»Mir wurde gesagt, daß ich mich vor Ihnen weder zu schämen noch zu fürchten hätte. Sie sind uns ungefährlich; darum kann ich Ihnen ohne besondere Angst sagen, daß ich den Namen meines Verlobten allerdings kenne.«

»Jonathan Melton und sein Vater heißt Thomas Melton. Nicht wahr?«

»Sehr richtig.«

»Und sein Oheim?«

»Harry Melton.«

»Wissen Sie, wo der letztere sich gegenwärtig befindet?«

»Das werden Sie wohl besser wissen als jeder andere! Sie haben ihn ja erstochen.«

»Von wem wissen Sie das?«

»Von seinem Bruder. Einem so gewaltthätigen Menschen, wie Sie sind, ist alles, selbst so ein Raubmord zuzutrauen.«

»Hm! Sie halten mich also für gewaltthätig?«

»Natürlich, denn ich habe alle Ursache dazu! Oder haben Sie mich nicht schon einmal durchpeitschen lassen wollen?«

»Allerdings, und ich gestehe ihnen, daß es mich jetzt eine gewaltige Anstrengung kostet, nicht gewaltthätig zu sein. Bleiben wir aber ruhig; das ist besser. Da Sie den Namen ihres Verlobten kennen, wissen Sie auch, weshalb ich mich hier befinde?«

»Ja. Er hat es mir aufrichtig gesagt.«

»Und Sie gestehen es ebenso aufrichtig zu! Sie wissen also, daß er ein Betrüger ist?«

»Betrüger? Was der eine so nennt, nennt der andere anders. Jonathan ist ein Pfiffikus, und es fällt mir nicht ein, ihn darum zu tadeln.«

»Ich begreife das. Sie haben abgewirtschaftet; Sie besitzen nichts mehr, als den Stein- und Lehmhaufen, den Sie so hochtrabend Ihr Schloß nannten und den Ihnen jeder Indianer streitig machen kann. Nun ist es Ihnen sehr willkommen, daß Ihr Jonathan ein großes Erbe angetreten hat, welches Sie mit verzehren wollen. Habe ich recht?«

»Warum sollte ich Ihnen unrecht geben! Es würde doch zu nichts führen!«

»Aber bedenken Sie, daß Sie dadurch zur Mitschuldigen werden!«

»Was ist Schuld, Sennor! Schuld ist alles, was das Gewissen beschwert; das meinige aber ist leicht.«

»Um diese Leichtheit beneide ich Sie nicht. Da Sie mit einer geradezu verblüffenden Aufrichtigkeit sprechen, will ich ebenso offen sein, Ich bin gekommen, Ihren Jonathan zu fangen.«

»Das wissen wir,« lachte sie.

»Und da Sie sich als Mitschuldige bekennen, habe ich große Lust, auch Sie festzunehmen!«

Jetzt änderte sie doch die Farbe und fragte schnell und in unsicherm Tone:

»Sennor, ich bin Parlamentärin. Wollen Sie mich etwa gleich hier behalten?«

»Das könnte ich!«

»Nein, denn das wäre doch wohl gegen alles Völkerrecht!«

»Völkerrecht! Wo es sich um so große, so schauderhafte Verbrechen handelt! Habe ich Ihnen versprochen, Sie nach dem Pueblo zurückkehren zu lassen?«

»Nein, aber das verstand sich doch ganz von selbst!«

»Es war nicht so selbstverständlich, wie Sie meinen; doch will ich Sie beruhigen. Es fällt mir nicht ein, Sie zurückzuhalten. Sie können ungehindert in Ihre ehrenwerte Gesellschaft zurückkehren. Wenn es mir noch nötig erscheinen sollte, mich Ihrer Person zu versichern, so werde ich das so spät wie möglich thun.«

»Eine sehr freundliche Rücksicht für mich!« lächelte sie mich an.

»O nein; es hat einen ganz andern Grund. Ich mag Sie nicht bei mir haben, und darum will ich Sie so lang wie möglich von mir fern halten. Das ist die wahre Ursache.«

»Sie halten Ihr Versprechen, Sennor. Sie sind ebenso aufrichtig mit mir, wie ich mit Ihnen. Ich habe Sie gehaßt vom ersten Augenblicke, an dem ich Sie sah!«

»Danke! So eine wirkliche, wahre und echte Ehre ist mir lange nicht widerfahren.«

»Und darum,« fuhr sie schnell fort, »ist es mir ein wahrer Hochgenuß, jetzt mit Ihnen verhandeln zu können – doch, vom Verhandeln kann eigentlich keine Rede sein! Ich bin nur gekommen, mir einen hohen Genuß zu bereiten, indem ich Ihnen sage, daß Sie sich hier ganz vergeblich bemühen. Sie bekommen weder einen Menschen in die Hand, noch einen Pfennig von dem Gelde, das Sie haben wollen! Sind Sie denn wirklich so verrückt, zu glauben, daß Sie in unser Pueblo dringen können?«

»Und wenn es mir dennoch gelänge, in den Felsenkessel zu gelangen?«

»Das ist eben unmöglich. Ich weiß zwar von damals her, daß Sie es verstehen, sich glatt und unbemerkt wie eine Schlange durchzudrängen, aber bei der hiesigen Örtlichkeit ist das unmöglich. Sie müßten über unsere Wächter wegsteigen.«

»Das ist doch nicht schwer! Es giebt gewisse Griffe und gewisse Stiche, welche einem über fünf und über zehn Wächter weghelfen. Ich gebe Ihnen mein Wort, daß ich, wenn ich nur will, ganz gewiß in Ihr Thal komme!«

»Ja, die gewissen Griffe. und Stiche sind Ihnen freilich zuzutrauen. Es ist nur gut, daß Sie davon sprechen; da kann man doch seine Vorbereitungen treffen. Aber selbst wenn Sie wirklich in unsern Thalkessel gelangten, was hätten Sie davon? Sie wären dann noch immer nicht im Pueblo.«

»Das würde man ersteigen.«

»Bilden Sie sich nicht ein, allmächtig zu sein! Und wären Sie im Pueblo, so hätten Sie noch niemand von uns fest, Wir sind bewaffnet und würden Sie wahrlich nicht schonen! Und noch weniger Hoffnung hätten Sie, das Geld zu bekommen!«

»Ich bin im Gegenteile überzeugt, daß ich es mir doch hole!«

»Keinen Pfennig! Aber, Sennor, Ihre verrückte Idee hat Ihnen bisher so viel Mühe gemacht, daß wir Mitleid mit Ihnen haben und Ihnen etwas zukommen lassen wollen.«

»Was denn wohl, meine gütige Sennora?«

»Sie wissen wohl, wo Vogel sich gegenwärtig befindet?«

»Ja.«

»Das ist wieder ein eklatanter Beweis, daß es mit Ihrer vielgerühmten Klugheit nicht allzuweit her ist. Welcher vernünftige Mensch kommt auf die Idee, einen solchen unerfahrenen Knaben mit hierher zu nehmen! Was hindert uns, ihn unschädlich zu machen?«

»Das hätte nicht den geringsten Vorteil für Sie!«

»Nicht? Wirklich nicht?«

»Durch den Tod des einen Erben, der noch mehrere Nebenerben hat, werden Sie noch lange nicht der rechtliche Besitzer der Erbschaft. Das Verbrechen bleibt Verbrechen. Sie werden sich wohl hüten, den jungen Mann zu ermorden.«

»Ich? Nun ja, mir ist es sehr gleichgültig, ob er stirbt oder ob er leben bleibt. Aber Jonathan und sein Vater werden ihn gewiß töten, wenn ich unverrichteter Sache von Ihnen zurückkehre.«

»Unverrichteter Sache! Sie haben uns also gewisse Anträge zu Stellen, gewisse Vorschläge zu machen?«

»Ja. Wir sind bereit, Ihnen gewisse Vorteile abzulassen –«

»Und verlangen dafür noch größere Vorteile für sich selbst!«

»Wohl kaum! Hören Sie, was ich Ihnen alles biete! Sie bekommen Ihre Pferde wieder, auch den jungen Menschen, der sich Vogel nennt und mit Hunter verwandt gewesen zu sein behauptet –«

»Schön!«

»Vogel erhält hunderttausend Dollars in guten Wertpapieren und Sie bekommen zehntausend Dollars in ebenso sichern Papieren.«

»Für mich?«

»Ja. Bedenken Sie, was das heißt, da Sie dem Onkel Melton, als Sie ihn erstachen, sein Geld abgenommen haben. Sie gelangen also in den Besitz eines Vermögens!«

»Sehr richtig, Sennora!«

»Dafür verlangen wir weiter nichts, als daß –«

Sie stockte und sah mich forschend an, was ich zu dem Folgenden wohl sagen würde.

»Nun, als daß – ?« fragte ich.

»Als daß Sie die Verfolgung Jonathans und seines Vaters aufgeben, nie wieder gegen irgend einen Menschen von dieser Angelegenheit sprechen –«

»Natürlich, natürlich!«

»Und Vogel und seine Verwandten bestimmen, sich mit den hunderttausend Dollars zufrieden zu geben und ebenso verschwiegen zu sein, wie Sie sein werden.«

»Welch eine Bescheidenheit, welch eine wirklich großartige Bescheidenheit!«

»Nicht wahr? Für das viele Geld ein wenig Verschwiegenheit! Kann man etwa weniger verlangen?«

»Nein, auf keinen Fall.«

»Sie sind also einverstanden?«

»Ja.«

»Das freut mich! Ich glaubte wirklich nicht, daß Sie so verständig sein würden, so schnell Ihren Vorteil zu erkennen. Wenn Sie alle drei einverstanden sind, so –«

»Wir sind einverstanden,« unterbrach ich sie, »vollständig einverstanden. Nur haben Sie sich noch nicht erkundigt, auf welchen Punkt sich das Einverständnis bezieht.«

»Nun, auf welchen?«

»Darauf, daß die Meltons die allergrößten Schurken sind, welche es unter der Sonne giebt.«

»Das gehört doch nicht hierher!«

»Gehört vielleicht auch die andere Wahrheit, über welche wir gleichfalls so einverstanden sind, nicht hierher, nämlich die, daß Sie eine ebenso große Schurkin sind wie die beiden Meltons zusammen?«

»Sennor, wozu die Redensarten! Wollen Sie unser schönes Übereinkommen zerstören?«

Sie mochte wirklich geglaubt haben, daß ich auf ihren Vorschlag eingehen wolle, denn ich hatte so ruhig und gleichmütig gesprochen, wie es trotz meiner Empörung möglich war. Erst jetzt schien sie zu bemerken, daß eine Ironie des Grimmes aus mir gesprochen hatte. Sie war bei ihren letzten Worten aufgestanden, als ob sie sich im Zorne entfernen wolle. Ich erhob mich nun auch aus dem Grase und antwortete:

»Unser Übereinkommen? Haben Sie denn in Wirklichkeit annehmen können, daß ich mit Ihren mehr als wahnsinnigen Forderungen einverstanden sei?«

»Wahnsinnig nennen Sie dieselben? Wahnsinnig?« rief sie aus. »Überlegen Sie sich doch, was ich Ihnen biete!«

»Ich brauche es mir nicht zu überlegen! Vogel wird ohnehin alles bekommen, alles, außer dem natürlich, was bis jetzt schon von dem Gelde verschwunden ist!«

»Das zu sagen, ist Wahnsinn. Greifen Sie zu?«

»Nein.«

»So bekommen Sie Ihre Pferde nicht wieder!«

»Ich hole sie mir!«

»Und Vogel stirbt!«

»Wird ihm auch nur ein Haar gekrümmt, so bezahlen Sie es mit Ihrem Leben, Sennora Judith! Merken Sie sich das! Es ist mein bitterster Ernst!«

»Möchte wissen, wie und wann Sie an mich kommen wollten!«

»Das werden Sie erfahren! Ich dächte, Sie hätten allen Grund, nicht allzu zuversichtlich zu sein. Sie haben Winnetou und Old Shatterhand ja kennen gelernt!«

»Dafür werden Sie uns nun auch kennen lernen. Also gehen Sie auf meine Vorschläge ein?«

»Nein und wieder nein!«

»So sind wir fertig!«

»Für diesen Augenblick, nicht aber für später. Ich denke vielmehr, unser neues und schönes Verhältnis wird erst jetzt beginnen!«

»Drohen Sie immerhin; ich lache Sie doch aus!«

Sie gab der Indianerin, die während unserer Unterhaltung fern gestanden hatte, einen Wink, den Sessel aufzunehmen, und schritt dem Hohlwege zu. Dort angekommen, blieb sie stehen, blickte eine kurze Zeit sinnend nieder, kehrte dann um, kam wieder zu mir und sagte:

»Sennor, ich will Sie trotz alledem noch einmal warnen. Trauen Sie sich wirklich zu, in unser Felsennest einzudringen?«

»Ja. Es ist nicht eine Spur von Gefahr dabei!«

»Und ich sage Ihnen, daß wir uns bis auf den Tod verteidigen werden!«

»Ist mir gleichgültig. Ich habe noch ganz andere Gegner vor mir gehabt, als die Meltons sind. Sie selbst rechne ich natürlich gar nicht.«

»O, ich bitte, mich doch zu rechnen, und zwar sehr! Wenn es Ihnen trotz aller Erwartung durch irgend einen günstigen Zufall gelingen sollte, in meine Nähe vorzudringen, würde ich Sie ohne Gnade niederschießen!«

»Thun Sie das, Sennora!«

»Ja, ich werde es thun; darauf können Sie sich verlassen. Ich kämpfe um einen Preis, der mir hoch genug ist, einen Mord zu begehen. Ich habe mich an den Reichtum gewöhnt; ich kann und mag ohne ihn nicht leben; er wird mir jetzt wieder geboten, und Sie wollen mir ihn rauben. Nehmen Sie sich also auch vor mir in acht!«

Sie machte eine Bewegung, sich wieder fort zu wenden, besann sich aber und fügte noch hinzu:

»Wir glaubten, Sie würden auf meine Vorschläge eingehen, dennoch –«

»Dann wäre ich ein Subjekt, welches Ihnen und den Meltons gleichgestellt werden müßte,« unterbrach ich sie.

Sie fuhr, ohne auf meine Worte zu achten, weiter fort:

»Dennoch dachten wir auch daran, daß Sie sich doch vielleicht weigern könnten. Für diesen Fall erhielt ich den Auftrag, Ihnen bis morgen mittag eine Frist zur Überlegung zu geben.«

»Sehr freundlich von Ihnen!«

»Allerdings, denn es ist eine Gnadenfrist. Morgen mittag werde ich wieder hierher kommen. Werden Sie hier sein?«

»Jedenfalls, nämlich wenn wir uns nicht schon vorher wiedergesehen haben.«

»Das werden Sie nicht fertig bringen!« lachte sie. »Also morgen mittag. Leben Sie wohl, Sie großer Held und Retter von Leuten, die Sie nichts angehen!«

»Nicht so schnell, nicht so schnell, Sennora! Wir gehen ein Stückchen mit.«

»Warum?« fragte sie verwundert, indem sie stehen blieb.

»Weil wir als Caballeros wohl wissen, was sich schickt, wenn man den Besuch einer Dame erhalten hat. Wir bringen Sie zu den Ihrigen.«

»Da wird man auf Sie schießen!«

»Höchstens auf Sie, nicht aber auf uns!«

»Nein, nein, auf Sie! Bleiben Sie, bleiben Sie ja!«

»Pah! Gehen Sie nur; wir fürchten uns nicht.«

»Nun, wenn Sie erschossen werden wollen, so habe ich nichts dagegen; es kann mir nur lieb sein. Also machen Sie, was Sie wollen!«

Sie ging mit ihrer Indianerin den Hohlweg hinab; ich schritt dicht hinter ihr; dann folgten mir Winnetou und Emery, die wohl nicht gleich begriffen, was ich eigentlich für eine Absicht verfolgte. Unten am Flusse angekommen, wendete sich die Jüdin links, in den engen Cañon hinein. Als sie sah, daß ich ihr auch da auf der Ferse blieb, hielt sie den Schritt an und sagte erregt:

»Ich glaube gar, daß Sie weitergehen wollen!«

»Natürlich will ich das!«

»Aber ich sagte Ihnen schon, daß die Indianer, welche da oben auf mich warten, auf Sie schießen werden!«

»Meine teuere Sennora, haben Sie doch uni uns keine Angst! Sie sehen ja, daß wir ganz dicht hinter Ihnen gehen. Sobald jemand auf uns schießt, wird er Sie treffen, doch nicht uns. Sie sind unser Schild!«

Sie erschrak.

»Gehen Sie; gehen Sie! Kehren Sie zurück!« rief sie aus. »Ich gehe sonst keinen Schritt weiter!«

»Nicht? Nun, Sie werden mit sich sprechen lassen. Es war eine große Thorheit von den Meltons, Sie zu uns zu schicken. Wir sind zwar anständig genug, Sie zurückkehren zu lassen, ja, wir werden Sie sogar zwingen, zurückzukehren, aber wir gehen mit.«

»Nein, nein, Sie bleiben!« zeterte sie.

»Fällt uns gar nicht ein! Es ist Ehrensache für uns, Sie zu begleiten. Sie lachten mich aus, als ich sagte, daß es uns sehr leicht sein würde, durch die Felsenenge zu kommen; nun muß ich Ihnen doch beweisen, daß wir von Ihnen unschuldigerweise verlacht worden sind. Sie werden heute wieder erfahren, daß Winnetou und Old Shatterhand sehr genau wissen, wie man etwas anzufangen hat. Also bitte, gehen Sie weiter!«

»Ich gehe nicht!«

»So zwinge ich Sie! Zürnen Sie mir nicht, schönste Sennora, wenn Ihr Schwanenhals ein wenig mit meiner Faust in Berührung kommen sollte.«

»Wagen Sie es, Unverschämter!«

»Pah! Vorwärts, Fräulein Silberberg!«

Ich nahm sie hinten beim Genick; da ließ sie sich niedersinken und blieb sitzen, indem sie ausrief.

»Und wenn Sie mich töten, bringen Sie mich nicht fort!«

»Sie Spaßvogel! Töten werde ich Sie nicht, und dennoch werden Sie gehen. Also vorwärts, ich habe keine Lust, mich an dem, was ich thun will, von einer Person Ihres Schlages hindern zu lassen. Auf mit Ihnen!«

Ich nahm sie nur bei dem einen Oberarme, aber mit einem Drucke, unter welchem sie sofort mit einem Schmerzensschrei auffuhr. Sie schritt weiter. Wenn sie den Schmerz nicht mehr fühlte, blieb sie stehen; sobald ich aber die Hand wieder zusammenschloß, ging sie schnell vorwärts. Winnetou und Emery folgten eng hinter mir. Der erste hielt seine Büchse auf der rechten und der andere auf der linken Seite an mir vorüber schußbereit. So konnten sie schießen, während jeder, der uns eine Kugel senden wollte, Judith treffen mußte.

Es war mit keineswegs angenehm, so verfahren zu müssen, denn die Jüdin mochte moralisch noch so tief stehen, sie war doch ein Weib; aber es handelte sich nicht nur um die Befreiung Vogels, sondern um das Gelingen unseres ganzen Planes; da konnte ich mich nicht von zarten Bedenken abhalten lassen.

Der Cañon wurde immer enger. Bald sahen wir Indianer, welche hinter einem Strauche an einem Felsen auf der Lauer lagen. Auch sie sahen uns. Die junge Indianerin war mit dem Stuhle vorausgeeilt und hatte sie benachrichtigt. Sie konnten nicht schießen, ließen uns aber so nahe kommen, daß ich meinen Revolver zog und, die Jüdin immer vor mich herschiebend, einige Schreckschüsse abgab. Da rissen sie aus. So trieben wir sie von Strecke zu Strecke immer weiter zurück, bis ich einen nach dem andern seitwärts verschwinden sah, und zwar, wie wir dann wohl bemerkten, in der Felsenenge, welche aus dem Cañon des Flujo blanco nach dem Felsenkessel des Pueblo führte.

Wir kamen bei dieser Enge an. Das war die Stelle, welche uns heute früh so gefährlich hatte werden sollen. Darum sagte ich zu Judith:

»Hier sollten wir erdrückt werden. Die Hälfte der Yumas wollte uns in der Enge erwarten, und die andere Hälfte, welche unten am Bache im Hinterhalte lag, hatte die Aufgabe, uns dann von hinten zu drängen. Sie sehen, daß es nicht so leicht ist, mit uns Komödie zu spielen, während es uns gar nicht schwer geworden ist, dahin zu gelangen, wohin wir wollten.«

»Sie sind ein Teufel, ein wahrer Teufel!« zischte sie mich an. »Dem widerspreche ich nicht, Sennora. Ich gestehe sogar sehr gern, daß es mir allerdings ein wirkliches Vergnügen machen wird, jedem eine Kugel entgegenzuschicken, der es wagen sollte, das Pueblo durch diese Felsenenge zu verlassen. Da drinnen stecken jetzt alle Ihre Leute beisammen; sie sind eingeschlossen. Wir setzen uns jetzt vor den Eingang und lassen niemand heraus. Wir sind zwar nur drei Personen, aber bedenken Sie, daß wir außer unsern Gewehren sechs Revolver haben, wozu mein Stutzen kommt, von denen der alte Melton Ihnen einige Stückchen erzählen kann. Wir haben in Summa über sechzig Schüsse, ohne daß wir zu laden brauchen. Sagen Sie das Ihren Leuten! Sagen Sie ihnen auch, daß wir keinen Pardon geben, wenn dem Gefangenen etwas geschieht! Und vergessen Sie nicht, auch zu erwähnen, daß wir ein sehr scharfes Gehör besitzen! Wollte sich jemand trotz alledem herausschleichen, so würden wir ihn schon von weitem hören, und eine tödliche Kugel wäre ihm sicher. Und nun gehen Sie hinein! Wir brauchen Sie nicht mehr. Aber da Sie uns für morgen mittag bestellt haben, werden wir zu dieser Zeit noch hier sitzen. Haben Sie uns dann wieder etwas zu sagen, so bin ich gern bereit, zu erfahren, ob Sie noch so stolz sprechen, wie Sie heute gesprochen haben. Der ›große Held und Retter‹ sagt Ihnen lebewohl!«

Ich ließ ihren Arm los, und sie verschwand augenblicklich in der Enge. Wir setzten uns, die Gewehre schußfertig haltend, vor derselben nieder. Es war schon nicht mehr sehr hell hier im tiefen Cañon; der Tag neigte sich zur Rüste.

»Alle Wetter, Charley, war das ein Gedanke von dir!« flüsterte Emery. »Wer hätte geglaubt, daß es möglich sei, am hellen Tage mit heiler Haut bis hierher zu kommen!«

»Pah! Der Gedanke war einfach genug; er lag so nahe, daß man jeden, der ihn nicht gefaßt hätte, für einen Idioten halten müßte.«

»Obgleich du das sagst, glaube ich nicht, daß ich auf ihn gekommen wäre. Nun haben wir gewonnen! Das Pueblo ist unser!«

»Noch lange nicht. Aber ich denke, daß die Meltons fliehen werden.«

»Alle Wetter! Dann könnten wir ihnen wieder, wer weiß wie weit, nachlaufen!«

»Daran dachte ich. Es lag also nahe, ihnen die Flucht abzuschneiden, den Weg zu verlegen. Es gibt nur einen einzigen Weg, vor welchem wir jetzt sitzen. Sie wissen, daß wir da sind, daß wir auf jeden schießen werden, der sich aus der Enge wagen wollte; sie werden sich hüten, das zu thun; wir haben sie also fest.«

»Wenn das nur so sicher wäre! Es ist doch denkbar, daß sie alle zugleich einen Ausfall machen.«

»Alle zugleich! Wie wäre das möglich? Es kann ja nur immer einer heraus. Für zwei ist kein Platz. Wie sie nacheinander kämen, würden wir sie empfangen. Wir brauchen gar nicht drei zu sein; es genügt einer von uns, den Ausgang zu bewachen.«

»Hm, hast recht. Die Kerle stecken jetzt in ihrer eigenen Falle. Aber wir können doch nicht ewig hier sitzen; wir müssen hinein!«

»Natürlich! Wenn es dunkel geworden ist, schleichen wir uns fort. Leider haben wir keine Pferde. Wir müssen also den weiten Weg zum Felsenrand hinauf zu Fuß machen.«

»Dann wird aber hier der Ausgang frei!«

»Ja, aber das wissen sie nicht. Sie denken, wir bleiben hier, und wagen sich nicht heraus.«

»Aber wenn wir uns oben herabgelassen haben, dann sehen sie uns und werden hier heraus fliehen.«

»Das kann der Fall sein, ist aber nicht zu verhindern.«

»O doch. Einer von uns muß hier bleiben.«

»Hm! Das ließe sich wohl machen. Was sagt mein Bruder Winnetou dazu?«

»Unser Bruder Emery hat recht,« antwortete der Apatsche. »Er mag hier zurückbleiben. Mit seiner Doppelbüchse und seinen zwei Revolvern kann er alle, die herauswollen, zurückhalten.«

»Ja, das werde ich,« stimmte der Englishmann bei. »Ich bin zudem kein großer Turner und Kletterer; die Partie an den Lassos herab wäre mir sehr schwer gefallen. Hier aber habe ich nichts zu thun, als loszudrücken, wenn jemand die Nase heraussteckt.«

»Aber werden wir zwei alles, was es im Pueblo zu thun giebt, fertig bringen?« fragte ich Winnetou.

»Ja« nickte er.

»Die beiden Meltons ergreifen?«

»Ja; ich den einen und du den andern.«

»Und uns gegen die Yumas wehren, die uns daran hindern wollen?«

»Sie hindern uns nicht. Sie werden gar nicht im Pueblo sein. Sie liegen gewiß da drin vor der Enge, wo sie in den Felsenkessel mündet. Wie wir hüben wachen, daß sie nicht heraus können, so wachen jene drüben, damit wir nicht hinein können.«

»Ich gebe es zu. Aber es ist immerhin ein kühner Gedanke, wenn nur zwei Männer es wagen, sich von einem so hohen Felsen in einen so tiefen Kessel hinabzulassen, in welchem sich so viele Feinde befinden. Die dümmste Kugel wirft den Tapfersten über den Haufen.«

»Die Yumas werden gar nicht schießen. Sie befinden sich nicht im Pueblo, sondern am Ausgange des Kessels. Im Pueblo sind nur die beiden Meltons und die Jüdin. Mit diesen Dreien werden wir wahrscheinlich fertig, ohne daß die Yumas etwas davon merken. Dann kann uns niemand etwas anhaben, da die Meltons uns, wie vorhin die Jüdin, dann als Schutz und Schirm dienen werden. Mein Bruder Scharlieh stellt sich die Sache viel schwerer vor, als sie ist.«

So etwas hatte Winnetou mir noch nicht gesagt. Ich wußte, daß er nicht an meinem Mute zweifelte, und doch war es mir, als ob ich mich zu schämen hätte. Die Ausführung unsers nächtlichen Unternehmens kam mir eben schwerer und gefährlicher vor, als ihm. Das Pueblo hatte einen für den Angreifer gefährlichen Bau. Wer in eine Wohnung wollte, mußte durch ein in der Decke derselben befindliches Loch steigen. Ehe man da den Fußboden erreichte, konnte man zehn Kugeln oder Messerstiche erhalten haben. Und vorher die Passage an den Lassos herab! Es gab wahrscheinlich Sternenschein. Wie leicht konnten wir, oben am Lasso hängend, unten gesehen werden! Dann wurden wir wahrscheinlich »abgeschossen«, wie zum Beispiel auf der Vogelwiese zu Tiegelhausen oder Pfannenstadt von der löblichen Schützengilde alljährlich zur schönen Sommerzeit ein hölzerner Vogel »abgeschossen« wird.

Als ich das dem Apatschen erklärte, ließ er sein bekanntes Lächeln sehen und sagte:

»Mein Bruder hat eine viel zu hohe Meinung von den Männern, welche sich jetzt da drin beim Pueblo befinden. Die Yumas bewachen die Felsenenge. Werden sie das im Dunkeln thun?«

»Nein. Sie werden sicher ein Feuer anzünden. Sie müssen jeden Augenblick gewärtig sein, daß wir von hier aus eindringen. Im Dunkeln könnte uns das gelingen; bei einem Feuer aber nicht.«

»Sie werden bei diesem Feuer sitzen. Das blendet aber ihre Augen so, daß sie nicht sehen können, was oben an der dunkeln Felsenwand geschieht. Sie werden uns nicht bemerken.«

»Aber wenn die Meltons und vielleicht auch Judith im Dunkeln oben auf der Plattform sitzen! Die können uns sehen.«

»Ja, die könnten uns sehen, werden es aber nicht. Mein Bruder darf nicht vergessen, daß sie uns auch dann noch hier an dieser Stelle vermuten. Ihre Aufmerksamkeit wird also stets nach dieser Gegend, nach dem Eingange gerichtet sein. Nach der Felswand aber werden sie gar nicht schauen.«

Ich sah ein, daß er recht hatte, und fühlte mich beruhigt. Ich war so bedenklich gewesen, weil meiner Ansicht nach der entscheidende, der letzte Schlag heute fallen sollte. Mißglückte uns dieser, so stand zu befürchten, daß wir dann nichts mehr thun konnten.

Emery hatte sich die Worte des Apatschen von dem Feuer zu Herzen genommen. Er stand auf und entfernte sich, um dürres Holz zusammenzusuchen; ich half ihm dabei. Es war besser, wenn er ein Feuer hatte, das zweierlei Nutzen zugleich gewährte. Erstens diente es zur Beleuchtung, und zweitens war es, wenn es nicht außerhalb, sondern innerhalb der Felsenenge angezündet wurde, ein Hindernis für jeden, der aus derselben heraus wollte.

Als es dunkel geworden war, kamen leichte Rauchwolken durch die Enge zu uns herausgedrungen. Die Yumas hatten also drinnen ihr Feuer angezündet. Wir häuften nun auch Holz in dem Eingange zusammen und steckten es in Brand. Wir hatten soviel Feuermaterial zusammengelesen, daß die Flamme die ganze Nacht hindurch genährt werden konnte.

Nun wäre es ein großer Fehler gewesen, hätte Emery in der Nähe des Feuers sitzen bleiben wollen. Er suchte sich einen Platz im Gebüsch, wo er im Dunkeln saß, gerade dem Feuer gegenüber. So konnte er über das letztere hinweg ein Stück in die Enge hineinblicken und schon beizeiten jeden sehen, der etwa herausdringen wollte. Nun war es für Winnetou und mich Zeit, zu gehen. Ich ließ mir den Lasso des Engländers geben, weil wir ihn brauchten. Er hatte ihn, gerade so wie wir, in Schlingen gebunden von der rechten Achsel auf die linke Hüfte herunterhängen.

»Ja hast du ihn,« sagte er. »Ich will hoffen, daß er nicht zerreißt. Wann werdet ihr oben ankommen?«

»Frühestens in fünf Viertelstunden, weil wir nicht reiten können.«

»Ist es euch nicht möglich, mir ein Zeichen zu geben, wenn ihr unten seid?«

»Nein, denn das Zeichen würde uns wahrscheinlich verraten,«

»Aber ich möchte euch doch gern helfen, wenn es zum Kampfe kommen sollte!«

»Hoffentlich brauchen wir dich nicht.«

»Und wenn aber doch?«

»So horche nach der Felsenenge. Giebt es gewöhnliche Schüsse oder sonstigen Lärm, so bleibst du auf deinem Posten und lässest niemand heraus. Hörst du aber den starken tiefen Knall meines Bärentöters, der sicherlich bis hier herausdringen wird, so befinden wir uns in Gefahr und du kommst über und durch die beiden Feuer hinein in den Felsenkessel. Sobald ich dich erscheinen sehe, werde ich dir zurufen, was du thun sollst.«

»*Well!* so mag es sein. Hoffentlich giebt's keine Schrammen oder gar Löcher in unsern Personen zu flicken. Heute haben wir die beiden Halunken endlich fest, und ich glaube nicht, daß sie uns wieder entkommen werden.«

Ich war derselben Meinung, als ich ihm nun die Hand gab, um mich mit dem Apatschen zu entfernen.

Es war jetzt hier im Cañon so dunkel, daß ein gewöhnlicher Mann die Hand vor dem Auge nicht hätte sehen können. Unsere Sehwerkzeuge aber waren so geübt, daß wir wenigstens nicht an die Bäume rannten, nicht in das Wasser strauchelten und auch leidlich schnell fortkamen. Als wir dann das Thal des Flusses und nachher auch den Hohlweg hinter uns hatten, wurde es besser, denn die Sterne leuchteten uns zur Genüge.

Wir schritten so rasch wie möglich vorwärts, und zwar ohne uns zu unterhalten, da es nichts Wichtiges zu sprechen gab. Dennoch dauerte es über eine Stunde, ehe wir oben auf der Hochebene am Rande des Thalkessels ankamen. Winnetou führte mich zu dem Baume, an welchem die Lassos befestigt werden sollten.

Unten brannte da, wo die Felsenenge in den Kessel mündete, ein großes Feuer; sonst war alles dunkel. Tiefe Stille herrschte. Wenn die Yumas sich unterhielten, wenn irgend ein Pferd schnaubte oder es sonst ein Geräusch in der Tiefe gab, so hörte man hier oben nichts davon.

»Denkt mein Bruder, daß wir gleich hinuntergehen?« fragte Winnetou.

»Ja.«

»Aber die Yumas sind jetzt noch zu wachsam. Es wäre wohl besser, wenn wir noch warteten.«

»Ganz wie mein Bruder will.«

Wir legten uns also nieder und trafen zunächst unsere Vorbereitungen, deren es nicht viele gab. Wir hatten nur die Lassos zusammenzubinden, weiter nichts. Als dann vielleicht eine Stunde vergangen war, machten wir uns ans Werk. Da gab es zunächst einen kurzen Streit. Jeder wollte der erste sein, weil das gefährlich war. Winnetou behielt schließlich die Oberhand, indem er sagte:

»Der erste darf nicht hinunterklettern, sondern er muß hinabgelassen werden, und da du stärker bist als ich, so mußt du oben bleiben und den zweiten machen.«

Wir hatten das eine Ende der zusammengebundenen Lassos an den Stamm des Baumes befestigt; er schlang sich das andere über Brust und Rücken und unter den Armen hindurch, hing seine Büchse über und kniete am Rande des Abgrundes nieder. Ich nahm das Riemenseil in die Hände, stemmte die Füße fest ein und ließ es langsam durch die Finger gleiten. Da das Seil über die Felsenkante ging, so trug dieselbe einen Teil der Last mit, und ich brauchte mich fast gar nicht anzustrengen. Die Lassos waren noch nicht ganz abgelaufen, so merkte ich, daß Winnetou unten angekommen war. Er zog sie fest an, daß ich nicht in Schwingung geraten sollte. Ich hatte es nun freilich schwerer, als er. Sich an einem starken Seile vierzig Ellen hinabzulassen, das ist leicht, aber sich an einem dünnen Lasso so tief hinabzugreifen, das ist schwer. Man kann, wenn man nicht die Füße zu Hilfe nimmt, das Fleisch von den Händen verlieren. Es ging also langsam; aber als ich unten bei Winnetou anlangte, waren meine Hände zwar glühend heiß, doch Schmerzen hatte ich nicht. Meine beiden Gewehre hatte ich natürlich, über den Rücken gehängt, mitgebracht.

Wir befanden uns auf der obersten Plattform. Gar nicht weit von uns lehnte die Leiter, und wenige Schritte davon sahen wir ein offenes Loch, den Eingang zu der unter uns liegenden Etage, auf dessen Decke oder Dach wir standen.

»Hast du etwas Verdächtiges bemerkt?« fragte ich den Apatschen.

»Nein,« antwortete er.

»Vielleicht ist jemand unter uns. Wir müssen in das Loch horchen.«

»Das ist nicht nötig, denn es ist niemand da. Befände sich irgend wer unter uns, so würde die Leiter nicht außen an-, sondern nach innen im Loche liegen.

»Das ist richtig. Steigen wir also auf die nächste Plattform hinab!«

Wir krochen nach der Leiter und stiegen nicht von Sprosse zu Sprosse, sondern rutschten gleich an derselben hinab, weil das viel schneller ging. Auch hier gab es ein Loch, welches offen stand, und auch hier lehnte eine Leiter außen an. Es befand sich also auch niemand in der Etage, auf deren Plattform wir jetzt standen. Winnetou deutete nach dem Feuer hinab und sagte:

»Da unten sitzen die Krieger alle, welche, wie wir gehört haben, die obersten Stockwerke bewohnen; dieselben sind also leer.«

Schon stand ich im Begriff, ihm beizustimmen, als wir unter uns die Stimme eines kleinen Kindes hörten.

»Was ist das!« flüsterte der Apatsche. »Es sind also dennoch Menschen hier!«

»Still!« warnte ich. »Wir haben nur an die Krieger, also an die Männer gedacht, die Frauen und Kinder aber vergessen. Wir müssen außerordentlich vorsichtig sein und dürfen nicht das geringste Geräusch verursachen, sonst kommen die Squaws heraus, um nachzusehen.«

»Das können sie nicht, weil die Männer, als sie nach unten stiegen, die Leitern mit nach außen genommen haben. Die andern Familienglieder können also nicht eher heraus, als bis die Krieger wieder heraufkommen und die Leitern in die Löcher hinablassen.«

So huschten wir unhörbar von einer Terrasse immer auf die nächst tiefere herab, bis wir auf der vierten angekommen waren, an welcher die Leiter zu unserm Leidwesen nicht außen lehnte; sie steckte in dem Loche.

»Das ist gefährlich,« raunte mir Winnetou zu. »Es kann jeden Augenblick jemand heraufkommen und uns sehen. Wir müssen fort!«

»Wieder aufwärts?«

»Nein, auf die nächste Plattform hinunter.«

»Aber wie? Es giebt ja keine Leiter da, und aus dem Loche ziehen können wir sie doch unmöglich, weil man das sofort bemerken würde. Wir holen uns die vorige her, auf welcher wir soeben herabgekommen sind.«

»Nein. Es könnte jemand hier aus der Wohnung kommen, die Leiter sehen, welche gar nicht hergehört, Verdacht schöpfen und Lärm machen.«

»So müssen wir ohne Leiter hinab!«

»Aber wie?«

»Wir helfen einander. Komm!«

Die Etagen waren nicht viel über vier Ellen hoch; man konnte also notgedrungen auch ohne Leiter hinab, aber freilich nicht springen, weil dies Lärm verursacht hätte. Wir krochen nach der Kante unserer Plattform vor. Aus dem Eingangsloche der tieferen Terrasse glänzte ein sehr matter, kaum bemerkbarer Lichtschein zu uns herauf.

»O weh!« flüsterte ich dem Apatschen zu. »Da unten liegt die dritte Plattform, also die Decke des zweiten Stockwerkes, in welchem Melton der Vater wohnt. Er ist in seiner Wohnung und hat Licht. Das ist höchst gefährlich für uns, zumal wir keine Leiter haben und also befürchten müssen, Geräusch zu verursachen.«

»Um so schneller müssen wir hinab. Ich werde meinen Bruder an seinem langen Bärentöter hinunterlassen; dann mag er sich hart an die Mauer stellen, damit ich auf seine Schultern steigen kann.«

Ich gelangte auf die angegebene Weise glücklich hinunter. Winnetou stieg von oben auf meine Schultern. Um ihm dann mit meinen verschlungenen Händen eine weitere, tiefe Stufe zu geben, mußte ich das Gewehr weglegen; ich lehnte es an die Mauer neben mich. Der Apatsche trat in meine Hände und wollte von da den einen Fuß auf den Boden setzen; der Schritt war aber zu weit; er strauchelte, stieß an den schweren Bärentöter, und dieser stürzte, einen lauten, schweren Schlag verursachend, um. Und das gerade über der Wohnung des alten Melton!

»Schnell fort und an das äußerste Ende der Terrasse!« flüsterte ich. »Dann niederducken; denn er wird höchst wahrscheinlich kommen!«

Wir huschten auf dem Dache hin und bis zum Ende desselben, wo wir uns platt niederlegten. Kaum war dies geschehen, so sahen wir den Alten erscheinen. Er kam mit dem ganzen Oberkörper aus dem Loche, und fragte im Pueblodialekte laut: »Payu ti-i – ist wer hier?«

Als er keine Antwort bekam, stieg er vollends heraus und schritt langsam über die Plattform hin, glücklicherweise in uns entgegengesetzter Richtung. Er hatte Verdacht geschöpft. Als er auf jener Seite nichts sah, kam er auf diese, doch nicht soweit, daß er uns sehen konnte. Dann kehrte er an das Loch zurück und stieg hinab. Als seine Gestalt verschwunden war, krochen wir hin und blickten vorsichtig hinab. Da das Loch nur so groß war, daß ein starker Mann hindurch konnte, so war von dem unter uns liegenden Raume nicht viel zu sehen. In die viereckige Stelle, welche wir überblickten, ragten zwei Beine eines Stuhles herein; das war alles, was sich unsern Augen bot. Das Licht brannte jedenfalls nicht unter uns, sondern in einem nebenanliegenden Gemache. Ein leises Hüsteln ließ sich von Zeit zu Zeit vernehmen, sonst war es still. Thomas Melton befand sich jedenfalls allein da unten.

»Was thun wir?« fragte ich den Apatschen leise.

»Wir müssen ihn haben,« antwortete er. »Er hat niemand bei sich; besser können wir ihn nicht bekommen.«

»Aber wie! Wollen wir hinab?«

»Nein. Ehe einer von uns hinunter käme, hätte er ihn bemerkt und machte Lärm oder griff gar zu den Waffen, was noch schlimmer wäre.«

»So muß er herauf!«

»Ja. Ruf ihn! Aber nicht mit lauter Stimme, sonst merkt er, daß es eine fremde ist.«

»Gut, ich werde ihn täuschen. Nimm du ihn bei der Kehle, aber gleich so, daß er keinen Laut ausstoßen kann. Das übrige thue dann ich.«

Ich beugte mich in das Loch hinab und rief in jenem unterdrückten, hastig heimlichen Tone, bei welchem fast alle Stimmen sich ähnlich klingen:

»Vater, Vater, bist du unten?«

»Ja,« antwortete er, und ich hörte ein Geräusch, wie wenn jemand von einem Stuhle aufsteht. »Was willst du!«

Er hielt mich also, wie ich beabsichtigt hatte, für seinen Sohn.

»Komm herauf, schnell, schnell!«

»Warum?«

»Mach nur, mach schnell!«

»So rede doch laut! Oder soll es niemand hören?«

Bei diesen Worten hörte ich ihn kommen. Ich zog schnell den Kopf zurück, und Winnetou hielt die Hände griffbereit. Wir knieten beide an der Seite des Loches, der er, wenn er die Leiter heraufkam, den Rücken zukehren mußte. Wir hörten ihn steigen. Jetzt erschien sein Kopf, sein Hals; die Schultern kamen aus dem Loche hervor.

»Was ist's denn? Wo bist –«

Weiter kam er mit seiner Frage nicht, denn Winnetou hatte ihm die Finger wie eiserne Klammern um den Hals gelegt. Zwei Faustschläge von mir gegen seinen Kopf, dann griff ich ihm rasch unter die Arme, um ihn zu halten, sonst wäre er hinuntergestürzt, denn seine Füße hatten den Halt verloren; sie waren von der Leitersprosse abgeglitten.

»Er ist ohnmächtig,« flüsterte Winnetou mir zu. »Laß ihn los, damit er an der Leiter hinunterrutscht!«

»Nein, denn das würde einen lauten Fall geben, und sein Sohn wohnt unter ihm. Ich halte ihn fest; steige du hinter ihm hinab und unterstütze ihn; da kommt er ohne Geräusch auf den Boden zu liegen.«

Das war eher gesagt, als gethan. Das Loch war nicht weit genug für zwei, und die Gestalt Meltons nahm die ganze Leiter ein, sodaß die Füße des Apatschen nur schwer die Sprossen treffen konnten. Doch endlich war er unten und nahm den leblosen Körper in Empfang. Ich stieg nach.

Als ich unten angekommen war, zog ich zunächst die Leiter zu uns herab, damit wir nicht gestört werden konnten; dann sah ich mich schnell um. Wir befanden uns zwischen vier kahlen Lehmwänden, die nichts einschlossen als nur die Leiter und den alten Holzstuhl, dessen zwei Hinterbeine ich vorhin gesehen hatte. Rechts und links führten Thüröffnungen weiter. Ich warf einen Blick nach rechts hinein, wo Melton vorhin gesessen hatte. Ebenso vier kahle Wände, ein alter Tisch, zwei Holzstühle und ein Lager, welches aus mehrfach übereinander gelegten Fellen und Decken bestand. Das sah sehr triste aus, war aber für einen Mann wie Thomas Melton mehr als genug. Ich zog mein Messer, schnitt eine Lagerdecke in lange Fetzen und kehrte dann zu Melton zurück, um ihm Hände und Füße zu binden. Ein Stück der Decke bekam er auf den Mund gebunden, daß er nicht laut werden konnte. Nun hatten wir Zeit, wenn auch nicht lange, uns umzusehen. Auf dem Tische stand eine primitive Thonlampe, welche mit schlechtem Öl gespeist wurde; diese mußte uns leuchten.

Es lagen sechs Räume nebeneinander, die nur ganz spärlich das hatten, was man Möbel nennen könnte. Man sah, daß alles mit dem Beile gefertigt war. In einer der Stuben, die aber nicht Stuben zu nennen waren, denn sie hatten keine Fenster und durch die Thüröffnungen konnte auch kein Licht dringen, fanden wir die Waffen des Alten. Wie ließen sie liegen. Zu unserer Beruhigung diente der Umstand, daß die Etage durch kein Innenloch mit der tieferen verbunden war. Von da unten, wo Jonathan Melton mit der Jüdin wohnen sollte, konnte also während unserer Abwesenheit niemand herauf und den Alten befreien. Wir kehrten zu diesem zurück und zogen ihn in die Stube, in welcher die Lampe gestanden hatte. Dort legten wir den Tisch um, mit der Platte nach unten und den Beinen nach oben; dann schoben wir den Körper des Gefangenen zwischen die vier Beine hinein, und banden ihn an dieselben fest. Nun konnte er unmöglich von selbst loskommen. Darauf löschten wir die Lampe aus, legten die Leiter an, stiegen auf die Plattform zurück und zogen die Leiter empor, um mit Hilfe derselben auf die nächst tiefere Etage, derjenigen Jonathan Meltons, zu kommen.

Das Thürloch derselben war auch offen, und hier drang ein sehr heller Lichtschein nach oben. Nachdem wir die Leiter herabgelassen und an derselben niedergestiegen waren, schlichen wir uns nach dem Loche und horchten zunächst. Zwei Personen sprachen miteinander, eine männliche und eine weibliche; ich erkannte Jonathans und Judiths Stimmen. Auch hier führte eine Leiter hinab, weshalb draußen an der Terrasse keine lag. Das Loch war fast noch einmal so groß als die, welche wir bisher gesehen hatten; darum lag, als ich hinunterblickte, ein größerer Raum als beim alten Melton vor mir. Ich sah außer der Leiter freilich nichts als wieder Füße, und zwar vier;

diesmal waren es keine Stuhlbeine, sondern zwei mit Männerstiefeln und zwei mit kleinen Pantoffeln bekleidete Füße. Jonathan und Judith schienen auf einer Bank nebeneinander zu sitzen. Eben hörte ich die letztere sagen:

»Du denkst also, daß die drei Menschen draußen vor unserm Eingange halten bleiben?«

»Ja,« antwortete er. »Um uns zu bewachen!«

»Und wir können sie nicht verjagen?«

»Nein. Es giebt leider nur diesen einen Weg nach außen. Und wenn hundert und noch mehr Mann hier beisammen wären, so könnten wir nichts machen, weil die Passage durch die Enge nur einzeln möglich ist. Die ersten würden von ihnen erschossen, und würden mit ihren Leibern für die andern den Weg verstopfen. Mein einziger Trost ist der, daß wir hier Proviant für Monate, und Wasser für eine ganze Ewigkeit besitzen. Bis dahin wird den drei Halunken wohl die Geduld ausgegangen sein!«

»Solange brauchen wir nicht zu warten. Komm, mein Lieber, ich will dir etwas zeigen!«

»Was?«

»Das wirst du sehen. Wir steigen nach unten.«

Nach unten steigen? Da mußten sie doch höchst wahrscheinlich zur Leiter heraufkommen. Wir entfernten uns also schleunigst von dem Loche und legten uns in der entferntesten Ecke der Terrasse nieder, um nicht gesehen zu werden. Wir warteten aber vergeblich; sie kamen nicht. Es schien, man konnte aus der ersten Etage von innen nach dem Erdgeschosse gelangen, Wir krochen also bis an die Kante der Plattform vor und blickten vorsichtig hinab, sahen aber nichts. Wir hätten gern gewußt, was die Jüdin ihrem Jonathan zu zeigen hatte; jedenfalls hing es mit der Frage des Entkommens zusammen. Erst nach längerer Zeit wagten wir uns zum zweitenmal an das Loch. Die beiden saßen wieder unten und spannen das Thema, welches sie vorhin abgerissen hatten, weiter. Gleich der Anfang ihres nunmehrigen Gespräches ließ vermuten, daß es einen für uns sehr wichtigen Inhalt haben werde, denn sie sprachen von der Möglichkeit der Flucht, des Entkommens aus dem Thalkessel. Ich beugte den Kopf tiefer hinab, um ihre Worte leichter verstehen zu können; da aber faßte Winnetou leider meinen Arm, zog mich zurück und flüsterte mir zu:

»Rasch fort; da oben kommt jemand; ich höre es!«

Wir befanden uns, wie bereits erwähnt, auf der zweiten Terrasse, von unten herauf gerechnet, also in so unbedeutender Höhe über der Sohle des Thales, daß wir, wenn wir aufrecht standen, von dem Scheine des Feuers, welches am Eingange brannte, getroffen wurden. Wir durften uns also nicht aufrichten und schoben uns kriechend von dem Loche weg, wo wir uns im Lampenlichte befunden hatten. Ich hatte kein Geräusch gehört, konnte mich aber auf die scharfen Sinne des Apatschen verlassen. Als wir uns eine kleine Strecke von dem Loche entfernt hatten, hielten wir an, um zu lauschen. Es war nichts zu hören. Darum fragte ich Winnetou mit leiser Stimme:

»Was für ein Geräusch hat mein Bruder vernommen?«

»Neben uns Schritte und auch eine Stimme.«

»Aber es kommt niemand. Es wird nicht auf der nächsten, sondern auf einer noch höheren Plattform gewesen sein.«

»Nein; es war gleich über uns. Ich weiß ganz genau, daß –«

Er hielt inne, denn gerade über uns hörten wir eine leise, und zwar männliche Stimme sagen:

»Komme doch weiter! Warum bleibst du hier stehen?«

»Weil ich etwas gesehen habe, was mir auffällt,« wurde ebenso leise geantwortet, doch hörten wir es.

»Was?«

»Zwei Köpfe waren da unten über dem Loche,«

»Das ist doch nicht auffällig!«

»Zwei Köpfe, welche lauschten? Das soll nicht auffällig sein?«

»Nein. Es werden die Dienerinnen dagesessen haben.«

»Nein. Es waren Männer.«

»Rote? Es sind Krieger von uns gewesen.«

»Nein. Es war ein Indianer, dessen Kopf nur mit seinem langen Haare bedeckt war, und ein Weißer, der einen Hut trug.«

»Also ein Krieger von uns, und vielleicht der Vater des jungen Bleichgesichtes.«

»Auch das nicht, denn der Vater besitzt einen andern Hut. Es waren Fremde!«

»Das ist unmöglich!«

»Ich würde das auch denken, wenn ich sie nicht, gerade als ich den Rand hier erreichte, ganz deutlich gesehen hätte.«

»Nun lege dich nieder! Wir wollen einmal hinabsehen.«

Wir hörten am Geräusche, daß sie sich niederlegten und über die Kante der Terrasse herabblickten. Wir befanden uns gerade unter ihnen. Ein Glück, daß wir nichts Helles an unsern Anzügen hatten! Dennoch mußten sie, wenn sie scharfe Augen besaßen, uns sehen. Darum vergingen für uns einige Minuten großer Spannung; dann hörten wir die Frage:

»Siehst du etwas?«

»Nein.«

Ach auch nicht. Du wirst dich jedenfalls getäuscht haben. Wie sollen Fremde in unser Thal und gar herauf auf die Plattform kommen!«

»Das kann ich mir auch nicht erklären.«

»Der Eingang ist doch von unsern Kriegern besetzt.«

»Sie sind aber dennoch da!«

»Ich glaube es nicht. Steigen wir also weiter, und sehen wir einmal nach! Du wirst finden, daß kein Mensch vorhanden ist.«

»Ja, sehen wir nach!«

Wir hörten, daß sie aufstanden und nach der Stelle gingen, an welcher wir vorhin die Leiter angelegte hatten.

»Sie kommen herab!« flüsterte Winnetou. »Eilen wir nach der andern Seite!«

Wir huschten schleunigst nach dem linken Ende der Terrasse, während die beiden Roten an der rechten Seite derselben herabgestiegen kamen. Dort legten wir uns nieder und drückten uns eng an die Lehmmauer.

»Wir glaubten, daß nur Frauen und Kinder da oben in den Wohnungen seien, haben uns aber geirrt,« flüsterte Winnetou. »Hoffentlich sehen uns die beiden nicht!«

»Und wenn sie uns aber sehen, was thun wir da?« fragte ich.

»Wir fassen sie.«

»Sie dürfen aber nicht laut werden!«

»Nein. Wir nehmen sie mit der linken Hand bei der Gurgel und stoßen ihnen mit der rechten das Messer ins Herz.«

»Nein, töten wollen wir die armen Teufel nicht.«

»Dann ist es fraglich, ob es uns gelingen wird, sie so zu überwältigen, daß sie nicht schreien können.«

»O wir haben den Griff nach dem Halse schon so oft geübt!«

»Er kann auch einmal mißlingen.«

Er hatte ganz recht; aber das Mißlingen war auch beim Gebrauche der Messer möglich, und so war es jedenfalls besser, das Leben der beiden zu schonen.

Da sie aufrecht gingen und also vom Lichte des Feuers getroffen wurden, konnten wir sie sehen. Sie waren die Leiter herabgestiegen und kamen nun langsam und das Terrain vorsichtig prüfend von der rechten Seite der Plattform nach der linken gegangen. Aus der Sorgfalt, mit der sie dabei verfuhren, schlossen wir, daß sie ganz gewiß bis zu unserm Winkel kommen würden.

Und so geschah es auch; sie kamen näher und näher. Sie befanden sich noch zehn, acht, sechs, vier Schritte von uns. Ich hoffte, daß sie noch weiter herankommen würden; dann wären wir rasch aufgesprungen, um sie zu packen. Sie blieben aber stehen und starrten mit vorgebeugten Körpern zu uns her.

»Was liegt dort?« fragte der eine.

»Das ist ein Mensch,« antwortete der andere.

»Nein, es sind zwei. Wer seid ihr?«

Diese Frage richtete er in lautem Tone an uns. Wir antworteten nicht, weil wir dachten, daß sie dann näher herankommen würden.

»Was wollt ihr hier?«

Ich sah, daß er ein Messer zog, und der andere folgte dem Beispiele. Jetzt durften wir nicht zögern, obgleich die Partie nicht so gut für uns stand, wie wir erwartet und gewünscht hatten; ihre Messer konnten uns gefährlich werden. Wir sprangen also auf und warfen uns auf sie. Ich gab demjenigen, auf den ich meinen Angriff richtete, einen Schlag auf den Arm, daß er das Messer fallen ließ, und wollte ihn dann beim Halse nehmen; aber er trat schnell einen Tritt zurück und streckte die beiden Hände vor, um mich abzuhalten. Dadurch gingen einige Augenblicke verloren. Der Schein des Feuers fiel gerade auf mein Gesicht; er erkannte mich und rief, so laut er konnte:

»Zu Hilfe, zu Hilfe! Hier oben ist Old Shatterhand!«

Da schlug ich ihm die Faust auf den Kopf, daß er niederstürzte, bückte mich schnell nieder, legte ihm das Knie auf den Leib und die Hände uni den Hals. Er brachte kein Wort mehr heraus, aber hinter mir hörte ich den andern brüllen:

»Auch Winnetou ist hier! Kommt schnell herauf! Zu Hilfe, Hilfe, Hil – !«

Der dritte Hilferuf erstickte in einem ersterbenden Stöhnen. Mein Yuma war überwältigt; er bewegte sich nicht, und als ich mich nun nach Winnetou umsah, lag dieser auf seinem Gegner und bearbeitete den Kopf desselben mit der Faust.

»Was thun wir mit ihnen?« fragte er mich. »Sie zu fesseln, haben wir keine Zeit.«

»Wir werfen sie über den Rand auf die erste Terrasse hinab. Schnell, schnell!«

In der nächsten Sekunde flogen die beiden Körper hinunter; da konnten sie uns nicht schaden. Wir aber eilten hin zu dem Loche. Ein Kopf war in demselben erschienen, der Kopf Jonathan Meltons, welcher auf der Leiter stand und aus dem Loche sah, um nach der Ursache der Hilferufe zu forschen. Er sah uns kommen und rief im Tone des größten Schreckes:

»Winnetou und Old Shatterhand! Alle tausend Teufel! Die sind – «

Weiter hörten wir nichts, denn er verschwand, und als wir das Loch erreichten, war es zu spät, ihn zu fassen. Er war bereits unten angekommen, und man zog soeben die Leiter unten weg, sodaß wir nicht hinuntersteigen konnten. Die Überrumpelung des jungen Melton war uns also nicht gelungen. Das brauchte uns aber nicht zu ärgern, denn er konnte nicht zum Thale hinaus und war uns also sicher.

Die Hilferufe hatten das ganze Pueblo alarmiert. Über uns kamen die Weiber und Kinder aus den Löchern, und schrieen zu ihren Männern und Vätern hinab. Diese waren unten an ihrem Feuer aufgesprungen. Einige standen dort, ganz bewegungslos vor Staunen; andere kamen herbeigerannt, um die Terrassen zu ersteigen und uns anzugreifen. Da erhob Winnetou seine weithin schallende Stimme und rief:

»Ja, hier stehen Old Shatterhand und Winnetou. Die Krieger der Yumas mögen sich nicht heraufwagen, denn sowie ihre Köpfe auf der ersten Leiter erscheinen, schießen wir unsere Kugeln hindurch! Auch mögen sie nicht versuchen, durch die Felsenenge zu fliehen, denn auch draußen am Ausgange erwartet sie der sichere Tod. Und die Squaws da oben mögen mit ihren Kindern schnell wieder in ihre Löcher kriechen und sich dort still verhalten, sonst werden sie erschossen!«

Auf diese Worte trat tiefe Stille ein. Was über uns, in den höheren Etagen vorging, konnten wir nicht sehen, aber die dort eingetretene Ruhe ließ vermuten, daß die Weiber dem Befehle des Apatschen gehorcht hatten. Und auf die Männer war er von derselben Wirkung gewesen, denn es wagte keiner, die zur ersten Etage führende Leiter zu ersteigen. Denen, die das beabsichtigt hatten, rief Winnetou zu:

»Kehrt augenblicklich zum Feuer zurück! Wer nicht sogleich gehorcht, bekommt eine Kugel!«

Die Yumas kannten den Apatschen; sie hatten einen solchen Respekt vor ihm und seiner Silberbüchse, daß sie eiligst nach dem Feuer liefen. Als sie alle wieder dort standen, warf ich ihnen die Frage zu:

»Wer ist euer Anführer? Er mag einige Schritte vortreten, denn Old Shatterhand möchte mit ihm reden!«

Es dauerte eine kleine Weile, ehe ein Roter einige zögernde Schritte machte und uns zurief:

»Einen Häuptling giebt es hier nicht mehr; es gilt der eine soviel wie der andere, doch will ich hören, was Old Shatterhand uns zu sagen hat.«

»Höre und siehe erst etwas anderes! Blicke nach dem Holzaste, welcher dort rechts aus dem Feuer ragt; er wird sofort verschwinden.«

Ich legte den Bärentöter an und zielte; es war bei der flackernden, unsichern Beleuchtung ein schlechter Schuß, doch drückte ich getrost ab, und der Ast wurde von der Kugel getroffen und so zerschnitten, daß die aus dem Feuer ragende Spitze desselben gegen den Felsen flog.

»Uff, uff!« erklangen die Stimmen der erstaunten Roten.

»Habt ihr gesehen, wie sicher unsere Kugeln gehen?« rief ich ihnen dann zu. »Ebenso sicher werden wir auch eure Herzen und Köpfe treffen, wenn ihr nicht thut, was wir von euch verlangen!«

»Was fordert mein weißer Bruder von uns?« fragte der Yuma.

»Sehr wenig. Wir sind nicht als eure Feinde gekommen. Wir wollen euch weder töten oder verwunden, noch uns an dem vergreifen, was euer Eigentum ist. Wir wollen nichts von euch haben als die beiden Bleichgesichter, welche sich hier bei euch versteckt haben.«

»Warum wollt ihr sie fangen?«

»Weil sie mehrere große Verbrechen begangen haben, welche Strafen finden müssen.«

»Das können wir nicht zugeben, weil wir ihnen versprochen haben, sie euch nicht auszuliefern.«

»Ich verlange nicht, daß rote Krieger ein Versprechen, welches sie gegeben haben, brechen sollen. Was habt ihr ihnen noch versprochen?«

»Nichts.«

»So sage ich euch, daß ihr euer Wort halten sollt, denn ihr werdet sie nicht ausliefern, sondern wir holen sie uns selbst. Oder seid ihr die

Verpflichtung eingegangen, sie zu verteidigen, falls es uns gelingen sollte, hier heimlich einzudringen?«

»Von diesem Falle ist nichts erwähnt worden, weil wir ihn gar nicht für möglich gehalten haben, und wenn du – uff, uff, uff!«

Er unterbrach seine Rede mit diesem Ausrufe des Schreckes, weil in diesem Augenblicke etwas geschah, worüber man allerdings leicht erschrecken konnte. Nämlich Emery hatte meinen Schuß gehört; ich hatte ihn durch denselben eigentlich nicht herbeirufen wollen, denn wir brauchten seine Hilfe nicht; er war aber doch in die Felsenenge eingedrungen, kam aus derselben heraus und mit einem kühnen Sprunge über das brennende Feuer geflogen, und zwar mitten unter die Roten hinein, welche ganz erstarrt über das so plötzliche Erscheinen des kühnen Englishman waren. Er sandte natürlich seinen Blick nach oben, sah uns stehen und rief zu uns herauf, indem er sein Gewehr schwang:

»Charley, was soll ich thun? Soll ich die Kerle ein wenig totschlagen?«

»Nein, das ist nicht nötig, denn wir werden uns in Güte einigen. Komm aber herauf zu uns!«

»Daß ich von ihnen hinterrücks erschossen werde, während ich die Leiter ersteige!«

»Es wird keiner schießen, denn wenn es einer nur wagen wollte, seine Flinte zu erheben, würde ihn sofort meine Kugel treffen. Also komm!«

Er kam der Aufforderung nach und wurde von den Roten nicht daran gehindert. Waren sie erst so erschrocken darüber gewesen, daß Winnetou und ich uns so plötzlich mitten im Pueblo befanden, so hatte das Erscheinen Emerys sie nun vollständig verblüfft. Sie dachten gar nicht daran, von ihren Gewehren Gebrauch zu machen, die übrigens so schlecht waren, daß wir sie jetzt, des Nachts, gar nicht zu fürchten brauchten. Als Emery unsere Terrasse erreicht hatte, sagte er:

»Ich sehe, daß ihr glücklich herabgekommen seid. Wo stecken die Meltons? Wißt ihr das?«

»Ja. Doch warte, ich muß erst mit den Roten da unten fertig werden,« antwortete ich ihm. Und mich an diese wendend, fuhr ich weiter zu ihnen fort:

»Meine roten Brüder haben gesehen, daß wir uns nicht vor ihnen fürchten, daß sie sich vielmehr ganz in unserer Gewalt befinden. Ebenso wissen sie, daß wir nur die beiden Bleichgesichter fordern. Werden sie uns unbelästigt damit abziehen lassen?«

»Du verlangst also gar nichts von uns?« fragte der Sprecher.

»Nichts!«

»Verlangst du etwa die weiße Squaw, welche hier wohnt?«

»Nein.«

»Sie war die Squaw unsers Häuptlings, die wir beschützen müßten!«

»Wir mögen sie nicht haben und werden euch das große Glück, sie beschützen zu dürfen, nicht rauben.«

»Und was ihr gehört, das laßt ihr ihr auch?«

»Ja. Was ihr rechtmäßiges Eigentum ist, werden wir nicht anrühren.«

»So sind wir bereit, mit euch Frieden zu schließen. Wo soll die Pfeife des Friedens geraucht werden?‹&

»Hier oben bei uns.«

»So sollen wir alle hinaufkommen?«

»Nein. Es genügt, daß du allein kommst; du hast für deine Brüder gesprochen und wirst auch für sie handeln. Also komm, und bring dein Kalumet mit!«

Es konnte mir nicht einfallen, alle Yumas heraufzulassen; das wäre eine große Unvorsichtigkeit gewesen. Er kam allein und nahm die alte schmierige Pfeife vom Halse, an welchem er sie mittels eines Riemens hängen hatte. Tabak hatte er in einem Beutel, der in seinem Gürtel steckte. Wir setzten uns nieder und ließen die Pfeife in die Runde gehen. Obgleich wir dabei die sonst gebräuchlichen Ceremonien möglichst abkürzten, konnten wir dann, als die Pfeife leer geraucht war, doch überzeugt sein, daß die Yumas unser Übereinkommen respektieren würden. Das bekräftigte auch der Sprecher, der am Schlusse aufstand und in beteuerndem Tone sagte:

»Es ist also Friede geschlossen zwischen uns und euch, und wir werden ihn halten. Ihr seid nur drei Krieger, und wir sind unser so viele; dennoch sind wir ganz in eure Hände gegeben, denn wir haben kein solches Zaubergewehr, wie Old Shatterhand besitzt. Werden meine Brüder wirklich ihr Wort halten und uns nichts thun und nichts nehmen?«

»Ja,« antwortete ich. »Wir haben noch nie unser Wort gebrochen.«

»So werde ich euch beweisen, daß auch wir es ehrlich meinen. Unsere Krieger sollen alle ihre Flinten und Messer heraufsenden und sie hier bei euch niederlegen. Dann seid ihr sicher, daß wir wirklich friedlich gesinnt sind.«

»Mein roter Bruder mag den Befehl dazu erteilen. Dann wünschen wir, daß ihr das Feuer bis zum Anbruche des Tages unterhaltet und daß keiner von euch sich davon entfernt. Willigst du ein?«

»Ja.«

»Und sodann wirst du uns sagen, wie wir den jungen Weißen, den wir haben wollen, am leichtesten in unsere Hand bekommen?«

»Nein, das werde ich nicht sagen, weil wir versprochen haben, ihn und seinen Vater nicht an euch auszuliefern; es würde aber soviel wie eine Auslieferung sein, wenn ich thun wollte, was du jetzt von mir verlangst.«

»Das gebe ich zu. Aber dafür wirst du mir etwas anderes sagen: Wo befinden sich unsere Pferde?«

»Sie weiden oder schlafen da drüben unter den Bäumen, wo es dunkel ist.«

»Man hat die Satteltaschen leer gemacht?«

»Ja.«

»Wer besitzt die Gegenstände, welche sich in denselben befanden?«

»Die beiden Weißen, welche ihr gefangen nehmen wollt.«

»Ihr habt mit unsern Pferden ein junges Bleichgesicht ergriffen. Ist es verwundet?«

»Nein.«

»Wo befindet es sich?«

»Das junge Bleichgesicht ist hier im Pueblo eingesperrt worden.«

»Wo?«

»Das weiß ich nicht.«

»Soll ich das glauben? Du mußt es doch wissen!«

»Nein. Man hat es uns nicht gesagt. Wir haben nur gesehen, daß er zwei Leitern ersteigen mußte.«

»Also bis auf diese Terrasse?«

»Ja und dann mußte er hier durch das Loch hinuntersteigen in die Wohnung der weißen Squaw.«

»Giebt es dort Räume, welche sich zum Einsperren eines Gefangenen eignen?«

»Nein, denn die Räume sind lauter Wohnungen. Vielleicht hat man ihn eine Leiter tiefer geschafft.«

»Das müßtet ihr doch gesehen haben!«

»Nein, denn von diesem Stockwerke aus führt auch von innen ein Loch in das Erdgeschoß hinab.«

»Wo ist dieses Loch?«

»Ganz am Ende der rechten Seite, in dem hinteren Raume, wo die weiße Squaw ihre Küche hat.«

»Wo pflegt sie zu schlafen?«

»In dem vorletzten Gemache auf derselben Seite. Jetzt hast du alles erfahren, was ich sagen darf. Nun will ich die Waffen bringen lassen.«

Er entfernte sich, um den betreffenden Befehl zu erteilen. Die freiwillige Auslieferung der Gewehre und Messer wäre im stande gewesen, alles Mißtrauen, wenn wir ja noch welches gehegt hätten, zu zerstreuen. Es verstand sich ganz von selbst, daß wir dem Loche, welches den Eingang zu der Wohnung Judiths bildete, unsere unausgesetzte Aufmerksamkeit geschenkt hatten. Wir befanden uns ganz in der Nähe desselben, und es war doch immerhin die Möglichkeit vorhanden, daß Jonathan Melton zur Leiter heraufkommen und uns eine Kugel zusenden könne. Zu bemerken wäre noch, daß die beiden Indianer, welche wir auf die Plattform des Erdgeschosses hinabgeworfen hatten, schon längst eiligst von derselben hinabgestiegen waren und sich den ihrigen dort am Feuer beigesellt hatten. Sie waren ohne Schaden davongekommen.

Jetzt wurden die Waffen gebracht, die wir in unserer Nähe niederlegen ließen. Als sich die Träger entfernt hatten, befanden wir uns wieder allein und konnten nun darangehen, Vogel zu befreien und Jonathan Melton zu ergreifen.

Zunächst erzählte ich dem Englishman, daß wir mit Hilfe des Lassos glücklich von der Höhe auf das Pueblo gekommen waren und Melton, den Vater, schon in die Hände bekommen hatten.

»Das habt ihr gut gemacht!« sagte er. »Hoffentlich ist es nicht schwerer, nun auch seinen saubern Sohn festzunehmen.«

»Nicht schwerer? Ich meine, daß es ganz im Gegenteil gefährlich, und zwar sehr gefährlich ist, weil wir durch das Loch hinabsteigen müssen.«

»Allerdings. Was weiter?«

»Willst du uns etwa voransteigen?«

»Ja, sofort!«

Er schickte sich auch wirklich an, dies augenblicklich zu thun. Ich zog ihn aber schnell zurück und warnte:

»Halt doch! Kannst du dir nicht denken, daß Melton mit seinem Gewehre und seinen Revolvern unten steht, um uns gemütlich das Lebenslicht auszublasen?«

»Ah, Wetter, das ist wahr! Wir müssen eben hinunter, und da das Licht unten brennt, so ist das, was du Vorsicht nennst, ganz unmöglich.«

»Sie ist möglich. Du wirst schon sehen. Vorher aber müssen wir bestimmen, wer von uns hier oben zu bleiben hat.«

»Du meinst, es ist notwendig, daß einer hier bleibt?«

»Unbedingt. Es handelt sich um unsere Sicherheit. Was mich betrifft, so muß ich hinab. Und weil es da unten voraussichtlich

Heimlichkeiten zu entdecken giebt, worin Winnetou Meister ist, so schlage ich vor, daß er mit mir geht.«

»Hm, ich muß mich fügen, obgleich ich auch große Lust besitze, mir das Innere des ›Schlosses‹ einmal anzusehen.«

»Das kannst du später mit weit mehr Muße thun. Wir lassen dir unsere Gewehre hier.«

»Was? Die wollt ihr nicht mitnehmen?«

»Nein. Es wird da wahrscheinlich zu steigen und zu klettern geben, wobei sie uns nur hinderlich sein würden.«

»Aber wenn es zu einem Kampfe mit Jonathan kommen sollte!«

»So brauchen wir die Gewehre sicher nicht. Wir sind zwei gegen einen und haben die Messer und Revolver. Also hier sind meine Gewehre, und nun will ich zunächst sehen, wie es da unten steht.«

Ich legte den Hut ab, steckte den Kopf in das Loch, hielt mich am Rande desselben fest und ließ mich leise und langsam, soweit die Arme reichten, tiefer sinken. Man hatte von innen die Leiter weggenommen. Winnetou und Emery hielten mich draußen fest, sodaß ich nicht hinabstürzen konnte. So kam ich mit dem Kopfe nach unten soweit, daß ich den Raum überblicken konnte. Ich sah die Bank, auf welcher Judith und Jonathan vorhin gesessen hatten, einen Tisch und zwei Stühle. Über dem Tische hing ein Spiegel. Dieses unter andern Verhältnissen höchst einfache Möblement war für das Pueblo fein zu nennen. Die beiden Thüröffnungen, welche nach rechts und links führten, waren durch bunten Kattun verhängt. Also hinter dem Vorhange rechts wohnte Judith und links Jonathan. Da sah ich, daß sich der erstere bewegte; es erschien eine Frauenhand mit einem Revolver; ich zog schnell den Kopf zurück, da knallte auch schon der Schuß. Natürlich war ich im nächsten Augenblicke außerhalb des Loches.

»Wetter, das war gefährlich! Wer hat geschossen?« fragte Emery.

»Judith!«

»Da konntest du jetzt das schönste Loch im Kopfe haben. Wo steht sie denn?«

»Hinter dem Vorhange in einem Nebengemache.«

»Und Jonathan?«

»Den habe ich nicht gesehen. Wahrscheinlich steht er auf der andern Seite auf der Lauer.«

»Das ist eine fatale Lage. Wir können nicht hinab.«

»O doch! Ich springe hinab.«

»Da schießt man von beiden Seiten auf dich!«

»Das muß ich freilich riskieren; wahrscheinlich aber bin ich rascher, als die beiden Belagerten. Die Lampe, welche unten brennt, steht auf dem Tische; wenn ich sie schnell ausblasen kann, bin ich ziemlich sicher, nicht getroffen zu werden. Holt dort die Leiter her! Wenn ich von unten rufe, steckt ihr sie in das Loch, und Winnetou kommt hinunter.«

»Aber bedenkst du auch, daß du außerdem den Hals brechen kannst, wenn du hinabspringst!«

»Da müßte es etwas tiefer sein. Also jetzt, es sei gewagt!«

Die Ausführung meines Vorsatzes, hinabzuspringen, war nur dadurch möglich, daß das Loch doppelt so weit war, als die andern Eingänge, die wir gesehen hatten. Ich stellte mich gerade darüber, das eine Bein hüben und das andere drüben. Um gleich bewaffnet zu sein, zog ich den Revolver. Indem ich die Füße hüben und drüben von der Kante des Loches abgleiten ließ, fiel ich in aufrechter Stellung hinunter und kam auf die Zehen zu stehen. Ein schneller Schritt zur Lampe, die ich ausblies, zwei ebenso rasche Schritte wieder zurück und nach der andern Seite – da knallte auch schon der Revolver; die Jüdin hatte auf mich geschossen und sie hätte mich sicher getroffen, wenn ich nur einen Moment länger dort am Tische bei der Lampe stehen geblieben wäre. Jetzt mußte ich zur List greifen. Ich warf mich nieder, und zwar so, daß man es hören mußte, und begann, zu stöhnen. Ich wollte dadurch Jonathan herbeilocken. Zunächst aber machte sich nur Judith bemerkbar!

»Himmel, ich habe ihn getroffen! Sind Sie verwundet?«

Ich antwortete mit einem weitern Stöhnen und Röcheln.

»Er stirbt, er stirbt! Ich habe ihn erschossen! Licht her, Licht!«

Das klang ja ganz so, als ob es gar nicht ihre Absicht gewesen sei, mich zu treffen. Ich glaubte, sie würde hereinkommen, um die ausgelöschte Lampe anzubrennen, hörte aber, daß sie sich nach innen entfernte. Da stand ich wieder auf und huschte in den zweiten Raum, in welchem sie gestanden hatte. Weiter hinten, mehrere Zimmer weiter, gab es einen Lichtschein, welcher durch die Vorhänge drang. Er kam näher und wurde heller und stärker. Der Kattun der nächsten Thür wurde auseinandergezogen, und da stand sie, die Jüdin, eine zweite Thonlampe in der Hand und mich mit weit aufgerissenen Augen anstarrend; sie ließ den Revolver, welchen sie in der andern Hand trug, fallen.

»Guten Abend, Sennora!« grüßte ich. »Sie verzeihen doch, daß ich Sie in ihrer Häuslichkeit störe? Da Sie wahrscheinlich nicht hinaufgekommen wären und ich Sie doch sprechen mußte, war ich gezwungen, herunterzukommen.«

»Da – da – da stehen Sie ja!« rief sie aus.

»Allerdings! Oder meinen Sie, daß ich mich setzen darf?«

»Sie – Sie – Sie lagen doch da draußen. Ich hörte Sie fallen!«

»Das habe ich auch gehört!«

»Ich glaubte Sie im Sterben, und nun – nun – stehen Sie hier vor mir! Sind Sie denn nicht verwundet?«

»Nein.«

»Aber warum röchelten Sie da so entsetzlich?«

»Ich habe die Angewohnheit, nur zu meiner Unterhaltung zu röcheln.«

»Und ich war so erschrocken darüber! Ich hatte Sie ja nur erschrecken wollen.«

»Sonderbar! Und das soll ich glauben?«

Sie können es glauben! Sie sollten nicht herunterkommen.«

»Und als ich unten war, schossen Sie doch noch auf mich! Sennora, darüber werden wir später sprechen. Jetzt bitte ich, mir zu sagen, wo Mr. Jonathan Melton sich befindet; ich habe mit ihm zu sprechen.«

»Er ist nicht hier!«

»Sie verleugnen ihn? So muß ich ihn mir suchen!«

»Suchen Sie!«

»Das werde ich freilich thun, und Sie haben die Güte, mir dazu zu leuchten!«

»Ich bin nicht Ihre Dienerin. Hier haben Sie die Lampe!«

Sie hielt mir das kleine, vasenartige Gefäß hin; ich schüttelte den Kopf und antwortete:

»Sie sind hier daheim, und ich bin unbekannt; ich muß Sie also bitten, mich zu führen!«

»Und ich thue es nicht.«

»Sie werden es thun!«

»So kommen Sie! Sie sind im stande, eine Dame zu maltraitieren und vielleicht gar zu schlagen!‹&

»Das ist mir allerdings unter Umständen zuzutrauen! Also bitte, gehen Sie voran! Ich bleibe hart hinter Ihnen. Sollte es irgend jemanden hier geben, der einen Angriff auf mich beabsichtigt, so dienen Sie mir als Schild und müssen außerdem gewärtig sein, daß Ihnen mein Messer in den Rücken dringt. Sie haben zweimal auf mich geschossen; ich habe also gar keine Veranlassung, Sie zu schonen!«

»Es ist niemand hier. Kommen Sie!«

Sie sagte das in einem Tone, der mich irre machte. Das klang so glaubhaft, und doch mußte Melton sich hier befinden. Sie führte mich nach rechts, durch die Räume, welche sie selbst bewohnte. Die Ausstattung ließ, die Verhältnisse und die Örtlichkeit in Betracht gezogen, nichts zu wünschen übrig. Hinter jedem Thürvorhang glaubte ich, auf Melton zu treffen; er war nicht da!

Dann kehrten wir um; sie führte mich auf die linke Seite, also in seine Wohnung hinüber. Dieser sah man es an, daß sie früher der Aufenthalt eines Indianerhäuptlings gewesen war. Der Gesuchte war auch hier nicht zu sehen!

»Nun, haben Sie ihn?« fragte sie mich im Tone und mit einem Blicke des Triumphes.

»Bis jetzt noch nicht. Er ist irgendwo hier versteckt, und ich werde nicht eher ruhen, als bis ich ihn gefunden habe.«

»So thut mir's um Ihre Ruhe leid, zu welcher Sie niemals kommen werden. Mr. Melton ist seit mehreren Stunden fort.«

»Wohin?«

»Weiß ich es? Er ist nicht mehr hier, nicht mehr im Pueblo und überhaupt nicht mehr in der Gegend desselben.«

»Und vor einer halben Stunde habe ich ihn noch gesehen!«

»Das ist nicht wahr!«

»Ich hörte ihn sogar mit Ihnen sprechen, vorn auf der Bank unter dem Eingange. Kehren wir jetzt dorthin zurück! Sie werden noch andern Besuch bekommen.«

»Wen?«

»Winnetou.«

»Herrlich!« meinte sie in spöttischem Tone. »Ich bin begierig, ob zwei so berühmte Westmänner die Spur finden werden!«

»Ich hab' sie schon, Sennora! Da, wo die Leiter jetzt liegt, welche an Ihrem Eingange fehlt, nachdem ich sie kurz vorher noch dort gesehen habe.«

»Und wo liegt sie jetzt?« fragte sie mich spöttisch.

»Ich werde sie Ihnen zeigen.«

»Da müßten Sie allwissend sein. Ich weiß, was für eine Spürnase Sie besitzen, aber so lang ist sie doch nicht, wie sie sein müßte, wenn Sie mit ihr an die Leiter stoßen wollten!«

»Werden sehen. Kommen Sie jetzt mit nach dem Eingange!«

Als wir dort anlangten, rief ich Winnetou. Die Leiter, natürlich eine andere, als die, von der wir jetzt gesprochen hatten, wurde herabgelassen, und dann kam der Apatsche herniedergestiegen. Er würdigte die Jüdin keines Blickes, blickte besorgt an mir hernieder und fragte:

»Jonathan Melton?«

»Nicht zu sehen.«

»Werden suchen.«

Jetzt nahm ich der Jüdin die Lampe aus der Hand und leuchtete. Sie ging neugierig hinter uns her. Wir begaben uns zunächst hinüber nach der linken Seite, der Männerwohnung. Die Beschreibung derselben hat kein Interesse. Es gab auch hier niemals Tageslicht, und wo die Außenluft Zutritt fand, das hätte ich auch nicht sagen können. Wir fanden nichts und begaben uns also nach der rechten Seite.

Was mir dort, ohne daß ich es erwähnte, aufgefallen war, das bemerkte der Apatsche sofort auch. Der Indianer hatte uns gesagt, daß die weiße Squaw im letzten Raume auf dieser Seite zu kochen und im vorletzten zu schlafen pflege. Es gab ganz hinten allerdings eine Küche. In der hintersten Ecke war eine Art Herd aus Lehm errichtet und darüber ein Loch durch die Decke gebrochen, durch welches der Rauch abziehen konnte. Auch Teller, Tassen, Schüsseln und anderes Geschirr gab es, dazu einen großen irdenen Wasserkrug.

In der andern Ecke stand oder vielmehr lag das Bett, bestehend aus einer Art Matratze, mehreren Fellen und Decken. In dem vorletzten Raume hingen Kleidungsstücke; auf jedem Tische befanden sich mehrere Toilettengegenstände, und auf der Erde, dem Fußboden, lagen verschiedene andere Sachen. Man sah es, daß dieselben absichtlich so hingeworfen worden waren.

»Nun?« fragte sie jetzt. »Der große und berühmte Häuptling der Apatschen ist auch da. Was haben Sie gefunden? Nichts!«

»Allerdings nichts,« antwortete ich.

»Und Sie behaupten doch, die Spur zu haben!«

»Die haben wir und das Finden wird sofort beginnen.«

Wir standen im vorletzten Raume. Winnetou brachte es doch nicht fertig, auch jetzt noch zu schweigen; er war zwar zu stolz, sich direkt an die Jüdin zu wenden, sagte aber, daß sie es hörte, zu mir:

»Wenn die Squaw ein Mann wäre, würde Winnetou ihr eine Antwort geben. Mein Bruder reiche mir die Lampe her!«

Ich gab sie ihm. Er bückte sich nieder und leuchtete auf den Boden, indem er mich fragte:

»Glaubt mein Bruder, daß die Sachen stets hier liegen?«

»Nein. Sie sind vor ganz kurzer Zeit hergeworfen worden.«

»Wozu?«

»Um den Raum zu füllen. Man soll nicht sehen, was hier eigentlich fehlt.«

»Mein Bruder hat sehr richtig gesprochen. Er blicke in diese Ecke. Was ist da zu bemerken?«

»Ein langes Viereck, welches von dem andern Teil des Bodens absticht.«

»Wie lang und breit ist dieses Viereck?«

»Gerade so lang und breit wie das Bett, welches jetzt draußen in der Küche liegt.«

»Richtig! Das Bett hat also stets hier gelegen; die Squaw hat hier geschlafen. Warum hat sie ihr Bett so plötzlich hinüber neben den Herd geschafft?«

»Um damit etwas zu verdecken, was wir nicht sehen sollen.«

»So ist es. Old Shatterhand mag also mit in die Küche gehen.«

Als wir drüben standen und Winnetou nach den Decken griff, um sie wegzunehmen, rief Judith:

»Sennores, was soll das heißen! Hoffentlich ist Ihnen die Ruhestätte einer Dame heilig!«

»Allerdings,« antwortete ich. »Darum wollen wir sie wieder dorthin schaffen, wo sie sich stets befunden hat. Hier in der Küche haben Sie nie geschlafen.«

»Stets!«

»Auf der Leiter?«

»Auf der Leiter! Was meinen Sie?«

»Ich meine natürlich die Leiter, welche wir suchen. Übrigens habe ich Ihnen eine sehr wichtige Frage noch nicht vorgelegt. Wo steckt der junge Sennor, welcher hier gefangen ist?«

»Ich weiß es nicht. Um Männerangelegenheiten habe ich mich nicht gekümmert.«

»Er hat aber in Ihre Wohnung herabsteigen müssen!«

»Davon weiß ich nichts.«

»Wenn Sie es wirklich nicht wissen, werden wir es Ihnen sagen; er steckt unter Ihrem Bette.«

Da legte sie sich plötzlich auf die Decken nieder und rief:

»Hieran darf sich kein Mensch vergreifen! Es ist eine Roheit, eine Gemeinheit, welche Sie begehen wollen!‹,

»Stehen Sie auf, Sennora!«

»Nein! Ich werde nur der Gewalt weichen. Sie haben mich ja schon prügeln wollen. Thun Sie es doch jetzt!«

Es widerstrebte mir, Gewalt anzuwenden, aber was wollte man mit dem obstinaten Frauenzimmer anders thun? Da kam mir Winnetou zu Hilfe, welcher trotz seines ernsten Charakters doch zuweilen den Schalk im Nacken hatte; er sagte:

»Wer nicht freiwillig geht, wird weggeschwemmt!«

Er nahm das große, thönerne Wassergefäß vom Boden auf, welches so schwer war, daß er es kaum zu tragen vermochte, und näherte sich damit dem Bette.

»Himmel! Er will das Wasser auf mich schütten!« rief Judith und sprang auf.

Winnetou hatte das Gefäß noch nicht wieder an seinen Ort gestellt, so hatte ich schon alles, was zu dem Bette gehörte, auf die Seite gerissen. Da sahen wir denn, was wir erwartet hatten. Ein Loch führte von hier in das Erdgeschoß hinab; es war zugedeckt, und die Decke bestand aus Rundhölzern, welche aus starken Ästen zugeschnitten und mit Riemen zusammengebunden waren.

»Nun, Sennora, meinen Sie nicht, daß die gesuchte Leiter gleich hier zum Vorscheine kommen wird?« fragte ich.

Sie antwortete nicht.

Wir hoben die Decke weg und leuchteten in das Loch hinab. Da lehnte die Leiter.

»Hier ist sie. Sie sehen also, Sennora, daß ich vorhin garwohl wußte, wo die Spur zu suchen sei. Wollen Sie die Güte haben, uns voranzusteigen!«

»Fällt mir nicht ein! Gehen Sie nur immer allein!«

»Ich muß darauf bestehen, daß Sie mitgehen! Sie könnten, wenn wir Sie allein hier oben ließen, uns irgend einen Streich spielen. Man weiß nicht, wie die Tiefe da unten beschaffen ist, und ob wir dann wieder heraufkönnten.‹&

»Ich gehe nicht mit!«

»Da zwingen Sie mich wirklich, Sie wieder beim Arme zu nehmen, denn hinunterschwemmen können wir Sie doch unmöglich.«

Ich streckte den Arm nach ihr aus; da schritt sie auf das Loch zu und sagte wütend:

»Rühren Sie mich nicht wieder an! Mich schmerzt der Arm noch jetzt, den Sie mir am Tage so übel zugerichtet haben. Sie sind ein entsetzlicher Mensch. Ich steige ja hinab!«

Und sie stieg hinab. Ich folgte ihr mit der Lampe, und Winnetou kam hinter mir. Als wir die letzte Sprosse hinter uns hatten, umfing uns eine feuchte, modrige Luft. Wir befanden uns in einem langen, schmalen Gange, und zwar am Ende desselben.

»Wohin führt der Gang, Sennora?« erkundigte ich mich.

»Sehen Sie selbst nach!« antwortete sie kurz.

»Giebt es vielleicht rechts oder links Zimmer?«

»Suchen Sie!«

Die beiden Wände des Ganges bestanden aus Lehm; es gab keine einzige Öffnung in denselben. Als wir ihn halb durchschritten hatten, kamen wir an eine Stelle, wo der Boden nicht aus Erde, sondern aus starken, dicken Hölzern bestand, welche nebeneinander lagen, ungefähr in der Weise, wie man Senk- oder andere Gruben zu bedecken pflegt. Ich kniete nieder und entfernte zwei oder drei von diesen Hölzern. Ein tiefer liegender Wasserspiegel schimmerte von da unten herauf. Ich nahm eins der Hölzer und hielt es in das Wasser hinab, um dasselbe zu sondieren. Es war nicht ganz zwei Ellen tief, und der über dem Wasser bis zum Fußboden liegende Raum mochte eine Elle betragen.

»Uff!« sagte der Apatsche im Siouxdialekte. »Mein Bruder hat die Cisterne gesehen, welche sich draußen vor dem Pueblo befindet, gerade in der Mitte desselben?«

»Ja.«

»Wir stehen gerade in der Mitte des Ganges, welcher die Breite des Pueblo einnimmt. Sollte das Wasser mit der Cisterne in Verbindung stehen?«

»Wahrscheinlich.«

»Dann kommt es aus dem Flusse, und wenn man in dies Loch steigt und in dem unterirdischen Wasser weitergeht, kann man in den Flujo blanco hinausgelangen.«

»So ist es; so ist es! Und der junge Melton ist uns auf diesem Wege entwischt.«

»Das wäre außerordentlich zu beklagen. Wir müssen die Squaw zwingen, es uns zu sagen!«

»Ob sie sich zwingen läßt!«

»Sie muß, und wenn - horch! Hat mein Bruder nicht einen Seufzer gehört?«

»Nein.«

»Es war da hinten im Gange. Wir wollen einstweilen weitergehen.«

Ich brachte die Hölzer wieder an ihre Stelle, und dann setzten wir unsere Nachforschung fort. Ja, jetzt hörte auch ich einen Seufzer oder vielmehr ein röchelndes Stöhnen. Wir beschleunigten unsere Schritte und kamen an das Ende des Ganges, ohne darauf zu achten, daß die Jüdin zurückblieb. Ich mußte an Vogel denken, den wir suchten; darum die Eile und darum auch die erwähnte Achtlosigkeit. Und richtig, da lag er, mit Riemen gefesselt und an einen in den Boden getriebenen Pfahl gebunden. Man hatte ihm ein altes Tuch mehrfach über Mund und Nase befestigt, sodaß er nicht schreien und rufen, sondern nur stöhnen und kaum atmen konnte. Der Knebel wurde natürlich zuerst entfernt. Da that er einen tiefen Atemzug und rief:

»Dem Himmel sei Dank! Ich sah Sie da hinten im Gange erscheinen und hatte Angst, daß Sie nicht ganz bis hierher kommen, sondern wieder umkehren würden. Bitte, machen Sie die Riemen los!«

Sie wurden durchschnitten; er konnte also aufstehen. indem er sich reckte und streckte, fragte ich ihn:

»Haben Sie viel Angst ausgestanden?«

»Natürlich!«

»Sie konnten sich doch sagen, daß wir kommen würden!«

»O, daß Sie in das Pueblo dringen würden, das traute ich Ihnen schon zu, aber daß Sie diesen Ort finden würden, das konnte ich kaum glauben. Ich habe um mein Leben gebangt!«

»So ist es, wenn man Pferde bewachen soll und dabei einschläft!«

»Ich konnte nicht dafür. Ich war eigentlich gar nicht müde, sondern nur die Langeweile war es, welche mich eingeschläfert hat. Als ich plötzlich aufgeweckt wurde, war ich auch schon gefesselt. Ich wurde durch den Cañon und die Felsenenge nach dem Pueblo geschafft und da verhört.«

»Von wem?«

»Von den beiden Meltons und der Jüdin. Sie haben das Weib bisher nur für leichtsinnig gehalten; sie ist aber schlecht, ebenso schlecht wie die Meltons, denn sie weiß, daß der Reichtum, den Jonathan besitzt, die Frucht des Betruges, des Verbrechens ist. Ich geriet in Wut, und die machte mich unvorsichtig.«

»Sie sagten, daß Sie der rechtmäßige Erbe sind?«

»Ja. Sie können sich das Staunen und die darauffolgende Freude denken! Man sagte mir, daß ich sterben müsse, und schaffte mich hierher.«

»Es war nicht so schlimm gemeint. Man wollte Ihnen Angst machen, um Sie mürbe werden zu lassen. Es ist uns ja ein Angebot gemacht worden, welches ich abgeschlagen habe. Später mehr davon. Sagen Sie uns jetzt, ob man Sie nach unsern Absichten ausgefragt hat!«

»Natürlich hat man dies gethan! Die Meltons wollten wissen, welchen Plan Sie verfolgten, um zum Ziele zu gelangen; ich habe aber nichts gesagt.«

»Das war gut. Doch wollen wir nicht länger hier verweilen. Wir können oben besser miteinander reden. Kommen Sie. Wie ich sehe, ist die Jüdin schon voraus.«

Wir kehrten durch den Gang zurück. Als wir an das Ende gelangten und die Leiter emporsteigen wollten, war sie fort. Wir sahen einander an.

»Was sagt mein Bruder dazu?« fragte Winnetou, indem ein halb lustiges Lächeln um seine Lippen spielte.

»Dummköpfe sind wir gewesen!«

»Wir können nicht hinauf!« klagte Vogel. »Wir sind also gefangen!«

»Nein,« antwortete Winnetou. »Und wenn wir gefangen wären, dann aber nur für kurze Zeit. Wir müssen zunächst sehen, ob wir oben den Deckel öffnen können.«

»Wir können ja nicht hinauf; es ist keine Leiter da!«

»Es ist eine da,« antwortete ich. »Wir selbst sind die Leiter. Können Sie ein wenig klettern? Sind Sie Turner?«

»Ja.«

»Stellen Sie sich auf Winnetous Schultern; ich knie nieder, und Winnetou tritt auf die meinigen. Dann reichen Sie bis oben an die Decke und können versuchen, ob der Deckel sich heben läßt.«

Die Probe wurde gemacht, doch ohne guten Erfolg. Judith war emporgestiegen, hatte die Leiter nachgezogen und den Deckel auf das Loch gelegt. Auf welche Weise sie ihn so fest oder schwer gemacht hatte, daß Vogel ihn nicht heben konnte, das wußten wir nicht.

»Was ist da zu thun?« fragte der letztere. »Ich bin kaum frei und schon wieder ein Gefangener.«

»Sir Emery wartet oben. Wenn wir nicht kommen, so holt er uns.«

»Aber wenn auch er überlistet wird!«

»So haben wir den Weg durch das Wasser.«

»Welches Wasser?«

»Wissen Sie nicht, daß sich in der Mitte des Ganges Wasser unter dem Boden befindet?«

»Nein.«

»Das Wasser scheint mit dem Flusse draußen in Verbindung zustehen. Wir vermuten sogar, daß Jonathan Melton uns vorhin auf diesem Wege entkommen ist.«

»Was? Wie? Wann dürfte das wohl gewesen sein?«

»Vor wenig über einer Stunde.«

»Ah, um die Zeit ungefähr sah ich hier ein Licht herabkommen und hörte leise sprechen. Verstehen konnte ich die Worte nicht; ebensowenig vermochte ich die Personen zu erkennen; es schienen mir zwei zu sein. Sie kamen bis in die Mitte des Ganges, wo das Licht eine Zeit lang stehen blieb, bis es sich wieder entfernte.«

»Das ist die Jüdin mit Jonathan Melton gewesen; er ist uns entkommen! So fatal das ist, so bildet es doch auch ein Glück für uns, weil wir nun einen Ausweg wissen. Wir werden gar nicht warten, bis Sir Emery uns vermißt, sondern den Wasserweg sofort antreten. Jetzt haben wir noch Öl genug hier in der Lampe, denselben zu erleuchten; später müßten wir ihn im Finstern zurücklegen, was weit schwieriger ist, da wir ihn nicht kennen. Stimmt mir mein Bruder Winnetou bei?«

Der Apatsche war ganz meiner Meinung, und der Violinvirtuos hatte uns gegenüber keinen Willen. Winnetou und ich machten uns nicht das mindeste daraus, wenn wir ein wenig naß wurden, und Vogel mußte sich notgedrungen in das kleine Übel ergeben. Wir gingen also in die Mitte des Ganges zurück und nahmen die Hölzer weg. Nachdem wir uns das Schuhwerk ausgezogen und die Revolver und sonstigen Sachen, welche nicht feucht werden durften, verwahrt hatten, stiegen wir in das Wasser, welches mir nicht einmal bis an die Brust reichte.

Ich mußte dabei lebhaft an einige frühere Ereignisse denken, welche dem jetzigen zwar ähnlich, aber viel gefährlicher gewesen waren. Um ein geraubtes Mädchen aus dem Harem zu retten, war ich einst in Ägypten in einen Kanal gedrungen, welcher aus dem Nile unterirdisch in den Hof des betreffenden Hauses führte. Der Kanal war nur durch Zertrümmerung eines starken Holzgitters und nach Lossprengung eines sehr festen Blechsiebes zu passieren gewesen, und während der Arbeit hatte ich mich, auch mit dem Kopfe, ganz unter Wasser befunden. Ich war auf eine halbe Sekunde dem Tode des Erstickens, des Ertrinkens nahe gewesen. Ein ganz ähnliches Ereignis hatte ich im Norden der Vereinigten Staaten erlebt, wobei der Ort von allen Seiten von feindlichen Indianern umgeben gewesen war, Wie ungefährlich war dagegen unsere heutige Lage!

Ich ging mit der Lampe voran. Wir mußten uns bücken, um nicht oben anzustoßen. Vor wieviel hundert Jahren war der Kanal wohl gebaut worden! Er bestand aus einer Art von Ziegeln, welche sich sehr gut erhalten hatten. Die Luft war schlecht, doch nicht so sehr, daß wir belästigt worden wären. Wenn mich meine Berechnung nicht trog, ging der Kanal durch die Felsenenge hinaus nach dem Flusse. Wir mußten also unter dem Wege hinaus, auf dem Emery vorhin in den Thalkessel und nach dem Pueblo gekommen war.

Der Weg war keineswegs kurz. Endlich bemerkten wir, daß die Luft mit jedem Schritte besser wurde, und dann fiel der Schein unserer Lampe auf dichte Zweige, welche vor mir niederhingen. Ich löschte das Licht aus, schob die Zweige auseinander, ging noch zwei Schritte vorwärts und stand -im Flusse, dessen Wasser gerade so tief wie dasjenige im Kanale war. Die Zweige gehörten einem Schlinggewächse an, welches die Mündung des Kanales vollständig verdeckte und verbarg.

Winnetou und Vogel traten hinter mir auch ins Freie; dann erstiegen wir das Ufer und befanden uns im Cañon des Flujo blanco neben der Felsenenge.

»Hier ist Melton auch herausgekommen,« sagte Winnetou leise. »Meint mein Bruder, daß er sich vielleicht noch in der Nähe befindet?«

»Nein. Er ist jedenfalls fort. Er hat sich wohl keinen Augenblick aufgehalten.«

»Unser Bruder Emery muß nicht aufgepaßt haben, sonst hätte er ihn sehen oder hören müssen!«

»Ich glaube vielmehr, als Melton hier aus dem Kanale kam, ist Emery schon bei uns drin auf dem Pueblo gewesen.«

Das Feuer, welches bei dem Englishman hier gebrannt hatte, war ausgegangen. Wir schritten über die Asche desselben in die Felsenenge hinein. Am jenseitigen Ende derselben brannte das Feuer der Yumaindianer, über welches Emery hinweggesprungen war. Es blieb uns nichts übrig als denselben Sprung zu thun. Ich voltigierte als der vorderste über die Flammen hinweg und riß zwei oder drei von den Yumas, welche jenseits saßen, über den Haufen. Die Roten sprangen erschrocken auf und starrten mich an. Da kam auch Winnetou geflogen. Das war ihnen dann doch zu rätselhaft! Sie wußten uns droben im Pueblo, und jetzt kamen wir wie von einer Sehne geschnellt, über das Feuer herein in den Thalkessel geflogen. Sie rissen die Augen und die Mäuler auf und brachten vor Erstaunen nicht einmal einen Ausruf hervor.

Jetzt kam auch Vogel gesprungen. Das war für sie noch wunderbarer. Das junge Bleichgesicht steckte ja als Gefangener hinter den starken Mauern des Terrassenbaues, und jetzt war er nicht nur frei, sondern er kam aus dem Freien herein zu ihnen!

»Uff, uff, uff!« erklang es endlich doch rundum, und derjenige, mit welchem wir die Friedenspfeife geraucht hatten, fügte hinzu:

»Thut der große Winnetou heute ein Wunder? Oder besitzen unsere Brüder zwei Leiber, daß sie dort im Pueblo und auch jetzt hier bei uns sein können?«

»Das mag sich unser roter Bruder einmal überlegen,« antwortete ich. »Wenn er keine Erklärung des Wunders findet, wird sie ihm vielleicht einmal im Traume kommen.«

Wir gingen zu der Leiter, welche am Erdgeschosse des Pueblo lag, und stiegen diese und auch die nächste empor. Es läßt sich denken, mit welchem Erstaunen uns Emery kommen sah! Er stand oben am Eingange zu der Wohnung der Jüdin Wache. Er erwartete uns natürlich aus diesem Loche zurück, und nun kamen wir aus dem Thale herauf! Er kam uns bis an die Leiter entgegen und rief mit lauter, verwunderter Stimme:

»Ihr hier! Und Master Vogel auch, von dem ich denke, daß er-«

»Still!« unterbrach ich ihn. »Schrei nicht so! Die Jüdin soll nichts hören. Hast du sie gesehen, seit wir von dir fort sind?«

»Ja, unten in ihrer Wohnung. Ich blickte zuweilen hinunter und habe sie da hin und her gehen sehen.«

»Ist dir nichts dabei aufgefallen?«

»Nein. Sie hat die Lampe wieder angesteckt, welche du vorhin ausgelöscht hast.«

»Und ist dir denn unser Ausbleiben nicht als zu lang vorgekommen?«

»Ein wenig wohl; aber ihr konntet ja zu thun haben. Was ist denn geschehen? Es muß einen heimlichen Weg aus dem Thale geben, den ihr entdeckt habt!«

»So ist es. Die schöne Judith hatte es bös mit uns vor; sie glaubt uns in der Falle, und es sollte mich wundern, wenn sie nicht versuchte, nun auch dich zu überlisten.«

Ich erzählte ihm, was wir erlebt hatten, und fügte dann hinzu:

»Wir werden uns nicht sehen lassen. Ich bin überzeugt, sie hat etwas gegen dich vor und wird bald heraufkommen, um es auszuführen. Bin neugierig, wie sie es anfangen wird, auch dich in ihre Gewalt zu bringen.«

Hierauf ging ich mit Winnetou und Vogel nach der Stelle, an welcher die Gewehre der Yumas lagen. Wir stellten sie zu Pyramiden zusammen und setzten uns dahinter, sodaß wir von dem Loche aus nicht gesehen werden konnten.

Wie gedacht, so geschehen. Nach einiger Zeit kam Judith die Leiter heraufgestiegen und sah sich nach Emery um. Er stand in einiger Entfernung von ihr.

»Sennor!« rief sie. »Der Anführer der Yumas soll mit noch drei Indianern herauf und in meine Wohnung kommen.«

»Wer hat das befohlen?«

»Sennor Shatterhand. Er ist unten bei Sennor Melton.«

»Warum schickt Old Shatterhand Sie? Er konnte es mir doch selbst sagen!«

»Er hat keine Zeit. Die Sennores haben sehr wichtige Dinge zu besprechen. Sie reden, glaube ich, von der Erbschaft.«

»Was sollen die Roten dabei?«

»Ich weiß es nicht. Shatterhand läßt sagen, Sie sollen sich beeilen!«

»Gut! Sagen Sie ihm, daß die Roten bald kommen werden!«

Sie stieg wieder hinab. Emery kam zu uns und fragte:

»Was mag sie im Schilde führen?«

»Das ist doch sehr leicht zu erraten. Sie glaubt, uns fest zu haben, und will sich nun auch deiner bemächtigen. Sie läßt also die Roten kommen, um sie zu überreden, dich festzunehmen.«

»Aber welchen Zweck verfolgt sie dabei? Was kann es ihr denn nützen, wenn sie uns fest hat?«

»Viel, sehr viel! Sie sendet ihrem Jonathan einen Boten nach, der ihn zurückbringen soll. Stecken wir dann fest, so ist sein Spiel gewonnen.«

»So müßte sie doch wissen, wohin er ist!«

»Natürlich weiß sie das.«

»Ah, wenn wir es erfahren könnten!«

»Wir erfahren es durch List.«

»Wie?«

»Indem ich mich für Melton senior ausgebe.«

»Sie kennt dich ja! Sie wird dich doch nicht etwa mit ihm verwechseln!«

»Sie wird mich für ihn halten. Sie weiß noch nicht, daß er gefangen ist; sie wird ihn unter allen Umständen benachrichtigen wollen, wohin sein Sohn ist. Bei dieser Gelegenheit erfahre ich es.«

»Und doch begreife ich nicht, wie du das anfangen willst!«

»Komm mit herunter zu ihr! Bin neugierig, was sie für ein Gesicht machen wird, wenn sie mich sieht. Sag zunächst zu ihr, daß du mich sprechen willst!«

Wir stiegen die Leiter hinab und horchten. Sie schien in dem Zimmer zu sein, in dem die Kleider hingen. Emery ging voran, und ich folgte ihm bis zum letzten Vorhange. Er schob denselben auseinander und trat zu ihr ein.

»Sie sind es, Sennor?« hörte ich sie sagen. »Ich erwartete die Indianer. Wann kommen sie?«

»Ich habe ihnen noch nichts gesagt.«

»Warum nicht? Sennor Shatterhand hat es sehr eilig.«

Ach möchte vorher mit ihm sprechen. Wo befindet er sich?«

»Drüben auf der andern Seite. Aber warum thun Sie nicht sofort, was er haben will? Warum wollen Sie erst mit ihm reden?«

»Weil mir die Sache verdächtig vorkommt. Wozu braucht er Indianer? Er hat ja mich und Winnetou, der sich bei ihm befindet!«

»Ja, ich weiß es nicht.«

»Aber ich will es wissen! Führen Sie mich zu ihm!«

»Das darf ich nicht. Er hat jede Störung verboten.«

»Störung? *Pshaw*! Ich, sein Freund, störe ihn nie; die Indianer aber würden ihn stören! Also, wo ist er?«

»Drüben auf der andern Seite, wie ich schon sagte.«

»Und Sie wollen mich nicht zu ihm hinüberbringen?«

»Nein, denn es ist mir verboten worden.«

»So gehe ich allein!«

»Sie werden ihn nicht finden!«

»Sofort finde ich ihn, sofort. Soll ich es Ihnen beweisen?«

»Ja,«

»Gut, Sennora! Hier haben Sie ihn!«

Er schob den Vorhang auseinander, nahm meine Hand und zog mich hinein. Als sie mich erblickte, stand sie vor Schreck sprachlos.

»Sie sehen, Sennora,« sagte ich, »ich werde nicht nur schnell gefunden, sondern ich finde mich auch selbst schnell zurecht. Kaum unter uns in der Unterwelt eingesperrt, sehen Sie mich wieder hier oben, ohne daß Sie die Güte gehabt haben, mir die Leiter hinabzulassen. Sie freuen sich doch jedenfalls darüber, mich so wohl wiederzusehen?«

»Ja, ja, ich freue mich; ganz, ganz außerordentlich freue ich mich!« rief sie aus, indem sie die Fäuste ballte und die Zähne zusammenbiß.

»So will ich Ihre Freude durch die Mitteilung verdoppeln, daß auch Winnetou und Sennor Vogel sich an der Oberwelt befinden. Der unterirdische Kanal hat nicht nur Ihren Verlobten, sondern auch uns an die Freiheit geführt.«

Da fuhr sie mich wie eine Katze an:

»Sie haben tausendmal mehr Glück, als Sie Verstand besitzen! Aber freuen Sie sich nur nicht zu sehr! Den schönsten, den gelungensten Streich habe doch ich Ihnen gespielt!«

»Welchen denn?«

»Eben den, daß ich Melton fortgeholfen habe. Er ahnte von dem Kanale nichts. Kein Mensch wußte, daß man durch das Wasser aus dem Pueblo gelangen kann; ich wußte es allein. Mein Mann, der Häuptling, hat mir das Geheimnis für etwaige Notfälle mitgeteilt.«

»Und ein solcher Notfall war heute eingetreten!«

»Ja. Ich zeigte ihm erst heute den Rettungsweg, und kaum eine halbe Stunde später hörten wir Ihre Namen rufen. Sie waren da. Jonathan aber beeilte sich, Ihnen zu entkommen, und er - er ist Ihnen auch entkommen!«

»Mag er! An seiner Person liegt mir gar nichts. Das Geld hat er doch dagelassen.«

»Meinen Sie? Meinen Sie das wirklich? Wie klug Sie sind! Und für wie dumm sie ihn halten! Sie denken, hier nur zuzugreifen zu brauchen! Aber da irren Sie sich gewaltig. Er hat das Geld mitgenommen.«

»Nur einen Teil desselben!«

»Nein, das ganze, das ganze! Es war eine ganze Ledertasche voller Staats- und Wertpapiere!«

»Alle Wetter! Das ist freilich Pech! Und sein Alter ist auch fort!«

Ich sagte das in möglichst zornigem Tone.

»Auch?« fragte sie, indem ihre Augen vor Vergnügen funkelten. »Woher wissen Sie das?«

»Sein Nest ist leer.«

»Haben Sie denn sein Nest gekannt?«

»Es liegt eine Etage über Ihnen. Wir sind nicht durch die Felsenenge gekommen, sondern an mehreren zusammengeknüpften Lassos in das Thal heruntergeklettert, und gerade als man uns bemerkte und um Hilfe rief, ist der alte Melton unten am Feuer bei den Wächtern gewesen und zur Felsenenge hinaus entwischt.«

»Herrlich, herrlich!« jubelte sie. »Gleich darauf ist sein Sohn durch den Kanal geflohen, und sie haben sich jedenfalls getroffen und sind miteinander fort.«

»Wohin?«

»Wohin? Ja, ja, das fragen Sie! Das möchten Sie wohl gar zu gern wissen?«

»Natürlich. Ich bin in diesem Falle ebenso -neugierig wie Sie. Sie möchten doch wohl auch gern wissen, wohin Ihr Geliebter Ihnen entwischt ist?«

»Mir entwischt, mir, hahaha!« lachte sie.

»Lachen Sie nur! Sie täuschen mich doch nicht. Er ist auch Ihnen entwischt. Sie werden ihn und sein Geld niemals wiedersehen.«

»Niemals? Sennor, ich sage ihnen, daß ich ihn wiedersehen werde, sobald ich nur will!«

»Unsinn! Sie wissen nicht, wohin er sich gewendet hat.«

»Ich weiß nicht nur das, sondern ich weiß sogar auch, wo er auf mich warten wird.«

»Und Sie wissen das allein? Ich weiß es auch!«

»Sie? Ich glaube, Sie phantasieren! Den Ort kennen nur zwei, nämlich er und ich.«

»Drei! Rechnen Sie mich auch dazu. Ehe ich das Pueblo verlasse, werde ich Ihnen den Namen sagen.«

»Nichts werden Sie, gar nichts! Ich höre wohl, was Sie wollen. Sie wollen es machen, wie die Kinder, wenn sie gern etwas erfahren wollen, und Sie meinen, ich sei so dumm, mich von Ihnen soweit bringen zu lassen, daß ich im Ärger herausplatze. Da verrechnen Sie sich aber ungeheuer! Es ist heute überhaupt ein Tag des falschen Rechnens für Sie. Jonathan ist Ihnen mit seinem Gelde entkommen, und sein Vater ist auch fort mit dem Gelde, welches er bei sich hatte. Ja, wenn Sie wenigstens den erwischt hätten! Dem brauchten Sie nur die Stiefel auszuziehen. Er hat seinen Anteil zwischen den Doppelschäften stecken.«

»Donnerwetter!« stieß ich, der ich niemals fluche, jetzt absichtlich hervor. »Zwischen den Doppelschäften! Und den konnte ich schon mehreremale erwischen! Das ist doch ein Pech, ein riesenhaftes Pech!«

»Ja, das ist freilich Pech, und Sie glauben gar nicht, wie sehr ich mich darüber freue! Ich hasse Sie mit jeder Ader, in jeder Fingerspitze; darum freut es mich unendlich, daß Sie wie der Fuchs vor dem leeren Hühnerstalle stehen. Und das Beste dabei ist, daß Sie die Meltons niemals wiedersehen werden.«

»Oho! Ich hefte mich an ihre Fersen, bis ich sie habe!«

»Nie, nie wird das geschehen; dafür ist gesorgt! Der Hühnerstall ist leer, für immer leer, Sennor!«

»O nein, Sie befinden sich ja noch darin!«

»Ich? Was haben Sie an mir! Ich bin arm; ich besitze fast gar nichts mehr. Dazu kommt, daß Sie überhaupt die Hand von mir lassen müssen.«

»Ich muß nicht, sondern es kommt nur auf meinen Willen an.«

»Auf Ihren Willen! In Beziehung auf mich haben Sie gar keinen Willen und gar keine Macht. Was habe ich denn gethan, was Ihnen das Recht giebt, sich an mir zu vergreifen? Haben Sie überhaupt das Recht jemals besessen, jemand Gewalt anzuthun? Ich glaube vielmehr, Sie haben sich stets nur mit fremden Angelegenheiten beschäftigt und in fremden Gewässern gefischt. Hoffentlich haben Sie da für sich soviel zusammengeangelt, daß Sie nun endlich einmal aufhören können! Das nennen Sie aber wohl, sich ihrer hilfsbedürftigen Mitmenschen annehmen, Sie Unikum von einem Menschenfreunde Sie?«

»Ja, ich habe schon viel geangelt und werde auch noch mehr angeln. Zunächst werden Sie an meinem Haken hängen bleiben. Ich werde mich Ihrer Person versichern.«

»Aus welchem Grunde, mit welchem Rechte?«

»Nur mit dem Rechte des Stärkern. Ich könnte sagen, Sie sind Mitschuldige der beiden Meltons. Aber das hat mir nicht ein. Ich halte Sie fest und lasse Sie bewachen, bis ich hier fertig bin. Dann können sie meinetwegen laufen, wohin Sie wollen, sogar hinter Ihrem Jonathan her. Neugierig bin ich jetzt nur, wie Sie in Ihrer Küche das Loch so fest verbarrikadiert haben, daß wir nicht heraus konnten.«

Ich nahm die Lampe und leuchtete in die Küche. Das Bett lag wieder auf dem Loche, und auf dem Bette stand die Leiter, so fest gegen die Decke gestemmt, daß wir den Deckel allerdings unmöglich hätten heben können.

»Das haben Sie gut gemacht!« sagte ich. »Wenn der Kanal nicht gewesen wäre, hätten wir bis zum jüngsten Tage da unten stecken können. Wir werden Sie von jetzt an streng bewachen, damit Sie, solange wir hier bleiben, nicht wieder auf solche Anschläge kommen können. Emery, du bleibst jetzt hier, bis du abgelöst werden wirst, und behältst diese schöne Sennora gut im Auge.«

Er blickte mich einigermaßen verwundert an; ich gab ihm aber einen von ihr unbemerkten Wink, welcher ihm sagte, daß ich eine ganz bestimmte Absicht verfolgte. Sie rief mir, als ich ging, nach:

»Ich danke Ihnen, Sennor, daß Sie mir den Herrn hier lassen. Befänden Sie sich an seiner Stelle, vermöchte ich es nicht auszuhalten. Erfüllen Sie nun aber auch das Versprechen, das Sie mir gegeben haben!«

»Welches?« fragte ich mit Absicht, indem ich stehen blieb.

»Sie wollten mir sagen, wohin Jonathan entwichen ist, und wo ich mit ihm zusammentreffen werde.«

»Gut, ich halte Wort!«

Ich stieg hinauf auf die Plattform und bat Winnetou, nun endlich mit zu dem alten Melton zu gehen. Wir mußten also eine Terrasse höher, nahmen die Leiter, mit deren Hilfe wir hinauf gelangten, mit an das Loch, stellten sie hinein und stiegen hinab. Ich wußte, wohin ich die Lampe gestellt hatte, und steckte sie an. Noch ehe aber der Docht Licht faßte, hörten wir, daß Melton voller Leben war. Der Tisch bewegte sich, an den wir ihn gebunden hatten.

Als wir Licht hatten, gaben wir ihm zunächst den Mund frei. Er stieß einen wüsten Fluch aus und rief.

»Also habe ich doch richtig gehört! Old Shatterhand und Winnetou, diese Namen wurden gerufen!«

»Ja, Ihr habt Euch nicht getäuscht, Master Melton« antwortete ich. »Wir sind ja nur aus dem Grunde, euch dies zu beweisen, hierher gekommen.«

»Wäret Ihr doch beim Teufel geblieben!«

»Hätten wir das gethan, so säßen wir da draußen im Steingeröll bei Euerm Bruder, den Ihr ermordet habt. Er war ein Teufel, ein Satan im wahrsten Sinne des Wortes. Ihr habt ihm seinen Lohn gegeben und werdet auch den Eurigen erhalten.«

»Haltet Euer Lästermaul! In solcher Lage kann vom Morde keine Rede sein. Wenn es auf Tod und Leben geht, ist ein jeder sich selbst der Nächste.«

»Und da schlägt und sticht man seinen eigenen Bruder nieder? Wißt Ihr, wie er Euch genannt hat?«

»Wie?«

»Judas Ischariot. Und diesen Namen hat Euch auch Krüger-Bei und haben Euch noch andere gegeben. Eure Seligkeit scheint zu sein, Eure Wohlthäter zu verraten und mit Undank zu belohnen. Wo steckt das Geld, welches Ihr Eurem Bruder abgenommen habt?«

»Ich habe keines.«

»Ihr habt es ihm genommen! Wir sahen es, und er sagte es dann auch.«

»Hat er denn noch gesprochen?«

»Ja. Sein letztes Wort war ein Fluch für Euch. Also, wo habt Ihr das Geld?«

»Das geht Euch nichts an!«

»Es geht uns sogar viel an, denn es gehört dem rechtmäßigen Erben des alten Hunter.«

»Bringt mir doch diesen Erben!«

»Das könnte man wohl thun!«

»Ja, man könnte, aber man kann doch nicht,« lachte er schadenfroh.

»Man kann! Master Vogel ist frei! Wir haben ihn aus dem Gange, an dessen Ende er an den Pfahl gebunden war, geholt.«

»Was? Habt Ihr! Wirklich?« rief er aus, indem er an den Fesseln zerrte. »Wer hat Euch den Ort verraten?«

»Niemand. Haben ihn selbst gefunden.«

»Das ist nicht wahr. Jemand muß es Euch gesagt haben!«

»Wir brauchen keinen Verräter Eures Gelichters. Unsere Gedanken reichen allein für so etwas aus.«

»Ihr habt doch nur durch Judiths Wohnung hinunter gekonnt! Wie steht es mit der Jüdin?«

»Sehr wohl.«

»Und mit Jonathan, meinem Sohne?«

»Auch so gut. Die beiden haben sich so unendlich lieb, daß man sie nächstens am Galgen trauen wird.«

»Wie? Ist Jonathan etwa gefangen?«

»Verlangt Ihr, daß er es besser haben soll, als Ihr?«

»Gefangen, gefangen!« stöhnte er. Und dann fuhr er knirschend fort:

»Ihr waret aber doch nur vier Personen!«

»Sogar nur drei, denn einen hattet Ihr gefangen.«

»Die Hölle hat Euch geholfen! Aber das Geld werdet Ihr doch nicht bekommen! Es ist so gut versteckt, daß Ihr es selbst mit dem Teufel nicht zu finden vermöchtet.«

»Wir werden es schon noch bekommen!«

»Nie, nie! Außer Ihr seid klug und mäßigt Euch in Euren Absichten und Forderungen. Nehmt das an, was wir Euch durch Judith anbieten ließen, sonst bekommt Ihr gar nichts! Mein Sohn hat das Geld so gut verborgen, daß Ihr es unmöglich finden könnt. Und niemand weiß den Ort, als nur er.«

»Und Ihr!«

»Ja, ich!«

»Und Judith!«

»Ich glaube nicht, daß er ihr es gesagt hat. So etwas ist nichts für Weiber.«

»O, die Liebe ist mitteilsam!«

»Das ist Nebensache. Die Hauptsache ist, daß Ihr nichts finden werdet. Was habt Ihr davon, wenn Ihr uns fangt und der Polizei ausliefert und doch nichts bekommt.«

»Das wäre freilich nicht sehr tröstlich.«

»Also! Habt Verstand! Laßt uns los, und nehmt Geld an! Ihr habt die Wahl. Entweder habt Ihr uns, aber kein Geld, oder Ihr gebt uns frei und bekommt Geld.«

»Wieviel?«

»Ich biete Euch das Doppelte von dem, was wir Euch durch Judith bieten ließen.«

»Dann bekommt der Erbe nur einen Pappenstiel, und Ihr habt immer noch Millionen und die Freiheit dazu. Das ist denn doch ein schlechter Handel. Und meint Ihr etwa, daß ich Euch der Polizei übergebe? Ich werde mich hüten, Euch so lange und so weit mit mir herumzuschleppen!«

»Was wollt Ihr denn thun?«

»Euch einfach eine Kugel geben.«

»Sir, das wäre Mord!«

»Nein, sondern nur gerechte Strafe. Ihr habt noch mehr verdient. Denkt an Eure Thaten! In Fort Uintah habt Ihr einen Offizier und zwei Soldaten ermordet, in Fort Edward den Schließer, drüben in Tunis den echten Small Hunter. Wie oft habt Ihr dann mir nach dem Leben getrachtet! Ich habe das volle Recht, Euch den Garaus zu machen. Und Euer Sohn hat nichts Besseres verdient. Dabei habe ich den Brudermord noch ganz vergessen. Ihr seid ein Scheusal, und der Mensch, der Euch vernichtet wie ein wildes Tier, verdient einen Gotteslohn.«

»Was hilft Euch der Lohn, wenn er nicht in Geld besteht!«

»Es giebt noch andere, bessere Reichtümer als Geld; nur habt Ihr keine Ahnung davon. Ihr seid mir so oft zum Schaden anderer Menschen entkommen; jetzt habe ich Euch fest, und Ihr werdet die Freiheit nicht wieder sehen. Wir werden über Euch beraten. Sehr wahrscheinlich wird mit dem kommenden Morgen Euer letzter Tag anbrechen.«

»Das werdet Ihr unterbleiben lassen, denn Ihr seid nicht meine Richter!«

»Wir sind es. Wir befinden uns im wilden Westen und handeln nach den Gesetzen desselben. Selbst wenn wir früheres gar nicht erwähnen wollen, so habt Ihr uns in letzter Nacht überfallen und uns dann am Tage einen Hinterhalt gestellt. Das ging uns ans Leben. Leben gegen Leben, so heißt das Gesetz der Prairie!«

»Nehmt doch Verstand an, Sir! Wir wollen teilen.«

»Nein. Wir wollen alles!«

»Das bekommt ihr nicht. Ich habe mein letzte Gebot gethan. Ihr bekommt entweder die Hälfte oder nichts!«

»Wir bekommen mehr!«

»Nichts bekommt Ihr, gar nichts!« schrie er wütend. »Ermordet uns; tötet uns; es ist mir nun egal! Ich werde mit dem frohen Gedanken sterben, daß Ihr dann arme Teufel seid und bleibt, denn das Geld werdet Ihr niemals, niemals, niemals finden.«

Das dreifache Niemals brüllte er förmlich heraus. Ich antwortete um so ruhiger:

»Ereifert Euch nicht! In Beziehung auf das Geld irrt Ihr Euch. Ich weiß, was ich weiß. Die Ledertasche, in welcher Euer Sohn das seinige stecken hat, kenne ich.«

»Leder – ?« fragte er atemlos. »Habt Ihr sie gesehen?«

Er sah mich dabei an, als ob sein Leben von meiner Antwort abhängig sei.

»Gesehen! *Pshaw*! Was nützte es mir, wenn ich sie nur gesehen hätte!«

»Sir, Master, Mensch, Ihr habt sie vielleicht schon?!«

»Hm! Das ist die Tasche Eures Sohnes; die geht Euch nichts an. Aber Ihr habt auch Geld, Euren Anteil und den Eures Bruders, den Ihr ihm abgenommen habt.«

»Ja, das habe ich, das habe ich!« brüllte er außer sich. »Aber das werdet Ihr nicht bekommen. Wenn Euch der Teufel Jonathans Geld in die Hand gespielt hat, so sagt eben dem Teufel Euren Dank dafür; mein Geld aber, meins, das meinige, davon werdet Ihr Eure Hände lassen!«

»O, ich brauch sie nur darnach auszustrecken!«

Ich legte bei dem Worte meine beiden Zeigefinger auf seine Füße. Er zuckte zusammen und fragte, indem ihm die Augen aus den Höhlen treten zu wollen schienen:

»Hierher? Meint Ihr, daß ich so dumm gewesen bin, es in die Strümpfe zu verstecken und mir dadurch eine Schar von Hühneraugen zu holen?«

»In die Strümpfe nicht, aber in die Stiefel.«

Er schluckte und brachte dann mühsam hervor:

»In die Stiefel? Zieht sie mir doch einmal aus, und schaut hinein! Ihr könnt sie solange ausschütten und ausschütteln, wie Euch beliebt; es fällt kein elender Cent heraus!«

»Das hat seinen guten Grund, weil das Geld nicht in den Stiefeln, sondern zwischen den Doppelschäften steckt.«

Da fiel sein Kopf weiter nach hinten; er schloß die Augen und wiederholte mit ersterbender Stimme:

»Zwischen – den – Doppel – schäften – !«

Dann aber bäumte er sich unter seinen Fesseln zwischen den Tischbeinen empor und brüllte, indem sein Gesicht sich blaurot färbte:

»Wage es, meine Füße anzurühren, elender Hund, wage es! Ich zersprenge meine Banden und reiße euch, dich und deinen roten Halunken von Winnetou in tausend Stücke!«

»Elender Wurm! Deine Drohung ist verrückt! Wir werden dir das Geld noch lassen, natürlich nur so lange, wie es uns beliebt. Jetzt binden wir dich los; du wirst mit uns gehen.«

»Wohin?« fragte er bedeutend ruhiger, da wir ihm die Stiefel nicht auszogen.

»Das wirst du sehen. Aber sei gehorsam, und verhalte dich ruhig, sonst hast du auch nicht die allergeringste Schonung von uns zu erwarten!«

Wir banden ihn vom Tische los und gaben ihm die Füße frei. Er mußte mit aus dem Loche klettern; dann auf die nächste Terrasse hinunter und in die Wohnung der Jüdin steigen. Dort banden wir ihm die Beine und Füße wieder fest zusammen und legten ihn in den Raum, welcher an denjenigen stieß, der unter dem Loche lag. Es war finster in demselben. Judith befand Sich, von Emery bewacht, drei Räume davon entfernt.

Ich ging zu ihr. Sie saß auf einem Stuhle, drehte Emery den Rücken zu und that, als ob sie mein Kommen gar nicht bemerke.

»Soll ich dich bald ablösen lassen?« fragte ich den Englishman, indem ich die Augen schloß, den Kopf auf die Seite neigte und die Hand an denselben legte.

Das war die Pantomime des Schlafens. Emery verstand mich sofort und antwortete:

»Ich bin freilich müde; ich muß ein wenig schlafen.«

»Ja, wer soll dich ablösen? Ich habe zu thun; Winnetou ist ebenso beschäftigt, und Vogel möchte ich einen so wichtigen Posten nicht anvertrauen.«

»Wichtig? Er wird doch wohl auf ein Frauenzimmer aufpassen können!«

»Das könnte er; aber ich habe noch einen andern Gefangenen gebracht, den älteren Melton.«

Da fuhr Judith mit einem schnellen Rucke herum und sagte:

»Ich denke, der ist Ihnen entkommen? Sie sagten es doch vorhin!«

»Er ist uns doch noch in die Hände gefallen.«

»Sie sind ein Teufel, wirklich ein Teufel! Was werden Sie mit ihm thun?«

»Zunächst nehmen wir ihm die Stiefel, um einmal in die Doppelschäfte zu blicken. Sie sehen, Sennora, daß Ihre Freude vorhin eine sehr verfrühte und Ihr Hohn ein sehr schlecht angebrachter war!«

»Hätte ich doch geschwiegen! Hätte ich doch nichts gesagt! Nun ist das viele Geld verloren, und ich habe sogar geplaudert, ohne dazu veranlaßt oder aufgefordert worden zu sein!«

»Sie irren sich. Sie sind von mir veranlaßt worden.«

»Ich wüßte nicht!«

»O doch! Ich will aufrichtig sein und Ihnen sagen, daß der alte Melton sogleich, als wir kamen, in unsere Hände fiel, noch ehe Sie wußten, daß wir hier waren. Wir überrumpelten ihn in seiner Wohnung und fesselten ihn. Geld hatte er; das war sicher. Wir hätten nun gar zu gern gewußt, wo es steckte, und das konnten wir am leichtesten von Ihnen erfahren.«

Da stand sie vom Stuhle auf, kam einen Schritt näher und fragte erregt:

»So haben Sie mich getäuscht?«

»Allerdings. Ich sagte Ihnen, daß er uns entkommen sei, und machte dazu ein möglichst enttäuschtes Gesicht. Sie gerieten, wie ich erwartet hatte, in helles Entzücken; ich schob mit noch einigen

Redensarten nach; Sie fühlten sich erhaben über uns und platzten voller Hohn mit seinen Stiefelschäften heraus. Ich hatte meine Absicht also auf die glanzvollste Weise erreicht.«

Sie stand einige Sekunden wie in tiefster Verlegenheit; dann fuhr sie plötzlich auf mich los, krallte mir mit den zehn gekrümmten Fingern vor dem Gesichte herum und schrie in giftigem Tone:

»Lügner, Schwindler, Ungeheuer! So also betrügen Sie die Menschen! Sie verbergen unter dem ehrlichsten Gesichte, welches man sich denken kann, eine Hinterlist, eine Heimtücke, die gar nicht zu beschreiben ist! Ich möchte Ihnen das Gesicht zerkratzen.«

Sie macht die Hände abwechselnd auf und zu, und zeigte dabei ein verzücktes Gesicht, um anzudeuten, welche außerordentliche Wonne es ihr gewähren würde, wenn es ihr möglich wäre, ihre Drohung mit dem Zerkratzen in die Wirklichkeit zu übersetzen. Ich lächelte ihr ruhig entgegen und antwortete:

»Ich brauche nur zu wollen, so begehen Sie eine noch viel größere Dummheit als die war, von welcher wir sprachen.«

»Nein, nie, niemals!« beteuerte sie zornig. »Die Freude, von Ihnen überlistet worden zu sein, mache ich Ihnen gewiß nicht wieder! So durchtrieben wie Sie bin ich auch! Denken Sie denn, ich wisse nicht, was Sie wieder vorhaben? Sie wollen wieder irgend etwas aus mir herauslocken, und haben mir zu diesem Zwecke eine großartige Lüge gesagt!«

»Eine Lüge? Darf ich erfahren, welche Lüge?«

»Die, daß Sie den alten Melton gefangen haben!«

Die Antwort war gerade diejenige, welche ich haben wollte. Sie ahnte nicht, daß sie jetzt von mir auf ein Eis geführt wurde, welches gar nicht glatter und gefährlicher sein konnte. Sie befand sich auf dem besten Wege, die zweite und noch größere Dummheit, welche ich ihr vorhergesagt hatte, zu machen.

»Das soll eine Lüge sein?« meinte ich. Ach möchte wissen, welchen Zweck ich mit dieser Unwahrheit verfolgen könnte!«

»Sie wissen es, und ich weiß es auch. Oder können Sie mir beweisen, daß Sie mir die Wahrheit gesagt haben?«

»Ja.«

»Wo befindet sich Melton? Zeigen Sie mir ihn doch!«

»Ich kann ihn nicht bringen; er ist gefesselt.«

»Leere Ausrede! Ich kann doch zu ihm gehen. Das werden Sie mir aber natürlich nicht erlauben!«

»Warum nicht? Von Herzen gern!«

»So kommen Sie!«

»Ja, kommen Sie!«

Ich nahm die Lampe und ging mit ihr hinaus, nach der Stube, in welcher er lag. Als sie ihn erblickte, rief sie erschrocken aus:

»Es ist wahr, wirklich wahr! Sennor, Sennor, wie konnten Sie sich fangen lassen!«

»Sind Sie denn nicht auch gefangen?« fragte er zornig.

»Das ist etwas anderes! Sie sind ein Mann; Sie hatten Ihre Waffen; ich aber bin –«

»Still!« unterbrach ich sie. »Ich habe Ihren Wunsch erfüllt und Ihnen den Gefangenen gezeigt; aber ich kann nicht dulden, daß Sie mit Ihm sprechen. Er bleibt bis früh hier liegen. Wenn es hell geworden ist, werden wir uns den Spaß machen, seine Stiefel einer kleinen Besichtigung zu unterwerfen. Kommen Sie jetzt!«

Ich drehte mich um und ging, mit aller Absicht ihr voran. Ich gab mir dabei den Anschein der größten Unbefangenheit, bemerkte aber doch, daß sie ihm hinter mir ein Zeichen gab. Dieses Zeichen konnte natürlich nichts anderes bedeuten, als daß sie, wenn es möglich zu machen sei, zu ihm kommen wolle. Sie dazu zu verführen, war eben meine Absicht. Ich wollte von ihr erfahren, wohin Jonathan geflohen war, und das sagte sie dem Alten ganz gewiß, wenn sie zu ihm gelangen konnte.

»Nun, halten Sie mich noch immer für einen Lügner?« fragte ich sie, als wir wieder in dem Zimmer angekommen waren.

»Diesmal haben Sie die Wahrheit gesagt, aber ich werde mich dennoch doppelt in acht nehmen. Mir stellen Sie keine Falle wieder!«

»Warten Sie nur! Und dich, Emery, bitte ich, ja recht aufmerksam zu sein; die beiden Gefangenen dürfen nicht zusammen kommen. Die Sennora wäre wohl gar im stande, dem Alten zur Flucht zu verhelfen. Nach zwei Stunden komme ich, um dich abzulösen; eher ist es mir nicht möglich.«

» *Well*, werde meine Pflicht thun, obgleich ich verteufelt müde bin.«

Ich gab ihm einen Wink und ging; infolgedessen begleitete er mich hinaus bis zum Eingange. Dort fragte er leise:

»Was ist's mit dem Schlafen? Weshalb soll ich müde sein?«

»Ich will haben, daß sie zu dem Alten geht. Sprich jetzt vielleicht zehn Minuten möglichst laut mit ihr, damit sie nicht hört, was hier vorn vorgeht; dann schläfst du scheinbar ein, und wachst nicht eher auf, als bis ich wiederkomme!«

»Und wenn sie fortgeht?«

»So hinderst du sie nicht.«

»Aber sie macht den Alten dann vielleicht wirklich los?«

»Nein; ich schaffe ihn fort und lege mich an seiner Stelle hin.«

»Uff, würde Winnetou sagen! Famoser Gedanke! Bin außerordentlich neugierig, wie der Streich enden wird.«

Er kehrte zu der Jüdin zurück, und ich holte Winnetou, welcher sich inzwischen nach oben entfernt hatte, wieder herab. Wir verbanden dem alten Melton wieder den Mund und die Nase, und schafften ihn hinüber in die linke Abteilung der Etage; dann mußte Winnetou mich genau so binden, wie Melton gefesselt war und mich an dessen Stelle legen. Er hatte mir den Gürtel abgenommen, und auch in Beziehung auf den Anzug und sonst hatten wir die möglichste Ähnlichkeit hergestellt.

Als der Apatsche darauf wieder nach oben gestiegen war, wartete ich mit großer Spannung auf das Ergebnis dieser Veranstaltung. Von ihrem Kommen war ich vollständig überzeugt; ob sie mir aber das sagen würde, was ich wissen wollte, das war höchst ungewiß.

Ich hörte sie mit Emery sprechen; nach einiger Zeit verstummte das Gespräch. Nun verging eine Viertelstunde und noch eine, sogar noch eine dritte; dann fühlte ich ein leises Wehen wie von Frauenkleidern;

sie kam. Eine Hand tastete nach mir und traf mich an das Bein. Ich zuckte mit demselben wie einer, welcher erschrickt; da hörte ich eine leise Stimme warnend sagen:

»Still, ganz still, Sennor Melton! Ich bin es!«

»Wer?« flüsterte ich ebenso leise. Im Flüstern klingen tausend Stimmen gleich.

»Ich, Judith! Wollen Sie fort?«

»Wetter! Wenn ich könnte!«

»Sie können, denn ich helfe Ihnen. Haben Sie vorhin meinen Wink bemerkt?«

»Ja.«

»Shatterhand ist ein alberner Wicht, dem ich mit wahrer Freude diesen Streich spiele. Ich habe mir vorhin Ihre Fesseln angesehen. Heben Sie die Hände auf, ich habe ein Messer mit.«

Ich folgte der Aufforderung; sie durchschnitt die Armfessel und dann auch die an den Füßen; ich richtete mich in sitzende Stellung auf, und verursachte dabei mit Absicht einiges Geräusch. Sie sollte mich zur Vorsicht mahnen, damit ihr dann meine kurzen Antworten nicht auffallen könnten. Viele Worte durfte ich nicht machen, weil sie mich sonst wohl gar erkennen konnte.

»Leise, leise!« warnte sie. »Sonst wacht mein Wächter auf!«

»Wächter?« fragte ich.

»Ja. Er ist eingeschlafen, ein Glück für Sie, denn morgen will man Ihnen Ihr Geld nehmen, und mit Ihrer Freiheit und Ihrem Leben steht es ebenso schlimm. Sie müssen fort zu Jonathan.«

»Wo ist er?«

»Auch entflohen. Ich habe ihm fortgeholfen. Er geht hinauf zu den Mogollonindianern, deren Häuptling Bitsil-Iltscheh heißt. Er war ein Freund meines Mannes und wird Jonathan gern bei sich aufnehmen und ihm allen Schutz gewähren. Wenn Sie nachfolgen und dem Häuptling sagen, daß ich Sie schicke, werden Sie dieselbe Aufnahme finden. Ich komme später nach.«

»Wann?«

»Wenn die vier Menschen fort sind, welche sich hier wie die Herren der ganzen Welt gebärden. Ich muß bleiben, um zu erfahren, was sie dann thun, und wohin sie sich wenden. Dann komme ich nach und werde Jonathan am Klekie-Tse treffen, wo er mich erwartet. Nun machen Sie sich fort, doch hüten Sie sich, daß Sie nicht erwischt werden. Hier ist das Messer, nur ein Tischmesser, aber Sie haben ja keine andere Waffe!«

Sie entfernte sich. Ich wartete noch eine Weile und stand dann auf, um auf die Terrasse zu steigen. Dort saß Winnetou. Ich fragte ihn:

»Kennt mein Bruder Bitsil-Iltscheh, den Häuptling der Mogolloninindianer?«

»Ja,« antwortete er. »Er ist ein tapferer Krieger und hat noch nie sein Wort gebrochen.«

»Giebt es in seinem Gebiete einen Ort, welcher Klekie-Tse genannt wird?«

»Ja; ich kenne ihn. Warum fragt mein Bruder nach dem Häuptlinge und nach diesem Orte?«

»Weil Jonathan Melton dorthin ist.«

»Uff! Woher weiß das Old Shatterhand?«

Ich erzählte es ihm. Da meinte er, leise vor sich hinlachend:

»Mein Bruder ist nicht nur klug wie ein Fuchs, sondern sogar klüger wie eine Squaw, was Winnetou nicht von sich sagen kann. Wir werden nach dem weißen Felsen reiten.«

Als die gegen Emery erwähnten zwei Stunden vergangen waren, stieg ich hinab, scheinbar, um ihn abzulösen. Er saß auf einem Stuhl, hielt den Kopf gesenkt und stellte sich schlafend. Judith saß auf einem zweiten Stuhle; ihr Blick traf herausfordernd und triumphierend den meinigen.

»Ah, was ist denn das!« rief ich aus. »Ich glaube gar, du schläfst!«

Er that, als ob er erwache, zog eine verlegene Miene und antwortete:

»Ah, wirklich! Ich war doch eingeschlafen, aber das kann nur einige Minuten gewesen sein.«

»Einige Minuten?« lachte Judith. »Sennor, Sie haben fast zwei Stunden lang in einem Atem geschlafen.«

»Was haben Sie denn gethan, während Sir Emery schlief?« fragte ich.

»Verschiedenes. Ich bin sogar ein wenig durch die Räume gegangen.«

»Waren Sie etwa auch bei Melton?«

»Natürlich! Ich kann Ihnen sogar sagen, daß Sie sein Gefängnis leer finden werden.«

»Leer? Sind Sie bei Sinnen?«

»Sogar sehr. Er ist seinem Sohne nach.«

»Da muß ich doch gleich –«

Ich stellte mich höchst aufgeregt, nahm die Lampe und rannte hinaus; sie kam rasch hinterher, um sich an meinem Ärger zu weiden. Emery aber folgte überaus gemächlich nach. Ich war natürlich wütend, als ich die zerschnittenen Fesseln sah.

»Es hat ihm jemand geholfen!« rief ich aus. »Er selbst konnte sich unmöglich selbst die Fesseln zerschneiden. Wüßte ich, wer – ah, Sennora, ich glaube, Sie wissen am besten, wer es gewesen ist!«

»Meinen Sie?« fragte sie mit lächelnder Überlegenheit. &›Nun ich will aufrichtig sein und nicht leugnen. Ja, ich war es, Sennor.«

»Sie, Sie haben ihn befreit! Sie haben das gewagt?«

»Ja, ich, kein anderer Mensch! jetzt sehen Sie wohl, wer Dummheiten macht, ich oder Sie! Wo ist nun die zweite, noch größere Dummheit, welche Sie so zuversichtlich von mir erwarteten? Erfüllen Sie mir doch Ihr Versprechen, mir zu sagen, wo Jonathan Melton zu finden ist! Ja, ja –« und dabei lachte sie aus vollem Halse – »so ein Gesicht wie das Ihrige, ist das Ideal der Albernheit. Gehen Sie hin, und bessern Sie sich, Sennor!«

»Hm, ja, ich will hingehen; aber bitte, gehen Sie mit, Sennora, damit Sie sehen, wie ich mich bessere!«

»Das sei Ihnen gewährt. Schreiten Sie gefälligst voran!«

Es war kein Zweifel, sie fühlte sich als Siegerin, als mir weit überlegen. Ich führte sie hinüber nach der Stube, in welche wir

Melton geschafft hatten. Emery kam hinter uns her, einen ganz unbeschreiblichen Ausdruck im Gesicht. Als wir beim Vorhange angekommen waren, sagte sie:

»Also hier wollen Sie mir Ihre Besserung zeigen? Na, so öffnen Sie!«

»Ja, Sennora, meine Besserung, und zu gleicher Zeit aber auch die zweite Dummheit, welche ich Ihnen prophezeit habe. Da sehen Sie sie liegen!«

Ich schob die Vorhänge auseinander. Sie trat ein, warf einen Blick in den Raum, fuhr zurück und schrie:

»Melton! Da liegt ja Melton!«

Ihr Auge irrte ratlos zwischen ihm und mir hin und her.

»Ja, Melton,« antwortete ich. »Ganz natürlich! Wen haben Sie denn zu sehen erwartet?«

»Melton, Melton!« wiederholte sie. »Das ist doch unmöglich! Das ist Zauberei! Darf ich mit ihm sprechen, Sennor?«

»Nein. Folgen Sie mir wieder in Ihre Wohnung hinüber.«

Dort angekommen, warf sie sich auf einen Stuhl und sah mich fragend an. Das überlegene Gesicht von vorhin war verschwunden.

»Ich pflege Wort zu halten, Sennora,« begann ich. »Ich wollte Ihnen sagen, wohin Jonathan Melton geflohen ist. Er befindet sich unterwegs zu dem ›Starken Winde‹, dem Häuptling der Mogollonindianer. Später wollen Sie ihm folgen, um ihn am weißen Felsen zu treffen. Ist es so richtig oder nicht?«

Da sprang sie vom Stuhle auf und fragte:

»Wer hat das verraten? Wer hat Ihnen das gesagt?«

»Sie selbst sind es, die es mir gesagt hat.«

»Ich – ich – ?«

»Ja. Erinnern Sie sich gefälligst Ihrer Worte: Dieser Shatterhand ist ein alberner Wicht, dem ich mit wahrer Freude diesen Streich spiele! Mir ist es außerordentlich lieb, daß Sie sich eine solche Freude bereitet und mir einen solchen Streich gespielt haben. Ich wünsche, mir würden stets so schlimme Streiche gespielt!«

Sie sah mich ganz fassungslos an und stotterte schließlich: Ach – ich – ich verstehe Sie nicht!«

»So muß ich Ihnen zu Hilfe kommen. Wissen Sie, wem Sie die Fesseln zerschnitten haben?«

»Doch Melton?«

»Nein. Sie haben ihn ja soeben gefesselt drüben liegen sehen. Sie sind so gütig gewesen, mich, verstehen Sie wohl, mich aus der Gefangenschaft zu befreien.«

»Sie – Sie – ?«

»Ja. Und nun kommt die Dummheit, die Sie nie wieder begehen wollten. Jonathan Melton ist fort, der Hauptthäter, mit dem ganzen Gelde. Sie wissen, wohin er ist, und ich mußte es erfahren. Ich brachte Ihnen also seinen Vater, schaffte ihn aber gleich wieder fort, ließ mich binden und legte mich an seine Stelle. Daß Sie kommen würden, wußte ich, denn ich hatte gesehen, daß Sie ihm einen Wink gaben. Sir Emery mußte sich schlafend stellen. Sie schlichen sich fort, kamen zu mir, schnitten meine Fesseln entzwei und hatten die zarte Aufmerksamkeit für mich, mir alles zu sagen, was ich wissen wollte. Jetzt wissen Sie hoffentlich, warum vorhin mein Gesicht immer dümmer geworden ist. Sie thun mir leid, und es ist keineswegs angenehm, einer Dame solche Dinge sagen zu müssen. Wir wollen also davon abbrechen, und ich schließe nur die Bemerkung daran, daß ich Sie binden lassen Muß, weil Ihnen sonst wohl gar der Gedanke kommen könnte, den wirklichen Melton wirklich zu befreien.«

»Binden, mich binden? Das dulde ich auf keinen Fall!« rief sie aus. »Wollen Sie sich der ungeheuern Roheit schuldig machen, sich an einer Dame zu vergreifen und ihr Fesseln anzulegen? Zuzutrauen ist es Ihnen freilich!«

»Regen Sie sich nicht auf. Ihr Verhältnis zu Jonathan verstößt gegen die Strafgesetze. Sie wissen, daß er ein Gauner, ein Mörder ist, und leisten ihm doch Vorschub; Sie wollen an dem Genusse seiner Beute teilnehmen; das macht Sie zu seiner Mitschuldigen. Ich habe es also gar nicht mit einer Dame, sondern mit einer Gaunerin zu thun, und wenn ich diese verhindere, uns noch weiteren Schaden zu thun, so ist das kein Akt der Roheit, sondern eine wohlberechtigte Maßregel, die ich nicht umgehen kann, und welche Sie sich selbst zuzuschreiben haben.«

»Aber ich kann Ihnen doch nicht mehr schaden!«

»O doch! Ich könnte sie allerdings unschädlich machen, ohne daß ich Sie fessele, und ich bin auch bereit dazu, aber nur unter der Bedingung, daß Sie mir einige Fragen der Wahrheit gemäß beantworten.«

»Gut; fragen Sie!«

»Vorher mache ich Sie darauf aufmerksam, daß es Ihnen nicht gelingen wird, mich zu täuschen. Ich werde es bemerken, wenn Sie lügen, und dann, das sage ich Ihnen, haben Sie doppelte Strenge zu erwarten.«

»Ich werde aufrichtig sein.«

»Das hoffe ich um Ihretwillen. Also sagen Sie, ob Melton ein Pferd hat!«

»Er hat eines aus dem Hause, wo Sie eine Nacht zugebracht haben.«

»Ist Melton bewaffnet?«

»Er hat Gewehr, Messer und Revolver mitgenommen.«

»Aber er ist, soviel ich weiß, noch nie in dieser Gegend gewesen. Wird er den Weg zu den Mogollonindianern finden?«

»Ja. Er braucht nur dem Flujo blanco aufwärts zu folgen und sich dann nach der Sierra Blanca zu wenden, deren Berge er vor sich liegen sieht; da trifft er ganz gewiß auf sie.«

»Und wo liegt der ›weiße Felsen‹, an welchem Sie mit Jonathan Melton zusammentreffen wollen?«

»Auch in der Sierra Blanca.«

»Wie ist Melton denn eigentlich auf den Gedanken gekommen, zu den Mogollons zu fliehen?«

»Ich habe es ihm gesagt und ihm auch den Felsen als Stelldichein vorgeschlagen. Aufrichtiger könnte ich gar nicht sein!«

»O doch!«

»Wieso? Ich weiß, daß Sie ihn verfolgen werden und habe Ihnen dennoch gesagt, wohin er geht und wo er auf mich wartet. Ich bringe ihn also in die Gefahr, von Ihnen festgenommen zu werden. Können Sie von mir mehr verlangen?«

»Ja. Ich habe bereits mehr von Ihnen verlangt. Ich habe die Wahrheit verlangt und Sie haben mich belogen.«

»Das ist nicht wahr! Es ist wahr, daß er zu den Mogollons ist und am weißen Felsen auf mich warten wird!«

»Ja, das ist wahr. Das konnten Sie weder leugnen noch verschweigen, weil Sie es mir schon gesagt haben, als Sie meine Fesseln zerschnitten und mich für den alten Melton hielten. Daß Sie diese Aussage notgedrungen wiederholt haben, dürfen Sie sich nicht als Verdienst anrechnen. Aber Ihre Angaben, wo die Mogollons wohnen und wo der weiße Felsen zu suchen ist, waren falsch.«

»Nein; sie sind richtig!«

»Pah! Sie täuschen mich nicht! Sie haben mir sagen müssen, wohin Melton geht, mir aber eine falsche Richtung, gerade die entgegengesetzte, angegeben, damit wir Zeit verlieren sollen und er welche gewinne, um uns zu entkommen. Auf und an der Sierra Blanca wohnen die Nijora-Apatschen, zu denen wir kommen würden, wenn wir den von Ihnen angegebenen Weg einschlügen, uns also vom Flujo blanco aus ostwärts wendeten. Wir müssen im Gegenteile westlich gehen, dann kommen wir an die Mogollonberge, von welchen die Indianer, zu denen Melton will, ihren Namen haben. Sie sehen, daß ich mich nicht täuschen lasse.«

»Wenn Sie recht haben, Sennor, dann bin ich selbst falsch unterrichtet!«

»Lügen Sie nicht weiter! Sie wollen uns irre führen, haben also meine Warnung nicht beachtet und werden nun gefesselt.«

»Das werden Sie nicht thun!« schrie sie auf. »Ich dulde es nicht!«

Da sagte Emery:

»Was machst du nur so viele Worte mit ihr! Dort hängen Riemen. Komm, binde sie!«

Er trat mit einem raschen Schritte hinter sie, ergriff ihre Arme und drückte ihr die Ellbogen auf dem Rücken zusammen. Sie war über diese schnelle Handlungsweise so verblüfft, daß es ihr gar nicht beikam, sich zu wehren. Ich schlang ihr einen Riemen um die Vorderarme und einen zweiten um die Fußgelenke; dann legten wir sie auf den Boden nieder. Nun war es ihr unmöglich, den alten Melton aufzusuchen und ihm irgend welchen Beistand zu leisten, und es brauchte sich von uns niemand zu ihr zu setzen, um sie zu bewachen. Ich stieg mit Emery hinauf zu Winnetou, welcher oben saß und mir auf mein Befragen sagte, daß der »weiße Felsen« nicht in der Sierre Blanca, sondern in den Mogollonbergen liege. Wir hatten der Jüdin also nicht unrecht gethan.

Auf der Plattform warteten wir, bis der Morgen anbrach. Die Yumas ließen ihre Feuer ausgehen, kamen aber nicht herauf zu uns, sondern blieben unten sitzen. Sie betrachteten uns als Herren des Pueblo. Nun wurde der alte Melton zu uns heraufgeholt. Es verstand sich ganz von selbst, daß er kein Wort davon erfahren durfte, daß uns sein Sohn entkommen war und wohin er sich gewendet hatte. Wir wollten ihm die Stiefel ausziehen; er brüllte vor Wut darüber und stieß mit den gefesselten Beinen so um sich, daß wir ihm die Möglichkeit, diese zu bewegen, nehmen mußten. Wir legten eine Leiter auf die Terrasse und banden ihn auf derselben fest; die Oberschenkel wurden bis zu den Knieen hüben und drüben festgeschnürt. Auch jetzt noch wälzte er sich mitsamt der Leiter schreiend hin und her, sodaß Winnetou und Emery auf ihn knien mußten, um ihn festzuhalten; erst dann brachte ich die Stiefel herab.

Sie waren mit dünnem Leder gefüttert, und ich fühlte gleich beim ersten Antasten, daß etwas zwischen den Schäften und dem Futter steckte. Die Naht, welche das letztere an dem Oberleder festhielt, war neu; das Geld war also wohl erst vor kurzem in den Stiefeln versteckt worden. Wahrscheinlich war die Jüdin beim Nähen behilflich gewesen, und so kam es, daß sie wußte, wo Melton seinen Raub verborgen hielt.

Ich trennte mit dem Messer das Futter los. Melton schrie nicht mehr; er hatte sich darein gefunden, aber seine Augen waren mit haßglühenden Blicken auf meine Hände gerichtet. Der eine Stiefel enthielt ein dünnes Papierpaket, wie ein Couvert geformt, der andere aber deren zwei. Ich öffnete die letzteren. Der Inhalt bestand je aus zehntausend Pfund Sterling (200 000 Mk.) in Noten der Bank von England. Dem dritten Umschlag entnahm ich fünfzehntausend Dollars (60 000 Mk.) in guten Bankpapieren.

»Master Melton, wollt Ihr uns wohl sagen, wie Ihr zu dem Gelde kommt!« forderte ich ihn auf.

»Hole Euch der Teufel!« brüllt er mich an. »Von mir erfahrt ihr nichts.«

»Denkt das nicht! Es giebt Mittel, Euch zum Sprechen zu bringen, und da wir unbedingt wissen müssen, welcher Herkunft die Summen sind, werden wir sie in Anwendung bringen, wenn Ihr uns die Auskunft verweigert.«

»Versucht es doch!«

»Das werden wir. Ich mache Euch aber vorher darauf aufmerksam, daß es für einen frühern tunesischen Offizier gar keine Ehre ist, Prügel zu bekommen.«

»Prügel? Ihr wollt mich prügeln?«

»Ja. Also wollt Ihr uns Auskunft erteilen?«

»Nein, und wenn ihr mich totschlagt, ihr Halunken!«

»Laßt Euch doch nicht auslachen! Eigentlich brauchen wir gar keine Auskunft. Wir sind klug genug, sie uns selbst zu geben; aber die Bestätigung wollen wir von Euch hören, und wenn Ihr sie uns verweigert, so werden wir Euch die Zunge lösen.«

»Nun, wenn ihr so klug seid, so sagt es doch einmal!«

»Ihr und Euer Bruder habt je fünfzigtausend Dollars als Anteil an der ergaunerten Erbschaft bekommen; sie sind Euch von Jonathan in englischem Gelde ausgezahlt worden.«

»Fünfzigtausend Dollars! Lumperei, wenn es sich um Millionen handelt! Meint Ihr, daß wir damit zufrieden gewesen wären?«

»Nein, das meine ich nicht. Ihr sollt jedenfalls noch mehr bekommen und habt, da Ihr fliehen und Euch dabei von Jonathan trennen mußtet, diese Summe einstweilen auf Abschlag erhalten.«

»Seht doch einmal, wie gescheit Ihr seid, Master Shatterhand! Wo kommen dann aber die übrigen fünfzehntausend Dollars her?«

»Die gehörten Euerm Bruder. Er hat stets Geld besessen, natürlich nur unrechtlich erworbenes. Ihr habt ihm die Fünfzehntausend mit dem andern Gelde abgenommen.«

»Da seid Ihr auf dem Holzwege. Das Geld ist mein; es hat nicht ihm gehört.«

»Kann mir gleichgültig sein. Wir werden Euch das Sprechen lehren. Hier steht der Erbe, den ihr betrogen habt; er mag Euch die Zunge lösen. Master Vogel, steigt doch einmal die Terrassen hinab, und holt Euch von den Büschen da drüben einige recht hübsche, biegsame Stöcke.«

Vogel ging; als er mit den Stöcken zurück kam, hatten wir Melton von der Leiter gebunden und schnürten ihn wieder so darauf, daß seine Rückseite nach oben kam.

»Nun, wollt Ihr sprechen?« fragte ich ihn.

»Schlagt zu!« knirschte er. »Aber ich sage Euch, daß es Euch das Leben kosten wird!«

»Pah! Macht Euch doch nicht durch solche alberne Drohungen lächerlich! Wer soll uns denn das Leben nehmen? Ihr befindet Euch doch in unsern Händen.«

»Aber mein Sohn nicht!«

»Täuscht Euch nicht!«

»Leugnet immerhin! Er ist fort. Wenn Ihr ihn bekommen hättet, wäre er sicher hier, und Ihr würdet Eure Fragen nicht an mich, sondern an ihn richten.«

»Möglich! Aber da wir sie nun einmal an Euch richten, werdet Ihr sie uns auch beantworten. Haut zu, Master Vogel!«

Der Violinvirtuos begann den soeben vom Busch geschnittenen Bogen aus Leibeskräften zu streichen, doch ohne Erfolg. Melton biß die Zähne zusammen und gab keinen Laut von sich. Da sagte Emery:

»Das ist nichts. Unser kleiner Master Vogel hat kein rechtes Mark in den Knochen. Gebt einmal einen Stock her! Ich möchte wetten, daß er bei mir zum Sprechen kommt.«

Melton stieß gleich beim ersten Hiebe des Englishman einen Schrei aus, denn das Fleisch war auseinander gesprungen; der zweite und dritte Schlag hatte denselben Erfolg, und als die nächsten Hiebe ins rohe Fleisch schnitten, konnte er die Schmerzen doch nicht ertragen und schrie:

»Haltet an! Ich will es sagen!«

»Nun, die zehntausend Dollars?« fragte ich.

»Sie sind von der Erbschaft,« gestand er ein.

»Die einen Zehntausend habt Ihr Euerm ermordeten Bruder abgenommen?«

»Nein.«

Sofort erhielt er von Emery zwei so kräftige Hiebe, daß er brüllte:

»Ja, ja, sie sind von ihm!«

»Und die fünfzehntausend Dollars?«

»Die gehörten mir; ich habe sie in Tunis erspart.«

»Lüge! Weiter, Emery!«

Der Engländer schlug wieder zu, und da zeterte Melton endlich:

»Halt ein, halt ein! ja, sie sind von meinem Bruder. Nun wißt ihr alles. Haltet also ein!«

»Schön! Ihr habt nun erfahren, daß Ihr wohl zum Sprechen zu bringen seid, und es ist Eure Schuld, wenn Euch nachher nach unserm Aufbruche das Reiten einige kleine Unannehmlichkeiten bereitet.«

»Was? Ich soll mit Euch fort? Ihr habt doch nun das Geld und könnt zufrieden sein! Laßt mich hier!«

»Seid Ihr verrückt geworden, Master? Euch hier lassen!«

»Ihr habt ja, was Ihr wollt, und wißt auch, was Ihr wissen wolltet. Wozu kann Euch meine Person noch nützen!«

»Welche Frage! Ich habe Euch eines mehrfachen Mordes wegen durch den ganzen wilden Westen gejagt; ich habe Euch in Ägypten und Tunesien gesucht. Dort seid Ihr wieder zum Mörder geworden.

Ihr wagtet Euch in die Vereinigten Staaten zurück, um eine Millionenerbschaft zu ergaunern, und ich folgte Euch über das Meer. Jetzt jagten wir Euch über die Prairien bis hierher, und nun wir Euch endlich, endlich ergriffen haben, mutet Ihr uns zu, Euch laufen zu lassen! Das ist doch mehr als nur verrückt!«

»Ihr wollt mich morden?«

»Nein; das werden wir dem Henker überlassen.«

»Alle Wetter! Ihr wollt mich etwa wieder ausliefern, wie damals in Fort Edward?«

»Allerdings. Und zwar werden wir hübsch dafür sorgen, daß Ihr nicht wieder entwischen könnt.«

»Nehmt Verstand an, Master! Was kann es Euch nützen, mich hängen zu sehen!«

»Nichts, gar nichts; das ist wahr. Aber trotzdem müßt Ihr hängen, denn nur Euer Tod kann mir die Überzeugung geben, daß Ihr unschädlich geworden seid.«

»Nun gut! Wenn Ihr mir nicht glaubt, so will ich mich mit sehr viel Geld loskaufen.«

»Ihr habt ja keines!«

»Wir haben doch die Erbschaft!«

»Unsinn! die bekommen wir auch ohne daß wir Euch laufen lassen! Ihr seid dem Strafgesetze, dem Scharfrichter verfallen, und wenn wir Euch laufen ließen, würden wir ein Verbrechen begehen. Nein, nein, wir nehmen Euch mit und liefern Euch dahin, wo Ihr hingehört!«

»So macht, was ihr wollt, ihr Hunde, und seid tausendmal verflucht!«

»Ja, wir werden thun, was uns beliebt, und Euer tausendfacher Fluch wird auf Euch selbst zurückfallen. Hier, Master Vogel, habt Ihr das viele Geld; es sind gegen dreimalhunderttausend Mark; sie gehören Euch.«

»Er mag dreimalhunderttausendmal daran ersticken!« schrie mich Melton an.

Vogel erbleichte. Er hielt die drei Umschläge in der Hand und sagte, diesmal in deutscher Sprache, zu mir:

»Himmel, welch ein Geld! Das Blut will mir nach dem Herzen gehen, es ist zu viel, viel zu viel!«

Er wollte mit uns teilen, ich sagte aber:

»Sie werden hoffentlich noch mehr bekommen. Stecken Sie das Geld zu sich, und verwahren sie es gut!«

»Sie nehmen also nichts?«

»Nein!«

»Gut, so nehme ich es einstweilen zu mir. Später aber sprechen wir weiter darüber.«

Melton wurde von der Leiter gebunden. Es machte ihm Schmerzen, zu stehen. Wir gaben ihm die Beine frei, und er mußte mit uns von den Terrassen steigen, denn wir mußten fort.

Am weißen Felsen

Es fiel uns natürlich nicht ein, von der Jüdin Abschied zu nehmen. Wir ließen uns von den Yumas das Pferd Meltons zeigen; es wurde gesattelt, und wir banden ihn darauf. Unsere Pferde bekamen wir wieder. Wir kauften einen Vorrat getrockneten Fleisches; dann ritten wir fort, nachdem ich den Indianern gesagt hatte, daß wir unsere Lassos holen würden und sie sich nicht an denselben vergreifen sollten. Sie ließen uns fortreiten, ohne uns irgend ein Hindernis in den Weg zu legen; doch sah man es ihnen an, daß sie sich darüber ärgerten, daß sie von uns gezwungen worden waren, Frieden zu halten. Wäre die Möglichkeit vorhanden gewesen, wieder mit ihnen zusammenzutreffen, so konnten wir sicher sein, daß sie sich nicht friedlich oder freundlich zu uns verhalten würden.

Eigentlich hätten wir nun den Cañon des Flujo blanco emporreiten müssen; wir mußten aber zu der Indianerfrau, um unser Versprechen zu erfüllen, und außerdem wollten wir doch auch unsere Lassos holen. Darum ritten wir den Fluß abwärts und schwenkten dann nach Ost, in welcher Richtung das Haus lag. Wir erreichten es nach zwei Stunden. Die Frau stand vor der Thür; sie hatte uns kommen sehen.

»Hatte meine rote Schwester heute in der Nacht Besuch?« fragte ich sie.

»Ja,« antwortete sie. »Das junge Bleichgesicht, welches ihr fangen wollt, war da, um mein Pferd zu holen.«

»Du hast es ihm gegeben?«

»Nein, er hat es sich selbst genommen. Ich wollte ihn daran hindern; da drohte er mir mit dem Tode.«

»Reiter er ungesattelt?«

»Nein, er hat mir auch das Lederzeug genommen.«

»Erhieltest du nicht einen Auftrag von ihm?«

»Ja. Ich soll der weißen Squaw sagen, daß er glücklich fortgekommen sei und daß sie ihm recht bald folgen soll. Dann ritt er fort nach Süden; ich habe ihm heimlich nachgeblickt und nachgehorcht.«

»Wir wissen, wohin er ist. Wir sind mit dir zufrieden und werden dir geben, was wir dir versprochen haben.«

Jeder von uns gab ihr etwas, und das war zusammen soviel, daß sie bei den Ihrigen, zu denen sie zurückkehren wollte, für wohlhabend gelten konnte. Dann ritten wir gegen Süden fort, um zu unsern Lassos zu kommen.

Als wir den Rand des Thalkessels erreichten, über welchen die Lassos in die Tiefe hinabhingen, standen die Yumas unten und sahen herauf. Sie hatten uns erwartet. Auf der obersten Plattform stand die Jüdin. Man hatte sie also nach unserm Fortgange frei gemacht. Die Rache, welche sie gegen uns empfand, hatte ihr einen schrecklichen Gedanken eingegeben. Sie hatte nämlich den Teil des Lassos, den sie erreichen konnte, abgeschnitten und hielt ihn uns unter triumphierenden Rufen entgegen, eine schreckliche Rache! Ich lachte. Emery legte die Flinte über den Rand des Abgrundes, und richtete den Lauf auf sie. Da rannte sie, vor Angst schreiend, davon und verschwand im Loche, welches den Zugang zum obersten Stockwerk bildete.

Wir zogen die Lassos empor, hatten aber nun nur noch zwei und einen halben, worüber wir freilich nicht in Verzweiflung gerieten. Darauf wurde der Weg fortgesetzt, oder vielmehr die Verfolgung jonathan Meltons eigentlich erst begonnen.

Seit wir das Pueblo verlassen hatten, waren vier Stunden verflossen. Es war also anzunehmen, daß er einen Vorsprung von wenigstens acht Stunden vor uns hatte. Darum fragte ich den Apatschen:

»Wie weit ist es bis zu dem weißen Felsen?«

»Da wir gute Pferde haben, werden wir, wenn nichts dazwischen kommt, dreißig Stunden reiten müssen.«

»So rechne ich mehr als dreißig, denn das Pferd Meltons kann mit den unsrigen nicht fort. Täglich zwölf Stunden; also werden wir übermorgen ankommen. Meint Winnetou, daß der ›starke Wind‹ uns freundlich empfangen wird?«

»Die Mogollons sind nicht gut auf die Apatschen zu sprechen; aber ich habe ihnen nie ein Leid gethan. Warum sollte er uns also feindlich empfangen?«

»Melton wird ihn gegen uns aufhetzen!«

»Ja, wenn er eher dort ankommt, als wir!«

»Das wird er. Er bietet sicher alles auf, um so schnell wie möglich hinzukommen.«

»Warum soll er sich so beeilen? Er wird überzeugt sein, daß Judith uns auf keinen Fall etwas gesagt hat.«

»Er kann aber auch eine Absicht haben, welche uns gefährlich zu werden vermag. Vielleicht nimmt er an, daß wir längere Zeit am Pueblo bleiben, und veranlaßt die Mogollons, mit ihm dorthin zu kommen, um uns anzugreifen.«

»Das ist allerdings möglich. In diesem Falle werden wir auf sie treffen und können sicher sein, daß sie uns als ihre Feinde betrachten werden.«

Die Unterhaltung wurde selbstverständlich so geführt, daß der alte Melton nichts von ihr hören konnte. Er würdigte uns keines Blickes. Es waren jedenfalls sehr düstere Gedanken, welche sein Gesicht so sehr verfinsterten. Von Zeit zu Zeit stieß er einen tiefen Seufzer aus oder ließ ein zorniges Stöhnen vernehmen. Der zerschlagene Teil seines Körpers, mit welchem er auf dem Pferde saß, mußte ihn außerordentlich schmerzen.

Jonathan Melton einzuholen, davon ' konnte keine Rede sein; das sahen wir bald ein. Vogels und Meltons Pferde waren keine Komantschenrosse, und der letztere gab sich außerdem alle Mühe, unsern Ritt zu verlangsamen. Er wäre geradezu ein Idiot gewesen, wenn er nicht erraten hätte, daß wir hinter seinem Sohne her waren; darum that er alles, was in seiner Lage möglich war, unsere Schnelligkeit zu beeinträchtigen.

Winnetou kannte die Gegend und war, wie so oft, ein höchst zuverlässiger Führer. Wir hatten die Fährte Jonathans vor uns. Er war noch nie hier gewesen und folgte also nur den Weisungen der Jüdin, traf aber die Richtung so genau, als ob er den Weg schon vielemal zurückgelegt hätte.

Der Weg führte immer bergan, bis wir gegen Abend die Hochebene erreichten, welche sich zwischen der Sierra Blanca und den Mogollonbergen ausdehnt. Da, wo wir uns befanden, war das Hochplateau unbewaldet. Es gab ein dünnes, niedriges Gras, welches an die Puna der peruanischen Alpen erinnerte. Ebenso erinnerte der Wind daran, der scharf und kalt aus Westen wehte und uns bald durchfröstelte. Man war einen so sehr frischen Luftzug gar nicht mehr gewöhnt.

Wäre ich mit Winnetou und Emery allein gewesen, so hätten wir gewiß nicht angehalten, sondern wären die ganze Nacht hindurchgeritten, um noch vor Melton das Ziel zu erreichen. Aber Vogel war kein ausdauernder Reiter, und der alte Melton drohte jeden Augenblick vom Pferde zu fallen. Halb mochte das Verstellung sein, halb war es aber auch die Folge der Schmerzen, welche er auszustehen hatte.

»Halten wir noch vor nachts an?« fragte Emery.

»Nicht gern,« antwortete Winnetou.

»Aber bis früh können wir unmöglich reiten. Da ist es doch besser, wir suchen uns jetzt einen zum Lagern geeigneten Ort, als wenn wir in der Dunkelheit da anhalten müssen, wo wir uns gerade befinden.«

»Mein Bruder hat recht. Ich kenne einen solchen Ort.«

»Er müßte uns aber auch Schutz vor dem Winde geben, der einem beinahe bis auf die Knochen geht!«

»Es ist eine Felswand, die den Wind von uns abhalten wird. In einer Viertelstunde sind wir dort.«

In der angegebenen Zeit sahen wir eine Erhöhung, einen kleinen Berg, aus der Hochebene aufsteigen, welcher sich nach Westen nur allmählich niedersenkte, im Osten aber sehr steil abfiel und da eine Art Coulisse bildete, in welche der kalte Wind nicht zu dringen vermochte. Da gab es auch mehrere Bäume und viel Gesträuch, also Holzmaterial zu einem Feuer, welches wir bei der Kälte recht wohl gebrauchen konnten.

Wir stiegen ab und banden den alten Melton los. Er war so steif, daß er nicht stehen und nicht gehen konnte. Wir mußten ihn nach der Einbuchtung der Bergwand, welche ich Coulisse genannt habe, tragen und ihn dort niederlegen. Vielleicht war auch das Verstellung. Jedenfalls galt es, ein wachsames Auge auf ihn zu haben.

Nachdem wir die Pferde angehobbelt hatten, suchten wir trockenes Holz zusammen und brannten ein Feuer an, dem wir uns so nahe wie möglich legten. Dann wurde gegessen. Melton bekam auch seine Portion Fleisch, die ich klein schnitt und ihm stückweise in den Mund steckte; ich wollte ihm die Hände selbst zum Essen nicht gern freigeben.

»Wachen wir?« erkundigte sich Emery.

»Vielleicht wird es nicht nötig sein,« antwortete Winnetou. »Es giebt keine Feinde hier.«

»Gut, so schlafen wir alle. Wir können es brauchen.«

»Und doch ist es wohl besser, wenn wir wachen,« entgegnete ich. »Erstens müssen wir auf Melton achthaben, und zweitens traue ich seinem Sohne nicht. Er ist zwar kein Prairiemann, aber auch kein Dummkopf. Alle andern Ideen und Vermutungen in Ehren, aber er kann doch auch denken, daß wir erfahren haben, wohin er ist; er hat ähnliches schon an uns erlebt. In diesem Falle weiß er, daß wir ihm folgen. Wie nun, wenn er auf den Gedanken kommt, auf uns zu warten?«

»Hm!« brummte Emery. »So erfahren ist er wohl nicht!«

»Nicht erfahren, sondern klug.«

»Und nicht nur klug, sondern auch kühn würde das sein!«

»Er ist nicht feig, und daß er kühn werden kann, wo es sich um so viel handelt, das läßt sich doch wohl denken. Wenn ihr schlafen wollt, gut; aber dann wache ich die ganze Nacht.«

»Unsinn! Wenn du so besorgt bist, so wechseln wir natürlich ab.«

Es wurde gelost. Die erste Wache traf Winnetou, die zweite Emery, dann kam ich und hinter mir Vogel, jeder anderthalbe Stunde lang. Das gab sechs Stunden; dann wollten wir aufbrechen. Jetzt war es ungefähr neun Uhr abends.

Nach den Ereignissen der letzten Zeit und dem öfteren Wachen während der Nächte schlief ich so fest, daß Emery, als meine Zeit gekommen war, mich zweimal stoßen mußte, ehe ich aufwachte. Er legte sich nieder, und ich warf neues Holz ins Feuer, um die Schläfer zu erwärmen. Es war still rings umher; zu beiden Seiten unserer Schutzwand aber strich der Wind zuweilen pfeifend vorüber. Um mich wach zu halten, stand ich hin und wieder auf und spazierte eine Weile hin und her. So verging meine Wache und ich hatte Vogel zu wecken. Er that mir leid. Er war die Anstrengungen nicht gewöhnt;

der Schlaf that ihm so wohl, und so ließ ich ihn liegen, um seine Wache für ihn zu thun.

Jetzt ging das gesammelte Holz auf die Neige; darum entfernte ich mich, um neues Ast- und Zweigwerk zu suchen. Da wir die nähere Umgebung des Lagerplatzes schon abgesucht hatten, mußte ich weitergehen und wegen der Dunkelheit war ich auf den Tastsinn angewiesen. So suchte ich, mit den Fingern hierhin und dorthin greifend, zwischen den Sträuchern herum und entfernte mich immer weiter vom Feuer. Dabei war es natürlich nicht möglich, jedes Geräusch zu vermeiden; die Äste und Zweige, die ich fand, knickten und knackten und – was war denn das für ein Ton, den ich jetzt hörte? Das war kein Knacken eines Astes; das klang ganz anders; war – hm! Hatte ein Windstoß gepfiffen, geheult? Oder war es das Wiehern eines Pferdes gewesen?

Ich lauschte. Das Geräusch oder vielmehr der Ton wiederholte sich nicht; aber ich war aufmerksam geworden; ich hatte Verdacht geschöpft. Wenn ich mich nicht irrte, war das Pfeifen oder Wiehern da von rechts hergekommen. Ich legte das Reisigholz weg, mich selbst auf den Bauch und kroch in der angedeuteten Richtung vorwärts.

Da ich zwischen Büschen hindurch mußte, war die Sache außerordentlich schwierig. Wenn es sich um Feinde handelte, die zwischen den Sträuchern steckten, so waren sie bei der herrschenden Dunkelheit nur dann aufzufinden, wenn ich das Terrain in einem breiten Zickzack durchkroch, sodaß ich an jedem Busche wenigstens einmal vorüberkommen mußte. Dann dauerte es aber sicher stundenlang, ehe ich nur zur Hälfte fertig wurde. Da ich aber nicht anders verfahren konnte, so kroch ich in der angegebenen Weise weiter, erst rechts hin, bis ich am Felsen war, und dann wieder nach links, bis an das Ende des Gesträuches. So kam ich zwar langsam, aber doch immer vorwärts, bis – Ah, da erklang derselbe Ton, und nun hörte ich deutlich, daß es das Wiehern eines Pferdes war. Ich wußte nun auch die Stelle, an welcher ungefähr sich das Tier befinden mußte. Das war nicht draußen im Freien, sondern auch nahe an dem steilen Bergabhange, wohin der Wind nicht treffen konnte. Der Besitzer des Pferdes hatte ebenso wie wir vor demselben Schutz gesucht.

Wer aber konnte der Mann sein? War er schon vor uns dagewesen, so hatte er uns kommen sehen müssen. Warum war er da, falls er nichts Böses im Schilde führte, nicht zu uns gekommen' oder, falls er uns zu fürchten hatte, nicht davongeritten? Warum war er geblieben? Oder er war später als wir gekommen. Da hatte er unser Feuer sehen müssen. Jedenfalls hatte er sich da an uns geschlichen, um zu sehen, wer wir waren. Daß er trotzdem in der Nähe geblieben war, ließ darauf schließen, daß – ja, worauf ließ das denn nun schließen? Es konnte sowohl auf friedliche, als auch auf feindliche Absichten deuten. Oder gar, wenn es sich nicht um einen einzelnen Menschen, sondern um mehrere handelte! Dann befanden wir uns freilich in Gefahr! Ich mußte unbedingt wissen, woran ich war, kroch wieder bis zur Bergwand hin und dann dieselbe entlang. Wenn mich der Schall nicht getäuscht hatte, konnte ich jetzt höchstens fünfzig Schritte von dem Pferde, welches gewiehert hatte, entfernt sein.

Ich schob mich auf den Händen und Knieen vorsichtig weiter, bis ich diese Entfernung ungefähr zurückgelegt hatte. Und richtig! Da, links von mir, stand ein Pferd, aber nicht eines allein; es waren zwei, drei, fünf und noch mehr. Sie waren angebunden. Die Reiter mußten in der Nähe sein. Ich kroch also weiter, zwischen der Felswand und den Pferden hin. Da sah ich zwischen zwei Sträuchern in dem hier hohen Grase gerade vor mir einen langen, dicken Gegenstand, ein rundes Bündel liegen. Was war das?

Es war ein Wagnis, dennoch kroch ich ganz hinan, bis ich es mit der Hand erreichen konnte. Ich berührte dieses Bündel mit den Fingerspitzen und tastete ganz leise an demselben hin. Es war ein Mensch, der sich in mehrere Decken gewickelt hatte. Wo aber befanden sich die andern? Denn da es so viele Pferde hier gab, mußten auch mehrere Reiter vorhanden sein.

Weil ich zwischen der Felswand und dem schlafenden Bündel nicht hindurch konnte, mußte ich einen Bogen machen und kam an eine kleine Lichtung, auf welcher die saßen, weiche ich suchte. Ich hörte, daß sie sich halblaut unterhielten. Es war notwendig, etwas von dem, was sie sprachen, zu verstehen. Wenn mir das gelang, wußte ich, wen ich vor mir hatte. Ich wagte also, mich noch weiter zu nähern, und kam hinter einem Steinbrocken zu liegen, vor welchem zwei von ihnen saßen. Gleich daneben stand ein Busch. ich hatte also soviel

Schutz, daß ich nicht befürchtete, bemerkt zu werden. Ich schob meinen Kopf zwischen Busch und Stein hinein und lauschte.

Ah, das war ja Yuma-Sprache! Sollten die Bewohner des Pueblo uns verfolgt haben? Welche Idee! Und doch lag das nicht außer dem Bereiche der Möglichkeit. Da sagte einer:

»Wir hätten nicht warten Sollen, sondern gleich über sie herfallen müssen!«

Obgleich er nicht laut sprach, erkannte ich doch die Stimme des Indianers, in dessen Hause wir vorgestern abend überfallen worden waren. Meine Vermutung war also richtig. Ich hatte die Puebloindianer vor mir.

»Das wäre falsch gewesen,« antwortete sein Nachbar. »Unsere Kugeln konnten den gefangenen Melton treffen, gerade den, den wir befreien wollen.«

»Nein, den hätten wir nicht treffen können, denn es brannte das Feuer. Da sieht man doch, wohin man schießt.«

»Aber die Wache, bedenke die Wache! Wenn es nicht Old Shatterhand gewesen wäre! Ihn und Winnetou haben wir zu fürchten, den dritten weniger und das junge Bleichgesicht, welches bei uns gefangen war, gar nicht. Old Shatterhand hätte uns gewiß kommen hören!«

»Er hat dich doch auch nicht gehört, obgleich du so nahe am Feuer warst!«

»Da wachte er noch nicht; er wurde erst geweckt, gerade als ich kam. Er saß eine kleine Weile; dann stand er auf und kam auf mich zu. Ich mußte schnell fliehen, sonst hätte er mich gesehen. Glücklicherweise hat er mich nicht gehört. Aber wenn mehrere kämen, die würde er ganz gewiß hören. Wir müssen warten, bis der nächste wacht.«

Da fiel ein dritter ein:

»Wir thun, was die weiße Squaw gesagt hat: Wir warten mit dem Angriffe, bis der Tag graut. Da sehen wir, wohin wir schießen. Es sind nur vier Personen, denen wir unsere Kugeln zu geben haben; wenn wir sie sehen können, sind wir in einem Augenblicke mit ihnen fertig. Greifen wir aber jetzt an, so trügt die Dunkelheit und das Flackern des Feuers; wir treffen nicht sicher, und wenn wir sie nicht töten, sondern nur verwunden, so sind wir ihnen wohl gar umsonst nachgeritten.«

»Ihr fürchtet euch viel zu sehr vor ihnen!« meinte unser verräterischer Wirt.

»Es ist nicht Furcht, sondern Vorsicht. Denke an die Silberbüchse des Apatschen, und dann gar an Old Shatterhands Gewehre, die wir schon damals zu unserm Schaden kennen gelernt haben. Nein, wir greifen erst beim Morgengrauen an. Die weiße Squaw will die Feinde stürzen sehen; sie wünscht das so, und den Gefallen können wir ihr thun, denn sie ist die Squaw unsers Häuptlings gewesen.«

»Da hast du recht!« hörte ich da die Stimme der weißen Squaw. Sie hatte sich aus ihren Decken geschält, war aufgestanden und herangetreten. »Ich will dabei sein; ich will es sehen, wenn die Hunde, die Schurken von euern Kugeln getroffen werden. Deshalb habe ich im Pueblo alles liegen lassen und bin so schnell mit euch geritten, um sie einzuholen. Ihr werdet großen Lohn bekommen, wenn ihr mir gehorcht. Wenn wir den Vater meines Mannes befreit und seine Widersacher getötet haben, gehören euch ihre Skalpe, wohl die wertvollsten, die es giebt. Auch ihre Gewehre und alles, was sie bei sich tragen, sollt ihr haben, und dann reiten wir gleich weiter nach dem »weißen Felsen« zu meinem Manne, der euch soviel geben wird, wie ihr noch nie besessen habt. Seid ihr einverstanden?«

»Ja, ja, ja, ja,« ertönte es rundum im Kreise.

»Wie weit ist es bis zum Feuer, an dem die Schufte sitzen?«

»Vielleicht dreihundert Schritte,« antwortete der, welcher den Kundschafter gemacht hatte.

»Ich werde mich einmal hinschleichen; ich muß sie sehen.«

»Das ist gefährlich!«

»Für mich nicht. Ich weiß, wie man es zu machen hat, um nicht gesehen und gehört zu werden; ich habe es von meinem Manne, euerm Häuptling, gelernt.«

»Aber wenn Old Shatterhand noch wacht, wird er dich hören!«

»Nein; er hat dich auch nicht gehört.«

»So erlaube wenigstens, daß ich mit dir gehe!«

»Das ist nicht nötig; ich brauche dich nicht!«

»Und ich kann dich nicht allein gehen lassen; ich gehe unbedingt mit, denn es handelt sich nicht nur um deine, sondern auch um unsere Sicherheit.«

»So komm!«

Ich wußte nun mehr als notwendig war, und zog mich schleunigst zurück. Das war ja toll! Das Weib war uns mit den Roten nachgeeilt, um uns sterben zu sehen! Um solche Parforceritte zu machen, mußte sie als die Frau des verstorbenen Häuptlings viel zu Pferde gewesen sein. Welch ein Haß aber gehörte dazu, welch ein glühender, alle Rücksichten umstoßender Haß! Freilich, wenn wir vier hier erschossen wurden, so hatte ihr Jonathan auf einmal freie Hand! Es war ein Glück, daß unser Feuerungsmaterial auf die Neige gegangen war. Hätte es noch weiter gelangt, so wäre ich sitzen geblieben, ohne zu ahnen, wie nahe sich der Tod bei uns befand.

Ich schob mich seitwärts in die Büsche, erhob mich, um schneller laufen zu können, und drang vorwärts, um den beiden voranzukommen. Als ich annehmen konnte, daß mir dies gelungen sei, blieb ich stehen und wartete. Ich befand mich an einem Punkte, an welchem sie vorüberkommen mußten.

Da hörte ich das Rauschen von Zweigen; sie kamen. Ich bückte mich nieder und ließ sie vorbei, um ihnen dann zu folgen. Sie waren höchstens dreißig Schritte von unserem Feuer entfernt, welches fast ganz niedergebrannt war. Da teilten sie sich, um im leisen Vorwärtsdringen einander nicht hinderlich zu sein. Er kroch links vor mir her, und sie hielt sich mehr nach der rechten Seite. Erst mußte ich ihn nehmen, dann konnte ich sie fassen.

Ich huschte ihm nach, doch von der Seite, kam ihm schnell zuvor, aber nicht ohne alles Geräusch. Er hielt an und lauschte; das war gerade die für meine Absicht erwünschte Körperstellung. Ein Sprung, ich hatte ihn am Halse und schlug ihm den Kolben meines Revolvers zwei-, dreimal gegen die Schläfe; dann ließ ich ihn fallen.

Bis er wieder zur Besinnung kam, konnte er nicht schaden.

Nun ging es hinter der »Dame« her. Sie mochte denken, daß sie sich nicht allzu sehr in acht zu nehmen brauche, denn jenseits unserer Bergwand heulte jetzt der Wind mit doppelter Stärke; da waren ihre

Schritte gewiß nicht zu hören. Dennoch mußte ich mir sagen, daß sie ihre Sache gar nicht übel machte. Sie benutzte die Schatten, welche die Büsche warfen, so gewandt, daß sie von mir, wenn ich mich noch am Feuer befunden hätte, gewiß nicht bemerkt worden wäre.

Jetzt war sie so nahe herzugelangt, daß sie die Schläfer sehen konnte. Sie kniete im Grase und lugte zwischen den Büschen hindurch. Leise schob ich mich hinzu, bis ich nur um einen Fuß breit seitwärts hinter ihr kniete. Sie reckte den Hals und schob den Kopf weiter und weiter vor; sie vermißte mich. Da sagte ich:

»Dort bin ich nicht, Sennora. Sie müssen hierher blicken!«

Sie drehte den Kopf. Nie habe ich aus einem Gesichte den Schreck so blicken sehen, wie aus dem ihrigen. Die Züge schienen versteint zu sein; sie war keines Lautes fähig. Ich hatte den Revolver eingesteckt, zog an dessen Stelle das Messer und drohte ihr:

»Sprechen Sie ein lautes Wort, so fährt Ihnen die Klinge mitten durch das Herz! Sie haben sich herbeigeschlichen, um die Hunde, die Schurken zu sehen. Wohlan, Sie sollen sie ganz deutlich zu sehen bekommen. Stehen Sie auf und folgen Sie mir!«

Ich erhob mich; sie blieb knieen und starrte mich noch immer an.

»Stehen Sie auf!« wiederholte ich.

»Sie – Sie – Sie – sind –!« stammelte sie endlich.

»Hier, ja, das sehen Sie. Aber kommen Sie! Vorwärts!«

»Was soll – soll – soll –?«

»Was Sie sollen? Sie sind gekommen, uns sterben zu sehen, wenn Ihre Yumas auf uns schießen. Ich will Ihnen das so bequem wie möglich machen. Sie sollen bei uns, neben uns sitzen, wenn wir die Kugeln bekommen. Also vorwärts, hin zum Feuer!«

Ich hatte laut gesprochen. Winnetou wachte davon auf und sprang empor. Ich faßte sie hinten beim Kragen ihrer Bluse und schob sie vorwärts.

»Uff!« rief der Apatsche erstaunt. »Da ist die Squaw.«

»Mit ihren Yumas, welche uns erschießen sollen!« erläuterte ich, indem ich die Jüdin auf den Boden niederdrückte, sodaß sie neben das Feuer zu sitzen kam.

Emery erwachte, Vogel auch. Der alte Melton hatte wohl gar nicht geschlafen. Sein Blick ruhte erschrocken auf seiner verunglückten Retterin, deren Gesicht noch immer nicht geistreich genannt werden konnte.

»Wer ist denn das?« fragte der Englishman, indem er sich die Augen rieb. »Das ist ja unsere holde Judith von neuem! Kann die sich denn noch immer nicht von uns trennen?«

Ich erklärte in wenigen kurzen Worten die Situation, holte das vorher gesammelte Holz herbei, um ein helleres Feuer machen zu können, und schleppte dann auch den besinnungslosen Yuma herbei.

»Ist's nicht besser, wenn wir es auslöschen?« fragte Emery.

»Jetzt noch nicht,« antwortete ich.

»Aber wenn sie kommen, können sie ganz trefflich auf uns zielen.«

»Die kommen jetzt noch nicht. Es fragt sich nun, was wir thun.«

»Ja, was? Besonders mit dem Frauenzimmer, mit der wilden, blutgierigen Katze. Man sollte ihr die Krallen verschneiden.«

»Was sagt mein Bruder dazu?« fragte ich den Apatschen.

»Nichts,« antwortete er. »Winnetou, weiß wirklich nicht, was er über eine solche Squaw sagen soll. Man sollte sie töten, wie man eine Klapperschlange vernichtet!«

»Das nicht!« sagte ich. »Sie ist trotz alledem ein Weib. Wir lassen sie laufen. Wir wissen ja nun, woran wir sind. Wollen wir aufbrechen?«

»Ich verstehe dich nicht. Was soll mit den Yumas werden? Sollen wir ihnen keine Lehre geben?!«

»Bei ihnen nützt keine Lehre mehr. Unsere Zeit ist um. Wir wollen fort. Bindet Melton auf sein Pferd.«

»Und die Donna hier, welche sich eine ›Dame‹ nennt? Es ist unglaublich, daß sie trotz ihres –«

»Warte es ab! Schafft nur erst Melton in den Sattel, und bringt mir dann mein Pferd.«

»Ah, hm!«

Daß ich bei Judith stehen blieb, beruhigte ihn; er schloß daraus, daß sie doch nicht ganz ohne Strafe wegkommen werde. Ich nahm den halben Lasso, dessen andere Hälfte sie abgeschnitten hatte, und band ihr mit demselben die Arme fest an den Leib, hing meine Gewehre über und stieg dann in den Sattel.

»So, jetzt gebt mir einmal die gute Freundin herauf! Da sie so gern bei uns ist, will ich sie einmal in die Arme nehmen.«

Emery und Winnetou faßten sie an, um sie zu heben. Da begann sie aus Leibeskräften zu schreien. Ich nahm sie quer über das Pferd; die anderen sprangen in die Sättel; Winnetou ergriff den Zügel von Meltons Pferd – es ging fort, an der Felswand hin und dann auf die freie Ebene hinaus, über welche der Sturmwind heulte. Der Himmel hing voller Wolken; es war stockdunkle Nacht, doch Winnetou machte den Führer; auf ihn konnten wir uns verlassen.

Judith konnte die Arme nicht bewegen; sie hatte sich mit den Füßen gesträubt; nun aber lag sie bewegungslos wie ein Warenbündel vor mir; die Angst, was wir mit ihr beginnen würden, machte sie still. Emery und Vogel wußten gewiß nicht, warum ich sie mitgenommen hatte. Der Apatsche aber, der mich stets verstand, zeigte auch jetzt, wie er sich in meine Absichten zu denken vermochte.

»Einen Abweg?« fragte er mich mit zwei kurzen Worten. »Bis sie irre ist?«

»Ja, und den Berg nicht mehr sehen kann.«

»Howgh!«

Mit diesem Indianerausdrucke gab er zu verstehen, daß er mit mir einverstanden sei, und ich bemerkte trotz der Finsternis, daß er aus der Richtung wich, welche wir eingehalten hatten, seit das Thal des Flujo blanco hinter uns lag.

Es mochte gegen vier Uhr morgens sein und blieb heute länger dunkel, als die Jahreszeit eigentlich mit sich brachte. Als der Tag graute, hatten wir gewiß weit über eine deutsche Meile zurückgelegt. Wir befanden uns noch auf der Hochebene; links von uns, also südwärts, gab es Wald, welcher sich weit in die Ferne zog und sich als schmaler Streifen am westlichen Horizont verlor. Wir ritten gegen Süden, bis wir den Wald erreichten, und hielten da an. Ich ließ die Jüdin niedergleiten und stieg dann ab, um ihr den halben Lasso von dem Oberkörper zu wickeln. Sie hielt den Blick gesenkt und sagte nichts.

»Wissen Sie, wo Sie sich befinden, Sennora?« fragte ich sie.

Sie antwortete nicht.

»Sie haben in ganz fürchterlicher Rache unsern Lasso zerschnitten, aber doch fühlen müssen, daß auch ein halber seine guten Dienste leistet. Wir wissen, wie gerne Sie bei uns sind, müssen aber leider nun auf das Glück, welches Ihre Gegenwart uns gewährt, verzichten. Leben Sie wohl!«

Ich stieg auf, und wir ritten weiter. Als wir uns nach mehreren Minuten nach ihr umsahen, stand sie noch auf derselben Stelle.

»Sie weiß nicht, wo sie sich befindet,« sagte Emery.

»Das eben habe ich beabsichtigt,« antwortete ich.

»Wird sie sich zurechtfinden?«

»Vielleicht; aber wenn sie klug ist, bleibt sie da, wo sie ist. Ihre Yumas werden sie suchen, natürlich zunächst in der Richtung nach den Mogollonbergen. Wenn sie dann bemerken, daß wir nicht dorthin geritten sind, kehren sie um und treffen früher oder später mit ihr zusammen. Die Angst, in der Wildnis allein zu sein und nicht gefunden zu werden, ist eine Strafe für sie, wenn auch keine so große, wie sie verdient hat.«

»Aber wenn sie wirklich nicht gefunden wird und elend zu Grunde gehen muß!«

»Daran ist nicht zu denken. Durch das Suchen nach ihr wird für sie und ihre Roten höchstens ein Tag verloren gehen. Vielleicht kommen sie dann von dem Gedanken ab, uns weiter nachzureiten.«

Es zeigte sich später, daß ich recht gehabt hatte; solches Unkraut geht nicht zu Grunde.

Wir ritten immer in der Nähe des Waldes hin, bis er sich im Westen quer vor unsere Richtung legte. Wir mußte also in ihn eindringen, doch hinderte er uns nicht, da die Bäume sehr licht standen. Um die Mittagszeit hatten wir ihn hinter uns, und vor uns lag wieder eine grasige Ebene, aus welcher sich hier und da ein Hügel oder kleiner Berg erhob. Wir machten eine Stunde Halt, um die Pferde verschnaufen zu lassen, und wollten dann wieder aufbrechen, als vor uns mehrere Reiter auftauchten. Rasch zogen wir uns wieder unter die Bäume zurück, um nicht gesehen zu werden.

Als sie näher kamen, sahen wir, daß es Indianer waren; sie waren außerordentlich gut beritten, und hatten weder Gewehre noch Lanzen oder Pfeile und Bogen bei sich.

»Kundschafter!« meinte Winnetou und ich stimmte ihm bei.

Kundschafter müssen gute Pferde haben, um sich schnell bewegen zu können. Bei den Zwecken, welche sie verfolgen, sind ihnen die genannten Waffen hinderlich, weshalb sie gewöhnlich daheim gelassen werden.

»Kundschaftet?« fragte Emery. »Die giebt es doch nur dann, wenn Feindseligkeiten ausgebrochen sind! Hat man denn gehört, daß einer der hiesigen Stämme das Kriegsbeil ausgegraben hat?«

»Nein,« antwortete Winnetou. »Aber hier stoßen die Gebiete mehrerer Stämme zusammen; es giebt immer Streitigkeiten, und da kann es leicht geschehen, daß ein Stamm zum Angriffe übergeht.«

»Die vier Reiter tragen keine Farben im Gesicht,« sagte ich; »man kann also nicht sehen, welchem Volke sie angehören.«

»Mein Bruder mag sie näher kommen lassen. Es scheinen drei junge Krieger und ein alter zu sein. Vielleicht habe ich den letzteren einmal gesehen.«

Sie hielten zwar nicht gerade auf uns zu, kamen uns aber doch so nahe, daß wir schließlich ihre Gesichter zu unterscheiden vermochten; ja, es waren drei junge und ein älterer Indianer.

»Uff!« rief da der Apatsche. »Das ist ja mein Bruder ›Schneller Pfeil‹, der Häuptling der Nijoras! Der darf uns sehen!«

Er ritt unter den Bäumen hervor und auf die vier zu. Wir folgten ihm. Als sie uns erblickten, parierten sie ihre Pferde und griffen nach den Messern; aber schon im nächsten Augenblicke rief der ältere:

»Uff! Mein Freund und Bruder Winnetou! Der große Häuptling der Apatschen erscheint mir wie ein Sonnenstrahl dem Kranken, welcher sich nach Wärme sehnt.«

»Und der Anblick des schnellen Pfeiles ist mir wie eine Quelle für den Durstigen. Mein Bruder hat sein Gewehr daheim gelassen. Sollte er sich auf dem Pfade der Kundschafter befinden?«

»Ja. Der schnelle Pfeil ist mit den drei Kriegern ausgeritten, um zu erfahren, nach welcher Richtung die Hunde der Mogollon bellen werden.«

»Weshalb ist denn Feindschaft zwischen diesen und den tapferen Nijoras?«

»Drei unserer Krieger kamen am Flusse herauf durch das Gebiet der Schakale; sie wurden getötet. Ich sandte Boten, welche fragen mußten, warum man sie ermordet habe; auch diese kehrten nicht zurück. Nun schickte ich Kundschafter aus und erfuhr durch sie, daß die Mogollon ein großes Sterben unter ihren Pferden hatten und nun ausziehen wollen, um die unseren zu holen. Darum bin ich selbst ausgezogen, um meine eigenen Augen zu fragen. Jetzt kehre ich zurück.«

»Welche Kunde wird mein Bruder seinen Kriegern bringen?«

Schneller Pfeil öffnete schon den Mund, um Auskunft zu erteilen, drängte sie aber wieder zurück, musterte uns andern mit scharfem Blicke und sagte dann:

»Der Häuptling der Apatschen hat fremde Bleichgesichter und sogar einen gefesselten Gefangenen bei sich. Wie kann ich da auf die Frage antworten, welche er ausgesprochen hat!«

Da deutete Winnetou zunächst auf Vogel und antwortete:

»Dieser junge Mann ist zwar kein Krieger und hat nie mit einem Feinde gekämpft; aber er ist ein Herr über alle Töne, welche das Herz erfreuen. Wenn er seine Saiten spielt, sind die Ohren aller, die ihn hören, voller Entzücken. Winnetou hat ihm seine Freundschaft und seinen Schutz geschenkt.«

Auf Emery deutend, fuhr er fort:

»Dieser weiße Mann ist ein großer, starker und tapfrer Krieger. Seine steinernen Zelte stehen jenseits des Meeres. Er besitzt viele Herden und große Reichtümer. Dennoch ist er ausgezogen, um große Thaten zu verrichten. Winnetou ist sein Freund; er hat ihn schon hier in den Bergen und auf der Savanne gekannt und ihn vor einigen Monden in einem fernen Lande jenseits zweier großer Wasser wiedergetroffen und ihn da als Held im Kampfe gesehen.«

»Und dieser da?« fragte der schnelle Pfeil, indem er mit dem Finger auf mich zeigte.

Ich glaubte, Winnetou werde nun ein großes Lob über mich und von mir loslassen, aber er antwortete nur:

»Das ist mein Bruder Old Shatterhand.«

Der Blick des Nijora zuckte leuchtend auf; er hatte, geradeso wie wir, bis jetzt auf seinem Pferde gesessen; nun aber schwang er sich rasch aus dem Sattel, stieß die Klinge seines Messers in die Erde, setzte sich daneben hin und sagte:

»Der gute Manitou hat jetzt den größten meiner Wünsche erfüllt; ich sehe Old Shatterhand. Meine berühmten Brüder mögen von ihren Pferden steigen und sich zu mir setzen. Ihren Gefangenen können sie meinen jungen Kriegern anvertrauen, die ihn gut bewachen werden.«

Wir stiegen ab. Wir hatten eigentlich keine Zeit zu verlieren, und ganz dasselbe war wohl auch bei ihm der Fall; aber es wäre eine große Beleidigung für ihn gewesen, wenn wir seinen Wunsch nicht erfüllt hätten, und wir konnten auch nicht wissen, welchen Nutzen die neue Bekanntschaft uns zu bringen vermochte. Darum setzten wir uns zu ihm nieder, und zwar so, daß wir einen Kreis bildeten, in dessen Mittelpunkte das Messer steckte. Die drei jungen Nijoras banden Melton vom Pferde, fesselten ihm die Füße wieder und legten ihn zu sich ins Gras, auf einen Wink des Apatschen so weit von uns entfernt, daß er nicht verstehen konnte, was wir sprachen.

Nun nahm der schnelle Pfeil sein Kalumet von dem Riemen, an welchem es hing, stopfte den Kopf und brannte den Tabak mit einem Zündholze an, welches ich ihm reichte. Die allbekannte Zeremonie des Rauchens der Friedenspfeife kann ich übergehen. Als wir den letzten Zug aus derselben gethan hatten, waren wir Freunde, und nun erst beantwortete der Häuptling die Frage, welche Winnetou vorhin ausgesprochen hatte:

»Die Hunde der Mogollon werden in vier Tagen aus ihren Löchern gehen, um gegen meinen Stamm zu ziehen.«

»Woher kennt mein Bruder die genaue Zeit?« erkundigte sich Winnetou.

»Ich sah, daß sie ihre Medizinen ausbesserten. Von da an vergehen meist noch vier Tage, ehe aufgebrochen wird.«

»Wird mein Bruder sie bei sich empfangen, oder ihnen entgegenziehen?«

»Das weiß ich noch nicht. Es wird im Rate der alten Krieger bestimmt werden. Mein Bruder Winnetou wird mit mir gehen, um zu den Alten zu sprechen, und sie werden stolz sein, auch den klugen und tapfern Shatterhand bei sich zu sehen.«

»Wir würden gern und augenblicklich mit dir gehen,« antwortete ich; »aber wir müssen zu den Mogollon reiten.«

»Zu ihnen, welche jetzt die Feinde meines Stammes sind?« fragte er erstaunt.

Ich erklärte ihm in kurzen Worten den Sachverhalt. Er blickte sinnend vor sich nieder und sagte dann:

»Meine Brüder können trotzdem mit mir reiten. Wenn das böse Bleichgesicht, welches Melton heißt, sich in den Schutz der Mogollons begiebt, wird es bei ihnen bleiben.«

»Wenn es aber den verlangten Schutz nicht zugesagt bekommt?«

»So begiebt er sich nach dem weißen Felsen, um dort auf seine Squaw zu warten.«

»Die ist schon unterwegs; sie kann schon morgen zu ihm stoßen. Du siehst, daß wir keine Zeit zu verlieren haben.«

»Ich sehe es ein. Mein Bruder Shatterhand sagte, daß Melton das Pueblo auf einem Pferde verlassen habe?«

»Ja.«

»Nicht in einem Wagen?«

»Nein.«

»Ist eine weiße Squaw bei ihm?«

»Jetzt noch nicht.«

»Einer, welcher die vier Pferde lenkte?«

»Nein.«

»Und ein weißer Jäger, welcher den Führer machte?«

»Auch nicht. Warum spricht der schnelle Pfeil diese Fragen aus?«

»Weil ich gesehen habe, daß die Mogollon einen Wagen überfielen. Sie schossen den Kutscher tot und nahmen einen weißen Mann und eine weiße Squaw, welche im Wagen saßen, und den Führer, der nebenher ritt, gefangen.«

»Warum mögen sie den Wagen überfallen haben?«

»Weil ihre Kriegsbeile gegen uns ausgegraben sind. Wenn die Hunde sich auf dem Kriegspfade gegen rote Männer befinden, betrachten sie stets auch die Bleichgesichter als ihre Feinde.«

»Melton kann unmöglich dabei gewesen sein. Aber nun dürfen wir erst recht nicht säumen, denn das Leben der Überfallenen hängt an einem Faden. Wir müssen von dem tapfern Häuptling der Nijoras scheiden. Vielleicht erblickt er uns eher wieder, als wir jetzt denken.«

»Hat Old Shatterhand einen Grund, diese Hoffnung auszusprechen?«

»Ja. Es ist möglich, daß wir deiner Hilfe bedürfen, um Melton ausgeliefert zu erhalten. Dürfen wir in diesem Falle auf dich rechnen?«

»Ja. Ihr habt die Pfeife der Freundschaft mit mir geraucht, und eure Feinde sind also auch die meinigen. Wenn ihr meiner bedürft, so kommt zu mir. Wenn Winnetou und Old Shatterhand uns ihre Arme und Gedanken leihen, so ist es besser, als wenn viele Krieger uns zu Hilfe kämen. Ihr werdet uns willkommen sein und großen Jubel in unserem Lager verursachen.«

»Ahnen die Mogollons, daß ihr etwas von ihren feindseligen Absichten wißt?«

»Sie wissen, daß wir ihre Absichten kennen, aber sie glauben, wir wissen nicht, daß sie so bald gegen uns aufbrechen werden.«

»Das ist gut für euch, denn um so größer wird der Schreck sein, in den ihr sie versetzen werdet, wenn sie euch gerüstet sehen. Welcher Stamm ist stärker, sie oder ihr?«

»Die Zahl der Krieger ist fast dieselbe.«

»Ich hoffe, dir von Nutzen sein zu können. Möchtest du mir einen Gefallen erweisen, den ich dir als großen Dienst anrechnen würde?«

»Sage, was es ist! Ich thue es, wenn es mir möglich ist.«

»Es ist dir möglich. Ja, meine Bitte ist ein Beweis meiner Freundschaft für dich und des großen Vertrauens, welches ich in dich setze. Wir wissen nicht, was wir in den nächsten Tagen erleben werden. Wahrscheinlich sind wir gezwungen, klug und kühn zugleich zu sein. Müßten wir dabei unsern Gefangenen mit uns schleppen, so könnten wir auf kein Gelingen rechnen.«

»Wollt ihr ihn mir anvertrauen? Soll ich ihn für euch aufbewahren?«

»Ich möchte dich darum bitten.«

»Deine Bitte ist gewährt. Sie macht mich stolz, denn sie beweist mir, daß du mich für deinen wahren Freund hältst. Der Gefangene befindet sich bei mir ebenso sicher, als ob du ihn mit eigenen Augen bewachtest.«

»Ich danke dir. Und sieh den jungen Mann, welcher da neben mir sitzt! Der Häuptling der Apatschen hat bereits gesagt, daß er kein Krieger ist. Der junge Weiße ist den Gefahren, denen wir wahrscheinlich entgegengehen, nicht gewachsen. Darf er mit dir reiten? Willst du ihn in deinen Schutz nehmen? Wir werden ihn dann bei dir abholen.«

»Er soll unter meinem Zelte leben wie mein eigener Sohn, zumal du sagst, daß du ihn abholen willst. Das giebt mir die Gewißheit, daß ich euch bald wiedersehen werde. Haben meine Brüder noch andere Wünsche?«

»Nein. Für deine Güte will ich dir nur noch sagen, daß wir von jetzt an an dich und deinen Vorteil denken werden. Wir beschleichen die Mogollons und werden alles thun, was zu deinem Nutzen ist.«

»Wenn ihr das thut, so ist es ganz so, als ob ich zehnmal zehn Kundschafter ausgesandt hätte, welche für uns sehen, denken und handeln sollen. Ich preise den guten Manitou, daß er mich hier mit euch zusammengeführt hat. Er wird es lenken, daß meine Augen sich recht bald wieder an euern Angesichtern laben. Howgh!«

Der alte Melton machte ein höchst verwundertes Gesicht, als er erfuhr, daß ihn die Nijoras mit sich nehmen würden, doch schien der Wechsel ihm nicht ganz unangenehm zu sein. Von uns war für ihn keine Gnade zu erwarten, das wußte er ganz genau; den Nijoras aber hatte er nichts gethan; vielleicht bewachten sie ihn nicht allzu streng; vielleicht war es möglich, sie zu überreden, daß er unschuldig sei; vielleicht auch fand sich einer unter ihnen, der sich durch irgend welche Versprechen verleiten ließ, ihm zur Flucht zu verhelfen; auf keinen Fall aber war von dem Tausche eine Verschlimmerung seiner Lage zu erwarten. Darum zeigte er ein leidlich zufriedenes Gesicht, als er wieder auf sein Pferd gebunden wurde. Wir aber konnten überzeugt sein, daß die Nijoras das Vertrauen, welches wir in sie setzten, vollständig rechtfertigen würden. Es wäre eine große Schande für sie gewesen, wenn auf unsere Frage nach dem Gefangenen sie uns denselben nicht hätten zurückliefern können. Er war bei ihnen besser aufgehoben als bei uns, obgleich er weit lieber mit ihnen ging, als unser junger Freund und Violinvirtuos.

Als dieser hörte, daß er sich hier von uns trennen sollte, wandte er seine ganze Beredsamkeit auf, uns von diesem Gedanken abzubringen. Ich machte ihn vergeblich auf die Gefahren, welche uns erwarteten, aufmerksam; ja, er nahm es übel, daß wir glaubten, er könne ihnen nicht gewachsen sein. Er drohte, daß er uns gegen unsern Willen nachreiten werde. Endlich kam ich auf einen guten Gedanken. Ich sagte ihm, daß unbedingt einer von uns bei dem alten Melton bleiben müsse, um denselben scharf zu bewachen, da den Nijoras doch nicht ganz zu trauen sei. Das beruhigte ihn. Er fühlte sich als Inhaber eines Ehrenpostens und willigte nun ein, sich für kurze Zeit von uns zu trennen. Der Abschied war zwar kurz, aber äußerst herzlich; die Freunde verschwanden mit Melton im Walde, und wir drei, Winnetou, Emery und ich, ritten auf die Ebene hinaus, über welche die Nijoras gekommen waren.

Jetzt hatten wir niemand mehr bei uns, auf den wir uns nicht verlassen konnten und dessen Pferd nichts taugte. Wir flogen wie ein

Wetter über den grünen Plan dahin und konnten erwarten, das Ziel mit dem kommenden Morgen zu erreichen.

Der geradeste Weg war der, den die Nijoras geritten waren; wir brauchten nur auf ihrer Spur zu bleiben, die allerdings später verschwand, da sie sich in der Nähe der Feinde Mühe gegeben hatten, keine Fährte zu verursachen. Als es Abend werden wollte, konnten wir auf eine tüchtige Leistung zurückblicken, denn wir hatten seit unserer Trennung von dem schnellen Pfeile wenigstens sieben deutsche Meilen hinter uns und sahen uns nach einem passenden Lagerplatze um. Links von uns lag eine Anhöhe, von welcher aus eine Reihe von Büschen ins Weite lief; das ließ darauf schließen, daß es dort ein fließendes Wasser gab. Wir ritten also auf diese Höhe zu, bogen um dieselbe und sahen ein Gebüsch vor uns, aus welchem uns – eine drohende Stimme entgegenschallte:

»Halt, Mesch'schurs! Wer einen Schritt weiter reitet, bekommt eine Kugel!«

Da war nicht zu spaßen. Wir sahen den Sprecher nicht; er steckte in dem Gesträuch. Vielleicht waren es gar mehrere. Wir hielten also an. Der Sprache nach war es ein Weißer, und zwar nicht spanischer Abkunft.

»Wo steckt denn eigentlich der gestrenge Herr und Besitzer dieses Platzes?« fragte ich.

»Hier hinter dem Wildkirschenstrauch, aus welchem der Lauf meiner Büchse ragt,« antwortete es.

»Warum bedroht Ihr uns denn mit einer Kugel, Sir?«

»Weil ich euch mir so lange vom Leibe halten will, bis ich weiß, ob ihr Schufte oder Gentlemen seid.«

»Das letztere, das letztere sind wir, werter Master.«

»Das kann jeder Halunke sagen; weist euch gehörig aus!«

»Womit? Meint Ihr, daß man hier mit Tauf- und Impfscheinen oder gar mit Hundesteuermarken umherreitet?«

»Daran denkt kein Mensch. Sagt nur eure Namen! Wer ist denn der rote Master, den ihr bei euch habt?«

»Winnetou, der Häuptling der Apatschen. Mich pflegt man Old Shatterhand zu nennen.«

»Alle Wetter! Winnetou und Old Shatterhand! Welch ein Zusammentreffen! Gleich komme ich, gleich!«

Der Wildkirschenstrauch bewegte sich, und es trat ein sehr langer und dürrer Mensch heraus, dessen Anzug ihm in Fetzen um die Glieder hing. Sein Kopf war unbedeckt, und in der Hand hielt er einen starken Knüttel. Hätte sich der Mann auf einer deutschen Landstraße sehen lassen, er wäre auf der Stelle als Stromer und Vagabund arretiert worden.

Er machte die Bewegung des Hutabnehmens, verbeugte sich und rief:

»Große Ehre, außerordentliche Ehre, Mesch'schurs! Kommt gerade zur rechten Zeit! Hätte wirklich nicht gewußt, wo ich euch suchen soll.«

»Hättet Ihr uns gesucht?« fragte ich nicht ohne Erstaunen.

»Bis jetzt eigentlich noch nicht, stand aber im Begriffe, es zu thun.«

»Unerklärlich. Seid Ihr hier allein?«

» *Yes*, Master!«

»Wie hat man Euch zu nennen?«

»Das steht in Euerm Belieben. Man ruft mich nämlich auf verschiedene Weise. Wenn Ihr wirklich Old Shatterhand seid, und Ihr seht mir ganz so aus, so werdet Ihr wohl von Will Dunker gehört haben?«

»Dem berühmten Scout des Generales Grant?«

» *Yes*, Sir. Man nennt mich auch den langen Dunker oder den langen Will.«

Wieder machte er mit der rechten Hand die Bewegung des Hutabnehmens.

»Und Ihr wollt mich suchen?«

» *Yes*, Euch, Winnetou und einen jungen Musikus, welcher Vogel heißt.«

»Das ist ja ganz erstaunlich! Hält man so etwas für möglich?«

Diese Frage richtete ich an Winnetou und Emery; Dunker antwortete:

»Ihr hört ja, daß es möglich ist! Übrigens werde ich Euch die Sache erklären. Steigt nur vom Pferde, und kommt mit an das Wasser!«

»Also jetzt dürfen wir?«

»*Yes*. Konntet es übrigens immer wagen, mich schießen zu lassen,« lachte er. »Hier ist meine Büchse, hihihihi!«

Er hielt uns seinen Knüttel hin.

»Habt Ihr kein wirkliches Gewehr?«

»Nein. Ich steckte den Prügel durch den Busch, um Euch zu täuschen.«

»Aber Will Dunker muß doch Waffen haben!«

»Hatte sie auch, hatte sie, und was für welche! Die Roten, die Mogollons, haben sie mir abgenommen.«

»Ah! Seid Ihr von diesen überfallen worden?«

»*Yes*, Sir, *yes*. In einem Wagen mit vier Pferden!«

»Ihr wart der Führer, und der Kutscher wurde erschossen?«

»So ist es. Aber Ihr kennt die Sache so genau, als ob Ihr dabei gewesen wäret. Wie kommt das, Master?«

»Sagt erst, wer die Lady war, die im Wagen gesessen hat!«

»Werde es sagen. Kommt nur erst her ans Wasser, und macht es euch bequem. Seid mir willkommen, sehr willkommen! Große Ehre, ganz bedeutende Ehre!«

Und wieder that er so, als ob er vor uns einen unsichtbaren Hut abnähme. Ich hatte von dem sonderbaren Manne gehört, sah ihn aber jetzt zum erstenmal. Wir stiegen ab, führten unsere Pferde zwischen die Büsche hinein und standen nun vor einer Quelle, welche kühl und klar aus der Erde sprudelte und ihre Wasser abwärts sandte, an den Sträuchern vorüber, die wir vorhin von weitern gesehen hatten. Da stand ein prachtvolles, indianisch aufgezäumtes Pferd.

»Das Pferd ist Euer, Master Dunker?« fragte ich ihn.

»*Yes*,« antwortete er. »Wenn Ihr aber lieber wollt, so habe ich es mir einstweilen geborgt vom starken Winde, falls Ihr den roten Halunken kennen solltet.«

»Ah, dem Häuptling der Mogollon. Wie kommt der dazu, Euch ein solches Pferd zu leihen?«

»Das weiß er selber nicht. Wahrscheinlich wie der Blinde zur Ohrfeige. Es war eine Anleihe wieder seinen Willen. Ich habe vergessen, ihn vorher zu fragen.«

»Aber ich habe noch nie gehört, daß Will Dunker ein Pferdedieb ist!«

»Das ist er auch nicht, Sir, wirklich nicht. Ihr könnt es glauben. Aber die Mogollon haben mir alles genommen und mir, als ich mich wehrte, den Anzug in Fetzen gerissen; sie wollten mich nämlich lebendig haben. Dafür habe ich mir dann das Pferd eingetauscht.«

»Ein regelrechtes Abenteuer, wie ich vermute! Ihr müßt es erzählen!«

Gern! Aber leiht mir vorher irgend eine Waffe, falls Ihr so etwas übrig habt, damit ich mich als Mensch fühlen kann!«

Da habt Ihr einen Revolver von mir.«

Er nahm ihn, betrachtete ihn, sah den Stempel und sagte:

»Prächtige Waffe! Berühmte Fabrik, Sir! Jetzt können die Schurken kommen; werde sie empfangen! Und noch etwas! Habt Ihr vielleicht einen Bissen Fleisch oder zwei? Habe seit gestern früh nichts zwischen meine Zähne bekommen. Und die wollen doch Arbeit haben. Da, seht sie Euch einmal an, Sir!«

Er öffnete den Mund und zeigte ein prachtvolles Gebiß.

»Auch Fleisch könnt Ihr haben. Bitte, Emery, gieb ihm ein tüchtiges Stück!«

Das Stück, welches er bekam, konnte, trotzdem es getrocknet war, über zwei Pfund wiegen; es war aber in kurzer Zeit zwischen seinen Zähnen verschwunden. Der Mann hatte Hunger gehabt! Dann schöpfte er sich mit den Händen Wasser, um es zu trinken, und sagte, mit der Zunge schnalzend:

»Das hat wohl gethan! Hätte nicht geglaubt, so bald essen zu können. Auf der Flucht in der Wildnis, und keine Waffe, um sich ein Wild zu schießen, das ist ein schlimmes Ding, ein sehr schlimmes, Mesch'schurs! Weiß nicht, ob es euch einmal so ergangen ist. Es ist ein Glück, wirklich ein Glück, daß ich euch getroffen habe, und nicht nur für mich, sondern auch für die andern Gefangenen, denn nur ihr seid die richtigen Männer, sie bald und sicher herauszuholen.«

»Wer sind die Leute?«

»Wer sie sind? Hm, Sir, werdet Euch wundern, sehr wundern!«

»So sagt es doch endlich! Ich muß es wissen, alles wissen!«

»Das sollt Ihr auch, Master, natürlich sollt Ihr es; das versteht sich ja ganz von selbst. Aber wenn man ein schönes Buch liest, so fängt man nicht in der Mitte oder gar hinten an. Es muß alles seine richtige Ordnung haben, Sir. Also ich saß da in Fort Belknar bei einem Glase Mintjulep – sage Euch, das ist der delikateste Julep den es giebt – und überlegte dabei, wohin ich meine Füße von dort aus richten sollte, ob etwa nach dem Red River hinauf oder aber ein wenig in den Estacado hinein. Da hielt ein Wagen vor der Thür, vier Pferde voran. Ein Mann stieg aus, dem man den Gentleman auf hundert Schritte ansah. Er kam herein, setzte sich an den nächsten Tisch und sah um sich wie einer, der nicht weiß, was er trinken soll. Natürlich riet ich ihm, sich Mintjulep geben zu lassen, und hielt ihm mein Glas zur Probe hin. Wir thaten darauf einen tüchtigen Trunk miteinander, wobei er mich fragte, was ich sei. Ich gab ihm Auskunft und nun fragte er mich, ob es hier nicht vielleicht einen tüchtigen und zuverlässigen Führer hinauf nach New-Mexiko und dann weiter gebe. Der Mann wollte nämlich nach Frisco hinüber. Ich habe den Weg vielmals gemacht, kenne ihn so genau wie meine Mütze und bot mich also als Führer an. Er nahm neue Pferde, und schon nach einer Stunde ging es fort. Wißt Ihr vielleicht, wer dieser Gentleman war? Ihr kennt ihn genau!«

»Wirklich? Ein Zufall!«

»Ja, Zufall, aber ein glücklicher. Der Master nannte sich Murphy, F red Murphy, und ist Advokat in New-Orleans.«

»Der Advokat Fred Murphy? Ist es möglich!« rief ich aus. »Dann weiter, schnell weiter!«

»Nun ja, wir kamen weiter, aber nicht so rasch, wie ich es Euch erzählen soll. Will es Euch zu Gefallen aber kürzer machen.«

»Wißt Ihr, was er in Frisco wollte?«

»Damals noch nicht; jetzt aber weiß ich es. Habe zuweilen beim Nebenherreiten zugehört, wenn er mit der Lady sprach; da erfuhr ich es.«

»Mit welcher Lady? Wer war die Dame?«

»Das wollt Ihr wissen? *Well*, sollt es erfahren, doch jetzt noch nicht, denn die ist noch gar nicht daran. Jede Sache will ihre richtige Ordnung haben. Ehe ich von der Lady sprechen kann, muß ich erst nach Albuquerque kommen.«

»Albuquerque? Mann, Mensch, spannen Sie mich nicht auf die Folter! Erzählen Sie schnell!«

»Nicht so hitzig, Sir! Wir kommen ans Ende, auch wenn wir uns nicht so atemlos übereilen. Also in Albuquerque mußten wir über einen Tag lang warten; es war am Wagen eine Reparatur vorzunehmen. Wir saßen und aßen da in einem Salon, ich glaube Plener hieß der Wirt, und andere saßen auch dabei. Die sprachen von Konzerten, welche kürzlich gegeben worden waren. Es waren ein Virtuos auf der Violine und eine Sängerin gewesen. Beide hatten sich spanische Namen beigelegt, aber man wußte, daß es ein Geschwisterpaar aus Deutschland sei; die Wirtin, bei der die Schwester wohnte, hatte es ausgeplaudert.«

»Haben die Leute im Salon die wirklichen Namen der Geschwister genannt?«

»Natürlich! Das war es ja, was meinen Advokaten in die Höhe springen ließ. Der Bruder war ein Mr. Vogel, und die Schwester eine Mrs. Werner.«

»Ah! Dachte es mir! Weiter!«

»Mein Advokat die Namen hören, nach der Wohnung der Sängerin fragen und wie auf der Flucht aus dem Salon rennen, das war eins. Wäre er nicht ein Advokat gewesen, so hätte ich geglaubt, er sei toll geworden; aber Advokaten werden bekanntlich nicht verrückt. Oder habt Ihr vielleicht einen gesehen, welcher ausnahmsweise übergeschnappt ist, Sir?«

»Nein – ja – ja – nein! Weiter, macht nur weiter!«

»Weiter? Es ist weiter gar nichts zu sagen, als daß am nächsten Morgen Mrs. Werner sich auch in den Wagen setzte und mitfuhr. Wir fuhren den gewöhnlichen Weg, den San Jose hinauf, über die Sierra Madre, nach New Wingate und dann am Rio Puerco herunter, wo wir über den Colorado setzten, um dann die Cerbatstraße einzuhalten. Da aber wollte die Lady auf einmal nicht mit. Sie sprach von ihrem Bruder, der in dieser Gegend sei, von Old Shatterhand, von Winnetou und von einem gewissen Sir Emery, der ein Englishman zu sein scheint –«

»Er ist es. Ihr seht ihn hier neben mir.«

» *Well*! Große Ehre, außerordentlich feine Ehre, Sir!«

Er nahm wieder seinen unsichtbaren Hut ab, verbeugte sich gegen Emery und fuhr fort:

»Ich vernahm aus dem Gespräch der beiden, daß ein großartiger Diebstahl vorgekommen war. Die Sängerin und ihr Bruder waren die Geschädigten, und die Spitzbuben waren drei sogenannte Meltons, wenn ich mich nicht irre. Old Shatterhand, Winnetou und Emery waren ausgezogen, die Halunken zu fangen. Sie steckten in einem Schlosse, welches irgendwo an einem Nebenflüßchen des kleinen Colorado liegen sollte.«

»Am Flujo blanco.«

» *Well*! Mag richtig sein; ich kenne es nicht. Die Lady hatte auch mitgewollt, die Kerls zu fangen, hatte aber nicht gedurft. Nun befand sie sich in der Gegend und bestand darauf, daß ihr Bruder aufgesucht werden müsse. Ich hatte keine Stimme bei der Entscheidung darüber; es war mir überhaupt ganz gleich, ob der Weg nach Canada oder hinunter nach Mexiko ging; ich sagte also kein Wort dazu. Der Advokat mochte, trotzdem er Advokat war, wissen, daß man einer Lady den Willen thun müsse, und so wichen wir von dem bisherigen Wege ab und lenkten nach den Mogollonbergen ein.«

»Warum gerade dorthin?«

»Weil der kleine Colorado nirgends so viele Nebenflüßchen hat, als gerade da. Es war mir gar nicht bange, das sogenannte Schloß zu finden.«

»Aber, Master Dunker, mit einer Dame in diese Gegend einzudringen! Per Wagen, mit dem man da nirgends fortkommen kann! Das konntet Ihr ja gar nicht verantworten!«

»Habe mir auch gar nicht eingebildet, es zu können, Sir! Die Lady wollte, und wir mußten; es war nicht gegen sie aufzukommen. Ich glaube, wenn der Advokat aus New-Orleans gefragt würde, was er lieber studiert, das Gesetzbuch oder die hübschen Augen der Sängerin, so würde er gestehen, daß er die letzteren vorzieht. Mich aber kann die Verantwortung unmöglich treffen. Sobald wir von der Straße abgewichen waren, wurde das Fortkommen unendlich schwer. Bald ging es in eine Tiefe, daß man glaubte, der Wagen müsse sich überkugeln, bald wieder so bergan, daß die armen Pferde ihn kaum schleppen konnten; oder wir mußten über einen Wasserlauf, in dem wir stundenlang stecken blieben. In einem solchen Loche saßen wir gestern um die Mittagszeit fest, als wir überfallen wurden. Hundert Rote gegen mich allein! Denn der Fahrer wurde gleich vom Bocke geschossen, und der Advokat war nicht zu rechnen. Ehe ich mein Gewehr heben konnte, war ich von zwanzig, dreißig Fäusten gepackt. Ich schlug um mich; das konnte mich aber nicht retten. Man zerriß mir die Kleider; man drückte mich zur Erde; ich wurde gebunden und fortgeschleift nach der reizenden Gegend, die man Klekie-Tse, den weißen Felsen, nennt.«

»Ah! Dahin wollen wir!«

»Das sollt Ihr auch!«

»Wir sollen! Wer hat das gesagt?«

»Die Lady, die mitsamt dem Advokaten auch dort ist. Auch den Wagen hat man hingeschafft. Seid Ihr einmal beim weißen Felsen gewesen?«

»Noch nicht.«

»So denkt Euch einen kleinen Berg! Wenn Ihr darauf steht und von ihm niederblickt, so seht Ihr ein rundes Schloß mit weißen Mauern, Fenstern, Portalen, Säulen, Pfeilern, Treppen, Erkern und Türmen. Ihr denkt, ein berühmter Architekt müsse es gebaut haben, und doch ist es nur ein natürlicher Felsen, ein weißer Kalkstein, aus welchem der Regen das alles nach und nach herausgearbeitet hat. Längs des natürlichen Schlosses läuft das Flüßchen hin, welches auf der einen

Seite den Felsen berührt; das andere Ufer ist dicht mit Buschwerk bewachsen. Dann folgt, nach dem Berge zu, von welchem ich sprach, ein ebener Grasplan, auf welchem die Mogollons jetzt ihre Zelte stehen haben.«

»Sind es Kriegszelte?«

»Nein; sie wohnen mit ihren Squaws und Kindern da. Also in diese schöne Gegend wurden wir geschafft. Wir waren gefesselt und lagen erst beisammen. Der Advokat wollte bald vor Grimm zerplatzen, bald schluchzte er aus lauter Angst; er ist ein Hasenfuß. Die Lady war still und gefaßt. Sie meinte, wenn Ihr wüßtet, daß sie gefangen sei, würdet Ihr kommen und sie befreien.«

»Das werden wir auch. Erzählt weiter!«

»Am Abende wurden wir getrennt. Ich kam in ein Zelt, wo ich von einem Roten bewacht wurde; dasselbe war mit dem Advokaten der Fall. Die Lady bekam auch ein Zelt für sich; aber ihr nahm man die Fesseln ab. Jetzt darf sie sogar das Zelt verlassen. Sie scheint es mit ihren Augen dem Häuptling angethan zu haben. Heute, gegen Mittag, geschah etwas, was Euch interessieren wird. Man hatte mich aus dem Zelte geholt und mit dem Advokaten zusammengebracht, wohl um eine Art von Verhör anzustellen. Wir saßen nebeneinander, und um uns standen die vornehmsten Krieger der Mogollons. Da wurde ein Reiter gebracht, welcher mit dem Häuptling sprechen wollte. Es war ein Weißer. Als der Advokat ihn erblickte, schrie er wie besessen auf.«

»Nannte er ihn beim Namen?«

»Ja. Erst rief er ihn Small, Small Hunter; dann nannte er ihn jonathan Melton.«

»Welche Wirkung hatte das auf den Reiter?«

»Dieser erschrak zunächst; dann aber schien er sich zu freuen. Er hielt dem Häuptling eine lange Rede, von welcher wir aber nichts hören konnten. Der Mann schien sehr weit herzukommen und die ganze Nacht geritten zu sein, denn er mußte sich vor Müdigkeit setzen, und sein Pferd war über und über mit Schweiß und Staub bedeckt.«

»Wie wurde er von dem Häuptlinge behandelt?«

»Erst finster; dann aber, als er mit seiner Rede fertig war, wurde der ›starke Wind‹ freundlicher und rauchte mit ihm die Friedenspfeife.«

»O wehe!«

»Ja, o wehe! Denn ich weiß, daß dieser Mensch einer von den drei Meltons, und zwar der Hauptspitzbube ist. Der Advokat sagte es mir.«

»Hatte dieser Melton eine Tasche mit?«

»Ja, von schwarzem Leder. Sie hing an einem Riemen über die Achsel. Er bekam ein Zelt angewiesen.«

»Wißt Ihr, wo es liegt?«

»Ja, es steht neben dem, in welches ich später wieder gesteckt werden sollte. Er ging hinein und kam dann bald wieder heraus und zu uns hin.«

»Hatte er da die Tasche noch umhängen?«

»Nein.«

»Er hatte sie also in dem Zelte gelassen. Das ist mir wichtig! Weiter!«

»Er kam zu uns, verhöhnte den Advokaten und sagte zu ihm, daß er am Marterpfahle sterben werde, wenn die Mogollons von ihrem Kriegszuge zurückgekehrt seien.«

»So ist also von einem Kriegszuge gesprochen worden?«

»Nicht daß ich wüßte. Das einzige Wort darüber habe ich eben von Melton gehört; doch schien es mir allerdings, als ob etwas Ungewöhnliches im Werke sei.«

»Die Roten wollen die Nijoras überfallen, um Pferde zu stehlen.«

»Und diese ahnen wohl nichts davon?«

»Sie wissen es und rüsten sich.«

»*Well*, so stehen unsere Aktien gut. Wir reiten zu den Nijoras und holen sie herbei, um die Lady und den Advokaten zu befreien.«

»Das wollen wir uns doch erst überlegen.«

»Warum?«

»Erst muß ich das Lager kennen lernen.«

»Wollt Ihr etwa hin? Da lauft Ihr dem Bären in den Rachen!«

»Fällt mir nicht ein! Erzählt nun noch, wie Ihr entkommen seid!«

»Ich habe Euch schon gesagt, Sir, daß ich heraus zu dem Advokaten geschafft wurde, und daß dann Melton kam. Der nahm den Häuptling eine ganze Zeit so in Anspruch, daß er sich nicht mit uns beschäftigen konnte. Wir waren ziemlich unbeobachtet. Die Füße waren uns nicht gebunden, sondern nur die Hände. Ich hatte schon seit gestern an den Riemen gezerrt und gearbeitet. In meinem Zelte stand ein alter Topf mit Wasser, aus dem ich trinken konnte. Da hatte ich mir die Riemen naß gemacht; sie wurden weich und geschmeidig und gaben nach. Ich konnte endlich mit den Händen heraus und wartete nur auf den geeigneten Augenblick, der mir ein glückliches Fortkommen verhieß. Da sollte ich wieder in das Zelt geschafft werden. Ich mußte an demjenigen des Häuptlings vorbei. Da stand das Pferd, welches Ihr hier seht, ein Prachtroß, wie es selten eines giebt. Jetzt war der Augenblick da! Ich streifte den Riemen ab, sprang auf das Pferd und jagte davon.«

»Ah, welch ein Hallo mag das gegeben haben!«

»Zunächst gar nicht. Die Roten waren, wie es schien, über meine Verwegenheit ganz erstarrt, sodaß ich unangefochten fast durch das ganze Lager kam. Dann freilich ging der Spektakel los, und zwar riesengroß! Das war ein Rufen, Schreien und Heulen! Schüsse krachten, aber schon zu spät; keiner traf. Ich kam unverletzt aus dem Lager, sogar an den Wächtern vorüber. Ich war frei; ich hatte ein herrliches Pferd, aber leider keine Waffen. Ich jagte bis hierher, wo ich das Pferd trinken ließ; dann wollte ich weiter. Da kamt Ihr geritten. So, nun wißt Ihr alles.«

»Wieviel Zeit habt Ihr gebraucht, um hierher zu kommen?«

»Vielleicht drei Stunden.«

»Ihr denkt doch, daß Ihr verfolgt werdet?«

» *Yes,* Sir. Natürlich jagt man hinter mir her. Wenn ihnen auch an mir altem Kerl nicht viel liegen kann, so ist doch das Pferd, welches ich entführt habe, so kostbar, daß man sich alle Mühe geben wird, es wieder zu bekommen.«

»Die Verfolger reiten auf Eurer Spur. Sie werden also hierher kommen; da aber die Sonne schon verschwunden ist, wird es dunkel sein, wenn sie hier anlangen. Dann erkennen sie die Fährte nicht. Trotzdem wollen wir nicht länger hier verweilen. Wir brechen auf nach dem weißen Felsen.«

»*Well*, ich reite mit!«

»Das kann ich nicht verlangen. Seid froh, daß Ihr von dort entkommen seid! Zurückzukehren wäre Verwegenheit.«

»Jetzt nicht mehr, Sir. Wenn Old Shatterhand und Winnetou dabei sind, kann man alles wagen. Ich reite mit. Oder wollte Ihr vom langen Dunker erzählen, daß er sich vor einigen Indianern fürchte?«

»Was ich über Euch gehört habe, läßt nicht zu, Euch für einen furchtsamen Mann zu halten.«

»So? Spricht man ein wenig gut von mir? Das freut mich alten jungen; das thut meinem Herzen wohl. Ich reite also mit, und Ihr könnt wagen, was Ihr wollt, ich werde dabei sein, Sir. Aber auf dem Wege, den ich gekommen bin, können wir nicht hin, wir würden auf meine Verfolger treffen.«

»Das ist richtig. Winnetou kennt die Gegend; er wird uns führen.«

»Winnetou wird euch so führen,« sagte der Apatsche, »daß ihr in zwei Stunden den weißen Felsen vor euch liegen seht.«

Wir ließen die Pferde trinken, stiegen dann wieder auf und ritten davon, als eben der letzte Schimmer des Tages im Westen verschwand.

Der Himmel war heute wieder wolkenschwer. Es wurde ebenso dunkel, wie es gestern gewesen war, doch Winnetou führte uns ebenso sicher wie am hellen Tage. Es gab in Beziehung auf den Ortssinn wirklich keinen zweiten seinesgleichen! Wie er vorhergesagt hatte, so geschah es auch. Als zwei Stunden vergangen waren, hielt er an. Eine hohe, dunkle Masse lag dicht vor uns. Er sagte:

»Das ist der Berg, von welchem Dunker gesprochen hat.«

»Ist er das wirklich?« fragte der Genannte. »Ich hatte ihn in der Finsternis nicht wiedererkannt.«

»Er ist's. Wenn man oben steht, kann man den weißen Felsen unten liegen sehen.«

»So müssen wir hinauf. Reitet weiter!«

»Halt!« warnte ich. »Das Lager beginnt gleich jenseits dieser Höhe?«

»Ja.«

»So wird es von ihr beherrscht, und es sollte mich wundern, wenn kein Posten oben stünde. Winnetou mag erst allein hinaufsteigen und nachsehen.«

Der Apatsche sprang vom Pferde und verschwand im nächtliche Dunkel. Es dauerte eine volle halbe Stunde, ehe er zurückkam.

»Meine Brüder müssen sich in acht nehmen,« meldete er. »Es giebt einen Doppelposten oben.«

»So können wir nicht hinauf?«

»Doch, aber nicht mit den Pferden.«

»Dann müssen wir sie weiter zurückschaffen. Ein Schnauben oder gar Wiehern würde uns verraten.«

Wir ritten eine ziemliche Strecke zurück, und ließen die Pferde unter der Obhut Emerys da stehen. Wir andern drei gingen wieder zum Berge und stiegen vorsichtig hinauf. Der Doppelposten hatte ein Feuer brennen, bei dem wir die beiden Gestalten deutlich sehen konnten. Die Wächter oder vielmehr ihre Anführer verdienten geprügelt zu werden.

Wir standen auf der Seite der Bergkuppe und sahen in das Lager hinab. Den weißen Felsen konnten wir freilich nicht erkennen; in der finstern Nacht war er auch schwarz. Zahlreiche Lagerfeuer brannten unten; die Zelte waren nur in unsichern Konturen zu erkennen.

»*Well*, da sind wir jetzt,« sagte Dunker. »Was thun wir aber nun?«

»Man kann die Zelte nicht unterscheiden,« antwortete ich. »Ja, wenn es Mondschein gäbe, daß man sie einzeln liegen sähe; da wäre etwas zu machen!«

»Die Finsternis hat aber auch ihr Gutes!«

»Allerdings. Aber die Hauptsache ist, daß ich wissen möchte, in welchem Zelte sich Melton und in welchem andern sich die Lady befindet.«

»Ich weiß es ganz genau, kann es Euch aber leider nicht sagen, nicht zeigen. Wenn ich das könnte, was würdet Ihr dann thun?«

»Hinuntergehen in das Lager.«

»Wozu?«

»Um wenigstens mit der Lady zu reden, wenn es nicht möglich wäre, sie herauszuholen.«

»Das wäre einer von den Streichen, wie man sie freilich nur von Euch und Winnetou erzählen hört. Aber Ihr müßt wissen, daß das Lager von Posten umgeben ist. Wie wollt Ihr hineinkommen?«

»Auf dem natürlichsten Wege, den es giebt, durch den Fluß. Ich gehe nicht fort, ohne wenigstens einen Versuch, mit der Lady zu sprechen, gemacht zu haben. Was für Zelte giebt es da? Sommer- oder Winterzelte?«

»Sommerzelte.«

»Also Leinwand. Da giebt es also auch Pflöcke, welche man herausziehen kann. Bei den Winterzelten ist das anders. Stehen die beiden Zelte, welche ich suche, weit vom Wasser entfernt?«

»Sie stehen ganz nahe.«

»Gut, ich gehe. Kehrt ihr zu den Pferden zurück und erwartet mich dort. Hier habt ihr meine Gewehre, meinen Gürtel und die andern Sachen, welche die Nässe nicht vertragen.«

»Wird mein guter Bruder nicht vielleicht zu viel wagen?« fragte der Apatsche in besorgtem Tone. »Winnetou wird lieber mitgehen!«

»Nein; das nützt mir nichts. Ja, wenn du die Zelte kennen würdest!«

Da fragte Dunker:

»Ihr wollt wohl in das Wasser steigen?«

»Natürlich! An dem einen Ufer steht der Fels, und an dem andern giebt es Büsche. Im Schutze und Schatten derselben komme ich ungefährdet durch das ganze Lager.«

»Das ist kühn, außerordentlich kühn; aber es spricht mich an, Sir! Was meint Ihr wohl, ob ich mitthun könnte?«

»Hm, ich kenne Euch nicht genug, um das zu wissen. Könnt Ihr schwimmen, tauchen und Wasser treten?«

»Ganz leidlich.«

»Ist das Flüßchen tief?«

»Weiß es nicht.«

»Reißend?«

»Nein.«

»Hatte es heute klares oder trübes Wasser?«

»Trübes; auch kam viel abgerissenes Gras und Schilf geschwommen.«

»Das ist gut; das ist sehr gut, denn das wird uns von großem Nutzen sein. Wir bauen uns Inseln, unter denen wir uns verstecken, sodaß wir nicht gesehen werden können.«

»Inseln? Unter denen wir stecken?« fragte er verwundert.

»Ja.«

»Erklärt es mir, Sir! – Das kann ich nicht begreifen.«

»Es ist so einfach wie nur möglich. Jedes Kind kann es machen. Man bindet Schilf und anderes Zeug, welches gern auf dem Wasser schwimmt, zusammen, sodaß es die Gestalt einer kleinen Insel annimmt, welche vom fließenden Wasser abwärts getragen wird. In der Mitte der Insel fertigt man eine Erhöhung, welche hohl sein und mehrere Löcher nach allen Seiten haben muß. Kriecht man nun unter die Insel und steckt den Kopf in die Höhlung, welche über dem Wasser liegt, so hat man Luft und kann nicht nur Atem holen, sondern sich auch nach allen Seiten umschauen, weil man durch die Löcher zu blicken vermag. Man sieht also alles und hört auch alles, ohne daß man selbst gesehen wird, weil man im Wasser steckt.«

»Das ist ein kluger, ein sehr kluger Gedanke, Sir. Ja, bei Old Shatterhand und Winnetou kann selbst unsereiner noch viel lernen!«

»Man muß erfinderisch sein, Master Dunker. Man kann sehr leicht in Verhältnisse kommen, in denen von solchen Dingen nicht nur das Gelingen eines Planes, sondern sogar das Leben abhängt. Mir zum Beispiele haben solche künstliche Inseln schon wiederholt das Leben gerettet.«

»Die Inseln sollen schwimmen; da muß man doch wohl mitschwimmen?«

»Wenn das Wasser tief ist, schwimmen; ist es seicht, dann waten. In dem letzteren Falle muß man sich bald ausstrecken, bald den Körper zusammenziehen, je nach der Verschiedenheit der Wassertiefe. Indem ersteren Falle ist es geraten, in aufrechter Stellung zu schwimmen, was man ›Wassertreten‹ nennt. Man hält den Kopf oben, die Füße unten, zieht die Kniee ein wenig empor und tritt abwechselnd mit den Füßen nach unten, während man mit den ausgestreckten Händen breit im Wasser ›paddelt‹, aber ja nicht auf der Oberfläche, weil das gesehen würde. Es darf auf keinen Fall auch nur der leichteste Wellenschlag verursacht werden, weil dieser einem aufmerksamen und nachdenkenden Zuschauer alles verraten würde. Habt Ihr das verstanden, Master Dunker?«

» *Yes*, Sir, sehr gut, sehr gut. ich getraue mich, es ganz gut fertig zu bringen.«

»Wartet nur; es kommt noch mehr. Es muß auch noch anderes beobachtet werden, vorausgesetzt nämlich, daß man scharfe Beobachter hat. Man bewegt sich vorwärts, und man bleibt an Stellen, wo man beobachten will, halten. Da darf man sich weder schneller noch langsamer bewegen als das Wasser und sonstige Gegenstände, welche neben und mit der Insel schwimmen. Am allerwenigsten natürlich darf es einem einfallen, stromaufwärts zu schwimmen. Man muß die Strömung beachten. Mitten in und auf derselben darf man ja nicht anhalten, weil dies gegen die Naturgesetze wäre. An Punkten, wo Wirbel sind, muß man sich auch drehen, und legt man am Ufer an, um zu lauschen, so muß dies an einer dazu geeigneten Stelle geschehen, wo ruhiges Wasser ist und es einen Landvorsprung gibt, welcher die Insel angehalten zu haben scheint.«

»Hm! Es ist doch schwerer, als ich dachte, Sir!«

»Wenn man Übung besitzt, gut überlegt und gut aufpaßt, ist es leicht. Es kommt darauf an, ob Ihr es wagen wollt.«

»Natürlich! Sehr gern! Ich freue mich darauf!«

»Schön! Aber ich halte es für meine Pflicht, Euch darauf aufmerksam zu machen, daß Ihr Euer Leben wagt. Werden wir bemerkt, schöpft man Verdacht, so sind wir wahrscheinlich verloren.«

»So schnell und so unbedingt, wie Ihr denkt, doch wohl nicht! Wir können uns wehren!«

»Womit? Wir können doch keine Schießwaffen bei uns haben und höchstens das Messer mitnehmen. Beim ersten Warnungsrufe stehen hunderte von Indianern am Ufer, die auf uns schießen. Selbst wenn wir aus dem Wasser springen und uns mit den Messern auf sie werfen wollten, wären wir von ihren Kugeln durchlöchert, ehe wir zum Stoße kämen.«

»Haben sie denn gleich alle ihre Schießprügel bei der Hand?«

»Und wenn keiner ein Gewehr hätte, befänden sie sich doch in solcher Übermacht, daß ihre Zahl uns erdrückte. Also, ich bin aufrichtig, überlegt es Euch wohl!«

» *Pshaw*! Da giebt es nichts zu überlegen; ich mache mit. Ich will auch einmal in einer schwimmenden Insel stecken und erzählen, daß ich das von Old Shatterhand gelernt habe. Ich habe es noch nicht erlebt, und da es heute so schön paßt, will ich es jetzt erleben!«

»Gut! Wißt Ihr, wie weit die Posten im Thale auf- und abwärts stehen?«

»Ja, nämlich wenn es sich seit Mittag nicht verändert hat.«

»So könnt Ihr mich führen. Wir steigen natürlich oben in das Wasser und gehen erst unterhalb des Lagers wieder heraus. Da wir später keine Zeit dazu haben, muß ich Euch jetzt noch sagen, wie Ihr Euch zu verhalten habt. Ein leises Zungenschnalzen ist das Zeichen, daß der betreffende dem andern etwas sagen will. Dann legen wir die beiden Inseln nebeneinander, sodaß wir uns hören und verstehen können. Außerdem habt Ihr Euch stets hinter mir zu halten und alles zu thun, was ich thue. Lege ich ans Ufer, dann auch Ihr; stoße ich wieder ab, so folgt Ihr mir. Nur in einem Falle dürft Ihr nicht nachahmen, nämlich wenn ich die Insel verlasse und an das Ufer steige, um vielleicht in ein Zelt zu gehen.«

»Alle Wetter! Wolltet Ihr dies vielleicht wagen?«

»Nicht nur vielleicht, sondern sogar sehr wahrscheinlich. Auf die Zelte, welche ich Euch genannt habe, macht Ihr mich aufmerksam, noch ehe wir sie erreichen, weil wir nicht zurück dürfen. Übrigens will ich Euch zur Aufmunterung sagen, daß die Sache sich leichter machen wird, als es den Anschein hat. Auf der einen Seite des Flüßchens, wo es an den weißen Felsen stößt, befindet sich kein Mensch; von dort her haben wir also nichts zu befürchten. Und das andere Ufer ist von Büschen besetzt, welche uns Schutz gewähren. Dazu kommt der wolkige Himmel, die Finsternis der heutigen Nacht und das Flackern der Feuer, das, zumal im Wasser, keinen Gegenstand scharf erkennen läßt. Also vorwärts jetzt! Wollen erst Emery benachrichtigen, und dann kann die interessante Schwimmpartie beginnen.«

»Wäre es nicht besser, wir warteten, bis die Feuer erloschen sind und die Roten sich schlafen gelegt haben?«

»Nein, denn was wollten wir dann dort? Ich will doch mit der Lady reden, wenn dies halbwegs möglich ist, und die Indianer beobachten, um vielleicht über den beabsichtigten Zug gegen die Nijoras etwas zu erfahren. Entweder müssen wir es jetzt wagen oder es unterbleiben lassen.«

Wir gingen zu Emery und legten dort alles ab, was wir nicht brauchten oder nicht naß werden durfte. Von Waffen nahmen wir nur Messer mit. Da Dunker keines hatte, bekam er das des Apatschen. Letzterer ließ es sich nicht nehmen, uns an den Fluß zu begleiten. Er wollte uns bei der Herstellung der Inseln helfen, und ich willigte natürlich ein, weil wir dadurch Zeit ersparten.

Es mußte selbstverständlich mit größter Vorsicht zu Werke gegangen werden. Als wir den äußersten Posten oberhalb des Lagers erkundet hatten, gingen wir noch eine Strecke weiter aufwärts, bis wir Schilf fanden. Das durfte nur unter dem Wasser abgeschnitten werden, weil sonst am nächsten Morgen die Stelle aufgefallen wäre. Unter und zwischen den nahen Büschen gab es dürres Holz genug, und so hatten wir bald das nötige Material beisammen und gingen an den Bau der Inseln. Dieser mußte leicht aber fest sein, denn wenn eine der Inseln zerriß und auseinanderschwamm, so kam, wer darunter steckte, in die größte Gefahr, entdeckt zu werden. Auch durfte die Gestalt keine auffällige sein; es mußte genau das Aussehen haben, als ob nur das Wasser die einzelnen Bestandteile zusammengeflößt habe und nun zusammenhalte. Nach einer Stunde waren wir mit dem Werke fertig, und Dunker stieg zuerst in den Fluß, um unter meinen Augen eine Probe zu machen, die recht gut gelang. Winnetou entfernte sich, nachdem er mir gesagt hatte, daß er sich mit meinem vielschüssigen Henrystutzen auf alle Fälle bereithalten werde, uns beizuspringen. Dann ging auch ich in das Wasser, kroch unter meine Insel und steckte den Kopf in die Erhöhung oder vielmehr Höhlung derselben. Das nächtliche Abenteuer konnte seinen Anfang nehmen.

Es war kein sehr angenehmes Gefühl, in den Kleidern im Wasser zu stecken. Wir hatten zwar bei Emery soviel davon zurückgelassen, wie wir entbehren konnten, doch hatte wenigstens ich, weil ich womöglich mit Martha sprechen wollte, soviel von meinem Anzuge anbehalten, daß die Kleidungsstücke bald schwer wurden und mich am Schwimmen hinderten.

Das Flüßchen war nicht breit, aber tief. Als wir das Ufer verlassen hatten, verschwand der Grund unter den Füßen, und wir mußten schwimmen. Ich richtete mich dabei genau nach der Schnelligkeit des Wassers und mein Gefährte folgte nur einige Ellen hinter mir her. Es war dunkel, dennoch sah ich, als wir eine Strecke vorwärts gekommen waren, den ersten, äußersten Posten am Ufer stehen. Wir kamen glücklich an ihm vorüber; er stand mit dem Gesichte dem Wasser zugekehrt, sah also jedenfalls die beiden sich abwärts bewegenden Anhäufungen von Schilf und Zweigen, faßte aber keinen Verdacht. Das überzeugte mich davon, daß unsere Inseln ein natürliches Aussehen hatten, und ich durfte nun hoffen, daß sie auch andern Augen nicht auffällig erscheinen würden.

Wir kamen jetzt an keinem Posten mehr vorüber, außer dem natürlich, der wahrscheinlich unterhalb des Lagers am Wasser stand, und bald sahen wir die ersten von den Feuern erleuchteten Zelte vor uns liegen. Sie standen am linken, von Büschen beschatteten Ufer. Wären wir diesem gefolgt, so hätten die Sträucher uns den Ausguck verdeckt; darum hielten wir uns an das andere, rechte Ufer. Wir konnten da über das Wasser hinüber und zwischen den Büschen hindurchsehen und waren auch sicher, daß hier hüben niemand stand, der uns eine für uns gefährliche Aufmerksamkeit schenken konnte.

Jetzt floß das Wasser langsamer, denn der Fluß machte einen weiten Bogen nach rechts, wo er den Fuß des weißen Felsens bespülte.

Dadurch entstand innerhalb des Bogens, zur linken Hand von uns, Raum für die Zelte, die meist in der Nähe des Flusses errichtet waren, jedenfalls um das so notwendige Wasser in der Nähe zu haben.

Wir waren wohl an zwölf bis vierzehn Zelten vorübergekommen, als Dunker das Zeichen gab, daß er sprechen werde. Da er so nahe hinter mir folgte, brauchte ich nicht anzuhalten; ich horchte hinter mich und hörte ihn sagen:

»Das große Zelt, vor welchem die zwei Medizinlanzen stehen, ist das des Häuptlings.«

Das konnte mich weniger interessieren; aber ich wendete dem Zelte doch meine Aufmerksamkeit zu, und da sah ich allerdings, wie gut es war, daß Dunker mich aufmerksam gemacht hatte. Vor dem Zelte hatte ein Feuer gebrannt; es war im Verglimmen, und dafür hatte man neben dem Zelte, wo mehr Platz war, ein zweites angezündet, an welchem einige Rote so saßen, daß zu vermuten stand, es würden noch mehrere kommen und mit ihnen einen Kreis bilden. Es schien also, man wolle hier eine Beratung abhalten. Konnten wir lauschen, so war vielleicht etwas für uns Vorteilhaftes zu erfahren. Darum legte ich am rechten Ufer an, und Dunker that dasselbe in der Weise, daß unsere beiden Inseln eine einzige bildeten. Wir befanden uns also einander so nahe, daß wir leise miteinander sprechen und uns dabei doch verstehen konnten.

Um zu lauschen, mußten wir freilich das linke Ufer aufsuchen; dort aber hinderten uns die Sträucher am Sehen; darum blieb ich einstweilen noch am rechten, weil wir von da aus inzwischen beobachten konnten, was drüben vorging. Unsere Füße hatten jetzt wieder Grund gefunden, und zwar war das Wasser hier so seicht, daß wir in dem weichen, angespülten Sande sitzen konnten, es also bequem genug hatten, so lange aushalten zu können, wie wir es für nötig fanden.

»Warum legt Ihr hier an, Sir?« fragte mich Dunker leise.

»Seht Ihr denn nicht,« antwortete ich, »daß man da drüben Vorbereitungen zu einer Versammlung trifft?«

»Allerdings. Wollt Ihr derselben etwa zuhören?«

»Ja. Nachher, wenn die Beratung begonnen hat. Jetzt bleiben wir hier, weil wir da sehen können, wer und wie viele an der Beratung teilnehmen. Ist das Zelt, in welchem Melton wohnt, nicht von hier aus zu sehen?«

»Nein; aber von dem des Häuptlings aus, abwärts gerechnet, ist es das sechste.«

»Und das der Lady?«

»Ist dann das vierte.«

»So braucht Ihr mir die beiden Zelte, wenn Ihr Euch nicht etwa verzählt habt, gar nicht erst zu zeigen. Warten wir also, was da drüben losgehen wird!«

Die Beratung schien einen sehr wichtigen Gegenstand zu betreffen; das ersahen wir aus der Größe des engern Kreises, welcher gebildet werden sollte, und aus der großen Anzahl von gewöhnlichen Kriegern, welche sich schon jetzt eingefunden hatten. Sie bildeten in einiger Entfernung um den ersteren einen Halbzirkel, weil sie der Beratung ihrer hervorragenden Krieger zuhören wollten.

Erfreulich für uns war es, daß wir nicht allzu lange zu warten brauchten. Wir hatten nicht viel über eine Stunde vor Anker gelegen oder vielmehr vor Anker gesessen, so sahen wir einen langen, starken Indianer aus dein Häuptlingszelte kommen und sich nach dem Kreise begeben.

»Das ist der starke Wind,« flüsterte mir Dunker zu.

Es war also der Häuptling. Hinter ihm kam Jonathan Melton. Er trug alle seine Waffen und setzte sich neben dem starken Wind nieder. Er wurde also nicht nur nicht als Gefangener oder gar als Feind betrachtet, sondern sollte sogar an der Beratung teilnehmen und hatte mit dem Häuptlinge vorher eine Unterredung gehabt. Dann kamen auf ein laut gegebenes Zeichen noch zehn bis zwölf alte, erfahrene Krieger, welche sich in den Kreis setzten.

Die Beratung begann, und nun verließen wir nacheinander das rechte Ufer, um hinüber an das linke zu schwimmen, was wir so langsam und vorsichtig thaten, als ob unsere Inseln von der Strömung hinübergetrieben würden. Dort legten wir wieder eng nebeneinander an.

Es hatte eine Weile gedauert, bis wir wieder fest und bequem lagen, und so kam es, daß die Verhandlung nun schon begonnen hatte. Wir konnten nicht über das hier hohe Ufer blicken und hörten eine laute, kräftige Stimme, welche eine Rede hielt.

»Wißt Ihr, wer das ist?« fragte ich Dunker.

»Der Häuptling.«

Die Stimme erklang so deutlich, daß wir jedes Wort verstehen konnten:

»- - obgleich meine roten Brüder erst in vier Tagen aufbrechen wollten, habe ich doch mehrere gute Gründe, schon morgen früh den Zug zu beginnen. Und sodann hat mir dies tapfere Bleichgesicht gesagt, daß wir unterwegs drei berühmte Männer ergreifen werden. Wenn das die Wahrheit ist, wird man in allen Zelten und Thälern, in der Nähe und in der Ferne von der Tapferkeit der Mogollon erzählen. Die drei Krieger sind Winnetou, der Häuptling der Apatschen, Old Shatterhand und noch ein großes Bleichgesicht, welches viele rote Krieger getötet hat.«

»Uff, Uff, uff!« erklang es in dem Kreise, und auch die um denselben Stehenden ließen diesen Ausruf der freudigen Bewunderung hören.

»Unser weißer Bruder,« fuhr der Häuptling fort, »wird meinen roten Brüdern jetzt mitteilen, was er zu mir davon gesprochen hat.«

Seine einleitende Rede war zu Ende. Er hatte sie natürlich stehend gehalten und setzte sich, wie ich vermutete, nun wieder nieder. Nach einigen Augenblicken erklang die Stimme Jonathan Meltons. Er hielt eine lange, sich in den stärksten Ausdrücken ergehende Philippica, welche sich auf uns bezog. Er erzählte, wir seien bei ihm im Pueblo gewesen und hätten auf die Mogollon geschimpft und dabei gesagt, daß wir zu den Nijoras wollten, um sie zu einem Kriegszuge gegen die ersteren aufzustacheln. Da er ein Freund der Mogollons sei, habe er sich sofort auf das Pferd gesetzt, um sie vor der drohenden Gefahr zu warnen. Wie gut er es meine, könnten sie aus dem Umstande ersehen, daß er auf einem vollständig abgehetzten Pferde angekommen sei. Jetzt höre er, daß ein Zug gegen die Nijoras beschlossen worden sei, der aber erst nach vier Tagen angetreten werden solle. Dies sei vollständig falsch, da sie höchst wahrscheinlich bis dahin von den Nijoras überfallen würden. Man müsse vielmehr sofort aufbrechen, zumal es heute Dunker gelungen sei, zu entkommen. Er habe gehört, daß man gegen die Nijoras ziehen wolle, und man könne annehmen, daß er zu diesen eilen werde, um sie zu benachrichtigen.

Der Mensch brachte noch andere Gründe und lügenhafte Angaben in so scharfsinniger Weise vor, daß ich, noch ehe er seine Rede geendet hatte, überzeugt war, die Beratung werde ihm beistimmen. Wirklich ging auch, als er sein letztes Wort gesprochen hatte, ein beifälliges Murmeln durch die Reihen der Roten; es trat eine kurze Stille ein, und dann hörte ich den Häuptling sagen:

»Mein weißer Bruder hat bewiesen, daß er ein Freund unseres Stammes ist. Wir danken ihm; er mag mir jetzt nur noch einige Fragen beantworten. Waren Winnetou und Old Shatterhand noch in dem Pueblo der weißen Squaw, als du von dort fortrittest und weißt du, wann sie es verlassen werden?«

»Nein.«

»Wissen sie, wohin du geritten bist?«

»Nein.«

»So steht auch nicht zu erwarten, daß sie dir augenblicklich gefolgt sind. Vielleicht befinden sie sich jetzt noch dort?«

»Das ist freilich möglich.«

An diesem Falle können wir sie hindern, die Nijoras gegen uns aufzuhetzen. Wir brauchen ihnen nur eine Anzahl unserer Krieger entgegenzusenden, um sie festzunehmen; dann können sie nicht zu den Nijoras gelangen.«

»Aber wenn sie sich nun schon dort befinden?«

»Dann müßten wir morgen früh aufbrechen. Wenn die Nijoras uns wirklich angreifen wollen, so müssen sie durch das TikhNastla kommen, wenn sie nicht einen Umweg von mehreren Tagen machen wollen. Dort können wir sie erwarten und vollständig aufreiben. Ich werde jetzt, wenn die alten Krieger einwilligen, fünfzig Männer absenden, welche sofort aufbrechen und Winnetou und Old Shatterhand entgegenreiten, um sie zu fangen. Die andern Krieger ziehen dann morgen mit mir nach dem Tikh Nastla, wo wir den Erfolg abwarten können. Ich habe gesprochen. Laßt uns über den Vorschlag beraten!«

»Kommt, wir wollen fort!« flüsterte ich Dunker zu.

»Jetzt noch nicht!« antwortete er. »Wenn wir einmal lauschen, müssen wir doch bis zu Ende warten, das Wichtigste kommt erst nach.«

»Was denn?«

»Die Entscheidung darüber, was sie anfangen werden.«

»Die kenne ich schon jetzt. Übrigens sind so viele Krieger hier versammelt, und das Zelt Meltons steht leer, Ich muß fort, ehe die Versammlung aufgelöst wird. Also kommt, Master! Wir legen bei dem sechsten Zelte an, und ich gehe an das Ufer.«

Wir machten uns wieder flott und schwammen weiter. Das Zelt stand ebenso nahe am Ufer, wie die andern; es warf seinen Schatten über die Büsche und auf das Wasser herab. Als wir den Schatten erreicht hatten, legten wir wieder an. Ich forderte Dunker auf:

»Bleibt hier liegen, bis ich zurückkehre, und steigt auf keinen Fall ans Land!«

»Aber wenn Ihr nicht wiederkommt, Sir?«

»Dunkles Thal.«

»Dann werdet Ihr Winnetou schießen hören.«

»Und wenn er nicht schießt?«

»Er wird! Ich werde mich ohne Gegenwehr nicht ergreifen lassen. Der Lärm, welcher dabei entsteht, wird dem Apatschen sagen, daß ich in Gefahr bin, und Ihr könnt Euch darauf verlassen, daß er dann nicht ruhig auf seinem Posten liegen bleibt. Wenn Ihr seine Schüsse hört, ergreift Ihr die Flucht. Ihr schwimmt mit Eurer Insel den Fluß hinab, bis Ihr den untersten Posten passiert habt, und kehrt zu Sir Emery zurück.«

»Und Ihr? Was wird dann mit Euch?«

»Das laßt nur meine und Winnetous Sache sein.«

»Sir, das ist leicht gesagt. Ich soll ausreißen, wenn Ihr Euch in Gefahr befindet?«

»Ja. Eure Hilfe könnte mir nichts nützen; sie würde mir nur schaden. Übrigens wird der Fall, von dem wir sprechen, gar nicht eintreten. Wartet also, ich bin gleich wieder hier!«

» *Well*! Aber ich sage Euch, daß ich zittere, nicht für mich, sondern für Euch!«

Ich befestigte meine Insel an den Busch, bei dem ich jetzt lag, und kroch darunter hervor, wobei ich natürlich untertauchen mußte. Dann schob ich mich vorsichtig zwischen den Sträuchern hindurch, die Böschung des Ufers hinauf. Dabei war gar nichts zu riskieren, denn hinter mir konnte es keinen Beobachter geben, zu beiden Seiten hatte ich das Gebüsch und vor mir das Zelt. Auf der Uferhöhe angekommen, blickte ich mich um. Es war kein Mensch zu sehen.

Nun kam es darauf an, zu erfahren, ob sich jemand in dem Zelte befand oder nicht. Ich kroch ganz hinan und lauschte. Es war nichts zu hören. Ich zog einen Pflock aus der Erde und hob den untern Saum des Zelttuches vorsichtig empor. Gerade mir gegenüber war der Eingang; er stand halb offen. Der Schein eines Feuers fiel herein, und ich sah, daß das Zelt leer war.

Mir klopfte das Herz. Melton hatte das geraubte Erbe in einer Ledertasche bei Sich, diese aber nicht mit auf der Versammlung gehabt; sie mußte sich also in seinem Zelte befinden. Ich sah sie aber nicht. Darum hob ich die Zeltleinen noch höher und kroch hinein. Die Tasche war nicht zu sehen. Sollte er sie vielleicht dem Häuptlinge in Verwahrung gegeben haben? Das hielt ich nicht für wahrscheinlich. Darum kroch ich nach der Lagerstätte, welche aus Laub, abgeschnittenem Gras und einigen Decken bestand, steckte die Hand unter diese und suchte. Da – da fühlte ich sie. Meine Hand zitterte. Ich zog sie zurück und überlegte, obgleich meine Lage keine solche war, daß ich Zeit zu langem Nachdenken gehabt hätte; sie war im Gegenteile höchst gefährlich.

Ich befand mich in einer großen Aufregung. Da lagen die Millionen, welche wir haben wollten! Durfte ich sie nehmen? Es wirbelte mir vor den Augen und vor den Ohren. Wie muß es erst einem Einbrecher zu Mute sein, der unter Lebensgefahr seine Hand nach unrechtem Gute ausstreckt! Ich zwang mich zur innern Ruhe.

Nahm ich die Tasche, so wurde sie jedenfalls sehr bald von Melton vermißt; er machte Lärm; man suchte, fand meine Spur, suchte die

Umgegend weiter ab und traf dann auch auf unsere andern Spuren; dadurch gerieten wir in große Gefahr, und wenn wir derselben auch entgingen, so hatte ich wohl das Geld, aber nicht den Dieb.

Die Tasche durfte ich also nicht mitnehmen. Aber sie öffnen, auspacken, – auch mußte ich etwas anderes hineinthun, um Melton glauben zu machen, daß der Inhalt noch vorhanden sei; das erforderte eine Zeit, die mir nicht zu Gebote stand. Aber es mußte gewagt werden. Wurde ich überrascht, nun, dann kam Melton vielleicht allein in das Zelt, und mit dem würde ich schon fertig! Ich nahm also die Tasche unter den Decken hervor. Vielleicht hatte er den wertvollen Inhalt herausgenommen und zu sich gesteckt. In diesem Falle setzte ich mich der gegenwärtigen Gefahr ganz unnütz aus.

Es war eine Ledertasche mit eisernem Bügel; sie war voll und – verschlossen. Wie fatal! Ich zog mein Messer und sprengte das Schloß auf. Das war eine sehr leichte Arbeit, welche ich aber ungern unternahm, weil es fraglich war, ob ich das Schloß ebenso leicht wieder zubringen würde. Der Bügel ließ sich öffnen, und ich griff hinein. Ich fühlte weiche Gegenstände und kleinere Sachen; das war es nicht, was ich suchte. Dann kam eine starke, dicke Brieftasche in meine Hand; weiter gab es dann nichts. Ich nahm sie heraus. Um das vorige Volumen wieder herzustellen, schnitt ich mit dem Messer einen Streifen von der untern Lagerdecke, legte ihn viereckig zusammen, und schob ihn dahin, wo die Brieftasche gesteckt hatte. Hierauf zwang ich die Bügel wieder zusammen und gab an der Stelle, wo sich das Schloß befand, einen starken Druck – es schnappte; wie das möglich war, das konnte ich mir nicht erklären, aber das vorhin aufgesprengte Schloß war wieder zu.

Nun galt es, den Rückzug zu ergreifen, was freilich nicht so leicht war und so schnell ging, wie man meinen sollte, denn ich hatte meine Spur zu verwischen.

Meine Kleidung war naß gewesen, doch war von der Nässe gewiß nicht so viel, daß es auffallen mußte, in das Zelt gekommen. Ich nahm die Brieftasche zwischen die Zähne, selbstverständlich nachdem ich die Bügeltasche wieder unter das Lager gesteckt hatte, kroch aus dem Zelte und steckte den Pflock wieder an seine Stelle. Indem ich mich nun auf den Knieen rückwärts nach dem Wasser hinabbewegte, richtete ich die niedergedrückten Gräser sorgfältig mit den Händen auf. Wenn heute Nacht der Tau auf die Stelle fiel, war morgen früh von der Spur jedenfalls nichts mehr zu bemerken. Das Aufrichten des Grases mußte sehr sorgfältig geschehen, es nahm viel Zeit in Anspruch. Als ich endlich unten ankam, hörte ich Dunkers Stimme leise aus seinem Verstecke hervorklingen:

»Dem Himmel sei tausend Dank! Was war das für ein ewiges Warten! Mir sind aus lauter Sorge für Euch soviel Gänsehäute übergelaufen, daß ich ein steinreicher Kerl würde, wenn ich einen Käufer für sie fände.«

»Und doch müßt Ihr noch eine kleine Weile warten,« antwortete ich.

»Noch länger! Warum?«

»Ich habe etwas geholt, was ich mitnehmen muß und doch nicht naß werden lassen darf. Ich muß es also auf meiner Insel befestigen, daß es trocken liegt.«

»Was ist es?«

»Einige Millionen Dollars.«

»Was! Etwa das geraubte Geld!‹&

»Ja.«

»Glückspilz, der Ihr seid! Wohl in einer Tasche?«

»Ja.«

»So befestigt sie ja recht sorgfältig, damit sie nicht verloren geht!«

»Ich bringe hinten auf meiner Insel eine zweite Erhöhung an. Auf diese habt Ihr von jetzt an zu achten, auf sonst weiter nichts, indem Ihr hinter mir her schwimmt.«

Ich mußte Holz haben und durfte doch keine Äste von den Büschen schneiden, weil die weißen Schnittflächen zu Verrätern geworden wären; es gab glücklicherweise genug abgebrochene Zweige, welche mir hinreichendes Material zu der beabsichtigten Vorrichtung lieferten. Als die Tasche sicher untergebracht worden war, schlüpfte ich wieder unter meine Insel, und wir schwammen weiter. Beim vierten Zelte hielten wir an, und ich kroch wieder hervor.

»Nehmt Euch in acht!« warnte mich Dunker. »Es ist anzunehmen, daß die Lady sich nicht allein in dem Zelte befindet!«

»Dann sitzt sie wohl außerhalb,« gab ich zur Antwort.

»So! Warum?«

»Weil eine solche Dame solange wie möglich gute Luft genießt, anstatt sich mit alten Squaws in einem stinkenden Zelte zusammenzupferchen.«

Ich schob mich am Ufer empor. Richtig! Meine Vermutung bestätigte sich. Etwa drei Schritte vor mir stand das Zelt, und daneben sah ich Martha sitzen, nur zwei Schritte von mir entfernt. Sie hatte ihren Platz seitwärts vom Zelte genommen, weil davor mehrere indianische Weiber saßen; ob zwei oder drei, das konnte ich nicht sehen. Jetzt galt es sie anzureden, ohne daß sie erschreckte. Das geschah am besten mit ihrem Vornamen und in deutscher Sprache.

»Martha!« flüsterte ich hinter ihr.

Sie zuckte zusammen und drehte sich erschrocken um, glücklicherweise ohne einen Ruf auszustoßen. Ich erhob den Kopf, sodaß sie mein vom zwischen den Zelten herüberleuchtenden Feuer beschienenes Gesicht sehen konnte und raunte ihr rasch zu:

»Still! Lassen Sie nichts hören! Haben Sie mich erkannt?«

Ja,« hauchte sie, indem sie ein wenig zur Seite rückte, sodaß wir besser leise Worte tauschen konnten. Die Indianerinnen hielten ihre Aufmerksamkeit aufwärts nach der Stelle gerichtet, wo die Beratung der Krieger noch immer nicht zu Ende war.

»Ich komme nur, um Ihnen zu sagen, daß ich in der Nähe bin,« fuhr ich fort.

»Gott sei Dank!« flüsterte sie, indem sie die Hände faltete. – »Aber welch eine Verwegenheit ist dies von Ihnen!«

»Es ist gar nicht gefährlich. Sagen Sie vor allen Dingen, wie Sie behandelt werden.«

»Ganz leidlich.«

»Ans Leben scheint es also nicht gehen zu sollen?«

»Vielleicht doch! – Wenn Jonathan Melton – doch Sie können ja gar nicht wissen, was wir –«

»Ich weiß alles,« unterbrach ich sie. »Dunker, Ihr Führer –«

»Der ist entkommen!« schalt sie schnell ein.

»Und auf mich und Winnetou getroffen. Er steckt jetzt hinter mir im Wasser.«

»Himmel, diese Gefahr! Und Franz, mein Bruder?«

»Ist in Sicherheit. Er befindet sich bei den Nijora-Indianern.«

»Da ist er nicht sicher; denn diese sollen von den Mogollon überfallen werden. Melton sagte mir auch, daß er den Zug mitmachen wird, um Sie zu fangen.«

»So erwartet er also, daß wir kommen?«

»Wie es scheint. Er hat mir gedroht. Wenn er erst Sie, Winnetou und Emery hat, sollen wir alle ausgelöscht werden; so drückte er sich aus.«

»So wissen Sie, daß Ihnen wenigstens augenblicklich nichts geschehen wird; Sie können also ruhig sein. Was den Zug gegen die Nijoras betrifft, so werden wir dafür sorgen, daß er verunglückt; also auch um Ihren Bruder brauchen Sie keine Angst zu haben.«

»Aber schonen Sie doch auch sich! Wie haben Sie sich hierherschleichen können, und wie kommen Sie wieder fort? Ich möchte vor Bangigkeit vergehen!«

»Leiser, leiser; die alten Indianerinnen hören Sie sonst! Ich bin so sicher wie ein eingeschriebener Brief im Postbeutel. Ich kann Sie augenblicklich noch nicht befreien; darum komme ich jetzt, um Ihnen wenigstens zu sagen, daß die Gefangenschaft nur kurz sein wird. Wo befindet sich Murphy, der unvorsichtige Advokat?«

»Weiter drüben, Auf Veranlassung Meltons wird er sehr scharf bewacht. Wie ist es denn Ihnen ergangen? Sie scheinen das ›Schloß‹, welches Sie suchten, nicht gefunden zu haben?«

»Wir fanden es. Später mehr davon; jetzt kann ich natürlich nicht erzählen. Harry Melton ist tot; sein Bruder Thomas befindet sich in unserer Gewalt, und nur Jonathan ist uns entwischt; aber in höchstens einigen Tagen werden wir auch ihn festhaben.«

»Und das Vermögen? Wie steht es mit diesem?«

»Habe ich vielleicht schon.«

»Haben Sie –«

»Leiser, viel leiser«, unterbrach ich ihre erstaunten Worte. »Ich habe schon zu viel gesprochen und mich zu lange hier verweilt. Ich will Ihnen nur noch sagen, daß ich da oben in Meltons Zelt gewesen bin. Ich schlich mich vorhin hinein und habe, da es leer stand, seine Brieftasche erbeutet, die wahrscheinlich alles enthält, was wir haben wollen. Das ist die Hauptsache; den Spitzbuben bekommen wir dann auch noch. Jetzt will ich fort. Haben Sie also keine Sorge, und erfüllen Sie mir, sobald ich jetzt fort bin, eine Bitte!«

»Wie gern! Aber welche?«

»Steigen Sie dann einigemal hier zum Wasser nieder, um meine Spur zu verwischen. Wenn man das niedergedrückte Gras bemerkt, muß man denken, Sie seien es gewesen.«

»Ich werde es sehr gern thun; aber gewähren auch Sie mir eine Bitte! Setzen Sie Ihr Leben nicht zu sehr auf das Spiel! Wenn man Sie tötet, bin auch ich verloren!«

»Nein, denn da sind Winnetou und Emery noch da. Aber ich versichere Ihnen, daß ich nicht zu viel wage und daß mir nichts geschieht. Also zagen Sie nicht; halten Sie sich stramm, und seien Sie überzeugt, daß wir Sie sicher herausholen werden, denn –«

Ich hielt inne, weil in diesem Augenblicke ein lauter schriller Schrei durch das Lager ertönte. Die alten Weiber vor dem Zelte sprangen auf und entfernten sich neugierig einige Schritte, sodaß sie uns nicht mehr so leicht wie vorher bemerken konnten.

»Was war das? – Was hat das zu bedeuten?« fragte Martha.

»Es ist der Sammelruf der Indianer. Der Häuptling ruft seine Posten zusammen. Daraus ersehe ich, daß man nach den Vorschlägen Meltons handeln wird. Jedenfalls wird sehr bald eine Abteilung aufbrechen, um uns zu fangen. Ich muß fort. Also Mut! Und leben Sie wohl!«

Wir hatten ein großes Glück gehabt, solange und so ungestört miteinander sprechen zu können. Sie reichte mir die Hand; dann rutschte ich in das Wasser hinab. Eben wollte ich unter meine Insel kriechen, da hörte ich, wo ich mich soeben noch bei Martha befunden hatte, eine mir bekannte, laute Stimme sagen:

»Mrs. Werner, ich komme, um mich von Euch zu verabschieden. Zwar bin ich überzeugt, daß Euch das Scheiden von mir sehr schwer fällt, aber ich kann Euch den Trost erteilen, daß wir uns recht, recht bald wiedersehen werden.«

Jonathan Melton war es, der so gesprochen hatte, und zwar in einem so niederträchtig höhnischen Ton, daß ich am liebsten hinaufgesprungen wäre, um ihn zu fassen und mit mir herunter in das Wasser zu ziehen. Ich hätte das wahrscheinlich auch gethan, denn wie die Sachen jetzt standen, wäre es wohl möglich gewesen, mit ihm aus dem Lager zu kommen, da die Posten zusammengerufen worden waren, aber ich hatte nicht nur auf Martha, sondern auch auf Murphy und – auf die Brieftasche Rücksicht zu nehmen. Darum kroch ich vollends in mein Versteck hinein und lauschte. Er fuhr fort:

»Ich bin's nicht allein, der sich entfernen muß, sondern auch Ihr werdet das Lager verlassen.«

Ah, dachte ich, wenn sie nur jetzt klug wäre! Wenn sie nur jetzt nicht schweigen, sondern ihm antworten wollte. Und sie war klug; sie mochte sich sagen, daß ich, der ich ja wohl noch nicht fort war, gern hören würde, was er weiter sprach. Sie fragte:

»Ich hier fort? Wann denn?«

»Schon mit Anbruch des Tages und zwar mit den Indianern, die gegen die Nijoras ziehen. Ich will Euch beweisen, wie wenig ich Euch und Eure sauberen Freunde fürchte. Meine Offenheit soll Euch sagen, daß Ihr schon jetzt nicht mehr für mich vorhanden seid. Der rote Winnetou und der sogenannte Old Shatterhand sind uns nachgeritten, um uns zu fangen. Ihr und Euer kluger Advokat habt das Resultat nicht abwarten können, und seid ihnen gefolgt. Das war eine große Albernheit von euch allen, denn die Meltons haben euch schon wiederholt bewiesen, daß ihr mit all eurer Klugheit nicht an sie kommt. Ihr befindet Euch mit dem Advokaten jetzt in meiner Gewalt, und ich reite schon in einer Viertelstunde mit einer Abteilung von fünfzig Mogollon ab, um Old Shatterhand, Winnetou und den Engländer dazu zu holen. Befinden sie sich noch auf dem ›Schlosse‹, wohin Ihr wolltet, so werden wir bis dorthin reiten und sie überrumpeln; sind sie aber schon fort, so treffen wir sie unterwegs. In beiden Fällen ist es schon jetzt so gut, als ob wir sie fest hätten. Euch und den Advokaten aber nehmen die Roten am Morgen mit, damit ich nicht so weit zurückzureiten habe. Ich werde in einer sehr schönen Gegend, welche man das ›dunkle Thal‹ nennt, auf sie und also auch auf Euch treffen. Was meint ihr wohl, was dann geschehen wird?«

»Ihr laßt uns frei?«

»Frei? Das kann nur ein Weib sagen. Ich bin der Erbe des alten Hunter; hört Ihr es, ich! Es darf keinen andern Erben geben! – Wißt Ihr, was das heißt?«

»Wollt Ihr uns etwa töten!«

»Töten? Ah, ja, jetzt redet Ihr viel vernünftiger als vorher. Ihr seid der Wahrheit so nahe, daß Ihr sie beim Schopfe habt.«

»Sir, es kann ganz anders kommen, als Ihr denkt, wenn Ihr gar nicht auf Winnetou und Old Shatterhand trefft!«

»Das ist unmöglich. Entweder befinden sie sich noch im Pueblo, dann stecken sie in der Falle, denn ich kann unbemerkt in die Festung gelangen, ohne daß sie es ahnen, oder sie sind mir schon nachgeritten, und da giebt es nur einen einzigen Weg, auf dem sie uns begegnen müssen. Die sonst so klugen Kerle werden übrigens gar nicht vorsichtig sein, weil sie nicht ahnen können, daß ich, der Flüchtling, auf den Gedanken komme, wieder umzukehren.«

»Dann ist es wenigstens möglich, daß die Nijoras sich nicht überfallen lassen, sondern die Mogollon besiegen. Dann falle ich den Siegern in die Hände, aber nicht Euch.«

»*Pshaw*, Weibergedanke! Die Nijoras haben keine Ahnung, daß wir gegen sie ziehen. Wir werden sie überrumpeln, wie der Habicht auf die Tauben fällt. Ich habe befohlen, Euch und den Advokaten keinen Moment aus den Augen zu lassen. Man wird euch auf Pferde binden. Vielleicht ist's auch möglich, daß der Häuptling auf den milden Gedanken kommt, Euch in Euern Wagen zu stecken, weil Ihr nicht reiten könnt und also den Zug hemmen würdet. Auf keinen Fall aber werdet Ihr Gelegenheit zur Flucht finden, und auf keinen Fall dürft Ihr denken, daß es Euern Freunden gelingen wird, mir zu entkommen und Euch zu retten, Geht jetzt in Euer Zelt! Die Wächterinnen sind angewiesen, Euch bis zum Morgen nicht herauszulassen.«

Sie schien dem Befehle zu gehorchen, denn es war nichts mehr zu hören. Wir warteten noch ein Weilchen und stießen dann vom Ufer ab, um weiterzuschwimmen. Ich konnte zwar annehmen, daß alle Posten dem Sammelrufe ihres Häuptlings gefolgt seien, und es war auch wirklich keiner am Flusse zu sehen, dennoch schwammen wir zu unserer Sicherheit so weit hinab, daß wir uns nun auf alle Fälle außerhalb der Postenkette befanden, und stiegen dann aus dem Wasser. Als ich die Tasche zu mir nahm, war sie vollständig trocken.

Wir sahen trotz der nächtlichen Dunkelheit, in welche Richtung wir uns zu wenden hatten, denn oben auf der Höhe brannte noch das Feuer. Es diente uns als Wegweiser, da Emery dahinter auf uns wartete.

»Sir,« meinte Dunker, indem wir nebeneinander nach dieser Richtung schritten, »das war ein Abenteuer, an welches ich mit Lust denken werde. Besser konnte es doch gar nicht gelingen!«

»So seid Ihr also zufrieden?«

» *Well*! Und wie! Was Ihr mit der Lady vorher gesprochen habt, das war so leise, daß ich es nicht hören konnte; aber zuletzt hat Melton uns alles verraten. Es war kostbar, daß er in seinem Hohne und seiner Sicherheit alles so herausplauderte. Was meint Ihr, daß wir nun thun werden?«

»Darüber haben wir beide nicht allein zu entscheiden. Daß wir so viel erfahren haben, ist ganz gut; noch lieber aber ist mir die Brieftasche. Melton wird in kurzer Zeit aufbrechen; es steht also gar nicht zu erwarten, daß er seine Ledertasche untersucht und den Verlust bemerkt. Daß ich so leicht zu dem Gelde kommen könnte, das habe ich nicht für möglich gehalten. Für die, denen es gehört, ist nun auf alle Fälle gesorgt.«

»Steckt denn das Geld auch wirklich drin?«

»Ich müßte mich sehr irren, wenn es anders wäre. Wenn es Tag geworden ist, werden wir ja sehen.«

Ich hielt inne, denn es war mir, als ob ich nicht weit vor uns eine dunkle Gestalt gesehen hätte. Das konnte ein Mogollon sein. Da aber hörten wir Winnetous Stimme:

»Meine Brüder mögen näher kommen! Es ist kein Feind, der lauernd auf sie wartet.«

Er hatte meinen Stutzen in der Hand und sagte:

»Meine Brüder stiegen oben in das Wasser; sie mußten abwärts schwimmen; daher stellte ich mich unten her, weil das der Punkt war, an welchem ich ihnen am besten beistehen konnte. Sie mögen mit mir zu Emery kommen.«

»Werden wir auf keinen Posten treffen?«

»Nein. Die Wächter sind alle in das Lager gegangen, als der Ruf erscholl.«

Emery war nicht wenig froh, als er uns heiler Haut zurückkommen sah. Wir rangen unsere Kleider aus, so gut es ging, zogen die abgelegten Stücke an, steckten alles, was wir weggethan hatten, wieder zu uns und erzählten dabei, was wir erfahren hatten. Als ich sagte, daß ich die Brieftasche erwischt hätte, wurde der Apatsche bedenklich. Er meinte:

»Mein Bruder hätte sie auf keinen Fall nehmen sollen. Melton wird den Verlust entdecken!«

»Mag er!«

»Und ahnen, daß wir hier gewesen sind!«

»Vielleicht öffnet er die Tasche erst heute, erst morgen, erst nach einigen Tagen. Und wenn er sehr bald merkt, daß das Geld fort ist, muß er da gleich denken, daß wir es sind, die es geholt haben? Kann ihn nicht ein Mogollon bestohlen haben, als er die Tasche so leichtsinnig in dem Zelte liegen ließ? Wer weiß, seit wann er sie schon vorher nicht geöffnet hat. Er kann auch wohl denken, daß das Geld ihm schon früher herausgenommen worden ist. Und wenn er es bald bemerkt, und seinen Verdacht auf uns lenkt, so ist es doch jedenfalls besser, wir haben das Geld, nach welchem wir so lange vergebens gejagt haben, als daß es sich noch länger in seinen Händen befindet und da allen Zufälligkeiten ausgesetzt ist. Schließlich könnte es so weit kommen, daß er, wenn wir ihn fangen, das Geld nicht mehr besitzt.«

»Vielleicht gebe ich meinem Bruder recht, wenn er mir weiter erzählt.«

Ich folgte der Aufforderung, indem ich ihm noch berichtete, was Jonathan Melton der Sängerin alles gesagt hatte. Als ich fertig war, sagte er im Tone der Verwunderung:

»Winnetou hielt diesen Menschen für klüger, als er sich jetzt gezeigt hat. Der Hohn ist ein Verführer, dem man niemals folgen sollte. Also er bricht mit fünfzig Mann auf, um uns entgegenzureiten! Was sagt mein Bruder Shatterhand dazu?«

»Das, was jeder vernünftige Mensch sagen würde. Es ist eine Dummheit, die gar nicht größer sein kann. Wenn er einmal annimmt, es sei möglich, wir hätten erfahren, wohin er geritten ist, und seien ihm gefolgt, so kann er auch annehmen, daß das sehr bald geschehen ist. In diesem Falle können wir, da er schon so bald am Tage hier angekommen ist, doch auch schon hier oder doch wenigstens nahe sein. Darum ist es ein ungeheurer Fehler von ihm, jetzt aufzubrechen, um uns entgegenzugehen. Es ist dunkel; er kann unsere Spur nicht sehen und muß beinahe sicher annehmen, daß er uns verfehlen wird. Er dürfte diesen Ort nur am Tage verlassen und müßte erst die Umgegend sorgfältig nach uns absuchen.«

»Mein Bruder hat richtig gesprochen. Und dann, wenn es Tag geworden ist, werden die Mogollon gegen die Nijoras aufbrechen? Sind sie dann schon gerüstet? Der Zug sollte doch drei Tage später begonnen werden!«

»Zum Gerüstetsein einer Indianertruppe gehört weniger als zu dem eines großen Heeres von weißen Soldaten.«

»Old Shatterhand muß daran denken, daß man nicht nur mit Waffen, sondern auch mit Proviant ausgerüstet sein muß. Sind die Mogollon genugsam damit versehen? Haben meine Brüder bemerkt, daß sie Fleisch gemacht haben?«

»Nein, ich habe keine Riemen oder Leinen bemerkt, an denen Fleisch zum Trocknen hing.«

»Das ist ein großer Fehler, denn unterwegs und dort, wohin sie wollen, werden sie kein Fleisch finden.«

»Giebt es in der Gegend des ›dunklen Thales‹ kein Wild?«

»Entweder keins oder doch wenig. Und haben Krieger, welche in jedem Augenblicke angegriffen werden können, Zeit, auf die Jagd zu gehen und Fleisch zu machen?«

»Nein. Doch wenn die Mogollons solche Fehler begehen, kann es uns nur lieb sein. Kennt der Häuptling der Apatschen das dunkle Thal?«

»Ja.«

»Wie weit ist es von hier?«

»Wenn ein gewöhnlicher Reiter früh aufbricht und unterwegs Nachtlager macht, wird er es um die Mitte des nächsten Tages erreichen. Ich werde meine Brüder führen.«

»Es liegt auch der Gedanke nahe, hier zu bleiben, um die Gefangenen zu befreien, wenn die Krieger fort sind. Dies würde für uns eine leichte Sache sein.«

»Hat mein Bruder auch an die Folgen gedacht?«

»Ja. Man muß sich eben alles überlegen. Jetzt wissen sie nicht genau, wo wir sind; dann aber werden sie es sicher erfahren.«

»Ja; es würden sofort Boten den Kriegern nacheilen, um zu melden, was geschehen ist. Aber es würden auch noch andere Folgen eintreten, weil wir auf unsere Schnelligkeit verzichten müßten.«

»Freilich würden die Lady und der Advokat uns arg hindern.«

»Doppelt hindern, denn wir könnten erstens nicht den Nijoras zu Hilfe kommen und den Mogollons zweitens nicht ausweichen, welche nach Ankunft der Boten augenblicklich eine Schar von Kriegern aussenden würden, uns zu fangen. Denkt mein Bruder etwa, daß den Gefangenen hier in Abwesenheit der Krieger etwas Schlimmes geschehen wird?«

»Nein. Erst nach Rückkehr Meltons ist für sie zu fürchten.«

»So können sie hier bleiben; sie sind uns da sicherer, als wenn wir uns mit ihnen schleppen und sie gegen eine übermächtige Schar von Feinden verteidigen müssen. Wir reiten zu den Nijoras, um ihnen gegen die Feinde beizustehen. Sind diese geschlagen, so zwingen wir sie, uns nicht nur die Lady und den Advokaten, sondern auch Melton auszuliefern.«

»Gut! Wann brechen wir auf!«

»Wenn Melton mit seiner Schar fort ist. Wenn wir eher ritten, würden sie, wenn sie hinter uns kämen, unsere Fährte sehen und Verdacht schöpfen.«

»Können wir nicht einen andern Weg einschlagen?«

»Ja, aber ist es nicht besser, wir bleiben, um uns zu überzeugen, daß sie wirklich fort sind und daß Melton sich gewiß bei ihnen befindet?«

»Nein. Ich bin vollständig überzeugt davon, daß es so ist und so geschieht, wie er gesagt hat. Und wenn wir erst nach ihnen reiten, müssen wir hinter ihnen bleiben, was uns ungeheuer aufhalten würde, denn sie reiten jedenfalls nicht so schnell, wie wir reiten müssen, wenn wir die Nijoras rechtzeitig benachrichtigen wollen, weil sie doch unterwegs sich nach uns umsehen müssen. Ich schlage also vor, wir verlassen entweder diesen Ort sofort, oder wir bleiben da, um die Gefangenen zu befreien, wenn am Morgen die Krieger fortgezogen sind.«

»Mein Bruder Old Shatterhand hat recht. Was sagt mein Bruder Emery dazu?«

»Sofort aufbrechen,« antwortete dieser. »Das Geld haben wir, nun müssen wir unbedingt den lieben Jonathan bekommen. Den Gefangenen geschieht in der nächsten Zeit nichts. Werden die Mogollons besiegt, so zwingen wir sie, sie uns auszuliefern, und sollte der Kampf wider Erwarten einen andern Ausgang nehmen, so können wir immer noch heimlich hierher zurückkehren, um das nachzuholen, was wir jetzt unterlassen.«

Dunker wurde auch gefragt, freilich mehr aus Höflichkeit, als weil wir ihm eine entscheidende Stimme hätten zutrauen mögen. Er stimmte bei, machte aber die nicht ganz unbegründete Bemerkung:

»Wir müssen uns aber vor den Roten in acht nehmen, welche zu meiner Verfolgung ausgeschickt worden sind.«

»Sind die nicht zurückgekehrt?« fragte Emery.

»Ich weiß es nicht, möchte aber mit nein antworten. So lange es Tag ist, sind sie meiner Spur gefolgt. An der Quelle, wo wir zusammengetroffen sind, werden sie bemerken, daß ich da auf mehrere Reiter gestoßen und dann mit diesen nach dem weißen

Felsen zurückgekehrt bin. Mit dieser Botschaft kommen sie heim; was sie für ein Aufsehen erregen wird, läßt sich leicht denken.«

»Sie werden diese Botschaft gar nicht bringen,« bemerkte ich. »Beachtet nur das Wetter, Master Dunker! Seit einer Viertelstunde geht ein hohler Wind, und es beginnt bereits, von oben zu ›nässeln‹. Dazu müßt Ihr nehmen, daß es schon zu dunkeln begann, als wir die Quelle verließen. Eure Verfolger waren noch nicht dort, und ehe sie hinkommen konnten, ist es Nacht geworden. Um Eure Spur nicht zu verlieren, haben sie da halten müssen, wo sie von der Dunkelheit überrascht worden sind, und wenn sie den Fehler gemacht hätten, trotzdem nach der Quelle zu reiten, vielleicht weil sie Euch dort vermuteten oder weil es dort Wasser für ihre Pferde gab, so konnten sie unsere Spuren doch nicht erkennen. Feuer haben sie nicht mitgehabt oder wenigstens nicht angezündet. Dazu kommt, daß das Pferd, auf welchem Ihr entflohen seid, das beste und schnellste des ganzen Lagers ist, wie ich vermute, und daß sie sich also wohl sagen müssen, es sei unmöglich, Euch einzuholen. Es ist also zweierlei anzunehmen: Entweder sind sie umgekehrt und befinden sich jetzt schon wieder im Lager, weil sie die Verfolgung aufgegeben haben, oder sie befinden sich noch jetzt auf Eurer Fährte, doch lagernd, können ihr aber nicht folgen, weil, bis der Tag anbricht, der Regen, welcher immer stärker wird, sie verwischt und verwaschen haben wird.«

» *Well*, das ist sehr richtig, Sir.«

»Ich denke also, daß wir auf die Leute gar keine Rücksicht zu nehmen brauchen.«

»Es ist so, wie mein Bruder Shatterhand gesagt hat,« stimmte mir Winnetou bei. »In einer Viertelstunde werden wir starken Regen haben. Und das ist sehr gut, denn derselbe wird auch die Spuren, welche wir hier gemacht haben, unkenntlich machen. Wir wollen zu Pferde steigen.«

»Kann uns Winnetou so führen, daß uns die Mogollons nicht hinter die Fersen kommen?«

»Ja. Sie werden den Weg reiten, welchen wir gestern bis an die Quelle eingehalten haben. Wenn wir uns ein wenig weiter nach rechts halten, werden sie von uns nichts verspüren.«

Er meinte also, wir sollten so reiten, daß unser Weg parallel mit dem der Mogollons ging, und dieser Gedanke wurde ausgeführt. Es konnte zwei Uhr nachts sein, als wir aufstiegen und die Gegend verließen, in welcher wir die interessante Schwimmpartie ausgeführt hatten. Der Ritt schien freilich kein angenehmer werden zu wollen, denn der Wind war stärker geworden und es regnete bald so stark, daß wir schon nach kurzer Zeit bis auf die Haut naß waren. Dunker und mir konnte das gleichgültig sein, denn bis gerade so weit waren wir ja schon vorher naß gewesen, und tiefer konnte es unmöglich dringen. –

Gerettete Millionen

Der Ritt, den wir vorhatten, hieß unsern Pferden sehr viel zumuten; aber sie konnten es nicht besser haben als die Herren. Sie hatten im Pueblo ausruhen können, während wir gezwungen gewesen waren, wach zu bleiben. Dann hatten wir unterwegs am Berge, wo wir von den Indianern der Jüdin überfallen werden sollten, nur ganz wenig geschlafen, heute wieder gar nicht, und ob wir bei der Eile, welche notwendig war, in nächster Nacht zur Ruhe kommen würden, das fragte sich auch noch. Der Regen hatte sein Unangenehmes, doch auch seinen Nutzen. Er durchnäßte uns, hielt aber die Pferde frisch; die Reiter fühlten sich freilich etwas zu sehr erfrischt und befanden sich nicht so recht bei guter Stimmung. Wenn die Witterung schon auf den Stubenhocker einen solchen Einfluß ausübt, daß er bei schönem Wetter sich in guter, bei schlechtem Wetter aber in weniger angenehmer Laune befindet, so kann man sich denken, daß Leute, die in der Wildnis direkt dem Sturme und Regen ausgesetzt sind, diesen Einfluß auch wohl kennen lernen. Darum ritten wir still und ziemlich verdrossen hinter dem Apatschen her, welcher trotz des Regens, bei dem man während der Nacht nicht fünf Schritte weit zu sehen vermochte, nicht ein einzigesmal anhielt, um sich zu orientieren. Um mich zu erinnern, daß er sich überhaupt einmal verirrt habe, wenn er gesagt hatte, daß er die Gegend kenne, hätte ich wohl sehr lange und doch vergeblich nachdenken können.

Als es Tag wurde, befanden wir uns auf einer weiten Prairie. Winnetou deutete nach links, nach Osten, und sagte:

»Dort drüben giebt es, doch eine halbe Stunde entfernt, den Weg, welchen wir gestern geritten sind, ehe wir unsern Bruder Dunker trafen. Nun ist es hell, und wir wollen schneller reiten.«

Wir thaten dies nicht übermäßig, nämlich so, daß wir in einer Stunde eine gute deutsche Meile zurücklegten. Zu unserer Genugthuung ging am Vormittage der Wind zur Ruhe; der Regen hörte auf; die Wolken zerteilten sich und wurden von der Sonne dann ganz vertrieben. Die Wärme that uns wohl; der Regen hatte seine Schuldigkeit gethan, indem unsere Spuren von ihm ausgelöscht worden waren. Noch lange vor der Mittagzeit deutete Winnetou abermals nach Osten, wo wir nichts sahen, und sagte:

»Eine Stunde von hier liegt der Wald, an dessen Rande wir den Häuptling der Nijoras trafen. Meine Brüder werden zugeben, daß wir sehr gut geritten sind.«

Der östlich von uns gelegene Wald schien sich nach Süden herumzuziehen, denn wir sahen ihn bald darauf in dieser Richtung vor uns liegen. Wir erreichten ihn, ritten wohl bis Mittag durch und hielten am jenseitigen Rande an, um die Pferde verschnaufen zu lassen. Nachdem sie fast zwei Stunden lang ausgeruht und gegrast hatten, setzten wir den Ritt fort, doch nicht mehr in der bisherigen Richtung, denn Winnetou wendete sich südöstlich. Über die Ursache befragt, antwortete er:

»Wir sind weit vorangekommen und haben nun nicht mehr zu befürchten, daß die Mogollons heute auf unsere Spur treffen werden; darum lenke ich jetzt nach dem Wege hinüber ein, den sie einschlagen müssen, denn es kann von Nutzen sein, daß meine Brüder ihn kennen lernen.«

Wenn hier das Wort Weg gebraucht wird, so ist natürlich niemals ein gebahnter Pfad gemeint. Wir kamen jetzt über eine Hochsteppe, auf welcher es viel Sand und Gestein und nur wenig Gras gab. Zuweilen gelangten wir an eine Höhe, welche wir umritten; wirkliche Berge waren nicht zu sehen, obgleich wir nordwestlich das Mogollongebirge und nordöstlich die Sierra Blanca im Rücken hatten. Wir bewegten uns eben, ohne daß wir es bemerkten, abwärts, dem Gebiete des obern Gila zu, ohne aber einen Wasserlauf anzutreffen.

Erst gegen Abend deutete eine kleine Hochprairie an, daß wir in eine feuchtere Gegend gelangten. Bald sahen wir einzelnes Buschwerk; am Fuße einer Anhöhe rieselte Wasser aus der Erde, und es gab da einen Platz, welcher gar nicht geeigneter zum Lagern sein konnte.

»Halten wir hier?« fragte Emery.

»Nein,« antwortete Winnetou.

»Aber wir können doch die Pferde tränken!«

»Das wird Winnetou nicht verwehren; dann aber reiten wir weiter, um noch vor Einbruch der Dunkelheit durch den Wald zu kommen, welchen ihr dort im Süden liegen seht – uff! Schnell von den Pferden herab.«

Da er von dem südwärts liegenden Walde sprach, hatte er, gerade so wie wir, seine Augen dorthin gerichtet; da sahen wir fünf Reiter, welche auf die Stelle zukamen, an der wir uns befanden. Sie hatten uns jedenfalls noch nicht bemerkt, denn sie waren noch sehr entfernt von uns, und wir hielten im Gebüsch, welches die Quelle umgab. Wir sprangen von den Pferden und nahmen die Gewehre zur Hand, obgleich wir vor den wenigen Menschen keine Sorge zu haben brauchten. Hinter dem Gesträuch versteckt, erwarteten wir sie.

Sie ritten sehr gute Pferde, hatten keine Gewehre, dafür aber, wie es schien, volle Proviantbeutel hinter sich aufgeschnallt.

»Kundschafter,« sagte ich infolgedessen.

»Der Nijoras,« nickte Winnetou dazu. »Sie tragen keine Farben, doch können sie zu keinem andern Stamme gehören. Sie sind unsere Freunde, dennoch müssen wir ihnen eine Lehre geben.«

Er hatte recht. Kundschafter müssen zehnfach vorsichtig sein. Und diese? Selbst als sie nahe genug gekommen waren, bemerkten sie nicht, daß Leute sich an der Quelle befanden. Uns selbst zwar konnten sie nicht sehen, aber wir waren doch zuletzt über grünes Land gekommen, und für ein scharfes Auge war unsere Fährte trotz der Niedrigkeit des Grases wie ein dunkler Strich zu sehen. Wenigstens das durfte ihnen nicht entgehen. Sie aber kamen in einer so sichern Haltung heran, als ob sie sich in der nächsten und sichern Umgebung ihres Lagerdorfes befänden. Als sie noch ungefähr zwanzig Schritte entfernt waren, steckten wir unsere Gewehre durch die Büsche, und Winnetou rief ihnen in dem Dialekte, welchen die Mogollons sprechen, entgegen:

»Halt! Keinen Schritt vorwärts, und aber auch keinen zurück, sonst schießen wir!«

Sie parierten erschrocken ihre Pferde und starrten ratlos auf das Gebüsch.

»Wer von euch sein Pferd wendet, erhält die erste Kugel!« drohte Winnetou. »Steigt ab und werft eure Messer weg!« Sie sahen unsere Läufe; ich hatte sogar alle beide Gewehre vorgestreckt. Da fragte der eine:

»Wer ist's, der hinter den Sträuchern verborgen steckt?«

»Wir sind zehn tapfere Krieger der Mogollons. Wir haben sehr gute Gewehre. Ihr seid verloren, wenn ihr nicht gehorcht! Ihr könnt weder vorwärts noch zurück; unsere Kugeln treffen sicher!«

»Uff! Der große Manitou hat uns verlassen. Er will, daß wir Gefangene der Mogollons werden sollen; aber unsere Brüder werden uns befreien!«

Der Sprecher stieg vom Pferde, zog sein Messer und warf es hinter sich; die andern folgten seinem Beispiele. Nun standen sie vor ihren Pferden und warteten ergeben auf das, was ihre Feinde thun würden, da trat Winnetou vor. Er hielt sein Gewehr, aber gesenkt, in den Händen und sagte in strafendem Tone:

»Sind Leute, welche dem Tode so blind entgegenlaufen, Krieger zu nennen? Sind sie gar als Kundschafter zu gebrauchen?«

»Uff, Uff!« rief einer. »Winnetou, der Häuptling der Apatschen!«

»Ihr sollt erkunden, was die Mogollons thun und haltet die Augen verschlossen, und reitet so blind vorwärts!«

»Wir wissen, daß die Mogollons erst in drei Tagen ausziehen wollen,« suchte er sich zu entschuldigen.

»Ist das ein Grund, blind zu sein? Wenn auch die Scharen der Mogollons noch nicht hier sein können, so müßt ihr doch daran denken, daß sie auch Kundschafter aussenden. Ihr handelt wie Knaben, welche noch keine Anleitung erhalten haben. Wenn wir wirklich Feinde wären, so würdet ihr nie zu den Eurigen zurückkehren; wir würden euch erschießen, oder ihr müßtet mit uns gehen, um an dem Marterpfahle zu sterben.«

»Unser großer Bruder mag uns augenblicklich töten! Das ist besser, als die Worte zu hören, welche er zu uns spricht!«

Das war nicht etwa eine Redensart, sondern sein voller Ernst. Von Winnetou, dem weltberühmten Krieger, auf einer solchen Nachlässigkeit ertappt und zurechtgewiesen zu werden, noch dazu als Kundschafter, das war eine große Schande! Die armen Teufel blickten außerordentlich niedergeschlagen zu Boden. Das erbarmte den Apatschen, und er antwortete in milderem Tone:

»Winnetou ist nicht euer Häuptling; er will euch nicht schelten, sondern euch nur darauf aufmerksam machen, daß man, auch im

Frieden, selbst in der Nähe des eigenen Zeltes stets die Augen offen zu halten hat. Wer hat euch auf Kundschaft gesandt?«

»Der schnelle Pfeil, unser Häuptling.«

»Hat er jemand mitgebracht?«

»Ein junges Bleichgesicht und einen weißen Gefangenen, den unsere Krieger sehr streng bewachen müssen.«

»Wißt ihr, wer ihm diese übergeben hat?«

»Ja,«

»So wißt ihr auch wohl, wer sich hier bei mir, da hinter den Büschen befindet?«

»Old Shatterhand und noch ein sehr tapferer weißer Krieger.«

»Du hast richtig geraten. Es ist außerdem noch ein Krieger bei uns, der es versteht, die verborgensten Pfade zu finden. Hebt eure Messer wieder auf, und kommt mit euern Pferden zu uns zum Wasser!«

Sie folgten der Aufforderung. Als sie uns drei andern sahen, grüßten sie mit ehrfurchtvollen Handbewegungen und standen mit gesenkten Blicken, erwartend, wie wir sie empfangen würden. Sie waren beschämt; ich wollte sie aufrichten, reichte also einem nach dem andern die Hand und sagte:

»Meine Brüder sind uns willkommen; sie mögen sich zu uns setzen und uns sagen, welche Weisungen sie von ihrem tapfern und klugen Häuptlinge erhalten haben!«

Mein freundlicher Ton und der Umstand, daß Emery und Dunker ihnen auch die Hände gaben, wirkten ermunternd auf sie. Sie gaben ihre Pferde zum Grasen frei, und der Sprecher antwortete für sich und die übrigen:

»Unsere Augen erblicken die tapfersten Jäger und Krieger, deren Ruhm in dem Gebirge und auf der Savanne erschallt; wir dürfen nicht an ihrer Seite lagern; sie mögen uns gestatten, uns fern von ihnen an das Wasser zu setzen, um ihre Angesichter zu schauen und die Weisheit ihrer Stimmen zu hören!«

»Meine Brüder werden bald auch berühmte Männer sein; sie mögen immer nahe bei uns sitzen, sonst würden wir annehmen, daß sie uns als Feinde betrachten!«

Jetzt durften sie sich nicht länger weigern. Wir nahmen am Wasser Platz, und sie setzten sich in der ehrerbietigen Entfernung von mehreren Schritten uns gegenüber. Winnetou wiederholte meine Frage nach dem Auftrage, den sie von ihrem Häuptlinge erhalten hatten. Derjenige, welcher bisher gesprochen hatte, erklärte:

»Der schnelle Pfeil hat uns keine besonderen Befehle gegeben. Wir sollen nach dem weißen Felsen reiten oder, wenn die Mogollons schon aufgebrochen sein Sollten, sie zu finden suchen und ihm Nachricht über sie erteilen.«

»Sollt ihr beisammen bleiben?« erkundigte ich mich.

»Ja. Es soll nur immer einer von uns die Nachricht überbringen, sodaß, bis die Mogollons das dunkle Thal erreichen, nacheinander fünf Botschaften dort angekommen sind.«

»Die Boten gehen nur bis zum dunklen Thale, und nicht bis in euer Lagerdorf?«

»Ja. Der Häuptling wartet dort.«

»Mit vielen Kriegern?«

»Jetzt noch mit wenigen; die andern sind noch zurück, um Fleisch zu machen und ihre Kriegsmedizinen herzustellen. Der schnelle Pfeil sagte, daß unsere berühmten Krieger vielleicht kommen und mit uns kämpfen würden.«

Da er mich bei diesen Worten fragend ansah, antwortete ich:

»Wir sind allerdings unterwegs zu den Söhnen der Nijoras. Wir wollten euch Nachricht bringen, und euch unser Wissen und unser Können leihen, denn wir haben mit dem schnellen Pfeile die Pfeife der Freundschaft geraucht. Nun wir aber euch getroffen haben, ist es vielleicht nicht nötig, daß wir nach dem dunklen Thale gehen. Es kann einer von euch gleich jetzt zurückkehren, um dem Häuptlinge das zu melden, was wir ihm zu sagen haben; die andern vier aber werden bei uns bleiben, um uns später als Boten an ihn zu dienen. Wir wenden unsern Weg und reiten wieder nach Norden, um die

Mogollons aufzusuchen und zu belauschen. Wieviel Krieger zählt ihr, wenn ihr alle beisammen seid?«

»Viermal hundert.«

»Wenn ich richtig beobachtet habe, erreichen die Mogollons nicht diese Zahl. Ich kenne das dunkle Thal, in welchem sie empfangen werden sollen, nicht, aber wenn der schnelle Pfeil diesen Ort als Platz des Kampfes gewählt hat, so muß er sich wohl dazu eignen.«

»Er eignet sich sehr gut, aber nicht unter den gegenwärtigen Umständen. Die Mogollons wollen sich dort auch festsetzen; sie werden also Kundschafter voraussenden, welche die Gegend ganz genau absuchen müssen; darum ist es besser, sie schon vorher anzugreifen, wenn sie noch nicht erwarten, auf den Feind stoßen zu können.«

»Kennst du einen solchen Ort?« fragte ich.

»Ja. Es ist eine Stelle, welche die ›Platte des Cañons‹ genannt wird und zwei Reitstunden vor dem dunklen Thale liegt. Die Platte ist ein Dreieck, dessen Boden aus hartem Felsen besteht. Die eine Seite bildet ein tiefer Cañon, dessen Wände so steil sind, daß niemand hinuntergelangen kann. Auf der andern Seite steigt der Felsen hochauf wie eine Mauer, über welche man zwar klettern kann, aber kein Reiter kommt hinüber. Auf die Platte gelangt man durch einen rasch ansteigenden Hohlweg, der so schmal ist, daß nur zwei Reiter nebeneinander Platz haben. Ist man oben angekommen, so hat man den tiefen Cañon rechts neben sich, die Felsenhöhen schräg vor sich und zur linken Hand die dritte Seite des Dreiecks. Diese besteht aus einem Walde, dessen Saum sehr dicht mit Büschen bewachsen ist. Wer von der Platte hinab will, muß am Cañon hinreiten bis dahin, wo die Felsenmauer sich ihm zuneigt. Zwischen ihm und ihr mündet ein zweiter, ebenso schmaler Pfad, welcher jenseits hinab und dann nach dem dunklen Thale führt. Mein Bruder Scharlieh wird zugeben, daß die Platte sich außerordentlich gut zur Einschließung und Bezwingung der Feinde eignet.«

»Ich stimme bei,« antwortete ich. »Ich kenne weder die Platte noch das dunkle Thal, weiß also nicht, welchem von beiden Orten der Vorzug gebührt; aber wenn mein roter Bruder die erstere empfiehlt, so bin ich überzeugt, daß sie sich besser als das letztere eignet.

Welchen Vorschlag in Beziehung auf unser Verhalten wird Winnetou uns nun machen?«

»Es geht einer von den Nijorakriegern, welche hier sitzen, zu seinem Häuptlinge zurück, um ihm zu sagen, daß die Mogollons nicht im dunklen Thale, sondern auf der Platte des Cañons empfangen werden sollen. Er hat ihnen also bis dorthin entgegenzurücken und die Hälfte seiner Krieger im Walde, die andere Hälfte aber hinter den hohen Felsen zu verstecken.«

»Dann dürfen die Leute aber nicht beritten sein.«

»Nein; sie lassen die Pferde unter der Aufsicht einiger Männer zurück. Die andern dreihundert ersteigen die Platte, wo sie sich teilen; hundertfünfzig verstecken sich im Walde, und hundertfünfzig verbergen sich hinter der Felsenmauer, welche sie ersteigen können, weil sie zu Fuße sind. Dann haben die Mogollons, wenn sie auf die Platte gelangen, links Feinde neben sich, vor sich auch Feinde und rechts den tiefen Cañon, in welchen sie nicht fliehen können.«

»Richtig! Wenn sie vorwärts gehen, reiten sie in ihr Verderben; aber – können sie nicht etwa zurück, den Hohlweg hinab?«

»Nein, das können sie nicht.«

»Warum?«

»Das fragt mein Bruder? Sollte er den Grund nicht erraten?«

»Ich kann es mir allerdings denken, denn Winnetou hat von dreihundert Kriegern der Nijoras gesprochen, während doch, wie wir vorhin erfahren haben, vierhundert vorhanden sind. Das vierte Hundert soll also wahrscheinlich sich unten vor dem Hohlwege verstecken, um dafür zu sorgen, daß die Mogollons, wenn sie einmal hinauf sind, nicht wieder zurück, also nicht wieder herunter können.«

»Mein Bruder hat mich verstanden; aber meint er, daß die hundert sich erst kurz vor der Ankunft der Feinde dort verstecken sollen?«

»Nein; sie könnten durch ihre Spuren verraten werden. Übrigens denke ich, daß es von großem Vorteil sein würde, wenn wir sie bei uns haben könnten.«

»Das ist es, was ich meine. Wir reiten jetzt doch zurück, um die Mogollons zu beobachten. Da lassen wir dem schnellen Pfeile sagen, daß er uns die hundert Krieger nachsenden soll. Wir können sie vielleicht sehr gut brauchen.«

»Ich stimme bei. Aber sie dürfen nicht etwa den Weg reiten, auf welchem die Mogollons kommen werden; denn sie kämen dabei in die Gefahr, unerwartet auf diese zu stoßen oder wenigstens sich ihnen durch die Spuren zu verraten.«

»Das ist auch sehr richtig. Sie müssen einen andern Weg einschlagen.«

»Und wir haben ihnen einen Ort anzugeben, an welchem wir sie treffen wollen.«

»Daran habe ich auch schon gedacht.« Und zu den fünf Nijoras gewendet, fragte er: »Ist meinen roten Brüdern der Pinun-Tota bekannt?«

»Ja,« antwortete derjenige, welcher bisher den Sprecher gemacht hatte. »Der Pinun-Tota ist eine Höhe, welche viele Windungen wie eine Schlange macht; daher wurde sie der Schlangenberg genannt.«

»Dorthin soll der schnelle Pfeil die hundert Krieger senden, und zwar gleich nachdem der Bote bei ihm angekommen ist. Habt ihr alles verstanden, was ich sagte?«

»Ja.«

»So mag einer von euch als Bote aufbrechen, um den Häuptling zu benachrichtigen!«

Da Winnetou mit seinen Mitteilungen fertig zu sein schien, fügte ich hinzu:

»Der Bote mag dem schnellen Pfeil sagen, daß die Mogollons schon unterwegs sind. Es ist also keine Zeit zu verlieren. Wir werden hinter ihnen herkommen, sobald wir auf eure hundert Krieger gestoßen sind, und ihnen, sobald sie die Platte des Cañons erreicht haben, den Rückweg verlegen. Wie heißt der Ort, an welchem wir uns jetzt befinden?«

»Die Quelle des Schattens.«

»So muß der Häuptling erfahren, daß ihr uns an der Quelle des Schattens getroffen habt, damit er die Zeit genau zu berechnen vermag. Auch muß ich ihn daran erinnern, daß er den Gefangenen, den ich ihm übergeben habe, ja sehr scharf bewachen lassen möge. Wenn er entkäme, würde es uns jedenfalls viele Mühe machen, ihn wieder zu ergreifen. Wie weit ist es übrigens von hier aus nach dem Schlangenberge?«

»Mit unsern Pferden würden wir nur drei Stunden reiten,« antwortete Winnetou.

»In welcher Richtung?«

»Nordöstlich.«

»Und wir kommen aus Nordwesten. So liegt der Schlangenberg von hier aus also wohl in der Richtung nach dem Pueblo, in welchem wir gewesen sind?«

»Ja.«

»Und Jonathan Melton will mit fünfzig Kriegern nach dieser Richtung reiten, um uns abzufangen. Hm! Da kommt mir ein Gedanke. Wie weit ist es nach dem dunklen Thale, wo sich der schnelle Pfeil befindet?«

»Man kann es in fünf Stunden reiten.«

»So brechen wir sofort nach dem Schlangenberge auf. In fünf Stunden ist der Bote bei seinem Häuptlinge; eine Stunde rechne ich auf die Vorbereitungen zum Aufbruche der hundert Nijoras; sie können also in elf Stunden hier an der Quelle des Schattens und in vierzehn Stunden bei uns am Schlangenberge sein.«

»Warum wünscht mein Bruder eine solche Eile?« fragte Winnetou.

»Weil es dann möglich ist, Jonathan Melton mit seinen fünfzig Begleitern zu fangen.«

»Da müßten wir ihm bis an das Pueblo nachreiten,« bemerkte Emery.

»Wieso? Du meinst, daß er dorthin reitet?«

»Natürlich! Er will uns fangen; er reitet uns entgegen, und da er uns nicht trifft, wird er bis zum Pueblo reiten und dort freilich erfahren, daß wir längst fort sind. Wenn er dann umkehrt, sind wir mit den

Mogollons fertig und können ihn erwarten. Erst dann werden wir ihn fassen können, eher aber nicht.«

»Du hast die Jüdin vergessen.«

»Diese? Hm! Die ist höchst wahrscheinlich nach dem Pueblo zurück.«

»Das glaube ich nicht. Eher nehme ich an, daß sie nach dem weißen Felsen ist.«

»So denkst du also, daß ihre Begleiter sie gefunden haben?«

»Ganz gewiß. Sie hatte sich vorgenommen, Melton nachzureiten; sie war nicht nur schon unterwegs, sondern es gab auch zwei triftige Gründe für sie, nicht zurückzukehren. Erstens hatte sie einen so guten Teil des Weges bereits zurückgelegt, daß der Rückweg ebenso weit gewesen wäre, wie der Weg nach dem weißen Felsen. Und zweitens weiß sie ganz genau, daß wir zu Melton wollen. Es ist ihr angst um ihn; sie wird ihn unbedingt warnen wollen. Darum nehme ich an, daß sie ihren Ritt fortgesetzt hat und nicht umgekehrt ist.«

»Nun, und weiter?«

»In diesem Falle trifft Melton unterwegs mit ihr zusammen. Er erfährt, daß wir nach dem weißen Felsen Sind, und wird schleunigst umkehren, um den Mogollons das mitzuteilen. Giebst du mir da recht oder nicht?«

»Hm, ich möchte dir da freilich nicht widersprechen. Weiter!«

»Wenn meine Ansicht richtig ist, so können wir Melton noch treffen, ehe er die Mogollons erreicht hat. Sind dann die hundert Krieger der Nijoras bei uns, so können wir ihn und seine fünfzig Roten mit Leichtigkeit abfangen. In diesem Falle haben wir zwei Vorteile errungen: Die Mogollons sind um fünfzig Mann geschwächt, und Melton befindet sich in unserer Hand.«

»Das klingt ganz schön, und du magst auch, was dir ja meist passiert, vollständig recht haben; ob aber das, was du Vorteile nennst, auch welche sind, das möchte ich doch bezweifeln. Denn wenn wir die fünfzig Mogollons fangen, so haben wir nicht etwa nur die Feinde, sondern auch uns selbst geschwächt, weil wir eine tüchtige Anzahl von uns zur Bewachung der fünfzig Gefangenen abgeben müssen.«

»Gut, zugestanden. Und was noch?«

»Und welchen Vorteil bringt es uns, wenn wir Jonathan Melton einen Tag früher bekommen? Wenn wir ihn morgen noch laufen lassen, wird er mit den Mogollons nach der Platte des Cañons reiten und dort mit ihnen von uns eingeschlossen werden. Das ist doch viel besser, als wenn wir ihn und seine Fünfzig einen Tag eher bekommen, uns aber wegen ihrer Bewachung schwächen und abmühen müssen.«

»Was du da vorbringst, das hat allerdings Hände und Füße; aber ob dieser Mensch wirklich mit nach der Platte reitet, wenn er seine Jüdin bei sich hat, das ist nicht so gewiß, wie du es annimmst. Er ist uns so oft entschlüpft, daß ich zugreife, je eher es möglich ist.«

»Aber du hast selbst zugegeben, daß wir uns dadurch schwächen!«

»Nicht so sehr, wie du denkst. Hundert Kriegsgefangene, die man entwaffnet hat, kann man recht gut mit dreißig Mann bewachen. Da bleiben uns immer noch siebzig Krieger.«

»Und du denkst, daß dieselben ausreichen?«

»Mehr als genug. Unsere Aufgabe ist ja nur, die Mogollons, wenn sie auf der Platte angekommen sind, an der Rückkehr zu hindern. Da ihnen die Flucht nur durch einen Hohlweg möglich ist, welcher die Breite von zwei Reitern hat, könnten, wenn es Ernst würde, von uns höchstens sechs Mann, nie aber siebzig zum Schusse kommen. Ich kenne die Örtlichkeit nicht, aber nach der Beschreibung, welche Winnetou uns von derselben gegeben hat, mache ich mich anheischig, den Hohlweg mit zehn oder zwölf Mann gegen alle Mogollons zu verteidigen. Von der großen Schwächung unserer Kräfte kann also keine Rede sein.«

»Mein Bruder hat gut gesprochen,« stimmte mir Winnetou bei.«Wir werden sogleich nach dem Schlangenberge reiten, und die Krieger der Nijoras mögen uns schleunigst dorthin nachkommen. Vielleicht werden wir dem schnellen Pfeile noch einen oder einige Boten senden; er mag dann genau das thun, was wir ihm sagen lassen.«

Die Worte des Apatschen waren entscheidend. Einer der Nijoras ritt fort, um seinem Häuptlinge die ihm anvertrauten Weisungen zu übermitteln.

Es mag auffällig erscheinen, daß ich noch nichts von der Tasche erwähnt habe, welche ich aus Meltons Zelt geholt hatte. Ich war allerdings außerordentlich neugierig, den Inhalt derselben zu sehen;

aber es widersprach mir, sie zu öffnen, ohne daß der rechtmäßige Besitzer gegenwärtig war. Meine Begleiter schienen ebenso zu denken, denn sie hatten bisher geschwiegen. Jetzt aber, als die Pferde tranken und wir unbeschäftigt bei ihnen standen und auf sie warteten, sagte der lange Dunker: »Sir, wir denken an alles und haben für alles gesorgt. Eins aber haben wir vergessen, und das eine ist doch gerade die Hauptsache.«

»Was?« fragte ich.

»Die Brieftasche. Wir hätten sie doch öffnen sollen.«

»Ihr Inhalt geht uns nichts an.«

»Das ist richtig; aber Ihr hättet doch wenigstens nachsehen sollen, ob Ihr nicht vielleicht eine falsche Tasche erwischt habt. Melton kann sein Geld an einen ganz andern Ort versteckt haben.«

»Hm! Diese Möglichkeit ist allerdings vorhanden.«

»Wenn Ihr das eingesteht, so ergiebt sich daraus die Notwendigkeit, wenigstens einmal nachzusehen, ob Ihr nicht vielleicht einen nutzlosen Fang gemacht habt.«

»Ich möchte aber gern dem Besitzer sagen können, daß wir die Tasche nicht geöffnet haben.«

»Warum? Mister Vogel wird uns doch nicht etwa für Spitzbuben und Halunken halten? Seid doch gescheit, und guckt hinein! Wenn ich eine Nuß in der Tasche habe, so will ich doch auch wissen, ob sie taub ist oder einen gesunden Kern enthält. Ich setze den Fall, Ihr hättet die unrechte Tasche erwischt, welchen Schaden kann es da bringen, wenn Ihr sie nicht öffnet! Ihr müßt doch unbedingt wissen, woran Ihr seid, Sir! Ihr tragt vielleicht gar allerhand Firlefanzereien sorgfältig mit Euch herum, während Euch dann der richtige Schatz entgeht. Händigt Ihr darauf später Euerm Mister Vogel die wertlose Tasche aus, so wird er Euch wenig Dank wissen, daß Ihr Euch für ihn aufgeopfert und sogar Euer Leben gewagt habt.«

Er hatte vollständig recht, und alle anderen waren derselben Ansicht. Ich zog die Tasche hervor und machte sie auf. Sie war nach Art der Banknotentaschen gefertigt und im Innern vollständig trocken. Jedes einzelne Fach enthielt ein ledernes Couvert, welches mit einem Riegel aus demselben Stoffe verschlossen war. Ich zog die Riegel aus den

Einschnitten. Da fand ich, nach den verschiedenen Ländern in die Couverts geordnet, amerikanische, englische, deutsche, französische und andere Staats-und Bankpapiere mit außerordentlich hohen Ziffern. Es war ein Vermögen, wie es wohl selten ein Mensch voll in den Händen gehabt hat, ausgenommen natürlich die Krösusse der Banken; das sah ich, ohne daß ich die Pakete zu öffnen brauchte.

» *All devils*!« rief Dunker, indem er ungeheuer große Augen machte. »Das müssen allerdings Millionen sein! Was würde meines Vaters Sohn darum geben, wenn der alte Hunter mein Onkel oder Vetter gewesen wäre! Laßt uns doch einmal zählen!«

»Nein,« antwortete ich. »Wir sehen, daß ich die richtige Tasche erwischt habe. Das ist genug. Der Eigentümer soll der erste sein, welcher zählt.«

Ich brachte die Ledercouverts wieder in die Fächer zurück, machte das Portefeuille zu und steckte es wieder ein. Ich hatte in einem Fache außer dem dahingehörigen Couverte auch einige Papiere bemerkt, dieselben aber nicht herausgenommen, sondern sie verheimlicht, weil ich der Neugierde Dunkers nicht recht traute. Er hätte meine Gutmütigkeit noch vielleicht dazu verleitet, sie zu öffnen und den Inhalt zu erfahren.

Jetzt verließen wir die Quelle des Schattens, indem wir von derselben aus nach Nordost ritten. Winnetou machte den Führer. Über die Gegend, durch welche wir kamen, ist nichts zu sagen. Es wurde Nacht; der Apatsche aber war, wie gewöhnlich, seiner Sache so sicher, daß er keinen Schritt, weder nach rechts oder nach links, von der geraden Richtung abwich.

Heute war der Himmel sternenhell und die Luft so rein, daß man ziemlich weit zu sehen vermochte. Nach der angegebenen Zeit von drei Stunden, während welcher wir sehr scharf geritten waren, sahen wir eine hohe, dunkle Masse vor uns aufsteigen.

»Das ist der Schlangenberg,« sagte der Apatsche, indem er vorwärts deutete.

Wir machten einen Bogen um den östlichen, niedrigen Ausläufer des Berges herum, erreichten die nördliche Seite desselben und hatten nun den Berg und seine bewaldeten Lehnen zur linken Hand. Der Wald sandte verschiedene Ausläuferzacken in die Ebene, welche wir umritten, um zu der Quelle zu gelangen, wo wir lagern wollten. Eben machte Winnetou die Bemerkung, daß wir derselben schon nahe seien, da hielt er plötzlich sein Pferd an.

»Still! Keinen Laut!« flüsterte er.

Sofort bogen wir uns nach vorn und legten den Pferden die hohlen Hände an die Mäuler, um zu verhüten, daß sie schnaubten.

»Was giebt's?« fragte ich leise. »Hast du etwas gesehen?«

»Nein, gerochen.«

Er sog die Luft prüfend ein und sagte: »Ich rieche Feuer.«

»Welche Richtung?«

»Gerade vor uns. Es muß an der Quelle sein. Meine Brüder mögen auf mich warten.«

Er stieg ab und übergab mir den Zügel seines Pferdes.

»Ist die Quelle so nahe, daß man das Schnauben unserer Pferde dort hören würde?«

»Ein scharfes Ohr würde es vielleicht vernehmen. Reitet also lieber ein kleines Stückchen zurück!«

Nach diesen Worten verschwand er im Gebüsch, welches wir soeben hatten umreiten wollen. Wir kehrten um und hielten an, als wir glaubten, uns weit genug entfernt zu haben. Es dauerte eine geraume Weile, ehe Winnetou zurückkehrte. Ich hatte wirklich nichts gerochen; er, der Naturmensch, aber besaß so scharfe und geübte Sinne, daß ich mich darüber oft gewundert hatte. Da kam er, und zwar in aufrechter Haltung, ein Zeichen, daß es eine Gefahr nicht zu befürchten gab.

»Meine Brüder werden sich freuen, zu erfahren, wen ich gesehen habe.« meldete er.

»Nun, wen?« fragte Dunker, der neugierigste von uns allen.

Die Jüdin, welche Judith heißt.«

»Alle Wetter! Die möchte ich auch gern sehen. Ihr habt mir so viel von der sonderbaren Lady erzählt, daß es mich außerordentlich gelüstet, sie in Augenschein zu nehmen.«

»Das werdet Ihr, Master Dunker,« sagte Emery. »Ihr werdet sie nicht nur sehen, sondern sogar mit ihr sprechen können.«

Wieso sprechen?« erkundigte ich mich.

»Nun, wir nehmen dieses Weibsbild doch endlich einmal gefangen?« meinte er. »Wenn sie ihre Freiheit behält, kann sie uns großen Schaden machen.«

»Schwerlich. Wir wollen doch wohl unsern lieben Jonathan endlich einmal fangen?«

»Natürlich!«

»Soll ich dir denn wirklich wiederholen, was ich schon gesagt habe! Melton will uns entgegen. Wenn er unterwegs niemand trifft, denkt er, wir befinden uns noch im Pueblo und reitet dorthin. Wenn wir ihn so weit fortlassen, kann er uns leicht entgehen, ja da entkommt er uns sogar mit größter Wahrscheinlichkeit. Trifft er aber auf seine Judith, so erfährt er von ihr, daß wir hier sind, und reitet nicht nach dem Pueblo, sondern bleibt hier, um uns mit Hilfe der Mogollons gefangen zu nehmen. Siehst du das nicht ein?«

»Es könnte eingesehen werden, wenn deine Voraussetzung, daß er sie treffen wird, in Erfüllung geht. Ist das aber denn gewiß?«

»Freilich nicht.«

»Also ist es besser, wir nehmen das Frauenzimmer fest.«

»Nein,« entgegnete ihm Winnetou. »Wir dürfen uns nicht an ihr vergreifen, denn sie wird mit Melton zusammentreffen.«

Er sagte das mit einer solchen Bestimmtheit, daß selbst ich mich darüber verwunderte und ihn deshalb fragte:

»Mein Bruder scheint nicht daran zu zweifeln? Ich habe zugegeben, daß es unsicher ist.«

»Wenn Jonathan nicht blind ist oder wenn seine fünfzig Mogollons Augen haben, müssen sie auf die weiße Squaw treffen. Ich habe schon gesagt, daß der Weg nach dem Pueblo eine halbe Stunde von hier vorüberführt. Die Gegend ist eben, und es steht auf der Ebene weder ein Fels noch ein Busch oder Baum. Die weiße Squaw aber hat dort an der Quelle ein so großes Feuer brennen, daß man einen großen

Büffelstier daran braten könnte. Das Feuer ist so stark und lodert so hoch, daß man es viel weiter als eine halbe Stunde sehen muß.«

»Ganz gut! Wenn Melton da vorüberkommt oder sich schon in der Nähe befindet, wird er es also sehen. Wenn er aber noch nicht da oder schon vorüber ist, was dann?«

»Vorüber kann er noch nicht sein. Wir sind zwar weit gewesen, bis an die Quelle des Schattens und von dort zurück hierher; aber wir haben gute Pferde, und wir hatten Eile. Melton ist nicht so gut beritten, und seine Mogollons sind es auch nicht. Nichts treibt sie an, ihre Pferde anzustrengen. Wenn sie, wie ich vermute, den gewöhnlichen Indianerschritt geritten sind, so können sie nicht weiter gekommen sein, als bis in diese Gegend. Und weil die Quelle, an welcher die Jüdin mit ihren Roten lagert, das beste Wasser im Umkreise besitzt und die Mogollons gerade zur Lagerzeit in diese Gegend kommen, so ist es sogar wahrscheinlich, daß sie sich nach der Quelle wenden, um dort über Nacht zu bleiben.«

»Das wäre ein Gaudium!« meinte der Englishman. »Wir würden die ganze Sippschaft auf einmal gefangen nehmen, die Judith, den Jonathan, die Yuma- und auch die Mogollon-Indianer!«

»Still,« unterbrach ich ihn. »Zunächst sind diejenigen, welche du fangen willst, noch nicht hier, und es ist auch immerhin sehr fraglich, ob sie überhaupt kommen.«

»Ja, was soll denn aber geschehen? Was wollen wir thun?« fragte er.

»Es abwarten, sollt Ihr! Zunächst will auch ich mich einmal nach dem Feuer schleichen. Winnetou war schon dort, kennt also den Ort und wird mich führen. Sind wir zurückgekehrt, so können wir die Frage, was geschehen soll, eher beantworten.«

»Wir bleiben einstweilen hier?«

»Nein; wir reiten zunächst noch eine Strecke weiter zurück. Man weiß nie, was geschehen kann, und es ist also besser, wir wählen einen sichern Ort.«

Wir wendeten uns also rückwärts, bis wir den östlichen Vorsprung des Schlangenberges erreicht hatten. Er wurde umritten, und nun, als wir uns wieder auf der südlichen Seite des Berges befanden, hielt ich uns für sicher. Wir stiegen von den Pferden. Emery und Dunker hatten mit den vier Nijora-Kundschaftern hier zu bleiben, und wir beide, Winnetou und ich, wendeten uns wieder hinüber nach der andern Seite.

Als wir den Punkt beinahe erreicht hatten, an welchem dem Apatschen der Brandgeruch aufgefallen war, folgte er der Richtung, welche er dann eingeschlagen hatte, nicht: er drang nicht geradeaus in die Büsche ein, sondern wendete sich links nach dem steilen Fuße des Berges, wo Bäume standen. Als wir da angekommen waren, gab es keine leuchtenden Sterne mehr über uns, sondern nur dichte Finsternis um uns her. Wir tasteten uns weiter, indem der Apatsche voranschritt und ich ihm folgte. Das dauerte wohl eine Viertelstunde, denn wir mußten sehr vorsichtig sein und kamen nur Zoll um Zoll weiter.

Endlich sahen wir den Schein des Feuers uns zwischen den Bäumen entgegendringen. Jetzt konnten wir besser sehen und uns also rascher bewegen. Aber wir konnten auch leichter bemerkt werden und mußten also noch vorsichtiger sein als bisher. Wir krochen am Boden hin und hielten uns dabei nur in dem Schatten, welchen die Bäume warfen. Dabei drehte, als ich mich einmal dem Apatschen ganz nahe befand, dieser den Kopf zu mir um und flüsterte:

»Mein Bruder wird sich über die Stelle freuen, an welche ich ihn führe, weil er noch selten einen Ort gefunden haben wird, der so zum Lauschen geeignet ist wie dieser.«

Er hatte recht. Wir befanden uns, von dem Lagerplatze aus gerechnet, vielleicht vier Ellen hoch an der Lehne des Berges. Das Wasser floß unten aus dem Felsen, und von dem Punkte aus, an welchem wir standen, schien es unmöglich zu sein, hinabzukommen; aber es schien eben auch nur so, denn da standen Fichtenbäume, einer neben dem andern, bis hinab; sie breiteten ihre dichten Äste weit über den Boden aus und bildeten für uns ein Versteck, wie es gar nicht besser sein konnte.

Winnetou verschwand unter den niedersten Zweigen, und ich folgte ihm. Indem wir uns unten an den Stämmen festhielten, ließen wir uns, immer mit den Füßen voran und immer uns unter den dichten Fichtenzweigen befindend, langsam die Böschung hinab, bis wir die Tiefe erreicht hatten und ganz wohlgedeckt unter den letzten Bäumen lagen.

Neben uns, zur linken Hand, kam die Quelle aus dem Felsen; rechts stieg das Gestein gleich hoch bergan. Der Ort, an welchem wir uns befanden, schien unmöglich einen Menschen oder nun gar zwei beherbergen und verstecken zu können. Die Quelle bildete, bevor sie ihr Wasser weiter sendete, ein kleines Becken, welches höchstens drei Ellen breit war. Jenseits desselben saß – die schöne Judith vor einer Art Hütte, welche die Yuma-Indianer ihr aus schräg zusammengestellten Ästen und darübergeflochtenen Zweigen errichtet hatten, ein Luxus, welchen sich zu bieten nur einer Dame, nicht aber einem Manne einfallen konnte.

Neben ihr kauerte ein Roter, mit welchem sie sich im Gespräch befand. Weiterhin brannte das Feuer so breit und so hoch, daß Winnetou vollständig recht gehabt hatte: man konnte einen Büffelochsen, ohne ihn zu zerlegen, darüber braten – eine Unvorsichtigkeit, welche nur den Yumas, die nicht mehr an ihren ursprünglichen Gebräuchen festhielten, zuzutrauen war. Sie saßen rund um die hochlodernde Flamme, welche bis gen Himmel zu lecken schien. Die Jüdin sprach nicht etwa sehr laut mit dem Roten, doch konnten wir alles recht gut hören, weil wir uns nur in Manneslänge von ihr befanden. Der Kerl war unser früherer Wirt, in dessen unweit des Pueblo gelegenen Hause wir früher überfallen worden waren.

»Ist der Ort nicht schön und gut?« flüsterte Winnetou mir zu.

»Vortrefflich! Kanntest du ihn denn?«

»Nein. Ich lag vorhin jenseits des Feuers im Gesträuch. Da sah ich die Fichten und sagte mir, daß sie ein sicheres Versteck abgeben würden. Die Quelle kannte ich wohl von früher her, doch als ich vor Jahren hier war, standen die Bäume noch nicht so hoch und üppig.« ja, unser Platz war wie zum Lauschen künstlich angelegt; aber eine große Gefahr brachte er uns doch: Die Äste, unter deren Schutz wir herabgekommen waren, wuchsen so niedrig am Stamme, daß es geradezu eine Kunst war, sich darunter herabzuschleichen, ohne sie zu bewegen und sich dadurch zu verraten. Der Meisterschaft Winnetous war eben alles möglich.

Also in Beziehung auf unsern Lauscherposten hatten wir Glück gehabt, und wir sollten auch in Beziehung auf das, was wir zu sehen und zu hören bekamen, noch mehr, noch weit mehr Glück haben.

Zunächst bestand es darin, daß die Jüdin und der Rote gerade jetzt von uns sprachen. Wir hörten den letzteren, das angefangene Gespräch fortsetzend, sagen:

»Sennor Melton hatte es falsch gemacht. Die Hunde sollten nicht bei mir angegriffen werden. Das Haus gewährte ihnen Schutz; sie konnten sich verteidigen und wußten nun, daß sie sich zu hüten hatten. Dadurch waren sie vorsichtig geworden.«

»Wir wollten sie eben lebendig fangen.«

»Das war falsch. Sie sollten doch getötet werden! Warum da nicht lieber gleich?«

»Du hast recht. Ich habe es nachher auch bereut. Durch die große Vorsicht, zu welcher wir sie verleiteten, sind sie uns entkommen. Kämen sie mir noch einmal so nahe, so sollte es mir nicht wieder passieren!«

»Es würde doch wieder geschehen, wie es schon wieder geschehen ist, vorgestern abend, dort am Felsen. Wie schön paßte es, sie wegzuschießen! Aber die andern wollten warten, bis sie schliefen. Das war ein großer Fehler. Es war vollständig dunkel, und der Sturm heulte so laut, daß man unsere Annäherung hätte weder sehen noch hören können. Wir konnten uns ganz gut bis auf wenige Schritte heranschleichen, und dann wäre keine von unsern Kugeln fehlgegangen. Das aber unterließen wir aus unnützer Vorsicht. Dann waren die Hunde klüger als wir; sie entdeckten uns.«

»Thaten euch aber nichts; sie hätten euch erschießen können.«

»Dazu haben sie zu viel Angst; sie können kein Blut sehen.

»Ich hoffe, daß wir sie wiedersehen werden, denn sie sind sicher nach dem weißen Felsen, und wir reiten auch dorthin. Dann mögen die andern sagen, was sie wollen; ich kehre mich nicht daran und hole mir die Skalpe Winnetous und seiner Bleichgesichter!«

Er zog bei diesen Worten sein Messer und schwenkte es mit grimmiger Gebärde durch die Luft. Es war ihm vollständig ernst. Was hatten wir ihm denn gethan? Nichts. Die einzige Ursache seiner Feindschaft konnte nur darin zu suchen sein, daß wir damals drüben in der Sonora dem Haziendero und den deutschen Emigranten gegen die Yumas beigestanden hatten. Seitdem war aber eine lange Zeit vergangen; wir hatten die Yumas in mehr als zarter Weise geschont und dann sogar Frieden mit ihnen geschlossen. Dieser Mensch war selbst über den indianischen Durchschnitt roh, und als ich jetzt sein hämisches Gesicht vor mir sah, begriff ich es, daß seine Squaw nicht länger hatte bei ihm bleiben wollen.

»Die wirst du wohl schwerlich bekommen,« antwortete seine Herrin, welche in Beziehung auf Gewissenlosigkeit ihn beinahe erreichte.

»Warum nicht?« fragte er.

»Dazu sind andere da. Wenn wir nur erst nach dem weißen Felsen kommen und ich Sennor Melton und den Mogollons gesagt habe, daß sie uns entkommen und nun zu ihnen geritten sind, so wird gewiß sofort eine große und allgemeine Hetze entstehen, bei welcher die Hunde sicher gefangen werden. Dann werden sich die Mogollons die Skalpe nehmen.«

»Mir auch recht, wenn ich nur die Besitzer der Skalpe am Marterpfahle sehe! Ich wünsche, daß –«

Er kam in seiner Rede nicht weiter; er wurde unterbrochen, denn:

»Uff, uff, uff!« erklang es da vorn am Feuer. Die Yumas, welche daran lagerten, waren aufgesprungen und starrten, erst erschrocken, dann aber erfreut, einen Mann an, welcher aus den Büschen getreten war. Auch wir sahen ihn, es war –Melton.

»Jonathan!« rief die Jüdin, indem sie vom Boden aufsprang.

»Judith!« antwortete er.

Sie flogen einander in die Arme. Dann ging ein schnelles Fragen und Antworten herüber und hinüber:

»Wo kommst du her?« fragte er.

»Vom Pueblo,« antwortete sie. »Und du?«

»Vorn weißen Felsen. Wo willst du hin?«

»Zu den Mogollons. Und du?«

»Nach dem Pueblo, zu dir, wie du dir denken kannst.«

»Warum das? Warum willst du wieder zurück, da du so glücklich entkommen bist?«

»Weil ich eben die haben will, denen ich entkommen bin.«

»Die sind nicht mehr dort; sie sind nach dem weißen Felsen.«

»Alle Wetter! Sind sie vor euch oder hinter euch?«

»Vor uns.«

»Also eher vom Pueblo fort als ihr?«

»Ja.«

»Wie lange?«

»Wir sind sehr schnell hinter ihnen her gewesen, denn es wurde mir angst um dich.«

»Das ist gut, denn wenn sie keinen Vorsprung haben, können sie noch nicht beim weißen Felsen angekommen sein.«

»Sie haben einen Vorsprung gewonnen, einen sehr großen. Sie ergriffen mich unterwegs und schleppten mich in die Wildnis, wo sie mich verließen. Ich kannte die Gegend nicht und irrte den ganzen Tag umher; dann lag ich eine ganze Nacht einsam im Freien – es war schrecklich – bis mich endlich glücklicherweise unsere Yumas fanden. Das muß den Feinden einen Vorsprung von über einen Tag eingebracht haben.«

»Da können sie ja schon heute früh am weißen Felsen angekommen sein! Wer hat das denken können! Wir haben keine Spur von ihnen gesehen. Du mußt mir alles ausführlich erzählen. Sage mir nur vorher: Vogel ist doch noch im Gange des Pueblo versteckt?«

»Nein; sie haben ihn gefunden und befreit.« Da stampfte er die Erde mit dem Fuße und rief ergrimmt:

»Da muß ihnen der Teufel den Weg gezeigt haben, oder du bist unvorsichtig gewesen!«

Ach habe es an keiner List fehlen lassen. Du glaubst nicht, wie ich, eine Lady, eine Dame, behandelt worden bin! Sie entdeckten den Gang, der aus meiner Küche in die Tiefe führt, und auch das Wasser.«

»So muß ich sie fangen; ich muß, ich muß! Sie müssen mit diesem Geheimnisse sterben, sonst giebt es selbst an dem einzigen Orte, an welchem ich versteckt sein kann, keine Sicherheit für mich! Warum aber ist mein Vater nicht bei dir?«

»Der ist bei ihnen. Sie haben ihn in seiner Wohnung überrascht, gebunden und geknebelt und dann mit sich fortgeschleppt.«

»Das ist – ist – freilich ein – ein Unglück, auf welches ich -ich nicht gefaßt gewesen bin!« knirschte er. »Ein Glück ist aber noch dabei, daß der Vater auf den Gedanken kam, sein Geld in den Stiefeln zu verbergen.«

»Das haben sie auch gefunden,« gestand sie ihm.

»Dann – dann stehen die Schurken mit allen – allen bösen Geistern im Bunde! Ich – ich muß mich setzen!«

Daß das Geld entdeckt worden war, griff ihn sichtlich weit mehr an als der Umstand, daß wir seinen Vater festgenommen hatten. Judith führte ihn zu der Hütte. Er setzte sich davor nieder, und sie nahm an seiner Seite Platz, ohne daß er darauf achtete. Er stemmte die Ellbogen auf die Kniee, und legte das Gesicht in die Hände. Sie redete ihm zu, sich zu fassen; er antwortete nicht und bewegte sich nicht.

Da näherte ich meinen Kopf demjenigen des Apatschen und flüsterte ihm zu:

»Wollen wir ihn fassen? Es ist nicht schwer. Wir springen aus unserm Versteck hervor, nehmen ihn beim Kragen und verschwinden mit ihm im Walde, wo man uns nicht findet. Der Schreck wird ihn und alle starr machen.«

»Ja, es ist nicht schwer; es würde gelingen; aber wir dürfen es dennoch nicht thun.«

»Warum nicht?«

»Weil wir uns überhaupt noch nicht zeigen dürfen. Wenn die Mogollons erfahren, daß wir uns in ihrem Rücken befinden, werden sie vorsichtig, und unser Plan, sie einzuschließen, gelingt dann nicht.«

»Das ist leider wahr. Wir müssen also verzichten, und hätten ihn doch so schön und sicher haben können.«

»Wir werden ihn sehr bald bekommen! Winnetou weiß schon, wie und wo. Wir werden dann nicht ihn allein, sondern seine fünfzig Mogollons auch mit haben. Oder denkt mein Bruder, daß er sich ohne sie hier befindet?«

»Das denke ich freilich nicht. Es ist so gekommen, wie du vorher gesagt hast. Er kam mit ihnen in diese Gegend, hat das Feuer gesehen und – horch!«

Melton hatte sich während unserer leisen Wechselrede von seiner Niedergeschlagenheit erholt. Er ließ sich von Judith erzählen, was auf dem Pueblo geschehen war, nachdem er es verlassen hatte. Sie erging sich, wenn sie von uns sprach, in Ausdrücken und Reden, welche unmöglich wiederzugeben sind. Er hörte ihr zu, ohne ein Wort zu sagen, aber mit Augen, als ob er alles, was aus ihrem Munde kam, verschlingen wolle. Als sie geendet hatte, sagte er unter hörbarem Zähneknirschen:

»Du hast gethan, was du thun konntest; ich kann dich nicht tadeln. Die Halunken sind eben Menschen, mit denen man ganz anders rechnen muß, als mit anderen Leuten. Wir, nämlich der Vater, der Onkel und ich, haben falsch gehandelt, sonst könnten wir dies große Vermögen jetzt in aller Ruhe und Sicherheit verzehren. Konnten wir diesen Menschen in Tunis nicht beikommen, so mußten wir doch später alles aufbieten, mit ihnen quitt zu werden. Der Apatsche hat in England krank gelegen; wir wußten das. Konnten wir nicht hinüberfahren und –? Um die Kerls hätte dort kein Hahn gekräht. Und selbst später, wenn wir in New Orleans geblieben wären und anders gehandelt hätten! Die Hauptsache war, unter allen Umständen den Deutschen und den Apatschen auf die Seite zu schaffen. Den Engländer hätten wir dann weniger, oder wohl gar nicht zu fürchten. Daß wir das nicht gethan haben, rächt sich jetzt!«

»Sag' das noch nicht!« ermutigte sie ihn. »Was ist denn eigentlich jetzt verloren? Noch nichts, noch gar nichts!«

»Wenn nicht schon mehr, so doch die Summe, welche mein Vater bei sich hatte!«

»Auch diese nicht. Fallen die Schelme in deine Hände, so bekommst du auch das Geld wieder zurück, welches sie deinem Vater geraubt haben. Du mußt ihn befreien, du mußt!«

Da sah er sie mit einem ganz eigentümlichen Blicke an, und fragte:

»Liegt er dir denn gar so am Herzen?«

»Er nicht, aber du und das Geld.«

»Das ist das Richtige! Mit ihm mögen sie machen, was sie wollen; ich würde mich gar nicht grämen. Meinst du, daß ich mich bei ihm sicher fühle?«

»Nicht?« fragte sie im Tone der Verwunderung.

»Nein! Er hat es mir zwar nicht gestanden; er schiebt die That auf Shatterhand und Winnetou; aber ich weiß doch, daß er seinen Bruder ermordet hat, um sich zu retten und dessen Geld zu bekommen. Ein Brudermörder aber ist auch im stande, seinen Sohn umzubringen.«

»Himmel!« rief sie aus. »Das hältst du für möglich?«

»Ja. Er ist im stande, mir das Geld abzunehmen und zu verschwinden. Das wäre freilich ein Diebstahl, ein Raub; darum bin ich mit dir gefahren, aber nicht mit ihm geritten; daher hat er im Pueblo nicht wissen dürfen, wo das Geld versteckt lag; ich könnte, wenn ich mit ihm zusammenlebte, keine Stunde ruhig schlafen. Er aber würde nicht nur einen Raub, sondern, wenn es sich um sein Leben handelte, auch einen Mord begehen, ohne zu fragen, ob es sich dabei um seinen eigenen Sohn handelt. Ich werde ihn also befreien, weil dies so nebenbei geschieht, wenn ich unsere Gegner erwische; aber dann trenne ich mich von ihm. Er wird soviel bekommen, daß er davon leben kann, darf aber keine Gelegenheit finden, sich mehr zu nehmen. Doch davon jetzt genug! Die Hauptsache ist, daß unsere Verfolger nach dem weißen Felsen sind. Wie gut ist es da, daß wir den Advokaten und die Sängerin mitgenommen haben!«

»Welchen Advokaten? Welche Sängerin?«

»Du fragst - ach ja, du kannst es doch nicht wissen! Denke dir, Murphy ist uns nachgekommen!«

»Dieser? Ist er toll?«

»Er muß es sein, sonst würde er sich nicht nach dem wilden Westen wagen. In Albuquerque hat er Vogels Schwester getroffen und sie mitgenommen.«

»Und sie ist mitgegangen? Hast du die beiden denn getroffen?«

»Ja. Sie sind den Mogollons in die Hände gefallen. Natürlich werden sie nicht nach dem Osten zurückkehren. Sie sollten erst während des Kriegszuges bei dem weißen Felsen zurück.«

»Kriegszug?« unterbrach sie ihn.

»Ja. Die Mogollons befinden sich auf einem Zuge gegen die Nijoras unterwegs; die Alten, Frauen und Kinder sind natürlich zurückgeblieben. Auch die beiden Gefangenen, die Sängerin und der Advokat sollten zurückbehalten werden; ich habe es aber soweit gebracht, daß sie doch noch mitgenommen worden sind. Sie können also nicht von Winnetou und seinen Kumpanen befreit werden, wenn diese nach dem weißen Felsen kommen. Sie besaßen einen Wagen, als sie von den Mogollons ergriffen wurden. In diesen sind sie wieder gepackt worden. Der Häuptling willigte äußerst ungern darein, that mir aber endlich doch noch den Gefallen. Der ›starke Wind‹ muß überhaupt ein sehr guter Freund deines Mannes gewesen sein; das ersehe ich aus der vortrefflichen Aufnahme, die mir nur auf deine Empfehlung hin geworden ist. Er ist eigentlich nicht der Mann, der für mich und meine Pläne paßt; er scheint vielmehr eine treue, ehrliche Rothaut zu sein, und ich konnte ihn gegen Winnetou und Shatterhand nur dadurch feindlich stimmen, daß ich sie als Freunde und Helfer der Nijoras, seiner Gegner, hinstellte.«

»So wird er sie also nicht beschützen, wenn sie in seine Hände fallen?«

»Nein. Es hat mich freilich viel Phantasie und Erfindung gekostet, ihn zum Hasse gegen sie zu bringen. Weiß der Teufel, diese beiden Kerls sind selbst bei feindlichen Stämmen so hochangesehen, daß sie viel mehr wagen können, als andere Leute. Ich fand bei dem Häuptlinge allerdings eine gewisse Unzufriedenheit vor, welche mir aber nicht genügen konnte; darum habe ich mir einige hübsche Geschichten ausgesonnen und ihm erzählt; sie haben, wie ich überzeugt sein kann, die beabsichtigte Wirkung gethan. Ob sie mir nachkommen würden, das wußte ich natürlich nicht gewiß; aber wie man weiß, sind die Kerls so ungemein glücklich im Auffinden von Fährten, daß ich doch annahm, sie könnten wohl auch auf die meinige geraten und nach dem weißen Felsen reiten. Ich mußte folglich dafür sorgen, daß sie dort nicht als Freunde aufgenommen würden, und das habe ich auch nach Kräften gethan.«

»Wie ich dir erzählt habe, wissen sie, daß du dort bist. Was werden sie thun, wenn sie dich nicht dort finden?«

»Mir nachreiten.«

»Sie wissen doch nicht, wohin du bist!«

»Nicht? Wenn du das denkst, befindest du dich in einem gewaltigen Irrtume. Es giebt keine Spione und Kundschafter wie diese beiden.«

»Du meinst, daß sie sich bei den Mogollons im Lager erkundigen?«

»Fällt ihnen gar nicht ein, denn in diesem Falle würde sich sofort einer der letzteren, und wenn er auch nur ein Knabe wäre, aufmachen, um dem Häuptlinge nachzueilen und zu benachrichtigen, wer im Lager gewesen ist. Die Kerls brauchen keinen Menschen zu fragen. Ein Grashalm, ein Steinchen, ein abgebrochener Zweig oder eine ausgetretene Wasserlache sagt ihnen alles, was sie wissen wollen; darauf kannst du dich verlassen; das hat man mehr als hundertmal gehört. Und dazu kommt, daß der lange Dunker vielleicht gar auf sie gestoßen ist.«

»Der lange Dunker? Wer ist das?«

»Ein bekannter Scout oder Pfadfinder, den Murphy bei sich hatte. Er wurde auch mit gefangen, aber so schlecht beaufsichtigt, daß es ihm gelungen ist, am hellen Tage das beste und schnellste Pferd des ganzen Lagers zu erwischen und darauf zu fliehen. Die Verfolger waren zwar schnell hinter ihm her, kamen aber gegen Mitternacht unverrichteter Sache zurück. Wenn dieser Mensch mit ihnen zusammengetroffen ist, hat er ihnen sicher alles erzählt. In diesem Falle sind sie wohl gar nicht nach dem weißen Felsen gegangen, sondern werden sich nach Süden gewendet haben.«

»Um die Mogollons zu verfolgen?«

»Nein, denn gegen eine solche Übermacht könnten sie doch nichts machen, obgleich sie Kerls sind, von denen man weiß, daß sie sich vor niemand fürchten. Sie sind, immer vorausgesetzt nämlich, daß sie Dunker getroffen haben, zu den Nijoras geritten, um sie zu benachrichtigen, daß die Mogollons im Anzuge sind.«

»Du meinst, daß sie damit etwas erreichen?«

»Etwas nur? Ich sage dir, daß es ihnen dadurch möglich würde, vieles und sogar alles zu erreichen, nämlich wenn ich so dumm wäre, mich nicht in acht zu nehmen und nun meinerseits nicht die Mogollons zu warnen. Sie wollen mich fangen, und den Advokaten und die Sängerin befreien. Bei der Zahl der Mogollons können sie das aber nicht ohne zahlreiche fremde Hilfe thun. Die werden sie bei den Nijoras finden. Glücklicherweise können sie sich nicht schnell bewegen, weil sie meinen Vater als Gefangenen bei sich haben, der ihnen selbstverständlich so viele Hindernisse wie möglich bereiten wird. Oder meinst du, daß sie sich seiner vielleicht entledigt haben? Du mußt ja wissen, wie er von ihnen im Pueblo behandelt worden ist.«

»Sehr streng; aber da sie selbst im Kampfe ungern einen Feind töten, so glaube ich nicht, daß sie ihn ermordet haben.«

»Lieber wäre es mir, wenn sie es gethan hätten; da wäre ich ihn los und bekäme sein Geld für mich, wenn sie dann in meine Hände fallen. Auch Old Shatterhands Gewehre muß ich haben. Man sagt, daß sie, wenigstens für den Westmann, ein Vermögen bedeuten. Mag aber mein Vater noch leben oder nicht, ich muß gleich mit dem Morgengrauen von hier fort, um die Mogollons zu warnen. Ihr reitet natürlich mit, sonst muß ich gewärtig sein, daß ihr den Feinden in die Hände fallt. Dann würde wohl nicht bloß ein Führen in die Irre deine Strafe sein.«

»Kennst du den Weg, den die Mogollons eingeschlagen haben?«

»Ja. Sie sind nach dem ›tiefen Wasser‹, und werden morgen abend bei der ›Quelle des Schattens‹ lagern. Dort hole ich sie ein.«

»Aber du weißt nicht, wo die Quelle liegt. Du bist noch niemals in dieser Gegend gewesen.«

»Meine Mogollons wissen es; da brauche ich es nicht zu wissen. Der Häuptling hat mir fünfzig Krieger mitgegeben, um Winnetou und seine Gefährten zu fangen, falls ich sie sehen sollte. Sie befinden sich nicht weit von hier. Wir wollten an der Quelle übernachten, und sahen euer Feuer. Da hielten wir an und schickten einen Späher her. Als er zurückkehrte, sagte er, er habe eine weiße Squaw mit wenigen roten Kriegern gesehen. Ich dachte natürlich gleich an dich und ging allein nach hier, um nachzusehen, ob meine Vermutung richtig sei. Nun werde ich zu den Mogollons zurückkehren, um sie herzubringen.«

Er stand auf; sie that dasselbe und sagte dabei:

»Hole sie! Also du wirst von ihnen wirklich als Freund behandelt?«

»Ja.«

»So ist bei ihnen auch dein Eigentum sicher.«

»Natürlich.«

»Das viele Geld! Es kann selbst Indianer verführen!«

Da schlug er mit der Hand an die Ledertasche, welche er umhängen hatte – es war dieselbe, welcher ich das Portefeuille entnommen hatte – und sagte getrosten Tones:

»Hier stecken die Millionen! Das weiß natürlich keiner der Mogollons, denn ich habe mich gehütet, es zu sagen; ich habe vorsichtigerweise einige hineinblicken und sie nur einige alte Sachen sehen lassen, die ihnen nicht von Nutzen sind. Also ich gehe jetzt, und bin in zehn Minuten wieder hier.«

Er entfernte sich. Die beiden hatten englisch gesprochen und sich, obgleich viel Geheimes verhandelt worden war, vor den Yumas nicht geniert. Sie mußten wissen, daß diese des Englischen nicht so mächtig seien, um das Gesprochene zu verstehen. ich stieß Winnetou an und fragte ihn:

»Wollen wir fort?«

»Nein,« flüsterte er zurück. »Wir warten, bis die fünfzig Mogollons kommen. Dann giebt es Lärm, und niemand sieht hierher.«

Er hatte recht. Der unvergleichliche Mann dachte an alles und verstand es wie kein zweiter, sich jeden Gegenstand, jede Lage und jedes Verhältnis nutzbar zu machen. Bald darauf hörten wir Pferdegetrappel; die Mogollons erschienen, und da gab es solches Leben am Feuer, daß wir uns unter den Fichten emporziehen konnten, ohne befürchten zu müssen, daß ein scharfes Auge ein Zeichen davon sehen werde.

Wir gingen den Weg unter den Bäumen zurück, den wir gekommen waren. Als wir den Wald und die Büsche hinter uns hatten und im Freien längs des Berges hinschritten, fragte ich Winnetou:

»Hat mein Bruder alles verstanden?«

»Alles« nickte er.

»Die beiden waren offener gegeneinander, als ich es für möglich hielt.«

»Ja. Jonathan hat der weißen Squaw sogar alles erzählt, was in Tunis geschehen ist. Er gleicht der Klapper eines Kindes, welche immerfort spricht, ohne eine Seele zu haben.«

»Und sie ist ebenso schlecht, wie er!«

»Noch schlechter, denn wenn eine Squaw Böses thut, so sieht das Böse viel häßlicher aus, als wenn ein Mann es thut. Es ist aber gut für uns, daß sie sich heut und hier getroffen haben.«

»Ja, es ist ganz genau nach der Voraussagung meines Bruders Winnetou geschehen. Die Mogollons haben hier lagern wollen, und das Feuer gesehen. Du sagtest, daß wir sie alle fangen würden. Denkst du auch jetzt noch, daß dies geschehen wird?«

»Ja, am tiefen Wasser.«

»Wo ist das?«

»Du wirst es sehen. Wir müssen dort sein, ehe sie dort ankommen.«

»Aber wir müssen doch hier auf unsere Nijoras warten! Da versäumen wir viel Zeit, und Jonathan Melton will schon mit dem Tagesgrauen reiten.«

»Das thun wir auch. Wir werden sogar noch eher aufbrechen, und den Nijoras entgegenreiten. Wenn ihr Häuptling unsere Weisungen befolgt, werden wir zur rechten Zeit auf sie treffen und noch vor Melton am ›tiefen Wasser‹ ankommen.«

»Dieses Wasser scheint ein See zu sein?«

»Es hat ein Berg dort gestanden, welcher Feuer gespieen hat; es giebt in Neu-Mexiko und Arizona ja heut noch viele solche Berge. Er ist versunken, wohl bei einem Erdbeben, und hat ein Loch zurückgelassen, in welchem sich das Wasser sammelt.«

»Liegt der See so in der Richtung nach der Quelle des Schattens, daß die Mogollons an ihm vorüber müssen?«

»Er liegt so; dennoch könnten sie rechts oder links abweichen, werden es aber nicht thun, denn sie finden auf ihrem Wege bis zur

Quelle des Schattens kein Wasser, an dem sie ihre Pferde tränken können; sie werden ganz gewiß hinreiten.«

»Können wir uns dort so verbergen, daß sie uns nicht vorzeitig bemerken?«

»Ja. Mein Bruder wird das sehen, wenn wir hinkommen.«

Wir waren an die Spitze des östlichen Ausläufers des Schlangenberges gekommen und wollten eben um sie biegen, als uns zwei Männer entgegen kamen. Es war hell genug, zu erkennen, wer sie waren – Emery und Dunker. Auch sie erkannten uns, und der erstere rief, allerdings in gedämpftem Tone.

»Gott sei Dank, daß ihr da seid! Wir bekamen Angst um euch.«

»Und wolltet wohl gar kommen?« fragte ich ihn. »Ihr werdet alles erfahren. Kommt mit zum Lagerplatze!«

Die Nijora-Kundschafter waren bei den Pferden geblieben. Als wir dort angelangt waren, setzte ich mich nieder und wollte erzählen; da aber meinte der Apatsche, welcher an alles dachte und höchst selten etwas versäumte:

»Mein Bruder mag noch warten. Nötiger als sein Bericht ist das, was ich diesem jungen Krieger zu sagen habe.«

Er wendete sich an einen der Kundschafter:

»Mein junger Bruder kennt den Weg, auf dem seine hundert Krieger, die wir erwarten, hierherkommen werden?«

»Ja,« antwortete der Gefragte.

»Er mag ihnen augenblicklich entgegenreiten. Es ist so hell, daß er sie trotz der Nacht sehen kann. Sobald er ihnen begegnet, mag er ihnen sagen, daß sie so schnell wie möglich reiten sollen, denn wir brauchen sie, um fünfzig Mogollons zu fangen. Wir werden noch vor Tagesanbruch den Berg verlassen, und ihnen entgegenreiten; sie mögen also wissen, daß sie unterwegs auf uns treffen werden. Wenn mein junger Bruder mit ihnen gesprochen hat, mag er schnell weiter zu seinem Häuptlinge reiten und ihm melden, daß die Krieger der Mogollons morgen abend an der Quelle des Schattens lagern werden. Sie werden also übermorgen am Vormittage auf der ›Platte des Cañons‹ ankommen. Der ›schnelle Pfeil‹ muß sich also schon vorher mit seinen dreihundert Leuten dort heimlich aufgestellt haben. Das ist die Botschaft, welche wir ihm senden. Howgh!«

Der Kundschafter wendete sich still um, trat zu seinem Pferde und ritt davon, in die sternenhelle Nacht hinein und zwar nach Südwest, woher wir gekommen waren.

Nun erzählte ich den beiden Gefährten, was wir gesehen und erfahren hatten. Sie waren sehr erfreut darüber, daß Winnetou die ganz bestimmte und feste Zuversicht hegte, morgen Jonathan Melton in die Hände zu bekommen.

Heute war uns der Schlaf außerordentlich notwendig. Die Kundschafter hatten nicht wie wir mehrere Nächte die Ruhe zu entbehren gehabt; wir übergaben also ihnen den Sicherheitsdienst und legten uns schlafen. Vorher deutete Winnetou demjenigen von ihnen, der gegen Morgen die Wache hatte, nach dem Stande der Sterne die Zeit an, an welcher er uns ganz sicher wecken sollte.

Ich schlief so fest, wie selten vorher; der Nijora, welcher mich weckte, sagte mir später, daß er mich habe einigemal rütteln müssen. Wir hatten noch lange nicht ausgeschlafen, denn es war fast zwei Stunden vor Tage, als wir aufstanden. Nach einem kurzen Imbiß stiegen wir auf, um den Weg, auf welchem wir hergekommen waren, zurückzuverfolgen.

Als es Morgen wurde, hatten wir gewiß gegen drei deutsche Meilen zurückgelegt; nun ließ Winnetou sein Pferd langsamer gehen. Nach einer Stunde hielt er an und sagte, indem er nach rechts deutete:

»Dort drüben liegt das ›tiefe Wasser‹. Wir dürfen nicht weiter reiten und müssen die Nijoras hier erwarten.«

»Und wenn sie zu spät kommen?« fragte Emery.

»So entgehen uns die Mogollons doch nicht, denn wir fallen zwischen dem tiefen Wasser und der Quelle des Schattens über sie her. Aber Winnetou ist überzeugt, daß sie kommen werden.«

Und er hatte wieder recht; sie kamen. Wir hatten ungefähr eine halbe Stunde gewartet, so tauchte im Südwesten von uns eine Reiterschar auf, welche uns galoppierend näher kam. Das waren die Erwarteten. Wir kannten sie zwar nicht, aber die Kundschafter sagten es uns. Sie spornten ihre Pferde noch mehr an, kamen wie im Sturmwinde auf uns zu und hielten dann wenige Schritte vor uns, eine gerade Linie bildend, mitten in der Carriere an. Einer von ihnen lenkte sein Pferd näher heran und sagte:

»Ich bin ›scharfes Auge‹, der jüngere Bruder des ›schnellen Pfeiles‹. Der Häuptling sendet Winnetou und Old Shatterhand die hundert Krieger, welche meine berühmten Brüder von ihm verlangt haben.«

»Scharfes Auge ist ein tapferer Krieger,« antwortete Winnetou würdevoll. »Wir würden sehr gern die Pfeife des Willkommens mit unsern Brüdern rauchen, haben aber keine Zeit dazu, weil wir fünfzig Mogollons fangen wollen. Haben meine Brüder das erfahren?«

»Ja. Der Kundschafter hat uns getroffen und es uns gesagt. Die Hunde der Mogollons werden uns bereit finden.«

»Ja, wir werden sie ergreifen, und dann ist es auch noch Zeit, das Kalumet zu rauchen. Kennen meine Brüder den See, welcher ›tiefes Wasser‹ heißt?«

»Ja. Er liegt da drüben, gerade gegen Sonnenuntergang von hier.«

»Sie mögen uns dorthin folgen, und ›scharfes Auge‹ mag an meiner Seite bleiben!«

Das war eine Auszeichnung für den Unterhäuptling der Nijoras, welche dieser wohl zu schätzen wußte, denn er ritt zwar neben Winnetou, hielt sich aber um die Länge eines Pferdekopfes zurück. Seine Leute sahen ungemein kriegerisch und unternehmend aus, und als ich sie mit einem prüfenden Blicke überflog, bemerkte ich, daß sie gar nicht übel bewaffnet waren. Die meisten von ihnen kannten Winnetou, hatten uns jedoch noch nicht gesehen; daher die verstohlenen Blicke, mit denen sie uns beobachteten. Als wir uns in Bewegung gesetzt hatten, lenkten sie hinter uns ein, um uns im Gänsemarsche zu folgen. Das geschieht auf Kriegszügen stets, weil da eine nur schmale Fährte gebildet wird und ein Feind, wenn er auf die Spur trifft, nicht genau zu sagen vermag, wieviel Reiter er vor sich hat. Je tiefer die Fährte ausgetreten ist, von desto mehr Pferden wurde sie verursacht. Doch auch bei Beurteilung solcher Spuren habe ich oft Gelegenheit gehabt, den scharfen Blick Winnetous zu bewundern. Selbst in solchen Fällen irrte er sich selten um einige Pferde.

Ich ritt ihm jetzt zur rechten Seite; das »scharfe Auge« hielt sich zu seiner linken Hand. Der Apatsche sprach nicht; es war nicht seine schwache Seite, so kurz nach einer solchen Begegnung viele Worte zu machen. Wenn das Sprechen notwendig war, so überließ er es lieber mir; ich als Weißer war nicht zu der ernsten, würdevollen Schweigsamkeit der roten Krieger verpflichtet. Da es auch jetzt so manches gab, was wir erfahren mußten, so unterbrach ich nach einiger Zeit die Stille, indem ich mich an den Unterhäuptling der Nijoras wendete:

»Mein Bruder Winnetou hat das ›scharfe Auge‹ vorhin einen tapferen Krieger genannt. Ich weiß, daß alle Nijoras tapfer sind; darum ist es gewiß, daß sie die Mogollons besiegen werden. Sind sie noch immer damit beschäftigt, ihre Medizinen herzustellen?«

»Nein,« antwortete er. »Die Feierlichkeiten wurden sofort beendet, als der Bote erschien, welchen meine berühmten Brüder zu uns sandten.«

»Das ist recht. Die Herstellung der Medizinen erfordert lange Zeit, und die Zeit, welche uns zugemessen ist, ist kurz und wertvoll, denn die Mogollons werden heute abend schon an der Quelle des Schattens sein. Kennt ›scharfes Auge‹ die Botschaft, welche wir seinem Bruder, dem Häuptlinge, gesandt haben?«

»Ja.«

»Wird der Häuptling darnach handeln?«

»Er weiß, daß Winnetou und Shatterhand große und kluge Krieger sind; darum wird er thun, was sie ihm vorgeschlagen haben.«

»Wann wird er auf der Platte des Cañons eintreffen?«

»Morgen früh, sobald es Tag geworden ist.«

»Wenn er das thut, werden alle Feinde in seine Hand fallen.«

»Wir wissen es. Der Hund von Mogollon, welcher sich nicht ergiebt, wird erschossen.«

»Und was geschieht mit denen, welche sich ergeben?«

»Sie kommen an den Marterpfahl.«

»Wieviel Pfähle werden meine Brüder da brauchen? Es sind mehr als dreihundert Mogollons, mit denen wir es zu thun haben. Will der

›schnelle Pfeil‹ wirklich ein so großes Morden über diesen Stamm ergehen lassen?«

Der Unterhäuptling blickte finster vor sich hin. Er hätte lieber gar nicht geantwortet; aber da das eine Beleidigung für mich gewesen wäre, sagte er:

»Die Mogollons sind unsere Feinde! Haben sie etwas anderes verdient? Wir standen in Frieden mit ihnen; wir ritten zu ihnen, und sie kamen zu uns. Da plötzlich gruben sie die Beile des Krieges aus, ohne daß wir sie beleidigt oder ihnen sonst etwas gethan hatten.«

»Wenn das geschieht, was mein Bruder sagt, wird man die Platte ›Platte des Mordens‹ nennen können. Hat mein Bruder jemals gehört, daß Winnetou und Old Shatterhand Freunde vom Blutvergießen sind?«

»Das weiß jeder rote und jeder weiße Mann, der einmal von diesen beiden großen Kriegern gehört hat.«

»So wird man dir auch gesagt haben, daß wir niemals unsern Arm und unsere Hilfe einem Stamme leihen, welcher die Absicht hat, grausam mit den gefangenen Feinden umzugehen. Was den Kampf auf der ›Platte des Cañon betrifft, so werde ich darüber mit deinem Bruder, dem ›schnellen Pfeile sprechen; mit dir aber muß ich jetzt reden von dem Überfalle, welchen wir gegenwärtigbeabsichtigen. Es werden fünfzig Mogollons nach dem ›tiefen Wasser kommen; bei diesen befinden sich ein weißer Mann, eine weiße Frau und einige Yuma-Indianer, welche nicht eure Feinde sind. Willst du mir helfen, diese Leute festzunehmen?«

»Old Shatterhand wünscht es, und so mag es geschehen. Aber die Mogollons werden unser sein?«

»Unter der Bedingung, daß ihr sie nicht tötet, wenn es nicht notwendig ist. Ich will heute der Anführer sein; denn ich habe mit euerm Häuptling die Pfeife des Friedens geraucht; ich bin sein Bruder; ich habe euch von ihm erbeten, und er hat euch mir gesandt; darum fordere ich, daß ihr thut, was ich für richtig halte. Nur unter dieser Bedingung werde ich euch die fünfzig Mogollons, welche wir erwarten, überlassen.«

Er zog die Stirne in Falten, hielt den Blick gesenkt und antwortete nicht. Meine Forderung war weder nach seinem Willen, noch nach seiner Ansicht über das, was recht und billig ist.

»Warum schweigt mein Bruder? Warum sagt er nichts?« drängte ich ihn.

Da machte er eine Bewegung, als ob er etwas von sich verscheuchen wolle, und fragte:

»Da Old Shatterhand es ehrlich mit den Kriegern der Nijoras meint, so will auch ich ehrlich sein und dir sagen, daß mein Bruder, der Häuptling, mir geraten hat, dir und Winnetou, dem großen Apatschen, zu gehorchen.«

»So werdet ihr heute und morgen zwei große Siege gewinnen, ohne daß ihr eure Krieger dabei opfert. Die Klugheit ist stärker als die Gewalt, und die Milde mächtiger als der Mord.«

»Ist aber Winnetou damit einverstanden? Ich soll nicht bloß dir, sondern auch ihm gehorchen.«

Da antwortete der Apatsche:

»Was mein Bruder Shatterhand sagt oder thut, das ist ganz so, als ob ich es gesagt oder gethan hätte. Meine Brüder mögen einig sein und nicht eher über die Sache weitersprechen, als bis Old Shatterhand das ›tiefe Wasser‹ gesehen hat.«

Er hatte jedenfalls einen guten Grund, dies Verlangen an uns zu stellen; darum war ich nun still. Ich hatte übrigens meine Absicht erreicht, zu erfahren, was von der Grausamkeit oder Humanität der Nijoras zu halten war, natürlich soweit das Wort Humanität auf Indianer in Anwendung gebracht werden kann.

Die lange Schlange unseres Zuges bewegte sich schnell und ohne Windungen über nackten Felsenboden hin. Es war ringsum kein Halm zu sehen. Darum erstaunte ich, als ich plötzlich einen Wald oder richtiger gesagt, ein Wäldchen vor uns auftauchen sah, dessen Form ein länglicher Kreis zu sein schien.

»Das ist das tiefe Wasser,« sagte Winnetou, indem er nach dem Walde deutete.

»Es liegt inmitten des Wäldchens?« fragte ich.

»Ja.«

»So ist die Stelle, wie es scheint, allerdings der Überrest eines früheren Kraters.«

Wir kamen von Osten her. Da machte Winnetou einen Bogen, in der Absicht, von Süden her an das Wäldchen zu kommen.

»Weshalb diesen Umweg?« fragte ich ihn.

»Weil die Mogollons von Norden kommen werden, und nicht gleich unsere Spuren sehen sollen.«

Es war ganz eigentümlich, daß die äußeren Bäume des Wäldchens ohne allen Übergang vom Grase zur Staude, zum Strauche und Baume, gleich hoch aufgestiegen waren. Es gab eine so scharfe Vegetationsgrenze, wie ich sie noch nicht gesehen hatte. Da, wo wir den Wald erreichten, gab es eine Lücke in demselben. Winnetou stieg vom Pferde und sagte:

»Diese Lücke führt nach dem ›tiefen Wasser‹. Unsere Pferde dürfen nicht mit hinein, aber auch nicht hier bei den Bäumen bleiben, weil sie uns verraten würden. Zehn von den Kriegern der Nijoras mögen mit ihnen soweit nach Süden reiten, bis sie von hier aus nicht mehr gesehen werden können. Dort müssen sie warten, bis wir sie herbeirufen lassen.«

»Scharfes Auge« bestimmte zehn Männer, welche der Weisung zu folgen hatten; die übrigen drangen durch die Lücke ein. Das Innere des Platzes verwunderte mich noch mehr, als das Äußere.

Ich sah einen kleinen, kreisrunden See von ungefähr fünfzig Ellen Durchmesser. Das Wasser war hell und durchsichtig wie Kristall. Sein Spiegel lag nicht zu unsern Füßen, sondern tiefer unten; die Tiefe mochte wohl zehn bis zwölf Ellen betragen. Dort gab es rund um das Wasser einen breiten, mit dichtem Grase bewachsenen Rand, von welchem eine sanft ansteigende Böschung, die ebenso grasig war, herauf zu uns führte. Rundum gab es hier oben wieder einen breiten, grünen Rand, welchen das Wäldchen umsäumte. Das Ganze hatte eine Ähnlichkeit mit einer doppeltgeränderten Schüssel, welche nur bis zum untern Rande mit Wasser gefüllt ist. Alles Gras, oben und unten, war niedergetreten. Winnetou machte mich darauf aufmerksam und fragte:

»Weiß mein Bruder, wer hier gewesen ist und das Gras so zerstampft hat?«

»Der ›starke Wind‹ natürlich mit seinen Mogollons.«

»Seit wann kann er fort sein?«

Ich untersuchte das Gras und antwortete:

»Seit wenig über eine Stunde.«

»Das ist richtig. Wir sind nicht zu spät, aber auch nicht zu früh gekommen. Wir haben vor uns Mogollons, und hinter uns Mogollons. Die letzteren müssen hier unser werden. Mein Bruder Shatterhand mag bestimmen, in welcher Weise das geschehen soll!«

Die Aufgabe war so leicht, daß ein Kind sie lösen konnte. Es verstand sich von selbst, daß die Mogollons, wenn sie mit Jonathan Melton kamen, ihre Pferde tränken würden; sie mußten also mit ihnen hinab zum Wasser, auf den untern Rand der Vertiefung. Wenn sie sich da unten befanden, konnten sie nicht über den zehn Ellen höheren oberen Rand blicken. Wenn wir uns in dem Wäldchen versteckten, bis sie kamen, und dann warteten, bis sie ihre Pferde hinunter zum Wasser geführt hatten, so brauchten wir nur hervorzutreten und unsere Gewehre über den oberen Rand hinabzuhalten, um ihrer vollständig Herr zu sein. Widerstand von ihrer Seite konnte nur ein Blödsinniger für ratsam halten. Sie waren wenig über fünfzig und wir beinahe hundert; es kamen also auf jeden von ihnen zwei Schüsse von uns. Und dazu standen sie frei und schutzlos da unten vor unsern Läufen, während sie, wenn wir uns niederlegten, von uns nur die Gewehre zu sehen bekamen. Die Sache war, wie gesagt, reines Kinderspiel, und ihnen unsere Kugeln hinabzusenden, wäre, wenn sie nicht so wahnsinnig waren, auf uns zu schießen, mehr als nur Mord gewesen. Darum sagte ich zu dem Unterhäuptlinge, welcher bei mir und Winnetou stand:

»Mein Bruder ist ein mutiger Krieger; aber seine Tapferkeit wird hier nicht auf die Probe gestellt werden. Ich bitte dich, deine Leute einen Kreis um den See bilden zu lassen. Wenn das geschehen ist, mag jeder von seinem Orte aus sich rückwärts in den Wald verbergen und da stecken bleiben, bis die Mogollons kommen. Diese werden ihre Pferde hinab zu dem Wasser führen. Da trete ich wahrscheinlich unter den Bäumen hervor; unsere Krieger aber müssen noch stecken bleiben; sie sehen mich. Sobald ich den Arm erhebe, kommen auch sie heraus, legen sich auf den obern Rand des Sees, sodaß sie einen Kreis bilden, und zielen mit ihren Gewehren auf die unten befindlichen Feinde. Aber schießen dürfen sie nicht, auch dann noch nicht, wenn ich oder Winnetou schießen sollte. Erst wenn ich ihnen den lauten Befehl dazu zurufe, dürfen sie es thun, und dann sollen sie nur auf die Feinde schießen, welche herauf nach ihnen zielen. Es darf kein Mogollon, der sich nicht wehrt, verletzt werden. Wer gegen diesen Befehl handelt, den kann ich zwar nicht bestrafen, aber wir werden dafür sorgen, daß er bei seinem Stamme als ein Feigling gilt. Ist dir das recht?«

»Mein Bruder hat es gesagt, also ist es recht,« antwortete er.

»Das Leben der Mogollons soll euch heilig sein; aber alles, was sie bei sich haben, auch ihre Medizinen, soll euch als Beute gehören.«

»Und ihr? Was nehmt ihr für euch?«

»Nichts. Wir ziehen nicht aus, um Krieg zu führen und Beute zu machen.«

Da leuchteten seine Augen auf. Ein Indianer verliert lieber sein Leben, seinen Skalp als seine Medizin, welche das größte Heiligtum ist, welches er besitzt. Ich setze da voraus, daß man weiß, was unter der Medizin eines Indianers zu verstehen ist, nämlich nicht etwa das, was dieses Wort bei uns bedeutet, ein Heilmittel, sondern einen Gegenstand, den er nach langen Prüfungen und Kämpfen als Panier erwählt und mit seinem letzten Blutstropfen verteidigt. Wer seine Medizin verliert, wird solange für ehrlos gehalten und aus dem Stamme geschieden, bis er sich dafür die Medizin irgend eines berühmten Feindes erobert hat.

Daher die Freude des »scharfen Auges«, als ich ihm sagte, daß ihm und seinen Kriegern die Medizinen der Mogollons gehören sollten. Das war ihm lieber, als wenn ich ihm ihr Leben und ihre Kopfhäute zugesprochen hätte.

»Ich sehe, daß mein Bruder es ehrlich mit uns meint,« rief er entzückt aus. »Die Hunde der Mogollons sind ausgezogen, uns zu zerreißen; sie werden heulen vor Scham und Entsetzen, wenn sie ohne ihre Medizinen in die Löcher zurückkehren müssen, aus denen sie hervorgekrochen sind! Was haben wir noch zu thun?«

»Nichts, was ich jetzt schon bestimmen könnte; der Augenblick muß es ergeben. Sage aber deinen Kriegern, daß sie auf mich achten und jedes laute Wort, welches ich ihnen zurufe, befolgen sollen! Du selbst wirst in meiner Nähe bleiben.«

Er rief seine Leute zusammen und teilte ihnen meine Anordnungen mit, welche sofort befolgt wurden. Bald hatten sie sich so in dem Wäldchen versteckt, daß keiner von ihnen zu sehen war. Wie nach Süden, so gab es auch nach Norden eine Lücke zwischen den Bäumen, durch welche man herein zum Wasser kommen konnte. Von dieser Seite waren die Mogollons zu erwarten. Sonst gab es keine Stelle, an welcher ein Reiter herein konnte. Damit an diesen beiden Eingängen sichere Leute zu stehen kamen, besetzte Winnetou mit Emery den südlichen, ich mit Dunker und dem »scharfen Auge« den nördlichen. Daß unsere Spuren uns verraten würden, war nicht zu befürchten, denn wir hatten das Gras nicht noch mehr niedergetreten, als es schon vorher zu Boden gestampft gewesen war.

Wenn vorhin Winnetou gesagt hatte, wir seien weder zu spät noch zu früh gekommen, so hatte er recht gehabt, denn jetzt, da unsere Vorbereitungen getroffen waren, sah ich, als ich am nördlichen Eingange durch die Bäume lugte, eine Reiterschar über die Ebene auf das Wäldchen zukommen. Sie war noch so weit entfernt, daß man die einzelnen Reiter nicht zu unterscheiden vermochte, doch konnten es nicht viel mehr und auch nicht viel weniger als fünfzig sein; es waren also die, welche wir erwarteten. Darauf rief ich so laut, daß jeder es hören konnte:

»Sie kommen. Daß ja kein Nijora sich vor der Zeit sehen läßt!«

Winnetou und Emery, welche bis jetzt noch außerhalb der Bäume gestanden hatten, verschwanden darunter. Dunker, der neben mir durch den Ausgang blickte, sagte zu mir:

»Sie kommen sehr schnell näher. Man kann sie schon deutlich erkennen. Die Lady reitet mit Melton voran. Nun werden sie halten bleiben, um einen Kundschafter herzusenden.«

» *Pshaw*! Dazu sind sie zu unvorsichtig. Auch wäre es zu spät, da sie, wenn sich Feinde hier befänden, nun doch von diesen schon bemerkt sein würden.«

»*Well!* Meint Ihr, daß wir etwa keine Feinde von ihnen sind? Ich denke doch, und zwar was für welche!«

»Sie werden es sehr bald erfahren. Doch kommt; wir müssen uns nun auch verstecken!«

Wir krochen mit dem ›scharfen Auge‹ unter die Bäume und zogen uns da so weit zurück, daß wir von draußen nicht gesehen werden, aber doch alles sehen konnten.

Jetzt hörten wir schon das Getrappel der Pferdehufe. Sie kamen; sie waren da. Sie hielten draußen, weil der Eingang zu schmal war, alle schnell hereinzulassen. Wir sahen sie hereinkommen, die Mogollons und Yumas, einen nach dem andern. Sie stiegen ab und führten, wie wir vermutet hatten, die Pferde hinunter an das Wasser, von wo wir ihre Stimmen laut heraufklingen hörten.

Zuletzt kam Melton mit der Jüdin. Sie waren zuvor vorangeritten, dann aber draußen halten geblieben, um die andern erst hereinzulassen. Er stieg von seinem Pferde und half ihr von dem ihrigen herab.

»Bist du müde?« hörte ich ihn fragen.

»Nein, ich habe mit meinem Häuptling tagelang zu Pferde gesessen.«

»Als er noch dein lieber‹ Roter war; später dann aber wohl nicht mehr!« lachte er. »Bleib oben; ich will dein Pferd mit hinunternehmen. Die Tiere müssen hier trinken, weil wir nicht lange hier bleiben und bis zur Quelle des Schattens kein Wasser wieder finden.«

Er stieg mit den Pferden die sanfte Böschung hinab; sie blieb stehen; sie war die einzige Person, welche sich noch oben befand. Das Wasser lag so tief, daß sie von dort aus nicht gesehen werden konnte. Jetzt war es Zeit für mich. Ich kroch unter den Bäumen hervor und stand, den Henrystutzen in der Linken, hinter ihr.

»Guten Morgen, Sennora!« sagte ich.

Sie fuhr herum. Als sie mich erblickte, sah ich, daß sie einen Schrei des Schreckens ausstoßen wollte; er blieb aber in ihrem Munde zurück. Ihre Augen waren vor Entsetzen weit geöffnet.

»Sie staunen mich an wie einen Fremden? Hoffentlich haben Sie die Güte, sich meiner noch zu erinnern. Es ist doch noch gar nicht so lange her, daß wir uns zum letztenmal gesehen haben.«

»Old – Old – Shatter – hand!« stammelte sie.

»Ja, so heiße ich. Es freut mich, daß Sie meinen Namen noch nicht vergessen haben.«

»Was – was wollen – Sie – Sie hier?«

»Sie will ich, Sie und Ihren geliebten Jonathan.«

»Das – das ist ja Wahnsinn! Sie sind unser Feind. Wissen Sie, daß wir fünfzig und noch mehr Indianer bei uns haben!«

Sie stieß das sehr schnell und drohend hervor, aber doch nicht laut, weil der Schreck noch jetzt nachwirkte.

»Freilich weiß ich das!« sagte ich.

»Sie sind verloren, passen Sie auf!«

Sie ergriff meinen Arm, um mich festzuhalten, damit ich nicht entfliehen könne, wendete sich nach dem Wasser um und wollte einen Ruf ausstoßen; aber ehe derselbe über ihre Lippen kam, hielt ich ihr die Mündung des Stutzens vor den Kopf und drohte:

»Kein Wort, Sennora, sonst bekommen Sie augenblicklich eine Kugel! Mister Dunker!«

Der Gerufene kam hervorgekrochen und fragte:

»Was soll ich, Sir?«

»Auf die Lady Achtung geben, damit sie uns nicht spazieren geht. Behandelt sie mit liebevoller Teilnahme, Mister!«

» *Well*, soll mir eine Freude sein! Seht Ihr dies Messer, Mylady? Sobald Ihr den kleinsten Schritt von der Stelle thut, schneide ich Euch beide Ohren ab. Ich nenne mich Will Dunker und halte Wort!«

Er hielt ihr sein Messer vor das Gesicht. Ich wendete mich ab und hob den Arm in die Höhe. Da kamen rundum die Nijoras unter den Bäumen hervorgekrochen und thaten, was ihnen befohlen worden war. Sich am Rande der Böschung niederstreckend, legten sie ihre

Gewehre auf die Untenstehenden an. Da hörte ich Meltons laute Stimme:

»Tausend Wetter! Was ist das! Gewehre rundum! Wer ist da oben?«

Er hatte heraufsteigen wollen und die auf ihn gerichteten Läufe bemerkt. Ich trat so weit vor, daß er mich sehen konnte, und antwortete:

»Hundert geladene Flintenläufe, Sir! Das ist ein Morgengruß, den ich Euch bringe.«

»Old Shatterhand! Old –«

Er sprach den Namen zum zweitenmal nicht ganz aus, riß sein Gewehr, welches er über die Schulter hängen hatte, los, legte es auf mich an und drückte ab. Ich hatte aber Zeit, mich niederzuwerfen; die Kugel machte ein Loch in die Atmosphäre. Dann war ich schnell wieder auf, richtete den Stutzen auf ihn und rief:

»Wirf das Gewehr weg, Canaille, sonst schieße ich!«

Er behielt es in den Händen und starrte mich an.

»Weg damit, sonst gebe ich dir die Kugel! Eins – zwei –«

Er ließ es fallen. Der Schuß war für alle seine Roten wie ein Signal gewesen, nach oben zu blicken. Sie sahen mich und sahen auch die Gewehre. Die Mogollons kannten mich nicht; aber einige Yumas riefen meinen Namen. Er wurde überall gehört.

»Ja, ich bin Old Shatterhand,« rief ich. »Dort steht Winnetou, der Häuptling der Apatschen« – Winnetou hatte, wie die andern, im Grase gelegen; jetzt stand er auf, um sich den Feinden zu zeigen – »und rundum stehen die Krieger der Nijoras. Erhebt euch aus dem Grase!«

Sie standen auf und bildeten rundum eine ununterbrochene Kette von Männern, welche die Läufe ihrer Gewehre nach unten gerichtet hielten. Da ertönte drüben neben Winnetou eine Stimme:

»Soll ich denn allein im Grase hocken bleiben! Hier steht Emery Bothwell, der Englishman. Ich werde euch zeigen, wie man es zu machen hat!«

Er stieg langsam und gemächlich hinab zu den Mogollons, ergriff die Flinte des ihm Nächststehenden, hielt sie einem Nijora empor, damit dieser sie nehmen solle und befahl mit lauttönender Stimme:

»Die Mogollons mögen ihre Gewehre hinaufgeben und ihre Messer hinaufwerfen, wenn sie nicht augenblicklich erschossen sein wollen!«

Und sich einem andern zuwendend, der ihn wie eine Geistererscheinung anstierte, schnauzte er denselben an:

»Na, wird es bald! Hinauf mit der Flinte, sonst –«

Er zog den Revolver und hielt ihn dem Roten vor die Brust. Sofort gab dieser sein Gewehr hinauf. War es das Beispiel des letzteren oder das kühne Auftreten des Englishman, waren es die vielen, drohend nach unten gerichteten Gewehre, that es die Überraschung oder wirkte das alles zusammen, kurz und gut, die Mogollons wagten es nicht, zu widerstehen; noch weniger aber wagte einer von ihnen einen Schuß. Sie reichten ihre Gewehre herauf und warfen dann auch ihre Messer nach oben; sie schienen keinen Willen zu haben als nur den, zu gehorchen. Es war eine Panik über sie gekomen. Desto wilder gebärdete sich Melton. Er rief ihnen zu, nicht zu gehorchen; er befahl ihnen, zu schießen; er zeterte und schimpfte; er nannte sie Feiglinge; aber seine Flinte aufzuheben, selbst Widerstand zu leisten, das wagte auch er nicht. Emery, welcher sich noch unten befand, ging hin zu ihm, hob das Gewehr auf, hielt ihm den Revolver vor das Gesicht und drohte:

»Schweig, dummer Junge, sonst bringe ich deine Zunge zur Ruhe! Noch ein Wort, so ist es aus mit aller Rede, die du halten willst! Gieb her das Zeug, welches du nicht wieder brauchen wirst!«

Er nahm ihm die andern Waffen aus dem Gürtel und kam dann herauf zu mir gestiegen.

»Alles in Ordnung, Charley,« sagte er. »Entwaffnet ist die Bande. Was soll nun geschehen?«

Fesseln. Sie dürfen einzeln, nacheinander herauf, um gebunden zu werden.«

»*Well*! Wer nicht kommt, erhält eine Kugel.«

Er stieg wieder hinab. Winnetou und Dunker folgten ihm, nachdem der letztere die Jüdin einem Nijora übergeben hatte. Auch scharfes

Auge‹ ging hinab, um die Zaudernden durch Drohungen zu veranlassen, Gehorsam zu leisten. Übrigens handelten die meisten Mogollons klug; sie sahen ein, daß Widerstand aussichtslos war, und ergaben sich in die Gefangenschaft. Die weniger Verständigen mußten schließlich diesem Beispiele folgen. Das Binden ging außerordentlich schnell. Jeder bekam seinen eigenen Lasso um die Arme und Beine geschnürt und wurde dann ins Gras gelegt.

Der letzte, den wir uns aufgehoben hatten, war Jonathan Melton. Er hatte erst wilde, unternehmende Blicke um sich geworfen und ganz das Gebaren eines Mannes gezeigt, der nach einem Auswege zur Flucht sucht; er wäre aber blind gewesen, wenn er nicht bemerkt hätte, daß jeder Versuch nur sein Leben in Gefahr bringen mußte. Ein einzigesmal machte er drei, vier rasche Schritte an der Böschung herauf; da aber rief ihm Judith voller Angst zu:

»Bleib unten; bleib unten; sie schießen sonst auf dich! Ergieb dich drein! Ich sehe es hier oben besser als du, daß keine Rettung ist. Diese Menschen sind schrecklich!«

Da machte er die wenigen Schritte zurück, setzte sich nieder und sah dumpf vor sich hin in das Wasser. Nach einer Weile stand er auf, holte einen Stein, welcher in der Nähe lag, und setzte sich wieder nieder. Was wollte er mit dem Steine? Das fragte ich mich, ohne aber eine Antwort zu finden. Ihn als Gegenwaffe, als Wurfgeschoß zu gebrauchen? Lächerlich!

So hatte er gesessen, bis der letzte Yuma und der letzte Mogollon gebunden war. Da trat Emery zu ihm und fragte zu mir herauf:

»Der Halunke soll doch auch gefesselt werden?«

»Natürlich.«

»Und wenn er sich wehrt?«

»Schlägst du ihn mit dem Gewehrkolben nieder; dann wird er schon gehorchen!«

Da fuhr Melton schnell in die Höhe, sprang einige Schritte von Emery zurück und rief mir zu:

»Binden soll ich mich lassen?«

»Ja, Master. Ich habe es befohlen, und da wird es wohl nicht anders werden. Ergebt Ihr euch nicht drein, so machen wir Euch ein wenig besinnungslos; ein guter Hieb bringt das schnell fertig. Wenn Ihr dann erwacht, seid Ihr gefesselt!«

»Die Mogollons werden mich befreien!«

»Bildet Euch das nicht ein! Es stehen schon vierhundert Nijoras bereit, sie zu empfangen. Ihr seht ja hier bei mir hundert Gegner in ihrem Rücken.«

»Das ist dein Werk, du Satan!« zischte er. »Was habt Ihr mit mir vor?«

»Wir bringen Euch zur Polizei, die so große Sehnsucht nach Euch hat.«

»Wo ist mein Vater?«

»Auch bereits unterwegs zu ihr.«

»Und sein Geld?«

»Hat Mister Vogel, dem es gehört.«

»Tausendmal die Verdammnis über Euch!«

Das schrie er mit einer überschnappenden Stimme, wie so wütend ich noch keine gehört hatte. Dann machte er zwei Schritte nach dem Wasser zu, als ob er sich hineinstürzen wolle, um sich zu ersäufen, fuhr aber wieder zurück, wohl weil er keinen Mut dazu hatte, riß die Tasche, welche er am Riemen um die Schulter trug, herab, machte sie auf, ehe es Emery verhindern konnte, that den Stein hinein, schloß sie zu und schleuderte sie, ein Gelächter verzweiflungsvollen Hohnes ausstoßend, weit hinaus in das Wasser, wo sie sofort unterging. Als dies geschah, stieß Judith einen durchdringenden Schrei aus, schlug die Hände vor das Gesicht und stöhnte:

»Fort, fort, verloren! Für immer und ewig verloren!«

Dann rannte sie wie eine Wütende zu ihm hinab und brüllte ihn an:

»Feigling! Verräter! Betrüger! Das gehörte auch mit mir! Das war auch mit mein! Nun ist es fort, unwiederbringlich fort!«

»Ja, fort – fort!« wiederholte er wie geistesabwesend.

»Und es war mein Eigentum geradeso wie das deinige! Du hattest es mir versprochen! Er war der Preis, der Kaufpreis meines Herzens! Meinst du denn, daß ich dich geliebt hätte ohne das Geld? Und du wirfst es fort, du Wicht, du elender Schwächling, du –!«

Sie faßte ihn bei den Armen und schüttelte ihn hin und her. Da stieß er sie von sich fort und rief:

»Weg von mir, Schlange! Nur du hast mich in das Verderben getrieben! Wäre ich dir nicht nach deinem Pueblo gefolgt, so hätte ich jetzt alles, wonach mein Herz geschmachtet und getrachtet hat, auch die Freiheit, die ich nun verloren habe. Ich bin gefangen – gefangen – gefangen!«

»Recht so, recht so!« rief sie, ihn wieder fassend und schüttelnd. »Nun du mich um das Geld betrogen hast, hasse ich dich. Ich freue mich deiner Gefangenschaft und werde entzückt sein, wenn ich höre, daß der Scharfrichter, hörst du, der Scharf –«

Sie konnte nicht weiter; er schnürte ihr mit der Hand die Kehle zu und schrie in höchster Wut.

»Vorn Scharfrichter redest du, von meinem Tode! Da sollst du doch, ehe mir die Hände gefesselt werden, mir vorangehen! Fahre hin, du Satansweib; fahre hin in die Hölle, aus welcher du gekommen bist!«

Er schleuderte sie mit Anspannung aller seiner Kräfte von sich und hinein in das Wasser des grundlosen Sees, beugte sich weit über das Ufer hinaus und rief ihr im Tone eines Wahnsinnigen nach:

»Da unten, unten ist die Tasche! Suche sie! Ich habe sie dir versprochen; nun hast du sie. Gratuliere, gratuliere!«

Ich rannte hinab, um dem Weibe nachzuspringen; da aber stürzte sich schon Winnetou hinein. Nach einigen Sekunden kam er mit ihr empor, und die Hände mehrerer Indianer streckten sich aus, sie ihm abzunehmen. Melton blickte gar nicht hin; er hatte mich beim Arme gefaßt und zischte mich an:

»Ihr seid mir nach, um mein Geld, mein Geld, das viele Geld zu bekommen! Ist es nicht so, Sir?«

»Ja,« antwortete ich ruhig.

»So springt hier hinein, und holt es Euch aus dem See. Ich habe es hineingeworfen!«

»Das ist nicht wahr!«

»Nicht wahr? Nicht wahr? Sir, ich hatte es in der Tasche, in der Tasche, welche vorhin im Wasser verschwunden ist. Verschwunden – verschwunden! Wißt ihr, was das heißt? Man giebt seine Ehre, sein Gewissen, seine Ruhe, seine Seligkeit dafür hin; man tritt die Gesetze mit Füßen; man – man -man thut alles, um es zu gewinnen. Und wenn man es erlangt hat, muß man sich in der Wildnis verbergen, wo man es nicht genießen kann, rennt hinter einem verruchten Weibe her, welches das Geld, aber nicht die Qualen des Gewissens mit einem teilen will, und wirft es, um es nicht hergeben zu müssen, in das Wasser – ins Wasser – ins Wasser! Wißt Ihr, Sir, was das heißen will?«

Es war eine Scene von solcher Häßlichkeit, daß sich die Feder sträubt, sie zu beschreiben. Ich schüttelte den Kerl von mir ab, bat Emery, ihn doch nun binden zu lassen, und ging nach der Stelle, an welcher die Jüdin lag. Es war nur eine Ohnmacht, welche sie umfangen hielt; tot konnte sie nicht sein; dazu war sie viel zu kurze Zeit im Wasser gewesen. Ich nahm ihre Hand, um den Puls zu fühlen; er ging langsam und schwach, aber doch bemerkbar. Sie lebte, und ich brauchte also um sie keine Sorge zu haben; ja, ich war so hartherzig, mir zu sagen, daß das Wasserbad ihr gar nichts schaden könne. Ich ließ sie also liegen, um mich um Dinge zu bekümmern, welche notwendiger waren.

Zunächst galt es, die Nijoras zu benachrichtigen, daß wir jetzt die Mogollons gefangen hatten. Ich schickte also einen der Kundschafter ab, welcher seinem Häuptlinge die Botschaft überbringen sollte. Dabei schärfte ich ihm ein, sich ja nicht von den Mogollons sehen zu lassen. Diese waren nach der Quelle des Schattens unterwegs, und er mußte also nicht nur sie und die Quelle umreiten, sondern auch dafür sorgen, daß dahinter seine Spuren unsichtbar blieben, denn, wenn sie von den Feinden gesehen wurden, stand zu befürchten, daß sie Verdacht schöpften.

Nun wollte ich gerne erfahren, ob die Mogollons ihre beiden Gefangenen mitgenommen oder am weißen Felsen zurückgelassen hatten; das mußte mir die Fährte sagen. Am tiefen Wasser konnten wir dieselbe nicht ansprechen, da der Boden ganz zertreten war; ich ging also mit Winnetou fort, um das Gebüsch zu umkreisen. Richtig! Auf der westlichen Seite desselben – wir waren von der östlichen gekommen – entdeckten wir die Spur des Wagens; dort hatte er gestanden. Aus den Stapfen ersahen wir, daß die Pferde ausgespannt worden waren, um getränkt zu werden. Dann führte die Spur um den Platz herum, wo sie sich wieder mit der breiten Fährte der fortgezogenen Mogollons vereinigte.

Daß diese die Sängerin und den Advokaten mitgenommen hatten, deutete auf ihre Überzeugung, die Nijoras vollständig überrumpeln und besiegen zu können. Darauf wies Winnetou hin, als er kopfschüttelnd sagte:

»Der ›starke Wind‹ muß seines Sieges ganz sicher sein, sonst hätte er die beiden Bleichgesichter nicht mitgenommen. Aber warum er sie überhaupt mitgenommen hat? Sie können ihm nur hinderlich sein. Aber vielleicht hat er keinen Nutzen, sondern nur die Verhütung eines Schadens beabsichtigt.«

»Du meinst ihre Flucht?«

»Ja. Er hat alle zuverlässigen Krieger mitgenommen und nur die Alten, Weiber, Knaben und Mädchen im Lager zurückgelassen. Diese Leute aber taugen nichts zur Bewachung von Gefangenen. Wie leicht konnten sie also fliehen!«

»Dies ist allerdings der einzige Grund, den ich aufzufinden vermag, kann aber selbst ihn nicht als vollwichtige Ursache gelten lassen, weil das Mitschleppen des Wagens und seiner Insassen Beschwerden und Störungen bereiten muß. Auch wenn er sie bei sich hat, muß er sie Tag und Nacht beobachten lassen. Wären sie aber, und einige Krieger mit ihnen, im Lager beim weißen Felsen zurückgeblieben, so befanden sie sich unter guter Obhut, und er konnte sich auf dem Kriegszuge, den er angetreten hat, frei bewegen.«

»Mein Bruder hat sehr richtig gesprochen; aber dieser Grund ist der einzige, den man sich denken kann, obgleich es nicht klug ist, danach zu handeln.«

»Dazu kommt das Terrain, auf welchem die Mogollons sich bewegen müssen. Denke doch an den Hohlweg, welcher auf die Platte des Cañons hinauf- und jenseits wieder hinabführt! Wie können sie da mit dem Wagen fortkommen!«

»Vielleicht kennen sie den Weg nicht genau und haben geglaubt, daß man da auch mit einem Wagen fahren kann.«

»Dann sind sie außerordentlich unvorsichtige Leute. Wenn man einen feindlichen Stamm überfallen will, bekümmert man sich doch um die Wege, welche dahin führen. Wie du mir die Gegend beschrieben hast, können sie mit dem Wagen gar nicht viel weiter als bis zu der Quelle des Schattens kommen. Dort werden sie diese Nacht lagern. Meinst du nicht, daß es notwendig ist, sie da zu beobachten?«

»Es ist notwendig.«

»Kann aber nur in der Dunkelheit des Abends geschehen?«

»Nahe an sie herankommen kann man freilich nur des Nachts; besser aber ist es, wenn ich ihnen schon am Tage nachreite. Mein Bruder Scharlieh mag mir später folgen und es so einrichten, daß er in der Dunkelheit dort ankommt.«

»Schön. Wie und wo treffen wir uns?«

»Du warst schon mit an der Quelle und kennst sie also. Ich werde dir soweit entgegenreiten, bis ich mich zehn Büchsenschüsse von der Quelle entfernt habe; da warte ich auf dich. Wenn du soweit herangekommen bist, lässest du deinen Bärentöter einmal sprechen, und ich antworte mit meiner Silberbüchse. Wir kennen die Stimmen unserer Gewehre genau und werden uns leicht zusammenfinden.«

»Gut! Jedenfalls kehren wir dann nicht wieder nach hier zurück?«

»Nein. Die Unsrigen müssen nachkommen. Sie mögen noch während der Nacht mit den Gefangenen aufbrechen und es so einrichten, daß sie eine Stunde nach Anbruch des Tages zu uns stoßen. Dann werden die Mogollons schon von der Quelle aufgebrochen sein. Ich tränke jetzt mein Pferd, und dann reite ich fort.«

»So sag den Nijoras, daß sie auch die andern Pferde bringen mögen.«

Er entfernte sich südwärts, wohin wir unsere Pferde geschickt hatten, und diese wurden gebracht. Als er das seinige getränkt hatte, ritt er davon. Er war der beste Kundschafter, welchen ich den Mogollons nachsenden konnte.

Da wir nun so lange am tiefen Wasser lagern mußten, machten wir es uns daran so bequem wie möglich. Weniger bequem hatten es die

Gefangenen, weil sie alle gefesselt waren. Auch Judith wurde gebunden, als sie aus ihrer Ohnmacht erwachte. Das besorgte der lange Dunker, welcher mit ihr nicht viel Federlesens machte. Er war so malitiös, sie neben ihren gefesselten Jonathan ins Gras zu legen. Als ich ihn darüber zur Rede setzte, fragte er mich:

»Meint Ihr etwa, daß uns das schaden könnte, Sir?«

»Ja. Läßt man solche Gefangene gern miteinander sprechen? Sie können doch einen Plan zur Flucht miteinander bereden oder sich über Ausreden und sonstige falsche Aussagen einigen.«

»Mögen sie! Wir brauchen ihre Aussagen nicht; wir haben ja Beweise genug. Seht Ihr denn nicht ein, weshalb ich sie zu einander gebracht habe?«

»Aus Bosheit, aus reiner Bosheit, Master Dunker. Oder nicht?«

»Nein, nicht aus Bosheit. Höchstens könnte man es eine kleine Schalkhaftigkeit nennen. Nach dem, was geschehen ist, nehme ich an, daß sie nicht sehr zärtlich miteinander sprechen werden. Ich möchte, daß sie einander ärgern. Seht doch einmal hin! Die Blicke, welche sie sich gegenseitig zuwerfen! Die giftigen Mienen, die sie ziehen! *Well*, ich muß hin zu ihnen, um einmal zuzuhören.«

Er näherte sich ihnen und setzte sich dann zu ihren Häupten nieder, sodaß sie ihn nicht sehen konnten. Das Gesicht, welches der alte Schabernack dann schnitt, sagte mir sehr deutlich, daß er sich über die Reden, welche sie sich zuwarfen, köstlich amüsierte. Ich aber legte mich in den Schatten unter die Bäume und schlief ein, denn es stand zu erwarten, daß die nächste Nacht mir nicht viel Schlaf bieten werde.

Man war so verständig, mich ungestört schlafen zu lassen. Als man mich endlich weckte, fühlte ich mich genugsam gestärkt, denn es war zwei Stunden vor Untergang der Sonne. Vielleicht hätte man mich gar noch länger schlafen lassen, wenn nicht jonathan Melton und die Jüdin eifrig nach mir verlangt hätten. Als ich zu ihnen kam, rief mir die letztere zornig zu:

»Herr, warum bringt man mich hier mit diesem Menschen zusammen? Dieser Mörder, dieser Halunke, welcher aus Furcht das viele Geld in das Wasser geworfen und mich darum betrogen hat, muß weg, muß fort von hier, wenn ich nicht aus lauter Wut ersticken soll.«

»Sonderbar! Gestern sprachen Sie noch ganz anders erst von ihm und dann auch mit ihm.«

»Was wissen Sie davon!«

»O, ich weiß alles.«

»Alles? Nichts, gar nichts wissen Sie! Wo bin ich denn gestern abend gewesen?«

Sie fragte das in höhnischem Tone; ich antwortete lächelnd.

»An der Quelle des Schlangenberges. Man hatte Ihnen hart an der Quelle eine Hütte gebaut. Vor derselben saßen Sie erst mit dem braven Yuma, welcher uns als Wirt so liebenswürdig behandelt hat. Ich weiß sogar, daß Sie von mir und von anderen gesprochen haben, was zu wiederholen ich keine Lust habe. Dann kam Ihr lieber Sennor Jonathan.«

»Der? – Woher?«

»Vom weißen Felsen. Er war mit den Mogollons ausgeritten, uns zu fangen; da er aber kein Geschick dazu hat, ist das Gegenteil erfolgt: wir haben ihn erwischt. Wollen Sie das, was ich jetzt erzähle, leugnen?«

»Ja. Sie raten nur; Sie schlagen auf den Busch.«

»Gar nicht. Sennor Jonathan hatte mit den Mogollons an der Quelle lagern wollen und Ihr Feuer gesehen, welches förmlich haushoch brannte. Da ließ er die Roten zurück und kam zunächst allein, um zu erkunden, wer an der Quelle lagerte. Sie werden nicht wieder in eine solche Lage kommen, sonst würde ich Sie darauf aufmerksam machen, daß es eine unverzeihliche Unvorsichtigkeit ist, so große Feuer lodern zu lassen. Man wird dadurch entdeckt. Sie erinnern sich jedenfalls, wie außerordentlich freundlich Sie ihn empfingen, als er kam.«

»Da – da – da haben Sie uns wohl belauscht?« gestand sie endlich ein, wenn auch nur indirekterweise. »Wo steckten Sie denn?«

»Unter den Bäumen jenseits des Wassers, gerade Ihnen gegenüber. Ich hörte jedes Wort, welches gesprochen wurde, und nahm mir natürlich vor, Ihnen heute hier einen freundlichen guten Morgen zu sagen.«

Da bäumte sie sich halb empor und sandte mir einen wütenden Blick zu. Melton war erbost, daß Judith sich hatte übertölpeln lassen und machte ihr heftige Vorwürfe. Dann sagte er zu mir:

»Mir kommt kein Lauscher so weit zu nahe, daß er hören kann, was ich spreche.«

»Da irrt Ihr Euch sehr, Mister Melton. Ich könnte Euch das Gegenteil beweisen.«

»Thut es doch!«

»Habe keine Zeit dazu. Nur auf einen Fall will ich Euch aufmerksam machen. Damals auf dem Schiffe nach Tunis hat Winnetou in Eurer Gegenwart Euern Koffer geöffnet, um uns Eure heimlichen Papiere zu bringen, die wir in unserer Koje gelesen haben. Er hat Euch zu diesem Zwecke den Schlüssel aus der Tasche genommen, aus einem Kleidungsstücke, welches Ihr auf dem Leibe trugt.«

»Nicht möglich!«

»Nein, nicht möglich, sondern wirklich! Er hat die Papiere dann wieder in den Koffer gethan und Euch den Schlüssel in die Tasche gesteckt. Ist das nicht schwerer als bloßes Lauschen? Ich könnte Euch, wie gesagt, noch mehr erzählen, will es aber unterlassen. Ihr kennt uns noch lange nicht so, wie Ihr uns eigentlich kennen solltet.«

»O, ich kenne Euch mehr als genug. Ihr seid Teufel in Menschengestalt, die weder Gnade noch Erbarmen haben; es ist Euch bisher alles geglückt; aber werdet nur nicht etwa übermütig, denn Ihr werdet gewiß auch noch Euern Meister finden.«

»Etwa Euch?«

»Nein. Mit mir ist's aus; das sehe ich jetzt ein.«

»Wirklich? Seht Ihr das ein?« fragte ich.

Er sah allerdings ungemein niedergeschlagen aus, ganz so wie ein Mensch, welcher alle Hoffnung aufgegeben hat. War dies Wahrheit oder Täuschung? Wollte er mich vielleicht nur sicher machen?

»Ja.« antwortete er. »Ich weiß, daß mein Spiel nun zu Ende ist. Ich bin Euch einigemal glücklich entgangen, immer je später desto schwerer. Aus dem Pueblo da unten entkam ich nur mit Mühe und Not, und ich sagte mir, daß ich verloren sei, wenn es Euch gelingen sollte, mich noch einmal zu ergreifen. Das ist jetzt geschehen.«

»Warum könnt Ihr nicht auch diesmal entkommen? Es ist alles möglich!«

»Nun nicht mehr! Ich sehe den langen Dunker bei Euch. Er ist uns entflohen und zu Euch gekommen. Er wird Euch gesagt haben, wen die Mogollons mit ihm gefangen genommen haben. Nicht?«

»Allerdings.«

»Auch daß die Mogollons gegen die Nijoras ziehen wollen?«

»Ja. Und wir haben diese gewarnt.«

»Den Erfolg sehen wir schon jetzt hier vor uns. Ihr habt hundert Nijoras bei Euch. Ihr werdet die Mogollons überfallen und die Sängerin und auch den Advokaten befreien?«

»Natürlich!«

»Wie könnt Ihr da von der Möglichkeit sprechen, daß ich Euch entkommen kann! Ich weiß, daß ich nichts mehr zu hoffen habe.«

»Memme!« zischte sie ihn an.

»Schweig!« gebot er ihr. »Du bist mir zum Unglück in den Weg gelaufen! Hätte ich dich nicht kennen gelernt, so stände es jetzt anders um mich! Nun bin ich verloren! Aber einen Trost habe ich, einen Trost und eine Freude. Ich habe meiner Beute entsagen müssen; aber es giebt keinen Menschen, dem sie in die Hände fallen wird.«

»Irrt Ihr Euch nicht?« fragte ich.

»Irren? *Pshaw*! Habt Ihr nicht gesehen, daß ich die Millionen in den See geworfen habe!«

»Wären sie nicht herauszuholen?«

»Aus diesem Wasser, dessen Grund noch kein Mensch gefunden hat?«

»Unsinn! jedes Wasser hat einen Grund.«

»So taucht doch einmal da hinab! Ich weiß nicht, wie tief der Mensch zu tauchen vermag; aber wenn Ihr wirklich bis hinunter kämt, wenn

Ihr auch so oft tauchen könntet, bis Ihr die Tasche findet, dann sind die Papiere verdorben, sie sind wertlos geworden.«

»Das glaube ich nicht.«

»Nicht? Ihr denkt, das Wasser kann nicht in die Tasche dringen?«

»Es dringt hinein, nicht nur in die Tragtasche, sondern auch in die Brieftasche, welche in der ersteren steckt und in der sich die Papiere befinden.«

»Brieft – Briefta – Brieftasche? Was wißt Ihr von einer Brieftasche?« fragte er betroffen.

»Ich habe Euch schon gesagt, daß ich alles weiß. Ich habe alles erfahren, obgleich Ihr sagtet, es sei unmöglich, Euch zu belauschen. Master Melton, Ihr seid ein unvorsichtiger, ein außerordentlich unvorsichtiger Mensch! ihr wußtet nicht, was Ihr in Eurer Tasche hattet oder vielmehr, Ihr wußtet nicht, was Ihr nicht in der Tasche hattet.«

»Ich verstehe Euch nicht.«

Ach kenne jeden einzelnen Cent, den ich einstecken habe. Ihr hattet Millionen bei Euch und habt Euch nicht so um dieses Geld bekümmert, wie ich mich um meine wenigen Dollars und Cents bekümmere.«

»Wo wollt Ihr mit diesen Worten hinaus?«

»Befand sich das geraubte Geld wirklich in der schwarzen Ledertasche, welche Ihr umhängen hattet?«

»Ja. Ich kann es jetzt getrost sagen, denn es ist nun weg, und niemand wird es bekommen.«

»Das ist nicht wahr! Das Geld liegt nicht da unten im See.«

»Wo denn?«

»Hier in meiner Tasche.«

Ich klopfte bei diesen Worten auf die Brust.

»Oho! Laßt Euch nicht auslachen! Ihr wollt mich ärgern; denkt aber ja nicht, daß Euch das gelingen wird!«

Es wird mir gelingen. Ich habe das Geld!«

»So zeigt es doch einmal her!«

»Gut! Kennt Ihr dieses Portefeuille?«

Ich zog die Brieftasche hervor und hielt sie ihm nahe. Als sein Auge auf dieselbe fiel, rief er aus:

Alle Wetter! Das ist – das ist – ja, das ist meine –«

»Eure Brieftasche,« ergänzte ich seine Rede.

»Nein, nein! Das kann nicht sein; das darf nicht sein!« schrie er auf. »Es ist eine Brieftasche, welche der meinigen ähnlich sieht. Ich lasse mich nicht täuschen!«

»Ich will es Euch beweisen, daß ich die Wahrheit rede.«

Ich öffnete die Brieftasche und zeigte ihm den Inhalt jedes einzelnen Faches. Er sah, daß es wirklich die Millionentasche war. Man hatte ihn an Händen und Füßen gebunden; dennoch fuhr er mit einem einzigen Rucke auf, fiel aber sofort wieder nieder. Dabei schrie er wie ein Wahnsinniger:

»Sie ist's, sie ist's! Es ist meine Tasche! Es sind meine Millionen! O du Teufel, du tausendfacher Teufel! Wie ist das Geld in deine Hände gekommen?«

Ich konnte ihm nicht antworten, wenn ich auch gewollt hätte, denn die Jüdin stimmte in sein Geschrei ein. Das viele Geld gerettet und in meinen Händen zu sehen, schien die beiden dem Wahnsinne nahe zu bringen. Sie schrieen nicht mehr; sie brüllten förmlich; sie wälzten sich zu mir her, faßten mich mit den Fingern ihrer gefesselten Hände bei den Füßen. Das Weib kreischte:

»Heraus mit dem Gelde, heraus! Gieb es her, du Dieb, du Räuber, du Gauner, gieb es heraus!«

Es war ein widerlicher Anblick. Sie gebärdeten sich nicht wie Menschen. Ich stieß sie mit den Füßen von mir; sie rollten sich aber immer wieder heran, und ich war gezwungen, sie so binden zu lassen, daß sie sich nicht von der Stelle bewegen konnten. Sie sträubten sich wie Irrsinnige dagegen. Das Gesicht Meltons war gar nicht zu beschreiben. Seine Augen traten weit hervor und waren mit Blut unterlaufen; er schrie und brüllte nicht mehr, sondern er heulte geradezu wie ein wildes Tier. Ich mochte es nicht länger ansehen und ging fort, um mein Pferd für den Ritt, den ich vorhatte, fertig zu machen. Doch als ich in den Sattel stieg und er dies sah, rief er mir zu, noch einmal zu ihm zu kommen.

Ich that es. Er sah mit dem Ausdrucke des grimmigsten Hasses zu mir auf und fragte, indem er sich zu einem ruhigen Tone zwang:

»Sir, wo habt Ihr die Tasche her? Wann ist sie in Eure Hand gekommen?«

»In der Nacht vor Eurem Aufbruche vom weißen Felsen.«

»Durch wen?«

»Durch mich selbst.«

»Das ist nicht wahr!«

»Pah! Während Ihr alle um den Häuptling saßet, um den Zug gegen die Nijoras zu beraten, hörte ich Euch zu.«

»Das ist unmöglich! Wie wäret Ihr mitten in das Lager gekommen? Wie hättet Ihr zuhören können, ohne bemerkt zu werden?«

»Es ist eben sehr dumm von Euch, zu glauben, daß ich Euch nicht belauschen kann. Ich habe sogar mit der Sängerin gesprochen.«

»Das wäre nur dann möglich, wenn Ihr Euch unsichtbar machen könntet!«

»Laßt Euch nicht auslachen! Ich steckte im Wasser. Ich bin den Fluß hinabgeschwommen, bis ich mich in der Mitte des Lagers befand. Ein guter Westmann weiß, wie er so etwas anzufangen hat. Eure Unvorsichtigkeit kam mir dabei zu statten.«

»Aber Ihr müßt doch in meinem Zelte gewesen sein!«

»Natürlich habe ich Eure Tasche genau untersucht und das Portefeuille herausgenommen.«

»O Teufel, Teufel! Könnte ich, wie ich wollte, ich zerrisse Euch in tausend Stücke!«

Er zerrte bei diesen Worten mit Gewalt an seinen Fesseln.

»Bemüht Euch nicht, Master! Die Riemen halten fest. Übrigens erkennt Ihr nun wohl, daß unsereiner nicht auf den Kopf gefallen ist. Hätte ich mich nicht in das Lager der MogolIons geschlichen und mir das Geld geholt, so –«

»So läge es jetzt unten im See!« unterbrach er mich wütend.

»O nein, das wollte ich nicht sagen. In diesem Falle wäre es Euch wahrlich nicht gelungen, die Tasche in das Wasser zu werfen. Ich stand ja ganz in der Nähe, als ihr das thatet. Hätte ich das Geld noch nicht gehabt, so wäre ich augenblicklich hinzugesprungen, um Euch daran zu verhindern. So aber konnte ich mit heimlichem Vergnügen der vermutlichen Vernichtung der Millionen zusehen. Ihr sagtet vorhin, daß niemand sie bekommen werde; es bekommt sie doch jemand, und das sind die rechtlichen Erben.«

»Der Satan vernichte Euch! Ich war des Portefeuilles so sicher, daß ich in den letzten Tagen gar nicht nach demselben gesehen habe. Sind – sind – sind außer dem Gelde auch noch andere Gegenstände drin?«

»Ja, Briefe, wie es scheint.«

»Habt Ihr sie schon gelesen?«

»Nein, sie gehören den Erben; diese sollen sie zuerst lesen.«

»Tod und Verdammnis! Sir, hört, was ich Euch sage! Das Geld ist noch da, und ich bin auch noch da! Denkt ja nicht, daß ihr es so sicher habt! Nun ich die Brieftasche gesehen habe, gebe ich das Spiel noch nicht auf. Es handelt sich um Millionen, versteht Ihr, um Millionen, und darum werde ich kämpfen, bis zum letzten Atemzuge!«

»So kämpft, Mister Melton, kämpft mit wem Ihr wollt! Zunächst wird Euch das nicht sehr leicht werden, und wir werden dafür sorgen, daß Ihr Euer Heldentum nicht weiter mehr entwickeln könnt. Ihr habt recht - es handelt sich um Millionen; die habe ich endlich in meinen Händen, und auch Euch habe ich erwischt; ich gebe Euch mein Wort, daß ich weder das Geld noch Euch wieder loslassen werde!«

Ich ritt zu Emery und Dunker und schärfte ihnen die größte Aufmerksamkeit auf die Gefangenen ein.

»Habt keine Sorge, Sir,« sagte der letztere. »Ich selbst werde die ganze Nacht mit dem Messer in der Hand bei ihnen wachen.«

»Darauf verlasse ich mich. Melton hat mir soeben gesagt, daß er alles daran setzen will, das Geld wieder zu bekommen; dabei ist natürlich die Flucht vorausgesetzt. Ich muß leider jetzt fort, denke aber, daß ich ihn in sichern Händen zurücklasse.«

»Sir, nur der Tod kann ihn uns nehmen. Ihr könnt ruhig gehen.«

Da Emery mir dieselbe Versicherung gab, brauchte ich wirklich keine Sorge zu haben. Ich rief noch den Unterhäuptling herbei, um ihm die Zeit des Aufbruches anzudeuten, und ritt dann von dem Orte fort, der dem falschen Erben so verhängnisvoll geworden war.

Wenn ich zu der von Winnetou bestimmten Zeit an das Stelldichein gelangen wollte, so mußte ich mich sputen. Doch hatte ich ein gutes und jetzt ausgeruhtes Pferd und kannte, wenn auch nicht den Weg, so doch die Richtung genau, in der ich den Apatschen zu suchen hatte. Bemerken muß ich noch, daß ich einen Nijora mitgenommen hatte, welcher auch gut beritten war; er sollte mir als Bote dienen, um seinem Häuptlinge zu melden, wie wir die Mogollons treffen würden. –

Schluß

Der Tag verging, und die Dämmerung sank tiefer. Der Abend war schön; die Sterne standen am Himmel, und die dünne Sichel des jungen Mondes, der im Beginne des ersten Viertels stand, neigte sich bereits dem Horizonte zu. Die gute Luna war bescheidenerweise, um nicht so lange gesehen zu werden, schon am Tage aufgegangen. Die nächtliche Helle war mir eigentlich nicht angenehm, doch stand im Osten eine Wolke vor, und da der Abendwind aus derselben Richtung kam, durfte ich hoffen, daß sie sich nach und nach ausbreiten und die Sterne verdunkeln werde.

Wir jagten, ohne ein Wort zu sprechen, über den weiten Plan dahin. Der Nijora hielt sich bescheiden hinter mir; an meiner Seite zu reiten, wagte er nicht. Nur einmal wurden wenige Worte gewechselt. Er kannte als Nijora die Gegend, in welcher wir uns befanden, genau, ich aber nicht, weil wir gestern nicht von dem tiefen Wasser, sondern von dem weißen Felsen nach dem Quell des Schattens gekommen und also weiter westlich geritten waren. Darum fragte ich ihn, als ich glaubte, das Stelldichein bald erreicht zu haben:

»Mein Bruder läßt mich den Weg finden. Sind wir auf der geraden, richtigen Linie nach der Quelle des Schattens?«

»Old Shatterhand findet jeden Weg, auch wenn er ihn noch nicht kennt,« antwortete er.

»Ich glaube, daß wir nur noch eine Viertelstunde zu reiten haben, um dort anzukommen. Ist das richtig?«

»Es ist genau so, wie mein weißer Bruder sagt.«

Infolgedessen ritten wir noch eine kleine Strecke weiter; dann hielten wir an, und ich gab einen Schuß aus dem Bärentöter ab. Ich erwartete nun, den Schuß Winnetous zu hören; anstatt dessen ertönte eine Stimme aus nicht zu großer Ferne:

»Hier bin ich. Ich habe die Stimme des Gewehres meines Freundes Scharlieh erkannt.«

Dann sah ich Winnetou auf uns zugeritten kommen. Er gab mir seine Hand und sagte dabei:

»Du hast den Ort so genau abgeschätzt, daß du ganz nahe bei mir hieltest. Ich konnte dir mit meinem Munde anstatt mit einem Schusse antworten.«

»Bist du schon lange hier?« erkundigte ich mich.

»Nein, denn ich konnte die Mogollons erst dann umschleichen, als es dunkel geworden war.«

»Aber gesehen hast du sie früher?«

»Ja. Ich war immer so nahe hinter ihnen, wie ich es wagen konnte.«

»Sie lagern an der Quelle des Schattens?«

»Ja. Mein Bruder weiß, daß so viele Krieger nicht da, wo die Quelle aus der Erde kommt, Platz haben. Dort sitzt nur der Häuptling mit drei alten, hervorragenden Kriegern. Die andern alle haben sich am Wasser weiter abwärts gelagert.«

»Haben sie Posten ausgestellt?«

»Nein. Die Mogollons sind sehr unvorsichtige Menschen. Sie scheinen zu glauben, daß sich niemand als nur sie in der Gegend befinden kann.«

»Weißt du, wo der Wagen steht?«

»Ich bin zweimal um das ganze Lager geschlichen und habe ihn deutlich gesehen. Er steht nicht weit von dem Häuptlinge im Wasser.«

»Und wo befinden sich die beiden Gefangenen?«

»Sie sitzen in dem Wagen. Nur ein einziger Wächter steht dabei.«

»Auch ich möchte ihn und überhaupt das ganze Lager sehen.«

»Das ist nicht schwer, und wenn du noch einige Zeit warten willst, wird es noch leichter sein. Die Wolke, welche jetzt fast gerade über uns steht, hing noch vor kurzem über dem östlichen Horizonte; in einer halben Stunde wird sie auch den jetzt noch hellen Teil des Himmels bedeckt haben. Willst du so lange warten?«

»Ja, denn obgleich keine Gefahr dabei ist, ziehe ich es doch vor, vorsichtig zu sein.«

Er hatte in Beziehung auf die Wolke recht. Sie hatte sich immer mehr ausgearbeitet und bedeckte nach der von ihm angegebenen Zeit den ganzen Himmel. Da sagte er:

»Jetzt können wir aufbrechen. Die Pferde bleiben hier, der Krieger der Nijoras wird sie bewachen.«

»So lasse ich auch die beiden Gewehre bei ihm zurück. Sie sind mir bei dem Beschleichen im Wege.«

»Gieb ihm nur den Bärentöter; den Henrystutzen aber will ich nehmen.«

»Warum?«

»Während du die Mogollons beschleichest, bleibe ich in der Nähe und lausche. Solltest du Unglück haben, so wird ein Lärm entstehen, den ich sicher höre. Dann schieße ich den Stutzen so viele Male rasch hintereinander ab, daß sie erschrecken und vor Überraschung von dir lassen.«

»Gut! Wenn ich ergriffen werden sollte und du ziehst ihre Aufmerksamkeit nur so lange auf dich, daß sie einige Augenblicke nicht auf mich achten, wird das genügen, mich wieder frei zu machen.«

Ich gab also dem Nijora die schwere Büchse; Winnetou nahm meinen Stutzen, und dann entfernten wir uns nach Süden, wo die Quelle des Schattens lag.

Es war jetzt infolge der Wolke so düster, daß man nicht ein Zehntel soweit und so scharf sehen konnte wie vorhin, als die Sterne schienen. Nach etwas über zehn Minuten hielt Winnetou an und erklärte mir mit leiser Stimme:

»Wenn du noch hundert Schritte weiter gehst, wirst du dich bei den ersten Büschen befinden, welche du genau kennst, da wir dort gewesen sind. Geradeaus von dort kommt das Wasser, an dem der Häuptling sitzt, aus der Erde. Es fließt nach links; dort sitzen die andern Krieger. Zwischen ihnen und dem Häuptlinge steht der Wagen.«

»Und wo sind die Pferde?«

»Die weiden jenseits des Gebüsches im freien Grase.«

»So will ich versuchen, mich an den Häuptling zu machen.«

»Da muß mein Bruder aber außerordentlich vorsichtig sein.«

»Warum giebt mir Winnetou diesen Rat? Ist er bei mir nötig? Der Häuptling sitzt nahe am Quell; dort steht viel Gesträuch, hinter dem ich mich verstecken kann, wenn nicht rechts davon auch noch Krieger liegen.«

»Vorhin gab es dort keine.«

»So glaube ich auch nicht, daß sich später welche dort gelagert haben, denn dort giebt es kein Wasser.«

»Willst du etwa auch mit den Gefangenen sprechen?«

»Ja, wenn es möglich ist.«

»Da muß ich dich aber doch warnen, obgleich du vorhin meine Worte übelgenommen hast. Es ist sehr gefährlich, zu ihnen zu gelangen, und noch gefährlicher ist es, gar mit ihnen zu sprechen.«

»Ich werde keine Vorsicht außer acht lassen und meinen Vorsatz nur dann ausführen, wenn ich mich vorher überzeugt habe, daß ich es wagen darf. Also, wenn mir etwas passieren sollte, wirst du schießen, aber nicht eher, als bis du zwei oder drei Schüsse aus meinem Revolver gehört hast.«

»Ich werde das thun, doch ist es besser, wenn ich es nicht zu thun brauche.«

Jetzt verließ ich den Apatschen und schritt langsam und leise weiter. Mein Fuß stieß an einen Stein. Da kam mir ein Gedanke. Der Stein konnte mir von Vorteil sein. Er hatte die Größe einer halben Hand; ich hob ihn auf und steckte ihn ein. Darauf bückte ich mich nieder und tastete rings umher; es gab da noch fünf oder sechs Steine von ähnlicher Größe, welche ich auch zu mir steckte. Dann ging ich weiter.

Als ich vielleicht sechzig Schritte vorwärts gekommen war, legte ich mich nieder, um mich nun kriechend zu bewegen. Bald kam ich an die ersten Büsche. Es war ganz dunkel. Die Mogollons brannten keine Feuer. Darnach hatte ich Winnetou gar nicht gefragt, eine Unterlassungssünde, welche eigentlich unbegreiflich war. Daß die Feinde im Dunkeln saßen, war mir unlieb und doch auch wieder lieb:

ich konnte sie nicht sehen, aber desto schwerer konnten sie auch mich bemerken. Daß sie es unterlassen hatten, Feuer anzuzünden, schien ihrerseits doch die Folge von Vorsicht zu sein, denn sie verhielten sich so ruhig, daß ich kein Geräusch vernahm, obgleich ich mich bereits sehr nahe bei ihnen befand.

Immer nur Zoll um Zoll geradeaus kriechend, schob ich mich von einem Busche zum andern und hörte endlich Stimmen. Zugleich drang mir der Geruch von Tabak in die Nase, von Tabak, wie ihn die Indianer zu rauchen pflegen, nämlich eine Mischung von sehr viel wildem Hanf und sehr wenig Tabak. Und nun sah ich doch ein Feuer, aber ein so kleines, daß es von weitem schwer zu bemerken war. Es brannte in einer kleinen Vertiefung des Bodens, damit der Schein nicht weit dringen solle und wurde nur von einigen dünnen Zweigen genährt. Es hatte also nur den Zweck, mit Hilfe desselben die Pfeifen in Gang zu erhalten.

So klein es war, es verbreitete doch in seiner nächsten Nähe soviel Licht, daß ich den Häuptling und die drei alten Krieger, welche an der Quelle saßen, erkennen konnte. Es gab dort zwei nahe beisammenstehende Büsche; ich schob mich hin zu ihnen und schmiegte mich so eng an ihre Wurzelstöcke, daß selbst jemand, der vorüberging, mich nur dann sehen konnte, wenn er sich zufällig niederbückte. Jetzt befand ich mich so nahe bei den vier Roten, daß ich jedes ihrer Worte verstehen konnte.

Ja, jedes ihrer Worte – wenn sie nämlich gesprochen hätten; leider aber thaten sie das nicht. Sie rauchten und rauchten, ohne auch nur eine Silbe gegenseitig auszutauschen. Ich wartete fünf Minuten, zehn Minuten, eine Viertelstunde und noch eine Viertelstunde – sie sprachen kein Wort! Das war nicht nur eine Geduldprobe, sondern weit mehr als das. Der starke, fatale Geruch des wilden Hanfes schien es nur auf mich abgesehen zu haben; er drang mir in die Nase und reizte mich zum Niesen. Glücklicherweise war ich geübt im Unterdrücken des Reizes zum Husten und Niesen, doch allzulange darf man sich dem auch nicht aussetzen. Schon wollte ich mich zurückziehen, da erschallte draußen vor den Büschen ein lauter Ruf:

»Uff!« sagte da der Häuptling. »Die Kundschaften«

Also Kundschafter kamen. Die mußten ihre Meldung machen, wobei es jedenfalls etwas zu erlauschen gab. Ich blieb also liegen und fühlte keine Spur mehr von dem vorigen Reize zum Niesen. Der Geist hat also auch die Nase in seiner Gewalt.

Jetzt hörte man den Hufschlag von Pferden und den dumpfen Stoß von Füßen, welche aus dem Sattel sprangen und die Erde berührten. Zwei Männer erschienen; der eine kam nahe heran, und der andere blieb weiter zurück stehen. Der erstere war der Sprecher, sagte aber noch nichts, weil er aus Ehrerbietung auf die Anrede des Häuptlings warten mußte. Dieser verharrte im Gefühle seiner Würde eine ganze Weile in tiefem Schweigen und unterbrach es endlich mit den Worten:

»Meine jungen Brüder kehren spät zurück; sie müssen weit nach Süden gekommen sein. Bis wohin sind sie gewesen?«

»Bis über das dunkle Thal hinaus.«

»Haben sie den Weideplatz der Nijoras gesehen?«

»Nein; so weit sind wir nicht gekommen.«

»Aber den Weg, welchen wir zu reiten haben, habt ihr euch eingeprägt?«

»Wir kennen ihn so gut, als ob wir ihn hundertmal geritten wären.«

»Ist er beschwerlich?«

»Nein. Nur auf die Platte des Cañons und dann wieder hinab zu kommen, wird für den Wagen schwer sein.«

»Habt ihr keinen von den Hunden der Nijoras gesehen?«

»Einen einzigen zwischen der Platte des Cañons und dem dunklen Thale.«

»Woher kam er?«

»Von Nord und ging nach Süd.«

»Er kam also von hier und ritt heimwärts?«

»Er ritt heimwärts; ob er aber von hier kam, das konnten wir nicht erfahren.«

»Hat er euch bemerkt?«

»Nein. Wir erblickten ihn eher, als er uns sehen konnte, und hatten Zeit, ihm auszuweichen.«

»Warum habt ihr ihn nicht gefangen genommen?«

»Wir glaubten, es sei besser, ihn vorüberreiten zu lassen.«

»Trug er Kriegsfarben?«

»Nein.«

»Also der Weg nach der Platte des Cañons und von dieser wieder hinab ist für den Wagen zu schwer?«

»Er ist so steil und eng, daß es große Mühe machen wird, ihn mit nach dem dunklen Thale zu nehmen.«

»Uff! Ich habe euch gehört; ihr könnt euch zu den andern lagern.«

Die beiden entfernten sich. Ich glaubte, die vier würden sich nun über das Gehörte besprechen, aber sie schwiegen wieder wie vorher. Es verging eine Viertelstunde, bis ich endlich erkannte, daß das Sprichwort: »Gut Ding will Weile haben« ein sehr richtiges ist, denn da ließ der Häuptling die Frage hören:

»Was sagen meine drei Brüder zu den Worten dieser Kundschafter?«

»Uff!« antwortete der erste.

»Uff!« meinte nach einer Weile der zweite.

»Uff!« erwiderte der dritte. Und dieser war doch so redselig, hinzuzufügen: »Der Häuptling mag zuerst sagen, was seine Meinung ist.«

Der also Aufgeforderte wartete fünf oder sechs Minuten und sagte dann:

»Glauben meine Brüder, daß der Hund, dem unsere zwei Krieger begegnet sind, ein Kundschafter gewesen ist?«

»Nein,« antwortete der Älteste von ihnen. »Er müßte hier gewesen sein, wenn er ein Kundschafter wäre. Wir haben aber, als wir ankamen, keine Spur gesehen. Also kam er aus einer andern Richtung und ist kein Kundschaften«

»Mein Bruder hat richtig gesprochen. Aber haben unsere Späher gut gehandelt, indem sie ihn vorüberließen?«

»Ja. Wenn er unbehelligt in sein Lager kommt, wird man nicht denken, daß Feinde so nahe sind.«

»Wenn er aber doch ein Späher gewesen wäre! Wir werden später sehen, ob es gut gewesen ist, daß sie ihn haben entkommen lassen.«

Der Häuptling befand sich ganz auf der richtigen Fährte, denn der Nijora, den die beiden Mogollons gesehen hatten, war derjenige, den ich heute früh vom tiefen Wasser fortgeschickt hatte. Doch wenn sie ihn auch ergriffen hätten, wäre das wohl nicht von Nachteil für uns gewesen, weil er jedenfalls nichts gestanden haben würde. Der Häuptling fuhr fort:

»Und was sagen meine Brüder zu dem Wagen?«

»Wir hätten ihn im Lager zurücklassen sollen,« antwortete wieder der Älteste.

»Die Gefangenen können aber doch nicht reiten!«

»So hätten auch sie zurückbleiben müssen; sie waren uns dort sicher. Wir konnten einige erfahrene Krieger bei ihnen lassen!«

»Die hätten sie nicht verteidigen können.«

»Gegen Winnetou und Old Shatterhand?«

»Ja. Mein Bruder hat ja gehört, daß die beiden berühmten Männer mit ihren Gefährten auf dem Pueblo gewesen sind, um den Weißen zu fangen, welcher sich Melton nennt. Dieser ist ihnen entflohen, und sie werden ihm nachkommen.«

»Wenn sie seine Spur entdecken!«

»Diese zwei Krieger finden jede Fährte; sie werden auch die Spur Meltons finden und ihr folgen. Sie haben die Hunde der Nijoras gegen uns aufgehetzt; darum sandte ich ihnen Melton mit fünfzig Kriegern entgegen. Treffen diese auf sie, so werden sie gefangen genommen. Treffen unsere Krieger aber nicht auf sie, so wird Winnetou mit Old Shatterhand und den andern nach unserm Lager am weißen Felsen reiten, dort umkehren und uns nachkommen.«

»Dann haben wir eine große Gefahr in unserm Rücken!«

»Sie bilden keine Gefahr für uns, denn wenn sie uns einholen werden, haben wir die Nijoras längst besiegt und werden auch sie so in Empfang nehmen, daß sie uns nicht entkommen können. Es ist also gut, daß wir die Gefangenen mitgenommen haben, denn wenn wir sie an dem weißen Felsen zurückgelassen hätten, so wären selbst zwanzig oder dreißig Krieger nicht im stande, sie gegen die List Old Shatterhands und Winnetous festzuhalten.«

Der gute Häuptling der Mogollons hatte wirklich eine ganz vortreffliche Meinung von uns. Leider waren alle seine Voraussetzungen und Berechnungen falsch. Hätte er das geahnt und dazu gewußt, daß ich hier in seiner Nähe lag und seine Worte hörte, so wäre er wohl nicht so ruhig in seiner Rede fortgefahren, wie er es jetzt that:

»Den Wagen mußten wir nehmen, weil die Gefangenen nicht reiten können und zu Pferde unsern Zug verlangsamt hätten.«

»Aber wenn wir ihn nicht durch die Hohlwege bringen, so müssen sie doch noch reiten!« meinte der Älteste.

»Es wird sich finden, ob die Hohlwege zu schmal sind. Wenn wir morgen früh mit dem ersten Grauen des Tages aufbrechen, so lassen wir die Gefangenen unter einer genügenden Bedeckung zurück; sie können uns in einigen Stunden nachfolgen. Wir erreichen also die Hohlwege eher als sie und können Stellen, welche zu eng sind, vielleicht weiter machen.«

»Haben wir Zeit genug, uns solange aufzuhalten?«

»Es bedarf jedenfalls nicht langer Zeit. Mit Hilfe der Tomahawks ist bald ein Stückchen Felsen losgeschlagen. Howgh!«

Dies Wort war das Zeichen, daß er die Angelegenheit als abgethan betrachtete, und da er nun nicht weiter sprach, so schwiegen die andern drei auch. Ich wußte, daß, wenn sie wieder ein Gespräch beginnen würden, dies erst nach einer langen Pause geschehen werde, und solange zu warten, konnte mir nicht einfallen. Ich kroch also unter den Büschen zurück und wendete mich nach links, wo, wie Winnetou gesagt hatte, der Wagen stand. Ich sah ihn am diesseitigen Ufer des Quellbächleins stehen, welches hier nur anderthalb Fuß breit war. Jenseits, doch ganz in der Nähe, saß ein Indianer im Grase, der sein Gewehr neben sich liegen hatte. Das war der Wächter.

Zunächst kroch ich noch weiter, denn ich mußte wissen, in welcher Entfernung sich die nächsten Mogollon befanden. Es waren vielleicht zwölf bis vierzehn Schritte bis zu ihnen. Als ich das erfahren hatte, kroch ich wieder zurück zum Wagen. Es war eine alte, hoch und breit gebaute Überlandpostkusche, ein wahres Ungetüm, wie es jetzt keins mehr giebt.

Wie bereits wiederholt erwähnt, hatte die Wolke die Sterne verfinstert, sodaß man nicht weit sehen konnte. Unter dem alten Karren aber war es noch finsterer als rund umher, und da ich im tiefen Schatten lag, konnte die Wache mich nicht erkennen, während ich sie ziemlich deutlich sitzen sah.

Zu meinem großen Erstaunen bemerkte ich, daß das nach meiner Seite gerichtete Fenster des Wagens offen war, eine große Unvorsichtigkeit der Mogollons, wenn die Gefangenen sich drin befanden. Vielleicht waren sie nicht drin, sondern anderswo, und Winnetou hatte sich geirrt. Vielleicht aber – hm, das wäre dumm! vielleicht saß ein zweiter Wächter drin bei ihnen, und dann war es allerdings zu erklären, daß ein Fenster offen stand.

Ich hatte mir vorgenommen, mit ihnen zu reden, und wollte nun, da ich einmal da war, nicht gern darauf verzichten. Wie das aber nun anfangen? Ich hielt nur zwei Fälle für annehmbar: entweder sie waren nicht drin, oder sie saßen drin, und dann befand sich jedenfalls ein Mogollon bei ihnen. Wie nun erfahren, welcher von den Fällen der richtige war, aber ohne mich dabei in Gefahr zu bringen? Ich erhob mich halb, doch beim Rade, sodaß zwei Räder zwischen mir und dem drüben sitzenden Wächter waren und er mich unmöglich sehen konnte, klopfte an die Thür und ließ mich dann sofort niederfallen. Ich hatte so geklopft, daß die Insassen es hören mußten, jener Wächter es aber nicht hören konnte. Saß ein Mogollon drin, so blickte er jetzt ganz gewiß zum offenen Fenster heraus. Ich sah empor. Mit gegen den Himmel gerichteten Augen konnte ich alles deutlich erkennen – es erschien kein Kopf. Ich klopfte noch einmal, doch mit demselben Erfolge. Mehr als Fortsetzung dieser Versuche, als weil ich mir einen Erfolg davon versprach, klopfte ich zum drittenmal, und da antwortete mir ein vorsichtig leises Klopfen am Boden des Wagens. Ah, sie waren also dennoch drin! Und zwar ohne Aufsicht! Aber wahrscheinlich gefesselt, sonst hätte man das Fenster nicht offen gelassen und ihnen einen Wächter hineingegeben. Ich richtete mich also ganz auf, hielt den Kopf an den offenen Schlag und fragte leise hinein:

»Mr. Murphy, seid Ihr da?«

» *Yes*,« antwortete es ebenso leise.

»Habt Ihr drin Platz auf dieser Seite?«

»Ja. Wollt Ihr etwa herein, Sir?«

»Ja.«

»Um Gottes willen, da gebt Ihr Euch ja augenblicklich gefangen!«

»Fällt mir nicht ein! Drin bin ich viel sicherer als hier außen. Schreit die Wagenthür, wenn sie geöffnet wird?«

»Nein. Die metallenen Angeln sind verloren gegangen und durch lederne Bänder ersetzt worden.«

»Gut, ich komme also hinein!«

Diese Fragen und Antworten waren, wie die Situation es mit sich brachte, in hastiger Weise gegeben worden. Ich ließ mich wieder in das Gras nieder und blickte zwischen den Vorder- und Hinterrädern zu dem Wächter hinüber. Er saß noch genau so dort wie vorher. Ich zog einen Stein heraus, zielte gut und warf ihn so, daß er mehrere Schritte jenseits des Wächters in das Gras fiel. Der letztere hörte das Geräusch; er stand schnell auf und horchte. Ich nahm einen zweiten Stein aus der Tasche und warf ihn weiter, als ich den ersten geworfen hatte. Der Mogollon ließ sich betrügen und entfernte sich in der Richtung des Schalles, den er gehört hatte; er sah und hörte also nicht nach uns herüber. Im Nu war ich wieder auf, öffnete die Thür, stieg ein und zog sie hinter mir wieder zu; sie gab dabei nicht das leiseste Geräusch von sich. Als ich nun mit den Händen tastete, fühlte ich links die beiden, welche nebeneinander saßen; der Sitz zu meiner rechten Hand war leer, und ich ließ mich darauf nieder. Zu meiner abermaligen Verwunderung sah ich, daß das jenseitige Fenster auch offen stand.

»Ihr seid es also doch, Sir!« flüsterte der Advokat mir hastig zu. »Welche Verwegenheit von Euch! Ihr wagt –«

»Still!« unterbrach ich ihn. »Jetzt kein Wort! Ich muß zunächst den Wächter beobachten.«

Als ich hinausblickte, sah ich diesen zurückkehren. Er war wohl mißtrauisch geworden, denn er trat drüben an den Wagenschlag und fragte in das Innere herein:

»Sind die beiden Bleichgesichter noch drin?«

Er hatte sich in einem ganz schlechten Englisch ausgedrückt.

»*Yes*!« antworteten beide zugleich.

Ich glaubte, dies werde genug für den Roten sein, hatte mich aber geirrt, denn er sagte, und zwar nun in seinem spanisch-indianischen Mischmasch:

»Es gab ein Geräusch. Sind die Fesseln noch fest? Ich werde sie untersuchen.«

Er setzte den Fuß auf den Wagentritt und langte mit den Armen durch das Fenster, um die drüben sitzende Sängerin zu betasten. Als er sich überzeugt hatte, daß ihre Fesseln in Ordnung waren, sprang er drüben ab und kam um den Wagen herum auf die andere Seite. Schnell rückte ich hinüber und drückte mich soviel wie möglich zusammen. Er erschien am andern Fenster, griff herein und untersuchte die Banden des Rechtsgelehrten. Als er auch diese im besten Zustande fand, verschwand er mit einem unverständlichen Murmeln. Ich rückte auf die Mitte meines Sitzes, und als ich von da aus hinauslauschte, sah ich, daß er sich auf seiner frühern Stelle wieder niedersetzte.

»Jetzt könnten wir sprechen,« sagte ich. »Nur hütet Euch, daß ›s‹ und andere Zischlaute zu laut auszusprechen! Er hat sich beruhigt.«

»Mein Himmel, in welcher Gefahr habt Ihr Euch befunden!« meinte Murphy. »Er brauchte nur hinüber zu greifen, so hatte er Euch!«

»Oder ich ihn! Habt keine Sorge um mich! Es ist ganz so, wie ich sagte: ich bin hier viel sicherer als draußen. Ich werde hier in dem Wagen bleiben, so lange es mir gefällt, und ihn verlassen, wenn es mir beliebt.«

»Aber es handelt sich nicht nur um die Freiheit, sondern auch um das Leben!« hörte ich Martha mit zitternder Stimme sagen.

»Um keins von beiden; ich bin vollständig sicher! Welcher Art sind eure Fesseln?«

»Zunächst sind wir aneinander gebunden, durch ein Lasso, welches man um uns gewunden hat. Sodann hat man uns die Hände auf den Rücken befestigt. Und drittens tragen wir eine Schlinge um den Hals, deren Ende unten am Sitze befestigt ist. Wir können also gar nicht aufstehen, ohne uns zu erwürgen.«

»Das ist freilich eine sehr komplizierte Art, sich eurer Personen zu versichern. Da ist eigentlich gar kein Wächter nötig, und nun wundere ich mich nicht mehr darüber, daß man die Fenster geöffnet hat, um euch wenigstens Luft zu gönnen.«

»Die Fenster? Das ist hier eine höchst imaginäre Sache. Fenster giebt es ja nicht; der liebenswürdige Häuptling hat sie herausgemacht. Ihr werdet wissen, welchen ungeheuren Wert zwei Glasscheiben für einen solchen Kerl haben.«

»Allerdings. Also darum standen die Fenster offen! Schön! Nun handelt es sich vor allen Dingen darum, euch zu sagen, was ihr zu thun habt, falls ich hier bei euch entdeckt werden sollte.«

»Was?«

»Wartet noch! Erst muß ich eure Fesseln untersuchen; dann kann ich es euch sagen.«

Ich fand die Banden so, wie Murphy sie mir beschrieben hatte.

»So,« sagte ich dann, »Jetzt weiß ich, wohin ich mein Messer zu führen habe.«

»Euer Messer?«

»Ja. Hört wohl auf meine Worte! Bleibe ich jetzt unentdeckt, so wird eure Gefangenschaft bis morgen früh dauern; entdeckt man mich aber, so seid ihr sofort frei. Paßt auf! Wenn ich hier bemerkt werde, so ist es mein erstes, eure Fesseln zu zerschneiden. Dazu bedarf es nicht mehr als zehn Sekunden. Dann halte ich die Roten uns mit meinen zwei Revolvern vom Halse, während ihr die Thür hier zu meiner linken Hand öffnet, hinausspringt und in gerader Richtung durch die Büsche lauft. Dort werdet ihr Schüsse hören. Es ist Winnetou, den ihr bei seinem Namen ruft. Wenn ihr ihn erreicht habt, seid ihr sicher, denn alle diese drei- oder vierhundert Mogollons werden, wenn sie den Namen Winnetou rufen hören, es nicht wagen, euch in die Dunkelheit hinein zu verfolgen.«

»Gut, aber Ihr? Wollt Ihr etwa hier zurückbleiben?«

»Fällt mir nicht ein! Sobald ich bemerke, daß ihr fort und in Sicherheit seid, komme ich nach.«

»Wenn Ihr könnt! Man wird Euch umringen, Euch erstechen, erschießen!«

»*Pshaw!* Denkt doch nicht solche Sachen! Ihr kennt den Westen nicht; ich aber kenne ihn und weiß, wie es kommen wird. Vielleicht wird der Häuptling nach euch sehen, oder wenn der Wächter abgelöst wird, überzeugt sich der neue Posten, daß ihr noch da seid. Nur bei diesen beiden Gelegenheiten ist es möglich, daß man mich entdeckt. Wir haben es auf alle Fälle mit zwei, höchstens drei oder vier Personen zu thun, und diese schieße ich in nicht mehr und nicht weniger Augenblicken nieder. Das wird freilich Lärm, aber auch tüchtige Verwirrung geben, und niemand wird sich dahin wagen, wo geschossen wird, also hierher nach dem Wagen. Inzwischen seid ihr lange fort, und es bedarf höchstens noch einiger Schüsse, um auch mich in Sicherheit zu bringen. Wahrscheinlich aber kann ich gleich mit euch die Flucht ergreifen.«

»Tod und Wetter!« meinte der Advokat. »Es handelt sich hier um nicht weniger als um alles, und da redet Ihr in einer Weise, so kalt und so ruhig, als ob Ihr einem kleinen Kinde zu erklären hättet, daß zweimal acht nicht fünfzehn, sondern sechzehn giebt!«

»Wie anders soll ich sprechen? Es droht mir jetzt nicht die allerkleinste Gefahr. Also jetzt wißt ihr, was ihr zu thun habt für den Fall, daß irgend ein Neugieriger mich erwischt. Geschieht dies nicht, so werdet ihr morgen früh befreit werden.«

»Gebe der Himmel, daß Eure zuversichtlichen Worte sich bewahrheiten, daß wir frei werden! Dann aber sind wir noch lange nicht fertig. Es giebt noch mehr zu thun. Wir müssen Jonathan Melton haben.«

»Den habe ich.«

»Was – wie – Sir –!«

»Still, still!« warnte ich, ihn unterbrechend. »Nennt Ihr das ›flüstern‹? Wenn der Rote es hört!«

»Ist es wahr! Soll ich das glauben? Sir, ich möchte laut Hurra und Viktoria schreien!«

»Das laßt bleiben! Später könnt Ihr meinetwegen schreien, daß Euch der Atem ausgeht.«

»Wo habt Ihr ihn denn ergriffen?«

»Am tiefen Wasser, an welchem auch Euer Wagen gehalten hat. Die Millionen habe ich auch.«

»Wo, wo?« fragte er begierig.

»Hier in meiner Brusttasche.«

»Wie! Was? Ihr tragt die ungeheure Summe bei Euch!«

»Natürlich! Soll ich sie etwa an einen Baum hängen oder in die Erde vergraben?«

»Und wagt Euch damit hierher, mitten zwischen vierhundert Feinde und in diese Überlandpostkutsche hinein? Wenn man Euch erwischt, ist das Geld wieder verloren.«

»Man wird mich eben nicht erwischen! Ich bin der festen Überzeugung, daß hier meine Tasche ein besserer Aufbewahrungsort für dieses Geld ist, als es Euer Geldschrank in New Orleans war. Übrigens mag Euch der Umstand, daß ich es bei mir trage, beweisen, wie sicher ich mich hier in der alten Kutsche fühle, und ich wünsche sehr, daß es, wenn ich es den rechtmäßigen Eigentümern übergeben habe, bei diesen keinen größeren Gefahren ausgesetzt ist als jetzt bei mir! Doch, wir sind von unserem eigentlichen Thema abgekommen. Wir wollen von Jonathan Melton reden.«

»Ja, wie er in Eure Hände gekommen ist. Ich wünsche, Ihr hättet sehen und hören können, wie er sich gegen mich benommen hat, als er zu den Mogollons kam und mich als deren Gefangenen vorfand!«

»Gab er sich noch immer für den wirklichen Small Hunter aus?«

»Das fiel ihm gar nicht ein. Ich hätte ihn mit meinen Händen erwürgen können!«

»Sein Geständnis wird uns später sehr nützlich sein.«

»Er teilte mir sogar mit teuflischer Schadenfreude mit, daß ich den Osten niemals wieder sehen würde und daß auch Mrs. Werner hier verschwinden müsse.«

»Dafür wird er ihn selbst wiedersehen, und zwar in Eurer und in unserer Gesellschaft. Er ist endlich unschädlich gemacht worden, obgleich er die Hoffnung hegt, sich wieder befreien zu können.«

»So! Hegt er die wirklich?«

»Er hat es mir in das Gesicht gesagt.«

»Der Schurke! Erzählt, erzählt, Sir! Ich muß wissen, wie er in Eure Hände geraten ist und wie er sich dabei benommen hat!«

Es braucht wohl kaum erwähnt zu werden, daß wir uns während der Unterredung mit der äußersten Vorsicht benahmen, und daß der draußen sitzende Wächter während derselben oft und scharf beobachtet wurde. Dem Advokaten, der sich wohl in seinen Gesetzesparagraphen aber nicht in der Wildnis heimisch fühlte, war es um sich selbst bange und um mich erst recht himmelangst zu Mute, und daß sich die Sängerin in nicht geringerer Angst befand, verstand sich von selbst. Ich aber hatte wirklich keine Sorge, weder um die beiden, noch um mich selbst. Der Innenraum der alten Kutsche war in Wirklichkeit für mich ein besserer Aufenthalt, als jeder andere Ort in der Nähe. So konnte ich denn mit beinahe vollständiger Unbefangenheit erzählen, was ich zu erzählen hatte, nur daß ich öfters einen Blick hinaus auf den Wächter warf, um zu sehen, daß er noch an seinem Platze saß. Aber so ganz ohne gefährliche Unterbrechung sollte mein Bericht denn doch nicht zu Ende gehen. Ich war damit noch nicht ganz fertig, als ich gezwungen war, zu schweigen. Ich hörte Schritte, und als ich hinausblickte, sah ich einen Roten kommen, der unsern Posten voraussichtlich abzulösen hatte. Der letztere stand auf; der erstere aber kam an den Wagen, stellte sich auf das Trittbrett und führte die Untersuchung der Fesseln ganz in der Weise, wie sein Vorgänger aus, erst auf der rechten dann auf der linken Seite der Kutsche. Es verstand sich ganz von selbst, daß ich mich beidemal in die entgegengesetzte Ecke meines Sitzes drückte, welchem Umstande ich es zu verdanken hatte, daß die Gefahr glücklich vorüberging.

Der vorige Wächter war fortgegangen, und der jetzige hatte sich fast genau an dieselbe Stelle gesetzt. Als die beiden Gefangenen nun kurz erfahren hatten, was ihnen über Jonathan Melton zu wissen nötig war, fuhr ich fort:

»Die Mogollons werden früh, sobald der Tag zu grauen beginnt, aufbrechen. Ihr sollt mit dem Wagen unter Bedeckung noch für einige Zeit zurückbleiben. Diese Bedeckung werden wir Überfallen, und dann seid ihr frei.«

»Wie das klingt!« meinte der Advokat. »Die Bedeckung werden wir überfallen, und dann seid ihr frei! Als ob das nur so glatt abgehen müßte, wie beim Papierschneiden! Meint Ihr denn, daß die Bedeckung sich nicht wehren wird?«

»Vielleicht, oder sogar wahrscheinlich thut sie es.«

»Schrecklich! Und das sagt dieser Mann so ruhig! Sir, ich bitte Euch, bringt mich nur dieses Mal glücklich heim! Es soll mir nie im Leben wieder einfallen, nach dem wilden Westen zu gehen! Was meint Ihr wohl, wird die Bedeckung, die bei uns zurückzubleiben hat, stark sein?«

»Schwerlich. Der Häuptling wird sicher nur soviel Reiter bei euch lassen, wie unumgänglich nötig sind, ungefähr zehn.«

»Die können doch nichts gegen Euch und Eure hundert Nijoras machen!«

»Volle hundert haben wir nicht, da wir eine Anzahl zur Bewachung der heute gefangenen Mollogons verwenden müssen, dennoch werden wir aber eurer Bedeckung sechs- oder siebenmal überlegen sein. Dazu kommt der Schreck, den die Leute haben werden, wenn wir so unerwartet über sie herfallen. Ich denke, daß wir die Sache ganz ohne Blutvergießen abmachen werden. So, nun will ich gehen.«

»Nehmt Euch in acht, daß Euch nicht doch noch schließlich der Posten bemerkt!«

»Den schicke ich fort, wie den vorigen. Paßt auf!«

Ich zog zwei Steine aus der Tasche; da sagte Martha, und zwar in deutscher Sprache, während wir uns bis jetzt der englischen bedient hatten:

»Sie haben so viel, so außerordentlich viel für uns gethan und gewagt; fügen Sie jetzt noch die Erfüllung einer großen Bitte hinzu!«

»Gern, wenn ich kann.«

»Sie können. Schonen Sie sich! Warum müssen nur Sie immer voran sein! Überlassen Sie den Überfall morgen doch andern!«

»Ich danke Ihnen für die Freundlichkeit, welche für mich in Ihrer Bitte liegt. Daß ich mich schone, versteht sich ganz von selbst; doch will ich Ihnen gern versprechen, daß ich mich morgen ganz besonders in acht nehmen werde.«

Ich mußte ihre Bitte doch beantworten, und konnte dies nicht gut in einer andern Weise thun. Nun warf ich einen Stein hinaus. Wir paßten auf und sahen, daß der Posten aufmerksam wurde; beim zweiten Steine stand er auf, und als ich dann noch einen dritten, den letzten, weiter hinüberwarf, entfernte er sich in der Richtung des Geräusches, welches dadurch verursacht worden war.

»Gute Nacht! sagte ich. »Es wird alles gut ablaufen; habt also keine Sorge! Auf Wiedersehen morgen früh!«

Durch das Fenster greifend, öffnete ich die Thür, stieg hinaus und machte sie leise wieder zu, um mich dann gleich auf den Boden niederzuwerfen, denn ich sah, daß der Posten schon zurückkehrte. Auch ihn hatte der Fall der Steine mißtrauisch gemacht. Er setzte sich nicht nieder, sondern trat, ganz wie sein Vorgänger, zum Wagen, um das Innere zu untersuchen, glücklicherweise auf der mir entgegengesetzten Seite. Es war als wahrscheinlich anzunehmen, daß er dann auch diesseits kommen werde; darum rollte ich mich so schnell und so weit wie möglich fort und blieb dann liegen, um nicht etwa seine Aufmerksamkeit durch irgend eine Bewegung auf mich zu ziehen. Er kam aber nicht herüber, sondern blieb drüben und setzte sich wieder nieder. Nun kroch ich weiter. Da ich jetzt wußte, wo die Feinde sich befanden und daß ich keinen von ihnen vor mir hatte, konnte ich mich bald vom Boden erheben und den Weg zu Winnetou gehend zurücklegen.

Er stand noch genau da, wo ich ihn verlassen hatte. Ich fragte ihn: »Ist dir die Zeit lang geworden?«

»Nein,« antwortete er. »Mein Bruder ist zwar länger, als ich dachte, fortgeblieben, aber da kein Lärm zu hören war, wußte ich, daß er eine Gelegenheit zum Lauschen gefunden habe, und war also ohne Sorge um ihn.«

»Ja, ich habe gelauscht; doch komme fort zu unsern Pferden! Wir haben keine Veranlassung, hier stehen zu bleiben, und es ist für alle Fälle besser, wenn wir uns nicht so sehr in der Nähe des feindlichen Lagers befinden.«

Der Nijora saß bei den drei Pferden. Als er uns kommen sah, stand er ehrerbietig auf. Wir setzten uns und forderten ihn auf, dies auch zu thun. Er gehorchte, doch so, daß zwischen uns und ihm die bei den Roten gebräuchliche Respektentfernung lag.

Wir saßen eine Weile stumm. Ich wußte, daß Winnetou mich nicht fragen oder zum Sprechen auffordern werde, darum begann ich:

»Mein Bruder mag einmal raten, wo ich gesessen habe!«

Er warf mir einen prüfenden Blick zu, senkte das Auge nachdenklich zu Boden und antwortete dann:

»Waren die beiden Gefangenen noch in dem Wagen?«

»Ja.«

»So hast du bei ihnen gesessen. Weiß mein Bruder, was er da gethan hat?«

»Was?«

»Er hat den großen Geist versucht, welcher seine guten Menschen nur dann beschützt, wenn sie sich nicht ohne Ursache in Gefahr begeben. Wer sich ohne Grund in ein reißendes Wasser stürzt, kann, selbst wenn er ein guter Schwimmer ist, leicht darin umkommen. Ich muß meinen Bruder ob seiner Verwegenheit tadeln!«

»O, im Inneren des Wagens war ich weit sicherer, als anderswo!«

Ich erzählte ihm, was ich gesehen und gehört hatte. Am wichtigsten war für uns der Umstand, daß der Wagen nach dem Aufbruche der Mollogons zurückbleiben und erst später nachkommen sollte.

»Wir werden die Bedeckung überfallen und die beiden Gefangenen befreien,« sagte der Apatsche.

»Das ist auch meine Ansicht; es fragt sich aber, ob sie die richtige ist. Es gibt einen sehr triftigen Grund, den Wagen und seine Bedeckung unbelästigt fortzulassen, nämlich die Enge der beiden Hohlwege. Findet der Häuptling der Mogollons, daß sie so breit sind, daß der

Wagen hindurch kann, so wird er unbesorgt weiterreiten und annehmen, daß derselbe ihm folgen werde. In diesem Falle können wir die Gefangenen befreien, ohne daß er es zu früh bemerkt.«

»Und wenn aber die Wege zu eng sind?«

»So wird er halten bleiben, um die schmalen Stellen mit Hilfe der Tomahawks erweitern zu lassen. Ist dann der Wagen zur bestimmten Zeit nicht da, so wird er Verdacht schöpfen und Boten zurücksenden. In diesem Falle ist es notwendig, von der Befreiung der beiden Gefangenen zunächst noch abzusehen.«

»Mein Bruder hat recht.«

Nach diesen Worten fiel er in ein längeres Nachdenken. Ich konnte leicht erraten, womit er sich beschäftigte, und hatte mich da nicht geirrt, denn als er zu einem Resultate gekommen war, sagte er:

»Wir können die Bedeckung des Wagens getrost überfallen, denn die Wege sind so breit, daß er hindurch kann.«

»Weißt du das genau?«

»Ja, ich habe den Wagen gesehen und kenne seine Breite. Da wir die Mogollons oben auf der Platte überfallen wollen, so handelt es sich nur um den einen Weg, welcher hinauf-, nicht aber auch um den andern, der jenseits wieder hinabführt; der erstere aber bietet kein Hindernis. Ich bin jetzt im Geiste dort gewesen, und habe mit den Augen meiner Seele jede Stelle ausgemessen. Der Wagen kann hindurch.«

»So werden sich die Mogollons also nicht unten aufhalten, sondern ohne Verzögerung hinauf zur Platte reiten.«

»So ist es. Wir können also die zurückgebliebene Bedeckung des Wagens getrost überfallen.«

»Wie meinst du, daß das am besten geschehen könnte?«

»Mein Bruder hat die Örtlichkeit gesehen und mag mir seine Meinung sagen!«

»Ich möchte dabei keinen Menschen töten oder verwunden. Um das zu erreichen, muß der Überfall eine Überrumpelung sein; er muß ganz plötzlich geschehen.«

»Hält mein Bruder dies für möglich? Jeder Mogollon, welcher hier zufällig außerhalb der Büsche steht, muß uns doch kommen sehen und wird Lärm machen.«

»So müssen wir nicht hier auf dem Wege, also von Norden her, sondern von Süden kommen, weil die Mogollons von dort her am allerwenigsten einen Feind erwarten können. Der Häuptling reitet mit über dreihundert Mann nach Süden. Wenn wir eine halbe Stunde später aus dieser Gegend kommen, können die Zurückgebliebenen uns unmöglich für Feinde halten. Ja, sie werden höchstwahrscheinlich denken, wir seien eine Schar der Ihrigen, welche aus irgend einem Grunde zurückkehren mußte, und erst dann, wenn sie unsere Gesichter erkennen, werden sie ihren Irrtum einsehen. Dann aber ist es schon zu spät für sie.«

»Mein Bruder hat das Richtige getroffen, wie immer; sein Plan wird ausgeführt. Was dann aber weiter?«

»Von der Quelle des Schattens bis auf die Platte des Cañons, auf welcher der Kampf stattfinden soll, sind drei Stunden zu reiten. Ich möchte die Gefangenen, welche wir heute gemacht haben und morgen früh noch machen werden, nicht mit nach der Platte nehmen. Sie hindern uns, und können uns sogar gefährlich werden.«

»Was soll denn mit ihnen geschehen?«

»Sie mögen unter hinreichender Aufsicht an der Schattenquelle zurückbleiben. Da sie sich nur drei Stunden von uns befinden, sind sie uns jedenfalls sicher genug. Lassen wir vierzig Nijoras bei ihnen, welche wir unter den Befehl Emerys stellen, so ist's gerade so gut, als ob sie sich unter unsern Augen befänden.«

»Auch darin stimme ich meinem Bruder bei, denn wenn wir sie mitnehmen, müssen wir kämpfen und sie zugleich beaufsichtigen, wobei ihnen irgend ein unerwarteter Umstand die Freiheit verschaffen kann. Sie mögen also zurückbleiben. Hat mein Bruder die Absicht, sich direkt am Kampfe zu beteiligen?«

»Das kommt auf die Umstände an. Ich töte nicht gern einen Menschen; aber die Nijoras sind unsere Freunde und Brüder geworden, und wir müssen ihnen also gegen die Mogollons beistehen, welche nicht nur ihre Feinde, sondern auch die unserigen sind. Wir haben die Aufgabe, den Mogollons zu folgen, sie durch den

Hohlweg hinauf auf die Platte und den dort wartenden Nijoras in die Hände zu treiben. Das müssen wir auf jeden Fall thun. Was dann noch zu geschehen hat, werden die Umstände ergeben. Am liebsten wäre es mir freilich, wenn die Mogollons ihre Waffen streckten, ohne den Kampf zu beginnen.«

»Das werden sie nicht thun oder höchstens nur dann, wenn ihnen kein Zweifel bleibt, daß der Widerstand sie in den sichern Tod treiben würde.«

»So muß man ihnen das zu beweisen suchen! Der Plan, den wir dem Häuptlinge der Nijoras mitgeteilt haben, will ja diesen Erfolg erreichen.«

»Denkt mein Bruder, daß der Häuptling nach diesem Plane handeln wird?«

»Ich meine es; wenigstens wäre er ein großer Thor, wenn er es nicht thäte; und wie ein Thor ist er, den ich zwar nur erst einmal gesehen habe, mir nicht vorgekommen.«

»Dennoch wäre es nützlich, ja sogar notwendig, Gewißheit darüber zu erlangen, ob er unsern Vorschlägen Folge geleistet hat. Willst du ihm einen Boten senden, um ihn fragen zu lassen?«

»Nein, denn dazu ist die Zeit zu kurz. Ehe der Bote ihn erreicht und wieder zu uns zurückkehrt, ist es zu spät; auch würde er sicher den Mogollons begegnen und von ihnen weggefangen werden. Auch genügt es nicht, nur zu erfahren, ob der Häuptling nach unsern Weisungen handeln will, sondern es ist notwendig, zu wissen, daß er wirklich nach denselben handeln wird.«

»Du meinst also eine Beaufsichtigung. Dann müßte einer von uns beiden hin. Das ist's doch, was du sagen willst?«

»Das ist es. Und nur dann, wenn du bei ihm bist oder ich bei ihm bin, kann er bestimmt werden, von unnützem Blutvergießen abzusehen. Ich kenne die beiden Gefangenen, welche hier zu befreien sind, und habe es mehr wie du mit der Erbschaftsangelegenheit, also mit der Bewachung Jonathan Meltons, zu thun, gehöre also mehr hierher. Du bist viel länger als ich ein Freund der Nijoras; also reite du zu ihrem Häuptlinge.«

»Du sagst es, und ich bin einverstanden; ich werde sofort aufbrechen.«

»Nimmst du den jungen Krieger mit, der sich bei uns befindet?«

»Ja.«

»So bitte ich dich, ja darauf zu sehen, daß auf der Platte der Wald dicht besetzt wird und hinter dem Felsenzuge sich genug Krieger aufstellen. Geschieht das, so giebt es für die Mogollons keinen Ausweg. Wenn sie sich nicht ergeben, so werden sie entweder wie zusammengetriebenes Wild niedergeschossen oder in den tiefen Cañon getrieben, dessen Grund sich mit ihren zerschmetterten Gliedern füllen würde.«

»Du kannst überzeugt sein, daß ich nichts unterlassen werde, was einen friedlichen Ausgang herbeizuführen vermag; gehen aber die Mogollons nicht darauf ein, so kann ich nicht verhindern, daß sie in den sichern Tod rennen. Bringe du sie nur den Hohlweg heraufgetrieben!«

Nachdem noch einige andere Bemerkungen ausgetauscht worden waren, setzte er sich zu Pferde; der Nijora stieg auch auf; dann ritten sie davon, natürlich zunächst einen Bogen schlagend, um das feindliche Lager zu umgehen. Die Entscheidung nahte.

Nun befand ich mich allein. Ich ritt noch ein Stück zurück, um beim Anbruche des Morgens nicht von den Mogollons gesehen zu werden, pflockte mein Pferd an und legte mich nieder. Zum Schlafen etwa? Ich hätte schlafen dürfen, denn ich befand mich an einer Stelle, an welcher kein Un- oder Überfall zu erwarten war; aber ich hatte am Tage genugsam ausgeruht, und mußte daran denken, daß wir jetzt, in der heutigen Nacht, an dem Schlusse unserer vielen und schweren Bemühungen standen. Die Hände unter dem Kopfe und die Augen gen Himmel gerichtet, an welchem die Sterne jetzt wieder erschienen, da das Gewölk im Westen verschwunden war, dachte ich an all die Ereignisse von jenem Tage an, an welchem ich Harry Melton, den Ermordeten, in Guaymas zum erstenmal gesehen hatte. Welche Ereignisse, welche Sorgen, Mühen, Enttäuschungen und Gefahren lagen zwischen jenem Tage und dem heutigen Abend! Die Lehre aus allem, allem, was ich in dieser Zeit erfahren und erlebt hatte, bestand in den wenigen und doch so schwerwiegenden Worten: Bewahre dir allezeit ein gutes Gewissen!

So sann und sann ich, bis meine Gedanken weniger scharf wurden; dann träumte ich halb, halb wachte ich, und endlich schlief ich doch ein. Da ich mich nicht in meine Decke gehüllt hatte, wurde ich von der empfindlich kühlen Luft geweckt. Der Stand der Sterne sagte mir, daß es ungefähr eine Stunde vor Morgen war.

Bald darauf hörte ich Pferdegetrappel von Norden her. Ich ging dem Schalle entgegen, und legte mich auf die Erde. Ein Zug von Reitern kam, eine Strecke voran zwei; der eine war ein Weißer, der andere ein Roter, welcher wohl den Führer machte. Ich stand auf und rief sie an, und zwar mit verstellter Stimme:

»Halloo, Mesch'schurs! Wohin der Ritt?«

Die beiden parierten sofort ihre Pferde und griffen zu ihren Gewehren. Der Weiße antwortete:

»Wen geht es etwas an, wohin wir reiten? Komm näher, Bursche, und lasse dich sehen, wenn du keine Kugel kosten willst!«

»Versteht Ihr denn, einen Menschen zu treffen, Mister Emery?«

»Emery? Der Kerl kennt mich! Wer mag – Alle Wetter, bin ich dumm!« unterbrach er sich. »Das ist doch jedenfalls kein anderer als der alte Charley, den sie Shatterhand nennen! Komm her, mein Kind, und sage uns, wo der Apatsche steckt!«

»Steigt ab; dann sollst du es erfahren. Wir müssen hier halten. Ist alles in Ordnung, Emery?«

»Alles.«

»Und Jonathan?«

»Kommt da hinten mit seiner lieben Judith geritten. Dunker hat sich sein erbarmt, und mag nun keinen Augenblick mehr von ihm lassen.«

Der Zug hielt an, und alle stiegen ab. Ich ging vor allen Dingen zu Melton. Eben war er vom Pferde genommen, und neben Judith auf die Erde gelegt worden. Dunker stand bei ihnen.

Dann sah ich nach den gefangenen Mogollons. Sie lagen auf der Erde, zwei und zwei mit den Rücken gegeneinander zusammengebunden. Die waren uns sicher; die konnten nicht entfliehen. Dann erzählte ich Emery, Dunker und dem Unterhäuptlinge, was ich mit dem

Apatschen beobachtet und besprochen hatte, und fragte hierauf den letzteren:

»Kennt mein roter Bruder vielleicht eine nahe, an der Schattenquelle liegende Stelle, von welcher aus wir die abziehenden Mogollons beobachten können, ohne von ihnen bemerkt zu werden?«

»Es giebt eine solche,« antwortete er. »Sobald mein Bruder es wünscht, werde ich ihn zu derselben führen.«

»Gut! Wir müssen sehr bald aufbrechen, da der Morgen nahe ist. Fünfzig deiner Krieger mögen uns begleiten, um die zurückbleibenden Feinde zu überfallen. Die andern fünfzig bleiben zur Bewachung der Gefangenen hier.«

»Und ich?« fragte Dunker.

»Ihr müßt unbedingt bei Melton bleiben, den ich Euch anvertraut habe.«

» *Well*! Ich bin also sein Kerkermeister. Da mag er den Gedanken an eine Flucht nur immer fallen lassen!«

»Aber ich darf doch mit?« erkundigte sich Emery.

»Ich möchte dich bitten, auch hier zu bleiben.«

»Warum? Möchte gar zu gern dabei sein.«

»Um zu sehen, wie wir zehn oder zwölf Indianer fangen? Das ist nichts. Bedenke, daß wir außer Melton noch fünfzig Gefangene zu bewachen haben. Die muß ich unter ganz sicherer Obhut wissen. Es ist ein Vertrauensposten für dich, Emery.«

»Gut! Wenn du es mir von dieser Seite klar und fein machst, kann ich es nicht gut grob nehmen. Wann sollen wir nach der Quelle kommen?«

»Ich schicke euch einen Boten.«

Nach kurzer Zeit stiegen fünfzig Nijoras wieder auf. Ihr Unterhäuptling setzte sich mit mir an ihre Spitze, und führte uns nicht süd-, sondern westwärts, um die Quelle des Schattens nach dieser Richtung zu umgehen. Später lenkten wir nach Süden, und dann nach Osten ein; der Bogen war geschlagen, und wir hielten vor einer langgestreckten, nicht bedeutenden und schmalen Anhöhe, auf welcher Gebüsch zu stehen schien.

»Wir befinden uns an Ort und Stelle,« sagte der Unterhäuptling.

»Wie weit von der Quelle?« erkundigte ich mich.

»Fünf Minuten. Wer auf diese kleine Höhe steigt und sich da hinter das Gebüsch legt, kann die ganze Gegend der Quelle des Schattens überblicken und wird doch selbst nicht gesehen.«

»Das ist gut. Warten wir, bis es Tag geworden ist. Aber gebt gut auf die Pferde acht, damit nicht etwa eines davonläuft und uns verrät!«

Die Warnung war eigentlich unnütz, denn niemals wird ein Indianerpferd sich weit von seinesgleichen entfernen. Wir lagen am Fuße der Anhöhe, bis die Sterne nach und nach erblichen und ein leiser Dämmerschein im Osten zu bemerken war. Dann stieg ich mit dem Unterhäuptlinge hinauf. Wir legten uns hinter die Büsche und warteten, bis es hell genug war, die unter und vor uns liegende Gegend zu überblicken. Das dauerte nicht lange.

Das Gebüsch, welches uns Deckung gab, lief auf dem Rücken der Anhöhe hin, stieg jenseits derselben hinab, verbreitete sich nach und nach, wurde da, wo die Quelle aus der Erde trat, wieder schmäler und hörte nachher ganz auf, um in die grasige Prairie überzugehen.

»Das ist ja herrlich!« sagte ich zu dem Indsman. »Wir können uns das Terrain ja gar nicht besser wünschen!«

»So ist mein weißer Bruder mit mir zufrieden?«

»Vollständig, vollständig! Die Stelle ist die allerbeste für unsere Absichten. Wir können die ganze Gegend überblicken und den Abzug der Mogollons beobachten. Dann brauchen wir gar keine Pferde, um die zurückgebliebenen Feinde durch die Schnelligkeit unseres Kommens zu überraschen; wir lassen sie vielmehr hier. Wir können ja ganz heimlich im Gebüsch hier hinuntersteigen, und uns bis an die Quelle schleichen. Besser konnten wir es wirklich nicht treffen.«

Der Indianer wollte es sich nicht merken lassen, doch sah ich es ihm sehr wohl an, daß er stolz auf das Lob war.

Wir sahen das Lager der Mogollons vor uns; sogar die Decke der Postkutsche war zu sehen; sie ragte aus den Büschen heraus. Die Roten waren vom Schlafe erwacht und bereiteten sich zum heutigen Ritte vor. Viele aßen; einige wuschen sich erst; andere hatten mit ihren Pferden zu thun. Nach einiger Zeit ertönte ein schriller Schrei, das Zeichen zum Aufbruche. Jeder eilte zu seinem Pferde, um es zu besteigen; dann bildete sich der Zug, immer ein Reiter hinter dem andern, sodaß wir sie leicht zählen konnten; es waren ihrer dreihundert und vier; ihre lange Linie bewegte sich nach Süden, wo, wie wir überzeugt waren, das Verderben ihrer wartete.

Die Zurückgebliebenen sahen den Davonziehenden nach; sie standen vor dem Gebüsch, ihrer zehn Mann. Daß es nicht mehr waren und vielleicht einer, oder einige noch hinter den Büschen steckten, ergab der Umstand, daß wir nur vierzehn Pferde weiden sahen, zehn Reitpferde und vier für den Wagen.

Als die Fortziehenden im Süden verschwunden waren, konnten wir an das Werk gehen. Zehn Mann zu überwinden, brauchten wir nicht mehr als eben so viele. Dennoch ordnete ich an, daß dreißig Mann mitgehen und die übrigen dann mit den Pferden nachkommen sollten; besser ist doch immer besser.

Durch die Büsche gedeckt, gingen wir auf der Anhöhe hin, stiegen jenseits hinab und folgten dann dem Gebüsch weiter, bis wir in der Nähe der Quelle ankamen. Ich kroch vor, um zu rekognoszieren. Die zehn armen Teufel saßen am Wasser, und machten Frühstück. Ich schämte mich fast, mit der dreifachen Übermacht über sie herzufallen. Sie waren, als die Nijoras über sie kamen, so erschrocken, daß keiner von ihnen sich wehrte oder zu entfliehen suchte; in einem Nu hatte man sie gebunden. Ich aber war an die alte Postkutsche getreten, öffnete den einen Schlag derselben und rief hinein:

»Guten Morgen, Mrs. Werner und Mr. Murphy! Hier bin ich, um mein Wort zu halten.«

Martha stieß einen Jubelruf aus, und schloß dann die Augen. Sie war zwar nicht ohnmächtig geworden, aber die Freude übermannte sie. Ich zog das Messer, schnitt ihre Fesseln entzwei, hob sie heraus und setzte sie in das Gras, da sie zu schwach zum Stehen war. Da rief der Advokat ungeduldig-

»Nun auch mich, Sir! Wie lange soll ich warten!«

»Nur Geduld, Mr. Murphy! Man kann nicht mehreren auf einmal dienen. Auch Ihr sollt frei sein.«

Als ich ihn losgeschnitten hatte, kam er herausgestiegen, reckte und renkte seine Glieder und sagte:

»Gott sei Dank! Das Elend ist zu Ende. Das war eine fürchterliche Situation da drin in dem alten Karren!«

Für mich hatte er ein Wort des Dankes nicht, dafür aber eines von anderer Art. Er legte seine Linke auf meine Schulter und fragte:

»Sir, ist bei Euch noch alles in Ordnung?« Dabei klopfte er mir mit der Rechten auf die Brust. »Habt Ihr die Brieftasche noch?«

»Ja. Sonderbare Frage!«

»Weil ich wissen muß, wieviel es noch ist.«

»Warum müßt, hört Ihr, müßt denn gerade Ihr es wissen?«

»Weil ich – alle Wetter, das versteht sich doch ganz von selbst!«

»Nein, das versteht sich nicht so ganz von selbst.«

»Ich bin doch der Erbschaftsverwalter und habe zu bestimmen, was mit dem Gelde werden und wer es bekommen soll!«

»Bildet Euch das nicht ein! Erbschaftsverwalter waret Ihr, seid es aber nicht mehr. Und was aus dem Gelde werden und wer es bekommen soll, habt Ihr nicht mehr zu bestimmen, seit Ihr so pfiffig gewesen seid, die ganze Erbschaft einem Betrüger ohne alle genaue Prüfung nur so in die Tasche zu stecken.«

»So werde ich Euch eines andern belehren!«

Das sagte er in drohendem Tone; ich antwortete ruhig.

»Ich befürchte, daß Ihr da einen sehr unaufmerksamen Schüler an mir haben werdet.«

»O, Ihr werdet schon aufmerken müssen! Also gebt Ihr das Geld nicht heraus?«

»Nein.«

»Auch wenn ich es Euch befehle?«

»Befehlen? Laßt Euch doch nicht auslachen. Dieses Geld werde ich so lange behalten, bis der rechtmäßige Eigentümer gefunden ist.«

»Wollt Ihr etwa bestimmen, wer derselbe ist?«

»Das brauche ich nicht, denn er hat sich schon gefunden, und ich kenne ihn.«

»Ich kenne ihn auch. Er hat die Erbschaft auf amtlichem Wege aus meiner Hand zu erhalten. Also heraus damit! Wollt Ihr oder wollt Ihr nicht?«

»Nein! Übrigens ersuche ich Euch, Euern jetzigen Ton abzulegen; ich bin ihn nicht gewohnt! Es würde Euch ein ganz anderer ziemen!«

»So? Meint Ihr? Welcher denn?«

»Der des Dankes. Ich bin Euer Retter, sogar Euer Lebensretter. Wäre ich nicht, so würdet Ihr den Osten niemals wiedersehen. Ich schnitt Euch hier los. Habe ich ein einziges Wort des Dankes dafür erhalten? Der Bettler sagt Dank für einen Bissen Brot. Ich habe Euch die Freiheit und das Leben zurückgegeben, und bekomme Grobheiten dafür! Wenn Ihr glaubt, mir damit zu imponieren, so irrt Ihr Euch sehr!«

»Und Ihr imponiert mir noch viel weniger. Warum Ihr das Geld nicht herausgeben wollt, das weiß ich gar zu wohl! Ihr wollt das Geld nicht herausgeben, um so im stillen für Euch –«

»Halt! Nicht weiter, kein Wort weiter!« donnerte ich ihn an. »Es giebt Dinge, auf welche man nur mit der Faust antwortet!«

»Eure Faust? *Phsaw*! Vor der habe ich gar, gar keinen Respekt, obgleich Ihr Euch Old Shatterhand schimpfen laßt! Ihr wollt einen Teil des Geldes in Eure eigene Tasche verschwinden lassen, und –«

Er sprach nicht weiter, denn er flog in einem weiten Boden durch die Luft, über den nächsten Strauch und jenseits desselben zur Erde nieder.

Martha war vor Angst emporgesprungen. Sie erfaßte meine beiden Hände, indem sie in flehendem Tone rief.

»Um Gottes willen, töten Sie ihn nicht! Er hat nicht eine Spur des Rechtes, so mit Ihnen zu reden; er hat Sie schwer beleidigt, ich fühle mich mit Ihnen gekränkt und werde nie wieder mit ihm reden, außer wenn ich muß; aber töten Sie ihn nicht!«

»Töten? Pah! Ich habe ihn nur auch ein wenig ›wegwerfend‹ behandelt; das ist alles. Er wird sich wahrscheinlich hüten, mir jemals wieder so nahe zu kommen und so nahe zu treten wie jetzt, sonst werfe ich den Ehrentöter in die Luft, daß er an der Sichel des Mondes hängen bleibt!«

Da kamen die zwanzig Nijoras mit den Pferden. Ich gab einem von ihnen den Befehl, zurückzureiten und Emery und Dunker mit ihrer Truppe zu holen. Die Pferde thaten sich zunächst am Wasser gütlich, und verbreiteten sich sodann über die saftige Grasfläche. Murphy war aufgestanden, und hatte sich auf die Seite gedrückt. Er saß hinter einem Busche, und rieb sich verschiedene Teile seines Körpers. Martha hatte sich wieder erholt. Sie wollte von Dankesworten überfließen; ich bat sie aber, zu schweigen, und sie that mir den Gefallen, die Bitte zu erfüllen.

Dann kamen unsere zurückgebliebenen Krieger mit den Gefangenen geritten. Die zehn Mogollons stießen Ausrufe des Schreckens aus, als sie ihre fünfzig gefangenen Kameraden erblickten. Ich wollte eben einen Befehl geben, welcher die Überbringung der Leute betraf, als meine Aufmerksamkeit durch ein lautes Brüllen in Anspruch genommen wurde. Der Advokat stieß es aus. Er hatte Jonathan Melton gesehen, war aufgesprungen, warf sich auf diesen, den man schon vom Pferde genommen hatte, riß ihn zu Boden und bearbeitete mit beiden Fäusten und unter wütendem Geschrei das Gesicht des Betrügers, der sich gegen den Angriff nicht zu wehren vermochte.

Emery und Dunker warfen mir fragende Blicke zu. Sie wußten nicht, sollten sie Murphy wegreißen oder ihn gewähren lassen.

»Bindet schnell Melton los!« rief ich Dunker zu.

Da Jonathan soeben von dem Pferde gehoben worden war, hatte man ihm die Beine noch nicht wieder gefesselt, und nur seine Hände waren gebunden. Es genügte ein Augenblick, ihm dieselben frei zu geben, und kaum war dies geschehen, so gebrauchte er sie zur Abwehr gegen den Angreifer, der noch immer nicht von ihm lassen wollte. Es entstand ein Prügelei, welcher alle Indianer, Freie und Gefangene, mit unendlichem Behagen zuschauten. Bald war der eine oben, bald der andere; es dauerte lange, ehe es zur Entscheidung kam, wer der Sieger war, und als dieser Moment endlich eintrat, zeigte es sich, daß sie beide unterlegen waren, denn sie hatten einander so mitgespielt, daß sie beide nebeneinander vollständig ermattet liegen blieben.

Emery war zu mir getreten, hatte mich ganz verwundert angesehen und gefragt:

»Warum giebst du zu, daß Murphy solche Hiebe bekommt? Du hast Melton ja geradezu gegen ihn losgelassen!«

»Weil er sich nichts anmaßen soll. Wer giebt ihm das Recht, Melton zu maltraitieren? Vorhin verlangte er unter Drohungen das Geld von mir und sagte mir, anstatt sich für seine Befreiung zu bedanken, ich gäbe es nicht heraus, um mir einen Teil davon heimlich anzueignen.«

»Pfui! Du hast ihm doch dafür beide Fäuste in die Augen gegeben?«

»Nein. Ich habe die Züchtigung dem lieben Jonathan überlassen.«

»*Well*, auch kein übler Gedanke! Bist doch ein origineller Kerl, alter Scout! Nun liegen sie da und schnappen nach Atem. Ist beiden recht geschehen; kann weder dem einen noch dem andern etwas schaden. Aber den Melton sollen wir doch wieder fesseln?«

»Ja; doch Judith wird frei gegeben.«

»Die! Warum?«

»Damit sie Mrs. Werner bedienen kann.«

»Ganz richtig! Diesen Gedanken hätte ich nicht gehabt. Aber ob sie sich dazu hergeben wird?«

»Werde es ihr schon plausibel machen!«

Die Jüdin erstaunte nicht wenig darüber, daß man ihr die Fesseln abnahm; ich stand bei der Sängerin und rief sie zu mir her.

»Mamsell Silberberg, es liegt in Ihrer Hand, sich Ihre Lage zu erleichtern,« sagte ich.

»Wie – wie – wie nennen Sie mich?« fragte sie, indem sie mir frech in die Augen blickte. »Was haben Sie mit mir vor?«

»Sie werden dahin gebracht, wohin wir Melton bringen.«

»Ich gehe nicht mit! Ich habe andere und heiligere Pflichten.«

»Welche denn?«

»Ich muß zu meinem Vater, der mich braucht.«

»Wo ist denn der liebe Mann zu finden?«

»Das geht Sie nichts an!«

»Dann gehen mich auch die Rücksichten nichts an, welche Sie so plötzlich gegen ihn vorgeben. Sie haben ihn nie genannt, sich wahrscheinlich gar nicht um ihn gekümmert, und nun schützen Sie auf einmal diese ›heiligen‹ Pflichten vor. Leider aber dürfen wir dieselben nicht beachten. Sie sind Meltons Mitschuldige; Sie können vollen Aufschluß über ihn und seine Verbrechen geben, und wir haben dafür zu sorgen, daß dies am richtigen Ort geschehen wird.«

»So wollen Sie mich weiter mit sich schleppen?«

»Nicht schleppen, sondern mitnehmen! Wir dürfen Sie doch nicht hier im wildesten Westen verkommen lassen und werden Sie in schönere und civilisiertere Gegenden bringen.«

»Ich will aber nicht!« rief sie aus, indem sie mit dem Fuße stampfte.

»Um Ihren Willen werden wir uns wohl nicht viel bekümmern. Also hören Sie: Mrs. Werner braucht eine Dienerin. Wollen Sie die Stelle annehmen, so wird Ihnen soviel wie möglich Erleichterung werden ‹

»Dienerin, Dienstbote, Dienstmädchen?« lachte sie höhnisch auf. »Fällt mir nicht ein, mich so weit wegzuwerfen! Niemals!«

»Wie Sie wollen! Aber dann werden Sie wieder gefesselt!«

»Ist mir gleich; thun Sie es! Ich bin Lady; ich bin Dame; und gerade für diese Frau hier würde ich erst recht keinen Finger regen. Ich bin die Witwe eines Häuptlings, also eines Mannes, der ein Herrscher war!«

»Gut! Ich werde Ihnen also die ledernen Witwenschleier wieder um die Hände und Füße legen lassen«

Ein Wink von mir genügte; sie wurde wieder gebunden. Es war auch besser so, denn wenn sie die Erlaubnis gehabt hätte, sich frei zu bewegen, wäre es ihr doch vielleicht gelungen, heimlich mit Melton zu paktieren und ihm zur Flucht zu verhelfen.

Seit dem Abzuge der Mogollons waren nun beinahe drei Viertelstunden vergangen. Emery machte mich auf diesen Umstand aufmerksam. »Wir müssen fort,« sagte er, »sonst kommen wir nicht zur rechten Zeit an den Hohlweg.«

»Du sagst ›wir‹?«

»Natürlich! Oder ist das falsch? Heißt das etwa, daß ich nicht mitgehen soll?«

»Ja.«

»Das bilde dir nicht ein; ich bleibe auf keinen Fall hier zurück!«

»Ich denke, du wirst nicht nur bleiben, sondern dich sogar freiwillig dazu erklären.«

»Den Kuckuck werde ich! Während andere kämpfen, will ich nicht als Faulpelz oder gar als Feigling hier auf der Bärenhaut liegen bleiben!«

»Es kann weder von Faulheit noch gar von Feigheit die Rede sein. Du weißt, daß Winnetou fort ist, um darauf zu sehen, daß unser Plan strikte ausgeführt wird. Er mußte fort, sonst hätten uns die Nijoras vielleicht alles verdorben. Wenn alles klappen soll, muß einer von uns unten am Hohlwege stehen; er hat mit wenigen Leuten die ganze Gewalt des Rückstoßes, welcher die Mogollons wieder den Hohlweg herabdrängen wird, auszuhalten. Wer soll das sein?«

»Du natürlich. Das ist eine heikle Aufgabe und ich habe nicht Lust, mir später wegen irgend eines Fehlers die Schuld am Mißlingen zuschieben zu lassen. Wer da unten postiert ist, muß mit dem Apatschen, der oben kommandiert, im innern Zusammenhange stehen; das ist bei dir der Fall, bei mir aber nicht.«

»Gut! Also Winnetou oben auf der Platte und ich unten am Hohlwege; das siehst du ein, und das ist abgemacht. Nun giebt es noch einen dritten Posten, welcher zwar anderer Art, aber ebenso wichtig ist wie die beiden vorhergehenden.«

»Der hier an der Quelle?«

»Ja. Es handelt sich um die Gefangenen, von denen Melton der wichtigste ist. Entkommt er, so weißt du, was das heißt. Dabei sind sechzig Mogollons zu bewachen, die Yumas der Jüdin gar nicht mitgerechnet. Ein kleiner, ganz unbedachter Umstand kann die Kerls zur Rebellion bringen und zur Freiheit führen,«

»Sie sind ja alle gefesselt!«

»Dies gibt uns eben nur dann Sicherheit, wenn ein zuverlässiger Mann hier gebietet; ist dies aber nicht der Fall, so kann das kleinste Versehen zum Verderben führen. Denke dir den Schreck, wenn ich mit fünfzig oder sechzig Mann hier fortritte, um über dreihundert Mogollons in den Hohlweg zu treiben, und es erschienen plötzlich hinter uns die sechzig oder siebzig Gefangenen, welche sich losgemacht hätten!«

»Alle Wetter! Das wäre allerdings eine fatale Geschichte. Ihr würdet zwischen den beiden Haufen erdrückt, und mit euerm ganzen schönen Plane wäre es zu Ende!«

»Das siehst du also ein? Wir brauchen hier einen tüchtigen Kerl. Soll ich den Posten etwa Dunker anvertrauen?«

»Dunker? Hm! Er ist ein guter Pfadfinder und auch sonst ein ganz passabler Mensch, aber ihm Wichtiges oder gar sehr Wichtiges anvertrauen, das möchte ich doch nicht.«

»Ganz meine Meinung. Dann bleibt von uns nur einer übrig.«

»' Well! So muß ich es also übernehmen. Du hast mich richtig breitgeschlagen.«

»Habe ich dir nicht gesagt, daß du dich selbst anbieten würdest? Ich wußte es.«

»Hm, eigentlich wußte ich es auch; aber es wäre mir lieb gewesen, wenn ich da oben auf der Platte hätte mit zuschlagen dürfen.«

»Es fragt sich noch, ob es überhaupt zum Zuschlagen kommt. Also du wirst hier kommandieren. Wie viel Leute brauchst du, um die Gefangenen in Schach zu halten?«

»Zehn werden genügen, da alle gefesselt sind. Denkst du nicht?«

»Ich denke es. Siebzig eng gefesselte Menschen sind sogar mit noch weniger Kräften in Schach zu halten, nämlich wenn nichts passiert. Da man aber nicht eine Stunde weit in die Zukunft blicken kann, ist es besser, man sieht sich vor. Nimm dreißig! Mir bleiben da noch immer siebzig.«

»Dafür hast du aber auch die schwerste Partie eures Planes auszuführen, und zwar mit noch nicht ganz einmal dem vierten Teile der Leute, welche Winnetou oben auf der Platte hat.«

»Es genügt. Was mir an Leuten mangelt, muß ich durch die Taktik zu ersetzen suchen.«

»Taktik! Ganz militärwissenschaftlich!«

»Allerdings,« lachte ich. »Hundertundsiebzig Leute brauche ich; siebzig habe ich; folglich fehlen gerade hundert. An die Stelle der hundert muß hier die alte Überlandpostkutsche treten. Ist das nicht Taktik?«

»Sprichst du im Ernste? Willst du sie etwa als Kanone gebrauchen? Dann bin ich neugierig, womit du sie laden wirst!«

»Nicht als Kanone, sondern als Sturmbock.«

»Sturmbock? Das ist ja eine ganz und gar mittelalterliche Maschine!«

»Die ich aber in die Neuzeit übersetze, denn mein Sturmbock wird lebendig und nicht von totem Holz und Eisen sein.«

»Begreife ich nicht!«

»Und ist doch so ungeheuer einfach! Du siehst doch ein, daß wir den Wagen mitnehmen müssen?«

»Nein, das sehe ich vielmehr ganz und gar nicht ein. Wie wollt ihr euch frei bewegen können, wenn ihr den alten Kasten mit euch schleppt!«

»So höre! Wir dürfen den Mogollons, wenn sie in den Hohlweg eingedrungen sind, keine Zeit und auch keinen Raum lassen, umzukehren. Wir müssen uns also hart hinter ihnen befinden; das ist aber gefährlich, weil sie sich umdrehen und auf uns werfen können. Da dient uns denn die Kutsche als Maske. Wenn diese hinter den Mogollons erscheint, werden die letzteren uns für ihre eigenen Krieger halten.«

»Ah, richtig! Fein ausgedacht! Aber die Sache hat einen Haken. Bei der Kutsche waren zehn Krieger; du aber kommst mit siebzig, das muß doch verdächtig erscheinen.«

»O nein. Du hast die fünfzig vergessen, die bei Melton waren und hier gefangen liegen. Man wird denken, daß es diese sind.«

»Richtig, richtig! Die fünfzig haben die zehn mit der Kutsche hier getroffen und sich mit ihnen vereinigt. Da beträgt der Unterschied nur zehn, was wohl nicht auffallen wird. Und dann? Was geschieht dann?«

»Das wirst du sofort hören.«

Ich rief den Unterhäuptling zu mir und bat ihn:

»Rufe deine Leute zusammen und sage ihnen, daß ich sechs gute Reiter brauche, welche sich mit mir zu einem gefährlichen Unternehmen freiwillig vereinigen sollen!«

Er folgte der Aufforderung und da meldeten sich denn nicht mehr und nicht weniger als – alle. Nun erklärte ich ihm und den Seinen, sodaß sie alle es hörten:

»Wir müssen den Mogollons mit dem Wagen folgen, sodaß sie uns für die Ihrigen halten und wir gleich nach ihnen in den Hohlweg eindringen können. Wenn sie die Platte oben erreicht haben und da sehen, daß sie eure tapfern Brüder in einer unangreifbaren Stellung vor sich haben, werden sie umkehren wollen. Das müssen wir verhüten. Ich will ihnen durch den Wagen den Rückweg versperren. Um den steilen Hohlweg hinanzukommen, muß ich wenigstens acht Pferde anspannen. Keiner von euch kann fahren; ich werde mich also selbst auf den Bock setzen, um die hintersten zwei Pferde an der Deichsel zu lenken. Auf jedem der sechs vorderen Pferde soll einer von euch sitzen, um sie anzutreiben. Wenn wir hinter den Mogollons anlangen, werden sie die sechs zunächst für Brüder ihres Stammes halten. Später aber, wenn wir ihnen näher kommen, steht zu befürchten, daß sie uns erkennen und auf uns schießen. Also haben die sechs Reiter vor dem Wagen eine sehr gefährliche Aufgabe zu erfüllen. Darum wünsche ich, daß die Leute sich freiwillig melden möchten. Wer jetzt noch Lust hat, mag seinen rechten Arm erheben!«

Da flogen alle Arme empor.

»Du siehst, daß es keinen Feigling unter uns giebt,« sagte der Häuptling mit stolzem Lächeln. »Wenn Old Shatterhand sich vorn auf den Wagen setzt und sein Leben wagt, wird kein einziger dieser Krieger zurückbleiben.«

»Gut, machen wir es also noch anders! Die sechs Krieger, welche ich haben will, müssen ausgezeichnete Reiter sein, denn es gilt, den Wagen im Galopp den Hohlweg emporzureißen und unter den voranreitenden Mogollons eine möglichst große Verwirrung anzurichten. Ich kenne euch nicht; ihr selbst müßt euch kennen. Sucht mir die sechs besten und sichersten Reiter aus!«

Das nahm der Unterhäuptling in die Hand. Es war auch nicht leicht, da es galt, keinen zurückzusetzen und keinen zu beleidigen, doch brachte er in kurzer Zeit die sechs zusammen, ohne daß die andern murrten. Wie ich zu meiner Beruhigung hörte, waren die Stangenpferde noch da, welche den Wagen bis an den weißen Felsen gezogen hatten. Hätte ich zwei halbwilde Indianerpferde an die Deichsel nehmen müssen, so wäre diese mir ganz sicher abgebrochen worden. Es war auch schon ohnedies anzunehmen, daß die Fahrt eine gefährliche sein werde. Glücklicherweise befand sich das Riemenzeug in leidlichem Zustande. Die sechs Vorderpferde brauchten kein Geschirr; es reichte für jedes ein Lasso hin, welcher an die Deichsel und an den Bauchgurt befestigt wurde. Die Vorbereitungen wurden schnell getroffen, und bald stand der Wagen mit acht Pferden bereit zur Fahrt. Emery kam zu mir und sagte in ungewöhnlich ernstem Tone:

»Konnte sich kein anderer auf den Bock setzen? Mußt gerade du dich den feindlichen Kugeln bieten?«

»Wahrscheinlich wird nicht viel geschossen werden,« antwortete ich, »und es trifft, wie du weißt, nicht jede Kugel. Aber ich will nicht leichtsinnig sein. Ich könnte doch eine Kugel bekommen oder stürzen oder sonstwie verletzt oder gar von den Pferden fortgerissen werden. Da gilt es, unser Geld in Sicherheit zu bringen. Willst du die Brieftasche aufbewahren, bis ich wiederkomme?«

»Gern, wenn du es wünschest. Wann aber denkst du, daß du wiederkommst?«

»Ich denke, daß in vier Stunden alles entschieden sein wird. Kann ich dann aus irgend einem Grunde nicht zurückkehren, so werde ich dir wenigstens einen Boten senden.«

»Thue das, Charley! Ich werde die Ankunft desselben mit der größten Spannung erwarten.«

»Und laß dir Melton nochmals an das Herz gelegt sein. Mag geschehen, was nur immer geschehe, er darf nicht wieder loskommen. Jage ihm lieber eine Kugel in den Kopf, als daß du ihn entwischen läßt!«

»Hab' kein Sorge! Dunker läßt ihn keinen Augenblick aus der Beobachtung. Der schneidet sich eher die rechte Hand ab, als daß er ihn entfliehen läßt. Um eins bitte ich dich, wenn du es mir nicht übel nimmst!«

»Was?«

»Wage nicht zu viel, alter Charley! Du weißt, es giebt Leute in dieser Gegend, die lieber selbst dem leibhaftigen Tode entgegenblicken als dir in die erstarrten Augen sehen möchten. Versprich mir das, he, ja?«

Wahrhaftig, dem braven Englishman standen die Thränen im Auge, so sehr hing er an mir! Er stellte sich die Gefahr, welcher ich entgegenging, viel größer vor, als sie war. Ich reichte ihm gerührt die Hand und antwortete:

»Hab' Dank, guter Emery, für deine Sorge! Du darfst versichert sein, daß ich mich nicht blind ins Verderben stürze. Es giebt noch andere Leute, welche auch wünschen, daß ich noch lange lebe. Denke daran, daß ich Eltern daheim habe, die ich bald wiedersehen will! Freilich, dem Mutigen lacht der Erfolg, und wenn ich ihn durch ein kleines Wagnis leichter und schneller erringen kann als sonst, so stehe ich nicht gern hintenan. Hier ist die Brieftasche mit dem Gelde; komm mit hinter den Wagen, damit niemand sieht, daß du sie einsteckst!«

Als wir miteinander fertig waren, kam auch noch Martha und sagte:

»Es giebt so auffällige Vorbereitungen, und ich höre hier und da ein Wort, aus dem ich schließe, daß Sie beabsichtigen, sich in eine Gefahr zu stürzen. Bitte dringend, mir zu sagen, ob dies wirklich so ist!«

»Es ist nicht so,« antwortete ich. »Ich unternehme mit Ihrem Wagen eine Fahrt nach der Platte des Cañons; das ist alles.«

»Nach der Platte, auf welcher der Kampf stattfinden soll! Also wohl gar eine Fahrt in den Tod?«

Ihre Augen hatten sich erweitert und waren mit einem großen, ängstlich starren Blicke auf mich gerichtet.

»In den Tod?« lachte ich heiter auf. »Das lassen Sie sich von einer Befürchtung sagen, welche gar keinen Grund hat. Aller Wahrscheinlichkeit nach werde ich die sehr ungefährliche Rolle eine Friedensvermittlers auf mich zu nehmen haben.«

»So gehen Sie mit Gott! Es bleibt hier jemand zurück, dessen beste Wünsche Sie begleiten.«

Noch war ich damit beschäftigt, zur Anfeuerung der Pferde aus Riemen und dem mehrfach zusammengelegten Lasso, welcher den elastischen Stiel bilden sollte, einen Kantschu zusammenzusetzen, da schickte Jonathan Melton zu mir, um mir zu sagen, daß er notwendig mit mir zu sprechen habe. Als ich zu ihm kam und ihn nach seinem Begehr fragte, antwortete er, mich finster anblickend:

»Ich sehe, daß Ihr fort wollt. Wohl in den Kampf?«

»Ja.«

»Habt Ihr das Geld einstecken?«

»Warum fragt ihr?«

»Weil Ihr es nicht der Vernichtung aussetzen dürft!«

»Wenn ich es bei mir habe, wird es nicht vernichtet.«

»Doch! Ich sage Euch, daß Ihr nicht zurückkehren werdet. Ihr geht dem sichern Tode entgegen. Aber wenn Ihr versprecht, mich frei zu lassen, werde ich Euch retten, indem ich Euch den Plan der Mogollons verrate.«

»So! Also Eure Freunde und Bundesgenossen wollt Ihr verraten! Das sieht Euch ähnlich, wird Euch aber nichts nützen, denn ich kenne den Plan schon lange.«

»Woher?«

»Weil ich, wie Ihr schon wißt, die Beratung der Mogollons am weißen Felsen und dann auch vorgestern abend Euer Gespräch mit der Jüdin am Bache des Schlangenberges belauscht habe. Die Mogollons wollen nach dem dunkeln Thale; wir aber haben uns darauf vorbereitet, sie schon vorher in der Weise zwischen uns zu nehmen, daß wohl keiner von ihnen entkommen wird. In einigen Stunden schon werde ich Euch die Siegesbotschaft senden.«

»So setzt Euch in den Wagen, fahrt zum Teufel und bleibt in der Hölle in alle Ewigkeit!«

Er drehte sich von mir ab, und ich ging. Dieser Wunsch aus dem Munde eines solchen Mannes konnte mir nur Glück bringen. Ihm die Freiheit für die Enthüllung einer Thatsache geben, die mir schon längst bekannt war, lächerlich!

Der Kantschu wurde fertig gemacht; dann konnte die Fahrt beginnen. Da mir zwei Gewehre dabei zu viel waren, ließ ich den Bärentöter bei Emery zurück. Den Stutzen hing ich um und bestieg dann den hohen Bock der Kutsche; Dunker gab mir die Zügel herauf; die sechs Vorreiter schwangen sich auf ihre Pferde, und der alte Postkasten setzte sich in Bewegung. Ich mußte unwillkürlich denken: »In welchem Zustande wird er mit uns oben auf der Platte des Cañons ankommen!«

Die Stangen- oder Deichselpferde waren das Ziehen am Wagen gewohnt, die andern aber nicht. Letztere sprangen bald vorwärts, bald herüber oder hinüber; sie machten die ersteren irre, und so wurde die Kutsche zunächst nicht fortgezogen, sondern fortgeschleudert. Erst als die sechs Roten ihre Zügel und Schenkel in der richtigen Weise gebrauchten, hörte das Schleudern auf, und die Bewegung des Wagens wurde weniger gefährlich. Da es aber hier nicht das gab, was man einen Weg zu nennen pflegt, und die Vorreiter nicht die Hindernisse, welche der Boden uns bot, zu vermeiden verstanden, war die Fahrt trotzdem keine bequeme, und wir kamen über Stellen, an denen ich meine ganze Aufmerksamkeit aufbieten mußte, um das Umwerfen zu vermeiden.

Die Nijoras, welche unter Emerys Aufsicht die Gefangenen an der Quelle des Schattens zu bewachen hatten, blieben natürlich zurück; die andern folgten uns, indem sie einer hinter dem andern hinter dem Wagen herritten.

Es war nicht nötig, den Weg nach der Platte des Cañons zu kennen; wir brauchten nur den Spuren zu folgen, welche die Mogollons hinterlassen hatten. Die Entfernung dorthin betrug drei Stunden. Ich mußte so fahren, daß wir die Mogollons kurz vor dem Hohlwege einholten. Eher uns sehen zu lassen, war nicht geraten, weil da die Gefahr nahe lag, daß sie uns als Feinde erkennen und, anstatt weiter zu reiten, sich gegen uns wenden würden. Wir hatten auch in dieser

Beziehung den gefährlichsten Teil unserer kriegerischen Aufgabe auf uns genommen. Um nicht etwa vor der Zeit an einer dazu geeigneten stelle, welche uns der Aussicht beraubte, auf sie zu stoßen, schickte ich einen Reiter voran, welcher ihren Nachtrab beobachten und uns benachrichtigen sollte, falls wir demselben früher, als ich es beabsichtigte, nahe kamen.

Zunächst ritten und fuhren wir rasch, um den Vorsprung, welchen die Mogollons hatten, einzuholen; später war das nicht so gut möglich, weil, wie ich hörte, das Terrain immer schwieriger wurde. Nach fast zwei Stunden trafen wir auf den Kundschafter, welcher uns benachrichtigte, daß die Mogollons ungefähr zehn Minuten weit vor uns seien. Wir durften nun nur noch gleichen Schritt mit ihnen halten. Wäre die Gegend eben gewesen, so hätten sie uns sehen müssen; so aber gab es jetzt Berge, Thäler und Wegeswindungen, in und hinter denen wir verborgen bleiben konnten.

Nach abermals einer Viertelstunde brachte uns der Kundschafter einen Nijoraindianer, auf den er gestoßen war. Der erstere meldete mir:

»Dieser Krieger hat hinter einem Felsen gesteckt, um nicht von den Feinden gesehen zu werden. Er will dir eine Botschaft von Winnetou bringen.«

»Was läßt er mir sagen?«

»Daß alles so geschehen ist, wie du angeordnet hast.«

»So stecken eure Krieger hinter der Felsenhöhe verborgen?«

»Ja und auch im Walde, bis fast heran an die Stelle, wo der Hohlweg auf die Platte des Cañons mündet.«

»Wo habt ihr eure Pferde?«

»Hinter der Höhe, wo sie so verborgen sind, daß sie von den Mogollons nicht gesehen werden können.«

»Das ist gut. Wo aber hast du denn das deinige?«

»Ich habe es zurückgelassen. Winnetou gebot es mir, weil ich da keine sichtbaren Spuren mache und mich auch leichter verbergen kann.«

»Du dachtest also, daß wir gleich hinter den Mogollons kommen würden?«

»Der Häuptling der Apatschen sagte es. Ich bin im Hohlweg herab und dann euch vorsichtig entgegengegangen. Als ich die Mogollons erblickte, versteckte ich mich, und als sie vorüber waren, ging ich weiter, bis ich auf deinen Kundschafter traf, den ich als einen Freund erkannte.«

»Wie reitet der Häuptling der Mogollons?«

»An der Spitze seiner Leute.«

»Und wie lange haben wir noch zu reiten, bis wir an den Anfang des Hohlweges kommen?«

»Die Hälfte der Zeit, welche die Bleichgesichter eine Stunde nennen.«

»Es ist gut. Schließ dich unsern Kriegern an. Du wirst auch zu Fuße leicht mit ihnen fortkommen, weil sie jetzt langsam reiten müssen.«

Unser Zug setzte sich wieder in Bewegung. Die Bodengestaltung war uns jetzt so günstig, daß wir den Mogollons noch näher rücken konnten. Der Kundschafter war wieder vorausgeritten. Als wir das nächste Mal auf ihn trafen, meldete er, daß der Feind nur noch fünf Minuten von uns entfernt sei. Es ging immer in Windungen zwischen Bergen dahin, und wir hatten endlich die Mogollons in der nächsten Krümmung vor uns. Wir gelangten in diese. Als wir ihr Ende erreichten, traten die Bergwände auseinander, indem sie sich auf einen freien Platz öffneten.

Dieser war nicht groß. Rechts und links gab es hohe Felsen, und jenseits lag eine sehr steile, mit dichtem Walde bewachsene Höhe. Am Fuße, ganz rechts unten, wo der Wald aufhörte, sah ich die Mündung des Hohlwegs, in welchen die Mogollons soeben eindrangen. Wir warteten, bis die letzten von ihnen verschwunden waren, und jagten dann über den freien Platz hinweg, um dann unten am Wege für einige Augenblicke halten zu bleiben.

Jetzt befand sich der Feind in der Falle. Droben auf der Platte erwarteten ihn unsere Genossen, und unten befanden wir uns. Wir waren stark genug, ihm die Rückkehr unmöglich zu machen.

Bisher war das Gelingen noch zweifelhaft gewesen. Hätten die Mogollons uns hinter sich bemerkt und sich gegen uns gewendet, so wären wir nicht stark genug gewesen, sie zurückzuwerfen. Und selbst wenn uns dies gelungen wäre, hätte der größte Teil von ihnen nach den Seiten hin entkommen können, allerdings nur unter Zurücklassung ihrer Pferde, da die Flucht nur durch das Überklettern der Bergwände zu bewerkstelligen möglich gewesen wäre. Nun aber steckten sie im Hohlwege, dessen hohe und steile Seiten nicht zu erklettern waren; sie mußten also vorwärts, weil sie weder zurück noch seitwärts konnten.

Das Plateau, auf welchem sie eingeschlossen werden sollten, hatte folgende Gestalt:

[Bild eines Dreiecks]

Es bildete ein Dreieck, dessen Fläche aus Felsen bestand. Die hintere Seite a ist die langgestreckte, felsige Höhe, hinter welcher ein Teil unserer Krieger versteckt lag. Die vordere Seite b deutet den Wald an, in welchem sich der andere Teil der Nijoras verborgen hatte; er fiel von der Platte sehr steil nach unten. Das c bezeichnete den tiefen Cañon, auf dessen Grund niemand, ohne zerschmettert zu werden, gelangen konnte. Bei e ist die Öffnung des Hohlweges auf die Platte, und bei d führt der Weg jenseits wieder hinab.

Das hochgelegene Dreieck, welches für die Mogollons verhängnisvoll werden sollte, war von dreihundert Nijoras besetzt. Hundertfünfzig steckten hinter der Höhe a; sie wurden von ihrem Häuptlinge kommandiert. Die andern hundertfünfzig lauerten im Walde, und Winnetou war es, der hier befehligte. Der Plan war nun, die Mogollons bei e heraufkommen und längs des Cañons c ruhig bis beinahe nach dem Auswege d weiterreiten zu lassen. Ehe sie diesen erreichten, mußte ich mit meinen Nijoras bei e erschienen sein. Dann waren die Mogollons so fest eingeschlossen, daß sie sich, wenn sie vernünftig handeln wollten, ergeben mußten. Sie befanden sich frei und schutzlos auf der oberen Platte, während die Nijoras durch den Wald und die Felsenhöhe gedeckt waren. Um sie da zu vertreiben, hätten beide gestürmt werden müssen, wobei der Untergang der Mogollons unausbleiblich gewesen wäre. Und hierbei muß berücksichtigt werden, daß es Indianern niemals einfällt, einen solchen Sturmangriff zu unternehmen.

Der Häuptling der Mogollons langte als der Voranreitende zuerst auf der Platte an. Er blieb einige Augenblicke halten, um sich umzusehen. Als er nichts Verdächtiges bemerkte, ritt er weiter, und seine Leute folgten ihm. Dieser Mann war von einer so unvorsichtigen Sicherheit, daß er nicht einen einzigen seiner Leute vorausgesandt hatte, um die Gegend nach Feinden abzusuchen. Als der letzte der Mogollons auf der Platte erschien, war die Spitze ihres Zuges auf dem Halbierungspunkte der Länge des Cañons angelangt. Man mußte sie nun noch zwei Minuten reiten lassen und sich ihnen dann zeigen. Leider aber war der Häuptling der Nijoras zu ungeduldig, diesen Zeitpunkt abzuwarten. Er lag auf der Höhe a hinter einem großen Steine, legte sein Gewehr auf den Anführer der Mogollons an und schoß, doch ohne zu treffen. Sofort erhoben sich seine Leute hinter ihren Verstecken, ließen ihr Kriegsgeheul erschallen und schossen ihre Gewehre auch ab, freilich mit demselben Mißerfolge, weil die Entfernung jetzt noch zu groß war. Winnetou sagte sich, daß die mit ihm im Walde versteckten Nijoras dem schlechten Beispiele folgen würden, und rief mit seiner weithin schallenden Stimme:

»Noch nicht schießen! Bleibt im Walde stecken!«

Es lag ihm dabei nicht nur daran, einen übereilten Angriff zu verhindern, sondern noch vielmehr wünschte er, unnützes Blutvergießen zu verhüten. Das war ja die Hauptforderung, welche wir gestellt hatten und auf die der Häuptling der Nijoras eingegangen war. Leider aber hatte Winnetou seinen Befehl in den Wind gerufen. Seine hunderfünfzig Nijoras erschienen unter den vordersten Bäumen und schossen unter Ausstoßung ihres Kampfgeheules auch auf die Mogollons. Viele der letzteren wurden getroffen.

›Starker Wind‹, der Häuptling derselben, hatte sein Pferd erschrocken angehalten. Er sah die Höhe vor sich mit Feinden besetzt; zu seiner Linken wimmelte der Wald ebenso von ihnen; rechts gähnte der tiefe Cañon; ritt man vorwärts, so kam man der Felsenhöhe näher, von welcher aus die Kugeln jetzt noch nicht hatten treffen können; übrigens war es viel weiter dorthin, als nach dem Hohlwege zurück, wo sich noch jetzt das Ende seines Zuges befand. Darum warf er sein Pferd herum, richtete sich hoch im Sattel auf, winkte mit dem erhobenen Arme zurück und schrie seinen Leuten zu:

»Umkehren, umkehren! Wir sind eingeschlossen. Schnell wieder den Hohlweg hinab!«

Winnetou oder ich an seiner Stelle hätte freilich anders gehandelt; ihm aber hatte der Schreck über den so ganz unerwarteten Angriff auf dem gefährlichen Terrain die Überlegung geraubt. Er sprengte zurück, und seine Leute folgten seinem Beispiele. Dabei wurden die einen von den andern aufgerollt, und es bildete sich ein wirrer Knäuel von Reitern, deren jeder danach trachtete, so rasch wie möglich den Hohlweg zu erreichen. Und in diesen Knäuel wurde Kugel um Kugel von den Nijoras aus dem Walde gesandt. Das war das reine Morden. Darum sprang der Apatsche aus dem Walde in das Freie heraus, schwang sein Gewehr abwehrend in der Luft und rief:

»Nicht schießen, nicht schießen! Winnetou befiehlt es euch!«

Glücklicherweise hatte sein Anblick eine größere Wirkung auf seine Untergebenen als vorhin seine Worte; das Schießen hörte auf. Aber die Folgen des vorzeitigen Angriffes schienen nicht verhindert werden zu können, denn die Mogollons hatten den Hohlweg wieder erreicht und drangen hinein.

Was nun thun? War ich denn noch nicht da? Als Winnetou sich dieses fragte, sah er, daß die Flucht der Feinde stockte; sie konnten nicht weiter, nicht zurück, und das hatte seinen guten Grund.

Als ich mit meinen Nijoras unten am Waldessaume angekommen war, hatte ich nur für einige Minuten halten lassen. Ich horchte nach oben. Nichts ließ sich hören. Da lenkten die sechs Vorreiter auf meinen Zuruf in den Hohlweg ein, und hinter dem Wagen folgten die Krieger. Die Entscheidung war da. Wie würden wir oben ankommen?

Die beiden Seiten des Hohlweges bestanden aus Glimmerschiefergestein; sie traten so nahe zusammen, daß allerdings stellenweise nur zwei Reiter nebeneinander Platz fanden. Das waren aber auch die engsten Stellen; der Wagen hatte also den nötigen Raum. Dafür aber machte uns das Geröll zu schaffen, mit welchem der Boden bedeckt war. Es gab oft auch größere Steine, an denen die Räder zerbrechen konnten. Da galt es, auszuweichen. Wir fuhren in raschem Schritte bergauf und hatten, wie ich nachher merkte, die Hälfte des Weges zurückgelegt, als ich oben Schüsse fallen hörte.

»Habt ihr es gehört? Man schießt!« rief ich den Vorreitern zu. »Man hat den Kampf begonnen, ohne auf uns zu warten. Treibt die Pferde an! jetzt muß es im Galoppe gehen!«

Sie trieben ihre Tiere mit den Sporen an, und ich schlug mit dem Kantschu auf die Deichselpferde; sie griffen aus, und rissen den Wagen im raschen Laufe vorwärts. Da gab es freilich kein vorsichtiges Lenken und kein Ausweichen mehr. Die alte Kutsche neigte sich bald nach rechts, bald nach links; sie machte Sätze wie ein Tier, welches über Steine springt. Ich hielt mich mit der linken Hand auf meinem hohen Sitze fest und mußte mir alle Mühe geben, nicht herabgeschleudert zu werden, zumal ich mit derselben Hand auch die Zügel zu halten hatte; mit der Rechten schwang ich den Kantschu.

Da ertönte vor uns ein mehrstimmiger Schrei. Ich blickte auf, und sah zusammengedrängte Reiter vor uns im Hohlwege halten. Das waren die zurückfliehenden Mogollons.

»Weiter, weiter!« schrie ich den Vorreitern zu. »Ja nicht halten! Reitet und fahrt sie über den Haufen!«

Die braven, verwegenen Kerls gehorchten. Laut aufbrüllend trieben sie ihre Pferde weiter. Die letzteren hatten noch nie einen Wagen gezogen; auf besserem Wege vorhin hatten sie doch gehorcht; jetzt aber hörten sie hinter sich das Rattern und Krachen der alten Kutsche, dazu die Hiebe, die sie bekamen, die Sporen, das Geheul – sie wurden scheu und stürmten vorwärts, unaufhaltsam, ohne auf das Hindernis, welches ihnen entgegenstand, zu achten. Der Zusammenprall erfolgte. Wird er gelingen? Wer wird zurückgedrängt werden, wir, die wir von unten kommen, oder die Mogollons, welche von oben kommen, also größere Stoßkraft besitzen?

Ein Augenblick des Stockens trat ein; die vordern Pferde der beiden Parteien waren zusammengestoßen; unser Wagen stand.

»Vorwärts, vorwärts!« schrie ich. »Haut mit den Flintenkolben auf ihre Pferde ein!«

Die Mogollons brauchten nur unsere Vorderpferde niederzuschießen; daran dachten sie aber nicht. Hinter sich den Feind, und vor sich jetzt den eigenen Wagen mit fremden Reitern und einen weißen Kutscher, der sich wie toll gebärdete; sie verloren einige kostbare Sekunden. Meine sechs Nijoras folgten meinem Rufe; sie rissen ihre Gewehre von den Schultern und schlugen mit ihnen nach vorn, auf alles, was sie erreichen konnten; ihre eigenen Pferde drängten schäumend vorwärts; ich hieb mit aller Kraft auf die Deichselpferde ein; der Wagen bewegte sich wieder; die Mogollons drehten sich um, und drängten heulend zurück. Wir folgten, keine Spanne Raum zwischen ihnen und uns lassend – wir hatten gewonnen; der lebendige Sturmbock that seine Schuldigkeit. Hinter dem Wagen folgten meine Nijoras; sie schrieen und brüllten aus Leibeskräften; es war wirklich kein Wunder, wenn die Feinde schon allein durch diesen Spektakel zurückgetrieben wurden.

Jetzt erreichte der Wagen die Stelle, an welcher der Hohlweg auf die Platte mündete. Mit einem Blicke übersah ich die ganze Situation. Links die Abteilung des Apatschen unter den Bäumen, er selbst außerhalb des Waldes, mit der Silberbüchse in der Hand nach uns herüberblickend – jenseits der Platte die andere Abteilung der Nijoras auf dem Felsen -nahe bei und vor mir die Feinde, dicht zusammengedrängt, alle mit dem Blicke des Schreckens nach dem Wagen starrend. Das mußte ausgenutzt werden.

»Nicht weiter! Setzt euch hier fest, und laßt keinen durch!« rief ich zurück, und im nächsten Augenblicke hörten die sechs Vorreiter meinen Befehl:

»Immer weiter, weiter! Geradeaus, mitten unter sie hinein!«

Und vorwärts ging es! Wir drangen in den wirren Haufen der Mogollons ein; wir zerteilten ihn; wir brachen uns Bahn. Ich hatte freilich auf die Bestürzung dieser Indianer gerechnet, aber daß sie ihre Waffen nicht gegen uns erheben würden, das hatte ich nicht für möglich gehalten. Sie wichen heulend und schreiend rechts und links zurück und ließen den Wagen vorüber, ohne zu versuchen, ihn auf irgend eine Weise anzuhalten. Dies geschah ganz nahe am Cañon. Wie leicht konnten unsere scheugewordenen Pferde uns nach dem Rande, und dann hinabreißen! Aber die sechs Nijoras waren so gute Reiter, daß sie selbst jetzt noch ihre Tiere in der Gewalt hatten.

So drangen wir durch den Haufen der Feinde, welcher sich hinter uns immer wieder schloß, hindurch, indem ich mich um keinen von ihnen kümmerte, sondern nur immer auf meine beiden Pferde einhieb. Es war – ah, da hielt, als fast der hinterste von ihnen, einer auf seinem Pferde und starrte mir mit weitgeöffneten Augen entgegen. Auch er war von der Überraschung wie gelähmt. Ich kannte ihn, denn ich hatte ihn gesehen, als ich am weißem Felsen, im Wasser steckend, die Versammlung der Mogollons belauschte; es war der starke Wind, ihr Häuptling.

»Links über die Ebene; haltet drüben an den Felsen!« rief ich meinen sechs Vorreitern zu.

Mit der Rechten die Zügel schnell über den dazu angebrachten Eisenhaken werfend, griff ich mit der Linken nach meinem Stutzen und sprang, gerade als der Wagen nach links gerissen wurde, von dem hohen Bocke herab. Ich kam nicht nur mit den Füßen, sondern auch mit den Händen auf der Erde an, richtete mich aber schnell auf, stand mit einem schnellen Sprunge bei dem Häuptlinge, griff in die Zügel seines Pferdes und riß es vorn empor. Es knickte hinten zusammen – ein rascher Schwung, und als es vorn wieder niederkam, saß ich hinter dem Häuptlinge auf der Kruppe seines Pferdes, welches mit uns beiden davonschoß, hinter dem Wagen her, über die Platte nach links hinüber.

Einen solchen Überfall hatte er nicht erwarten können; aber er besaß Geistesgegenwart genug, nach seinem Messer zu greifen; das Gewehr war ihm entfallen. Er wollte von vorn nach hinten auf mich stechen, kam aber nicht dazu, denn ich warf, um die Hände frei zu bekommen, mein Gewehr über und legte ihm alle zehn Finger so nachdrücklich um den Hals, daß er die Hand mit dem Messer sinken ließ und dann mit den beiden Armen machtlos in der Luft herumfuhr. Der Atem ging ihm aus.

Von dem Augenblicke an, in welchem ich mit dem Wagen die Platte erreicht hatte, bis jetzt war gewiß nicht mehr als kaum eine Minute vergangen. Man glaubt nicht, was in solcher Lage alles in einer Minute geschehen kann. Hinter mir heulten die Mogollons vor Wut über die Entführung ihres Häuptlings; am Walde und von der Felsenhöhe herab brüllten die Nijoras vor Entzücken, und ich, o ich selbst war gar nicht etwa sehr entzückt. Ich hatte den Häuptling am Halse festzuhalten; mein Gewehr hing locker und schlug mir um die Ohren; das Pferd war ganz konfus geworden, was ich ihm übrigens gar nicht verdenken konnte; es rannte bald nach rechts, bald nach links; es bockte; es wollte uns herunter haben, und ich hatte doch keine Macht darüber, denn der Häuptling hatte die Zügel fallen lassen; sie schleiften nach, und ich saß soweit hinten, daß ich nicht mit den Füßen in die Bügel konnte; es war das reine Kunst-Jokey-Reiten, nur schwerer und gefährlicher, als man es im Zirkus zu sehen bekommt. Es ging nicht anders, ich mußte den Häuptling abwerfen; hoffentlich brach er nicht den Hals. Er hatte die Bügel ebenso wie die

Zügel verloren; ich zog ihn auf die Seite und gab mir Mühe, das eine seiner Beine auf die andere Seite zu bringen, denn ich wollte ihn herabgleiten lassen, wobei er nicht so leicht verunglücken konnte, als wenn er herabgeschleudert wurde. Aber diese menschenfreundliche Absicht hatte einen weniger freundlichen Erfolg. Er war ohnmächtig geworden, lag schwer in meinem rechten Arme, und als ich mich vorbog, um mit der andern Hand sein linkes Bein zu heben, machte das Pferd, durch diese ungewöhnliche Bewegung noch mehr beunruhigt, einen mächtigen Seitensprung und wir flogen beide auf die hier leider steinharte Mutter Erde herab.

Einige Augenblicke lag ich da, gerade so bewegungslos wie er; dann versuchte ich, mich aufzurichten. Es war mir, als ob ich von einem Windmühlenflügel über ganz Elberfeld und Barmen hinweggeschleudert worden wäre; im Kopfe hatte ich wenigstens zwanzig summende Bienenstöcke, und vor meinen Augen flimmerten so viele Nordlichter, wie man droben in Lappland binnen zehn Jahren zu sehen bekommt. Ich mußte manches und verschiedenes gebrochen haben.

Da hörte ich Schüsse. Dadurch aufmerksam gemacht, blickte ich zurück und sah mehrere Mogollons, welche auf mich zujagten, um ihren Häuptling wiederzuholen; es war von den Nijoras auf sie geschossen worden. Wenn sie mich erreichten, war ich verloren, und sie befanden sich schon so nahe, daß sie mich haben mußten, ehe jemand mir zu Hilfe kommen konnte. In dieser Gefahr erfuhr ich, wie schon so oft, wieder einmal, was der Geist über den Körper vermag: Ich sprang auf; die Bienenstöcke waren weg, die Nordlichter verschwanden, und von Schmerzen fühlte ich keine Spur mehr, wenigstens in diesem Augenblicke. Unweit von mir lag mein Stutzen, der glücklicherweise nicht zerbrochen war. Ich sprang hin, hob ihn auf und legte ihn auf die vier Kerls an – vier Schüsse und vier Kugeln, jedem Pferde eine in die Brust; die Tiere brachen nach wenigen Schritten zusammen; die abgeworfenen Reiter rafften sich auf und hinkten eiligst von dannen, indem von rechts und links her Schüsse auf sie fielen, welche aber nicht so gut trafen, wie die meinigen getroffen hatten.

Kaum hatten die vier sich zur Flucht gewendet, so fühlte ich die Schmerzen wieder, der Kopf brummte wie vorher und die brillanten Nordlichter flammten abermals vor den Augen. Da kam der

Häuptling der Nijoras auf die gute Idee, mir eine Anzahl seiner Leute zu senden. Er konnte das eher und leichter thun als Winnetou, da ich mich mehr in der Nähe der Felsenhöhe, als in der des Waldes befand. Diese Leute fingen das Pferd des ›starken Windes‹ ein, fesselten letzteren und trugen ihn fort, während ich, auf zwei von ihnen gestützt, mit nach der Höhe humpelte.

Dabei bemerkte ich, daß ich nichts gebrochen hatte; aber tüchtige Quetschungen waren vorhanden, und man weiß, daß Quetschungen weit schmerzhafter als Brüche sind. Bei der Felsenhöhe angelangt, legte man den gefangenen Häuptling nieder und setzte mich neben ihn. Der Mann war uns so wichtig, daß ich ihn selbst bewachen wollte, da ich in meinem Zustande jetzt doch nichts anderes und besseres zu thun vermochte.

Das Flimmern vor den Augen und das Summen um die Ohren ließen auf Blutandrang nach dem Kopfe schließen; da waren kalte Umschläge angezeigt. Diese wären gewiß zu haben gewesen, weil Wasser wahrscheinlich zu finden war. Der Wald lag in der Nähe, und wo Wald ist, pflegt es auch Wasser zu geben. Aber ich verzichtete doch auf die Umschläge, da ich mich mit denselben vor den Roten hätte schämen müssen.

Wie die Angelegenheit drüben am Cañon stand, konnte ich wegen des Flimmerns nicht sehen. Daß jemand dort laut sprach, das hörte ich, konnte aber wegen des Summens vor den Ohren die Stimme nicht unterscheiden. Da kam der ›schnelle Pfeil‹, der Häuptling der Nijoras, zu mir, um sich nach meinem Befinden zu erkundigen.

»Ich bin gestürzt, habe aber nichts gebrochen,« antwortete ich kurz. »Wer ist es, der da drüben redet?«

»Winnetou.«

Zu wem spricht er?«

»Zu den Feinden.«

»Was wird der Häuptling der Apatschen zu den Mogollons sagen?«

»Daß sie sich nicht wehren, sondern sich ergeben sollen.«

»Dürfen sie ohne ihren Häuptling darüber beschließen?«

»Warum nicht? Sie müssen, wenn sie nicht wollen. Er ist unser Gefangener, und kann ihnen also keinen Rat erteilen. Ja, er ist unser Gefangener, und das wird uns große Vorteile bringen. Wir haben es deiner Verwegenheit zu verdanken.«

»Es war keine Verwegenheit, sondern nur ein rasch entschlossenes Handeln. Ich sah den Schreck, welcher die Mogollons alle befangen hielt, und machte ihn mir zu nutze. Und wenn eine Gefahr dabei war, so war sie wenigstens nicht bedeutend.«

»Sie konnten auf dich schießen!«

»Sie haben es aber nicht gethan. Wer aber hat denn hier oben geschossen, ehe ich vorhin gekommen -war? Die Mogollons?«

»Nein,« antwortete er verlegen. »Wir haben es gethan, ich glaubte, die Feinde sicher zu haben.«

»Du hättest nichts glauben, sondern dich genau nach unserm Plane richten sollen! Hätte ich mich noch nicht im Hohlwege befunden, so wären die Mogollons gewiß entkommen. Ich übergab dir einen Gefangenen. Hast du ihn gut bewachen lassen?«

»Ja. Wir haben ihn mitgebracht. Er ist bei den Pferden, welche hinter der Felsenhöhe weiden.«

»Warum brachtest du ihn mit?«

»Weil ich glaubte, du möchtest ihn möglichst bald sehen, und weil er bei den Kriegern besser aufgehoben ist, als im Dorfe bei den Squaws und Greisen.«

»Du hast recht gehandelt. Und das junge Bleichgesicht, welches ich dir auch mitgab?«

»Ist auch mit da. Er wollte nicht von dem Gefangenen weichen, sondern ihn bewachen. Soll ich beide holen lassen?«

»Später, doch jetzt noch nicht. Kommt dort nicht Winnetou mit zwei Indianern auf uns zu?«

»Ja.«

Daß ich die drei zu erkennen vermochte, bewies, daß es mit meinen Augen doch schon besser stand. Der Kopf war mir leichter geworden. Nicht so gut schien es mit dem gefangenen Häuptlinge zu stehen. Er lag noch immer mit geschlossenen Augen da. Das konnte nicht nur die Folge davon sein, daß ich ihn am Halse festgepackt hatte; der Sturz vom Pferde mußte ihm noch mehr geschadet haben.

Die beiden Indianer, welche Winnetou brachte, waren Mogollons, alte Krieger, welcher Umstand erraten ließ, daß sie zur Beratung gekommen seien. Sie blieben ernst und höflich in einiger Entfernung stehen; der Apatsche trat heran, und wendete sich zunächst in beinahe strengem Tone an den Häuptling der Nijoras mit den Worten:

»Wer war es, der bei euch den ersten Schuß abgegeben hat?«

»Ich. Ich glaubte, daß die richtige Zeit gekommen sei.«

»Wir hatten doch besprochen, daß ich zuerst schießen sollte, falls dies mir als notwendig erscheinen würde. Du bist ein Häuptling, und hättest dich mehr als jeder andere nach unsern Vereinbarungen halten sollen. Weißt du, wieviel Tote die Feinde haben?«

»Nein.«

»Acht, und verwundet sind weit mehr. Das hätte unterbleiben können.«

»Sie haben es verdient. Wenn ihnen ihr Vorhaben geglückt wäre, hätten sie viele meiner Krieger getötet und dann auch noch andere Greuelthaten begangen.«

»Das ist richtig; aber du hättest doch Wort halten sollen. Winnetou hat noch nie das seinige gebrochen.«

Nach diesem Verweise wendete er sich an mich:

»Mein Bruder hat eine große Heldenthat vollbracht. Man wird an allen Orten davon erzählen. Wie steht es an der Quelle des Schattens?«

»Gut. Wir haben die Bedeckung des Wagens ergriffen, und die Gefangenen sind gut bewacht.«

»Und wie steht es mit meinem lieben Bruder? Der Fall vom Pferde war schwer. Hat er dir Schaden gethan?«

»Meine Glieder sind ganz geblieben.«

»So schone dich! Die kleinste Verletzung kann die schlimmsten Folgen tragen. Du hast mehr als genug gethan; was noch zu thun ist, das mögen andere Leute thun.«

»Ich fühle mich beinahe wieder so wohl, wie vorher. Du hast zwei Krieger der Mogollons mitgebracht. Wahrscheinlich soll eine Beratung stattfinden?«

»Ja; sie wollen mit ihrem Häuptlinge sprechen.«

»Hier liegt er. Er hat sich noch nicht geregt. Hoffentlich hat er nicht den Hals gebrochen.«

»Ich werde ihn untersuchen.«

Er beugte sich zu ihm nieder, und meldete nach einer Weile:

»Es ist ihm weiter nichts geschehen, als daß er mit dem Kopfe auf den Felsen aufgeschlagen ist. Er wird nach einiger Zeit erwachen, und wir müssen also solange warten.«

»So werde ich inzwischen in den Hohlweg zu meinen Nijoras gehen. Ich muß einen zu Emery nach der Quelle des Schattens senden.«

»Um ihm unsern Sieg zu verkünden?«

»Ja, und auch um ihm mit allen, die sich bei ihm befinden, herbeizurufen.«

»Daran thut mein Bruder recht, denn sonst würde Emery den zurückkehrenden Mogollons begegnen.«

Ich stand auf und ging fort. Winnetou hatte gesagt: »Sonst würde Emery den zurückkehrenden Mogollons begegnen.« Das war wieder einmal ein Beweis, wie innerlich wir miteinander einverstanden waren, ohne daß wir miteinander über den Gegenstand zu sprechen brauchten. Er wollte die Mogollons zurückkehren, sie also nicht als Gefangene der Nijoras gelten lassen, und das war auch meine Ansicht.

Die ersten Schritte, welche ich vorwärts that, verursachten mir ziemliche Schmerzen, welche ich aber ertragen mußte. Dann minderten sie sich ein wenig, doch nicht viel. Dennoch gab ich mir Mühe, gerade und mit erhobenem Haupte über die Platte zu gehen und dem Hohlwege zuzuschreiten. Als ich mich dem Walde näherte, riefen mir die dort befindlichen Nijoras frohlockend zu. Links, in der

Nähe des Cañonrandes, hockten die Mogollons in drei langen Reihen am Boden, wobei jeder den Zügel seines hinter ihm stehenden Pferdes hielt. Sie sahen mich kommen und blieben, indem ich vorüberschritt, mit ihren Augen an mir hangen, ohne eine Miene zu verziehen; dabei aber flogen zwischen ihnen aus den halbgeöffneten Lippen leise Worte hin und her, und ich sah ihnen an, daß der Sturz vom Pferde mich bei ihnen doch nicht in Unehre gebracht hatte.

Als ich einen Nijora als Boten abgeschickt hatte, kehrte ich wieder zu Winnetou zurück. Die beiden Mogollons hatten sich auf der Stelle, an welcher sie vorhin gestanden hatten, niedergesetzt. Winnetou saß neben ihrem Häuptlinge; ich setzte mich an die andere Seite desselben, und der ›schnelle Pfeil‹ hockte sich nach Indianerart uns gegenüber nieder.

Nach einiger Zeit begann der »starke Wind« sich zu regen. Er wollte erst die Arme und dann die Beine bewegen, vermochte das aber nicht, weil er gefesselt war; dann schlug er die Augen auf. Sein erster Blick fiel auf mich. Er starrte mich eine Weile an, und fragte dann:

»Ein Bleichgesicht! Wer bist du?«

»Man nennt mich Old Shatterhand,« antwortete ich.

»Old Shatterhand!« wiederholte er mit sichtlichem Schreck. Dann schloß er die Augen. Er schien nachdenken zu wollen, aber seine Gedanken schwer sammeln zu können, wie ich aus dem Spiele seiner Mienen ersah. Dann hob er die Lider wieder empor und sagte:

»Ich bin gefesselt. Wer hat mich binden lassen?«

»Ich.«

Wieder schloß er die Augen; als er sie dann öffnete, hatten sie einen helleren Ganz. Die Besinnung war ihm jetzt vollständig zurückgekehrt. Er schien mich mit seinem Blicke durchbohren zu wollen, als er sagte:

»Ich besinne mich. Du kamst auf dem Wagen, sprangst herab zur Erde und dann auf mein Pferd. Weiter weiß ich nichts, denn du nahmst mich beim Halse, um mich zu erwürgen.«

»Du irrst. Ich wollte dich nicht erwürgen, nicht töten, sondern dich nur einstweilen unschädlich machen. Das ist mir gelungen.«

»Ja, es ist dir gelungen. Ein Bleichgesicht springt auf mein Pferd, reitet mit mir fort, betäubt mich und macht mich zum Gefangenen. Wer so kühn gewesen wäre, mir vorher zu sagen, daß dies möglich sei, dem hätte ich mit meinem Tomahawk den Kopf gespalten. Ich darf mich nie wieder vor meinen Kriegern sehen lassen. Es ist eine Schande, in dieser Weise gefangen zu werden.«

»Nein. Es ist nie eine Schande, von Winnetou oder Old Shatterhand besiegt zu werden.«

»Aber du wirst mir meine Medizin nehmen!«

»Nein. Ich lasse sie dir; du darfst sie behalten.«

»Oder meinen Skalp!«

»Auch den nicht. Hast du jemals gehört, daß einer der beiden, die ich nannte, einen Feind skalpiert hat?«

»Nein.«

»Du wirst also sowohl deinen Skalp, als auch deine Medizin behalten; glaubst du noch immer, daß du dich vor den deinen nicht mehr sehen lassen darfst?«

»Nein. Ich weiß jetzt, daß ich mich nicht zu schämen brauche. Old Shatterhand hat Häuptlinge geworfen, welche noch nie besiegt worden waren; sie waren vorher berühmt, und sind auch dann berühmt geblieben. Aber bist du nicht in dem Pueblo der Yumas gewesen?«

»Ich war dort mit Winnetou.«

»Wie seid ihr dann geritten?«

»Nach dem Berge der Schlangen, und von da aus hierher.«

Ich sagte ihm die Wahrheit, ohne ihm die näheren Einzelheiten mitzuteilen. Er betrachtete mich lange mit einem nachdenklich schlauen Blicke, und fragte dann:

»Bist du unterwegs nicht von einem Bleichgesichte angegriffen worden?«

»Ja.«

»Woher hast du den Wagen, auf dem du saßest, als du kamst?«

»Der Wagen gehört jetzt mir,« antwortete ich ausweichend.

»Uff! Noch niemand hat gehört, daß Old Shatterhand und Winnetou im Wagen fahren! Wo ist Winnetou?«

»Hier an deiner andern Seite.«

Er hatte nach mir gewendet gelegen, und Winnetou noch nicht gesehen. Jetzt drehte er sich zu ihm und sagte:

»Der berühmte Häuptling der Apatschen hat meine Krieger geschont; er wollte nicht auf sie schießen lassen. Wie viele Krieger der Nijoras sind hier vorhanden?«

Ich antwortete an Winnetous Statt:

»So viele, daß ihr ihnen nicht entgehen könnet.«

»Weshalb hatten sie die Platte des Cañons umzingelt?«

»Um euch zu fangen.«

»Aber wußte er denn so gewiß, daß wir heute kommen würden?«

»Erst nicht. Er hat es später von mir erfahren.«

»Du?« fragte er erstaunt, »Von wem hast denn du es erfahren?«

»Von dir. Ich habe dich am weißen Felsen belauscht, als ihr Beratung hieltet.«

»Uff! Am weißen Felsen? Die Beratung wurde mitten in unserm Lager gehalten!«

»Ich weiß es, denn ich war dort. Ihr redetet so laut, daß ich jedes Wort zu hören vermochte. Ich war den Fluß herabgeschwommen, und legte mich gerade hinter dir am Ufer hin. Als ich genug gehört hatte, schwamm ich weiter, bis ich aus dem Lager kam. Da die Nijoras meine Freunde sind, du mich aber fangen lassen wolltest, habe ich sie natürlich benachrichtigt und ihnen den Rat gegeben, euch hier auf der Platte des Cañons zu erwarten.«

»So bist also du es, dem wir unsere Niederlage zu verdanken haben?«

»Ja.«

Es war ein ganz eigentümlicher Blick, den er lange auf mir ruhen ließ; es lag nicht Haß, nicht Rache oder dergleichen darin. Dann fragte er:

»Hast du alle gesehen, welche an der Beratung dort am Wasser teilgenommen haben?«

»Ja. Es war auch ein Bleichgesicht dabei, welches Melton heißt.«

»Der Mann sagte uns, daß du unser Feind seist!«

»Er hat euch belogen. Old Shatterhand ist der Freund aller roten Männer, die sich nicht feindlich zu ihm verhalten.«

»Weißt du, wo sich Melton jetzt befindet?«

»Er wird seiner weißen Squaw entgegengeritten sein, mit welcher er in dem Pueblo wohnte.«

Diese diplomatische Antwort befriedigte ihn, wie ich aus seiner Miene ersah. Er nahm an, daß wir Melton mit seinen fünfzig Kriegern nicht begegnet seien, und mochte von diesem Rettung erhoffen. Dann fragte er weiter:

»Bist du an der Quelle des Schattens gewesen?«

»Ja, am Abende nach eurer Beratung, als ich mich unterwegs zu den Nijoras befand.«

Nach einem längeren Sinnen fuhr er fort:

»Warum sitzen die beiden alten Krieger meines Stammes hier?«

»Sie sind gekommen, sich mit dir zu beraten über die Bedingungen, unter denen du wieder frei werden kannst.«

»Welche Bedingungen sind das?«

Er hatte dem gerade vor ihm sitzenden Häuptlinge der Nijoras noch keinen Blick gegönnt; jetzt antwortete dieser:

»Danach mußt du mich fragen.«

Der Mogollon antwortete, ohne ihn auch jetzt anzusehen:

»Ich spreche mit Old Shatterhand, und mit keinem andern. Also, welche Bedingungen sind dies?«

Ich erklärte ihm:

»Eigentlich wäre euer Leben verfallen, dazu eure Skalpe, eure Medizinen, eure Pferde und Waffen und alles, was ihr bei euch habt;

wir aber, nämlich Winnetou und ich, werden mit dem Häuptlinge der Nijoras reden, daß er euch weniger strenge Forderungen stellt.«

»Warum dieser?«

»Weil er der Sieger ist.«

»Du irrst. Wir sind von Old Shatterhand und Winnetou besiegt worden, und die beiden sind es also, denen wir erlauben werden, uns Bedingungen zu stellen. Ich bin bereit, sie von dir zu hören.«

Er sah mich erwartungsvoll an, ich hingegen warf einen fragenden Blick auf Winnetou. Dieser antwortete mir:

»Was mein Bruder Charlieh sagt, ist gut; ich werde ihm beistimmen.«

Nun konnte ich dem »starken Wind« meine Antwort geben:

»Ihr seid ausgezogen, die Nijoras zu überfallen. Ich weiß, daß du nicht nur ein tapferer, sondern auch ein wahrheitsliebender Krieger und Häuptling bist, der sich vor nichts und niemand fürchtet; du wirst mir also die Wahrheit nicht verschweigen?«

»Nein,« antwortete er stolz.

»Was hättet ihr gethan, wenn die Nijoras sich verteidigt hätten?«

»Sie getötet, ihre Frauen und Jungfrauen mit uns fortgeführt, und alle ihre Habe mit uns genommen.«

»Ich höre, daß du die Wahrheit gesagt hast. Das Gesetz der Wildnis aber heißt: ›Gleiches mit Gleichem. Jetzt sind die Nijoras Sieger. Was habt ihr zu erwarten?«

»Dasselbe Schicksal.«

»Mit diesen Worten hättest du eigentlich euer Schicksal selbst entschieden, wenn ich mich nicht mit Winnetou hier befände. Wir haben den Nijoras unsere Hilfe angeboten, ihnen aber unsere Bedingungen gesagt, unter denen wir dies thun würden.«

»Welche waren das?« fragte er, rasch aufblickend.

»Euer Leben soll geschont werden.«

»Wie steht es aber mit unsern Medizinen?«

»Die dürft ihr behalten.«

»Uff! Wir dürfen also heimkehren nach unserm Lager am weißen Felsen?«

»Ja.«

»So binde mich los! Ich gehe sofort darauf ein. Wir werden augenblicklich zurückreiten.«

»Halt! So schnell geht das nicht! Das Leben und die Medizinen haben wir beide euch erhalten; ob wir euch auch noch anderes erhalten können, ist eine andere Frage, welche der Häuptling der Nijoras zu entscheiden hat.«

Letzterer machte eine wegwerfende Handbewegung und sagte:

»Meine Brüder haben bemerkt, daß der gefangene Häuptling der Mogollons nicht mit mir reden will, ja er hat mich sogar noch nicht ein einzigesmal angeblickt. Wie soll ich da mit ihm reden? Wie kann er gute Bedingungen von mir erwarten!«

Da fiel der Mogollon schnell ein:

»Ich spreche mit dir. Schau her, ich sehe dich an! Also sprich, was du von uns verlangst!«

Der Nijora zögerte eine Weile; dann antwortete er:

»Winnetou, der berühmte Häuptling der Apatschen, und Shatterhand, der große Jäger und Krieger der Wildnis, sind meine Freunde und Brüder. Ihre Herzen sind mild und weich, obgleich ihre Arme die Stärke des Bären besitzen. Sie erblicken nicht gern Blut, und sehen nicht gern die Wolke der Betrübnis über ein Angesicht gehen. Ich möchte so handeln wie sie, um ihnen dankbar zu sein dafür, daß sie die Pfeife der Bruderschaft mit mir geraucht haben. Das ist das eine. Die Mogollons wollten uns überfallen, um uns zu töten und alle unsere Habe mit sich fortzunehmen; es ist ihnen nicht gelungen; anstatt dessen haben wir sie besiegt, und es ist kein Tropfen Blut von unserer Seite geflossen. Das ist das andere. Darum ist auch meine Seele zur Milde geneigt, und so will ich von den Mogollons nur ihre Pferde und ihre Waffen verlangen.«

»Uff!« rief der »starke Wind«, »darauf gehen wir nicht ein!«

»So seid ihr meine Gefangenen und werdet das Schicksal erleiden, welches wir bei euch erlitten hätten.«

»Nur besiegte Krieger können in Gefangenschaft geraten. Sind die meinigen besiegt?«

»Ja.«

»Nein! Schau hin! Dort sitzen sie. Haben sie nicht alle ihre Waffen noch in den Händen? Sie werden sich verteidigen!«

»Um vom ersten bis zum letzten niedergeschossen zu werden. Und dann soll dir ein anderes Schicksal bereitet werden: du wirst am Marterpfahle sterben und mit dir alle deine Krieger, welche in unsere Hände geraten; das aber werden alle sein, welche nicht erschossen werden, denn keiner, kein einziger wird uns entkommen!«

»Versuche es doch! Ihr könnet und dürfet uns doch gar nicht töten, da ihr Winnetou und Old Shatterhand unser Leben und unsere Medizinen versprochen habt!«

Wenn er allein hierauf pochte, konnte es freilich zu keiner Einigung kommen; darum sagte ich ihm in ernstem Tone:

»Es war da vorausgesetzt, daß ihr euch ergebt; thut ihr das nicht, so können wir euch nicht retten. Ich kann dir nur raten, auf die Bedingungen des Häuptlings der Nijoras einzugehen.«

»Sie sind zu hart!«

»Nein, sondern sie sind zu mild. Du würdest ganz andere stellen, wie du ja selbst gesagt hast.«

»Darf ich mir diese schwere Sache überlegen?«

»Ja. Ist die Hälfte des Sonnenlaufes genug dafür?«

»Ja,« antwortete er.

»Gut. Deine beiden alten Krieger mögen näher kommen, um sich mit dir zu besprechen. Vorher aber verlange ich, daß alle deine Leute ihre Waffen an uns abgeben.«

»Das werden sie nicht!«

»O, das werden sie! Denn wenn du nicht schnell den Befehl erteilst, laß ich den Kampf beginnen, der dann nur in einer Niedermetzelung eurer Leute bestehen wird.«

»Aber das darfst du doch nicht! Du hast mir ja soeben eine Frist gegeben und mir gesagt, daß ich mit den beiden Kriegern beraten soll! Die Waffen können wir ja erst dann abgeben, wenn die Frist zu Ende ist und wir uns in eure Forderungen fügen!«

»Das ist richtig. Dennoch verlange ich sie schon jetzt von euch, doch nur vorläufig, weil ich sicher sein will, daß deine Leute die Waffen nicht eher brauchen, als bis die Frist abgelaufen ist.«

»Bekommen sie sie wieder?«

»Wenn die Frist zu Ende ist, natürlich, und erst dann sollst du uns sagen, was du beschlossen hast.«

Da rief ihm einer der beiden Alten zu:

»Das ist eine schlimme Falle, o Häuptling! Wenn du in dieselbe gehst, sind wir alle verloren.«

»Schweigt« herrschte er ihm zu. »Hast du schon einmal gehört, daß Old Shatterhand sein Wort gebrochen oder daß Winnetou eine Lüge gesagt hat? Wenn die beiden es versprechen, ist es so, als hätte es der große Manitou gesagt!«

Und sich wieder an mich wendend, fuhr er gelassen fort:

»Also du befürchtest Unruhen, und nur darum sollen wir die Waffen einstweilen übergeben.«

»Ja.«

»Und wir bekommen sie wieder, noch bevor ich meine Entscheidung sage?«

»Ich gebe dir mein Wort.«

»Und Winnetou verspricht es auch?«

»Auch ich gebe mein Wort,« antwortete der Apatsche.

Da gebot der »starke Wind« seinen beiden Alten:

»Die Worte der beiden großen Krieger sind wie zwei Eide. Geht hin zu unsern Kriegern; fordert ihnen die Waffen ab, und laßt sie auf einen Haufen in die Mitte der Platte tragen, den die Leute der Nijoras dann bewachen mögen! Das befehle ich; es soll sogleich geschehen!

Dann kehrt ihr hierher zu mir zurück, um mit mir Beratung zu halten!«

Sie standen vom Boden auf, und entfernten sich. Ich und der Mogollon wußten recht wohl, was wir thaten, nur waren unsere Gründe verschieden.

Ich erwartete Emery mit den Gefangenen. Wenn er kam, und die hier auf der Platte befindlichen Mogollons sahen ihre Kameraden als Gefangene, dann war es sicher, daß sie, wenn sie ihre Waffen hatten, zu denselben griffen, um sie zu befreien. Aus diesem Grunde hatte ich mein Verlangen gestellt. Wenn die Mogollons unbewaffnet waren, so konnte Emery getrost erscheinen.

Und er, der Mogollon? Er rechnete eben auf jonathan Melton mit seinen fünfzig und auf die zehn, welche bei dem Advokaten und der Sängerin zurückgeblieben waren. Diese sechzig, zu denen übrigens noch die Yumas kamen, konnten schon etwas erreichen. Darum ging er auf meine Forderung ein, um uns einzuschläfern und sicher zu machen.

Die Mogollons gehorchten ihrem Häuptlinge ohne Widerstreben. Als wir einige Nijoras zu ihnen schickten, lieferten sie ihnen nach und nach alle ihre Flinten, Pfeile, Lanzen, Messer und Tomahawks aus. Diese Gegenstände wurden in die Mitte der Platte in einen Haufen zusammengetragen und dann auf meinen Befehl von nicht weniger als zwanzig wohlbewaffneten Nijoras bewacht. Darauf kehrten die beiden Alten zu ihrem Häuptlinge zurück. Sie setzten sich bei ihm nieder, denn wir hatten ihnen Platz gemacht. Es war nicht unsere Absicht, zu erfahren, was sie mit ihm sprachen; darum stellten wir ihnen zwar zwei Posten hin, welche aufpassen Sollten, daß die Fesseln des Häuptlings nicht gelockert oder gar gelöst würden, doch in solcher Entfernung, daß auch diese nichts hören oder gar verstehen konnten.

Es war gar nicht nötig, daß wir selbst bei ihm blieben; er war uns sicher. Selbst wenn die beiden Wächter nicht gut aufgepaßt hätten und er von seinen Banden befreit worden wäre, hätte er nach keiner Richtung entkommen können, weil rundum alles von den Nijoras besetzt war. Darum hatte ich nun Zeit, mich von dem Häuptlinge der letzteren hinter die Felsenhöhe zu Franz Vogel führen zu lassen. Winnetou ging nicht mit; er blieb auf der Platte zurück, um die

Oberaufsicht zu führen. Dazu war kein Mensch so vortrefflich geeignet wie er mit seinen so außerordentlich scharfen und geübten Sinnen.

Es gab keinen Weg über die felsige Höhe. Wir mußten von Stein zu Stein klettern, wobei jeder einzelne Schritt mir Schmerzen bereitete. Ich bemerkte, daß ich die Folgen meines Sturzes vom Pferde doch längere Zeit mit mir tragen würde.

Jenseits der Höhe, um deren Fuß sich der so oft erwähnte Wald herumzog, gab es eine Art Prairie, auf welcher dichtes Gras zu finden war. Dort floß das Wasser, dessen Dasein ich vermutet hatte. Die Pferde der Nijoras weideten unter der Aufsicht einiger junger Krieger. An in die Erde gerammten Pflöcken war ein auf der Erde liegender Gefangener befestigt – Thomas Melton, und bei ihm saß Franz Vogel, der Geiger, der beste und zuverlässigste Wächter, dem man den alten Spitzbuben anvertrauen konnte. Franz sah uns kommen, sprang auf, kam mir entgegen und rief in der lieben, deutschen Sprache: »Endlich, endlich sehe ich Sie! Was für eine Angst habe ich ausgestanden! Wie leicht konnte etwas Unvorhergesehenes geschehen und Sie abhalten oder gar Sie ins Unglück bringen!«

»In diesem Falle wäre ich meiner Ansicht nach meines Wortes entbunden gewesen. Es ist aber nichts derartiges vorgekommen, und so sehen Sie mich bei Ihnen.«

»Zu meiner großen Freude! Nun geben Sie mir aber vor allen Dingen Auskunft. Ich hörte vor einiger Zeit jenseits der Höhe schießen; dann war es wieder still. Das war so unheimlich. Ein Kampf mit einem Feinde, welcher einige hundert Köpfe stark ist, muß doch wohl länger dauern!«

»Wenn gute Vorbereitungen getroffen sind, wie es hier geschehen ist, nein. Wir haben einstweilen Waffenstillstand.«

»Wie lange?«

»Gegen vier Stunden noch. Übrigens bin ich in der Lage, Ihnen einige außerordentlich freudige Botschaften zu bringen.«

»Welche, welche? Reden Sie doch!«

»Setzen wir uns ruhig nieder! Wer wird stehen bleiben, wenn er so schönen weichen Rasen unter sich hat!«

»Ja, setzen wir uns! Doch dann reden Sie! Welche Überraschungen sind es, von denen Sie sprechen?«

Als wir nun nebeneinander saßen, antwortete ich:

»Ich denke zunächst an zwei, obgleich es noch mehrere giebt. Sie werden Besuch bekommen von einem Herrn, der Sie eigentlich drüben in Frisco zu finden hoffte, Fred Murphy nämlich.«

»Murphy? Etwa der Advokat aus New Orleans?«

»Derselbe.«

»Was will er von mir?«

»Das wird er Ihnen selber sagen. Übrigens ist seine Reise vollständig unnütz gewesen. Aber Sie bekommen noch weiteren Besuch.«

»Mit diesem Murphy?«

»Ja.«

»Wen denn?«

»Eine Dame, Ihre Schwester.«

»Was ist das doch wunderbar, so außerordentlich wunderbar! Dazu gehört ein Mut, den ich weder meiner Schwester noch dem Advokaten zugetraut hätte!«

»Mut? Sagen wir lieber, wenn wir offen sein wollen, Leichtsinn, oder um es etwas milder auszudrücken, eine vollständige Unkenntnis der Gefahren und Beschwerden, welche hier zu bestehen sind. Vor diesen habe ich Ihre Schwester damals in Albuquerque gewarnt, als sie, wie Sie sich erinnern werden, die Absicht ausspracht, uns zu begleiten.«

»Sie haben recht, Sie haben recht! Aber da sie nun einmal hier ist, wollen wir ihr keine Vorwürfe machen. Wie ist sie denn mit dem Advokaten zusammen- und mit ihm auf den Gedanken gekommen, uns hier aufzusuchen?«

Und ich erzählte ihm, was er wissen sollte. Er schlang die Arme um mich. Ich ließ es mir gefallen, wehrte aber, als er mich gar wiederholt küssen wollte, durch die Warnung ab:

»Mäßigen Sie sich, liebster Freund! Wenn Sie jetzt Ihr ganzes Entzücken ausgeben, haben Sie keine Freude für die zweite Überraschung übrig, welche Ihrer wartet.«

»Ach was! Mag es sein, was es will, es kann mich doch nicht so erfreuen wie die Nachricht, daß Sie meine Schwester aus den Händen der Mogollons befreit haben?«

»Oho! Beteuern Sie nicht zu viel! Ich möchte behaupten, daß die zweite Überraschung Sie noch weit mehr entzückt als die erste.«

»Wirklich? Dann heraus damit!«

»Heraus damit? Meinen Sie, daß ich die Sache in der Tasche habe?«

»Nein. Das war doch ein ganz zufälliger Ausdruck.«

»Der aber ebenso zufällig ganz gut paßt. Ich habe die Überraschung nämlich wirklich in der Tasche.«

»Dann bitte, bitte, zeigen Sie!«

»Hier!« sagte ich, indem ich Jonathan Meltons Portefeuille herauszog.

»Eine Brieftasche?« meinte er, einigermaßen enttäuscht.

Er nahm sie in die Hand und betrachtete sie von allen Seiten.

»Öffnen Sie doch,« forderte ich ihn auf.

Nun war es ein Genuß für mich, sein Mienenspiel zu beobachten. Welche Augen machte er, als er die Aufschrift des ersten Ledercouvertes las und dann, dasselbe aufschlagend, die Wertpapiere erblickte. Seine Seele, sein Herz, alle seine Sinne, sein Leben trat in seine Augen. Er öffnete ein Couvert nach dem andern; seine Augen wurden größer und größer; er war aufgesprungen und stand vor mir; seine Hände zitterten, und seine Lippen bebten, aber sprechen konnte er nicht. Fast wollte es mir bange um ihn werden, denn auch die Freude kann schädigen, sogar töten; da ließ er die Tasche plötzlich in das Gras fallen, warf sich selbst nieder, grub das Gesicht in die Hände und weinte laut, fast überlaut und lange Zeit.

Ich sagte nichts; ich that die herausgefallenen Couverts in die Fächer der Tasche zurück, verschloß die letztere und legte sie neben ihn hin. Dann wartete ich, bis sein Weinen in ein immer leiser werdendes Schluchzen überging und dann erstarb. Er lag noch einige Minuten still da; dann richtete er sich auf, nahm die Tasche wieder in die Hand und fragte, noch immer thränenden Auges:

»Ist das – das – das von Jonathan Melton?«

»Ja,« antwortete ich und erzählte ganz kurz.

»Und ist es wirklich das Vermögen des alten Hunter?« fragte er.

»Ich kann es getrost beschwören.«

»Und gehört mir oder vielmehr meiner Familie?«

»Natürlich!«

»Darf ich es dann einstecken?«

»Nein, weil ich es Ihnen vor den Augen derer überreichen möchte, welche sich darüber ärgern.«

»Gut, Sie haben recht. Hier ist die Brieftasche zurück. Meine Frage, ob ich sie einstecken darf, mußte Sie beleidigen.«

»Nicht im geringsten. Ich werde sie nur noch kurze Zeit behalten, dann bekommen Sie sie wieder. Was Sie nachher damit thun, kann mir nicht gleichgültig sein, doch werde ich –«

»Warum nicht gleichgültig?« unterbrach er mich. »Sprechen Sie doch! Seien Sie aufrichtig!«

»Gern! Sie wissen, was es gekostet hat, dieses Geld endlich zu erwischen, oder vielmehr Sie wissen es noch nicht, wenigstens noch nicht alles. Jetzt haben wir es, Aber wir befinden uns im wilden Westen, und Sie sind ein hier ganz unerfahrener Mann. Meinen Sie, daß Ihre Tasche der richtige, der sicherste Ort für diese Millionen ist?«

Da rief er aus, als ob er über meine Frage und die Gefahren, welche dieselbe Aussicht stellte, außerordentlich erschrocken sei:

»Nein, nein! Ich mag das Geld nicht, jetzt noch nicht! Behalten Sie es! Bei Ihnen ist es sicherer als bei mir, weit, weit sicherer als auch bei jedem andern. Ich brächte es wahrscheinlich gar nicht nach Hause. Nein, nein, behalten Sie es, behalten Sie es!«

»Ihre Schwester hat auch darüber zu bestimmen. Wir werden sie also fragen, sobald sie hier angekommen ist. Und nun will ich Ihnen nochmals ausführlicher erzählen, worüber ich Ihnen nur Andeutungen gemacht habe, nämlich was seit dem Augenblicke, an welchem Sie mit dem Häuptlinge der Nijoras fortritten, geschehen ist.«

Ich hätte ihm dies auch später erzählen können, aber erstens hatte ich jetzt Zeit dazu und zweitens that ich es wegen der Aufregung, in welcher er sich befand. So plötzlich einige Millionen in die Hand zu bekommen, das kann nicht jedermann vertragen. Es war jedenfalls eine Wohlthat für seine Nerven, wenn ich ihn veranlaßte, seine Aufmerksamkeit auf meinen Bericht zu lenken.

Aus diesem Grunde erzählte ich möglichst umständlich, und zu meiner Genugthuung folgte er selbst dem Nebensächlichen mit ungeteiltem Interesse. Ich hörte erst auf, als ich mit meiner Erzählung bei dem gegenwärtigen Augenblicke angekommen war. Da holte er tief, tief Atem und sagte:

»Also unter solchen Umständen und mit solcher Lebensgefahr haben Sie die Tasche an sich gebracht! Sie müssen den Inhalt der Tasche mit mir teilen!«

»Oho! Sind Sie etwa der einzige Erbe?«

»Leider nein! Aber ich werde meinen Willen dennoch durchsetzen! Sie werden wenigstens gerade und genau soviel bekommen wie jeder einzelne Erbe!«

»Beleidigen Sie mich nicht! Schweigen wir darüber! Wenn Sie später Gutes thun wollen, so denken Sie an Ihr armes Heimatdörfchen und an dessen Bewohner, bei denen tausend Mark ein großes Vermögen sind! jetzt will ich einmal nach dem alten Melton sehen. Wie hat er sich verhalten, seit er sich bei den Nijoras befindet?«

»Er hat kein Wort gesprochen.«

»Auch mit Ihnen nicht?«

»Nein, obgleich ich mich immer bei ihm befunden habe. Nur wenn er schläft, da stöhnt, ächzt und murmelt er vor sich hin, als ob ihn große Schmerzen quälten. Ob dies das böse Gewissen ist?«

»Nein, sondern der Grimm über den Verlust seines Geldes. Er thut Ihnen nicht den Gefallen, denselben zu erwähnen, träumt aber des Nachts davon. Der Ärger, der sich nur im Traume äußert, aber des

Tages jedenfalls wie ein Tiger an ihm frißt und säuft, ist ihm sehr gern zu gönnen. Er hat weit andern Lohn als das verdient und wird ihn auch bekommen.«

Ich ging zu Melton. Dieser hatte unsere Unterredung nicht gehört, weil Franz Vogel mir vorhin entgegengekommen war und wir uns also in guter Entfernung von ihm befunden hatten. Auch gesehen war ich nicht von ihm geworden, denn er lag mit dem Rücken auf der Erde, den Kopf uns zugewendet. Als ich nun ganz plötzlich zu ihm trat, starrte er mich wie ein Gespenst an, schloß die Augen, um sich zu besinnen, ob er wache oder träume, und stieß dann stöhnend hervor:

»Der Deutsche, der tausendmal verdammte Deutsche!«

»Ja, es ist der Deutsche,« antwortete ich. »Ihr freut Euch doch, Master Melton, mich so gesund, frisch und wohl wieder vor Euch stehen zu sehen?«

Da öffnete er die Augen wieder, riß und zerrte wie ein Verrückter an seinen Fesseln und schrie dabei:

»Er ist's; er ist's wirklich! O wäre ich frei, o hätte ich meine Hände los! Umkrallen würde ich dich und dir das Fleisch von den Knochen reißen, du Hund! Haben dich die Mogollons denn nicht erwischt? Oder warst du so feig, vor ihnen davonzulaufen?«

»Nein, Mr. Melton, sie haben mich nicht erwischt, obgleich sie mich wohl gern gehabt hätten, zumal Euer lieber Jonathan mich ihnen sehr angelegentlich auf die Seele gebunden hatte.«

Da beherrschte er sich, nahm eine lauernde Miene an und fragte:

»Jonathan! Habt Ihr ihn etwa gesehen?«

»Es ist möglich; genau kann ich es Euch aber leider nicht sagen.«

»Wenn noch nicht, so werdet Ihr ihn ganz gewiß bald zu sehen bekommen!«

»Das ist's ja, was ich wünsche!«

»Wünscht es nicht, wünscht es ja nicht!« geiferte er. »Er wird mich befreien, wird mich rächen, wird wie eine Kugel über Euch kommen, die Euch den Kopf zerschmettert!«

»Das werde ich abwarten.«

»Lacht nicht über mich; lacht ja nicht über meine Drohung, denn sie wird sich erfüllen! Er kommt mit den Mogollons; sie werden ihre Feinde niederschmettern und Euch ergreifen. Dann wehe Euch, dreimal wehe, wehe, wehe!«

»Ihr seid ja, während wir uns nicht sahen, außerordentlich dramatisch geworden! Leider befinde ich mich gerade jetzt nicht in der Stimmung, Eure Drohungen so tragisch zu nehmen, wie Ihr es wünscht. Wir fürchten die Mogollons keineswegs, denn wir kennen ihre Absichten und sind eben, dabei, dieselben zu Schanden zu machen.«

Er sah mich forschend an, veränderte den Ausdruck seines Gesichtes abermals und fragte:

»Ihr kennt ihre Absichten? Ah, wirklich? Ihr glaubt, denselben begegnen zu können? Solltet Ihr Euch da nicht zu viel zutrauen, Sir?«

»Schwerlich! Ihr kennt mich doch, wenn auch noch nicht ganz genau. Ich pflege den Büffel stets bei den Hörnern, nicht aber bei dem Schwanze anzufassen. Geradeso werden wir es auch mit den Mogollons thun. Wir wissen alles. Euer Jonathan kommt mit den Mogollons; aber wir haben ihnen eine recht hübsche Falle gestellt, in welcher sie sich so leicht fangen werden, daß wir nur die Thür zuzuklappen brauchen.

Ich weiß genau, daß ich imstande bin, Euch schon nach einigen Stunden die Mogollons samt Euerm Jonathan als Gefangene zu zeigen.«

Er schien mich mit den Augen verschlingen zu wollen, als er auf meine Worte erwiderte:

»Gefangene? Auch Jonathan? *Pshaw*! Ihr wollt mich ängstigen, mich ärgern; aber das soll Euch nicht gelingen!«

»Ihr seid für immer kalt gestellt, Mr. Melton; ob Ihr Euch freut oder ärgert, ist mir unendlich gleichgültig. Ich spreche der Wahrheit gemäß, und wenn Ihr das nicht glaubt, werdet Ihr den Beweis sehr bald zu sehen bekommen.«

»Alle Wetter, Ihr scheint wirklich Eurer Sache sicher zu sein! Übrigens ist es mir sehr gleichgültig, ob die Mogollons die Nijoras ermorden oder diese jene umbringen. Mir ist es um etwas ganz anderes zu thun. Und wenn Ihr gescheit seid, könnt Ihr ein außerordentlich gutes Geschäft dabei machen. Wollt Ihr?«

»Warum nicht, wenn das Geschäft ein ehrliches ist,« antwortete ich, sehr neugierig auf die Mitteilung, welche er für mich auf der Zunge hatte.

»Sehr ehrlich, außerordentlich ehrlich, wenn nämlich Ihr selbst es auch ehrlich dabei meint.«

»Ich bin kein Schuft; das könntet Ihr nun wohl endlich wissen.«

»Ich weiß es und eben darum glaube ich, daß die MogolIons in eine Falle gehen werden. Und darauf gründe ich das Geschäft, welches ich Euch vorzuschlagen beabsichtige.«

»So redet!«

»Ich verlange von Euch einen Gefallen, einen ganz kleinen, geringen Dienst, und ich verspreche Euch dafür einen Lohn, welcher unendlich größer ist, als dieser armselige Dienst.«

»Ja, Ihr werdet es versprechen, aber nicht halten!«

»Stellt Euch sicher, stellt Euch sicher, Sir! Ihr thut mir den Gefallen erst dann, wenn Ihr den Lohn erhalten habt.«

»Das ist ein Vorschlag, der sich hören läßt. Welchen Dienst verlangt Ihr?«

»Ihr laßt mich frei und gebt mir das Geld wieder, welches Ihr mir abgenommen habt.‹&

»Das ist allerdings ein außerordentlich geringer Dienst, den ich Euch erweisen soll. Also Ihr verlangt Eure Freiheit und dazu das Geld, welches ich Euch aus den Stiefeln genommen habe! Wunderbar!«

»Werdet nicht höhnisch, Sir, denn Ihr wißt noch gar nicht, was ich Euch dafür geben werde!«

»Ihr? Was habt Ihr denn noch? Was könntet Ihr mir geben?«

»Millionen!«

»Alle Wetter! Wo befinden sich denn Eure Millionen?«

»Das kann ich Euch erst sagen, wenn Ihr mir die Freiheit und mein Geld versprecht.«

»Und ich soll die Millionen eher bekommen, als ich mein Versprechen zu halten brauche?«

»Ja, zu Eurer Sicherheit. Ihr seht, daß ich es ehrlich mit Euch meine.«

»Allerdings. Mr. Melton, ich scheine mich in Euch geirrt, Euch vollständig falsch beurteilt zu haben!«

»Das ist wahr. Glücklicherweise biete ich Euch jetzt die vortreffliche Gelegenheit, diesen Fehler zu Eurem größten Nutzen gut zu machen.«

»Schön! Bei diesem gegenseitigen großen Vertrauen wird sich das Geschäft wohl machen lassen. Millionen, das hat etwas zu bedeuten! Also, wo habt Ihr sie?«

»Gebt mir vorher das verlangte Versprechen!«

»Sagt mir vorher, wieviel Millionen es sind!«

»Zwei bis drei Millionen Dollars; es kommt nicht so genau darauf an. Also, wollt Ihr?«

»Ja.«

»Ihr gebt mir Euer Wort, daß ich frei sein werde und mein Geld wiederbekomme?«

»Ja. Sobald ich die Millionen auf Eure Anweisung oder durch Eure Hilfe erhalten habe, laß ich Euch sofort frei und zahle Euch das Geld aus.«

»Ich kann dann gehen, wohin ich will?«

»Ja. Ich werde mich von dem Augenblicke an, in welchem ich Euch freilasse, nicht wieder um Euch bekümmern.«

»Gut! jetzt habe ich meine Forderung so verklausuliert, daß ich sicher bin.«

»Gewiß. Nun aber die Millionen!«

»Sogleich! Wir müssen aufrichtig miteinander sein. Sagt einmal, Sir, glaubt Ihr wirklich, daß Ihr die Mogollons besiegen werdet?«

»Mehr als das. Wir werden sie fangen, vom ersten bis zum letzten.«

»Auch meinen Sohn mit?«

»Auch ihn.«

»Gut! Er ist zwar mein Sohn, aber ein Schurke gegen mich gewesen. Er hat Hunters Geld so geteilt, daß er fast das ganze behielt, ich aber eine wahre Lappalie bekommen habe. Es geschieht ihm ganz recht, wenn ich ihn dafür verrate. Also, paßt auf! Er wird eine schwarzlederne Hängetasche bei sich haben –«

»Schön!«

»In dieser Tasche befindet sich ein Portefeuille. Und in diesem Portefeuille stecken die Millionen.«

»Ist das gewiß?«

»Kein Zweifel! Ich weiß es genau. Seid Ihr jetzt zufrieden?«

»Eigentlich nicht.«

»Warum? Ihr bekommt doch die Millionen! Denkt nur, Millionen! Ich könnte verrückt werden darüber, daß ich sie Euch abtreten muß!«

»Aber Ihr habt mich doch an der Nase geführt. Ich hätte ja die Millionen bekommen, auch ohne Euch ein Versprechen gegeben zu haben. Jonathan wird auf alle Fälle mein Gefangener; ich würde die Tasche unbedingt bei ihm finden.«

»Meinetwegen. Aber ich hoffe, daß Ihr wegen dieser kleinen List nicht zornig auf mich seid?«

»O bitte, ganz und gar nicht. Doch ebenso hoffe ich, daß Eure Angabe sich als richtig erweist, daß er das Geld auch wirklich noch hat, denn ich habe, wohl gemerkt, die Bedingung gestellt, daß ich es auf Eure Anweisung, durch Eure Hilfe bekommen muß!«

»Das werdet Ihr auch!«

»Und was soll dann mit Jonathan geschehen? Vielleicht geht es ihm gar an das Leben!«

»Jeder ist seines Schicksales Fabrikant. Ich kann ihm nicht helfen. Er hat mir zu wenig gegeben, hat mich betrogen; ich sage mich von ihm los, und es ist mir ganz einerlei, was mit ihm geschieht. Stirbt er, so ist es mir ganz recht, denn ich habe dann später vor ihm Ruhe. Ihr aber macht das beste Geschäft dabei, viel, viel besser als das meinige!«

Das war ein Vater! Mir graute so vor ihm, daß es mir war, als ob mir ein Stück Eis auf den Rücken gelegt würde. Doch überwand ich mich und antwortete gelassen:

»Ja, mein Lohn ist sehr hoch, doch kann mich das nicht aus der Fassung bringen, denn ich bin schon reich. Die Millionen habe ich schon.«

Bei diesem Worte klopfte ich an die Tasche.

»Die möchte ich einmal sehen!« lachte er.

»So will ich Euch diesen Gefallen thun. Ein bißchen Spaß ist Euch doch wohl zu gönnen. Seht also einmal her! Hier -hier – hier und hier!«

Ich zog die Brieftasche hervor, öffnete sie und hielt ihm bei jedem ›hier‹ eines der Couverte vor die Augen. Ah, was machte er da für ein Gesicht! Wie schnell veränderte sich da der Ausdruck desselben! Es war, als ob es ihm die Augen aus ihren Höhlen treiben wolle. Er riß den Kopf so weit empor, wie seine Fesseln es zuließen, und brüllte mich an:

»Das – das – das ist doch – woher habt Ihr diese Brieftasche! 0, Ihr Teufel, Teufel, Teufel!« schrie er plötzlich und stierte mich dabei mit einem Blicke an, dessen Ausdruck gar nicht zu beschreiben ist.

»Regt Euch doch nicht so sehr auf!« antwortete ich.»Was schadet es, daß ich Eurem Sohn einen heimlichen Besuch in seinem Zelte abgestattet habe? Nur thut es mir leid um Euch. Ihr könnt Euer Wort nicht halten, mir nicht zu den versprochenen Millionen verhelfen. Ich habe sie nicht auf Eure Anweisung, oder durch Eure Hilfe. Nun kann ich Euch nicht freilassen.«

»Ni-i-icht?« dehnte er in einer Aufregung hervor, welche seinen ganzen Körper zittern ließ.

»Nein. Und das Geld könnt Ihr auch nicht bekommen.«

Er antwortete nicht. Sein Kopf sank hintenüber; seine Wangen fielen ein, und seine Augen schlossen sich. Ich glaubte, es sei infolge der allzu großen Enttäuschung ein Ohnmachtsanfall über ihn gekommen, und wendete mich schon ab, um fortzugehen, da kam beim Geräusch meines ersten oder zweiten Schrittes neues Leben über ihn. Er reckte die gefesselten Glieder, daß die Riemen krachten und die Pflöcke sich bogen und brüllte mich an:

»Du stammst aus der Hölle! Weißt du, wer du bist? Der Satanas, der leibhaftige Satanas!«

»Unsinn! Dein Bruder war der Teufel; ich habe ihn stets so genannt, vom ersten Augenblicke an, da ich ihn sah. Und du bist Ischariot, der Verräter. Du hast allen, die dir Gutes thaten, mit Bösem vergolten. Du nahmst deinem eigenen Bruder das Leben und das Geld, und soeben hast du deinen Sohn, deinen einzigen Sohn, dein Kind an mich verraten. Ja, du bist Ischariot und wirst sterben wie jener Verräter, welcher hinging und sich selbst aufhing. Du wirst nicht durch die Hand eines Henkers sterben, sondern dich selbst ermorden. Möge Gott gnädiger gegen dich sein, als du selbst!«

Ich wendete mich von ihm und ging zu Franz Vogel, welcher, von ihm ungesehen, in der Nähe gestanden und alles mit gesehen und gehört hatte.

»Ein entsetzlicher Mensch!« sagte der junge Mann. »Glauben Sie nicht, daß er sich noch bessern kann?«

»Ich wünsche jedem Sünder eine reuige Umkehr, und im Himmel ist Freude über ein jedes verlorenes Schaf, welches sich wiederfinden läßt; dieser hier aber wird sich nicht finden lassen, sondern sich vor der Reue verstecken. Er ist noch schlimmer, noch viel gottloser als sein Bruder, der durch seine Hand den Tod gefunden hat. Man möchte weinen, wenn Thränen hier helfen könnten.«

»Ich fürchte mich jetzt vor ihm. Soll ich mit Ihnen gehen?«

»Nein. Bleiben Sie noch hier. Die jungen Kerls, welche die Pferde bewachen, sind noch unerfahren; sie könnten sich von ihm zu einer Unvorsichtigkeit verleiten lassen. Und drüben, jenseits der Höhe, ist es noch nicht sicher für Sie. Wir haben Waffenstillstand, aber keinen Frieden; es kann noch zum Kampfe kommen.«

»Halten Sie mich für feig?«

»Nein; aber Sie dürfen sich den Kugeln, welche vielleicht pfeifen werden, nicht aussetzen, denn Sie haben eine Schwester nach Hause zu begleiten und sich Ihren Eltern zu erhalten.«

Er gehorchte mir und blieb zurück. Der Häuptling, welcher mich herbeigeführt hatte, war längst fort, und nun stieg ich über die Höhe wieder hinüber nach der Platte. Ich konnte sie oben von dem Felsen aus überblicken; es war noch alles in dem Zustande, wie ich sie vorhin verlassen hatte. Winnetou befand sich bei den Waffen der Mogollons. Der gefesselte Häuptling lag noch unten bei seinen beiden ältesten Kriegern, und der Häuptling der Nijoras hatte soeben den Befehl gegeben, daß gegessen werden solle.

Infolgedessen stieg eine Anzahl Nijoras hinüber zu den Pferden, bei denen sich die Fleischvorräte befanden, und kamen bald zurück, sie auszuteilen. Nun sah man längs des Wildrandes, droben bei der Höhe und unten bei den Waffenhaufen zahlreiche kauernde und kauende Indianergestalten. Auch ich bekam, ebenso wie Winnetou, einige Stücke Fleisch; man hatte für ihn und mich das beste, was es gab, ausgesucht.

Als die Zeit kam, in welcher ich die Ankunft Emerys bald erwarten konnte, schickte ich ihm einen Nijora entgegen, der schnell zurückkehren sollte, um mir die Ankunft des Zuges zu melden. Es hatte das seinen guten Grund. Ich mußte wissen, wann man die sechzig Gefangenen brachte, um die nötigen Vorkehrungsmaßregeln gegen eine etwa unter den Mogollons ausbrechende Unruhe treffen zu können.

Es mochte zwei Stunden nach Mittag sein, als der Bote zurückkehrte und mir meldete, daß Emery in zehn Minuten da sein werde. Ich hatte Winnetou gesagt, was zu thun sei; er ging nach dem Walde, zu den dort postierten Nijoras, ich aber zu dem Häuptlinge derselben und sagte letzterem:

»Die Waffen dort werden von zwanzig deiner Leute bewacht, welche vielleicht nicht ausreichen dürften.«

»Warum nicht?« fragte er.

»Man wird in kurzer Zeit die Mogollons bringen, welche ich am tiefen Wasser und an der Quelle des Schattens gefangen habe. Es ist möglich, daß ihre Brüder beim Anblicke derselben. wütend werden und nach ihren Waffen laufen, um die Gefangenen zu befreien. Halte noch zwanzig Mann bereit. Sobald ich dir mit der Hand ein Zeichen gebe, schickst du auch sie hinab zum Waffenhaufen, der dann von vierzig Mann bewacht ist.«

Nach dieser Weisung ging ich zu dem ›starken Winde‹ und seinen beiden Ältesten, setzte mich zu ihm nieder und sagte:

»Die Bedenkzeit, welche ich dir gewährte, wird bald abgelaufen sein. Ihr habt euch besprochen. Seid ihr zu einem Beschlusse gekommen?«

»Noch nicht,« antwortete er.

»So beeilt euch! Sobald die Zeit vorüber ist, muß ich eure Antwort haben.«

»Willst du uns die Zeit nicht verlängern?«

»Nein, das kann weder uns noch Euch Nutzen bringen.«

»Man erzählt sich, daß Old Shatterhand stets gütig sei; warum bist du es nicht auch gegen uns?«

»Ich bin es gewesen; ich habe euch Zeit genug gegeben.«

»Aber nicht soviel, wie wir brauchen!«

»Ihr hättet viel weniger gebraucht, als ihr bekommen habt, wenn nicht hinter deiner Stirn Gedanken der Rettung durch Leute wohnten, welche dich nicht retten können.«

»Von welchen Leuten redest du?«

»Von den zehn Kriegern, welche du heute früh am Quell des Schattens zurückgelassen hast.«

Er erschrak, beherrschte sich aber, und fragte ziemlich unbefangen:

»Du sprichst von zehn Kriegern? Meinst du vielleicht Mogollons, die an der Quelle des Schattens sind?«

»Ja; sie waren dort, zwei weiße Gefangene zu bewachen, einen Mann und eine Squaw. Ist es nicht so?«

»Ich weiß nichts davon.«

»Sagtest du nicht, daß dein Mund nie die Unwahrheit rede? Und jetzt belügst du mich! Du selbst hast in der letzten Nacht an der Quelle des

Schattens gelagert. Du saßest bei einem kleinen Feuer, um Tabak zu rauchen, mit drei alten Kriegern am Wasser, und ich lag bei euch, um euch zu belauschen. Zwei Kundschafter kehrten zurück, und einer von ihnen meldete dir, daß sie einem Nijora begegnet seien. Giebst du das zu?

Er antwortete nicht; darum fuhr ich fort:

»Der Nijora, dem sie begegneten, war ein Bote, den ich dem ›schnellen Pfeile‹ schickte, um ihm sagen zu lassen, wann ihr heute auf der Platte ankommen würdet. Dann kroch ich von euch fort und stieg trotz des Wächters, welcher dabei saß, zu den Gefangenen in den Wagen, um ihnen zu sagen, daß ich sie heute früh befreien würde.«

»Uff, uff!« rief da der jetzt überzeugte Häuptling. »Nur dir oder Winnetou kann so etwas gelingen. Hast du das Wort gehalten, welches du den Gefangenen gabst?«

»Ja. Als du aufbrachst, war ich mit meinen Kriegern hinter der Höhe am Quell verborgen. Als ihr fort waret, brachen wir hervor, nahmen die zehn Krieger, welche du zurückgelassen hattest, gefangen, befreiten die beiden Bleichgesichter, bespannten den Wagen mit acht Pferden und fuhren und ritten euch nach.«

»Warum mit dem Wagen?«

»Eine Kriegslist, die uns gelungen ist. Es giebt übrigens noch mehr Krieger, von denen du denkst, daß sie zu den zehn stoßen würden.«

»Wo?«

»Bei Melton, dem du fünfzig Krieger anvertraut hast.«

»Uff, uff!« rief der Häuptling, jetzt doppelt erschreckt. »Woher weißt du das?«

»Ich erfuhr es, als ihr es im Kriegsrate erwähntet. Die Männer sollten ausziehen, mich und Winnetou zu fangen.«

»Weißt du denn, ob sie dann auch wirklich ausgezogen sind?«

»Ja. Ich habe sie gesehen am Brunnen des Schlangenberges. Ich lag auch dort am Wasser und habe Melton belauscht.«

»Uff! Kann Old Shatterhand sich unsichtbar machen?«

»Nein. Aber wenn die roten Männer keine Augen und Ohren haben, so ist es leicht, sie zu behorchen. Melton sagte, daß er nach dem tiefen Wasser ziehen und von dort an dir folgen werde.«

»Hat er das gethan?«

»Ja. Aber als er mit seinen fünfzig Kriegern nach dem tiefen Wasser kam, lag ich schon mit fünfzig dort und nahm sie alle gefangen. Dann sind sie dir wirklich gefolgt, freilich aber als unsere Gefangenen.«

Er sah mir durchdringend in das Gesicht und fragte:

»Aber wo sind die Gefangenen? Du bist ja da!«

»Kann man gefangene Feinde während des Kampfes gebrauchen? Ich habe sie an der Quelle des Schattens zurückgelassen, aber sofort nach ihnen geschickt, als ich erriet, daß du Rettung von ihnen erhofftest. Du wirst sie sehen, denn sie werden bald erscheinen. Da schau! Dort kommen sie!«

Ich hatte gesehen, daß Winnetou unter den Bäumen hervortrat und den Arm empor hob. Auf dieses Zeichen kamen auch seine hundertfünfzig Nijoras hervor, knieten nieder und legten ihre Gewehre auf die entwaffneten Mogollons an.

»Was ist das? Was soll geschehen?« fragte mich der Häuptling der letzteren erschrocken.

»Nichts wird geschehen, wenn deine Krieger sich ruhig verhalten,« antwortete ich. »Horch!«

Winnetou ließ seine mächtige Stimme erschallen:

»Die Krieger der Mogollons mögen hören, was ich ihnen sage! Man wird jetzt ihre Brüder bringen, welche wir gefangen haben. Wer sich ruhig verhält, dem geschieht nichts; wer sich aber von seinem Platze entfernt, der wir erschossen.«

»Ist dies sein Ernst?« fragte mich der Häuptling.

»Siehst du das nicht? Sind nicht die Läufe aller seiner Nijoras auf deine Mogollons gerichtet?«

»Ja. Und was sollen die Krieger, welche jetzt vom Felsen steigen?«

Vor dieser Frage hatte ich dem Häuptlinge der Nijoras einen Wink mit der Hand gegeben, und antwortete nun demjenigen der Mogollons:

»Das sind zwanzig Männer, welche auf meinen Befehl hin die Wächter dort bei euern Waffen verstärken sollen, weil es deinen Mogollons einfallen könnte, ihre Waffen zu holen, um ihre gefangenen Gefährten zu befreien.«

»Das wäre Thorheit, denn ihr würdet sie niederschießen, noch ehe sie ihre Waffen erlangt hätten.«

Er wendete sich an die beiden Alten und befahl ihnen:

»Eilt zu unsern Kriegern und sagt ihnen, daß sie sitzen bleiben sollen, es geschehe, was geschehe. Dann kommt ihr wieder zu mir herüber!«

Sie entfernten sich, um die Botschaft auszurichten, und kamen gerade zur richtigen Zeit, denn kaum waren sie drüben bei den Ihrigen angelangt, so sah ich Emery als den vordersten seines Zuges vorn an der Einmündung des Hohlweges erscheinen. Ich sprang auf, winkte ihm zu und rief:

»Hallo, Emery, alle zu mir herüber!«

Er sah und hörte mich, und nahm die Richtung auf uns zu. Ihm folgten seine Nijoras, in drei Gruppen geteilt, zwischen denen in zwei Gruppen die gefesselten Gefangenen ritten. Beim Anblicke derselben herrschte eine wahre Totenstille auf der Platte. Unsere Vorkehrungen waren also gut gewesen; sie hatten die gefürchteten Ausschreitungen verhindert.

Ich richtete den Häuptling der Mogollons in sitzende Stellung auf, lehnte ihn mit dem Rücken an einen Stein, sodaß er alles gut sehen konnte, und fragte ihn:

»Erkennst du dort die Gefangenen?«

»Melton,« antwortete er. »Die weiße Squaw und der Mann und die Squaw, welche wir im Wagen bei uns hatten.«

»Zähle deine Leute!«

»Sechzig gefangene Krieger.«

»Die übrigen sind Yumas, welche sich bei der Squaw Meltons befanden. Auch sie haben wir gefangen genommen.«

Der Zug war jetzt bei uns angekommen, ritt an uns vorüber und hielt dann an. Die gefangenen Mogollons senkten ihre Köpfe, als sie ihren Häuptling auch gefesselt bei mir liegen sahen. Melton blickte mir frech ins Gesicht. Als sich der Zug aufgelöst hatte, und alle Gefangenen von den Pferden genommen und auf die Erde gelegt worden waren, kamen die beiden Ältesten zurück. Ich fragte ihren Häuptling:

»Willst du auch jetzt noch Bedenkzeit fordern?«

Er sah den beiden Alten in die Augen. Sie schüttelten stumm die Köpfe, und so antwortete er:

»Nein. Wir ergeben uns.«

»Gut! Eure Waffen haben wir schon; da habt ihr nur noch die Munition und die Pferde abzugeben. Erst kommen die daran, welche da drüben sitzen, dann die Gefangenen, welche jetzt gekommen sind, und die letzten drei werdet ihr machen. Winnetou wird euch entlassen, weil ich keine Zeit dazu habe. Jeder von Euch, der entlassen worden ist, hat sofort von der Platte zu verschwinden, natürlich zu Fuß, da er kein Pferd mehr besitzt, und in der Richtung nach der Quelle des Schatten zu. Eine stunde, nachdem der letzte von euch fort ist, werde ich Krieger aussenden, welche jeden Mogollon, der sich noch in der Umgegend treffen läßt, erschießen müssen. Das merke dir!«

Nach dieser ernsten Verwarnung suchte ich den Apatschen auf und bat ihn, die Entlassung der Gefangenen zu leiten. Er war bereit dazu und holte sich mehrere Nijoras, welche ihm behilflich sein sollten. Ich aber ging nun zu Martha, welche von fern stand und auf mich wartete.

»Gott sei Dank, daß ich Sie unverletzt finde!« rief sie aus, indem sie mir beide Hände entgegenstreckte. »Sie haben sich also doch geschont?«

»So, daß ich vor lauter Ungeschick vom Pferde fiel.«

»Doch ohne sich Schaden zu thun?«

»Sonntagsreiter thun sich niemals Schaden.«

»Scherzen Sie nicht! Wenn Sie gestürzt sind, kann es nur in einer gefährlichen Situation gewesen sein. Darf ich erfahren, wie der Unfall erfolgt ist?«

»Später werde ich es Ihnen sagen. Jetzt habe ich Ihnen etwas zu zeigen. Kommen Sie.«

Ich stieg mit ihr über die Felsenhöhe. Jenseits angekommen, zeigte ich auf ihren Bruder, welcher unter Pferden und mit dem Rücken gegen uns gerichtet, im Grase saß.

»Da ist Ihr Bruder. Gehen Sie hin zu ihm; er will Ihnen etwas zeigen.«

»Was?«

»Etwas, was sich in dieser Brieftasche befindet. Nehmen Sie sie mit!«

»Gehen Sie nicht mit hin?«

»Nein; ich muß wieder nach der Platte, werde aber bald zurückkehren oder Sie holen lassen.«

Ich gab ihr die Brieftasche und kehrte um. Nach einigen Schritten hörte ich einen freudigen Doppelschrei; als ich mich umsah, bemerkte ich, daß die Geschwister sich in den Armen lagen.

Als ich jenseits wieder ankam, trat der Advokat auf mich zu. Er zeigte ein sehr finsteres Gesicht und fragte in einem Tone, als ob er ein Vorgesetzter von mir sei:

»Ich sah Euch mit Mrs. Werner fortgehen. Wohin habt Ihr sie gebracht?«

»Warum fragt Ihr?«

»Weil die Lady unter meinem Schutze steht und es mir nicht gleichgültig sein kann, mit wem sie über die Berge steigt.«

»Und wenn sie das mit Old Shatterhand thut, habt Ihr da vielleicht etwas dagegen?«

Er antwortete nicht.

»Sagt ja, so fliegt Ihr augenblicklich über die Platte hinüber und in den Cañon hinab! Ihr wäret mir der richtige Kerl, mir zu imponieren! Was Euer Schutz wert ist, hat Mrs. Werner zur Genüge erfahren. Ihr habt ja nicht einmal das Geschick, Euch ganz allein zu schützen! Aber da wir einmal bei einander stehen, will ich diesen Umstand, der sich wohl selten wiederholen wird, dazu benützen, eine Frage an Euch zu richten. Hatte der alte Mr. Hunter auch Immobilien hinterlassen?«

»Was versteht Ihr unter Immobilien?« fragte er in wegwerfendem Tone.

»Liegende Gründe, Häuser, Baustellen, Hypotheken, Nutzungsrechte, Realgerechtsame, Staatsrenten und so weiter.«

»Das habe ich Euch nicht zu beantworten.«

»So sage ich Euch, daß wir hier im wilden Westen sind, wo es verschiedene sehr probate Mittel giebt, verweigerte Antworten dennoch zu erhalten. Ich werde Euch gleich eines zeigen.«

Ich nahm mein Lasso von der Hüfte. Als ich ihn um die Arme Murphys schlingen wollte, wehrte er sich dagegen.

»Haltet still, sonst schlage ich Euch nieder! Hier sind wir nicht in New Orleans, wo Ihr den großen Gesetzesmann gegen mich und Winnetou aufspielen könntet. Hier giebt es andere Gesetze, welche ich Euch kennen lehren werde!«

Ich hob ihn empor, schüttelte ihn in der Luft und steifte ihn so auf die Erde nieder, daß er laut aufschrie und nach Atem rang. Ich band ihm das eine Ende des Lasso um die an den Leib gedrückten Arme, befestigte das andere an den Sattel des nächststehenden Pferdes und stieg auf. Zunächst im Schritt fortreitend, zog ich ihn hinter mir her; er konnte folgen; als ich aber zu traben begann, stürzte er und wurde geschleift. Da brüllte er:

»Halt, halt! Ich will antworten!«

Ich hielt an, zog ihn am Lasso auf und sagte:

»Gut! Aber bei der nächsten Weigerung galoppiere ich. Merkt Euch das! Wenn dann Eure Knochen in Unordnung geraten, habt Ihr es Euch selbst zuzuschreiben.«

»Ich antworte,« sagte er wütend. »Aber falls Ihr einmal nach New Orleans kommt, werde ich Euch zur Rechenschaft ziehen und bestrafen lassen!«

»Schön, Mr. Murphy! Ich werde Euch die Gelegenheit sobald wie möglich bieten, denn ich habe die Absicht, die Meltons dorthin zu bringen, und da ich in dieser Sache auch einiges mit Euch auszuklopfen habe, so möget Ihr dabei Eure Beschwerde anbringen. Ich meine aber, daß die dortigen Richter den Kuckuck darnach fragen werden, was hier in Neu Mexiko oder Arizona geschehen ist; sie haben in ihrem schönen Louisiana mehr als genug zu thun. Also Antwort jetzt! Hat Mr. Hunter auch Immobilien hinterlassen?«

»Ja.«

»Es giebt natürlich auch ein Verzeichnis darüber?«

Er schwieg. Sofort setzte ich das Pferd wieder in Bewegung.

»Halt, halt, es giebt Verzeichnisse!« rief er. »Im Testamente und in den Nachlaßakten.«

»So sorgt ja nicht etwa dafür, daß die Verzeichnisse verloren gehen! Man kann Euch auch in Louisiana an den Lasso knüpfen, aber nicht um den Leib, sondern um den Hals. Jonathan Melton hat die Immobilien natürlich versilbert?«

»Ja.«

»Da dies so schnell wie möglich geschehen mußte, sind die Immobilien verschleudert worden. Wer waren die Käufer?«

Er wollte wieder nicht antworten, als ich aber schnell wieder in die Zügel griff, rief er:

»Ich und andere waren es.«

»Ah so! Bei den andern habt Ihr den Unterhändler gemacht?

»Ja.«

»Schöne Sachen das, Sir, sehr schöne Sachen! Kann Euch an den Kragen gehen. Also darum ist es Euch nachträglich so angst geworden, daß Ihr Euch zu den richtigen Erben nach Frisco aufgemacht habt! jetzt ist mir die Reise sehr erklärlich. Werde Euch auch ein wenig als Gefangenen betrachten. Übrigens muß ich Euch ohnedies fragen: Wer hat verkauft?«

»Melton.«

»War er der rechte Erbe?«

»Nein!«

»Gelten also diese Käufe?«

»Nein.«

»Seht, wie gut und schnell Ihr antworten könnt, wenn Ihr an meinem Pferde hängt! Die Kaufgegenstände müssen zurückgegeben werden, und zwar genau in dem Zustande, in welchem sie sich beim Verkaufe befanden.«

»Wer aber soll die Verluste tragen, Sir?«

»Die Käufer natürlich. Sie haben sich von einem Schwindler betrügen lassen.«

»Dann werde ich ein armer Mann!«

»Schadet nichts! Ihr werdet durch ähnliche Geschäfte sehr bald wieder reich. Übrigens kann Euch der Verlust gar nichts schaden, da Ihr es seid, der zu den Betrügereien Meltons sein amtliches ja und Amen gegeben hat. Für heute sind wir fertig. Später komme ich mit andern Erkundigungen, da ich mit Freuden die Begeisterung sehe, mit welcher Ihr dergleichen Auskünfte erteilt.«

Ich stieg ab und band ihn los. Er lief fort und versteckte sich, so fern von mir, als er konnte. Nun ging ich zu jonathan Melton, welcher gefesselt am Boden lag. Sein Gesicht war von dem Faustkampfe mit dem Advokaten derb angeschwollen. Als er mich vor sich sah, drehte er sich auf die Seite.

»Der Kriegszug ist zu Ende, Mr. Melton,« sagte ich. »Eure guten Freunde sind fort; sie haben Euch im Stiche gelassen. Meint Ihr noch immer, daß Ihr mir entfliehen könnet?«

Da drehte er sich hastig wieder herum, und schrie mich an:

»Nicht nur entfliehen werde ich, sondern auch das Geld wieder bekommen.«

»Gratuliere Euch im voraus dazu! Habe übrigens eine freudige Überrraschung für Euch.«

Ich gab, ohne daß er es hörte, den Befehl, seinen Vater über die Höhe herüberzuschaffen. Als man ihn brachte, kamen

Franz Vogel und Martha mit. Der Alte wurde zu dem jungen geführt. Als der erstere den letzteren erblickte, schien er zunächst vor Schreck stumm geworden zu sein; dann rief er aus-

»Also doch, doch, doch! Du bist gefangen, auch gefangen! Wem hast du das zu verdanken?«

»Dem da!« antwortete Jonathan, nach der Stelle nickend, an welcher ich stand.

»Dem deutschen Hunde, dem wir überhaupt alles schulden! Wo hast du dein Geld?«

»Es ist fort, der Deutsche hat es.«

»Nein, nicht mehr. Vorhin habe ich es bei ihm gesehen; jetzt aber hat es dieser Musikant, dem wir in Albuquerque zugehört haben.«

»Du irrst dich!«

»Nein. Ich habe die Brieftasche bei ihm gesehen. Die Sängerin hat sie ihm gebracht; dann zählte sie das Geld.«

»Ja, es ist so, Mr. Melton,« sagte ich zu Jonathan. »Die Lady und der junge Master sind, wie Ihr bereits wißt, die rechtmäßigen Erben Mr. Hunters. Darum habe ich ihnen die Brieftasche übergeben.«

»Meinetwegen!« lachte er höhnisch. »Sie werden sie nicht lange haben!«

»Dann kommt sie wieder in Eure Hände, wie Ihr meint? Ich habe schon einmal dazu gratuliert, und thue dies jetzt zum zweitenmale. Wenn Ihr sie dann habt, gratuliere ich zum dritten- und letztenmale. Dabei wollen wir es jetzt bewenden lassen.«

Während dieser kurzen Szene bemerkte ich, daß die Jüdin mit Jonathan Blicke des Einverständnisses wechselte. Sie schienen sich ausgesöhnt zu haben. Ich hatte sie in letzter Zeit nicht selbst beobachten können und mußte wissen, woran ich war; darum sagte ich kurze Zeit später, sodaß niemand es hören konnte, zu ihr:

»Sennora, Ihre Yumaindianer sind mit den Mogollons fort; jedenfalls haben sie sich nach dem Pueblo gewendet. Möchten Sie nicht gern auch dort sein?«

Sie sah mich fragend an. Sie sagte sich wohl, daß mich nicht eine freundliche Teilnahme zu dieser Frage treibe, konnte aber meine Absicht nicht erraten.

»Wollen Sie mich vielleicht freigeben, daß ich ihnen dorthin folgen kann?« antwortete sie.

»Vielleicht.«

»So haben Sie Ihre Ansicht über mich geändert!«

»Das würde wohl nicht das Zeichen von Charakterschwäche sein.«

»Ein Mann soll nicht heute so, und morgen anders denken!«

»Auch wenn er sich heute irrt? Zum Eingeständnisse eines Irrtums gehört wohl mehr Mut oder Überwindung, als zum Festhalten einer irrigen Meinung. Ich habe mich in Ihnen geirrt.«

»Ah! Wieso?«

»Indem ich Sie für schlecht hielt. Sie sind aber nur leichtsinnig.«

»Das ist kein Kompliment!«

»Soll es auch nicht sein. Sie haben sich nicht aus Bosheit, sondern aus Lebe an Jonathan Melton gehängt; Ihre Schuld oder vielmehr Mitschuld ist also nicht so schwer, wie ich bisher angenommen habe. Sie sind jetzt schon bestraft genug; ich will Sie nicht noch unglücklicher machen und Sie mitnehmen, um Sie den Gerichten auszuliefern. Sie sind frei. Sie können gehen, wohin Sie wollen.«

Diese Worte hatten eine ganz andere Wirkung, als man, wenn man nicht meiner heimlichen Ansicht war, hätte erwarten sollen.

»Ich bleibe!« antwortete sie kurz entschlossen.

»Welchen Grund haben Sie dazu?«

»Ich gehöre zu Jonathan. Wo er ist, da bin ich auch, und wo er hingeht, da gehe ich auch hin.«

»Die reine Ruth! Leider aber heißen Sie Judith. Gestern hätten sie einander beinahe umgebracht, und heute wollen Sie nicht von ihm lassen. Diese plötzliche neue Anhänglichkeit muß einen guten Grund haben. Darf ich ihn vielleicht erfahren?«

»Wenn Sie ihn wissen wollen, so raten Sie. Sie sind doch sonst so klug, warum nicht auch hier in diesem Falle?«

»Auch hier!«

»So? Nun, so sagen sie doch einmal!«

Sie sah mir dabei mit einem solchen Hohne in das Gesicht, daß ich beschloß, meinen Vorsatz auszuführen. Ich antwortete:

»Als Sie glaubten, das Geld sei im Wasser verschwunden, war es mit Ihrer Liebe aus. Jetzt wissen Sie, daß Mr. Vogel es besitzt, und jonathan behauptet, daß er es wiederbekommen werde; sofort ist die alte Liebe und eine neue, rührende Anhänglichkeit wieder da. Ich kann Sie unterwegs unmöglich so streng halten, wie die männlichen Gefangenen; vielleicht gelingt es Ihnen, sich in einem unbewachten Augenblicke von Ihren Fesseln zu befreien; dann ist es Ihnen leicht, auch jonathan freizumachen; das geschieht natürlich in der Nacht; Sie nehmen Mr. Vogel das Geld ab, und verschwinden beide damit. Was sagen Sie zu dieser meiner Gedankenleserei?«

»Daß – daß sie nichts wert ist.«

Sie antwortete stockend; ich hatte also wohl das Richtige getroffen. Darum fuhr ich fort:

»Wert oder nichts wert, ich werde darnach handeln. Ich gebe Sie frei.«

»Ich will aber nicht frei sein!«

»Schön! Das steigert meinen Verdacht. Ich sollte Sie allerdings mitnehmen, denn Sie haben Strafe verdient; aber ich müßte Sie doppelt beaufsichtigen lassen, und so ist es bequemer für uns, wenn wir uns Ihrer entledigen.«

»Das bringen Sie nicht fertig. Weisen Sie mich immer fort; ich bleibe hier!«

»Mr. Dunker!«

Der lange Dunker kam herbei.

»Mr. Dunker, getraut Ihr Euch, diese Lady, auch wenn sie sich dagegen wehren sollte, zu Euch auf das Pferd zu nehmen?«

»Mit Vergnügen!« lachte er. »Je mehr sie sich wehrt, desto lieber ist es mir. Werde ein sehr stilles und ruhiges Tabaksbündel aus ihr machen. Soll ich?«

»Ja. Nehmt Euch zwei Nijoras mit, die Euch helfen können. Ihr reitet nach der Quelle des Schattens; dorthin sind die Mogollons und die Yumas gezogen. Sobald Ihr auf solche Rote trefft, übergebt Ihr ihnen die Lady und kehrt dann schnell zurück.«

» *Well*, soll prompt besorgt werden.«

Da kam der Häuptling der Nijoras zu mir. Während ich mit ihm sprach, konnte ich beobachten, wie Judith sich gegen das Fortbringen wehrte. Dunker machte kurzen Prozeß mit ihr; sie wurde gebunden und in eine Schlafdecke gewickelt; die zwei Nijoras, welche ihm dabei halfen, hoben sie zu ihm aufs Pferd und ritten mit ihm davon.

Der Häuptling legte mir die Frage vor, wo wir heute lagern wollten. Ich stimmte nicht dafür, hier auf der Platte zu bleiben, denn man konnte den Mogollons, obgleich sie entwaffnet waren, doch nicht recht trauen. Wenn sie des Nachts in Masse zurückkehrten, war, wenn auch Keine Gefahr, aber doch große Störung zu erwarten. Dazu kam, daß es den Häuptling und alle seine Leute nach ihrem Dorfe zog, und so wurde einstimmig beschlosssen, dorthin aufzubrechen.

Nach Verlauf einer Stunde waren wir marschbereit. Die erbeuteten Waffen und Pferde waren einstweilen verteilt worden; die Gefangenen hatte man auf die Sättel festgebunden; Martha saß in dem Wagen und ich auf dem Bocke; es ging fort. Ein Roter aber blieb zurück, um den langen Dunker und seine beiden Begleiter nachzubringen.

Es wäre überflüssig, die Fahrt, welche sehr beschwerlich war, zu beschreiben. Nach zwei Stunden kamen wir durch das schon wiederholt erwähnte »dunkle Thal«; später wurden wir von Dunker eingeholt – er hatte sich, wie er lachend erklärte, der Lady mit Eleganz entledigt und sie einigen sehr roten Gentlemen anvertraut – und ungefähr eine Stunde vor Abend sahen wir die Bewohner des Lagerdorfes der Nijoras uns unter lautem Jubel entgegenkommen. Sie waren durch einen uns voranreitenden Boten von unserer Ankunft unterrichtet worden.

Es verstand sich ganz von selbst, daß der leichte Sieg heute und dann noch mehrere Tage gefeiert wurde. Winnetou, Emery, Dunker und ich waren hochangesehene Gäste. Wir wurden angestaunt und mit einer Aufmerksamkeit behandelt, als ob wir Abkömmlinge der Götter seien. Wir mußten fünf Tage bleiben, halb gezwungen und halb freiwillig, denn wir hatten uns wirklich einmal tüchtig auszuruhen, und vor uns lag noch ein weiter, weiter Weg.

Die alte Kutsche war so baufällig geworden, daß wir sie zurücklassen mußten. Dafür bauten die Nijoras aus Stangen, gegerbten Häuten und Riemen eine allerliebste Sänfte für Martha.

Am letzten Tage vor unserm Aufbruche ritt ein Trupp Nijoras auf die Antilopenjagd; wir blieben daheim. Als die Jäger zurückkehrten, erhob sich großer Lärm im Dorfe. Wir hatten im Zelte des Häuptlings gesessen und traten hinaus, um die Ursache zu erfahren. Die Jäger hatten einen sonderbaren Fang gemacht; sie brachten keine Antilopen, sondern zwei Gefangene mit, nämlich einen Mogollonindianer und -- eine weiße Squaw, Sennora Judith genannt.

Die Jäger waren eine Stunde von dem Dorfe auf sechs Mogollons und die Jüdin gestoßen; es hatte ein Scharmützel gegeben, bei welchem ein Mogollon und die »Squaw« ergriffen worden waren; die andern fünf Gegner hatten das Weite gesucht. Am sonderbarsten kam mir der Umstand vor, daß alle sechs Mogollons mit Flinten bewaffnet gewesen waren. Woher hatten sie die?

Wir nahmen erst den Gefangenen vor. Er schwieg beharrlich; es war nichts aus ihm herauszubringen. Dann wurde Judith vorgeführt. Sie trat nicht etwa verlegen auf, sondern sah uns frech in die Gesichter.

»Was haben Sie in der Nähe des Dorfes zu suchen?« fragte ich sie.

»Das können Sie sich denken!« lachte sie mich an.

»Natürlich Ihren Jonathan?«

»Ich habe Ihnen gesagt, daß ich zu ihm gehöre!«

»Sogar sehr gehören Sie zum ihm, sehr! Aber Sie wissen, daß wir auf Ihre Gesellschaft verzichtet haben. Wissen Sie, daß Ihre Begleiter ihr Leben auf das Spiel gesetzt haben, indem sie sich so nahe an die Nijoras wagten?«

»Das ist mir gleich.«

»Wo haben die Kerls die Flinten her?«

»Das brauchen Sie nicht zu wissen.«

»Sind Sie etwa gekommen, mich noch einmal zu veranlassen, Sie mitzunehmen?«

»Welche Absicht sollte ich sonst haben?«

»Melton zu befreien.«

»Sie meinen, daß wir uns in dieses große Lager wagen wollten? So dumm waren wir nicht.«

»Des Nachts hätte man es immer wagen können. Ihre eigentliche Absicht aber war eine andere. Sie haben sich auf die Lauer gelegt, um unsere Abreise zu bemerken. Dann wollten Sie uns folgen und uns überfallen. Sie hätten Ihren Jonathan und das Geld bekommen, und nebenbei hätten die Mogollons sich für ihre Niederlage gerächt.«

»Wunderbar, wie klug Sie sind!« rief sie lachend aus; aber es war ein erzwungenes Lachen; ich hatte wahrscheinlich das Richtige getroffen.

»Um so thörichter sind Sie. Ihr Leben war und ist ein trauriges, und ebenso traurig wird Ihr Ende sein!«

»Was geht das Sie an! Mein Leben und mein Ende ist meine Sache, aber nicht die Ihrige!«

»Doch auch mit die meinige! Wenn Sie sich stets in unsere Wege drängen, besitzen wir gar wohl das Recht, uns um Sie zu bekümmern. Aber wir werden dafür sorgen, daß Sie uns nicht sogleich wieder belästigen können. Der Häuptling der Nijoras, unser Bruder, wird Sie einige Wochen hier gefangen halten; das wird das einzige Ergebnis Ihres jetzigen, unweiblichen Abenteuers sein.«

Man sah deutlich, daß sie erschrak; sie nahm sich aber zusammen und sagte, jetzt in bittendem Tone:

»Sie fügen mir damit ein großes Unrecht zu. Ich will Melton nicht befreien, sondern bin nur in der Absicht gekommen, Sie zu bitten, mich mitzunehmen.«

»Bitten? Mit sechs Begleitern? Und in dieser Weise bewaffnet? Pah! das machen Sie einem andern weiß, aber mir doch nicht. Sie bleiben einige Wochen hier gefangen. Was dann aus Ihnen wird, das mag allerdings Ihre Sache und nicht die unserige sein. Fort mit Ihnen, hinaus! Wir mögen Sie nicht mehr sehen.«

Sie ging; aber unter dem Eingange drehte sie sich noch einmal um und fragte:

»Melton soll also wirklich fortgeschafft und bestraft werden?«

»Ja.«

»So reisen Sie! Aber Sie werden bald etwas erleben, wenn ich nun auch nicht dabei sein kann!«

Aus dieser Drohung war mit größter Deutlichkeit zu ersehen, daß wir unterwegs hatten überfallen werden sollen. Noch waren fünf Mogollons da; wir mußten also vorsichtig sein. Es stand zu erwarten, daß sie sich heute abend näherschleichen würden, um das Schicksal ihrer Anführerin und ihres Kameraden zu erfahren. Darum zogen wir, sobald es dunkel geworden war, einen Ring von Lauschern, welche sich in das hohe Gras legen und dort unbeweglich halten mußten, um das Dorf. Das hatte Erfolg. Vier Mogollons wurden erwischt; der fünfte entkam.

Nun konnten wir am andern Morgen unsere Reise ohne Sorge antreten. Wir wurden von einer Schar Nijoras mehrere Stunden weit begleitet und waren von da unsere eigenen Herren. Die Sänfte Marthas wurde von Pferden getragen; die Nijoras hatten dafür gesorgt, daß wir alle gut beritten waren, und so legten wir ganz stattliche Tagesmärsche zurück. Wir vermieden die Gegend des Schlangenberges und den Flujo blanco mit dem Pueblo, welches wir auf dem Herwege erobert hatten. Von da an aber lenkten wir genau dahin ein, woher wir gekommen waren.

Hatte jonathan Melton Hoffnung gehabt, befreit zu werden, so schien sie von Tag zu Tag mehr zu schwinden. Wir sorgten dafür, daß er kein Wort mit seinem Vater sprechen konnte. Dieser befand sich in einem eigenartigen Zustande. Er murmelte immer unverständliches Zeug vor sich hin, fuhr des Nachts angstheulend aus dem Schlafe auf und trieb allerhand Allotria, die uns um seinen Verstand bange machten.

So kamen wir jenseits des kleinen Colorado und vor Acoma gegen Abend in die Gegend, wo der alte Melton seinen Bruder ermordet hatte. Ohne daß etwas darüber gesprochen oder gar bestimmt worden war, hielten wir an der Stelle an, wo wir den Toten mit Steinen bedeckt hatten. Wir wollten die Nacht da lagern. Noch lag das Gerippe des gestürzten Pferdes da; die Geier hatten es rein abgenagt. Es war ein schauerlicher Ort, der Ort des Brudermordes. Hätte man uns gefragt, warum wir gerade ihn für die Nacht gewählt hatten, es wäre wohl keiner von uns imstande gewesen, eine befriedigende Antwort zu geben.

Wir aßen, der alte Melton aber nicht. Er lag mit emporgezogenen Knieen an der Erde und stöhnte vor sich hin. Plötzlich, der Mond war eben aufgegangen, bat er mich:

»Sir, bindet mir die Hände vom Rücken nach vorn!«

»Warum?« fragte ich.

»Damit ich sie falten kann. Ich muß beten!«

Welch eine unerwartete Bitte! Durfte ich die Erfüllung verweigern? Gewiß nicht. Ich gab also dem langen Dunker die Genehmigung, weil dieser neben ihm saß. Er band die Hände hinten los. Noch ehe er sie vorn wieder zusammen gebunden hatte, fragte mich der Alte:

»Wo liegt mein Bruder, Sir?«

»Gleich neben Euch, unter dem Steinhaufen.«

»So begrabt mich bei ihm!«

Dunker stieß einen Schrei aus. Wir sahen, daß er Melton bei den Händen faßte.

»Was giebt's denn, was ist los?« fragte ich.

»Er hat mir mein Messer aus dem Gürtel gezogen,« antwortete Dunker.

»So nehmt es ihm rasch!«

»Es geht nicht; er hält zu fest! Er ersticht sich – er ersticht sich – es ist zu spät!«

Ich sprang hin, riß Dunker weg und bückte mich auf den Alten nieder. Ein Röcheln drang aus seinem offenen Munde. Das Messer mit beiden Händen fest am Griffe haltend, hatte er sich die lange

Klinge bis an das Heft ins Herz gestoßen; noch höchstens einige Sekunden, dann war er tot.

Was soll ich weiter sagen! Solche Augenblicke muß man erleben, aber darüber sprechen, darüber schreiben kann man nicht. Das ist das Gericht Gottes, welches schon hier auf Erden beginnt, und sich bis jenseits des jüngsten Tages in alle Ewigkeit erstreckt! Auf derselben Stelle auch ganz derselbe Tod! Erstochen! Ich hatte ihm gesagt, er werde sterben wie Ischariot – von seiner eigenen Hand. Wie schnell war das in Erfüllung gegangen!

Wir waren so ergriffen, daß wir zunächst nur stumm beten konnten. Und Jonathan, sein Sohn? Der lag da, sah in den Mond und sagte kein Wort, gab keinen Laut von sich.

»Mr. Melton,« rief ich ihn nach einiger Zeit an, »habt ihr gehört, was geschehen ist?«

»Ja,« antwortete er ruhig.

»Euer Vater ist tot!«

»*Well*, er hat sich erstochen.«

»Reißt Euch das denn nicht das Herz aus der Brust?«

»Warum? Dem Alten ist wohl. Der Tod hier war das beste für ihn; er hätte sonst doch baumeln müssen!«

»Mensch, Mensch, so redet Ihr von Euerm Vater?«

»Meint Ihr, daß er anders über mich gesprochen hätte?«

Ich wußte zwar, daß er recht hatte, antwortete aber doch:

»Gewiß anders, ganz anders!«

»Nein, Sir. Er hätte mich ebenso wie jeden andern verraten und geopfert, wenn es für ihn von entsprechendem Nutzen gewesen wäre. Scharrt ihn zu seinem Bruder ein, den er umgebracht hat!«

Diese Gefühllosigkeit und Herzenshärte brachte mich noch weit mehr zum Grauen als der Selbstmord an sich. Kann es wirklich solche Menschen geben? Ja, es giebt welche! Sind sie aber dann noch Menschen zu nennen? Allerdings, und gerade weil sie Menschen sind, darf man bis zum letzten Augenblicke nicht an der Möglichkeit der Besserung zweifeln. Gott ist die Liebe, die Gnade, die Langmut und Barmherzigkeit! –

Wir begruben den Toten, ohne ihm das Messer aus der Brust zu ziehen, da, wo er es gewollt hatte, bei seinem Bruder. Hierauf ritten wir eine große Strecke weiter, um erst dann anzuhalten und wieder zu lagern. Ich glaube, keiner von uns, außer Jonathan und Murphy, hat in dieser Nacht geschlafen.

Am zweiten Tage darauf kamen wir in Albuquerque an, wo wir unsere Pferde ausruhen ließen. Hier gaben wir unsere Erlebnisse und Aussagen zu den Akten und baten uns zur bessern Beaufsichtigung Meltons zwei Polizisten aus. Für Martha wurde ein Wagen genommen; sodann ging es weiter, auf der Canadianstraße bis Fort Bascom und von da aus auf der Red Riverstraße nach dem Mississippi und bis New Orleans.

Wie staunten die Herren Detektives dort, als wir den Missethäter brachten, aus dem verborgensten Winkel des wilden Westens geholt! Und welch ein Aufsehen gab es, als nach und nach die Umstände bekannt wurden, unter denen wir ihn verfolgt und endlich ergriffen hatten. Winnetou, der ›Fürst der Fährtenfinder, war der Held des Tages; er ließ sich aber nicht sehen, und wir andern blieben ebenso versteckt. Leider mußten wir lange, lange bleiben, um als Zeugen vernommen zu werden.

Es wurde bekannt, in welchem Hause Martha mit ihrem Bruder wohnte. Es sprach sich auch herum, daß sie eine sehr schöne Lady und eine excellente Sängerin sei. Von da an gingen bei ihr täglich wenigstens ein halbes Dutzend Heiratsanträge ein; er aber bekam eine angsterregende Überschwemmung von allen möglichen Projekten, durch deren Ausführung er das ihm jedenfalls zuzusprechende Vermögen in kürzester Zeit verdrei-, verzehn- und gar verhundertfachen könne.

Und es wurde der Familie Vogel zugesprochen. Murphy war durch meine Drohungen eingeschüchtert worden und bemühte sich, den Schaden, welchen er angerichtet hatte, möglichst auszugleichen. Davon aber, daß er an meinem Lasso gehangen hatte, um antworten zu lernen, erzählte er keinem Menschen etwas. Später aber habe ich einen von ihm geschriebenen Bericht über seine damaligen Erlebnisse gelesen, welcher, wenn ich mich nicht ganz irre, im ›Crescent‹

erschien. Zu meiner großen Verwunderung und nachhaltigen Besserung las ich da schwarz auf weiß, daß er alles ganz allein gewagt, gethan, erreicht und in das richtige Geleis gebracht hatte, während Winnetou, Emery, Dunker und ich nur ganz unbedeutende, nebensächliche Personen gewesen waren. So kann man sich über seine eigenen, scheinbar gut im Gedächtnisse aufbewahrten Erlebnisse im erstaunenswertesten Irrtum befinden! Ich habe mich seit jener Zeit stets gehütet, etwas zu denken, zu sagen oder gar zu thun, wenn dabei drei oder fünf Meilen in der Runde ein amerikanischer Advokat anzutreffen war. Meine Reiseerlebnisse sind in hundert amerikanischen Zeitungen und in tausend amerikanischen Büchern ab- und nachgedruckt worden, ohne daß man mich darum fragte oder, was ein vernünftiger Mensch und Deutscher übrigens gar nicht verlangen kann, mir in Gnaden ein Exemplar davon gab; die amerikanischen Verleger sind steinreich geworden; mein einziges Honorar aber hat in einem bohnenstrohgroben Briefe bestanden, den der gebildetste dieser Gentlemen mir schrieb; die andern hielten es für geboten, mir gar nicht zu antworten. Wenn dazu dann noch so ein Mr. Fred Murphy kommt und, anstatt mich nur nachzudrucken, meine Erlebnisse für die seinigen erklärt, so kommt man, wenn man halbwegs ein gutes Gemüt besitzt und seinem Nebenmenschen etwas gönnt, leicht auf den Gedanken, fernerhin hübsch daheim zu bleiben, um auch einmal nachzudrucken, Mr. Murphy aber reisen zu lassen.

Und nun der Schluß?!

Der lange Dunker steigt noch immer im wilden Westen herum. Von Emery wird der liebe Leser wohl bald wieder etwas hören. Krüger-Bei ist gestorben, wie kürzlich auch die Zeitungen meldeten, leider aber nicht in seiner unübertroffenen deutschen Ausdrucksweise. Jonathan Melton, der falsche Small Hunter, wurde zu vieljähriger Einzelhaft verurteilt, ist aber bald in seiner engen Zelle zu Grunde gegangen, hoffentlich nicht auch in Beziehung auf seine Seele. Judith hat nie wieder von sich hören lassen.

Und die Familie Vogel?

Bei dieser Frage geht mir, ich mag wollen oder nicht, das Herz auf. Nicht in großen Welt-, sondern in Provinzialblättern kleinen und kleinsten Formates liest man zuweilen eine Annonce ungefähr folgenden Wortlautes: »Begabte Kinder armer, braver Eltern werden unentgeltlich in Pension genommen und gratis ausgebildet. Näheres wolle man usw.« Auf die darauf erfolgende Meldung erscheint dann gewöhnlich ein sehr feiner und lieb dreinschauender Herr, um das Kind zu prüfen oder prüfen zu lassen. Besteht es die Prüfung, so nimmt er es mit in ein großes, sehr freundlich eingerichtetes Haus, an dessen Thor auf einem kleinen Messingschilde der einfache Name »Franz Vogel« angebracht ist. Das Kind des darbenden Arbeiters, der hungernden Witwe, welches dieses Haus betritt, verläßt es später nur mit Thränen, innerlich und äußerlich aber wohl ausgerüstet für die Kämpfe, welche es im Leben zu bestehen hat. Wird dieser wohlthätige Herr gefragt, warum er seine Freude gerade daran finde, Kinder auszubilden, welche ohne ihn nichts sein und nichts werden könnten, so pflegt er nur still vor sich hinzulächeln. Hat ihn die Frage aber in einer besonders mitteilsamen Stunde getroffen, so antwortet er wohl:

»Ich selbst bin ein solcher armer Junge gewesen; ich fand zwar keine Annonce, welche mir emporhalf, aber ich wurde gefunden, und es ist nun mein größtes Glück, wiederzufinden.«

Und droben in einem Gebirgsdörfchen ragt ein hohes, mit einem Türmchen gekröntes Gebäude empor, welches von einem wohlgepflegten Garten umgeben ist. Als ich es zum erstenmal erblickte, war ich von der Besitzerin eingeladen worden, mir dieses Haus, seine Einrichtung und seine Bewohner anzusehen. Ich wußte nichts von demselben, denn ich war lange in der Fremde gewesen, und die nachgesandten Briefen hatten mich nicht getroffen.

Wie staunte ich, als ich das prächtige Gebäude sah! Über dem hohen, breiten Thore war in großen, goldenen Lettern zu lesen: »Heimat für Verlassene.« Im Flur klingelte ich. Ein altes, reinlich gekleidetes Mütterchen erschien, fragte, ob ich Frau Werner sprechen wolle, und bat um meinen Namen. Als ich denselben nannte, schlug sie die Hände zusammen und rief:

»Da sind Sie doch wohl gar der gute Herr Shatterhand, von dem uns die liebe Frau Werner so oft vorliest und auch viel erzählt! O, Sie müssen unsere Heimat kennen lernen; ich bin selbst auch so eine Verlassene gewesen!«

Sie führte mich in ein einfach eingerichtetes Zimmer, in welchem eine ebenso einfach gekleidete Dame stand. Das war sie, die frühere

Sängerin, jetzige Millionärin und zugleich Engel der Witwen und Waisen und aller Art von Verlassenen.

»Endlich, endlich kommen Sie einmal!« sagte sie, unter schnell ausbrechenden Freudenthränen lächelnd und mir die beiden Hände zum Gruße entgegenstreckend. »Vor allen Ihnen wollte und mußte ich einmal mein selbstgeschaffenes, kleines Reich zeigen!«

»Ich bin mit Freuden gekommen, denn ich werde den Erlöser sehen,« antwortete ich gerührt.

»Den Erlöser? – Wieso!«

»Sagt nicht Christus: ›Wer jemand aufnimmt in meinem Namen, der nimmt mich auf!‹ Hier ist eine heilige Stätte, Frau Werner. Ich möchte meine Schuhe ausziehen wie Moses, als er im Feuer den Herrn erblickte. Sie haben nach langem Irren die rechte Heimat gefunden und teilen dieselbe mit den Verlassenen. Ich habe Sie darob lieb, Martha! Bitte, zeigen Sie mir Ihr Haus!«

Sie that es. Die Barmherzigkeit führte mich, die Barmherzigkeit, welche die tragende und pflegende Schwester der Liebe ist. Wie sauber, wie bequem waren die Wohnungen; wie behaglich lächelten mich die vielen alten Mütterchen an; wie tollten sich die Kinder unten im Garten, und wie ergebungsfroh blickten die Kranken aus ihren weißen Kissen zu mir auf! Und wie richteten sich alle nach dem leisesten Winke der Herrin, welche zugleich die freudigste Dienerin aller war!

»Heimat für Verlassene!« Welch ein schönes und beruhigendes Wort! Lieber Leser, auch ich werde und du wirst einst zu den Verlassenen gehören, wenn alles, was wir unser nennen, vor unserm sterbenden Auge verschwindet; dann öffnet sich uns jene Heimat, von welcher der Erlöser sagt: »Im Hause meines Vaters sind viele Wohnungen, und ich gehe hin, sie für euch zu bereiten!« --